아발론 연대기

Hic jacet Arthurus

Rex quondam

Rexque futurus

아더 왕 이곳에 잠들다

일찍이 왕이었고

이후로 왕일 사람이…

—글래스턴베리 수도원, 아더 왕의 묘비에서

Le Cycle du Graal

Rex quondam rexque futurus

LE CYCLE DU GRAAL
LA MORT DU ROI ARTHUR tome 8

by Jean Markale

국립중앙도서관 출판시도서목록(CIP)
아발론 연대기. 8, 아더 왕의 죽음 / 장 마르칼 지음 ; 김정란 옮김
서울 | 북스피어, 2005p. ; cm
원서명 | Le cycle du graal
원저자명 | Markale, Jean
ISBN 89-91931-09-X 04860 : \11000
ISBN 89-91931-01-4(전8권)
63-KDC4 843.914-DDC21 CIP2005002261

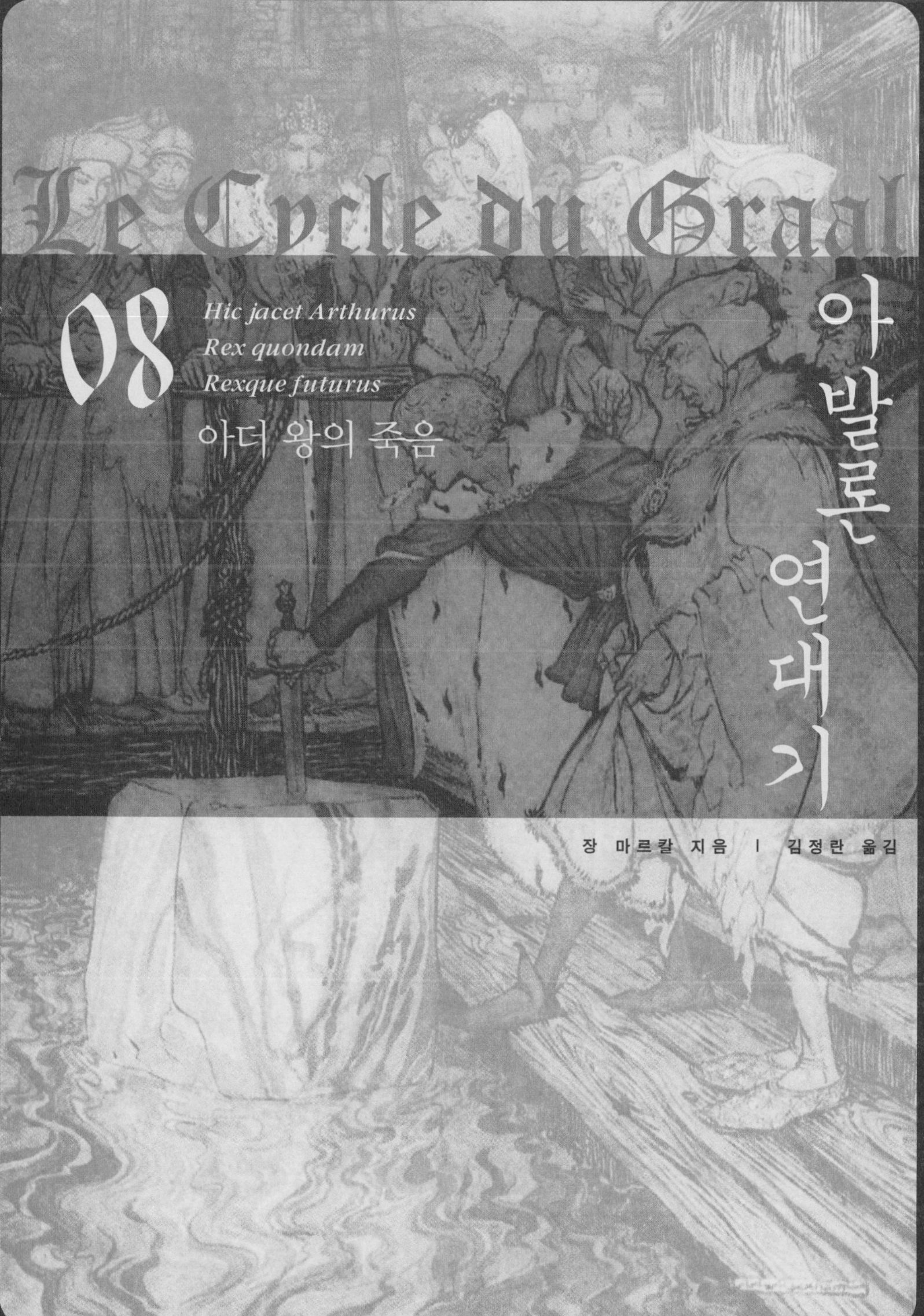

Le Cycle du Graal

아발론 연대기

08

Hic jacet Arthurus
Rex quondam
Rexque futurus

아더 왕의 죽음

장 마르칼 지음 | 김정란 옮김

King Arthur

Merlin

Guinevere

Morgan le Fay

A contents

Le Cycle du Graal

1권_마법사 멀린

보티건의 배반 / 멀린의 어린 시절 / 멀린과 엠리스 왕 / 야만인 / 최고의 시인 / 경이의 시대 / 틴타겔의 마법 / 미치광이 멀린 / 엑스칼리버 / 거인들의 시대 / 성배의 진정한 역사

2권_원탁의 기사들

왕국의 정복 / 왕의 가문 / 아더의 불안 / 가웨인 / 비비안 / 원탁 / 쿨루흐 공의 기마 여행 / 멀린의 순례 / 자랑스러운 입맞춤 / 창과 '고통의 일격' / 멀린의 유언

3권_호수의 기사 란슬롯

거대한 공포 / 호수의 부인 / 놀라운 모험 / 하얀 기사 / 고통스러운 감시의 성 / 머나먼 섬들의 주인 / 치욕의 수레 / 칼의 다리 / 란슬롯의 반격 / 이름 없는 왕국 / 리고머의 마법 / 어부왕의 딸

4권_요정 모르간

불귀의 계곡 / 밤의 노트르담 / 샘물의 부인 / 꽃의 여자 / 사자의 기사 / 먼 곳의 그대 / 불길한 예언 / 모험의 궁전 / 불행한 음모 / 위험한 자리 / 모르간의 성

5권_오월의 매 가웨인

위험한 아궁이 / 붉은 도성의 왕 / 이름 없는 기사 / 실망스러운 편력 여행 / 경이의 섬 / 가웨인을 찾아서 / 일곱 기둥의 섬 / 카두엘로 가는 길 / 건너편 강가에서 / 대머리 아가씨 / 안개의 성 / 아발론의 길

6권_성배의 기사 퍼시발

숲의 아이 / 필요한 시련들 / 사라진 기회 / 어느 곳에도 이르지 않는 길 / 여황제 /구름의 감옥 / 황폐한 숲 / 체스의 성 / 꽃의 성 / 멀린의 딸 / 퍼시발의 복수

7권_갈라하드와 어부왕

불확실한 징조들 / 선한 기사 / 퍼시발의 방랑 / 란슬롯의 고뇌 / 브루니센의 과수원 / 곤의 보호트 / 크나큰 고난 / 신비한 배 / 희생 / 란슬롯 / 어부왕의 치유 / 잃어버린 왕국

8권_아더 왕의 죽음

카라독의 이상한 이야기 / 황금 가슴을 가진 여인 / 에스칼로의 아가씨 / 영원한 화상 / 검은 돛대 / 귀네비어의 사랑을 위해 / 모르간의 통치 / 깨어난 용 / 아더 왕과 란슬롯의 전쟁 / 반역 / 죽음의 전투 / 아발론 섬 어딘가에

주요등장인물

main characters

아더 Arthur

아더 왕과 성배 전설의 중심 인물로, 브리튼의 왕이다. 마법사 멀린의 도움으로 우터 왕은 이그레인 왕비와 관계하여 아더를 낳는다. 아더는 안토르라는 가신의 손에 자라 열일곱 되는 해에 바위에 박힌 엑스칼리버를 뽑고 브리튼의 왕위에 오른다. 아더는 멀린과 함께 원탁을 설립하여 기사를 모으고 왕국을 정비하는 데 힘을 쓴다. 아더는 원탁의 기사들을 중심으로 성배 탐색에 나서지만, 탐색의 성공 뒤로 브리튼 왕국의 불화가 앞당겨지고 결국 캄란 전투에서 죽음을 맞이한다. 그를 상징하는 동물은 곰. '과거와 미래의 왕' 으로 불린다.

모드레드 Mordred

또는 모드라우트. 그는 아더와 그의 이복누이 안나 사이에서 태어났다. 아더는 그가 왕국을 멸망시킬 자라는 멀린의 예언을 듣고 아기였을 때 죽이고자 했으나 실패했다. 그는 아그라베인과 함께 란슬롯과 귀네비어 왕비의 관계를 아더 왕에게 고하여 왕국의 분란을 일으켰고, 결국 캄란 전투에서 아더에게 치명상을 입혀 죽음에 이르게 한다.

멀린 Merlin

켈트 최고의 마법사이자 예언자이며 드루이드. 아더를 낳은 산파이자, 요정 모르간과 함께, 죽은 뒤에도 아더 왕 전설에서 가장 중요한 역할을 하는 정신적인 축이기도 하다. 어머니가 '몽마' 와 관계하여 그를 낳았기 때문에 어린 시절 멀린은 "아비 없는 자식" 이라고 불렸다. 엠리스와 우터를 도와 색슨족을 물리치고 아더를 낳는 데 결정적인 조력을 하지만 전쟁의 비참함에 은둔한다.

귀네비어 Guinevere

카르멜리드 레오다간의 딸. 아더는 그녀와 결혼함으로써 원탁을 새롭게 하고 비로소 정식으로 왕권을 수립한다. 귀네비어는 브리튼의 여성 가운데 가장 아름다웠을뿐더러 가장 많은 백성으로부터 사랑받은 여성이었다. 후에, 젊고 당당한 란슬롯을 만난 후 피할 수 없는 사랑에 빠지고, 그 관계는 결국 아더 왕국을 무너뜨리는 단초를 제공한다.

모르간 Morgan

'위대한 여왕' 이라는 뜻. 자주 '요정 모르간' 으로 불린다. 아더의 이복누이이자 멀린과 같은 예언자이며 마법사이기도 하다. 아더 왕 전설 전반에 걸쳐 수많은 여성으로 변신하여 등장하며 때로는 멀린 이상의 중요한 역할을 수행하기도 한다. 멀린이 건설자이며 유지하는 자라면, 모르간은 파괴자이고 변화를 일으키는 자이다. 아발론의 주인이기도 하며, 그녀의 역할에 비추어 보면 본래는 고대의 대여신이었을 가능성이 크다.

란슬롯 Lancelot

베노익 반 왕의 아들. 어릴 적 호수의 부인 손에서 자라 '호수의 기사'로 불린다. 아더 왕 전설을 통틀어 가장 유명하고 가장 출중한 원탁 최고의 기사로, 어부왕의 딸과 관계를 맺어 성배 탐색을 완수할 '선한 기사' 갈라하드를 낳는다. 하지만 나중에는 귀네비어 왕비와의 불륜 때문에 왕국을 해체시키는 장본인 역할을 떠맡고, 결국 아더 왕과 전쟁까지 벌이게 된다.

가웨인 Gawain

웨일즈 이름은 그왈흐마이. '오월의 매'(또는 '평원의 매')라는 뜻의 이름이다. 로트 왕의 맏아들로 아더 왕의 조카이자 후계자로 지명된 그는, 란슬롯과 함께 원탁의 기사 가운데서도 가장 걸출한 기사이다. 그는 해가 중천에 떴을 때 가장 큰 힘을 발휘했다가 해가 지면 힘이 점점 빠지는 태양 영웅의 원초적 성격을 띠고 있다.

아그라베인 Agravain

로트 왕의 아들이자 가웨인의 형제. 란슬롯과 귀네비어의 관계를 아더 왕에게 알려 왕국의 갈등을 부추긴다. 란슬롯에게 죽임을 당한다.

거플렛 Girflet

원탁의 일원. 아더 왕과 함께 모드레드와 전쟁을 벌이며, 아더 왕의 최후를 지킨 기사이다. 왕의 명에 따라 엑스칼리버를 호수로 돌려보낸다.

장소 및 물건들

places and objects

• 성배 Graal(Saint Grail)

성배는 예수의 피를 담은 잔으로, 본래는 단순히 '그릇'이나 '잔'을 의미했지만, 아더 왕 전설에서는 세상의 모든 부정을 정화하는 성물聖物로 등장한다. 아리마테아 요셉이 성배를 운반할 역할을 맡게 되며 나중에는 성배 수호자인 어부왕의 손에 넘겨져 탐색을 완수할 기사들을 기다린다. 많은 기사들이 성배를 찾으려고 노력하지만 갈라하드와 보호트와 퍼시발만이 성배의 탐색에 성공한다.

• 아발론 Avalon

'사과나무 섬'이라는 의미로, 아더 왕이 죽은 뒤 이곳으로 옮겨진다. 한편으로는 저승이면서 한편으로는 낙원인 아발론의 주인은 아더의 누이 모르간이다. 북유럽 신화의 발할라와 비교되기도 하는 아발론에서 아더 왕은 영생을 누리며 세상이 그를 다시 필요로 할 때를 기다리고 있다고도 전해진다. 아발론의 실체를 밝히려는 학자들에 의해 글래스턴베리를 아발론과 동일시하려는 노력이 있었으나 정확히 알려진 바는 없다.

• 원탁 The Round Table

멀린과 우터 펜드라곤이 함께 설립한 탁자. 그 자리에 앉는 자들은 모두 평등하다는 의미에서 둥글게 만들어졌으며 원탁에 앉은 자들은 아더 왕과 함께 '원탁의 기사'로 불리며 많은 무훈을 세우게 된다.

• 위험한 자리 Siege Perilous

원탁의 한 자리로, 성배 탐색을 완수할 '선한 기사'가 앉을 자리이다. 선택받지 않은 사람이 앉으면 죽임을 당한다.

• 엑스칼리버 Excalibur

'격렬한 번개'라는 뜻. 엑스칼리버는 아더 왕의 검으로, 몬머스의 제프리는 칼리번Caliburn으로 부르고 있다. 이 검에 대한 전설은 꽤 많은 편인데, 원래는 가웨인이 소유했던 검이라는 설도 있지만 가장 유명한 이야기는 역시 아더 왕에 연관된 것이다. 아더는 돌에 꽂힌 엑스칼리버를 뽑음으로써 정식으로 왕위를 획득한다. 토마스 말로리는 엑스칼리버를 바위에 박혀 있는 검으로 묘사하지 않고 호수의 여인에게서 받는 것으로 이야기한다. 마지막 전투에서 깊은 상처를 입은 아더는 거플렛 또는 베디비어의 도움으로 호수에 엑스칼리버를 던지고 죽음을 맞이한다.

• 카 멜 롯 Camelot

카얼리온과 함께 아더 왕이 자주 머물렀던 성. 아더가 사랑하는 성 가운데 하나였다.

• 카 얼 리 온 아 르 위 스 그 Caerleon ar Wysg

'위스그 강가의 카얼리온'. 카얼리온은 웨일즈 지방의 작은 마을인데, 웨일즈어로 '군 요새' 라는 뜻을 가지고 있다. 카멜롯과 함께 아더가 자주 머물며 궁을 여는 장소였다.

• 코 르 베 닉 Corbenic

아리마테아 요셉이 운반한 성배가 위치한 성. 아더의 치세 동안 이 성의 주인은 펠레스였다. 코르베닉이라는 말은 '성체聖體' 라는 의미에서 유래했으며 많은 기사들이 성배를 찾기 위해 이 성을 방문했다.

• 틴 타 겔 Tintagel

콘월 지방의 골레이스 공작이 다스린 성. 콘월의 북쪽 해안에 위치해 있으며, 이그레인이 우터에게 속아 아더를 잉태한 곳이다. 나중에 마크 왕이 콘월을 다스리면서 그의 소유로 넘어갔다.

• 브 로 셀 리 앙 드 Brocéliande

온갖 모험의 무대가 된 브르타뉴의 마법의 숲. 비비안이 멀린을 속여 가둔 숲이기도 하다.

• 캄 란 Camlann

아더의 마지막 전투가 벌어진 장소. 이 전투에서 아더는 모드레드를 죽이고 자신도 목숨을 잃는다. 이로서 아더의 긴 치세는 막을 내린다.

인 물 관 계 도

genealogical charts

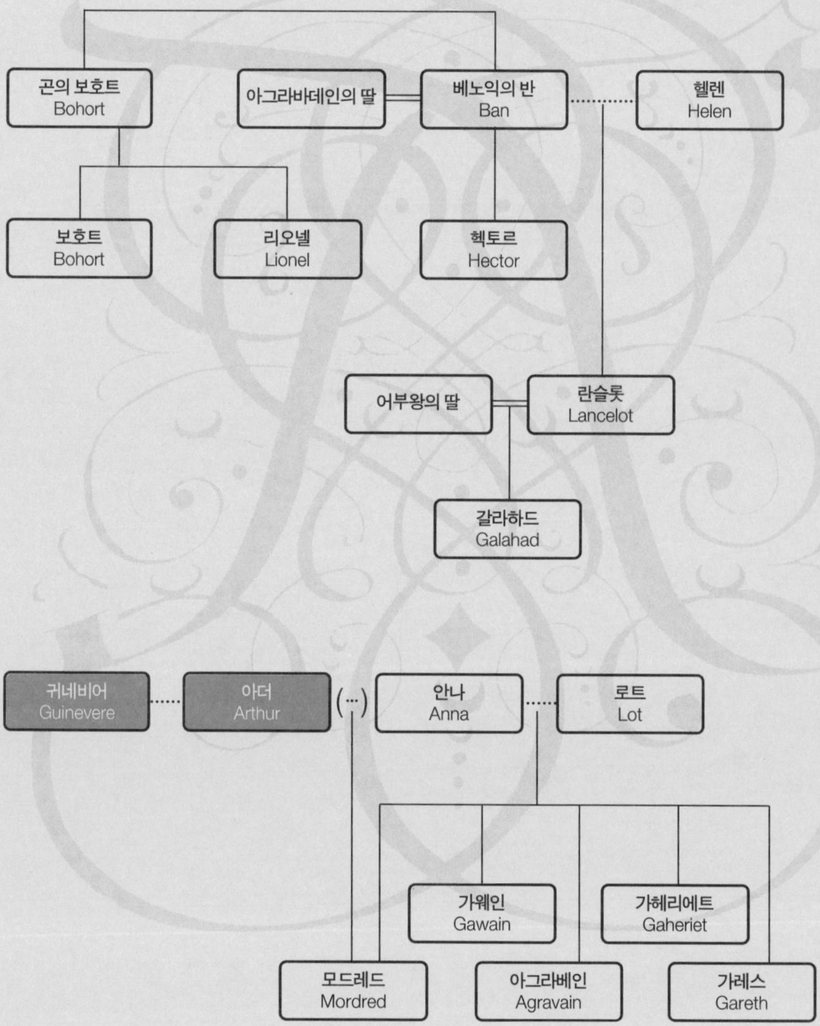

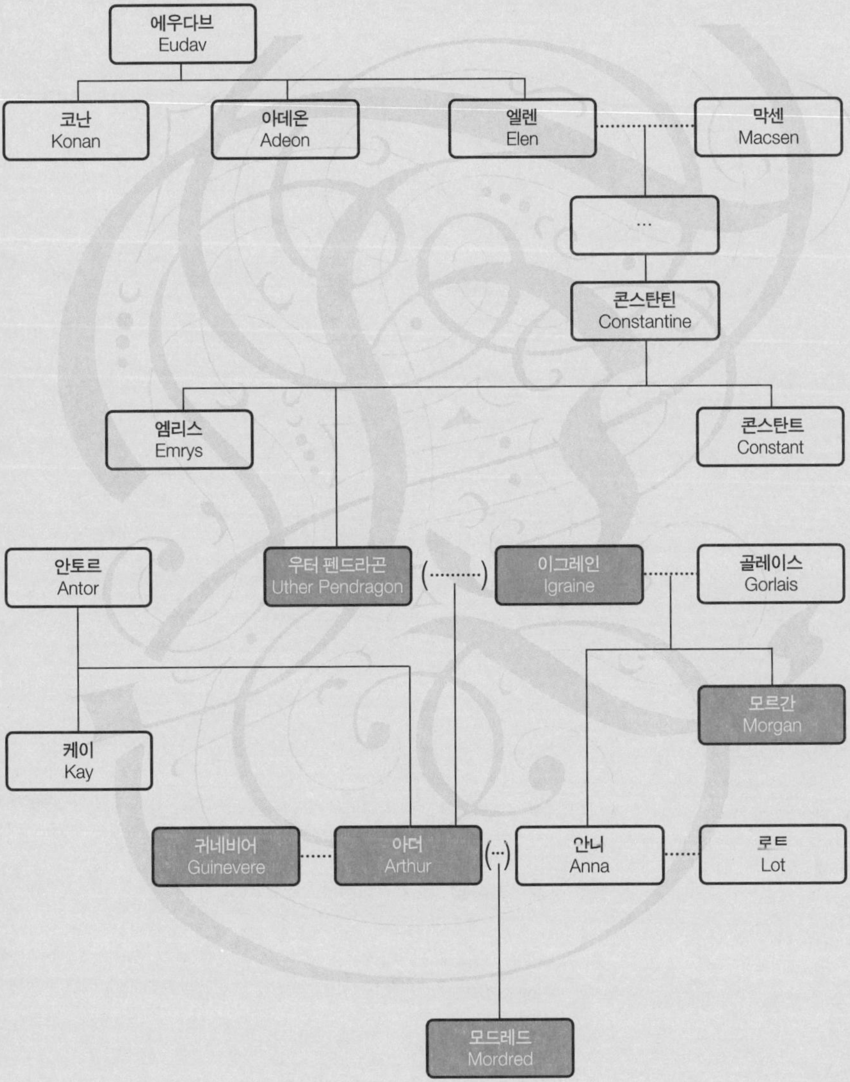

에우다브
Eudav
코난
Konan
아데온
Adeon
엘렌
Elen
막센
Macsen
...
콘스탄틴
Constantine
엠리스
Emrys
콘스탄트
Constant
안토르
Antor
우터 펜드라곤
Uther Pendragon
(..........)
이그레인
Igraine
골레이스
Gorlais
모르간
Morgan
케이
Kay
귀네비어
Guinevere
아더
Arthur
(...)
안나
Anna
로트
Lot
모드레드
Mordred

Bretagne celique et irlande

01 카라독의 이상한 이야기

성배 탐색을 떠났던 기사들은 머나먼 나라에서 어려움과 대면해야만 했다. 탐색 도중에 많은 기사들이 죽었다. 그러나 살아남아 돌아온 사람들도 있었다. 아더 왕은 돌아오는 오순절 축제에 제후들과 봉신들을 일제히 소환하기로 했다. 왕은 참가자들이 미리 준비할 수 있도록 각지로 전령들을 보냈다. 왕은 탐색 도중에 사라진 동지들 때문에 크게 상심하고 있었다. 게다가 예전에 멀린이 들려주었던 예언이 계속 머릿속을 맴돌았다. 멀린은 성배가 발견되고 난 후에 아더가 오래 살지 못할 것이라고 예언했던 것이다. 그래서 그는 자신이 많은 고초를 겪으며 기초를 닦아 놓은 평화와 번영을 유지시키고자 하는 의지를 중요한 신하들에게 다짐받고 싶었다. 그 평화와 번영은 여러 민족들 사이에서 힘들게 이루어 놓은 것이었다. 어떤 종류의 권위에도 복종하지 않으려고 하는 매우 반항적인 민족들 사이에서 평화를 유지시키기 위해 왕은 수많은 고초를 겪어야만 했다.

어느 날, 왕은 귀네비어 왕비와 기사들과 함께 대연회장의 식탁 앞에 앉아 있었다. 왕의 조카 가웨인과, 가웨인의 세 동생인 아그라베인, 가헤리에트와 가레스, 돈의 아들 거플렛, 케이와 베디비어, 호수의 기사 란슬롯과 늪의 기사 헥토르, 리오넬과 보호트가 왕과 함께 자리했다. 두 번째 요리가 나왔을 때 이상한 현상이 생겨났다. 오른쪽 창문과 왼쪽 창문에서 동시에 빛이 쏟아져 들어와 방을 환히 밝혔다.

기이하게 여긴 왕은 시종을 시켜 무슨 일인지 알아보게 했다. 시종은 밖으로 나갔다가 돌아와서 놀란 얼굴로 하늘에 두 개의 태양이 빛나고 있다고 말했다. 하나는 동쪽에서, 또 다른 하나는 서쪽에서 빛나고 있다는 것이었다. 왕이 놀라며 말했다.

"다시 기적의 시간이 돌아온 걸까?"

그때 아름다운 여자 하나가 카멜롯 대연회장으로 걸어 들어왔다. 그녀는 두 손으로 상자를 받쳐 들고 있었다. 순금에 보석을 박아 넣은 아주 아름다운 상자였다. 여자는 왕과 왕비에게 공손하게 예를 갖추어 절했다.

"아더 왕이시여, 저는 폐하의 왕국이 제가 보았던 어느 궁보다 아름답기에 이곳으로 왔습니다. 아름다운 상자를 하나 가지고 왔습니다. 이 안에는 어떤 기사의 머리가 들어 있는데, 그 기사를 죽인 사람이 아니면 아무도 이 상자를 열 수 없습니다. 따라서 저는 으뜸가는 기사이신 폐하께서 이 상자를 열어 보아 주실 것을 부탁드립니다. 만일 폐하께서 실패하신다면, 지금 여기에 있거나 아니면 앞으로 이곳에 올 기사들에게 시도해 보게 해 주십시오. 사십 일간의 여유를 드리겠습니다. 그러면 우리는 이 기사의 죽음에 대해 누구에게 책임이 있는지 알게 될 것입니다."

"그런데 그 기사가 누구인고? 그의 이름을 알 수 있느냐?"

"예, 어렵지 않게 알 수 있습니다. 상자 안에 봉인된 서찰이 들어 있습니다. 그 안에 모든 것이 씌어 있을 것입니다."

왕은 여자를 식탁에 앉히고 정중하게 대접해 주었다. 식사를 끝낸 여자는 자리에서 일어나 왕에게 다가갔다.

"폐하, 이제 폐하의 동지들에게 시험에 도전해 볼 것을 명하실 시간입니다. 그러나 그 전에 폐하께서 먼저 시도해 보셨으면 합니다."

"그리하마."

왕은 상자를 열려고 손을 뻗었다. 그러나 그가 손을 대자마자 상자는 마치 물에 잠긴 것처럼 스르르 미끄러지는 것이었다. 깜짝 놀란 왕은 란슬롯에게 도전해 보라고 말했다. 란슬롯 역시 실패했다. 왕은 가웨인과 그곳에 있는 사람들에게 차례로 도전해 보게 했다. 케이는 식사 시중을 드느라고 바빴다. 그러나 왕과 동지들이 전부 실패했다는 소식을 듣고, 부름을 받기도 전에 달려왔다. 왕이 케이를 보고 소리쳤다.

"이런! 케이 경, 경을 잊었구려."

케이가 잔뜩 화가 난 목소리로 받아쳤다.

"저를 잊으시다니요. 제가 앞서 부르신 기사들보다 못하다는 말입니까?"

왕이 웃으며 말했다.

"그럴 리가 있소? 이 상자를 열어서 이 가엾은 기사를 죽인 사람이라는 걸 증명하길 원하는 거요? 나는 기사가 원수이든 친구이든 상관없이 이 상자를 열고 싶지 않았소. 왕으로서 누군가를 죽인 책임은 지고 싶지 않소."

왕의 다정한 말도 흥분한 케이를 가라앉히는 데는 역부족이었다.

"딱 한 사람만 빼고, 제가 죽인 자들의 머리가 저의 책임을 정식으로 묻는 서찰과 함께 모두 이 안에 들어 있었으면 좋겠군요. 그러면 저보다 더 잘났다고 설치면서 저를 질투하는 자들이 무엇을 인정하지 않으려고 애쓰는지 아실 수 있었을 텐데……. 저는 폐하를 평생 섬겨왔지만, 저들은 폐하를 잘 섬기지도 않았잖습니까."

"그만 진정하시구려. 나는 한번도 경의 말을 의심한 적이 없소. 이리 오시구려."

케이는 상자가 놓여 있는 탁자로 다가갔다. 그는 한 손으로 상자를 받쳐 들고, 다른 한 손으로 상자 뚜껑을 열었다. 상자는 대번에 열렸다. 머리 하나가 상자 안에 들어 있는 것이 보였다. 상자에서 아주 부드럽고 감미로운 향기가 흘러나와 방 전체에 은은히 퍼졌다.

케이가 말했다.

"저는 폐하를 위해 많은 공을 세웠습니다. 폐하 자신도, 폐하가 높이 평가하는 어떤 기사도 이 상자를 열지 못했습니다. 이 상자 안에 무엇이 들었는지 알게 된 것은 그들 덕택이 아닙니다."

그때 젊은 여자가 앞으로 나섰다.

"폐하, 이제 상자 안에 들어 있는 서찰을 읽어 보게 하시지요. 그러면 이 기사가 어느 가문에 속해 있는 누구인지, 또 어떤 상황에서 목숨을 잃었는지 알 수 있을 것입니다."

왕비 옆에 앉아 있던 왕은 주임 신부를 불러오라고 일렀다. 신부가 대령하자, 왕은 큰 소리로 서찰을 읽으라고 명했다. 신부는 봉인을 떼고 두루마리를 펼쳤다. 그는 편지 내용을 먼저 일별한 뒤 한숨을 쉬며 말했다.

"폐하, 이건 슬픈 소식입니다. 이 편지는 이 상자 안에 들어 있는 머리가 폐하의 아드님이신 로호트 경이라고 말하고 있습니다.✢ 두 주 전에 로호트 경은 뚱뚱한 거인 로그린 경을 맞아 용맹한 무공을 발휘하여 죽였습니다. 로호트 경은 로그린의 몸을 베고 잠이 들었습니다. 로호트 경은 결투에서 싸워 이긴 맞수의 몸을 베고 잠드는 습관이 있습니다. 그때 케이 경이 그곳을 지나가게 된 것입니다. 케이 경은 이 상황을 이용해서 자신의 명성을 드높이고 싶어서 거인의 목을 잘라 가져갈 궁리를 했습니다. 자기가 거인을 죽인 것처럼 꾸미려 했던 것이지요. 그런데 그만 서둘다가 실수로 로호트 경의 목까지 잘못 베어 버리게 된 것입니다. 그것이 편지의 내용입니다."

이 이야기를 듣고 란슬롯과 가웨인을 위시한 모든 동지들은 망연자실하여 오랫동안 아무 말도 하지 못하고 앉아 있었다. 아더 왕의 가슴은 찢어지는 듯했다. 눈물이 두 뺨 위로 쉴새없이 흘러내렸다. 그는 자리에서 일어나 케이를 향해 큰 소리로 외쳤다. 왕의 목소리가 분노로 덜덜 떨렸다.

"만일 내가 나의 양부이시기도 한 형님의 아버님께 경을 친형처럼 옆에 두고 돌보아 주겠다고 맹세하지 않았더라면, 단칼에 머리를 날려 버렸을 거요.

✢ 이 일화는 『페를르보』에서 따온 것인데, 로호트가 아더와 귀네비어의 아들이라고 명시하고 있다. 이것은 전설의 다른 판본들과 다른 내용이다. 아더와 귀네비어에게는 자식이 없다. 반면에 아더 왕이 다른 여성과의 사이에 아이를 낳았다는 얘기를 하는 판본들은 많이 있다. 『아더 왕의 죽음』에서 토마스 말로리는 아더와 여마법사 리모르스 사이에서 태어난 것으로 추정되는 부트 또는 보어에게 꽤 긴 대목을 할애하고 있다.

경은 경박하게도 세상에서 제일가는 기사가 되겠다는 욕망 때문에 내게 큰 불행을 안겨 주었소. 나는 경이 저지른 이 잘못을 결코 용서하지 않을 것이오!"

그렇게 말하고 나서 왕은 자리에서 일어나 바깥으로 나가 버렸다. 케이는 수치와 혼란에 사로잡혀 어떻게 그 난관을 빠져 나가야 할지 몰라, 상자를 가져온 여자에게 벌컥 화를 냈다.

"악마의 소식을 가져왔구나. 나쁜 여인이여, 내가 저지른 잘못으로 나는 이미 고통을 겪고 있건만, 무엇 때문에 그것을 이처럼 만인들 앞에 까발린다는 말인가!"

"케이 경이여, 진실을 밝힘으로써 나는 당신에게 복수를 한 거랍니다. 어느 날인가 내가 궁에 와서 나를 원수들로부터 지켜 줄 기사를 한 사람 청했을 때, 당신이 원탁의 기사들은 창녀를 손님들에게 소개시켜 주는 것 말고도 할 일이 많다고 말하면서 나를 모욕했었지요. 다행히 이 궁에 당신 같은 허풍선이만 있는 건 아니어서 이베인 경이 선뜻 나서서 나를 도와주었지요. 그래서 기회만 오면 나를 모욕한 당신에게 복수하겠다고 결심했던 거랍니다."

그러고는 여자는 몸을 휙 돌려서 밖으로 나가 버렸다. 케이는 얼굴이 뻘개져서 어쩔 줄 모르며 동료들 사이에 서 있었다.

아더 왕은 카멜롯 성벽 아래에 있는 풀밭을 서성이고 있었다. 그는 수행을 물리치고 혼자서 어두운 생각에 잠겨 거닐었다. 기사도 시종도 근접할 엄두를 내지 못했다. 바람이 불어와 가까운 숲의 나무들이 몸을 비틀며 흔들렸다.

왕은 속으로 눈물을 흘리고 있었다. 로호트의 죽음은 미래에 대한 그의 걱정을 더욱 무겁게 만들었다. 기사들과 봉신들을 더 이상 불러 모을 수 없게 되면 브리튼 왕국은 어떻게 되는 것일까? 누가 그를 대신해서 수많은 제후들과 영주들의 야심과 이기주의에 위협당하고 있는 거대한 왕국의 통일성을 유지시키는 무거운 임무를 감당할 수 있을까?

물론, 그가 사라지면 가웨인이 왕위를 물려받아 엑스칼리버를 휘두르며 적으로부터 왕국을 지킬 것이다. 그러나 가웨인에게, 내가 멀린의 도움을 받아 왕국의 구성원 한 사람 한 사람 사이에 정착시켜 놓은 불안한 균형을 유지시킬 만한 능력이 있을까? 가웨인은 용감하고 끈질기며 단호하고, 전투에 나가면 불굴의 투혼을 발휘하며, 언변이 좋고, 특유의 외교적 감각으로 분쟁을 잘 조정하는 능력을 지니고 있다. 하지만 그 정도 능력으로 왕국의 연속성을 유지시켜 나갈 수 있을까? 그러면 로트 왕의 둘째 아들 아그라베인은 어떨까?

아더 왕은 불가능한 일이라고 생각했다. 아그라베인은 성격이 불같아서 화를 잘 내고, 형의 특권을 지나칠 정도로 질투하고 있다. 세 번째 아들 가헤리에트는? 아더 왕은 그가 아주 선하고 정직한 성품의 소유자라는 것을 알고 있었지만 안정감이 모자란다는 점을 걱정했다. 너무 신중하고 우유부단한 성격이어서 어려운 상황에 대처해 나갈 수 있을 것 같지 않았다. 넷째인 가레스는 너무 평범한 인물이어서 논외로 하는 수밖에 없었다. 게다가 그는 형들의 의견을 듣지 않고는 아무 일도 하지 못할 위인이었다.

막내 조카인 모드레드는 어딘가 불안해 보였다. 아더 왕은 그를 볼 때마다 뭐라 꼬집어 말할 수 없는 불편함을 느꼈다. 애정과 혐오감이 뒤섞인 이상한 감정이었다. 그러나 모드레드는 왕과의 사이에서 느껴지는 서먹한 느낌을 없애는 데는 별 관심이 없었다. 그는 말이 없었고, 언제나 형들과 겉돌았다. 먼 나라로 원정을 떠났다가 돌아와도 어떤 일을 겪었는지 좀처럼 말하는 법이 없었다.

그는 비밀스러웠고, 숨기는 것이 많았다. 권위 있는 군왕이 될 자질도 있어 보이고, 불굴의 의지 같은 것도 보였지만, 어딘가 음험해 보이는 인물이었다. 왕위에 오르면 무자비한 통치를 할 것 같았다. 자신을 삼키고 있는 내면의 욕망에만 집착하며, 남들에게는 무심한, 오만하고 잔인한 성품의 소유자였다. 아니다, 모드레드는 결코 왕국의 행복과 평화를 위해 엑스칼리버를 들 능력을 갖춘 후계자가 될 수 없다.

이들이 왕위를 승계할 수 있는 합법적 지위를 가진 아더 왕의 측근이었다. 이들을 제외하면 사촌인 콘월의 카도르나, 조카딸인 카라헤스의 이자브의 아들인 반의 카라독을 꼽을 수 있었다. 그러나 카라독을 생각하면 마음이 더욱 우울해졌다. 그를 생각하는 것만으로도 왕의 눈에 눈물이 가득 차올랐다. 카라독은 왕이 가장 사랑하는 가족 중 한 사람이었다. 다정하고, 예의바르고, 어떤 시련이라도 이겨낼 만큼 용감하고, 뛰어난 지성과 절대적인 충성심을 가진 젊은이였다. 그는 관대하면서도 의지가 굳은 군왕의 자질을 갖춘 재목이었다. 아더가 원하는 바로 그런 성품의 소유자였다. 그러나 얼마나 슬픈 운명을 겪게 되었던가. 아더 왕의 머릿속에 젊은이가 겪어야 했던 고통스러운 모험이 떠올랐다.

용감하고 충성스러운 반 왕은 일찌감치 아더 왕에게 충성을 맹세했던 제후였다. 그는 아더 왕을 성심껏 섬겼다. 그는 어느 날 왕을 찾아와 청이 있다고 아뢰었다. 왕에게 자신의 배필을 직접 골라 달라는 것이었다. 아더는 반 왕을 아주 좋아했기 때문에, 아름다운 조카딸 카라헤스의 이자브를 배필로 골라 주었다. 결혼식은 오순절 며칠 전에 열리도록 정해졌다.

화요일 아침이었다. 아름다운 이자브는 화려하게 단장했다. 감미롭고 우아한 자태와 몸가짐은 사람들을 매혹했다. 아더 왕은 그녀의 손을 잡고 성당으로 데리고 가서 식을 올려 주었다. 결혼식이 끝난 뒤, 카두엘의 대연회장에서 성대한 축하연이 벌어졌다. 집사장 케이가 식사 시중을 들었다. 연회가 끝난 다음, 사람들은 성 앞에 있는 풀밭으로 나가 날이 저물 때까지 놀이를 하거나 무술 시합을 벌였다. 모두들 기쁘고 행복했다.

그날, 엘리아브레스라는 기사가 궁에 있었다. 그는 마법에 아주 능통한 자였다. 그는 스코틀랜드에서 아주 오랫동안 마법을 가르치는 사람들과 함께 생활하면서 어깨 너머로 마법을 배웠다. 아무도 모르는 사이에 그는 왕국에서 가장 무서운 마법사가 되어 있었다.

불행하게도 그가 그날 이자브에게 정신없이 반해 버렸다. 그는 넋을 잃고 이자브를 바라보았다. 견딜 수 없는 욕망이 불처럼 타올랐다. 그녀를 얻지 못하면 죽을 것만 같았다. 그는 무슨 수를 쓰든 그녀를 손에 넣고야 말겠다고 결심했다. 그는 그녀의 뒤를 악착같이 쫓아다니며 마법과 주문의 힘으로 그녀를 홀려서 기어이 자신의 공범으로 만들었다.

반 왕은 이자브를 품에 안는다고 생각했지만 실은 암캐를 안고 있다는 것을 알아차리지 못했다. 마법사는 다음 날 밤에는 왕의 침대에 암돼지를 집어넣었다. 세 번째 날에는 암말이 왕과 함께 잤다.✣ 그리고 그동안에 귀부인은 아기를 가지게 되었다. 마법의 속임수를 알아차린 사람은 아무도 없었다.

잔치가 끝나자, 반 왕과 이자브는 그들의 영토로 돌아갔다. 마법사도 자기 집으로 돌아갔다. 산달이 되어 이자브는 아주 잘생긴 사내아이를 낳았다. 왕국은 크게 기뻐했고, 아기는 카라독이라는 이름으로 세례를 받았다. 아기는 유모 여러 명의 손을 거쳐 길러진 뒤, 다섯 살이 되던 해부터는 학식이 높은 스승에게서 많은 것을 배우기 시작했다. 그렇게 교육받은 그는 나무랄 데 없이 훌륭한 젊은이로 성장했다. 그리고 기사가 될 만한 나이가 되자, 반 왕은 그 또래의 젊은이들을 딸려 카라독을 아더 왕의 궁으로 보냈다. 그 젊은이들 역시 원탁의 기사가 되려는 열망을 가지고 있었다.

✣ 수간獸姦은 성적 도착의 형태 이전에 그리스 전승에 나타나는 신화 주제이며, 아주 고대적인 켈트 이야기에 널리 퍼져 있다. 인간과 동물이 평화롭게 살아가며 의사소통을 했던 신화적인 황금기에 대한 기억과, 한 민족의 조상이 상징적인 동물로 그려지는 토테미즘의 가장 오래된 형태를 알아볼 수 있다. 부족 축제 때 그 동물을 희생시키기도 하고 어떤 경우에는 풍요의 축제로서 그 동물과 짝짓기를 하기도 했다. 1200년경의 앵글로-노르만 연대기 작가인 캄브리의 지로는 아일랜드의 어떤 민족은 즉위식 때 왕과 암소 사이에 '신성혼'이 이루어지기도 했다고 쓰고 있다. 이 대목에서 마법사 엘리아브레스는 부정적인 모습으로 그려져 있기는 하지만, 새로운 왕의 권력 장악과 어느 정도 연관되어 있는 고대의 마법적-성적 제의의 기억을 나타내고 있다.

아더 왕은 카두엘에 있었다. 젊은이가 동료들의 호위를 받으며 도착했다는 소식을 듣고 왕은 그들을 반갑게 맞이했다. 왕은 카라독을 더욱 완벽하게 교육하기 위해 숲으로 따로 데리고 갔다. 왕은 사냥감을 어떻게 잡는지, 사냥용 매는 어떻게 주먹 위에 올려놓고 다루는지, 또 어떤 순간에 매를 하늘로 날려 보내는지, 나무 사이로 어떻게 하면 잘 달릴 수 있는지 등, 사냥꾼과 무사에게 유용한 많은 것을 가르쳐 주었다. 궁으로 돌아온 다음에는 지혜롭고 신중하게 행동하는 방법, 예의범절을 지키는 법, 체스와 트릭트랙 등 젊은 귀족이 알아야 할 놀이들도 가르쳐 주었다. 그는 또한 곤경에 처한 여성들을 대할 때 모든 기사가 지켜야 하는 기본적인 의무도 가르쳤다. 왕의 아들로서 가난한 기사를 결코 무시해서는 안 되며, 그의 용기와 능력에 따라 존중해야 한다는 것도 가르쳤다.

아더 왕은 며칠에 걸쳐서 실례를 보여 주면서, 훌륭한 왕은 조언이나 도움을 결코 거절하지 않는다는 것을 보여 주었다. 카라독은 왕의 가르침을 아주 훌륭하게 배웠다. 원탁의 기사들은 모두 젊은이에게 감탄하며 칭찬을 아끼지 않았다. 아더 왕은 오순절 전날 밤에 그에게 기사 작위를 내려 주기로 결정했다.

카라독은 다른 젊은이들과 함께 밤샘하며 기다렸다. 식을 치를 시간이 되었을 때, 가웨인이 카라독의 오른쪽 박차를 채워 주고, 이베인이 왼쪽 박차를 채워 주었다. 아더 왕은 검을 둘러 주고, 검을 옆으로 뉘어 양 어깨를 두드리면서 말했다.

"아름다운 조카여, 신께서 은혜를 베푸시어 그대를 용감하며 자신의 약속에 충실한 기사로 만들어 주시기를 바라노라."

그러고 난 다음 원탁의 동지들이 다른 젊은이들에게 박차를 채워 주고, 검을 둘러 주고 양 어깨를 검으로 쳐 주었다. 서임식이 끝난 다음 일행은 함께 카두엘의 대성당에서 미사에 참례했다. 대연회장의 식탁에는 식탁보가 덮여 있었고, 빵과 포도주, 귀한 나이프와 포크, 금잔과 은잔, 정교하게 만들어진 화려한 식기들이 이미 차려져 있었다.

케이는 망토를 벗고, 손에 작은 막대를 하나 들고 왕에게 다가가 말했다.

"폐하, 언제든 원하실 때 물을 대령해 올리겠습니다."

"늘 그렇듯이 경은 성질도 급하시오. 관습을 알지 않소. 나는 왕이 된 이후로, 군신들이 모여 식사할 때는 어떤 신비한 일이 일어나기 전에는 식사를 시작하지 않소. 다른 사람들처럼 기다리시구려."

왕이 말을 끝내기도 전에 쇠처럼 잿빛 말을 탄 사람이 문 앞에 모습을 나타냈다. 그는 더위를 막아 줄 수 있는 챙 없는 모자를 쓰고, 흰 담비털 옷을 입고, 값비싼 비단 끈으로 장식한 검을 차고 있었다.

그는 말에서 내려 아더 왕에게 곧장 다가가 말했다.

"신께서 폐하를 보호해 주시기 바랍니다. 폐하는 세상에서 가장 뛰어나고 가장 위대한 군왕이십니다. 청이 한 가지 있어 왔습니다. 모쪼록 들어주소서."

"나는 그 어떤 청도 물리친 바 없다. 그 청이 내 명예를 해치지만 않는다면 언제나 들어주었다. 그대가 원하는 것이 무엇인지 말하라."

"제 청은, 나중에 저도 똑같이 한다는 조건으로 제 목을 검으로 쳐 달라는 것입니다."

왕이 크게 놀라 물었다.

"그게 무슨 말이냐? 더 분명하게 말해 보라."

"저는 시련을 받아들이기를 원하는 기사에게 모든 사람들이 보는 앞에서 제 검을 맡길 것입니다. 그는 단칼에 제 머리를 잘라야 합니다. 그가 제 목을 쳤는데도 제가 살아남는다면, 일 년 뒤에 모든 군신이 지켜보는 가운데 저 역시 똑같이 하게 해 주어야 합니다. 이번에는 제가 단칼에 그의 목을 치는 것입니다."

케이가 비명을 질렀다.

"아이구, 성 요한님! 이 세상의 금을 몽땅 준다고 해도 그런 조건으로 검을 휘두른다는 건 미친놈이 아니면 못할 짓이오."

"그러나 내가 폐하에게 청한 것은 그것이오. 폐하께서는 허락하시었고. 내가 그 청을 요구할 권리를 가지고 있다는 건 아무도 부정할 수 없소. 그 청을 들어주지 않는 날에는 아더 왕께서 약속을 지키지 않으셨다는 사실을 천하가 알게 될 것이오."

그는 검을 뽑아 허공에 대고 휘둘렀다. 아더 왕은 자신의 명예가 걸려 있다는 것을 알고 아주 난처한 기분이 들었다 기사들은 이름이 있는 사람이든 없는 사람이든 이 난관을 어떻게 헤쳐 나가야 하나, 하고 생각하면서 모두 꿀 먹은 벙어리처럼 앉아 있었다. 카라독은 그들이 어쩔 줄 모르고 있다는 사실을 알아차리고 기사에게 다가갔다. 그는 망토를 벗고, 딘단하고 날카로운 섬을 움켜쥐었다.

"그대가 이 궁에서 가장 뛰어난 기사인가?"

"물론 그렇지 않소. 가장 무모한✢ 기사겠지."

그 말이 끝나자마자 미지의 기사는 탁자 위에 자신의 목을 올려놓고 목을 길게 늘였다. 왕과 다른 사람들은 모두 극심한 공포에 사로잡혔다. 이베인은 카라독에게서 검을 빼앗으려고 카라독 쪽으로 달려갔다. 그러나 이미 늦었다. 카라독이 검을 들어 올렸다가 단칼에 내리쳤기 때문이다.

검은 탁자에 박히고, 잘린 기사의 머리는 데굴데굴 굴러갔다. 그러나 목이 없는 몸뚱이는, 사람들이 미처 알아차리지 못한 사이에 잘린 머리 쪽으로 재빨리 움직이더니, 그것을 집어 들고 다시 목 위에 척하니 얹어놓았다. 머리는 마치 아무 일도 없었다는 듯 목 위에 붙었다. 공포와 감탄이 뒤섞인 비명 소리가 좌중의 입에서 일제히 흘러나왔다. 기사는 완전히 멀쩡한 모습으로 왕과 기사들이 지켜보는 눈앞에서 벌떡 일어나더니 말했다.

"이제 폐하께서 약속을 지키실 차례입니다. 일 년 뒤에 여러분이 모두 지켜보는 앞에서 이 기사가 저에게 했던 것과 똑같이 할 것입니다."

✢ 원문에서는 '미친' fou이라는 형용사를 사용하고 있다. 서구 전통, 특히 프랑스 전통에서는 부정적 의미만을 가지고 있지는 않다. '어리석은' 이라는 의미도 가지고 있는 이 형용사는 맥락에 따라 우리말의 '낭만적인' 이라는 의미가 확대된 경우에 적용될 수 있다. '광기' folie는 서구 전통에서는 니체의 양식화 이전에도 긍정적인 요소를 함유하고 있었다. 그것은 때로 제도와 도구성의 억압을 뛰어넘는 극단적 개인성(또는 서정성)의 발휘를 의미한다. —역주

기사는 몸을 휙 돌려 밖으로 나가, 말 위에 오른 다음 흙먼지를 일으키며 멀어져 갔다.✢

그 후 일 년 동안 카라독은 많은 무훈을 세웠다. 아더 왕의 궁전이 배출한 가장 뛰어난 기사 중 한 명이라고 칭찬이 자자했다. 그러나 동료들의 마음은 슬픔으로 짓눌려 있었다. 때가 오면 흰 담비털 옷을 입은 기사가 부과한 운명을 겪어야 하기 때문이었다. 그 기사는 마법사이므로 시련을 무사히 통과했지만, 카라독은 다른 사람들처럼 고통과 죽음을 겪어야만 한다. 그러나 카라독은 카두엘로 가서 죽음의 운명을 겪어야 하는 시간이 다가오고 있는데도 자신의 미래에 대해 별로 걱정하지 않는 것처럼 보였다.

✢ 가웨인과 란슬롯 역시 비슷한 모험을 겪었다. 이 '목 자르기 놀이'는 고대 아일랜드 전설, 특히 『브리크리우 잔치』에 나온다. 이 '놀이'는 고대 갈리아인이나 아일랜드 게일 족에게서 많이 발견할 수 있는 잘린 머리에 대한 숭배와 분명히 연관성이 있다. 이것은 또한 그리스-로마의 작가들이 보여 주고 있는 바와 같이 매우 고대적인 관습의 기억일 수도 있다. "옛날에, '켈트인은' 재산 정리와 채무를 저승으로 넘겼다." "어떤 이들은 금이나, 포도주를 채운 병을 받고 그것을 선물받았다는 것을 엄숙하게 인정한 뒤에, 친척들이나 친구들에게 나누어 주고 방패 위에 드러눕는다. 그러면 도우미가 와서 검으로 그들의 목을 자른다." 이것은 켈트인이 죽음에 대해 가지고 있었던 매우 강한 믿음, 즉 '죽음은 긴 생명의 중간 단계'라는 믿음을 확인시켜 주지만, 켈트인의 선물의 관습에 대해서 아주 귀한 시사점을 제공하고 있다. 사회학자 마르셀 모스는 이 관습에 대해 다음과 같이 언급하고 있다.
"도우미의 존재가 선물의 결정적인 성격을 보장해 준다. 일반적인 경우라면, 주인공은 받은 선물보다 더 값비싼 선물을 해야 한다. 선물을 친척들에게 나누어 줌으로써 그는 그들을 결정적으로 부자가 되게 해 준다(그들을 위해 희생함으로써). 그는 죽음을 통해 어느 날 받았던 선물을 돌려주지 않을 경우 겪어야 하는 불명예를 모면하는 것이다. 그는 방패 위에 누워 용감한 자의 죽음을 맞이한다. 그는 자신과 가족의 이익을 위해 영광스럽게 스스로를 희생하는 것이다."
카라독의 이야기에서 물질적 선물은 문제가 되고 있지 않지만, 영웅에게 강요되는 이상한 시련을 지배하고 있는 것은 똑같은 생각이다.

아더 왕이 모든 제후들과 봉신들에게 가족을 데리고 입궁하라는 소환령을 내렸다. 콘월의 카도르는 누이동생을 데리고 카두엘로 향했다. 다른 사람들보다 먼저 입궁하여 사촌인 아더 왕과 대화를 나누며 즐겁게 지내려고 일찌감치 자신의 영지를 떠났다. 그의 누이인 귀니에는 아름답고 지혜로운 여자였다.⚜ 그녀는 화장도 하지 않았고, 꾸미지도 않았다. 그녀와 카도르는 호위병 없이 단 둘이서 길을 떠났다. 귀니에는 무섭지 않았다. 어떤 일이 있어도 카도르가 지켜 줄 것을 알고 있었기 때문이다.

⚜ 여성으로 등장하는 귀니에의 이름에서 브르타뉴의 성인 귀네를 쉽게 알아볼 수 있다. 그는 플뤼비네(모르비앙) 교구에 이름을 준 성인이다. 성인 연구가들은 그를 아일랜드 왕자이며 성 패트릭의 제자인 핀가르와 동일시한다. 그 이름 역시 수수께끼 같은 이름이다. 플뤼비네의 옛 교구 성당은 (현재의 예배당 옆에 유적이 남아 있다) '가시덤불의 노트르담' 성당 중의 하나이다. 이 성당의 설립은 아주 흔히 들을 수 있는 입상에 대한 전설에서 유래한 것 같다. 그것은 가시덤불 사이에서 발견되는 성모 마리아의 입상인데, 교회에 모셔다 놓아도 다음 날 아침이면 다시 원래 있던 장소로 돌아간다고 한다. 이 주제는 서구 전역에 걸쳐 끈질기게 나타나는데 이교적 입상의 '창조'를 포함하고 있다.
일반적으로는 갈리아-로마의 비너스이다. 이 여신은 빠르게 기독교화되었다. 그중에서 니콜라직이 발견한 오레이의 성녀 안나의 입상이 가장 유명하다. 이 입상을 성 프란체스코파의 분파 수도사들이 다시 다듬었는데, 그녀의 모습이 좋은 어머니상으로 여겨지는 정통 이미지와 전혀 일치하지 않았기 때문이다. 플뤼비네 교구 성당의 설립은 이런 유형의 입상의 발견과 분명히 연관되어 있다. 그러나 사람들은 이 이름을 남성의 이름으로 바꾸어 버렸다. 왜냐하면 귀네는 그웨네르의 반 지방 형태인데, 브르타뉴어로 정확하게 모라의 베누스Venus(속격은 Veneris)를 의미하기 때문이다. 카라독의 이야기에 나오는 귀니에는 베누스이다. 이 이름은 인도 유럽어에서 흰빛, 금색, 아름다운, 신비한 기원을 나타낸다. 이어지는 이 이상한 이야기의 뒷부분이 그것을 증명해 보일 것이다.

두 사람이 숲을 지나가고 있었다. 그런데 완전 무장한 기사 하나가 골짜기에서 나와 그들을 유심히 바라보는 것이었다. 그는 첫눈에 아가씨를 알아보았다. 그 기사는 호수의 알라르댕이라는 사람으로 오래전부터 귀니에를 사랑하고 있었다. 귀니에의 아버지가 살아 계셨을 때는 아버지와 오라비 카도르에게 청혼을 넣은 적도 있었다. 그녀를 아내로 삼고 싶어서 몸이 달아 있었다.

귀니에는 알라르댕이 그 나라에서 제일 잘생기고 용감한 기사 중 한 사람이기는 하지만, 그의 부인도 연인도 될 생각이 없다고 딱 잘라 거절했다. 알라르댕은 자신이 사랑의 패배자라는 것을 인정하지 않고, 호시탐탐 복수할 기회만을 노렸다. 귀니에와 카도르가 숲속에 단 둘이 있다는 것을 발견한 알라르댕은 드디어 때가 왔다고 기뻐했다. 그는 말을 달려 두 사람의 앞을 막아서면서 카도르에게 외쳤다.

"누이를 내어 놓으시지. 한 발자국도 앞으로 더 나갈 수 없다. 순순히 내놓지 않으면 힘으로라도 빼앗아가겠다. 조심하는 게 좋을걸. 언제 머리가 풀밭으로 날아가게 될지 모르니까!"

카도르는 갑옷을 벗지는 않았지만, 날씨가 너무 더워서 투구를 뒤로 젖히고 있는 상태였다.

"참으로 맹랑하구나! 내가 시키는 대로 고분고분 누이를 내어 줄 것이라고 생각했더냐? 나는 네 앞에서 모욕당할 생각은 추호도 없으니 나와 누이의 권리를 지킬 것이다. 자, 덤벼라!"

카도르는 다시 투구를 쓰고 전투태세에 들어갔다.

두 남자는 무사의 힘을 끌어올려 상대방을 향해 달려갔다. 말들은 그들을 싣고 전속력으로 달려 서로 부딪쳤다. 두 사람 모두 격돌의 충격을 이기지 못하고 말에서 떨어졌다. 카도르는 운 나쁘게도 거꾸로 떨어져 말 밑으로 휩쓸려 들어가게 되었는데 말이 그를 밟고 지나가는 바람에 다리가 부러져 버렸다. 고통이 너무 심해서 그는 꼼짝도 하지 못하고 나무판자처럼 누워 있었다.

알라르댕이 잔인한 목소리로 빈정대면서 말했다.

"카도르 나으리, 원치 않으시겠지만, 이제 귀니에 양은 내 차지가 되었소이다. 나는 아가씨를 아내로 맞아들여 내 영토의 안주인이 되게 할 생각이었지만, 딱지를 맞고 보니 생각이 달라지더이다. 나는 아가씨를 내 시종들에게 창녀*로 내어 줄 생각이오. 그러면 두 분이 내게 가한 모욕을 멋지게 복수하게 되겠지!"

그는 카도르를 내버려두고 귀니에가 탄 말의 고삐를 잡아당겼다. 귀니에가 비명을 질렀다.

"오, 성모 마리아님, 아무도 날 구해줄 사람이 없다는 말인가요? 여자를 강제로 끌고 가는 일은 기사가 할 일이 아닙니다! 잔인무도한 짓이에요. 여자의 생각을 이처럼 무시하는 남자를 따라가느니 차라리 죽어 버리겠어요!"

그녀는 큰소리로 엉엉 통곡하기 시작했다. 알라르댕은 들은 척도 하지 않고 앞서서 말을 달렸다. 무슨 일이 있든 모욕당한 자존심을 되찾고 말겠다는 생각에 사로잡혀 있었다.

바로 그때 반의 카라독이 숲을 지나다가 아가씨의 신음과 울음소리를 듣게 되었다. 그리고 골짜기 아래쪽에서 벌어지고 있는 납치극을 목격했다. 그는 납치범을 향해 단숨에 내달았다. 카라독의 모습을 보고 아가씨는 더욱 서럽게 울었다. 카라독이 알라르댕의 앞을 막아서며 소리쳤다.

"아가씨를 놓아 드려라. 그렇게 하지 못하겠다면 나와 한판 겨루어야 할 것이다."

"무슨 권리로 남의 일에 끼어드는 게냐? 내가 미치지 않고서야 싸워서 얻은 여자를 너에게 양보하겠느냐? 고집 부려 봐야 너만 손해다. 이 여자를 데려가고 싶다면 무력을 사용해야 할 테니까!"

"그렇지 않아도 그렇게 할 생각이다. 아더 왕께서 나를 기사로 서임하실 때 했던 맹세를 부인하지 않는 한, 나는 도움을 청하는 여성을 나 몰라라 할

> ⚜ 알라르댕이라는 인물은 모순에 가득 차 있다. 그는 첫 장면에서 납치 미수범으로 부정적인 면모를 가지고 등장하지만, 뒤쪽으로 가면 귀니에에게 은혜를 베푸는 긍정적인 초자연적 존재임이 확인된다. 카라독의 아버지인 엘리아브레스도 마찬가지. 사악한 인물이지만, 카라독의 입문 안내자 역할을 하기도 한다. 알라르댕이 귀니에를 '창녀'로 주겠다는 언급은 이 대목에서 알라르댕의 잔인함을 보여 주는 증거로 사용되지만, 실은 귀니에의 고대적 흔적이다.
> 사랑의 여신으로서 귀니에는 기독교 문화 안에서 정결의 표상으로 변화하지만, 고대 여신의 원형에서는 베누스처럼 창녀적인 속성(카라독의 어머니 이자브에게 분리된 형태로 남아 있다. 그러나 우유통에 들어가 뱀을 유혹할 때 멜루지네-귀니에는 어머니-연인의 고대 여신의 모습을 뚜렷하게 드러낸다)을 가지고 있다. 여성의 섹슈얼리티 문제를 둘러싸고 중세의 신화적 텍스트들은 대단히 모순된 진술들을 보여 주고 있다. 신화기술자들은 고대적 매혹과 기독교적 억압 사이에서 갈팡질팡하고 있는 듯하다. 결국 카라독을 휘감고 있는 '뱀'은 여성이 주도권을 쥐고 있는 섹슈얼리티 입문(아일랜드 고대 신화에서는 여성이 남성에게 부과하는 '게이스'의 형태로 나타나며, 더 오래된 문헌 안에서는 여성 전사들에 의한 영웅의 성적 입문 의식으로 드러난다)이 중세의 기독교도 남성의 심리 안에서 촉발시키는 혹독한 심리적 죄의식을 반영하고 있다고 해석할 수 있다. 알라르댕이 '호수의 알라르댕'이라는 것, 그리고 그의 누이가 뛰어난 치료사라는 것도 이 영웅이 여성적 세계에 속해 있는 고대적 특성을 지닌 인물이라는 것을 확인시켜 주는 표시들이다. —역주

수 없다. 자, 덤벼라. 정정당당한 결투를 원하거든 방어하라."

카라독은 비어 있는 손으로 아가씨가 타고 있는 말의 고삐를 잡아 당겼다. 그러자 알라르댕이 창을 들고 있는 카라독의 손을 잘라 버리려고 검을 휘둘렀다. 그러나 검은 빗나가서 카라독의 창을 두 동강 내는 데 그쳤다. 카라독은 남아 있는 부분으로 상대를 거칠게 쳐서 땅바닥에 떨어뜨렸다. 카라독은 땅 위에 내려서서 알라르댕을 다시 공격했다. 두 사람은 날카로운 검을 들고 맹렬하게 싸웠다. 방패는 여기저기 뚫려서 누더기가 되었고 두 사람 모두 많이 다쳤다. 카라독이 결국 상대의 무기를 부러뜨리는 데 성공했다.

알라르댕은 자신을 방어할 수단이 사라졌다는 것을 깨닫고 칼자루를 카라독에게 내밀며 말했다.

"내가 졌소. 처분에 맡기겠소. 나에게 첫 번째 패배를 안겨 준 그대의 이름은 무엇이오?"

"나는 반 왕의 아들이며 아더 왕의 조카 손자인 카라독이라 하오. 형씨의 이름은 무엇이오?"

"내 나라에서는 나를 호수의 알라르댕이라고 부른다오. 여기 있는 이 아가씨에게 반해서 그녀를 내 영지의 안주인이 되게 하고 싶었다오. 그녀가 내 사랑을 거절했기 때문에 강제로 끌고 가서 나를 경멸했던 대가를 치르게 해 주고 싶었소. 싸움에 패하지 않았더라면 분명히 복수했을 거요. 하지만 그대의 무공이 워낙 출중하니 그대의 뜻대로 할 수밖에……. 원하는 것을 말하시오."

"우선 폭력을 사용하여 모욕을 가했던 이 아가씨에게 사죄하시오."

"시키는 대로 복종하겠소."

패배자는 아름다운 귀니에 앞에 무릎을 꿇고 앉았다.

여자가 카라독에게 말했다.

"이 사람이 제 오라버니를 무사히 돌려주기 전에는 절대로 용서할 수 없어요. 오라버니를 거꾸러뜨려 다치게 한 배상을 하지 않으면 절대로 이 악당과 화해할 수 없습니다. 오라버니는 이자의 뻔뻔한 짓에 대항해서 저를 지키려 했던 잘못밖에 없어요."

카라독이 패배자를 향해 물었다.

"어찌 생각하시오? 이 아가씨의 오라버니를 무사히 돌려주고 용서를 받겠소?"

"그렇게 하겠소. 아가씨의 용서를 받고, 또 경의 뜻에 따르기 위해서라면 무엇이든지 하겠소."

세 사람은 곧 말을 타고 카도르와 알라르댕이 싸웠던 장소로 돌아갔다. 카도르는 풀밭에 쓰러져 있었다. 부상이 너무 심해서 일어날 수조차 없는 형편이었다. 그는 할딱이며 겨우 숨을 쉬고 있었다. 오라버니의 비참한 모습을 보고 귀니에는 눈물을 철철 흘리며 알라르댕에게 저주를 퍼부었다.

알라르댕은 당황해서 어쩔 줄 몰라 하며 자기 때문에 입게 된 모든 손해를 배상하겠다고 약속했다. 두 남자는 카도르를 간신히 말에 태웠다. 두 사람 역시 부상을 많이 당했기 때문에 기운이 빠져 있었던 것이다. 카라독은 카도르를 태운 말안장 앞쪽에 타고 깊은 골짜기를 따라 내려갔다. 카도르가 힘들까봐 천천히 말을 몰았다. 귀니에는 두 남자를 따라오면서 슬픔을 참지 못하고 계속 울었다.

한참 여행한 뒤에, 일행은 강가에 세워져 있는 장막에 도착했다. 금과 은을 입힌 장막은 호사의 극치를 이루고 있었다. 장막 주위에는 강가에 이르는 곳까지 꽃들이 가득 피어 있었다. 카라독은 그 장소에 매혹되었다. 우거진 나뭇잎 사이에서 지즐대는 즐거운 새들의 노랫소리를 들으니 부상당한 상처의 아픔과 몸의 피로가 가시는 것 같은 느낌이 들었다.

"아주 아름다운 장소로구나! 이곳의 주인은 신의 사랑을 받은 자일 거야."

카라독이 말을 마치기 무섭게, 아름다운 노랫소리가 들려왔다. 젊은 여자들이 장막을 둘러싸고 말할 수 없이 우아한 원무를 추며 부르는 노랫소리였다. 그보다 더 놀라운 일도 있었다. 장막 입구에 금과 은으로 만들어진 두 개의 자동 인형이 있었는데, 다른 문지기의 도움 없이 문을 열었다 닫았다 했다. 그들은 문을 여닫는 것 외에 다른 일도 하고 있었는데, 하나는 하프를 아주 능숙하게 탔으며 다른 하나는 입구에 접근하는 불청객에게 투창을 날려 접근하지 못하도록 막고 있었다.

장막 안에는 신선한 풀들과 향기 나는 꽃들이 흩뿌려져 있었다. 주인이 올 때 기분이 좋아지도록 공기를 향기롭게 하기 위해서였다. 카라독은 알라르댕에게 이 멋지고 세련된 장막이 누구의 소유냐고 물었다.

알라르댕이 대답했다.

"나는 이 장막과 가장 가까운 이웃이라오. 바로 내 소유이니까. 내가 이 장막의 유일한 주인이오. 나는 여러분을 내 집으로 모시고 온 것이오. 아름다운 노래를 부르는 사람들은 전부 내 가족들이오. 아가씨들, 기사들, 부인들, 시종들, 모두 내 식구들이지요. 장막 안에 들어가면 내가 엄청난 부자라는 걸 알게 될 거요. 또 그곳에는 내가 깊이 사랑하고 존경하는 누이동생이 있소."

장막에서 알라르댕의 신하들이 나와 그에게 서둘러 예를 갖추었다. 아름다운 그의 누이동생은 그가 말에서 내릴 수 있도록 등자를 붙잡아 주었고, 다른 사람들은 그가 카도르를 조심스럽게 말에서 내리도록 도와주었다. 사람들은 안으로 카도르를 옮긴 다음 부드러운 침대 위에 눕혔다. 카도르는 아름다운 하프 소리를 듣더니 마치 누군가 마법이라도 건 것처럼 금세 기운을 차렸다. 오랜 꿈을 꾸고 깨어난 사람 같았다. 아름다운 귀니에와 카라독은 두 눈을 믿을 수가 없었다.

알라르댕이 누이에게 말했다.

"이분들을 나에게 하듯이 잘 돌보아 드리렴. 여기 계신 아가씨도 부탁한다. 이 오라비의 행복을 위해서, 네 능력과 지혜를 다해 이분들을 치료해 드리렴. 내 상처에도 네가 만든 진통제를 발라 주면 고맙겠다. 무척 아프구나."

알라르댕의 누이는 세 사람을 정성을 다해 돌보아 주었다. 여드레가 채 되지 않아서 그들은 모두 건강을 되찾을 수 있었다. 게다가 아름다운 귀니에를 얼마나 다정하게 대했는지, 귀니에는 알라르댕과 그의 가족에 대한 원한을 다 잊어버릴 정도였다. 그렇게 여드레 동안 그들은 즐겁고 편안하게 보냈다. 세 남자는 영원한 동지의 의를 맺었고, 알라르댕은 귀니에가 겪은 고통을 충분히 배상해 주었다. 그들은 함께 아더 왕의 궁을 향해 떠나기로 약속했다.

준비를 마친 일행은 제일 빠른 지름길을 따라가기 시작했다. 카라독은 귀니에 옆에서 말을 달렸다. 두 사람은 그 사이에 서로에 대한 뜨거운 사랑을 품게 되었다. 카라독의 품에 안기고 싶다는 귀니에의 열망은 매순간 더욱더 커져가기만 했다. 카라독은 카라독대로 귀니에가 아닌 다른 여자는 이제 사랑할 수 없게 되었다는 생각을 끊임없이 하고 있었다.

카도르는 아주 만족한 표정으로 알라르댕의 누이 곁에서 나란히 말을 달렸다. 일행은 숲과 황야를 거쳐 쉴새없이 달렸다. 그들은 오순절 축제일 전날에 카두엘에 도착했다.

카라독이 시련을 겪어 내야 할 시간이 다가오고 있었다. 카라독은 용감한 젊은이였지만, 그 시간을 맞이하는 것이 두려웠다. 일 년 동안 정말 많은 일들이 있었다. 그는 귀니에에게 고통을 주고 싶지 않았다. 그는 어느새 그녀에게 깊고 진실한 사랑을 품게 되었기 때문이다. 나는 어떻게 될까? 나에게 목이 잘렸던 그 기사는 정말로 돌아와서 빚을 요구할까?

'공연히 허세를 부렸던 걸까?'

그는 분명히 마법사였다. 그는 왜 그렇게 도발적인 행동을 했던 걸까? 카라독은 그날 밤 거의 잠을 이루지 못했다. 흰 담비털 옷을 입은 남자와 대면할 일이 너무나 끔찍하게 느껴졌다. 그러나 죽는 한이 있더라도 그 모험을 끝까지 치러 내겠다고 마음먹었다. 명예를 잃느니, 차라리 죽는 편이 낫다.

다음 날 궁정 전체가 아더 왕 주위에 몰렸다. 미사를 끝내고, 행렬을 마친 뒤에 기사들은 대연회장에 앉아 식사가 시작되기를 기다리고 있었다. 그때 흰 담비털 옷을 입고 검을 찬 사내가 들어왔다. 오랫동안 말을 달렸는지 얼굴이 붉게 달아올라 있었다.

그가 왕을 향해 말했다.

"폐하, 폐하와 폐하의 동지들에게 신의 가호가 있기를 바랍니다."

"신의 축복을 받으라. 나의 궁에 잘 왔도다."

기사는 말에서 내려 당당한 눈빛으로 주위를 돌아보았다.

"카라독! 어디 있소? 모습이 보이질 않는구려. 그대는 비겁한 사람이오? 여기 있거든 썩 앞으로 나서시오. 미리 경고해 두는데 힘든 순간이 될 것이오. 내가 지난해 그대에게 목을 내어 놓았듯이 당장 목을 내놓으시오. 내가 어떻게 검을 다루는지 모든 사람들이 지켜보는 것이 옳소. 자, 약속한 대로 내 검을 받으시오."

카라독은 더 이상 주저할 수 없다고 판단하고 망토를 벗어 사내 앞에 머리를 들이밀며 말했다.

"내가 당신이 기다렸던 그 사람이오. 자, 마음대로 하시오."

사내가 카라독의 머리 위에서 검을 휘두르기 시작했을 때, 갑자기 아더 왕이 앞으로 나서서 말했다.

"기사여, 내 말을 들어다오. 차라리 몸값을 받는 것이 어떻겠는가?"

"몸값이라구요? 얼마큼이나 지불하실 생각이십니까?"

"후한 몸값을 지불하겠다. 이 성안에 있는 그릇을 모두 주마. 먼 곳에서 온 귀한 그릇*도 전부 주겠다. 거기에 카라독의 마구도 덧붙여 주지. 카리독은 내가 깊이 사랑하는 조카이다."

"고귀한 감정이십니다만, 저와는 상관없는 일이지요. 저는 어떤 몸값도 받지 않을 것입니다. 제가 원하는 것은 카라독의 머리뿐입니다. 더 이상의 의논은 필요 없습니다."

"다른 걸 더 얹어 주겠다. 내 나라 전체에 있는 금은보화를 다 주마."

"폐하, 저를 정말로 바보 취급하시는군요. 폐하께서는 제 목 대신 카라독 경의 목을 주시기로 약속하셨습니다. 저는 카라독 경의 목을 요구하러 온 것이니까요. 제게는 그럴 권리가 있습니다."

일순, 좌중이 물을 끼얹은 듯 조용해졌다. 그때 아름다운 귀니에가 달려 들어와 흰 담비털 옷을 입은 기사의 발아래 몸을 던지며 그녀가 사랑하는 사람의 목숨을 살려 달라고 애원했다.

기사는 싸늘한 표정으로 귀니에를 밀쳐 냈다.

"그대가 품고 있는 사랑이 귀하긴 하오만, 그건 이 일과 상관없는

⚜ 단순히 카라독을 구하기 위한 몸값이 아니다. 중세에 그릇이란 오늘날과 달리 귀한 물건이기는 했지만 그것만도 아니다. 잘린 목은 상징적으로 성배와 밀접한 연관이 있다. 원시적 원형이 가장 잘 유지되고 있는 웨일즈 판본 『페레두르』에서 성배는 피에 잠겨 쟁반에 받쳐진 왕의 잘린 목이다. 브란의 잘린 머리가(『아발론 연대기』 1권 참조) 원형인 이 이미지는 공동체의 풍요를 보장해 주는 왕(여신을 위해 희생된 공동체의 남성 대표)의 능력의 집적체로서, 비물질적인 것을 물질화하는 능력을 지니고 있다. 중세기 기독교도 작가에게서 이 주제는 복잡한 위장 장치를 통해 여러 인물들 사이에 분산된 형태로 나타난다. 카라독의 목 자르기 시련은 고대적 맥락에서는 여신 귀니에를 위해 공동체의 남성 영웅이 치러야 하는 희생 제의이다. —역주

일이오. 카라독 경은 지난해에 내 목을 잘랐소. 그는 오늘 나에게 그의 목을 주기로 약속했다오. 폐하께서 보증하신 약속이오. 그 계약은 지금 여기 모여 있는 모든 사람들 앞에서 이루어졌소. 나는 계약의 이행을 요구하는 것뿐이오. 어쨌든 카라독 경은 자신이 한 일을 잘 알고 있소. 내가 내 목을 치라고 강요한 것이 아니란 말이오."

그 순간 귀네비어 왕비가 시녀들과 귀부인들과 아가씨들을 대동하고 모습을 나타냈다.

왕비가 기사에게 말했다.

"기사여, 이 젊은이의 목숨을 살려 주세요. 그를 죽이는 것은 큰 죄악이며 큰 불행이에요. 신의 이름으로 그를 살려 주세요. 그러면 큰 상을 받을 거예요."

"왕비 마마, 저는 제가 받을 빚 외에는 아무것도 원치 않습니다. 이 광경을 지켜보실 용기가 없다면 처소로 돌아가십시오."

왕비는 머리를 큰 숄로 가리고 고통스러워하며 눈물을 흘렸다.

카라독이 입을 열었다.

"자, 끝냅시다. 목을 치시오. 무얼 기다리는 거요?"

카라독은 탁자로 다가가 목을 올려놓았다. 흰 담비털 옷을 입은 기사는 검을 들어 올리더니 검을 옆으로 뉘어 카라독의 목을 쳤다. 카라독의 목에는 상처 하나 남지 않았다.

기사가 카라독에게 말했다.

"카라독, 일어나거라. 너를 죽이는 것은 끔찍하고 고통스러운 일이 될 것이다. 너에게 이야기해 주고 싶은 것이 있다."

그는 카라독을 한쪽 구석으로 데리고 갔다.

"내가 왜 너를 죽이지 않았는지 아느냐? 내 이름은 엘리아브레스✝ 이다. 내가 네 아비이다."

그는 카라독의 출생의 비밀을 모두 들려주었다. 젊은이는 처음에는 믿지 않으려고 했다. 하지만 엘리아브레스가 들려주는 이야기가 정확하고 상세해서 결국 그것이 진실이라는 것을 인정하지 않을 수가 없었다. 두 사람 사이의 대화가 끝나자 엘리아브레스는 왕에게 작별을 고한 다음 말을 달려 떠났다.

카라독은 넋이 나간 표정으로 멍하니 서 있었다. 아름다운 귀니에가 다가가 다정하게 입을 맞추어 주었지만, 그는 별 반응을 보이지 않았다. 사람들이 흰 담비털 옷을 입은 기사와 무슨 이야기를 나누었는지 물어보았지만, 그는 아무 대답도 하지 않았다. 그날 온종일 그는 침울한 표정으로 완강하게 입을 다물고 있었다. 저녁이 되자 카라독은 아더 왕에게 궁을 떠날 수 있도록 허락해 달라고 말했다. 그러곤 귀니에에게 변치 않는 사랑을 약속한 다음, 혼자서 밤을 향해 달려 들어갔다.

카라독은 며칠 뒤에, 자신을 길러 주었고 늘 아버지라고 생각해 왔던 반의 왕 곁으로 돌아갔다. 왕은 아들이 무사히 돌아온 것을 보고

✝ 이 이름은 코란에 등장하는 첫 번째 "불복종자"인 천사 이블리스(기독교 전통의 루시퍼에 상응)와 연관이 있는 것처럼 보인다. 엘리아브레스는 알라르댕처럼 빛의 요소와 어둠의 요소를 동시에 지니고 있다. —역주

눈물을 흘리며 기뻐했다. 카라독은 아버지를 따로 뵙기를 원한다고 말하고 엘리아브레스에게 들은 이야기를 전부 털어 놓았다. 자신은 언제까지나 아버지를 사랑하는 좋은 아들로 남을 것이라고 덧붙여 말했다. 카라독의 말을 들은 왕은 처음에는 끔찍한 절망에 사로잡혔다. 조금 시간이 지나 분노가 그의 몸을 휘감았다. 그는 자신을 가증스럽게 속인 죄를 물어 자신이 몸소 이자브 왕비의 목을 베겠다고 말했다.

카라독이 아버지를 제지했다.

"안 됩니다. 아무리 죄가 많다 하더라도, 그분은 제 어머니이십니다. 이렇게 하십시오. 그 저주받을 마법사가 다시는 어머니를 만나지 못하도록 높고 좁은 탑에 유폐시키십시오. 그러면 그곳에서 자신이 저지른 죄악에 대해 깊이 생각해 보게 될 것입니다."

왕은 왕비를 탑에 가두게 하고, 자신과 허락받은 몇몇 사람 외에는 아무도 접근하지 못하게 하라는 엄명을 내렸다. 이자브 왕비는 시중드는 여자들과 함께 탑에 갇혔다. 왕비가 안전하게 갇힌 것을 보고 카라독은 아더 왕의 궁으로 떠났다. 아름다운 귀니에를 만나보고 싶었기 때문이다.

카라독의 친부인 마법사 엘리아브레스는 왕비를 만날 수 없게 되자 무척 짜증이 났다. 그는 왕비를 보고 싶었다. 탑에 가두어 놓았다고는 하지만, 마법의 힘으로 탑 안에 들어가는 것 정도는 그에게 일도 아니었다. 그는 몰래 탑 안으로 숨어 들어갔고, 왕비를 기쁘게 해 주기 위해 마법의 힘으로 하트와 교현금(바퀴를 돌려 연주하는 중세의 현악기－역주) 악사들을 불러들였다. 춤꾼들과 곡예사들도 불렀다. 반의 왕이 봉신들을 방문하기 위해 성을 비울 때마다 한바탕씩 시끌벅적한 파티를 벌이며 놀았다.

꼬리가 길면 밟히는 법, 이 모든 일은 곧 들통나고 말았다. 탑에서 파티를 벌이면 이웃에 살고 있는 주민들은 잠을 잘 수 없었다. 결국 그들은 왕을 찾아가 탄원하기에 이르렀다. 진노한 왕은 경계를 더욱 강화하라고 명령했다. 위병들은 밤낮으로 탑을 지켰다. 그러나 아무 소용이 없었다. 시끌벅적하게 떠들며 요란스럽게 파티를 벌이는 소리가 여전히 들려왔다.

그 지역에서 그 탑은 '즐거운 소란' ✤이라는 이름으로 불리게 되었다. 마법사는 왕을 비웃기라도 하듯 점점 더 요란하게 떠들어 대며 놀았다. 광란의 파티가 내는 소음은 왕이 있는 곳에까지 들려왔다. 왕은 불쾌해서 견딜 수가 없었다. 그는 결국 카라독에게 사람을 보내어 궁으로 돌아와 조언해 줄 것을 청했다.

카라독이 돌아오자, 왕은 탑에서 벌어지고 있는 일을 들려주었다. 카라독은 매복하고 있다가 덮치기로 했다. 그는 끈질기게 틈을 노렸다. 제 아무리 뛰어난 마법사라 하더라도 허점은 있을 것이다. 어느 날 밤, 그는 마법사가 탑으로 숨어 들어가는 것을 보았다. 카라독은 그대로 내버려두었다가, 그가 왕비에 대한 욕망으로 정신을 못 차리고 있는 틈을 노리고 뛰어들어 붙잡았다.

카라독은 불행한 반 왕이 당한 모욕을 설욕할 수 있는 벌을 마법사

✤ 역시 통음난무적 고대 여신 제의와 연관된 레미니상스. 마법의 이름으로 저주받고 있는 성적 엑스터시. —역주

에게 내려야 한다고 판단했다. 그는 마법사에게 암놈 사냥개, 암퇘지, 암말과 동침하라는 벌을 내렸다.

마법사는 암놈 사냥개에게서 기날록이라는 이름의 큰 사냥개를, 암퇘지에게서는 토르텡이라는 이름의 커다란 멧돼지를, 암말에게서는 힘세고 사나운 전투마인 로리아고르를 얻었다. 이 세 마리 동물은 카라독의 형제이며, 그의 아버지의 자식들이었다.⚜ 그러고 나서 카라독은 마법사를 아주 잔인하게 죽여 버릴 생각이었다.

그러나 어쨌든 아버지 아닌가. 그는 차마 마법사를 죽이지 못하고 어디든 가라고 쫓아 버렸다.

엘리아브레스는 자신이 당한 모욕을 견딜 수가 없었다. 그는 왕비가 갇혀 있는 탑으로 다시 몰래 숨어들었다. 왕비를 보자마자 그는 아들이 자기를 죽이려 했다는 말을 들려주었다. 왕비는 연인이 겪어야 했던 치욕스러운 경험을 들으며 눈물을 흘렸다.

마법사의 말이 끝나자 그녀가 소리쳤다.

"복수하세요. 원하면 얼마든지 복수할 수 있잖아요!"

"우리 아들이잖소. 그를 죽일 수는 없소. 그런 잔인한 짓을 할 수는 없소."

⚜ 카라독의 복수는 완벽한 논리를 갖추고 있다. 이 복수는 고대의 토템 의식으로 거슬러 올라간다. 웨일즈의 『마비노기』 네 번째 가지에도 이와 똑같은 모험을 겪는 그위디온과 거플렛의 이야기가 나온다(『아발론 연대기』, 4권에서 「꽃의 여자」 참조). 토르텡이라는 멧돼지 이름은 웨일즈 전승에 나타나는 파괴자인 마법의 멧돼지 투르흐 트르위트를 분명히 떠올리게 한다. (같은 책 2권, 「클루흐 공의 기나 여행」 참조)

"그것 때문에 망설이는 건가요? 정말 한심한 겁쟁이로군요. 복수하지 않으면 후환이 없다는 보장이라도 있나요? 우리는 끝이라구요. 당장 무슨 수든 쓰지 않으면 안 돼요. 당신이 못 하겠다면 내가 하겠어요."

정인情人이 화가 잔뜩 난 것을 보고 마법사 엘리아브레스는 더 이상 망설일 수 없다는 판단을 내렸다. 그는 오랫동안 한숨을 내어 쉬고는 무겁게 입을 열었다.

"알겠소. 당신과 나를 위해 복수하리다. 그러나 그를 죽이지는 않겠소. 당신이 도와준다면 그의 힘을 모두 빼앗겠소."

"알았어요. 무슨 일이든 할게요."

마법사는 물러갔다가 마법으로 길들인 뱀 한 마리를 가지고 돌아왔다. 그는 왕비에게 어떻게 해야 하는지 설명해 주었다.

"이 뱀을 장롱 속에 넣어 두겠소. 당신이 문을 열어서는 안 되오. 이 놈을 건드리는 사람은 누구든 위험을 겪게 될 것이오. 아들이 당신을 만나러 오면 머리를 풀고 있다가 장롱에서 빗⚜을 꺼내 달라고 하시오.

⚜ 이자브의 산발한 머리는 단순히 아들을 끌어들이기 위한 핑계에 불과하지 않다. 이자브는 정말로 '산발한 여자' 이기 때문이다(우리 나라 여자 귀신의 산발한 머리와 상징적으로 완전히 똑같다). 여성의 성적 매혹은 특히 풀어헤친 머리로 재현되는데, 대표적인 경우가 물가에 앉아 머리를 빗으며 유혹의 노래를 부르는 사이렌이다. 따라서 이자브의 '빗' 은 여성의 성적 유혹의 중심에 있는 상징적 도구이다. 이 '빗' 이 '바다 건너에서 왔다' 는 것에 주목할 것. 즉 기독교가 타자화시킨 인간적 사실과 연관되어 있다는 의미. 성배 신화 안에서 여성적인 것의 본거지는 '섬' , 또는 물로 에워싸여 있는 외딴 곳이라는 것을 상기할 것. —역주

카라독이 장롱을 열면 이 사악한 뱀은 그에게 덤벼들어 팔을 휘감아 버릴 것이오. 그 후에는 뱀을 떼어놓을 방법이 없지. 이 년 반이 지나면 카라독은 죽을 것이오. 뱀이 그동안 카라독의 생명을 천천히 빨아먹을 테니까."

"멋지군요. 아주 멋진 복수 방법이에요. 그렇게 천천히 죽어가는 것이 금방 죽어가는 것보다 훨씬 더 끔찍하니까. 어미라고 해서 그 애에게 자비를 베풀지는 않을 거예요. 걱정하지 마세요. 당신이 원하는 대로 할 테니까."

마법사는 복수를 꿈꾸며 왕비를 떠났다. 다음 날 카라독은 탑으로 어머니를 방문했다. 순수한 마음으로 어머니에게 예를 표하기 위해서였다. 그는 왕비가 저지른 모든 일에도 불구하고 그녀를 귀하게 여겼다. 왕비는 산발한 모습으로 아들을 맞았다.

"얘야, 네가 올 거라고는 예상하지 못했구나. 너는 오랫동안 나를 버려두었지. 머리를 좀 빗어야겠다. 바다 건너에서 온 빗으로 머리를 빗고 싶구나. 장롱 속에 있단다. 그걸 좀 가져다주겠니?"

카라독은 아무 의심도 하지 않고 얼른 일어나 장롱 문을 열고 손을 안으로 쑥 집어넣었다. 그때 장롱 안에 있던 뱀이 아가리를 벌리고 그에게 달려들어 팔을 휘감아 버렸다.

카라독은 깜짝 놀라 뒤로 물러서서 뱀을 털어 버리려고 팔을 흔들었다. 그러나 뱀은 카라독이 팔을 흔들수록 더욱더 조여 왔다. 카라독의 얼굴빛이 파랗게 질렸다가 점점 더 창백해져 갔다. 그 광경을 본 왕비는 아들에게 달려갔다. 그리고 아무것도 몰랐던 체하고 울며 신음하기 시작했다. 그녀는 가슴을 치고 손을 쥐어뜯으며 꾸며 낸 슬픈 목소리로 비명을 질렀다.

"오, 나는 불쌍하고 비참한 여자로다! 죽음은 서둘러 나를 찾아오지 않고,

이렇게 끔찍한 삶 속에 내버려두는구나! 왜 이놈의 뱀은 내가 아니라 내 아들에게 덤벼든 것일까?

이 흉측한 괴물은 네가 아니라 나를 공격하는 것이 마땅했을 것이다. 나는 삶에 애착이 없으니까! 아들아, 네가 네 아버지와 어미인 나에게 저지른 죄를 고백하고 무거운 짐을 벗어 버리렴. 네가 우리 두 사람에게 저지른 못된 행동 때문에 너는 지금 벌을 받고 있는 것이다. 이 악마가 팔에서 떨어져 나가도록 고통을 견디며 오랫동안 신의 자비를 구하도록 하여라."

왕비가 그렇게 호들갑을 떨고 있는 동안 카라독은 침묵을 지키고 있었다. 그는 순진하게도 왕비가 자기를 위해 그렇게 말한다고 생각했다. 고통이 점점 더 심해졌다. 필설로 표현할 수 없는 끔찍한 고통이었다.

반 왕이 그 소식을 들었다. 왕은 처음에는 어쩔 줄 모르며 슬퍼하다가 나중에는 몸을 떨며 분노했다. 그는 당장 탑으로 달려왔다. 금방이라도 검을 휘둘러 왕비를 찔러 죽이고 싶은 것을 참느라 무진 애를 써야만 했다. 그는 틀림없이 왕비가 그 일에 연루되었을 거라고 생각했다. 사람들은 왕비를 얼른 다른 방으로 데리고 갔다. 그대로 두었다가는 흥분한 왕이 여러 사람들이 지켜보는 가운데 왕비를 죽여 버리고 말 것 같았기 때문이다.

왕은 영혼이 찢어지는 듯한 신음 소리를 내뱉었다. 머리카락을 쥐어뜯고 수염을 잡아당기면서 그토록 사랑하는 아들을 지켜 주지 못한 자신을 저주하며 울었다. 그는 아들을 그 저주받은 장소에서 옮기라고 신하들에게 명령했다. 그는 이를 갈며 그 악마 같은 마법사를 자기 손으로 죽여 버리고 말겠노라 맹세했다.

열네 명 이상의 기사✦들이 카라독을 밖으로 데리고 나갔다. 그러고는 아름다운 태피스트리와 귀한 장식물들로 아름답게 꾸며진 방에 멋진 침대를 마련해서 그 위에 카라독을 눕혔다.

카라독은 침대에 누워서도 편하게 쉴 수 없었다. 어떤 자세를 취해도 고통스럽기는 마찬가지였기 때문이다. 뱀은 더욱더 팔을 조여 왔다. 고통이 너무나 끔찍해서 매순간 죽을 것만 같았다. 반 왕은 한순간도 친아들이 아니라고 생각해 본 적이 없던 카라독이 그렇게 고통으로 헐떡이는 것을 보고 괴로움으로 어쩔 줄 몰랐다. 그는 왕국 전체에 사람을 보내어 이 이상한 일을 해결할 수 있는 인물을 찾았다.

전령들은 방방곡곡 뒤지고 다녔지만 그런 능력을 가진 사람을 찾아 내지 못했다. 왕은 절망에 빠져 하루하루 시들어 가는 아들을 무력하게 바라보았다. 그러나 그는 포기하지 않고, 이번에는 세상 전체를 다녀 보라고 전령들에게 일렀다. 의사든 마법사든 상관없으니 약초나 연고 또는 주술로 카라독을 고통에서 해방시켜 줄 사람을 찾아오라고 일렀다. 그렇게만 해 주면 재산 전부라도 내놓겠다고 말했다.

✦ 고대 여신에 관한 상징주의에서 숫자 15는 매우 중요한 역할을 한다. 우리는 원탁을 둘러싸고 15라는 숫자가 되풀이되어 나타나는 것을 확인할 수 있다. "열네 명 이상의 기사"라는 명시를 통해 신화기술자는 자신도 모르게 이 숫자에 심리적 억압을 느끼고 있음을 드러내고 있다. 카라독이 고대 여신의 연인이라는 것을 한 번 더 확인시켜 주는 요소. ―역주

의사들이 사방에서 달려왔지만, 명의든 돌팔이든 카라독의 팔에서 망할 놈의 파충류를 떼어놓을 처방을 찾아내지는 못했다. 여전히 방에 갇혀 있는 왕비는 기분이 좋아서 어쩔 줄 몰라 하고 있었다. 그녀는 아들이 마법사 엘리아브레스에게 가했던 고통을 종종 떠올리며 중얼거렸다.

"나쁜 놈! 네가 애비와 어미에게 저지른 고통을 신께서 멋지게 복수해 주고 계신 거다. 너는 참회의 고통을 치르고 있는 거다. 너는 죽음이 너를 찾아올 때까지 천천히 고통 속에서 사위게 될 것이다. 그때까지 휴식의 그늘은 너를 찾아오지 않을 터!"

왕비를 시중들고 있던 시녀들은 그녀가 아들을 저주하는 소리를 들었지만, 왕이 더욱더 진노할 것이 두려워 아무 말도 하지 않았다. 그 말을 듣는 순간 왕은 당장 아내를 짐승처럼 도살하고 말 것이 틀림없었기 때문이다. 뱀은 여전히 카라독의 팔에 감겨 끔찍한 고통을 가하고 있었다. 카라독은 의연하게 참아냈지만, 뱀은 카라독의 생기를 계속 빨아먹었다. 카라독은 점점 쇠약해져 갔다.

02 황금 가슴을 가진 여인

카라독의 소식이 아더 왕에게까지 전해졌다. 그는 카두엘 가까이에 있는 숲에 있었는데, 그 소식을 듣고 망아 상태에 빠져 정신을 잃고 쓰러졌다. 정신을 차린 왕은 젊은이가 떠나도록 내버려두었던 자신을 자책하며 오래 탄식했다.

"아, 슬픈 일이로다! 가웨인 경이나 이베인 경을 딸려 보낼 걸 수행도 없이 혼자 떠나게 했으니 내가 어리석었다. 그를 위해 무엇을 할 수 있을꼬? 불행한 일이로다! 멀린이 있었다면 저주를 풀 수 있는 방법을 알려 주었으련만……."

왕은 밤새 번민했다. 왕의 번민이 깊은 것을 보고 신하들은 모두 왕을 걱정했다. 귀니에도 카라독이 겪고 있는 고통을 알게 되었다. 가슴이 고통으로 부서져서, 그녀는 자신이 누구인지 어디에 있는지도 모를 정도로 정신을 차리지 못했다. 그녀는 카라독의 소식을 듣더니 얼굴이 창백해져서 식은땀을 줄줄 흘리다가 기어이 실신하고 말았다. 한참 만에 다시 정신이 돌아왔지만 마치 미친 여자처럼 헛소리를 중얼중얼 늘어놓았다. 그러다 울면서 자신이 태어난 날을 저주하기 시작했다.

"전능하신 하느님! 제게 왜 이런 고통을 주시는지요? 왜 제 연인을 빼앗아 가십니까? 참으로 원망스럽습니다. 그가 죽기 전에 단 한 번 만이라도 볼 수 있게 해 주신다면 제 신앙은 한결 강해질 것입니다. 지금 제 신앙은 연약하게 흔들리고 있습니다! 아, 나는 불행한 여자로다! 오, 뻔뻔하고 흉측한 죽음이여, 네가 어찌 그런 영웅을 네 먹이로 삼았다는 말이더냐? 왜 그이를 그렇게 빨리 데려가려는 거냐? 내가 그이를 얼마나 사랑하는데, 내게서 그이를 빼앗아 나를 절망에 빠뜨리고 싶은 거냐?"

귀니에의 오라버니 카도르도 누이동생만큼 상심했다. 그는 어떻게 하면 카라독을 도울 수 있을지 몰라 고통스러워했다. 그는 아랫사람들에게 배를 준비하라 이르고는, 누이를 데리고 승선했다. 바다를 건너 그의 무술 도반이며 누이의 연인인 카라독을 찾아갈 생각이었다.

두 사람은 곧 아르모리크 브르타뉴에 도착했다. 배에서 내린 두 사람은 말을 타고 산과 골짜기를 지나 반 왕국의 성을 향해 갔다. 콘월의 카도르가 누이인 아름다운 귀니에를 데리고 불행에 빠져 있는 카라독을 도우러 왔다는 소문이 나라 전체에 퍼졌다. 그 소식을 들은 카라독은 위안을 받기는커녕 더욱더 괴로워했다. 그는 어떻게 행동해야 좋을지 몰라서 주위에 있는 사람들에게 모두 물러가라고 명했다. 자신의 비참한 처지가 새삼 끔찍하게 느껴져서, 혼자 생각해 보고 싶었던 것이다.

그는 낮은 목소리로 중얼거렸다.

"사랑하는 주님! 이렇게 시커멓게 변한 제 얼굴과 몸을 보면 제가 이 세상 누구보다 사랑하는 그 연인은 얼마나 저를 경멸하겠습니까. 또 제 팔에 감긴 이 짐승을 보고 얼마나 끔찍해할까요. 그렇게 느끼는 것이 당연합니다. 저는 그녀의 연인이 될 자격이 없습니다. 자연이 빚어 놓은 피조물 중에 가장 아름다운 여인, 그녀가 제 비참한 운명을 바라보는 것을 제가 견딜 수 있을까요? 아, 그건 감당하기 어려운 고문입니다. 저는 두 가지 욕망 사이에 찢겨 있습니다. 그녀를 만나 그 아름다움을 누리고 싶기도 하고, 그녀가 제 비참한 몰골을 보지 못하도록 도망쳐 버리고 싶기도 합니다."

그러고는 손님이 찾아와 괴롭히지 못하도록 벽 쪽으로 얼굴을 돌리고 하루 종일 잠들어 있는 체하고 누워 있었다. 저녁에 반의 왕이 콘월의 카도르가 보낸 전령과 함께 카라독을 찾아왔다.

전령이 카라독에게 말했다.

"경의 친구이신 카도르 님께서 경을 자기 자신보다 더 사랑하시는 아름다운 귀니에 님과 함께 바다를 건너 오셨습니다. 두 분의 인사를 전해 드립니다. 경께서는 귀니에 님을 만나실 수 있을 것입니다. 경의 병이 나을 수만 있다면 자신의 몸무게만큼, 아니 그보다도 더 많은 금을 내놓을 용의가 있는 카도르 경도 만나시게 될 것입니다."

카라독이 대답했다.

"그대나 또 그대를 이곳에 보낸 이들을 환영하는 바이다. 그러나 그분들을 맞이하러 나갈 수 없는 몸이니 민망하기 이를 데 없구나."

그는 잠시 입을 다물고 어떻게 하면 귀니에에게 자신의 비참한 모습을 감출 수 있을까 궁리했다. 조금 뒤에 그는 전령에게 말했다.

"두 분이 온다는 소식을 들으니 기쁘기 한량없구려. 그대의 말을 들으니 아가씨께서 나를 갉아먹고 있는 이 흉측한 뱀을 본다고 해도 나를 경멸하지 않을 거라는 확신이 드는구나. 그러나 아, 어찌 될는지? 이 운명의 전쟁을 치르면서 나는 차라리 죽고 싶다는 생각이 든다. 신의 의지를 따르겠다. 내일 귀니에 양과 카도르 경을 맞이하겠다."

그렇게 말한 다음, 그는 왕에게 당부했다.

"이 사람이 편히 묵을 수 있도록 돌보아 주십시오. 이제는 저 혼자 있게 해 주십시오. 그만 쉬고 싶습니다. 제가 브리튼 섬에서 올 때 데리고 왔던 종자만 옆에 남겨 주십시오. 여러 사람이 같이 있는 걸 감당하기 힘들어 그럽니다."

"그리하마. 아무도 네 휴식을 방해하지 못하게 하겠다."

반의 왕은 전령을 데리고 나갔다. 만찬이 끝난 뒤, 모두 잠자리를 찾아갔다. 성은 이내 고요히 잠들었다. 카라독만이 깨어 있었다. 그는 모두 깊이 잠들었다는 것을 확인하고 난 뒤, 종자를 불러 말했다.

"내가 너에게 비밀 계획을 털어놓는다고 놀라지 말았으면 한다. 이제 나는 기력이 다했다. 나날이 기운이 떨어져 간다. 그 때문에 나를 너에게 맡기려는 것이다. 내 계획을 알게 되더라도 절대로 발설해서는 안 된다. 이 성에서 가까운 곳에 기도를 하면서 아주 거룩하게 살아가고 있는 은자께서 지으신 작은 성당이 있다. 그분이 나를 위해 기도해 준다면, 내 팔에 감겨 있는 뱀이 떨어져 나갈 것 같다는 생각이 든다. 그런데 그 은자께서는 무슨 일이 있어도 자신의 침대를 떠나지 않는다는 규칙을 정해 놓고 계시다. 우리가 브리튼 섬에서 가져온 것을 전부 가지고 나를 이곳에서 데리고 나가다오. 아무도 눈치 채지 못하게 해야 한다."

"나으리, 분부대로 시행하겠습니다. 심려치 마소서."

종자는 서둘러 출발 준비를 했다. 두 사람은 과수원으로 통하는 출구를 찾아다녔지만, 어느 곳에도 출구는 없었다. 두 사람은 밤새 벽에 구멍을 뚫고 성 밖으로 나왔다.✣ 카라독은 그 지역을 잘 알고 있었으므로 사람들과 부딪칠 위험이 없는 외딴 길을 택했다. 깊은 숲속에 숨어 살고 있는 은자의 오두막에 도착한 카라독과 종자가 조심스럽게 성당 안으로 들어갔다. 은자는 다정하고 인자한 음성으로 인사말을 건넸다. 카라독은 정중하게 답례한 뒤, 잠깐 열렬한 기도를 올렸다. 뱀이 그를 너무나 괴롭혔기 때문에 오랫동안 기도할 수가 없었다. 기도를 끝낸 뒤에는 얼른 자리에 앉아야 했다. 그는 지칠 대로 지쳐 있었다.

은자는 카라독에게 이름과 출생지, 방문한 목적 등에 대해 물었다. 카라독은 이름을 말한 다음, 살아오면서 겪은 일을 낱낱이 고했다. 어떤 상황에서 뱀이 팔에 달라붙게 되었는지도 설명했다. 그런 이야기를 하는 중에도, 그는 자신을 낮추면서 그 모든 일이 아버지에게 못된 행동을 하고 어머니에게 큰

✣ "벽에 문이 없는" 상황은 아더 왕 신화 여러 곳에서 되풀이된다. 이는 주인공이 처해 있는 심리적 상황이 기존의 사유 체계로 해결될 수 없는 그 무엇과 관계되어 있다는 것을 암시한다. 카라독의 경우, 성적 매혹과 종교적 경건 사이에서 심하게 찢겨 있는 바, 그가 매여 있는 기독교 사유 체계로는 그 심리적 갈등 상황을 돌파할 수 없다. 그는 기존의 도덕주의 울타리를 '부수는' 수밖에 없다. —역주

죄를 저질렀기 때문이라고 탄식했다. 그는 한숨을 내쉬면서 진심에서 우러나온 눈물을 흘렸다.

"저는 이 세상에서 가장 나쁜 사람입니다."

자신의 고백을 그런 문장으로 끝마친 카라독은 격렬하게 밀려오는 슬픔을 이기지 못하고 바닥에 쓰러졌다. 은자는 카라독이 너무나 가여웠다. 그는 카라독의 죄를 사해 주었다. 카라독은 아무에게도 자기 얘기를 하지 말아 달라고, 누가 찾더라도 모르는 체해 달라고 부탁했다.

카라독은 좁은 오솔길 몇 개가 지나갈 뿐인 그 깊은 숲속에서 살기로 결정했다. 반의 성에서 암자까지는 족히 십이 리외 이상 떨어져 있었다. 제일 가까운 인가도 사 리외 정도 떨어져 있었다. 카라독은 마음이 놓였다. 이제 아무도 나를 찾아내지 못할 것이다.

바로 그날 콘월의 카도르와 그의 누이 귀니에는 반에 도착했다. 왕은 그들을 극진한 예로 맞아들였다. 카도르가 유명한 용사인 것도 이유였지만, 귀니에가 가엾은 카라독에게 품고 있는 사랑을 귀하게 여겼기 때문이었다. 두 사람은 곧 카라독이 누워 있는 방으로 안내되었다. 그러나 문은 단단히 잠겨 있었다. 카라독과 종자가 문을 안에서 잠궈 버렸기 때문이다.

귀니에가 제일 처음 앞으로 나섰다. 그녀가 문틈에 대고 속삭였다.

"친구여, 문을 열어 주세요. 당신이 나오실 수 없으니 당신의 연인이 들어가게 해 주세요. 연인이 부를 때 몸을 숨기는 것은 예의 바른 행동이 아닙니다. 사랑스러운 내 친구, 문을 열어요. 당신이 걱정이 되어 미치겠어요. 당신에게 불행이 닥쳤다는 것을 알게 된 이후로 내게는 기쁨도 즐거움도 없어요."

문은 열리지 않았다.

"내가 당신에게 무슨 일을 했기에 내게 이런 고통을 주시나요? 왜 이렇게 나에게서 도망치시는 거예요? 하늘의 왕이신 신의 도움으로 이 문을 열고 말 거예요. 왜 나를 이렇게 거절하시나요?"

그녀는 시종들을 시켜 문을 열고 안으로 들어갔다. 방 안은 텅 비어 있었다. 귀니에와 카도르는 과수원 쪽으로 난 다른 문이 있다는 것을 알아차렸다. 사람들은 과수원을 샅샅이 뒤졌다. 그리고 카라독이 도망치기 위해 벽에 뚫어놓은 구멍을 찾아냈다. 귀니에는 낙담한 표정으로 멍하니 서 있다가 결국은 울음을 터뜨리고 말았다.

"오, 친구여! 어떻게 이런 속임수를 쓸 생각을 했지요? 어떻게 나를 버리고 혼자 도망칠 궁리를 할 수 있지요? 당신이 죽는 모습을 나에게 보여 주기 싫었던 거예요……. 도망치셔도 소용없어요. 내가 살아 있는 한 언제까지나 당신을 따라갈 테니까요. 뱀이 당신을 습격했을 때 나에게 연락하셔야 했어요. 그랬더라면 당신의 불행을 함께 나눌 수 있었을 텐데……. 무거운 짐을 나누어지면 한결 가벼워질 수 있잖아요!"

카도르는 누이를 달래 보려고 애썼지만 아무것도 할 수 없었다. 그녀는 더욱 큰 소리로 흐느껴 울었다.

"오, 나는 불쌍한 여자로다. 나는 왜 태어났던 것일까? 내 친구가 내게서 등을 돌려 떠나갔다. 그이는 내가 우리 두 사람의 운명에 대해 한탄히는 소리를 듣는 게 두려웠던 거야. 그 때문에 그이는 떠난 거야. 불행하구나. 그이는 내 가슴을 가지고 가 버렸어. 그이는 자기가 죽고 난 뒤에 내가 살 수 있다고 생각했던 걸까? 우리 두 사람은 내밀하게 이어져 있기 때문에 우리를 나누어 놓을 수 있는 것은 아무것도 없어. 아, 카라독, 왜 나를 믿지 못하는 거예요?"

카라독이 행방불명되었다는 소식이 아더 왕국에까지 전해졌다. 아더 왕은 소식을 듣자마자 몸소 바다를 건너와 손자를 찾아보기로 결심했다. 그는 가웨인, 아그라베인, 이베인과 거플렛을 데리고 아르모리크 브르타뉴에 상륙해서, 사촌인 콘월의 카도르와 그의 누이 귀니에를 만났다. 아더 왕과 동료들은 즉시 카라독을 찾아 나섰다. 그들은 성, 저택, 마을과 숲을 샅샅이 뒤졌다. 탐색 도중에 당연히 카라독이 머물고 있는 암자에도 들렀지만, 카라독이 완벽하게 변장하고 있었기 때문에 알아보지 못했다.

카라독은 들키지 않으려고 은자의 소유인 소매 없는 넓은 케이프를 두르고, 머리에는 두건을 깊이 눌러썼다. 아무도 그의 얼굴을 알아볼 수 없었다. 그는 그렇게 해서 수색자들의 눈을 피했다. 아더 왕 일행은 자신들이 카라독 앞에 있었다는 사실을 꿈에도 알지 못했다. 일행은 포기하지 않고 아르모리크 브르타뉴 전역을 뒤졌다. 카라독의 흔적은 어느 곳에도 없었다. 그들은 크게 상심하여 브리튼 섬으로 돌아가기로 결정했다. 브리튼 섬에서도 아더 왕과 동료들은 수색을 계속했지만 결과는 마찬가지였다. 그들은 자신들의 노력이 아무 소용도 없다는 결론을 내릴 수밖에 없었다. 그들은 각자 헤어져서 자신의 영지로 돌아갔다.

그 이후로 이 년여의 세월이 지나갔다. 카라독의 소식은 들려오지 않았다. 콘월의 카도르만은 희망을 버리지 않았다. 그는 카라독이 죽지 않았다고 생각했다. 아름다운 귀니에도 마찬가지였다. 오누이는 아르모리크 브르타뉴와 브리튼 섬 이곳저곳을 뒤지고 돌아다녔다. 카도르는 결코 친구를 저버리지 않을 것이며, 그가 어디에 있든 반드시 찾아내고 말겠다고 결심했다. 그는 가는 곳마다 물었다. 성이든 마을이든 또는 암자든 그의 질문은 한결같았다.

"신의 이름으로 부탁드립니다. 혹시 팔에 뱀이 감긴 남자를 보셨습니까?"

그러면 똑같은 대답이 돌아왔다.

"그런 사람은 보지 못했소. 그토록 끔찍한 얘기는 들어 본 적도 없소이다."

카라독은 풀만 먹고 살았다. 그해 여름에 이 년 가까이 기거하던 암자를 떠나, 다른 거룩한 사람들을 찾아 나섰기 때문이다. 숲과 벌판과 황야를 헤매고 나무뿌리를 날로 먹었다.✤ 뱀은 여전히 그의 살과 피를 빨아먹으면서 괴롭혔다. 카라독은 너무 많은 고통을 받은 나머지 쇠약해질 대로 쇠약해져 있었다. 몸을 움직이는 것도 무척 힘들었다. 결국, 그는 숲속에 오두막을 지었다. 멀지 않은 곳에 아름다운 암자가 있는 곳이었다. 그 암자에는 신을 섬기는 종들이 살고 있었다. 관대하고 과묵한 사람들이었다. 아주 자그마한 그들의 교회는 골짜기 중턱에서 흘러나오는 강물을 굽어보고 있었다. 그곳까지 오는 사람들은 거의 없었기 때문에, 아주 평화롭고 고요했다. 카라독은 작은

✤ 카라독의 생활 방식은 사막의 극단적 금욕주의 수도사들을 떠올리게 한다. 뱀과 연관된 기독교의 원죄(친부 엘리아브레스와 어머니 이자브의 성적 방탕)를 수납하여 속죄하는 카라독의 행위는 일체의 육체적 쾌락을 보정하는 엘리야 전통 수도사들과 연관되어 있다. —역주

오두막 안에서 죽음을 기다리며 살아가고 있었다. 그는 이제 더 이상 자신을 짓누르고 있는 고통에서 벗어나려는 모든 노력을 포기했다. 그는 매일처럼 좁은 오솔길을 따라 성당으로 기도하러 갔다. 은자들은 카라독에게 입을 것을 주고 그들이 가지고 있는 식량도 조금 나누어 주었다. 카라독의 팔을 휘감고 있는 징그러운 뱀을 보았는데도 그를 잘 돌보아 주었다. 그에게 잔인한 고통을 부과한 슬픈 운명에 대한 이야기를 듣고 진정으로 가엾게 여겼다. 카라독은 암자로 와서 조금 음식을 먹은 뒤에 자신의 오두막으로 돌아갔다. 그는 신께서 얼른 데려가 주시기만을 바랐다.

어느 날, 카도르는 산과 골짜기를 돌아다니고 있었다. 그의 누이는 끊임없이 계속되는 여행에 지쳐서 숙소를 제공해 준 과수댁의 집에 머물고 있었다. 카도르는 이른 아침부터 그 지역 전체를 찾아보기로 결심하고 돌아다니는 중이었다. 카라독이 머물고 있는 오두막 가까이에 자리한 암자에 도착했을 때 갑자기 날이 저물었다. 그는 암자에 들어가 묵어갈 수 있느냐고 물어보았다. 은자들은 그를 다정하게 맞아들인 다음, 그들이 평소에 먹던 초라한 음식을 차려 냈다. 카도르는 그들에게 살과 피를 빨아 먹는 끔찍한 뱀이 팔에 휘감겨 있는 고귀한 남자를 만났거나, 또는 그에 관한 이야기를 들은 적이 없느냐고 물어보았다.

은자 중 한 사람이 대답했다.

"그 사람을 알고 있습니다. 이 근처에 살고 있답니다. 내일 바로 이곳에서 보실 수 있습니다. 매일 미사를 드리러 이곳으로 오거든요."

카도르는 예기치 않은 대답을 듣고 너무 기뻐서 가슴이 방망이질하는 것을 느꼈다.

"키가 큰 갈색머리 남자인가요?"

"그렇습니다. 아주 비참한 모습이었지요. 뼈와 가죽만 남아 있답니다. 그 사람의 이름이 무엇인지는 모릅니다."

카도르는 카라독이 틀림없다고 생각하고 그 이상 묻지 않고 잠자리에 들었다. 방금 알게 된 소식이 반가워서 침대가 딱딱하다는 사실조차 잊어버렸다. 은자들은 정성을 다해 그를 대접했다. 카도르는 카라독을 보고 싶다는 생각에 마음이 급해서 아침 일찍 자리에서 일어났다. 예상했던 대로 카라독이 암자로 왔다.

카도르는 들키지 않으려고 교회 한구석에 숨어 있었다. 카라독은 아무 의심도 하지 않고 성당 안으로 들어와 열심히 기도하기 시작했다. 그러나 카도르는 친구의 모습을 알아볼 수 없어서 가까이 다가가 보기로 결정했다. 열심히 기도하고 있던 카라독은 카도르가 다가오는 소리를 듣지 못했다.

카라독에게 다가간 카도르가 부드럽게 말을 걸었다.

"형제여, 형제여. 드디어 경을 찾았구려. 경을 찾아 수없는 나라를 지칠 때까지 헤매어 다니느라 팔과 다리에 피가 맺히기를 몇 번인지 모르겠소. 쉴새 없이 찾아다닌 세월이 이 년이 넘었다오. 누가 이런 옷을 입혀 주었소? 이런 누더기를 걸치고 있나니 당치도 않소!"

카라독은 겉옷 두 벌을 겹쳐 입고, 커다란 장화를 신고 있었다. 머리에는 여기저기 구멍이 뚫어진 넝마 같은 두건을 쓰고 있었다. 바라볼수록 가엾어 시 견딜 수가 없었다. 카라독은 아무 대답도 하지 않았다. 카도르를 알아보았지만 동료 앞에서 부끄러워 입을 열 수가 없었다. 그는 두건을 눈 아래까지 내리고는 바닥에 드러누워 버렸다.

카도르는 그에게 다가가 일으켜 세우고 입을 맞추었다.

"다정한 친구여, 그대는 몸을 파먹으며 파괴하는 뱀 때문에 오랫동안 고통을 겪었소. 내게 진실을 감추지는 마시오. 우리는 지금 교회에 있으니 거짓말을 해서는 안 됩니다. 누가 경을 고향에서 떠나게 만들었소? 왜 경은 자기 자신보다 더 사랑하는 내 누이에게서 도망친 겁니까?"

카라독은 그 말을 듣더니 눈물을 흘리기 시작했다.

"오, 내 기쁨의 귀한 동지여, 나는 귀니에가 나를 경멸하면 어쩌나, 나의 불행을 보고 나를 전처럼 사랑하지 않으면 어쩌나 두려웠다오. 나는 죽지 못했다는 절망 때문에 도망쳤소. 내가 원하는 것은 죽음뿐이오. 삶을 견딜 수가 없구려."

카도르는 카라독의 이야기를 들으며 가슴이 미어지는 것 같았다. 그러나 집으로 돌아가자고 아무리 다정하게 달래고 애원해도 카라독은 카도르의 말을 듣지 않았다. 오히려 카도르에게 다가와 밀쳐 버리는 것이었다. 그러자 눌러 두었던 고통의 감정이 폭발했다. 두 사람은 비명을 지르며 울기 시작했다. 한 사람은 가자고 하고 한 사람은 못 가겠다고 하면서 큰 소리로 싸웠다. 은자들이 놀라서 달려왔다. 그들은 카라독에게 카도르를 따라가라고 권했지만 카라독은 완강하게 거절했다. 카도르는 일단 카라독을 그곳에 놓아두고, 그를 고통에서 풀어줄 방법을 찾아 보기로 했다. 그는 은자들에게 카라독을 잘 보살펴 주고 필요한 음식을 먹게 해 주라고 당부했다.

"돌아와서 여러분이 베풀어 주신 은혜에 크게 보답하겠습니다."

그는 말 위에 올라 즉시 암자를 떠났다. 그는 곧장 반으로 달려가 여전히 탑에 유폐되어 있는 왕비를 만날 수 있게 해 달라고 청했다. 카도르는 왕의 허락을 받아 왕비를 만날 수 있게 되었다. 그는 왕비를 보자마자, 아들을 그런 끔찍한 고통 속에 버려 두다니 그렇게 마음이 모진 어머니가 어디 있느냐고 비난을 퍼부었다.

"세상 사람 전부 왕비님을 비난하고 있습니다. 아드님에게 닥친 불행이 왕비님 잘못이라고 말합니다. 그러나 만일 카라독을 저주에서 풀어준다면 다시 모든 사람의 존경과 사랑을 받으실 수 있게 될 것입니다. 아이가 잘못을 저질렀을 때는 벌을 주는 것이 어머니의 의무이지요. 그러나 벌을 받고 난 다음에는 용서해 주어야 하는 것 아니겠습니까?"

왕비는 카도르가 무엇을 원하는지 잘 알고 있었지만 모르는 체하고 물었다.

"나에게 원하는 것이 정확히 뭡니까?"

"카라독의 고통이 끝나게 해 주십시오."

"그럼 그 애가 살아 있다는 말입니까?"

"예, 살아 있습니다. 어디 있는지도 알고 있습니다."

이자브 왕비는 잠깐 동안 아무 말이 없었다. 어느 틈에 눈물이 두 뺨을 타고 흘러내렸다.

"맹세코, 그 애가 아직 살아 있다는 걸 몰랐어요. 나는 그 애가 죽었다고 생각했어요. 그래서 그 애가 겪은 운명에 대해 크게 자책했지요. 내가 없앨 수 있는 고통으로 내 자식이 고통받았다는 것을 안다면 비난하는 게 당연하지요. 카도르, 내일 다시 오세요. 반드시 오셔야 합니다. 그 애가 나을 수 있을지 아니면 죽을 수밖에 없는지 말씀드릴게요."

카도르는 즉시 작별을 고하고 물러나왔다. 가슴이 희망으로 가득 차 있었다. 다음 날, 평소처럼 마법사가 마법을 이용하여 탑으로 들어왔다. 그는 왕비가 눈물에 젖어 있는 것을 보고 깜짝 놀라서 왜 우느냐고 물어보았다.

"우리 아들 때문에 그래요. 당신에게 그 애를 벌주라고 부탁하다니 내가 잔인했어요. 정말 후회가 돼요. 그 애는 어찌 될까요? 여전히 뱀 때문에 고통을 겪고 있을까요? 그 시련이 끝나게 하려면 어떻게 해야 하지요?"

마법사는 오랫동안 한숨을 내쉬었다.

"그에게 고통을 주기를 원한 것은 당신이었잖소. 당신이 요구했던 일이오."

왕비는 엘리아브레스의 발 앞에 몸을 던지며 애원했다.

"그래요, 내가 요구했어요. 하지만 지금은 그 고통을 당장 끝내 달라고 부탁할게요. 그 애는 우리에게 못되게 굴었고, 또 당신을 괴롭혔지만 충분한 벌을 받았어요!"

마법사는 잠깐 생각하다가 입을 열었다.

"알겠소. 내가 이제부터 얘기하는 처방을 사용하지 않으면 그 애는 석 달밖에 살지 못할 것이오."

"그 애를 구할 수 있는 일이라면 무엇이든 다 할게요."

다음 날 카도르는 약속한 대로 왕비를 찾아왔다. 왕비는 그를 정중하게 맞이하고 시녀들이 그녀의 말을 듣지 못하게 한쪽 구석으로 그를 데리고 갔다.

"카도르 경, 나는 아들 때문에 무척 고통스럽습니다. 그 애가 가엾어요. 어떻게 하면 그 애를 구할 수 있는지 방법을 일러 드릴게요."

"왕비님, 감사합니다. 어떤 방법인지 얼른 알고 싶습니다. 카라독을 구할 수만 있다면 무슨 일이든 하겠습니다."

"방법을 일러 드릴게요. 하지만 성공하기 쉽지 않다는 것을 미리 말해 두어야겠군요. 우선 고귀함이나 아름다움에 있어서 내 아들과 완전히 동등하고 또 자기 자신만큼 내 아들을 사랑하고 있는 아가씨를 찾아내야 합니다. 그 다음에는 너무 크지도 않고 너무 작지도 않은 통을 두 개 마련해서 세 발자국 정도 거리를 두고 놓아두세요. 보름달이 뜨는 밤이라야 합니다. 첫 번째 통에 식초를 가득 채우고, 두 번째 통에 우유를 채우세요. 카라독은 식초를 넣은 통에, 아가씨는 두 번째 통에 들어가야 합니다. 아가씨는 완전히 발가벗어야 해요. 통에 들어간 다음에는 통 가장자리에 오른쪽 젖을 올려놓고, 뱀에게 카라독의 팔을 떠나 자기에게 와서 젖을 깨물라고 유혹해야 해요. 뱀은 식초 안에서는 괴롭기 때문에 우유 속에 잠겨 있는 아가씨의 젖가슴을 깨물고 싶다는 욕망에 저항할 수 없을 것입니다. 놈이 위로 뛰어오르면, 날카로운 검을 들고 기다리다가 괴물이 두 번째 희생물을 물어뜯기 전에 베어 버리면 됩니다. 아주 날쌔게 움직여야 합니다. 놈은 번개보다 빠르거든요. 이 방법 외에는 카라독을 구할 다른 방법이 없어요. 이 모든 조건을 구비할 수 있다면 망설이지 마세요. 내 아들이 잔인한 운명을 벗어났다는 것을 알면 나도 괴로움에서 풀려날 수 있을 거예요."

카도르는 진심으로 왕비에게 고맙다고 말했다. 만일 카라독이 생명을 건질 수 있다면, 왕비를 복권시키기 위한 모든 일을 하겠노라고 약속했다. 그는 지체 없이 말을 타고 과수댁의 집에 머무르고 있는 누이에게 달려갔다. 귀니에는 오랜만에 돌아온 오라비를 보고 반가워하며 무슨 좋은 소식을 가져 왔느냐고 물었다.

카도르가 밝은 얼굴로 대답했다.

"그래, 네가 세상에서 가장 사랑하는 사람을 찾아냈단다!"

귀니에의 가슴이 터질 것처럼 부풀어 올랐다.

"정말이에요? 날 놀리는 건 아니지요?"

"그럴 리가 있겠니? 기뻐하렴. 카라독을 찾아냈단다."

"어디에 있는데요? 제발, 빨리 말해 주세요."

"이곳에서 멀지 않은 곳에 있단다. 돌과 나무뿌리로 연명하고 있더구나. 또한 네가 도움을 주어야만 그가 고통에서 벗어날 수 있다는 것도 알게 되었지."

귀니에의 얼굴이 기쁨으로 환하게 밝아졌다.

"어떻게요? 어떻게 하면 되나요?"

카도르는 카라독을 추악한 괴물로부터 구할 수 있는 방법을 말해 주었다. 그 방법을 사용했을 때 귀니에가 목숨을 잃을 위험이 있다는 사실을 알려 주는 것도 잊지 않았다.

귀니에가 큰 소리로 외쳤다.

"오라버니, 내가 사랑하는 사람의 목숨을 구하기를 마다한다면 신께서 나를 벌하셔도 좋아요. 그이를 위해 무슨 일이든 할 거예요. 그

이도 예전에 내가 위험에 빠졌을 때 목숨을 걸지 않았나요?"

오누이는 더 이상 지체할 시간이 없다고 판단했다. 날이 밝기가 무섭게 두 사람은 채비를 갖추고 즉시 카라독이 머물고 있는 암자를 향해 떠났다. 은자들이 그들을 반갑게 맞아 주었다. 카라독은 붉은 뺨의 연인을 보자 너무나 기뻤지만, 무슨 말을 해야 할지 어떻게 해야 할지 알 수 없어서 눈물만 줄줄 흘렸다. 수치심 때문에 숨고 싶었지만 그가 기대고 살아온 진정한 사랑이 부끄러움을 무릅쓰고 그녀에게 달려가라고 명령하고 있었다. 그는 비틀거리며 일어섰다.

가죽만 남은 비참한 모습에 키만 껑충한 사내의 모습이 나타났다. 그는 다른 은자들처럼 커다랗고 보기 흉한 윗도리를 두 겹으로 껴입고, 발에는 박차가 달려 있지 않은 커다란 장화를 신고, 머리에는 추위를 막기 위해 두건을 쓰고 있었다. 흉하게 일그러진 모습이었다. 이마는 납작하고, 눈은 푹 꺼지고, 살가죽은 뼈에 달라붙어 있었다. 코와 광대뼈만 위로 툭 튀어나와 있었다. 얼굴빛은 창백하고, 목소리는 쉬고, 더러운 잿빛 수염은 허리띠까지 내려와 있고, 헝클어진 긴 머리도 엉덩이까지 늘어져 있었다. 어찌나 비쩍 말랐는지 불을 붙이면 마른 장작처럼 잘 탈 것만 같았다.

카라독은 연인에게 다가갔다. 그녀의 얼굴을 보자 오랫동안 겪었던 모든 고통이 사라지는 것만 같았다. 아가씨는 연인의 흉한 얼굴이나 추한 몸뚱이 따위는 아무래도 좋았다. 연인을 다시 찾아냈다는 것만으로 목이 메어, 그녀는 사랑이 철철 흘러넘치는 목소리로 말했다.

"카라독, 당신을 도우러 내가 왔어요. 믿으셔야 해요. 나는 당신을 살리기 위해서 내 목숨을 바칠 준비가 되어 있어요. 필요한 것을 준비하게 해 줘요!"

귀니에와 카도르의 계획을 들은 카라독은 귀니에의 목숨이 위험해질 수 있다면서 계획을 취소하라고 말했다.

"당신을 내 슬픈 운명 속에 끌어넣느니, 혼자 죽는 게 낫소."

"당신을 고칠 수 있는 방법이 있는데 포기하라구요? 그럴 수는 없어요. 당신 없이 내가 살 수 있을 거라고 생각하세요?"

두 연인은 서로 붙잡고 울음을 터뜨렸다. 카도르는 이쯤에서 끼어들어야겠다고 생각하고 카라독에게 진지한 어조로 말했다.

"친애하는 친구여, 나 역시 당연히 내 누이가 죽기를 원하지 않소. 할 수 있는 일은 다해 볼 생각이오. 경을 위해서 뿐만 아니라 우리 두 사람을 위해 받아들여 주시오. 통 두 개를 준비할 텐데, 그중 하나에 알몸으로 들어가시오. 귀니에는 다른 통 속에 들어가 뱀이 경을 떠나도록 유도할 것이오. 그 저주받은 짐승이 귀니에에게 뛰어드는 순간 내가 괴물의 목을 칠 테고, 경은 영원히 그놈에게서 해방되는 거요."

귀니에도 간청했다.

"오라버니가 하라는 대로 해 주세요."

"그냥 이대로 죽게 해 주시오."

"당신과 내가 구원받을 수 있는 방법은 이것뿐이에요."

"난 죽고 싶소."

"그럼 나도 죽겠어요."

연인들은 오랫동안 실랑이를 했다. 결국은 카라독이 뒤로 물러섰다. 카라독의 허락이 떨어지자 카도르는 급히 통들을 구해오게 했다. 그리고 통 하나에 우유를 가득 넣은 뒤, 누이에게 알몸으로 우유 속에 들어가 오른쪽 젖가슴을 통 가장자리에 올려놓으라고 일렀다. 다른 통은 그 통으로부터 정확하게 세 발자국 떨어진 곳에 놓여 있었는데, 그 통에는 찌꺼기가 하나도 없는 깨끗한 식초를 가득 채웠다. 카라독은 그 안으로 들어가 뱀이 식초에 잠기도록 목까지 몸을 담갔다. 귀니에가 달콤한 목소리로 속삭이기 시작했다.

"내 젖가슴이 얼마나 희고 부드럽고 아름다운지 한번 보렴! 산사나무 꽃보다 더 희지 않니? 네가 지금 식초 속에 있다는 걸 모르겠니? 카라독은 이제 삐삐 말라 비틀어져서 더 이상 빨아먹을 게 없단다. 그에게 있지 말고 나에게 오렴. 후회하지 않을 거야. 카라독의 팔을 떠나 내 가슴으로 오렴. 나는 희고 통통하고 부드럽단다. 나와 함께 있으면 실컷 욕망을 채울 수 있을 거야."

아름다운 귀니에는 그렇게 속삭이면서 추악한 뱀을 유혹했다. 그 사이에 은자들은 불쌍한 카라독을 구해주시고, 어려운 시련을 기꺼이 받아들인 용감한 아가씨를 지켜 주십사고 기도를 바쳤다.

뱀은 식초 때문에 점점 견디기 어렵게 되자 바깥으로 대가리를 내밀었다. 놈은 다른 통에 들어 있는 우유와, 그를 향해 젖가슴을 내밀고 있는 젊은 여자를 알아보았다. 카도르는 검을 들고 여자 뒤에 서 있었다. 뱀이 뛰어오르는 순간, 그는 뱀의 대가리를 잘랐다. 그러나 불행하게도 그의 누이의 젖꼭지도 함께 베어지고 말았다. 분노한 카도르는 뱀에게 달려들어 누더기를 만들어 놓고 말았다. 카라독은 즉시 통에서 달려 나왔다. 뱀에게 해방되어 날아갈 듯 행복했지만, 연인이 다치게 되어 불행하기도 했다. 카라독이 뱀에게서 해방된 것을 보고 카도르는 기쁨에 겨워 카라독을 끌어안았다. 카라독 역시 몇 번씩이나 친구를 껴안았다. 그러고는 귀니에에게 다가가 부드럽게 안아 주었다. 아름다운 귀니에는 엉엉 울었다. 그것은, 그녀가 입게 된 부상에도 불구하고, 고통의 눈물이 아니라 환희의 눈물이었다. 카도르는 귀니에를 통에서 안아 일으킨 뒤, 귀하고 아름다운 옷감을 둘러주었다. 카라독 역시 옷을 입었다. 사람들은 승리를 자축하며 기뻐했다.

마침 은자들 중에는 의술에 통달한 사람이 한 명 있었다. 그는 귀니에의 상처가 빨리 아물 수 있도록 약초를 흙에 개어 상처 위에 올려놓고 찜질 치료를 해 주었다. 뱀이 그 오랜 기간 동안 카라독의 몸에 주입한 독을 빼내어 주기도 했다. 그의 정성스러운 치료로 두 사람은 일주일 만에 완전히 나았다. 몸이 낫자 카라독은 몸을 깨끗이 씻은 다음, 면도를 하고 머리를 빗고, 몸에 기름을 발랐다. 그러자 예전의 준수한 모습이 돌아왔다. 한 가지만 빼고 힘든 시절의 흔적은 전혀 남아 있지 않았다. 유일한 흔적은 뱀이 감고 있던 팔이 두 배 정도 더 두꺼워졌다는 것이다. 그런 특징 때문에 사람들은 그를 카라독 브리흐브라스, 즉 '굵은 팔의 카라독' 이라고 불렀다.✣

이 모험에 대한 소문이 불꽃처럼 나라 전역에 퍼져 나가, 반 왕의

✣ 아더 왕에 관한 어떤 텍스트들은 카라독 '브리프–브라 Brief–Bras', 즉 '짧은 팔의' 카라독이라는 이름을 제시하는데, 이는 뱀에게 물려 생긴 신체적 특징이다. 그것은 켈트어를 사용하지 않은 사람들이 원래의 이름을 잘못 옮겨 썼기 때문이다. 웨일즈어와 브리튼어로 Brych bras는 '팔' 을 의미하는 'brych' 와 '큰, 뚱뚱한' 을 의미하는 'bras' 가 합성된 것이다. 거기에서 혼동이 생긴 것이다(bras는 프랑스어로 '팔' 이라는 뜻—역주). 어쨌든, 이 이야기가 제시하고 있는 일화는 Brychbras라는 별명이 좋은 의미이며, 이 이야기의 근원이 켈트라는 것을 증명해 주고 있다.

귀에까지 들어갔다. 그는 언제나 친아들처럼 사랑해 왔던 카라독을 한시라도 빨리 만나보고 싶어서 몸소 암자로 찾아왔다. 카라독의 건강한 모습을 직접 확인한 그는 기뻐서 어쩔 줄 몰랐다. 왕은 아들의 고통을 덜어 주기 위해 애써 준 은자들에게 많은 상을 내렸다. 그리고 카라독의 청을 받아들여 왕비를 방면하는 데 동의했다. 그는 어디든 왕비가 원하는 곳으로 가라고 풀어주었다. 사람들이 하는 말에 따르면, 그녀는 여전히 뜨겁게 사랑하고 있는 마법사를 만나러 갔다고 한다. 카라독은 카도르와 아름다운 귀니에를 데리고 즉시 아더 왕의 궁으로 떠나겠다고 결심했다.

세 사람은 중간에 아무런 사고도 만나지 않고 부지런히 말을 달려 곧 카멜롯에 도착했다. 마침 오순절 축제를 위해 제후와 봉신들이 왕의 부름을 받고 궁에 도착해 있었다. 세 사람이 도착했다는 소식을 듣고 왕은 몸소 달려 나와 기쁘게 맞아들였다. 아더는 카라독이 겪게 된 운명을 슬퍼했고 소식을 들을 수 없어 마음을 졸이고 있었기 때문에, 그를 다시 만나게 되자 더욱더 기뻤던 것이다. 손자의 무사귀환을 축하하기 위해서, 오순절 전날인 그 다음 날, 성을 에워싸고 있는 숲에서 대규모의 사냥 대회를 열기로 했다. 왕의 동지들은 그 소식을 듣고 매우 기뻐했다.

사람들은 다음 날 아주 일찍 일어나 길을 떠났다. 숲에서 말을 달리던 사냥꾼들이 멧돼지 한 마리를 발견하고 추격하기 시작했다. 추격은 아침나절 내내 계속되었다. 그러나 꾀를 써서 짐승을 몰아가려고 하면, 어느 틈에 눈치챘는지 덤불숲 속으로 도망쳐 버리고는 했다. 또 들어갈 수 없는 늪 속으로 들어가 철벅거리기도 했다. 말들이 이 소득 없는 추격에 조금씩 지치기 시작했고, 왕의 동지들은 더위를 견디기 힘들었다. 갑자기 하늘이 어두워지고 구름이 순식간에 모여들더니 불안한 천둥 소리가 들렸다. 곧 억수 같은 비가 퍼붓기 시작했다. 마치 하늘이 열리기라도 한 듯 번개가 끊임없이 구름을 갈랐다. 그런 악천후 속에서 멧돼지를 추격한다는 것은 상상할 수도 없는 일이었으므로 사냥꾼들은 사냥을 포기하고 카멜롯 성으로 돌아가는 수밖에 없었다. 왕의 일행은 말에 박차를 가해 성을 향해 달렸다.

카라독은 일행과 떨어져서 더 가까운 길로 접어들었다. 그렇게 얼마를 달렸을까. 혼자 가고 있는 기사의 모습이 보였다. 키가 크고 잘생긴 사람이었는데, 신비하게도 수많은 새들의 무리에 에워싸여 있었다. 새들은 각기 다른 가락으로 노래를 불렀다. 놀랍도록 매혹적인 소리였다.✤ 그렇게 아름다운 음악은 한번도 들어 본 적이 없었다. 게다가 남자는 마치 태양처럼 밝은 빛에 에워싸여 있었다. 기사는 비를 맞지 않고 있었다. 그 이상한 광채는 계속 그 기사를 따라가고 있었다.

카라독은 처음에는 놀라서 멍하니 서 있었다. 그러다가 키 큰 기사

✤ 이 일화는 바랑통 샘물의 일화를 분명히 환기시킨다. 이베인은 우물 옆에 있는 돌 위에 물을 부어서 폭풍우를 불러일으키는데, 그 뒤에 다성 화음으로 노래하는 새들의 합창이 이어진다(『아발론 연대기』 4권 「샘물의 부인」 참조). 이것은 자주 나타나는 도식을 가진 신화적 이야기다. 사냥꾼들이 잡을 수 없는 저승의 동물(이 경우에는 멧돼지)이 사냥꾼들을 요정의 세계로 안내한다. 갑작스러운 폭풍우는 두 세계의 균열을 나타내며, 빛에 에워싸인 키 큰 기사는 마술적인 힘을 지닌 저승의 주민이다.

의 우아하고 아름다운 모습과 그를 둘러싸고 있는 빛과 아름다움에 매혹되어, 그와 함께 길을 가고 싶다는 생각이 들어 말을 재촉했다. 그러나 아무리 말에 박차를 가해 죽어라 달려도 기사와의 거리는 좀처럼 좁혀지지 않았다.✢ 어둠이 내리기 시작하고, 아무리 애를 써도 앞서가는 기사를 따라잡을 수 없었기 때문에 카라독은 당황했다. 게다가 그는 완전히 비에 젖은 생쥐 꼴이었는데 기사는 비 한 방울 맞지 않은 것 같았으므로 두려운 생각마저 들었다. 그렇게 한참 동안 달렸을 때 아주 튼튼해 보이는 집이 나타났다. 문은 열려 있었다.

집 안에 있는 벽난로에서 아름다운 불이 타오르는 게 보였다. 장식이 아름다운 집이었다. 미지의 기사가 안으로 들어갔다. 카라독도 뒤를 따랐다. 방은 넓고 아름다웠으며, 방 안에는 사람들이 아주 많았다. 기사를 보자 시종들이 달려와 등자를 붙잡아 주었다. 그가 말에서 내리자, 사람들이 반가워하며 그를 맞이했다. 그들은 카라독이 말에서 내리지 않은 것을 보고 깜짝 놀랐다. 말에서 내리라고 제일 먼저 말한 사람은 그 기사였다.

카라독이 대답했다.

"당신이 누구인지, 이름이 무엇인지 알기 전에는 말에서 내리지 않겠소."

✢ 이 대목에서 알라르댕은 고대의 켈트 어머니 신인 리아논의 특성을 뚜렷하게 드러낸다(『아발론 연대기』 4권 「밤의 노트르담」 참조). 듣는 사람을 호리는 노래를 부르는 요정의 새들에게 에워싸여 있다. 이 저승의 존재를 가도 가도 따라잡을 수 없는 이유는 그가 또는 그녀가 속한 시간대가 카라독이 속해 있는 시간대와 다르기 때문이다. 뒤쪽에서 두 현실이 다른 시간대에 속해 있었다는 것이 드러난다. —역주

"친구여, 나는 호수의 알라르댕이라 하오. 이 집은 내 집이오. 환영합니다. 이제 당신 이름을 알려주시오."

"이럴 수가. 친구여, 나는 반 왕의 아들인 굵은 팔의 카라독일세. 이 년 동안이나 팔에 뱀이 감긴 채로 지내야 했던 사람이 바로 나라네. 아더 왕의 조카손자이기도 하지."

그 말을 들은 알라르댕은 팔을 벌려 카라독을 안아 말에서 내려 주었다. 시종들이 달려와 카라독의 말을 돌보아 주고, 귀리를 배불리 먹였다. 두 친구는 서로 끌어안고 반가움을 나누었다.

알라르댕이 말했다.

"친구여, 자네는 오랫동안 나를 보러 오지 않았네. 자네가 찾아와 주기를 얼마나 기다렸는지 모를 거야. 내 소원을 들어주셨으니 신께 영광이 있기를. 이곳은 카멜롯에서 아주 멀리 떨어져 있다네. 궁까지 가려면 적어도 이틀은 걸리지. 그러니 우리 집에 잠시 머무시게나. 즐거운 시간이 될 거야."

알라르댕은 카라독의 손을 잡고 앞으로 나갔다. 그는 시종들에게 카라독이 입고 있는 여행용 망토를 벗기고 가벼운 비단옷을 입혀 드리라고 명령했다. 불은 활활 타고 있었고, 집은 아름다웠다. 고귀한 옷차림을 한 귀부인들과 기사들이 카라독에게 다가와 환영 인사를 했다.

환영 인사가 끝나자, 다른 귀부인들보다 더 아름답고, 더 우아하게 꾸민 부인이 나타났다. 알라르댕의 부인이었다. 그녀가 손님을 기쁘게 맞이했다. 사람들은 각자 자리를 잡고 앉았다. 맛있고 세련된 음식이 가득 차려졌다. 연회가 끝나자 카라독은 화려한 이불이 덮인 침대에 누워 잠이 들었다.

다음 날 아침, 카라독이 떠나려고 준비하고 있을 때, 알라르댕이 들어와 천장이 나지막한 작은 방으로 데리고 들어가 말했다.

"나는 자네를 깊이 존경하고 사랑한다네. 그 증거를 보여 주지. 자네의 연인인 아름다운 귀니에의 오라버니가 자네를 괴롭히던 뱀의 대가리를 벨 때, 그녀의 오른쪽 젖꼭지까지 같이 베어 버렸다는 이야기를 듣고 무척 마음이 아팠다네. 전에 내가 그녀에게 잘못 행동했던 적이 있었기 때문에 더욱 그랬지. 옛날에 저지른 잘못을 보상하고 싶어. 내게 놀라운 방패가 있는데 금으로 만들어져 있다네. 예사로운 금이 아니라, 상처 입은 부위에 올려놓으면 잘려져 나간 부분을 완벽하게 복원시켜 주는 특별한 금이야. 이 방패를 장식하고 있는 금방울을 주겠네. 그것을 아름다운 귀니에의 가슴 위에 올려놓으면 마치 자연이 만든 젖꼭지처럼 완벽하게 살에 달라붙을 거야."

알라르댕이 시종을 시켜 방패를 가져오게 했다. 순금으로 만들어져 있고, 한가운데에는 하늘색 띠 모양의 장식이 있었으며, 끈은 아롱다롱한 비단으로 이루어져 있었다. 알라르댕은 조금도 망설이지 않고 방패의 볼록한 배 위에 톡 튀어나와 있는 방울을 잡고 세게 떼어내어 카라독에게 건네주며 말했다.

"동지여, 이제 가게나. 자네가 이 금을 잘 사용하리라 믿네."✢

✢ 이 마법의 방패는 알라르댕이 신비한 부적을 소유하고 있는 요정의 세계에 속한 사람이라는 것을 분명하게 보여 준다.

카라독은 그렇게 귀한 선물을 해 준 알라르댕에게 뭐라고 감사의 말을 해야 할지 알 수 없어서 아무 말도 하지 못하고 금방울을 받았다. 그는 알라르댕의 가족과 시종들에게 복을 빌어 준 뒤에 말을 타고 카멜롯을 향해 떠났다. 놀랍게도 그는, 사냥을 함께 떠났던 동료들이 말에서 내려 망토를 벗고 불을 쪼이려고 벽난로 앞으로 막 다가가려고 하는 순간에 카멜롯에 도착했다.

가웨인이 카라독에게 소리쳤다.

"카라독 경, 대체 어디 갔던 거요? 다른 길로 접어드는 게 보이더니만 아주 먼 길로 돌아온 모양이구려!"✢

카라독은 지름길로 들어선다고 한 것이 그만 길을 잃게 되었던 모양이라고 대답하고 말았다. 그는 속으로 정말 이상한 모험을 했구나, 하고 생각했다. 동료들과 헤어져 있었던 시간은 불과 몇 시간에 지나지 않는다. 그런데 그는 알라르댕의 집에서 밤을 보내지 않았던가? 어떻게 아더 왕과 동지들의 뒤를 곧장 따라올 수 있었지? 꿈을 꾸었나? 알라르댕이 준 금방울을 손에 꼭 쥐고 있는 것을 보면 허깨비에 홀렸던 것이 아님은 분명하다. 카라독은 귀니에가 귀부인들과 아가씨들 사이에 있는 것을 보고 그녀에게 다가갔다. 그러고는 그녀의 흰 담비털 망토 자락을 붙잡고 외딴 방으로 데리고 갔다.

✢ 켈트의 저승에서 시간과 공간은 다르거나 아니면 아예 무無로 축소되어 버린다. 어떤 이야기에서 영웅들은 요정의 세계에서 몇 시간을 보냈다고 생각하지만, 현실 세계에서는 몇 달, 몇 년, 또는 몇 세기가 흘러가 버린다.

"뱀이 나에게서 도망칠 때 다쳤던 가슴을 보여 주오."

귀니에는 아무 말 없이 앞단추를 풀었다. 카라독은 귀니에의 가슴에 난 상처를 보더니 부드럽고 다정하게 상처 위에 금방울을 올려놓았다. 금은 곧 희고 섬세한 살에 달라붙었고, 그녀의 젖가슴은 옛날의 모습을 되찾았다.

카라독은 그 광경을 보며 뛸 듯이 기뻐했다.

"자, 이건 우리 두 사람의 비밀이오. 당신이 황금의 가슴을 가지고 있다는 것을 아무도 모르는 한 우리 사랑은 빛이 바래지 않을 것이오. 그러나 누군가 그것을 알게 되는 날에는, 부서진 가슴을 안고 당신을 떠나게 되겠지."⚜

아름다운 귀니에는 그 말을 듣고 많이 놀랐다.

"다정한 친구여, 난 우리 두 사람의 비밀을 지킬 거예요. 우리 두 사람을 제외한 그 누구도 내가 황금 젖꼭지를 가졌다는 사실을 알지 못할 거예요. 이 신비한 일을 떠들고 다니느니 죽는 편을 택할 거예요. 난 당신 없이는 살 수 없으니까."

⚜ 이것은 분명히 멜루지네 유형의 금기이다. 아름다운 귀니에는 그녀의 젖가슴으로 뛰어드는 뱀 이야기가 증언하는 것처럼 멜루지네와 밀접한 관계를 가지고 있다. 어떤 의미에서 그녀는 아주 옛날의 신화에서 유래한 '뱀-여자' 이지만 중세기 이야기는 이 주제를 합리화하여 그 이교적 색채를 지우고 '뱀과 관련이 있는 여자' 로 변모시킨다. 이 이야기를 읽다 보면, 피레네 산맥에 있는 오오 교회의 이상한 묘석을 떠올리지 않을 수 없다(툴루즈 박물관 소장). 마치 이 주제를 그림으로 옮겨놓은 것 같다. 그것은 일종의 양성구유자를 묘사하는 것처럼 보이는데, 젖가슴의 흔적이 뚜렷한 것으로 보아 여자가 틀림없다. 치골은 달걀 같은 것(고환처럼 생긴 것)으로 가려져 있고, 거기에서 구불구불한 긴 뱀이 튀어나온다. 뱀의 대가리는 여자의 왼쪽 가슴을 노리고 있다. 이 뱀은 형태적으로 비슷하기는 하지만 남근으로 보기 어렵다. 따라서 양성구유자라고 볼 수 없다. 이 묘사는 12세기경에 만들어진 것으로 보인다. 카라독과 귀니에의 모험을 단순히 옮겼을 가능성이 매우 크다.

두 사람은 충성에 대한 맹세로서 그들의 약속을 봉인하기 위해 입을 맞추었다.

다음 날은 오순절 축일이었다. 카멜롯의 대연회장은 왕들과 기사들 그리고 아름다운 숙녀들로 가득 찼다. 브리튼 왕국의 왕 아더는 관습에 따라 상석에 앉았다. 케이가 옆방에서 나왔다. 여전히 급한 성격을 버리지 못하고, 나팔을 불고 물을 나누어 줄까요, 하고 왕에게 물었다.

왕이 대답했다.

"케이 경, 그 급한 성미를 조금만 누그러뜨리구려. 아직 놀라운 일이 일어나지 않은 것으로 아오만……. 기다려야 합니다."

모여 있는 사람들은 서로 담소를 나누기 시작했다.

낮 열두 시를 넘겼을 때 기사 한 사람이 방 안으로 달려 들어왔다. 그는 망토도 걸치지 않고 갑옷도 입지 않았지만, 긴 칼을 옆구리에 차고 있었다. 몸에 꼭 끼는 윗저고리는 붉은 색깔의 값비싼 천으로 만든 것이었다. 카라독은 그 기사를 알아보았다. 친아버지인 마법사 엘리아브레스였던 것이다. 카라독은 그가 무엇 때문에 아더 왕의 궁에 왔을까 걱정스럽게 생각했다. 그러나 겉으로는 아무 내색도 하지 않았다. 엘리아브레스의 목에는 금띠로 가장자리를 두르고 아름다운 보석으로 치장된 상아 뿔잔이 걸려 있었다.

마법사는 왕 앞으로 가서야 말에서 내려 큰 소리로 외쳤다.

"아더 폐하와 만장하신 여러분, 제 말을 들어주십시오. 저는 적으로서 여러분에게 도전하기 위해 온 것이 아닙니다. 존경심과 우정을 보여 드리기 위해 왔습니다. 그 징표로 이 뿔잔✦을 드립니다. 이 뿔잔의 이름은 '축복' 이라고 합니다. 금으로 만들어졌고 정교하게 조각되어 있습니다. 이 잔은 아주 귀한 것인데, 이제 그 이유를 말씀드리겠습니다. 이 안에 아주 깨끗하고 투명한 물을 넣으면 그 물은 최고급 포도주로 바뀝니다. 세상에서 가장 맛있고 맑은 포도주입니다. 한번 실험해 보십시오. 제 말이 참말이라는 것을 확인하실 수 있을 겁니다. 이곳에 계신 분들 모두 그 포도주를 맛볼 수 있습니다. 포도주는 모자라지 않을 것입니다."

케이가 감탄하며 외쳤다.

"정말 멋진 선물이로고!"

엘리아브레스가 말을 이었다.

"한 가지 경고를 해 둡니다. 이 뿔잔 안에 맑은 물을 넣으면 포도주로 변하는 것은 사실이지만, 아내를 배반했거나 아내에게 배반당한 사람이 그 술을 마시면, 그 술은 전부 엎질러질 것입니다."

좌중은 그 말을 듣고 조금 술렁였다.

케이가 다시 외쳤다.

✦ 그리스-로마 신화의 '풍요의 뿔' 과 연관되어 있다. 물이 술로 변하는 신화적 현상은 섹슈얼리티를 통해 보장되는 재생산이라는 신화 주제와 연관이 있다. 성서의 가나안의 기적에서도 마찬가지. 예수가 그 기적을 결혼식에서 행했다는 것은 전혀 우연이 아니다. 신성한 현실이 확보하고 있는 이 재생산의 기능은 풍요의 제의에서 액체(물[대체로 빗물]이나 술)를 거룩한 잔(또는 항아리)으로부터 다른 잔으로 옮겨 부음으로써 세속적 현실 안으로의 통합을 시도한다. 그러나 이 대목에서 그 신성한 변모를 수납해야 할 인간-세속적 그릇들은 섹슈얼리티의 진정한 의미를 이해하지 못함으로써 그 변모를 존재 안에 통합해 넣지 못하고 엎질러 버린다. 역시 섹슈얼리티에 대한 기독교적 죄의식과 연관되어 있다. —역주

"이런! 악덕이 당신 선물의 모든 값어치를 빼앗아가는구려."

아더 왕은 엘리아브레스에게서 뿔잔을 받아들고 시종에게 그 안에 물을 채우라고 명령한 뒤 말했다.

"기사여, 귀한 선물을 해 주어 고맙소이다. 이 방에 모인 모든 사람 앞에서 시험에 도전해 보려 하오."

그때, 귀네비어 왕비가 왕 앞으로 나아가 분노에 가득 찬 목소리로 외쳤다.

"폐하, 그 잔을 사용하셔서는 안 됩니다. 이 궁정에 소속되어 있는 많은 기사들을 망신시키려는 저주가 숨어 있습니다. 정신이 온전한 이는 누구도 그 잔으로 마셔서는 안 됩니다. 스스로를 기만하고 다른 이들을 속이게 될 것이기 때문입니다. 불명예와 회한 외에는 얻을 것이 없습니다. 이 사람이 왕국을 약화시키기 위해서 폐하의 모든 기사들이 서로 미워하기를 원하는 사기꾼이라는 걸 모르시겠습니까?"

왕이 왕비의 말을 막았다.

"조용히 하시오! 나는 이 잔으로 마시기로 결정했소. 모든 사람들이 지켜보는 앞에서 내가 제일 먼저 시험에 응할 것이오."

왕비는 당황한 표정으로, 다른 모든 기사들의 의견을 물어보려는 듯, 주위를 돌아보았다. 모두들 그들의 운명에 도전할 생각인지 그 시험에 응할 태세였으므로, 왕비는 웃으며 덧붙여 말했다.

"좋습니다. 폐하께서 정히 마음을 바꾸지 않으시겠다니 저도 제 생각대로 하렵니다. 그리고 전능하신 신께 한 가지 은총을 구하렵니다. 폐하께서 그 잔으로 드실 때 안에 들어 있는 포도주가 엎질러지기를 바랍니다!"

왕은 잠깐 동안 왕비의 얼굴을 바라보다가 뿔잔을 집어 들었다. 왕이 잔을 입에 가져다 대는 순간, 포도주는 단번에 쏟아져 버렸다. 좌중이 그 모습을 모두 지켜보았다. 왕비는 분노와 혼란으로 얼굴이 빨갛게 달아올라 고개를 숙이고 말았다.

케이가 빈정거리는 어조로 한 마디 덧붙였다.

"아하! 이제 왕에 대해 이러쿵저러쿵 말들이 많겠군."

왕은 극심한 수치심을 느꼈지만 혼란을 수습해야 한다고 생각하고 상냥한 목소리로 대꾸했다.

"내 친구이기도 하며 형님이시기도 한 집사장 케이 경, 이 시험이 악마의 술책을 숨기고 있다는 왕비의 말이 맞았던 것 같소. 이 시험에 응하다니, 내가 어리석었소. 신께서 왕비의 기도를 들어주신 것이오. 왕 혼자 우스운 꼴이 될 수는 없으니, 케이 경, 부탁이니 경이 예전에 맹세했던 충성과 우정의 이름으로 이 잔의 시험에 응해 줄 것을 바라오."

왕은 말을 마치고 잔을 케이에게 내밀었다. 케이는 크게 당황했지만 왕의 명령을 거절할 수는 없었다. 그는 화가 나서 시뻘게진 얼굴로 잔을 입에 가져다 댔다. 술이 당장 옷 위에 모두 쏟아졌다. 좌중은 일제히 큰 소리로 웃음을 터뜨렸다. 사람들은 대놓고 그를 비웃었다. 왕도 재미있다는 표정을 짓고 있었다.

왕이 농담하듯이 다정한 목소리로 말했다.

"이런, 집사장, 이젠 두 사람이로군!"

케이가 볼멘소리로 대답했다.

"그렇습니다, 폐하. 하지만 더 있을 것 같은데요. 세상의 금을 전부 준다고 해도, 저는 우리 동지들 그 누구도 이 시험을 모면하기를 원치 않습니다."

아더 왕이 큰 소리로 말했다.

"옳은 생각이오. 이것이 속임수인지 악마의 술수인지는 모르겠으나, 이 방에 있는 기사는 누구라도 이 잔으로 술을 마셔보지 않고 밖으로 나가서는 안 되오. 선친이신 우터 펜드라곤 폐하의 이름으로 맹세합니다."

케이의 얼굴에 즉시 웃음이 돌아왔다.

"지당하신 말씀입니다. 폐하의 조카인 가웨인 경이 맨 먼저 시험에 응하는 것이 마땅할 듯합니다만……."

"그렇게 하시오. 가웨인 경에게 이 잔을 가져다주시오."

케이는 즉시 포도주가 찰랑이는 잔을 가웨인에게 내밀었다. 그러고는 빙긋이 웃으며 말했다.

"자, 기사여, 걱정할 것 없소. 경이 폐하에 대해 품고 있는 사랑의 이름으로 두려워하지 말고 죽 들이키시오. 폐하께서 명하시니 말이오."

"폐하께서 명하시니 마시겠습니다. 시험에 통과할 수 있을지 없을지 알게 되겠지요."

가웨인은 잔을 입에 가져다 댔다. 그러나 잔이 입에 닿자마자 포도주는 즉시 옷 위에 쏟아졌다. 좌중이 다시 와 하고 웃음을 터뜨렸다.

케이가 외쳤다.

"다음 사람!"

가웨인이 이베인에게 술잔을 내밀었다. 우리엔 왕의 아들 역시 실패했다. 왕과 케이는 다른 기사들이 실패할수록 안도하는 표정을 지었다. 원탁의 기사들이 모두 시험에 도전해 보았지만, 전부 다 잔을 엎지르고 말았을 뿐이다.

호수의 기사 란슬롯의 순서가 되었다. 케이는 잔에 맑은 물을 따른 뒤 짐짓 존경하는 체하며 란슬롯에게 내밀었다.

"아, 란슬롯 경. 경은 우리 중에서 으뜸이며 가장 용맹한 분이 아니시오?"

란슬롯은 단호한 몸짓으로 거부 의사를 밝혔다.

"나는 절대로 이따위 장난에 응하지 않겠소! 왕비님께서 이 시험이 우리가 서로 미워하게 만드는 목적을 가진 저주라고 말씀하셨는데, 나는 그 말이 맞다고 생각하오. 왕비님의 말을 듣지 않았기 때문에 여러분 모두 우스운 꼴이 된 것이오. 여러분에게는 안된 일이지만, 나는 이 함정에 빠질 생각이 없소."

란슬롯은 그렇게 말하고 나서 자기 자리로 돌아갔다. 왕비가 잠깐 동안 고맙다는 눈빛을 란슬롯에게 던졌다. 란슬롯의 말은 점점 달아오르던 분위기를 차분하게 진정시키는 효과를 가져왔다. 시험에 응하겠다고 나서는 기사는 더 이상 없었다. 케이는 잔을 들고 이 사람에게서 저 사람에게로 옮겨갔지만 모두 도리질을 할 뿐이었다.

카라독이 갑자기 자리에서 일어나더니 이렇게 말했다.

"어떤 결과가 오든 저는 이 잔을 마셔 보겠습니다."

케이는 카라독에게 다가가 잔을 내밀었다. 잔을 손에 대는 순간 끔찍한 두려움이 카라독을 엄습했다. 그는 왕비 옆에 앉아 있는 연인 귀니에를 바라보았다. 귀니에는 카라독이 자신을 의심하고 있다는 것을 눈치 채고 얼른 말했다.

"망설이지 말아요. 마셔요!"

카라독은 잔을 입으로 가져가 마셨다. 술은 한 방울도 엎질러지지 않았다. 잔을 비운 카라독이 귀니에에게 말했다.

"이 순간 그대처럼 한 남자를 영예롭게 한 여성은 아무도 없소!"

좌중이 갑자기 큰 소리로 웅성대기 시작했다. 아무도 겉으로 드러내지는 않았지만, 그곳에 있는 기사들은 모두 카라독에게 화가 나 있었다. 그만이 잔을 엎지 않고 술을 마시는 데 성공했기 때문에 그에 대한 참을 수 없는 증오를 느꼈다. 귀네비어 왕비나 다른 귀부인들도 그 일로 깊은 마음의 상처를 입었다. 여자들은 모두 귀니에를 질투했고, 연인을 격려한 그녀의 행동을 괘씸하게 여겼다. 그날 이후로, 귀니에는 모든 귀부인들이 제일 미워하는 여자가 되었다. 카라독은 즉시 그 사실을 알아차렸다. 그는 귀니에를 따로 불러내 바로 그날 저녁 궁을 떠나 반 왕국으로 가서 자기를 기다리라고 말했다. 카도르는 그의 누이와 누이의 연인이 모든 사람의 미움을 사게 되었다는 사실을 알아차리고, 귀니에를 호위하겠다고 자진해서 나섰다. 카라독은 그 제안을 기쁘게 받아들였다. 밤이 되기 전에 카도르는 카라독을 원탁의 기사들 사이에 남겨 놓고, 귀니에를 데리고 떠났다.

03 에스칼로의 아가씨

그날 저녁, 잠자리에 들 시간이 되기 전에 아더 왕은 연회에 참여한 모든 기사들을 주말에 카어윈트✢에서 열리는 무술 경기에 초대했다. 왕은 기사들이 성배 탐색에서 돌아온 뒤에 정신이 해이해졌다고 판단했기 때문에, 무술에 대한 감각을 일깨울 필요가 있다고 생각했던 것이다. 기사들은 왕의 결정을 열렬하게 환영했다. 내일 당장 길을 떠나겠다고 결심한 기사들도 많이 있었다. 란슬롯도 그 경기에 참여할 생각이었다. 그러나 그의 명성 때문에 경기가 늘 싱거워지는 경향이 있었으므로 이번에는 익명으로 참여할 생각이었다. 그래서 그는 주위에 있는 기사들에게는 몸이 불편해서 카멜롯에 남아 있

✢ 카어윈트는 윈체스터의 웨일즈식 이름이다. 이 성의 큰 방에 유명한 원탁의 모델이 있다. 이 탁자에는 중요한 기사들의 이름이 새겨져 있는데, 플랜태저넷가의 에드워드 3세 치하(14세기)에 만들어진 듯하다.

겠다고 말했다. 보호트와 리오넬과 헥토르는 란슬롯이 참여하지 않으면 자신들도 참여하지 않겠다고 말했다.

란슬롯이 말했다.

"나 때문에 경들이 경기에 빠진다는 것은 말이 되지 않소. 당장 내일 아침 떠날 것을 명합니다. 나는 여기에 남겠소. 여러분이 돌아오기 전에 내 몸은 다시 건강해질 거요."

"좋소. 정 그렇다면 떠나도록 하지요. 하지만 우리가 경과 함께 머무는 것을 더 원한다는 것을 알아 주기 바라오."

그런데 아그라베인이 이 대화를 엿들었다. 오카니 로트 왕의 아들이며, 가웨인의 동생인 그는 오래전부터 란슬롯을 증오해 왔다. 그는 란슬롯의 뛰어난 무공과 빛나는 무훈을 질투했다. 그는 베노익 반 왕의 아들을 해칠 기회를 호시탐탐 노려왔다. 그는 끊임없이 란슬롯을 염탐했고, 그 결과 그가 귀네비어 왕비를 미칠 듯이 사랑하고 있으며 왕비 또한 그를 사랑하고 있다는 것을 확신하게 되었다. 그는 두 사람이 성에서 멀리 떨어져 있는 인적이 드문 곳에서 밀회하는 광경을 몇 번씩이나 보았다. 왕비는 무척 아름답고 여전히 사랑스러웠다. 벌써 오십 줄에 들어선 나이인데도 여전히 비교할 만한 여자가 없을 정도였다.✢ 그녀의 아름다움이 시들지 않았기 때문에, 어떤 기사들은

✢ 많은 아더 왕 로망에 등장하는 귀네비어 왕비의 모델은 플랜태저넷 왕가의 헨리 2세의 아내였던 알리에노르 다키텐이었던 것 같다. 당대의 모든 증언들은 그녀가 나이를 많이 먹어서도 놀라울 정도로 아름다웠다고 쓰고 있다.

그녀가 아름다움의 원천이라고 생각하고 있었다.

아그라베인은 란슬롯의 이야기를 듣고, 란슬롯이 왕의 부재를 이용해서 왕비 곁에 있으려고 아프다는 핑계를 대는 것이라고 생각했다. 다음 날 아침, 보호트가 란슬롯에게 작별을 고하고 동료들과 함께 떠나자 아그라베인은 아더 왕에게 비밀리에 뵐 것을 청하였다.

"폐하, 한 가지 비밀을 아뢰려고 합니다. 이 이야기를 들으시면 크게 슬퍼하실 것 같아 두렵군요. 폐하께서 치욕을 겪지 않게 하기 위해 이 말씀을 드린다는 것을 알아 주소서."

"어떤 치욕을 말함이냐? 궁금하구나. 그토록 중요한 일이냐?"

"그렇습니다. 폐하, 이제 말씀드리겠습니다."

아그라베인은 한층 더 목소리를 낮추어 말했다.

"폐하, 란슬롯 경과 귀네비어 왕비께서 서로 정신없이 사랑에 빠져 있다는 것을 알고 있습니다. 폐하께서 궁에 계실 때는 마음대로 만날 수 없기 때문에 폐하께서 궁을 비우시는 시간을 이용합니다. 그 때문에 란슬롯 경은 카어윈트 무술 경기에 가지 않고 카멜롯에 남아 있는 것입니다. 몸이 아프다는 핑계를 대고 가족만 경기에 내보냈습니다. 폐하께서 떠나시면 오늘 밤 당장 왕비를 만나러 갈 것입니다."

아더 왕은 아그라베인의 이야기를 들으면서 직감적으로 중상모략이라는 것을 알아차렸다.

"내 친애하는 조카 아그라베인 경, 앞으로 그런 비난은 하지 말라. 진지하게 받아들이지 않을 테니까. 나는 란슬롯이 왕비를 좋아한다는 사실을 부정하지 않는다. 내 궁전 소속의 많은 기사들이 귀네비어 왕비에게 반해 있지.

나는 그걸 잘 알고 있다. 귀네비어처럼 아름답고 사랑스러운 여자가 어떻게 경탄과 사랑의 시선을 불러일으키지 않을 수 있겠느냐? 그렇다고 해서 란슬롯 경과 귀네비어 왕비가 불륜의 사랑으로 맺어져 있다고 생각하다니……. 아니, 난 그렇게 생각할 수 없다."

"사람 속은 겉모양과는 다릅니다. 궁 안에 이상한 소문이 떠돌아다닌다는 것은 아시는지요? 그런 헛소문을 차단하기 위해서라도 왕비님을 감시할 필요가 있습니다. 그렇게 해 놓으면 쓸데없는 소리를 지껄이고 다니는 혓바닥들을 묶어 놓을 수 있으니까요."

왕이 어깨를 한번 으쓱했다.

"별 시덥지 않은 소리를 다 하는군. 나를 위해 그러는 것이니 마음대로 해 보아라. 말리지 않으마."

아그라베인은 왕의 윤허를 받아 내어 아주 기분이 좋았다. 그는 심술궂은 기쁨으로 가득 찬 가슴을 안고 물러나왔다.

아더 왕은 하루 종일 아그라베인의 말을 생각해 보았다. 그러나 큰 혼란을 느끼지는 않았다. 출발 시간이 되자, 왕은 동지 몇 명을 불러 차비할 것을 명령했다. 그런데 귀네비어 왕비가 왕을 찾아왔다.

"폐하, 괜찮으시다면 저도 그 무술 경기에 가 보고 싶어요. 재미있을 것 같아요. 사람들 말로는 이번 경기에서 뛰어난 무술을 볼 수 있을 거라던데……."

"귀네비어 왕비, 이번엔 가지 않는 것이 좋겠소."

왕비는 더 이상 고집을 부리지 않고 다소곳이 물러갔다. 왕은 무술 경기에 가고 싶다는 왕비의 태도를 보고 아그라베인이 거짓말을 하고 있는 것이 틀림없다고 확신했다. 왕은 가웨인과 이베인, 거플렛 등의 동지들과 함께 궁을 떠났다. 그는 은근슬쩍 란슬롯의 이야기를 꺼내 보았다. 모두들 란슬롯이 경기를 포기했다는 사실이 아쉽다는 반응을 보였다.

한편 란슬롯은 동지들이 카어윈트로 떠났다는 것을 확인한 다음, 침대에서 나와 무장을 하고 왕비를 찾아갔다.

"왕비님, 허락해 주신다면 경기에 참여할까 합니다."

왕비가 놀라며 물었다.

"왜 다른 분들과 같이 가지 않으셨나요?"

"아무도 모르게 혼자 가고 싶었습니다."

"좋습니다. 원하는 대로 하셔요. 떠나셔도 좋습니다. 얼른 돌아오셔야 합니다."

란슬롯은 왕비를 떠나 자신의 처소로 돌아가 밤이 될 때까지 머물러 있었다. 카멜롯 성에 있는 란슬롯은 사람들이 모두 잠들고 난 뒤, 방을 살그머니 빠져나와 종자를 찾아갔다.

"친구여, 말을 타고 나를 따라오라. 카어윈트 무술 경기에 갈 생각이다. 가는 길에 사람들 눈에 띄지 않기 위해 밤에 여행할 생각이다."

종자는 급히 채비를 갖추고, 란슬롯 소유의 말 중에서 제일 좋은 말을 끌고 왔다. 두 사람은 곧 성을 나와 곧장 카어윈트를 향해 갔다. 그리고 밤새 쉬지 않고 말을 달렸다. 다음 날 아침 동이 틀 무렵 그들은 왕이 간밤에 유숙한 성에 도착했다. 란슬롯은 사람들이 알아볼까 봐 성안에 들어가지는 않고 고개를 숙인 채 성벽을 따라갔다. 왕의 기사들이 그때 마침 성에서 나오고 있었다. 란슬롯은 너무 일찍 도착했다고 생각하며 후회했다.

아더 왕은 창가에 팔꿈치를 고이고 바깥을 내다보다가 란슬롯의 말을 알아보았다. 왕 자신이 선물했던 말이었기 때문에 금세 알아볼 수 있었다. 고개를 숙이고 있던 란슬롯은 왕을 알아보지 못했다. 에움길에 이르자 란슬롯은 몸을 일으켰고, 왕은 그가 란슬롯이라는 것을 분명히 확인했다.

왕은 옆에 있던 거플렛에게 말했다.

"저기 란슬롯 경을 보라. 어제만 해도 몸이 아프고 피곤하다고 핑계를 대더니, 어느새 이 성에 도착했군."

거플렛이 대답했다.

"폐하, 저는 란슬롯 경이 왜 저렇게 행동하는지 알 것 같습니다. 그는 무술 경기에 참여하는 자신을 아무도 알아보지 못하기를 바라는 것입니다. 그래서 어제 우리와 함께 떠나지 않았던 것이지요."

왕은 그 말을 듣고 아주 기분이 좋아졌다. 아그라베인의 고자질이 거짓말과 모략에 불과하다는 것이 분명해졌기 때문이다. 란슬롯은 그 사이에 거리를 돌아 앞으로 나아가고 있었다. 왕은 란슬롯이 다시 모습을 보이기를 기다리고 있었다. 오랫동안 바라보았지만 란슬롯의 모습이 다시 나타나지 않았으므로, 왕은 란슬롯이 마을 어딘가에 숙소를 정했을 거라 생각하고 거플렛에게 말했다.

"란슬롯 경의 모습이 보이지 않는다. 이곳 어딘가에 숙소를 정한 모양이다."

"그런 것 같습니다. 제 생각에는 사람들 눈에 띄지 않으려고 밤에만 움직일 것 같군요."

"그가 정체를 숨기고 싶어 한다면, 그의 결정을 존중해 주도록 하자. 그를 보았다는 이야기는 아무에게도 하지 말라. 나도 하지 않겠다."

란슬롯은 그 시각에 에스칼로라고 불리는 소영주의 집에 들어가 있었다. 에스칼로에게는 용감하고 잘생긴 두 아들이 있었는데, 최근에 아더 왕에게서 기사 서임을 받은 젊은이들이었다. 란슬롯은 벽에 매달려 있는 그들의 방패를 바라보았다. 가문의 문장紋章이 그려져 있지 않은, 온통 불타는 듯한 붉은색으로만 칠해진 방패였다. 새로 기사 서임을 받은 신참기사들은 일 년 동안 단색으로 되어 있는 방패만을 사용해야 하는 관습이 있었다. 기사도를 어기지 않으려면 그 관습을 따라야 했다.

란슬롯이 가신에게 말했다.

"부탁 한 가지만 들어주실 수 있을는지요. 이 방패 중 하나를 빌려 주실 수 있습니까? 카어윈트 무술 경기에 들고 나가려고 합니다. 마갑馬甲과 다른 무기들도 빌리고 싶습니다."

가신이 놀라며 되물었다.

"아니, 방패를 가지고 계시지 않습니까?"

"물론 가지고 있지요. 그러나 이 방패를 들고 있으면 사람들이 저를 알아볼 것입니다. 저는 정체를 숨기고 싶거든요. 제 방패와 무기들은 돌아올 때까지 이곳에 맡겨둘까 합니다."

"원하시는 대로 하시지요. 마침 제 아들놈 하나가 많이 아파서 카어윈트 무술 경기에 참여하지 못합니다. 한 놈은 갈 것입니다. 괜찮으시다면 기사님과 동행하는 게 어떨까 합니다만……."

두 사람이 그렇게 대화를 나누는 동안 가신이 얘기한 젊은이가 나타났다.

란슬롯을 보자 깍듯이 예를 갖추었다. 그는 란슬롯의 당당한 풍모를 보고 놀라서 누구냐고 물어보았다. 란슬롯은 자기는 브리튼 왕국에서 멀리 떨어져 있는 나라의 기사인데, 이름은 알려 줄 수 없다고 대답했다. 그러자 젊은이가 말했다.

"어쨌든 상관없습니다. 어서 오십시오. 괜찮으시다면 카어윈트 무술 경기에 함께 가시지요. 길동무 삼아 함께 가면 좋을 듯합니다."

"그러지. 미리 말해 두는데, 나는 낮에는 여행하지 않을 걸세. 날씨가 더워서 힘이 드네. 오늘 저녁까지 기다릴 수 있다면 함께 가지. 밤이 되기 전에는 말을 타지 않을 걸세."

"원하는 대로 하십시오. 기사님과 함께 여행하게 되어 기쁩니다."

란슬롯은 그날 저녁 더할 나위 없이 융숭한 대접을 받으면서 가신의 집에 머물렀다. 그 집 가족들은 란슬롯에게 많은 질문을 던졌지만 란슬롯은 아무 대답도 하지 않았다. 가신에게는 아주 예쁜 딸이 있었는데 손님에게 마음이 많이 끌리는 듯했다. 그녀는 종자를 찾아가 손님으로 온 기사가 어디서 온 누구인지 가르쳐 달라고 졸랐다.

종자가 대답했다.

"주인님에 관한 것을 말씀드리면 저는 맹세를 어기게 됩니다. 주인님께서는 자신이 누구인지 알리고 싶어 하지 않으시거든요. 맹세를 어기면 주인님께서 화를 내실 거예요. 그냥 세상에서 제일가는 기사라는 것만 알아 두시지요. 그것만은 분명히 말씀드릴 수 있어요."

"아, 고맙다. 그만하면 되었다."

에스칼로의 아가씨는 란슬롯이 쉬고 있는 방으로 가서 그의 앞에 무릎을 꿇고 앉아 간절한 목소리로 말했다.

"친절한 기사님, 제 부탁을 들어주세요."

란슬롯은 예쁜 아가씨가 발밑에 무릎을 꿇고 앉아 간청하는 모습을 보고 당황해서 어쩔 줄 몰랐다.

"아가씨, 부탁입니다. 일어나십시오. 제가 들어드릴 수 있는 청이라면 무엇이든 들어드리도록 하겠습니다."

그러자 아가씨는 몸을 일으키고 말했다.

"제 청을 들어주셔서 감사합니다. 기사님께서 제게 약속하신 것이 무엇인지 아시나요? 카어윈트 무술 경기에 제 오른쪽 소매를 투구에 표지로 달고 나가 주십사는 거예요. 저에 대한 사랑을 위해 싸워 주세요."

그 말을 듣고 란슬롯은 난처했다. 이미 약속을 해 버렸으니 말을 바꿀 수도 없었다. 그는 속으로 탄식했다.

'만일 내가 다른 여성에 대한 사랑을 위해 싸웠다는 것을 알면 왕비님은 뭐라고 하실까? 나를 결코 용서하지 않으실 것이다.'

그는 모험을 해 보는 수밖에 없다는 결론을 내렸다.

에스칼로의 아가씨가 표지로 사용될 소매를 곧 가져왔다. 그녀는 자신을 상징하는 색채의 옷소매를 그에게 맡긴 다음 열심히 싸워 줄 것을 당부했다.

"제가 이런 부탁을 드린 사람은 기사님이 처음이랍니다. 기사님이 높은 무공의 소유자라는 것을 몰랐나면 절대로 이런 부탁을 드리지 않았을 거예요."

란슬롯은 예의를 지키기 위해서, 그녀에 대한 사랑을 위해 싸우겠으며 비난받을 만한 행동은 일절 하지 않겠다고 대답했다.

저녁이 되었을 때 란슬롯은 가신의 아들과 함께 집을 나섰다. 그들은 밤새 말을 달려 먼동이 트기 조금 전에 카어윈트 근방에 도착했다.

젊은이가 말했다.

"어느 곳에 숙소를 정할까요?"

"사람들의 관심을 끌지 않고 조용히 지낼 만한 곳이 근처에 있으면 좋겠는데……. 카어윈트에 들어갈 생각은 없네."

"마침 이곳에서 왼쪽으로 아주 가까운 곳에 우리 숙모님이 살고 계십니다. 큰길에서 떨어져 있는 곳이지요. 아주 고결한 분이신데 반갑게 맞아 주실 겁니다."

"아주 잘되었군. 내가 넉넉히 사례할 거라고 말씀드리게."

두 사람은 큰길을 떠나 숲속으로 꼬불꼬불 나 있는 좁은 길로 접어들었다. 그리고 아무도 모르게 부인의 집에 도착했다. 란슬롯 일행이 말에서 내리자 조카를 알아본 부인이 반갑게 뛰어나와 맞았다. 기사 서임식 이후에 조카를 만나보지 못했던 것이다. 가신의 아들은 동행한 기사가 사람들이 알아보지 못하도록 이목이 닿지 않는 조용한 곳에 숙소를 정하고 싶어 한다고 말했다. 부인은 상냥한 태도로 란슬롯을 맞아들였다. 어느 모로 보나 뛰어난 기사가 틀림없다고 생각했다. 부인은 간밤에 말을 달리느라고 쌓인 피로를 풀 수 있도록 란슬롯을 침실로 안내했다. 란슬롯은 온종일 그곳에 머물면서 융숭한 대접을 받았다.

란슬롯은 다음 날 아침 카어윈트에 종자를 보내어 무술 경기의 정확한 조건과, 성을 방어하는 편과 성을 공격하는 편에 대한 정보를 알아오라고 일렀다.

종자는 란슬롯이 무장하기 전에 정보를 알려 주려고 서둘러 집으로 돌아왔다. 주인을 보자마자 그는 말을 쏟아냈다.

"나으리, 이쪽 편 저쪽 편 할 것 없이 기사들이 무지 많습니다. 유명한 무사든 이름 없는 무사든 사방에서 몰려 왔거든요. 하지만 주력 부대는 방어하는 쪽 진영이에요. 원탁의 기사들이 그쪽 편에 포진하고 있거든요."

란슬롯이 종자의 말을 끊고 물었다.

"보호트와 리오넬과 헥토르는 어느 편이더냐?"

"당연히 방어자들 편이지요. 그분들 없이 원탁의 기사라고 부를 수 있겠습니까?"

"상대편에는 누가 있더냐?"

"스코틀랜드와 아일랜드의 왕과 지체 높은 분들이 많이 있어요. 방어하는 쪽에 비해 용장의 숫자는 적어요. 그리고 모두 브리튼 기사들과 다른 관습을 가진 외국인들이에요."

"잘 알았다. 나는 그 사람들 편에 서서 싸우겠다."

란슬롯은 준비를 마치고 말을 탄 뒤에 종자에게 말했다.

"너는 나와 함께 갈 수 없다. 네가 나와 함께 있으면 사람들이 너를 알아볼 테고, 또 나도 알아보게 될 것이다. 난 그것을 원치 않는다."

종자는 주인께서 그렇게 하고 싶으시다면 어쩔 수 없지만, 자기도 함께 가고 싶다고 투덜거렸다. 란슬롯과 에스칼로의 아들은 부인에게 작별 인사를 하고 카어윈트 초원을 향해 떠났다. 카어윈트 초원은 벌써 경기에 참여하려는 기사들로 북적이고 있었다. 아더 왕은 여러 명의 기사들에게 에워싸여 경기를 잘 내려다 볼 수 있는 제일 높은 탑에 올라가 있었다. 가웨인과 그의 동

생 가헤리에트도 왕의 옆에 있었다. 그들은 눈앞에서 벌어지는 광경을 하나도 놓치지 않으려고 벼르고 있었다.

란슬롯은 혼전에 뛰어들 준비를 하고, 등자 위에 몸을 탄탄하게 세운 다음, 무사들 사이로 뛰어들었다. 첫 번째 마주친 상대는 란슬롯이 휘두른 창에 맞아 말과 함께 바닥에 쓰러졌다. 두 번째 상대는 란슬롯의 창에 옆구리를 찔렸다. 죽을 정도의 상처는 아니었다. 란슬롯은 상대를 세게 밀어 말에서 떨어뜨렸다. 상대는 정신을 잃고 땅에 쓰러졌다. 종횡무진 날아다니는 란슬롯의 활약상을 보면서 많은 기사들이 꼼짝도 하지 못했다. 이렇게 무공이 뛰어난 기사는 처음 본다고 생각하는 사람도 있었다. 다른 이들은 혼자서 이렇게 전과를 올리는 사람은 처음 보았으며, 아마도 오늘은 이보다 더 뛰어난 사람을 만날 수는 없을 거라고 말했다. 가신의 아들은 란슬롯 옆에서 늪의 기사 헥토르를 맞아 싸우고 있었다. 그는 헥토르의 가슴을 세게 쳤다. 창이 갑옷에 맞아 부서질 정도로 센 일격이었다. 그러나 헥토르는 짧고 굵은 창으로 가신의 아들을 공격해서 말과 함께 쓰러뜨려 버렸다.

군중 속에서 누군가 외쳤다.

"에스칼로 형제 중 하나가 땅에 떨어졌다!"

에스칼로 형제들은 늘 같은 무기를 들고 다녔기 때문에, 어디에 가든 사람들은 그들을 알아보았다. 따라서 무사들은 란슬롯이 두 형제 중에서 막내라고 생각하고 있었다. 란슬롯은 가신의 아들이 눈앞에서 쓰러지는 것을 보고 단단한 창을 휘두르며 헥토르에게 달려갔다. 두 사람 모두 정체를 감추고 경기에 참여하기 위해 무기를 바꾸었기 때문에 서로 상대방을 알아보지 못했다. 란슬롯은 형을 세게 쳐서 웨일즈인 게일간틴의 눈앞에서 쓰러뜨렸다. 탑에서 경기를 지켜보던 가웨인은 헥토르를 어렵지 않게 알아볼 수 있었다. 헥토르의 무기를 그가 구해다 주었기 때문이다.

가웨인이 아더 왕에게 말했다.

"투구에 소매를 달고 싸우는 붉은 갑옷 입은 기사는 에스칼로 형제 중 한 사람이 아닙니다. 에스칼로 형제가 저런 무공을 발휘하는 걸 본 적이 없습니다."

"그럼 누구란 말인고?"

"모르겠습니다. 용장임에는 틀림없군요."

란슬롯은 무사들이 뒤엉켜 싸우고 있는 한복판에서 동료를 끄집어내어 말에 다시 태우려 하고 있었다. 한편 보호트는 맞닥뜨리는 상대의 투구를 벗기거나 방패를 쳐서 떨어뜨리며 초원을 달리고 있었다. 그러다가 혼전이 벌어지고 있는 결투장 한가운데에서 란슬롯과 딱 마주치게 되었다. 그는 란슬롯을 알아보지 못하고 창으로 세게 후려쳤다. 창은 란슬롯의 방패와 사슬 갑옷을 뚫고 오른쪽 옆구리에 박혔다. 상처가 깊었다. 보호트는 란슬롯에게 달려들어 힘껏 부딪쳤다. 란슬롯은 말과 함께 땅바닥에 엎어졌지만, 그런 난처한 모습으로 엎어져 있을 그가 아니었다. 상처 때문에 고통스럽기는 했지만 펄쩍 뛰어 일어나 땅바닥에 떨어진 창을 집어 들고 다시 말 위에 올라탄 뒤 보호트를 향해 돌격했다. 두 사람 사이에 접전이 벌어진 것을 보고 무사들은 자리를 내어 주고 비켜났다. 두 사람의 무공으로 보아 벌써 그날의 최고 전사들로 여겨졌기 때문이다.

란슬롯은 말을 전속력으로 몰면서 보호트를 세게 후려쳤다. 보호트는 두 넓적다리 사이에 안장을 낀 채 말에서 떨어졌다. 말의 뱃대끈이 끊어져 버렸던 것이다.

보호트가 땅에 떨어진 것을 보고 가웨인이 왕에게 말했다.

"보호트 경이 땅에 떨어지기는 했지만, 그 때문에 얼굴을 붉힐 이유는 없는 것 같은데요. 상대방이 누군지 모르니 말입니다. 보호트 경의 맞수는 정말 대단하군요. 란슬롯 경이 몸이 아파서 카멜롯에 남아 있다는 걸 몰랐다면 저 사람이 란슬롯 경이라고 생각했을 겁니다."

아더 왕은 그 말을 듣고 빙그레 웃었다. 그는 그 대단한 기사가 누구인지 짐작하고 있었던 것이다. 왕이 말했다.

"저 기사가 누구든, 시작이 좋았으니 앞으로는 더 잘 할 것 같구먼."

란슬롯은 창이 부서졌기 때문에 검을 뽑아 들고 오른쪽 왼쪽으로 휘두르며 기사들을 말에서 떨어뜨리고, 말들을 죽이고, 무사들의 방패와 투구를 벗겨 냈다. 그가 보이는 눈부신 활약상을 모두들 감탄하며 지켜보았다. 보호트와 헥토르도 일어나서 겨우 다시 말을 타고 란슬롯을 향해 미친 듯이 덤벼들었다. 란슬롯은 일단 뒤로 물러섰다. 부상이 심한데다가 피를 많이 흘려서 기운이 빠져 있었던 것이다. 그러나 그는 있는 힘을 다해 반격에 들어가 형과 사촌을 물리쳤다. 두 사람은 이 괴력의 사나이가 악마인가 사람인가 놀라워하며 자문해 보았다. 무섭다는 생각마저 들었다.

경기를 끝낼 때가 되자, 가웨인이 왕에게 말했다.

"투구에 소매를 달고 싸운 기사가 누구인지는 모르겠으나 그에게 이 무술경기의 우승자의 영광이 돌아가야 하는 것은 자명합니다. 보기 힘든 무훈을 보고 나니, 그가 누구인지 참으로 알고 싶습니다."

가웨인의 동생 가헤리에트도 거들고 나섰다.

"그렇습니다. 그가 누구인지는 저도 모르겠습니다. 호수의 기사 란슬롯 경을 제외하면 저 기사보다 더 나은 사람을 만나보지 못했습니다."

왕과 그의 조카들이 이렇게 대화를 나누고 있는 동안 란슬롯은 가신의 아들과 결투장을 빠져나가고 있었다. 가신의 아들이 어디로 갈 생각이냐고 란슬롯에게 물었다.

"며칠 쉬어갈 장소를 찾았으면 하네. 부상이 심해서 말을 타고 있는 것도 힘이 드는군."

"그러면 제 숙모님 댁으로 돌아가지요. 그곳에서 편하게 쉴 수 있을 겁니다. 거리도 멀지 않구요."

그들은 숲으로 난 좁은 길을 따라갔다. 길을 가면서 그들은 누군가 뒤를 밟는 사람이 있을까 봐 계속 뒤를 돌아보았다. 뒤따라오는 사람은 아무도 없었다. 그들은 무사히 부인의 집으로 돌아왔다.

두 사람이 숲속으로 깊이 들어가는 동안, 가웨인과 가헤리에트와 거플렛은 두 사람을 찾으려고 애쓰고 있었다. 무술 경기가 끝나는 즉시, 세 사람은 붉은 방패를 든 기사가 따라간 길을 뒤따라갔다.

약 이 리외쯤 달렸을 때, 금방 살해당한 기사를 품에 안고 눈물을 흘리는 두 명의 종자와 마주쳤다. 일행은 그들에게 다가갔다. 가웨인이, 혹시 투구에 부인의 것인지 아가씨의 것인지 모를 소매를 달고 붉은 방패를 든 기사와 또 한 사람의 기사가 지나가는 것을 보지 못했느냐고 물었다. 종자들은 그런 사람들은 본 적이 없다고 대답했다.

가헤리에트가 가웨인에게 말했다.

"형님, 이쪽으로 가지 않은 게 틀림없는 것 같아요. 이 길로 갔다면 우리가 달려온 속도를 고려해 볼 때 지금쯤 따라잡고도 남았을 텐데……."

"이것 참 낭패로구나. 계속 찾아보도록 하자. 나는 그 용맹한 기사를 꼭 만나보고 싶다. 조만간 그를 만나게 되면, 꼭 란슬롯 경에게 데리고 가서 소개시켜 주고 싶구나."

그들은 울고 있는 종자들에게 죽은 사람이 누구냐고 물어보았다.

"이분은 기사셨답니다."

"누가 죽인 거냐?"

"숲의 입구에서 멧돼지 한 마리를 뒤쫓았는데, 그만 그놈에게 죽임을 당했습니다. 마법에 걸린 겁니다. 전에 어떤 점쟁이가 이분이 멧돼지 사냥을 하면 죽게 될 거라는 예언을 한 적이 있어요. 이분이 멧돼지와 같은 날 태어났기 때문이랍니다."✤

그들은 어느 곳에서 기사가 당했는지 가리켜 보여 주었다. 그곳에서 족히 일 리외는 떨어져 있는 곳이라 하였다.

가헤리에트가 말했다.

"멧돼지 사냥을 하다가 죽다니✤✤, 참으로 애석하구나. 생김생김을 보니 살

✤ 겉으로 보기에 무의미해 보이는 이 일화는 란슬롯의 태도와 죽은 기사의 태도 사이의 부조화를 보여 주고 있는데, 오래된 서사시의 신화 주제를 참고해야만 이해할 수 있다. 멧돼지는 죽은 남자의 '우주적인' 쌍둥이이다. 그것은 트리스탄의 아일랜드 원형인 디어미트의 이야기와 똑같다. 유명한 선설인 『디어미트와 그로냐의 추격』에 나온다.

아 있었더라면 아더 왕의 훌륭한 동지가 될 수 있었을 듯한데……."

가웨인과 가헤리에트와 거플렛은 종자들과 헤어져 숲을 나왔다. 그러나 그들이 찾고 있는 기사들의 흔적은 어디에서도 찾을 수 없었다. 그들은 지쳐서 카어윈트로 돌아갔다. 날이 저문 다음에야 성으로 돌아온 그들을 보고, 왕은 그 기사를 찾았느냐고 물어보았다.

가웨인이 대답했다.

"못 찾았습니다. 우리와 다른 길로 간 모양입니다."

왕이 빙긋이 웃었다.

"폐하, 아까도 그렇게 웃으셨지요?"

왕은 솔직하게 큰 소리로 웃으며 말했다.

"그랬지. 조카는 그 기사를 처음으로 찾아다니는 건 아니지. 아마 이번이 마지막도 아닐걸."

가웨인은 왕이 뭔가 알면서도 침묵하고 있다는 것을 눈치 챘다.

"폐하께서는 뭔가 알고 계시는군요. 그 기사는 누구입니까? 가르쳐 주십시오."

"말하지 않겠네. 그가 정체를 숨기고 싶어 하는데, 내가 이름을 밝힌다면 그건 옳은 일이 아니지. 걱정하지 말게. 곧 알게 될 테니까."

✢✢ 란슬롯을 찾는 길에 마주친 이 기사의 운명은 멧돼지 여신과 연관되어 죽음을 당하는 고대 영웅의 운명을 암시한다. 그 원형은 멧돼지 어금니에 찔려 죽는 아프로디테의 연인 아도니스이다. 따라서 이 일화는 사랑의 여신의 연인의 운명을 예시하는 역할을 한다. 란슬롯은 귀네비어 때문에 죽을 운명(아더 왕 전설에서는 영적인 죽음—성배의 신비로부터의 추방)이다. —역주

왕은 보호트에게 몸을 돌리고 말했다.

"그 기사에게 상처를 입혔으니 평생 후회하게 될 것이야. 그가 그 상처 때문에 죽는다면, 경에게는 큰 불행이 될 것이다."

헥토르는 왕이 보호트가 미워서 그런 이야기를 한다는 생각이 들어 화를 내며 항의했다.

"그 기사가 그 상처 때문에 죽는다면 죽으라지요. 그가 죽거나 말거나 손해 볼 일은 없으니까요!"

아더 왕은 이상한 표정으로 헥토르를 바라보았다. 그러나 아무 말도 하지 않았다. 왕은 란슬롯이 심한 부상을 입고 경기장을 떠난 것이 마음에 걸렸다. 혹시라도 그 때문에 죽기라도 하면 어쩌나 두렵기도 했다.

다음 날, 왕과 동지들은 카어윈트를 떠났다. 떠나기 직전에 왕은 한 달 뒤에 디나스 엠리스에서 다시 무술 경기를 열 예정이라는 것을 알렸다. 디나스 엠리스는 노르갈 왕국 입구에 있는 성으로 방어가 튼튼한 성이었다. 왕은 이런 행사가 그의 기사들에게서 용맹정진의 정신을 잊지 않게 해 주기를 바랐다.

왕의 일행은 카멜롯으로 돌아가는 장도에 올랐다. 저녁이 되었을 때, 아더 왕은 에스칼로 성 앞에 멈추어 섰다. 란슬롯이 지나가는 것을 보았던 그 성이었다. 왕은 많은 기사들과 함께 그 성에서 유숙할 생각이었다. 가웨인은 동생 가헤리에트와 동료 몇 사람과 함께 성안을 돌아다니다가 우연히 가신의 집에 들르게 되었다. 란슬롯이 묵어갔던 그 집이었다. 조금 피곤했기 때문에, 그는 성으로 돌아가지 않고, 일행과 함께 그 집에서 저녁 식사를 하기로 결정했다. 식사를 하기 위해 식탁 앞에 자리를 잡고 앉았을 때, 그 집의 딸이 들어와 무술 경기가 어떻게 진행되었는지 가웨인에게 물어보았다.

가웨인이 대답했다.

"아주 오랜만에 보는 멋진 경기였어요. 우승자는 정말 대단했지요. 어찌나 용감한지, 저도 그 기사 같았으면 좋겠다는 생각이 들었답니다. 그런데 불행히도 이름이 무엇인지 모른답니다."

"어떤 갑옷을 입고 있던가요?"

"완전히 붉은색이었습니다. 투구에는 부인의 것인지 아가씨의 것인지 모를 소매를 달고 있었지요. 제가 여자였다면, 그 소매가 제 것이면 좋겠다고 생각했을 겁니다. 그리고 그 기사의 사랑을 받고 싶어 했을 거예요. 그 소매보다 더 영광을 얻은 소매는 보지 못했습니다."

아가씨는 그 이야기를 듣고 기쁨으로 마음이 설레었다. 그러나 사람들이 보는 앞에서 감히 내색을 하지는 못했다. 기사들이 식탁에 앉는 동안, 아가씨는 시중을 들었다. 편력 기사들이 지체 높은 사람의 집에 유숙하게 되면, 그 집의 딸이 몸소 시중을 드는 게 브리튼 왕국의 법도였다. 손님들이 식사를 다 끝낼 때까지 그녀는 식탁에 앉지 않는다. 아가씨는 손님들이 배불리 먹을 때까지 정성을 다해 자신의 의무를 수행했다. 더욱이 그녀는 아주 예뻤으므로 가웨인은 계속해서 그녀를 바라보지 않을 수 없었다. 속으로는 아가씨를 사귈 수 있는 기회가 오면 좋겠다는 생각을 하고 있었다. 식사가 끝난 뒤, 가신은 딸을 데리고 집 뒤에 있는 풀밭으로 산책하러 나갔다. 가웨인과 그의 일행도 그곳에 나와 있었다. 부녀를 보더니 기사들은 자리에서 일어나 정중하게 예를 갖추었다. 가웨인은 가신은 자기 오른쪽에, 딸은 자기 왼쪽에 앉으라고 권했다. 세 사람은 여러 가지 주제에 대해 이야기를 나누었다. 그런데 가헤리에트가 가신에게 다가가더니 성의 관습에 대해 이것저것 물어보았다. 가신은 자리에서 일어나 가헤리에트와 함께 거닐면서 자세하게 설명해 주었다. 그래서 가웨인은 아가씨와 단 둘이 있게 되었다. 가웨인은 아가씨에게 사랑을 고백했다. 아가씨는 가웨인에게 누구냐고 물었다.

"기사랍니다. 가웨인이라고 하지요. 오카니 로트 왕의 아들이며 아더 왕의 조카이기도 합니다. 제가 마음에 드신다면 사랑을 받아들여 주세요. 우리의 사랑이 지속되는 한, 다른 여인은 사랑하지 않을 것이며, 당신의 좋은 기사가 될 것입니다. 무엇이든 당신이 하라는 대로 하겠습니다."

"아, 가웨인 경. 저를 놀리지 마세요. 당신처럼 부유하고 지위가 높은 분이 어떻게 저처럼 가난한 가신의 딸을 사랑할 수 있다는 말인가요? 그리고 저를 진심으로 사랑하시면, 제가 미안할 것 같아요."

"미안하다니, 왜요?"

"왜냐하면, 당신이 비록 저를 진심으로 사랑하신다고 해도, 우리는 서로 맺어질 수 없거든요. 저는 어떤 기사를 사랑하고 있는데, 무슨 일이 있어도 그이를 사랑할 거예요. 저는 아직 처녀이고, 그를 만나기 전에는 아무도 사랑한 적이 없어요. 그이를 보자마자 첫눈에 사랑에 빠져 버렸어요. 그래서 카어윈트 무술 경기에서 저를 위해 싸워 달라고 부탁했고, 그이는 그러겠다고 약속한 것이에요. 그렇게 잘 싸워 주었으니 제가 얼마나 자랑스럽겠어요. 당신을 언짢게 하려고 이런 말씀을 드리는 것이 아니랍니다. 저에게 구애하셔도 소용없다는 걸 말씀드리는 거예요. 저는 그의 말만 들을 거예요. 그를 사랑하니까요. 일생 동안 사랑할 거예요."

아가씨가 그렇게 당당한 태도로 그를 거절하지, 가웨인은 조금 모욕을 당한 느낌이 들었다.

그는 슬픈 목소리로 말했다.

"그와 싸워 제가 더 강자라는 걸 증명하게 해 주십시오. 제가 그를 꺾을 수 있다면 그를 버리고 저를 택해 주십시오."

아가씨가 비명을 질렀다.

"그럴 수 없어요! 제가 그렇게 행동할 거라는 생각을 어떻게 하실 수 있지요? 두 분 모두 세상에서 손꼽히는 기사들이신데, 제가 그런 두 분의 목숨을 위태롭게 만들 거라고 생각하셨나요?"

"그 기사는 당대 최고의 기사 중 한 사람인가요?"

"방금 전에 그렇게 말씀하셨잖아요."

"그의 이름이 뭡니까?"

"말씀드릴 수 없어요. 그의 방패는 보여 드릴 수 있어요. 카어윈트 경기에 갈 때 이곳에 방패를 두고 갔거든요."

"그 방패를 보여 주십시오. 그 기사가 아가씨 말대로 정말 그렇게 대단한 사람이라면 방패를 보고 누군지 알 수 있을지 모르니까요."

"주무시러 가실 때 볼 수 있을 거예요. 침실로 준비해 놓은 방에 걸려 있거든요."

가웨인이 곧 자리에서 일어나 아가씨의 손을 잡고 집 안으로 들어갔다. 아가씨는 가웨인을 침실로 안내했다. 촛불과 횃불이 얼마나 환히 밝혀져 있는지 방에 불이 난 것 같았다. 아가씨는 벽에 걸려 있는 방패를 가리키며 말했다.

"이것이 제가 사랑하는 사람의 방패랍니다. 살펴보시고, 주인의 이름이 무엇인지 말해 주세요. 그분은 저에게 이름을 말해 주지 않으셨거든요. 어쩌면 당신도 그가 세상에서 제일가는 기사라는 걸 인정하게 될지도 모르겠네요."

가웨인은 첫눈에 그 방패의 주인이 호수의 기사 란슬롯임을 알아보았다. 그는 깜짝 놀라서 몇 발자국 뒤로 물러섰다. 란슬롯이 그 기사라는 것도 모르고 쓸데없는 소리를 지껄이다니 이런 낭패가 있나. 가웨인은 자신이 내뱉은 말 때문에 정신을 차릴 수가 없었다.

혼란을 수습하고 난 뒤, 그는 아가씨에게 말했다.

"아가씨, 부탁합니다. 제가 방금 전에 드린 말 때문에 행여 마음 상하지 마십시오. 제가 패배자라는 걸 인정하겠습니다. 아가씨 말이 맞습니다. 아가씨가 사랑하는 분은 당대 최고의 기사가 맞습니다. 그분이라는 걸 알았더라면 아가씨에게 사랑을 구하지는 않았을 것입니다. 하지만 저는 이 세상 어떤 여인보다 당신에게 사랑받고 싶습니다. 이제 그 기사가 누구인지 말씀드리지요. 그분은 베노익 반 왕의 아드님이신 호수의 기사 란슬롯 경입니다. 만일 그분이 아가씨가 그분을 사랑하시듯 아가씨를 사랑하신다면, 당신은 세상에서 가장 행복한 여성입니다. 다시 한번 말씀드리거니와, 혹시라도 제 말이 언짢으셨다면 용서하시기 바랍니다."

"그럼요. 용서하고말고요."

가웨인은 혹시라도 아가씨가 란슬롯에게 자기가 했던 무례한 말을 옮길까 봐 걱정이 되었다. 그러나 아가씨는 아무 말도 하지 않을 것 같았다. 그래서 그는 아가씨의 연인이 무술 경기에 어떤 무기를 들고 참여했는지 물었다.

"붉은 방패를 들고 있었어요. 말도 붉은 마갑을 둘렀고요. 그리고 제가 사랑으로 그분에게 드린 비단 소매를 투구에 매달고 있었지요."

"아! 이제 모든 의문이 풀렸군요! 경기의 우승자는 란슬롯 경이었던 겁니다. 그런 남자가 연인이라면 자랑스러울 만하지요. 당신이 그가 누구인지 알게 되어 다행입니다. 그는 아주 심지가 굳은 사람이기 때문에 누구에게도 말하지 않을 겁니다. 궁정 사람들은 누구도 그가 진실한 사랑에 빠졌다는 걸 알지 못할 겁니다."

"하느님께서 저를 지켜 주시기를! 그게 더 낫지요. 드러난 사랑은 더 이상 귀하게 여겨지지 않으니까요."⚜

다음 날 아침, 아더 왕과 동지들은 다시 카멜롯을 향해 떠났다. 그들은 오후에 카멜롯에 도착했고, 말에서 내리기가 무섭게 우승자의 정체에 대해 이야기를 나누기 시작했다. 오직 왕과 가웨인과 거플렛만이 진실을 알고 있었다. 귀네비어 왕비도 란슬롯이 익명의 베일을 쓰고 어떻게 활약했는지 알고 싶어서 가웨인에게 물어보았다.

"왕비님, 저는 그 기사가 누구인지 모릅니다. 외국 사람이 아닌가 짐작할 뿐이지요. 그가 붉은 갑옷을 입고 있었고, 또 투구에 부인인지 아가씨의 것인지 알 수 없는 소매 한 쪽을 달고 있었다는 것을 빼면 아무것도 모릅니다."

그 말을 듣고 왕비는 그 기사가 란슬롯이 아니라는 결론을 내렸다. 란슬롯이라면 그녀가 준 표지 외에 다른 표지를 달고 무술 경기에 참

⚜ 이것은 궁정식 사랑의 절대적인 규칙이다.

여했을 리가 없기 때문이다. 그녀는 그 기사에 대해 더 이상 캐묻는 것을 포기하고 다른 질문을 던졌다.

"그럼 란슬롯 경은요? 란슬롯 경은 경기에 참여하지 않았나요?"

가웨인이 조심스럽게 대답했다.

"모르겠습니다. 란슬롯 경을 보지 못했거든요. 만일 참여했다면 우승을 차지하지 못할 리가 있겠습니까. 게다가 우리는 란슬롯 경의 무기가 경기장에서 번쩍이는 걸 자주 보았기 때문에, 그가 참여했다면 당연히 쉽게 알아보았겠지요. 정체를 감추고 익명으로 참가했다면 혹시 모르겠습니다만……."

"바로 그거예요. 장담할 수 있어요. 란슬롯 경은 신분을 감추고 몰래 카어윈트에 갔어요."

가웨인이 당황한 표정으로 대답했다.

"만일 란슬롯 경이 경기에 참여했다면, 우승을 차지했던 그 붉은 갑옷의 기사가 바로 란슬롯 경이라는 걸 인정하는 수밖에 없겠군요."

"그럴 리가 있나요. 란슬롯 경일 리가 없어요. 란슬롯 경은 아가씨나 부인의 표지를 달고 경기에 나갈 정도로 어떤 여자를 사랑하지 않아요."

옆에서 대화를 듣고 있던 거플렛이 끼어들었다.

"투구에 달린 소매를 펄럭이며 싸웠던 붉은 갑옷의 기사는 란슬롯 경이 틀림없습니다. 그가 카어윈트를 향해 몰래 다가가고 있을 때 그의 모습을 우연히 보았거든요. 경기가 끝난 뒤에 우승자가 누구인지 알고 싶어서 뒤따라갔었습니다. 변장을 했기 때문에 알아보기 힘들었지만, 심한 부상을 당해서 역시 붉은 갑옷을 입은 다른 기사와 함께 가고 있을 때 얼핏 투구를 벗은 얼굴을 볼 수 있었지요."

귀네비어는 당장 가웨인에게 큰 소리로 물었다.

"폐하에 대한 경의 믿음에 걸고 진실을 말해 줘요. 붉은 갑옷을 입은 기사가 란슬롯 경이 맞나요? 알고 있거든 제발 말해 주세요."

가웨인이 우물우물 대답했다.

"감출 수가 없군요. 예, 붉은 갑옷을 입고 투구에 소매를 달았던 기사는 란슬롯 경이 맞습니다."

왕비는 한마디 말도 없이 휭 하니 밖으로 나와 자기 방으로 돌아갔다. 혼자 있게 되자, 그녀는 울음을 터뜨렸다. 고통에 짓눌린 그녀는 속으로 생각했다.

'오, 하느님! 그 사람이 나를 배반했어. 내가 충성스러운 마음을 바친 사람, 세상에서 가장 훌륭한 지아비를 배반하면서까지 사랑한 사람이……. 가장 뛰어난 기사 중 한 사람의 가슴에 배반이 자리 잡았는데 이제 어떻게 어떤 기사의 충성을 믿을 수 있단 말인가?'

다음 날 정오 무렵에 보호트와 리오넬과 헥토르가 동지들과 함께 카어윈트에서 돌아왔다. 그들은 궁에 돌아오자마자 몸이 불편하다면서 카멜롯에 남았던 란슬롯의 안부부터 물었다. 그러나 사람들은 란슬롯은 보호트 일행이 길을 떠난 바로 다음 날 종자 하나만 데리고 길을 떠났는데, 그 후로는 아무 소식도 듣지 못했다고 대답했다.

귀네비어 왕비는 란슬롯의 형과 두 명의 사촌이 궁에 돌아왔다는 소식을 듣고 보호트를 불러 무술 경기에 참여했었느냐고 물었다.

"물론입니다. 참여했었지요."

"그곳에서 란슬롯 경을 보셨나요?"

"보지 못했습니다. 경은 경기에 참여하지 않았습니다."

귀네비어의 얼굴이 분노로 빨갛게 달아올랐다.

"아녜요! 분명히 참여했어요. 붉은색 갑옷을 입고, 투구에는 부인인지 아가씨의 것인지 모르는 소매를 달고 있었답니다. 그리고 그런 차림으로 경기의 우승자가 되었답니다."

보호트는 예상치 않았던 이야기에 놀라서 멍한 표정을 짓고 있다가 큰 소리로 외쳤다.

"그 기사가 제 사촌이 아니기를 간절히 바랍니다. 왜냐하면 왕비님께서 방금 말씀하신 그 기사는 저와 결투하는 도중 제 창에 옆구리를 심하게 찔렸거든요."

왕비는 화를 참을 수 없다는 듯이 소리를 질러 댔다.

"아예 죽여 버리지 그랬어요. 그는 나를 비열하게 배반했어요. 절대로 용서할 수 없어요!"

"그게 무슨 말씀이십니까?"

보호트가 영문을 몰라 놀란 표정으로 물었다. 왕비는 자기 생각을 자세히 들려주었다. 보호트는 더욱 당황했다.

"왕비님, 진실을 완전히 아시기 전에는 그처럼 예단하시면 안 됩니다. 저는 란슬롯 경을 잘 압니다. 그런 식으로 왕비님을 배반할 사람이 아닙니다."

"하지만 그게 란슬롯 경이 한 행동이에요. 틀림없어요. 어떤 부인이나 아가씨가 미약을 사용했거나 마법을 사용해서 그를 속여 넘긴 게 아니라면 우리 사이는 끝장이에요. 그가 궁으로 돌아온다면 왕비궁에는 한 발자국도 들여놓지 못하게 하겠어요."

"왕비님이 원하시는 대로 하십시오. 그러나 그는 그런 짓을 저지를 사람이 아닙니다."

왕비는 분노에 가득 찬 목소리로 쏘아붙였다.

"그냥 추측하는 게 아니라니까요! 분명한 증거가 있다구요."

보호트는 왕비를 설득하려는 노력을 포기했다. 그는 란슬롯이 결백하다는 걸 확신하고 있었지만, 왕비가 이성적인 얘기를 듣는 걸 거부하고 있다는 사실을 인정할 수밖에 없었기 때문이다.

그 주와 다음 주 동안 보호트는 리오넬과 헥토르와 함께 궁에 머물러 있었다. 그들은 왕비 때문에 무척 마음이 상했다. 왕비는 마구 화를 냈다가 허탈 상태에 빠져드는 과정을 계속 되풀이했다. 그 기간 동안 란슬롯의 소식은 전혀 들려오지 않았다. 가까이에서건 멀리에서건 그를 만나본 사람은 아무도 없었다. 왕은 걱정이 되기 시작했다.

어느 날 저녁 왕은 창가에 앉아 가웨인과 담소를 나누고 있었다. 왕이 불쑥 말했다.

"란슬롯 경이 많이 늦어지는구나. 최근에는 이렇게 오래 궁을 비우는 법이 없었는데 말이다."

가웨인은 참지 못하고 빙긋이 웃었다.

"그건…… 폐하……. 란슬롯 경은 지금 잘 지내고 있을 겁니다. 지루하지 않을 겁니다. 지루했다면 진작 돌아왔겠지요. 지금 있는 곳에서 즐겁게 지내고 있다면 늦어지는 것도 당연한 일이지요. 란슬롯 경이 지금 마음을 내려놓은 곳에 마음을 내려놓을 수 있다면 어떤 남자라도 만족할 것입니다."

아더 왕은 가웨인의 말을 듣고 호기심이 발동했다.

"조카여, 그게 대체 무슨 말이냐? 숨김없이 사실대로 말하렷다."

"그러겠습니다. 하지만 숙부님과 저 사이의 얘기입니다. 다른 사람이 이 이야기를 알아서는 안 됩니다."

"약속하마."

가웨인은 두 사람의 말을 듣는 사람이 아무도 없다는 것을 확인하기 위해 한 바퀴 빙 둘러 본 다음 나지막한 목소리로 말했다.

"란슬롯 경은 지금 그를 진정으로 사랑하는 아가씨를 위해서 에스칼로에 머물고 있습니다. 아마도 브리튼 섬 전체에서 가장 아름다운 여자 중 하나일 것 같습니다. 그녀가 너무 아름다워서 저는 그녀에게 구애했지요. 그런데 저보다 더 잘생기고 용감한 기사를 사랑한다는 이유로 저를 딱 잘라 거절하더군요.

그 사람이 누구인지 알고 싶다고 했더니, 그 기사가 카어윈트 무술 경기에 나가면서 에스칼로 성의 가신 집에 두고 간 방패를 보여 주었습니다. 그 대신 가신 아들 중 한 명의 무기를 가져갔다고 했습니다. 붉은색 무구武具 일습이었다고 합니다. 아가씨는 또한 그 기사가 투구에 달았던 소매가 자기 것이라는 얘기도 했습니다. 그런데, 저는 방패를 보자마자 그것이 란슬롯 경의 방패라는 걸 알아보았습니다. 의심의 여지가 없었습니다."

그 순간에, 왕과 가웨인은 모르고 있었지만, 그들이 서 있는 창에서 멀지 않은 창가에 귀네비어 왕비가 서 있었다. 그녀는 두 사람이 나누는 이야기를 전부 들었다. 그녀는 두 사람에게 다가갔다.

"가웨인 경, 경이 그토록 미모를 칭송하는 그 여인이 누구지요?"

"에스칼로 성 가신의 딸입니다. 란슬롯 경이 그녀를 사랑하는 건 놀라운 일이 아니지요. 아주 예쁘고 사랑스러우니까요."

왕이 끼어들었다.

"그렇겠지. 하지만 란슬롯 경이 지위가 높지 않은 여성을 사랑할 거라는 생각은 들지 않는다. 가웨인 경이 말하는 그 처자는 가신의 딸이지 않은가. 란슬롯 경이 그런 선택을 했다니 놀라지 않을 수 없군. 내 생각에 란슬롯 경의 귀환이 늦어지는 까닭은 그 처자 때문이 아니라, 보호트 경에게 입은 상처 때문인 듯하다."

가웨인이 대답했다.

"그럴 수도 있습니다. 그러나 아파서 귀환이 늦어지는 거라면 헥토르 경이나 리오넬 경 또는 보호트 경에게 소식을 전하지 않았을까요. 그러면 그들이 제게 알렸겠지요."

왕비는 란슬롯과 에스칼로의 아가씨에 관해서 가웨인이 하는 말이 맞다고 확신했다. 그녀는 어느 때보다 더 슬프고 비참한 심정으로 자신의 처소로 돌아가 보호트를 불렀다. 보호트가 왕비 궁으로 들자마자 왕비가 말했다.

"보호트 경, 경은 사촌인 란슬롯 경과 아주 막역한 사이지요. 경은 란슬롯 경을 가장 잘 알고 있는 사람 중 하나가 틀림없어요. 나는 한 가지 사실을 알게 되었어요. 란슬롯 경은 그를 사랑하는 아가씨와 함께 에스칼로에 머물고 있어요. 경과 나는 이제 그를 잃어버린 거예요. 그 아가씨가 그를 사로잡은 것 같아요. 어쩌면 그도 원했을지 모르지요. 그래서 그 여자와 헤어질 수 없게 된 거라구요. 이것은 그 성

실성과 솔직함을 의심할 수 없는 기사가 폐하 앞에서 내게 들려준 이야기입니다."

보호트는 귀네비어가 란슬롯의 배반이 사실이라 믿고 있다는 것을 알 수 있었지만, 그래도 고통스러워하는 그녀를 달래 보려고 애썼다.

"왕비 마마, 어떤 기사가 란슬롯 경에 대해 그런 얘기를 왕비님께 했는지 모르겠지만, 저는 그 이야기들이 중상모략이라고 생각합니다. 그 기사가 세상에서 가장 충성스러운 사람이라 하여도, 그는 틀림없이 진실이 무엇인지 모르는 것 같습니다. 저는 란슬롯 경이 고결한 마음의 소유자라는 걸 알고 있습니다. 그는 그런 행동을 할 사람이 아닙니다. 란슬롯 경을 경솔하게 비난한 그 사람이 누구인지 이름을 말해 주십시오."

"아니오, 말하지 않을 거예요. 나는 단지 앞으로 란슬롯 경이 나와 화해할 수 없을 거라는 말만 할 수 있을 뿐이에요."

"유감스럽군요. 왕비님께서 제 사촌에게 그렇게 억누를 수 없는 증오심을 품고 계신다면, 저나 제 가족이 이곳에 더 이상 있어야 할 이유가 없어지기 때문에 더욱 그렇습니다. 그러므로 제 형님과 제 사촌들의 이름으로 왕비님께 작별을 고하며, 왕비님을 신의 가호에 맡깁니다. 내일 당장 란슬롯 경을 찾아 떠나겠습니다. 신께서 원하신다면 그를 만날 수 있겠지요. 그를 찾아낸 다음에는 그가 머물고 있는 영지의 지위가 높은 사람을 섬기겠습니다. 란슬롯 경이 그곳에 있기를 원치 않는다면 바다를 건너 아르모리크 브르타뉴에 있는 고향으로 돌아가겠습니다. 그곳 백성들은 오래전부터 우리가 돌아오기를 기다리고 있습니다. 귀네비어 왕비 마마, 란슬롯 경이 없으면 우리는 브리튼 섬에 오래 머물 수 없습니다. 또 왕비님이 아니었다면, 란슬롯 경도 성배 탐색 이후에 이곳에 그렇게 오래 체류해야 할 이유가 없었겠지요. 의심하지 마십시오. 란슬롯 경은 왕비님을 충성스럽게 사랑했습니다. 한 여성을 그렇게 사랑했던 기사는 아무도 없었습니다."

보호트의 단호한 이야기를 듣고 왕비의 마음은 마구 뒤흔들렸다. 왕비는 아무 말도 하지 못하고 흐느껴 울기만 했다. 한참 뒤에 조금 진정한 왕비는 불행한 소식을 듣게 된 그 시간을 저주했다.

"난 너무나 불행해요."

그러고는 보호트의 눈을 똑바로 들여다보며 말했다.

"보호트 경, 날 이렇게 불행한 상태에 버려 두실 건가요?"

보호트는 차갑게 대답했다.

"어쩔 수 없습니다."

보호트는 더 이상 한마디도 덧붙이지 않고 왕비의 방을 나왔다. 그는 그 길로 그의 형과 헥토르를 만나서 왕비와 나눈 대화를 들려주었다. 그들은 슬프고 고통스러운 마음으로 이제 어떻게 해야 하는 걸까 하고 생각에 잠겼다. 그들은 란슬롯이 귀네비어를 만났던 그 시간에 저주라도 퍼붓고 싶은 심정이었다.

보호트는 결심했다는 듯이 단호하게 말했다.

"폐하에게 작별을 고하고 떠나도록 하지. 여기서 꾸물거려 봐야 좋은 일이 생길 것 같지 않네. 란슬롯 경을 찾으러 떠나세. 경을 찾아낸 다음에는 곤이나 베노익 왕국으로 가도록 설득해 보고. 그게 최선인 것 같네. 물론 란슬롯 경이 왕비 없이 지낼 수 있을지 그게 문제긴 하지만 말야."

헥토르와 리오넬도 보호트의 생각에 동의했다. 세 사람은 왕을 찾아가 작별을 고하며 란슬롯을 찾으러 떠나겠다고 말했다. 왕은 그들을 곁에 붙들어 두고 싶었기 때문에 마지못해 허락했다. 왕은 특히 보호트를 좋아했다. 살아가는 모습도 반듯했을 뿐만 아니라, 그가 전쟁터에서 세운 빛나는 무훈을 뛰어넘을 만한 기사는 왕국 안에 많지 않았다. 그래서 왕은 다음 날 반 왕의 후손⚜이 그의 궁을 떠나는 것을 통탄하는 마음으로 지켜보았다.

여행자들은 곧 에스칼로에 도착했다. 그들은 이 사람 저 사람에게 란슬롯에 대해 물어보았지만, 그의 소식을 전해 주는 사람은 아무도 없었다. 란슬롯에 대해 물으면 물을수록 점점 더 그의 종적이 묘연해진다는 느낌이 들었다. 그들은 일주일 동안 아무 소득도 없이 헤매고 다녔다. 그들은 란슬롯을 찾으러 다니는 것이 헛수고라는 결론에 도달했다.

"이렇게 피곤하게 헤매고 다녀보아야 아무 소용도 없어. 란슬롯 경은 어떤 은신처에 숨어 있는 것이 틀림없네. 그가 개입할 만한 가치가 있는 사건이 일어나기 전에는 그곳에서 나오지 않을 거야. 달포 뒤에 열리기로 되어 있는 디나스 엠리스 무술 경기에는 틀림없이 모습을 드러내겠지. 그곳에 가면 그를 만날 수 있을 걸세."

그래서 그들은 디나스 엠리스에 가서 란슬롯을 기다려 보기로 결정했다.

그 시각에 란슬롯은 에스칼로 성 소속 기사의 숙모 집에 머물고 있었다.

⚜ 란슬롯은 반 왕의 적자이며, 헥토르는 서자이다. 보호트와 리오넬은 반 왕의 동생인 곤의 보호트 왕의 아들들이다. 반 왕의 후손들은 원탁의 기사들 가운데에서 '아르모리크 혈족'이라고 부를 수 있는 별도의 집단을 구성하고 있다.

부인은 인근에 살고 있는 늙은 기사를 불렀다. 그 기사는 상처를 치료해 주는 것을 업으로 삼고 있는 사람이었는데, 나라 안에 그를 따를 사람이 없을 정도로 뛰어난 능력을 가지고 있었다. 그는 란슬롯의 상처를 살펴보더니 신께서 도와주시면 틀림없이 고칠 수 있을 거라며 자신감을 보였다. 그러나 상처가 깊고 넓어서 나을 때까진 오랜 시간이 걸릴 거라고 말했다. 란슬롯은 오랫동안 침대에 누워 있었다. 많이 쇠약해져 있어서 에스칼로의 기사는 매일처럼 저러다 죽는 게 아닐까 하는 생각이 들었다. 젊은이는 그 때문에 무척 마음이 아팠다. 그는 란슬롯의 무공을 흠모했다. 그에게 란슬롯은 만나보았던 기사 중 단연 최고였다. 그러나 그가 누구인지는 여전히 알지 못했다.

한 달쯤 뒤에 에스칼로의 아가씨가 숙모 댁으로 찾아왔다. 그녀는 부상당한 기사가 여전히 회복되지 않고 있다는 이야기를 듣고 크게 슬퍼하면서 오라버니에게 환자의 상태에 대해 자세히 물어보았다.

기사가 대답했다.

"다행히 신의 도우심으로 조금 회복되었다. 보름 전까지만 해도 나을 것이라는 희망을 가지기 어려웠단다. 매순간 죽을 것만 같았으니까……."

아가씨가 외마디 비명을 질렀다.

"죽는다구요! 오, 하느님, 그이를 지켜 주세요. 그이가 죽게 된다면 그처럼 불행한 일은 없을 거예요. 이 세상에 그이 같은 사람은 없으니까요."

"그럼 너는 그가 누구인지 아는 거냐?"

"그럼요. 그이는 베노익 반 왕의 아드님이신 호수의 기사 란슬롯, 당대 최고의 기사지요. 아더 왕의 조카인 가웨인 경으로부터 그 이야기를 들었답니다."

"그 말을 믿는다. 란슬롯 경일 수밖에 없어. 나는 그렇게 무술이 뛰어난 사람을 보지 못했다. 일찍이 어떤 여성의 소매도 그와 같은 영광을 누리지 못했다."

에스칼로의 아가씨는 란슬롯이 자리에서 일어나 다시 활동할 수 있을 정도로 건강이 회복될 때까지 오라버니와 함께 숙모 댁에 머물러 있었다. 다시 건강해져 가고 있는 란슬롯은 평소의 아름다운 모습을 되찾는 중이었다. 오라버니를 대신해서 밤낮으로 란슬롯의 머리맡을 지키고 있던 아가씨는 란슬롯이 무공뿐 아니라 그 아름다운 육체로도 명성이 자자하다더니 그것이 소문만이 아니라는 것을 확인할 수 있었다. 그의 아름다움은 그녀의 마음을 온통 뒤흔들어 놓았다. 그녀의 마음속에 견딜 수 없는 뜨거운 사랑이 솟아났다. 란슬롯이 그 사랑을 거절하면 살아갈 수 없을 것만 같았다. 더 이상은 자신의 감정을 숨길 수 없어서, 그녀는 어느 날 정성스레 치장하고 그의 앞에 섰다. 그렇게 차려 입은 그녀는 정말로 예뻤다.

그녀는 란슬롯에게 다가가 말했다.

"솔직하게 대답해 주세요. 제가 어떤 기사에게 사랑을 고백했는데, 만일 그 기사가 제 사랑을 거절한다면 당신은 그 기사를 어떻게 생각하시겠어요? 가증스럽다고 여기실 건가요?"

란슬롯은 아가씨가 무슨 말을 하려고 하는지 알아차린 것처럼 처음에는 빙그레 웃기만 했다. 그러고는 조금 뒤에 입을 열었다.

"물론입니다. 그가 자신의 마음을 마음대로 처분할 수 있는데도 당신의 사랑을 거절한다면 그건 가증스러운 행동이지요. 하지만 자기 마음을 자유롭게 처분할 수 없어서 당신의 사랑을 거절한다면, 그를 비난할 수 없을 것 같습니다. 제 경우가 그런 경우랍니다. 만일 당신이 제게 당신의 마음을 주고, 또 제가 다른 많은 기사들처럼 제 자신을 마음대로 처분할 수 있다면 저는 기쁘게 당신의 사랑을 받아들일 겁니다. 당신처럼 사랑스러운 여성을 오래전부터 만나보지 못했으니까요."

그 말을 듣고 아가씨는 한없는 고통 속으로 빠져 들어갔다.

"그게 무슨 말씀인가요? 당신이 당신의 마음을 자유롭게 처분할 수 없다구요? 제가 제대로 이해한 건가요?"

"그렇습니다. 저는 제 마음을 제가 원하는 곳에 놓아두었답니다. 저는 그것이 다른 곳에 가 있기를 원치 않아요."

아가씨는 쏟아지는 눈물을 간신히 참았다.

"기사님, 당신의 마음을 충분히 알겠어요. 그 때문에 제가 너무 아파요. 당신의 고백 때문에 저는 곧 죽을 것 같아요. 당신이 덜 단호하게 거절했다면 제 마음은 절망에 빠져 있어도 희망을 가질 수 있었으련만. 그 희망을 붙잡고 기쁨과 감미로움 속에서 살아갈 수 있었으련만……. 슬프게도 희망은 전혀 없군요!"

아가씨는 눈물을 흘리며 방을 나갔다.

그녀는 그 길로 오라버니를 찾아가 자신의 영혼 밑바닥에 들어 있는 감정을 털어놓았다. 그녀는 란슬롯에 대한 그녀의 사랑이 너무 커서, 란슬롯이 그 사랑에 대답해 주지 않으면 죽을 것만 같다고 말했다. 기사는 누이가 느끼고 있는 혼란이 가여웠다. 그는 이런 상태에 빠져 있는 여인의 귀에 이성적인 충고 따위가 들릴 리 없다는 것을 알고 있었지만, 그래도 이야기해야 한다고 생각했다.

"네 갈망을 다른 곳으로 옮겨야 할 것 같구나. 너는 그와 같은 남자를 얻을 수 없어. 그의 마음은 높은 곳에 있어서 너처럼 가난한 아가씨를 사랑하기 위해 낮은 곳으로 내려올 수 없단다. 네가 아무리 예쁘고 똑똑하다고 해도 불가능한 일이다. 다시 한번 말한다만 사랑하고 싶다면 네 가슴을 다른 곳에 두어야 한다. 네가 따기엔 그 나무의 열매가 너무 높은 곳에 매달려 있어. 사랑스러운 누이야, 아직도 마음을 바꿀 시간은 있지 않니?"

"아니, 이제 더 이상 시간 같은 건 없어요. 시간은 나에게 견딜 수 없는 고통만을 줄 뿐이에요. 란슬롯 경에게 무심해질 수 있다면 좋겠어요. 하지만 불행하게도 매순간 나는 그이를 생각해요. 매순간 그이의 가슴에 안기고 싶다는 생각을 해요. 나도 내가 제정신이 아니라는 걸 알아요. 운명은 내가 그이 때문에 죽기를 바라는군요."

아가씨는 집에서 뛰어나와 초원을 향해 달려갔다. 몸은 달달 떨리고, 그녀의 예쁜 얼굴은 온통 눈물에 젖어 있었다.

04 영원한 화상

리오네스의 트리스탄*은 성배를 탐색하는 동안 실패에 실패를 거듭해야 했다. 탐색에서 돌아온 뒤에는, 숙부 마크 왕의 아내인 이졸데 왕비에 대한 사랑의 좌절 때문에 그 어느 때보다 더 고통스러운 시간을 보내고 있었다. 마크 왕은 트리스탄의 입궁을 금지시켰다. 그래서 트리스탄은 더 이상 이졸데 없이 견딜 수 없는 상태가 되면 그녀를 만나러 콘월 지방으로 가고는 했다. 마크 왕의 감시와 특히 그를 증오하고 질투하는 귀족들의 감시를 피하기 위해서는 끊임없이 변장을 하고 몰래 만나야 했다.

아더 왕의 궁을 떠난 그는, 바다를 건너가 카라헤스의 호엘 백작 휘하에 들어갔다. 호엘은 트리스탄의 재능과 무공을 아주 높이 평가해서 여러 가지 화려한 선물로 각별한 애정을 표현했다. 호엘의 아들 용감한 카헤르딘도 트리스탄을 아주 좋아했다. 그러나 주군의 관심과 그 아들의 우정에도 불구하고 트리스탄은 모든 즐거움을 물리치고 혼자 있는 일이 많았다. 그는 사람들과 떨어져 내면의 우울 속에 웅크리고 있었다.

호엘 백작에게는 '흰 손의 이졸데'라고 불리는 딸이 있었다. 트리스탄은 그녀의 이름을 처음 들었을 때, 그녀가 자신의 연인과 똑같은 이름을 가지고 있다는 사실에 깜짝 놀라서, 자세히 바라보았다. 갈색 머리를 가진 흰 손의 이졸데는 날씬하고 아름다웠으며 빛나는 하얀 피부를 가지고 있었다. 왜 흰 손의 이졸데라고 불리는지 알 것 같았다. 트리스탄은 그 우연의 일치에 마음이 크게 흔들렸다. 게다가 그녀는 정말로 아름다웠으므로 트리스탄은 그녀의 아름다움을 칭송하지 않을 수 없었다.

그리하여 그는 지금까지 이끌어 온 그의 생과 이졸데 왕비에 대한 그의 미칠 듯한 사랑에 대해 곰곰 생각해 보게 되었다. 머나먼 곳에 있는 도달할 수 없는 여인, 그러나 밤마다 꿈속을 찾아오는 여인에 대한 이루어질 수 없는 사랑을……. 트리스탄은 혼자서 말을 타고 이리저리 배회하곤 했다. 그럴 때면

✤ 대부분의 판본들은 트리스탄을 레오노이스Leonois 또는 루노이스Loonois의 트리스탄이라고 부른다. 연구자들은 이 나라를 스코틀랜드의 로디안Lothian, 그리고 웨일즈 남부에 있는 카얼리온 아르 위스그(카얼리온은 '연대의 요새'라는 뜻인데, 이 연대는 물론 로마군의 연대이다)와 동일시한다. 카얼리온은 아더 왕이 살았다고 여겨지는 장소이다. 또한 피니스테르 북쪽 지방에 있는 레온 국國과 동일시한다. 트리스탄의 집은 이 나라의 세인트-프레간트에 있는 덴마크에 있다고 알려져 있다. 웨일즈 판본은 트리스탄이 탈루흐의 아들이라고 말하고 있으며, 토마스 말로리(15세기)는 '리오네스의 트리스탄'이라고 부르고 있다. 나는 이 마지막 명칭을 택했는데, 트리스탄과 이졸데 이야기의 대부분이 진행되는 배경인 영국의 콘월 지방의 전설과 일치하기 때문이다. 이 지역 전설은 바다에 잠긴 어떤 나라와 연관되어 있다. 아마도 옛날에는 실리 군도와 몽생미셸에서 멀지 않은 리자르 반도 해안 사이에 있었던 지방인 듯하며, 리오네스Lyoness라고 불렸다.

마치 사랑하는 이졸데 왕비가 눈앞에 있는 것처럼 큰 소리로 그녀에게 말을 거는 것이었다.

"아, 이졸데, 아름다운 나의 연인. 나는 기쁨도 즐거움도 모두 잃어버렸소. 나는 당신과 멀리 떨어져 고통 속에서 살아갑니다. 당신은 당신을 사랑하는 남편 곁에서 행복하게 살아가고 있어요. 나는 당신을 욕망하는 것 외에는 아무것도 할 수 없어요. 당신은 기쁨과 즐거움을 누리는 것을 물리칠 수 없겠지요. 당신은 당신이 원하는 대로 살고, 나는 고통 속에서 몸부림치고 있어요. 행복을 누릴 수 없을 때 기다리는 것이 무슨 소용이 있을까요? 희망 없는 사랑을 간직하는 것이 무슨 소용이 있을까요? 당신에 대한 사랑 때문에 나는 수많은 아픔과 고통을 견디어 냈어요. 사랑하는 이졸데, 당신의 삶은 무엇이 바뀌었나요? 아무것도 없어요. 당신은 사랑받고, 행복에 잠겨 있어요. 그리고 그 사이에 나는 고통 속에서 죽어가고 있어요. 가슴은 고뇌로 짓눌리고, 살은 가라앉지 않은 화상으로 욱신거려요."

존재 전체가 쓰라림 속으로 빠져 들어갔다. 이졸데 왕비는 그를 눈앞에서 볼 수 없으니 이제 서서히 그를 잊어가고 있으며, 마크 왕의 사랑 안에서 진정으로 행복해하고 있을지도 모른다는 생각이 들었다. 그러면 마음속에서 미칠 것 같은 비명이 솟아올라왔다.

"이졸데는 남편과 행복한 시간을 보내느라고 나에 대한 사랑을 완전히 잊어버린 거야. 그와 함께 있는 게 즐거워서 연인을 잊은 게 틀림없어. 남편이 베풀어 주는 기쁨에 비하면 내 사랑 따위가 무슨 가치가 있겠어? 그녀가 우리의 사랑을 잊어버렸는데, 내가 그녀를 기억하는 것이 무슨 소용이 있나? 그녀를 사랑하는 걸 그만두어야 해. 그녀가 나를 버렸듯이 나도 그녀를 버려야 해. 아, 그런데 내가 그렇게 할 수 있을까? 행동으로 보이지 않으면 안 돼! 나는 이 사랑에서 해방될 거야. 그렇게 되기 위해서 사랑과는 정반대되는 행동을 할 거야. 이졸데도 남편과 그렇게 하고 있지 않은가? 그러나 결혼 외의 어떤 방법으로 그렇게 할 수 있다는 말인가?"

트리스탄의 머릿속에 결혼하겠다는 계획이 생겨나기 시작했다. 결혼 상대로 흰 손의 이졸데보다 더 어울리는 여자를 찾기는 어려웠다. 호엘 왕은 흰 손의 이졸데를 기꺼이 트리스탄과 맺어주려 할 것이다.

트리스탄은 생각했다.

'이 아가씨와 결혼하면 이졸데 왕비의 감정을 알 수 있게 될지도 몰라. 그녀는 질투할까? 아니면 무관심할까? 모르겠어. 순전히 육체적인 이 결혼으로 내가 이졸데 왕비를 잊을 수 있는지 없는지 알게 되겠지. 물론 그렇게 해서 그녀에게 복수하려는 건 아니야. 내가 그녀를 증오할 리가 있어? 다만 그녀와 나의 감정은 알게 되겠지.'

트리스탄은 그 길로 흰 손의 이졸데를 찾아가 결혼해 주겠느냐고 물었다. 이졸데는 그를 흠모해 왔을 뿐만 아니라 오래전부터 그를 짝사랑해 왔었다. 그녀는 트리스탄의 청혼을 기쁘게 받아들였다. 그녀는 아버지인 호엘 백작과 오라버니인 용감한 카헤르딘에게 달려가 즉시 그 사실을 알렸다. 두 사람은 크게 기뻐했다. 뛰어난 자질을 가진 리오네스의 트리스탄을 가족의 일원으로 받아들이는 것을 무엇보다 원해 왔었기 때문이다.

결혼식 날짜가 정해졌고, 트리스탄은 친구들을 초대했다. 호엘 백작도 친척들을 빠짐없이 초대했다. 모든 준비가 끝나고 트리스탄은 흰 손의 이졸데와 성대한 결혼식을 올렸다. 사제가 혼례 미사를 집전하고, 정해진 의식을 모두 끝낸 다음, 손님들은 성대한 향연에 참석했다. 모두들 떠들썩하게 웃고 즐겼고, 오후에는 무술 경기와 여러 가지 놀이를 하며 즐거운 시간을 가졌다.

밤이 되자, 시종들은 혼례의 침대를 준비하고 신부를 침대에 눕혔다. 그리고 트리스탄의 겉옷을 벗겨주었다. 시종들이 그의 옷을 벗길 때 트리스탄의 손에서 반지가 떨어졌다. 이별할 때 이졸데 왕비가 트리스탄에게 끼워주었던 반지였다. 반지는 바닥에 떨어지면서 챙 하는 소리를 냈다. 트리스탄은 반지를 바라보더니 화들짝 놀랐다. 뒤늦게, 견딜 수 없는 고뇌가 엄습했다. 당장 바닥에 쓰러질 것만 같았다. 수많은 생각이 그의 머리를 치고 지나갔다.

'어떻게 이런 짓을 저지를 생각을 한 거지? 나는 이 결혼을 원치

트리스탄의 결혼

않아. 하지만 내가 원해서 한 결혼이야. 이제는 꼼짝없이 나의 합법적인 아내와 사랑을 나누어야 하는 처지가 되었구나. 나는 그녀와 한 몸이 되어야 해. 그녀를 내버려두는 건 허용되지 않는다구. 마지막 숨이 끊어질 때까지 사랑하겠다고 약속했던 왕비에게 내가 무슨 배반을 저지르고 있는가. 이제 어떻게 해야 하지? 어떻게 해도 혼란뿐이구나. 결혼에 충실해도 고통스럽고, 아내를 버려두어도 비싼 값을 치르게 될 것이다. 나는 그녀의 침대에 누워 자야 한다. 아, 이게 무슨 일이란 말이냐! 나는 이졸데 왕비를 잊으려고 결혼했는데, 그녀 때문에 아내를 안을 수가 없다…….'

그는 시종들이 옷을 벗기는 대로 가만히 있었다. 그리고 흰 손의 이졸데 옆에 누웠다. 그러나 마음속에서는 여전히 싸움이 끝나지 않았다.

'아, 나는 지금 난처한 상황에 처해 있다. 아내와 몸을 섞지 않으면 어떤 비난을 들어야 할까? 사람들은 나의 남성적 능력을 의심하고 내가 남자가 아니라고 수군대겠지. 나는 흰 손의 이졸데와 그녀의 가족, 이 나라의 모든 사람들에게 미움을 받고 쫓겨날 거야. 내가 마음속으로 가장 혐오하고 가장 싫어하는 행위를 그녀를 상대로 하고 있다는 걸 알면, 내 아내는 어떻게 생각할까? 내가 다른 여자를 사랑한다는 걸 알게 될 거야. 멍청한 여자가 아니라면 내가 다른 여자를 더 사랑하고 있으며, 그녀가 아니라 다른 여자 곁에 눕고 싶어 한다는 걸 짐작하게 될 거야. 아냐, 안 돼! 나는 그녀와 어떤 관계도 맺을 수 없어! 치욕과 고통만이 날 기다리고 있을 거야."

트리스탄은 그런 생각을 하면서, 마치 열병에 걸린 사람처럼 이리저리 뒤척거렸다. 시종들은 그가 몸이 달아서 그런다고 판단하고 촛불 몇 개만 켜둔 채 얼른 밖으로 나갔다. 트리스탄과 흰 손의 이졸데는 드디어 신혼 첫날밤에

단 둘이 남았다. 흰 손의 이졸데는 트리스탄의 몸에 자신의 몸을 꼭 붙이고 입과 얼굴에 입맞춤을 퍼붓기 시작했다. 그녀는 존재 전체로 사랑하는 남자에 대한 욕망으로 가늘게 한숨을 내어 쉬고 있었다. 트리스탄은 극심한 혼란에 빠졌다. 자연의 본능은 모습을 드러내고 싶어 했지만, 그보다 더 힘센 무엇이 그 본능의 도약을 막고 있었다. 아내는 사랑스럽고 아름다웠다. 그녀를 안을 수 있다면 행복할 것이다. 그러나 그는 자신의 욕망이 혐오스러웠다. 흰 손의 이졸데의 영상이 콘월의 왕비의 영상으로 뒤바뀌어 있었기 때문이다.

그는 아내에게 불쑥 말을 꺼냈다.

"당신에게 고백할 것이 하나 있소. 다른 사람들이 알지 못하게 당신만 알고 있었으면 좋겠구려. 사실 내 오른쪽 허리에는 오래전부터

이졸데의 초상

나를 괴롭혀 왔던 상처가 있다오. 때로는 고통이 몸 전체로 퍼져요. 특히 잠을 자지 못하고 피곤할 때면 더욱 괴롭다오. 그럴 때는 몸을 조금만 움직여도 까무러칠 지경이 되는데, 그러면 며칠씩 침대에 누워 있어야 하오. 오늘 밤 그 상처가 견딜 수 없이 쿡쿡 쑤시는구려. 오늘 밤은 쉬게 해 주시오. 우리에겐 마음껏 사랑을 나눌 수 있는 날들이 얼마든지 있지 않소?"

"이런, 그랬었군요. 당신이 아프다니 정말 걱정이에요. 걱정하지 마세요. 아무에게도 비밀을 말하지 않을게요. 오늘 밤엔 편히 쉬도록 하세요."

그들은 그날 밤 나란히 누워 잠이 들었다. 다음 날도 그 다음 날 밤에도 마찬가지였다. 흰 손의 이졸데는 조금 슬프기도 했고 또 실망하기도 했지만, 트리스탄을 사랑하는 그녀의 마음에는 조금도 변함이 없었다.

한편, 이졸데 왕비 역시 연인이 결혼했다는 소식을 듣게 되었다. 어느 날 방에 앉아 슬픈 사랑의 노래를 짓고 있을 때, 마리아독이 들어왔다. 그는 콘월뿐만 아니라 브리튼 왕국 전역에 걸쳐 부유한 성을 여러 개 소유하고 있는 세력가였다. 그는 왕비를 오래전부터 사랑하고 있었기 때문에 틴타겔에 있는 마크 왕의 궁을 드나들었다. 왕비는 그를 싫어한다는 의사를 분명히 밝혔고, 자신을 사랑한다는 말을 하지 말아달라고 부탁했지만, 그래도 그는 희망을 버리지 않고 계속 궁을 드나들었다.

마리아독은 잘생긴 기사였지만, 거칠고 거만하기 이를 데 없는 사람이었다. 사람들은 그의 무공과 능력을 칭송하지 않았다. 게다가 끊임없이 여자 뒤꽁무니를 쫓아다니는 바람둥이라는 소문이 자자했다.

그는 왕비에게 다가가 말했다.

"왕비 마마, 부엉이가 울면 죽음을 생각하게 되지요. 부엉이는 죽음을 상징하는 새니까요. 왕비님께서 지금 부르고 계신 노래가 슬프고 고통스러운 것을 보니 누군가 세상을 떠난 모양이군요."

왕비는 그를 정면으로 바라보며 말했다.

"그래요. 경이 제대로 보았어요. 나는 이 노래가 죽음을 예언하기를 바란답니다. 자신의 고통을 가까운 사람에게 전하고 싶어 하는 사람은 분명히 불길한 부엉이지요. 내 노래를 무서워하시는 것을 보니 죽음을 두려워하시는군요. 부엉이는 언제나 날씨가 나쁠 때 날아다니지요. 마리아독 경, 경도 언제나 나에게 나쁜 소식만 전해주지요. 그러니 마음에도 없이 동정하는 체하지 마시고 무얼 알고 싶은 건지 말씀하세요."

"왕비님 심기를 상하게 해서 제게 무슨 득이 되겠습니까? 저는 부엉이일지도 모르지요. 그러나 왕비님은 아름다운 올빼미 아니신가요? 아닌게아니라 왕비님께 고통스러운 소식을 전하러 왔습니다. 왕비님은 사랑하는 트리스탄을 잃으셨습니다. 이국異國에서 결혼했답니다. 신부는 카라헤스 호엘 백작의 따님인데 아주 아름답다고 들었습니다. 그런 아가씨와 결혼한 것을 보면 트리스탄은 분명히 왕비님을 잊어버린 겁니다. 이제 가까운 곳에서 새로운 애인을 찾으세요. 옛 애인은 왕비님을 배반했어요. 왕비님을 큰 고통 안에 버리고 왕비님의 사랑을 부인해 버린 겁니다!"

그 말을 듣고 있던 이졸데의 얼굴이 납처럼 창백해졌다. 조금 뒤에는 분노로 새빨개진 얼굴로 소리쳤다.

"경은 조롱과 야유밖에는 할 줄 몰라요. 이리와 부엉이를 한데 합쳐놓은 것 같아요. 트리스탄을 모함한 게 이번이 처음은 아니지요. 내가 당신의 정신 나간 욕망에 굴복한다면 신께서 나를 저주하실 거예요. 명심하세요. 당신이 트리스탄을 비난할수록 나는 당신을 더욱더 증오할 거예요. 그러니 나를 가만히 내버려두고 썩 내 눈앞에서 사라져요! 다시는 나를 보러 오지 마세요. 또 찾아왔다간 위선에 가득 찬 당신의 말을 마크 왕에게 고하겠어요!"

마리아독은 더 이상 꾸물거려 봐야 얻는 게 없겠다고 판단하고 말없이 물러갔다. 마음은 슬픔으로 짓눌려 있고, 왕비에게 험한 대접을 받았다는 생각 때문에 모욕감마저 느껴졌다.

이졸데는 혼자 있게 되자, 슬픔 속으로 빠져 들어갔다.

'이제 어떤 여자도 남자를 믿을 수 없겠구나. 사랑한다고 말하는 사람을 믿어서는 안 돼. 이국 땅에서 결혼했다니, 이제 트리스탄도 사기꾼과 배반자의 대열에 합류했구나!'

그녀는 어두운 생각에 잠겨 눈물을 철철 흘리며 울었다. 이졸데가 그렇게 슬퍼하는 동안, 아르모리크 브르타뉴에 있는 트리스탄도 방금 결혼한 신부 곁에서 절망에 빠져 있었다. 그는 밤마다 끔찍한 악몽을 꾸었고, 낮에는 혼자서 황야를 헤매고 다녔다. 그는 더 이상 친구들과 어울리려 하지 않았다.

더 이상 이런 생활을 견딜 수 없다고 생각한 어느 날, 그는 콘월에 가기로 결정했다. 목숨을 잃는 한이 있더라도, 사랑하는 이졸데를 만나볼 생각이었다. 그러나 그는 아무도 믿지 않았고, 또 주위 사람들이 자신의 계획을 눈치채기를 원치 않았으므로, 곰곰 생각해 본 끝에 말을 타지 않고 걸어서 가기로 결정했다. 지팡이를 짚은 간단한 행장이 기사의 화려한 모습보다 눈에 덜 띌 거라 판단했던 것이다. 계획을 세우고 준비하는 동안 그는 아내 흰 손의 이졸데나 무술 도반 카헤르딘에게 들키지 않으려고 노력했다.

사람들이 모두 곤히 잠들어 있을 때, 그는 자리에서 일어나 평범한 옷을 입고 집을 나왔다. 아직 해도 뜨지 않은 시간이었다. 그는 곧장 바닷가를 향해 걷기 시작했다. 쉬지 않고 계속 걸었기 때문에 저녁 무렵에는 항구에 도착할 수 있었다. 모든 채비를 갖추고 바다를 향해 떠나려고 하는 배 한 척이 보였다. 아름답고 크고 튼튼한 그 배는 상인의 배인 듯했다. 마침 항해하기에 좋은 바람이 불어오고 있었으므로, 선원들은 출발하기 위해 서둘러 돛을 들어 올리는 중이었다.

트리스탄은 배를 향해 다가가 모래펄 위에 서서 큰 소리로 물었다.

"신께서 여러분들을 지켜 주시기를! 어디로 가십니까?"

"콘월로 갑니다. 가능하면 빨리 그곳에 도착할 생각입니다."

"아주 잘되었군요. 저를 좀 데려다 주실 수 있는지요?"

선원들은 잠시 의논을 해보는 듯했다. 그중 한 명이 대답했다.

"좋소. 승선하시오. 하지만 서두르시오. 곧 떠날 테니까."

트리스탄은 즉시 뱃전에 올라탔다. 마침 운 좋게 배를 탈 수 있어서 행복해하는 기색이 역력했다. 돛이 바람을 받아 탱탱하게 부풀었다. 배는 물결을 가르며 앞으로 달리기 시작했다. 바람이 알맞게 잘 불어주어서, 배는 곧장 콘월 해안으로 나아갔다. 항해는 이틀 밤 하루 낮밖에 걸리지 않았다. 두 번째 날 아침에, 배는 틴타겔에 도착했다. 마크 왕이 이졸데 왕비와 함께 살고 있는 성이었다.

틴타겔은 아주 강력하고 아름다운 성이었다. 고대의 거인들이 만든 육중한 아성이 우뚝 솟아 있고, 대리석으로 견고하게 쌓은 건물하며, 하늘색과 녹색으로 아롱대는 성벽이 특히 아름다웠다. 넓고 아름다운 성벽 위에서 두 명의 무사가 드나드는 사람들을 감시했다. 성안에는 브리튼 사람들과 콘월 사람들이 어울려 살아가고 있었다. 마크 왕과 이졸데 왕비는 그 성을 매우 사랑했다. 성 주위에는 많은 초원들과 숲, 샘물과 아름다운 농가들이 있었다. 강물에는 물고기가 많았고, 숲에는 사냥감이 풍부했다. 배들은 성이 굽어보고 있는 항구로 곧장 들어왔다. 그래서 마크 왕을 방문하는 사람들은 대부분 해로를 이용했다. 왕은 그들이 항구로 들어오는 모습을 보는 걸 좋아했다. 그 때문에 왕은 그곳을 더욱더 좋아했다. 틴타겔은 부유하고 풍요롭고 즐거운 그 나라 안에서도 절묘한 곳에 자리 잡고 있었던 것이다.

틴타겔은 예전에 마법의 성이라고 불렸다. 그것은 이 성에 잘 어울리는 별칭이었는데, 농부들의 말에 따르면 성이 일 년에 두 번 감쪽같이 사라져 버린다고 한다. 그 나라의 백성이든 다른 지방에서 오는 여행자든, 그럴 때면 아무도 성을 볼 수가 없다는 것이다. 이 이상한 현상은 겨울에 한 번, 여름에 한 번 발생했다. 어쨌든 아주 오래전부터 그 나라 사람들이나 주변에 살고 있는 사람들은 그렇게 주장했다.*

배가 항구에 들어가자, 트리스탄은 얼른 껑충 뛰어 배에서 내렸다. 그는 바위 위에 앉아 지나가는 사람들에게 마크 왕이 어디에 있느냐고 물었다. 사람들은 마크 왕은 지금 틴타겔에 머물고 있다고 대답했다.

"그럼 이졸데 왕비와 왕비님의 아름답고 충성스러운 시녀 브렝웨인**은 어디에 있나요?"

"그분들도 이곳에 계시지요. 왕비님은 너무나 슬퍼하고 계셔서 평소의 명랑한 모습을 잃어버리셨어요."

그 말을 듣고 트리스탄은 깊은 한숨을 쉬었다. 연인을 만나기 위해서는 꾀를 내야만 했다. 그대로 들어갔다가는 정체가 탄로날 것이기 때문이다. 들켰다가는 마크 왕이 그를 잡아 죽일 것이다. 트리스탄은 절망에 빠졌다. 그때 아주 거친 옷감으로 만든 망토를 두른 어부 한 사람이 트리스탄 앞을 지나갔다.

트리스탄은 그를 불러 세운 뒤 말했다.

"친구여, 한 가지 제안을 하겠소. 옷을 바꿔 입읍시다. 형씨는 전혀 손해 볼 게 없소. 내 옷은 아주 깨끗하다오. 형씨가 입은 옷이 내 맘에 쏙 드는구려. 나는 이런 종류의 옷감을 좋아한다오."

어부는 트리스탄이 입고 있는 좋은 옷을 보고 이게 웬 횡재냐 싶어

✤ 12세기 문헌은 틴타겔에 관한 민간 전승을 전하고 있는 드문 경우 중 하나이다. 그러나 지역 전설은 오늘날까지도 전하고 있다. 틴타겔 성은 아더 왕이 잉태되었다고 전하는 곳이며(『아발론 연대기』 1권 「틴타겔의 마법」 참조), 절벽 아래에는 '멀린의 동굴' 이라고 불리는 굴곡이 심한 계곡이 있다. 지역 자체가 매우 특이하다. 바다 쪽으로 돌출해 있는 암벽 곶으로서 난공불락의 전략적 위치를 구성하고 있다. 실제로 켈트식 요새가 지어졌다가, 켈트 양식의 수도원이 들어섰고, 전형적인 중세기 성이 지어졌다. 이 성을 지었다고 하는 거인들에 대한 이야기는 중세 초기의 이야기 안에 나타난다. 그 이야기에 따르면, 브리튼 섬에는 처음에 그리스 왕의 딸들과 몽마들 사이에서 태어난 거인들이 살았다고 한다(『아발론 연대기』 1권 참조). 따라서 전설에 따르면 이 성은 어부왕이 살고 있는 코르베닉처럼 요정의 장소이다.

✤✤ 학자들은 브렝웨인을 성배 신화의 원형 중 하나인 브란 신의 신화에서 브란의 비극을 촉발시켰던 브란의 누이동생 브란웬과 동일시하고 있다. 브렝웨인은 이졸데의 몸종에 불과한 게 아니다. 그녀는 실제로 사랑의 제의를 집전하는 여사제의 역할을 맡는다. 그녀 자신이 요정이다. 샘물의 부인 라우디네의 시녀인 루디네(『아발론 연대기』 4권 「샘물의 부인」 참조), 또는 호수 부인의 시녀인 사라이드와 같은 역할을 한다. —역주

얼른 동의했다. 트리스탄은 트리스탄대로 아주 만족했다. 트리스탄은 언제나 가위를 지니고 있었다. 이졸데의 선물이었기 때문이다. 그는 그 가위를 가지고 정수리 부분의 머리카락을 십자가 모양으로 잘라 광대나 바보처럼 보이게 했다.✝ 그러고는 떠날 때 가지고 온 풀로 얼굴을 문질러서 온통 시커멓게 만들었다. 이제는 가까이 가서 자세히 살펴보더라도 그를 알아볼 수 없을 지경이었다. 목소리조차 알아들을 수 없었다. 트리스탄은 별로 힘들이지 않고 걸걸하게 갈라진 목소리로 변성할 수 있는 재주를 가지고 있었기 때문이다. 마지막으로 생울타리 말뚝을 깎아 몽둥이를 만든 다음 목에 걸었다. 그런 차림을 하고 트리스탄은 성의 입구를 향해 갔다.

문지기는 그를 보고 진짜 광대라 생각하고, 큰 소리로 불렀다.

"어이, 이리 좀 와 봐! 어딜 그렇게 오래 싸돌아 다녔어?"

광대는 가성으로 대답했다.

"소인이 잘 알고 지내는 산의 수도원✝✝에서 열리는 결혼식에 갔다 왔습지요. 수도원장께서 베일을 쓴 뚱뚱보 부인인 수녀원장과 결혼하셨거든요.✝✝✝ 사제, 수도원장, 수도사 들이 몽땅 초대받았지요. 어떤 종단에 속해 있든 상관없이 다 초대되었습지요. 모두들 막대기와 지팡이를 들고 왔어요. 그러고

✝ 몽둥이('어릿광대 지팡이' —궁정 어릿광대 지팡이로 끝에 종과 인형 얼굴이 달려 있다—역주)와 성직자의 탁발(성직자의 탁발은 머리 한가운데만 둥글게 민다. 태양을 모방하는 것이라고 한다—역주)을 흉내 낸 삭발은 중세기 광대—진짜건 가짜건—의 두 가지 특징이었다. 이것은 어떤 축제든, 특히 성탄절에 등장하는 유명한 광대 또는 바보들이 입는 옷이었다. 이들의 어릿광대짓은 로마의 '사투르누스제祭'에 상응하며, 카니발 행진으로 살아남아 있다.

는 벨 앙콩브르 산 아래에 있는 황야에서 신나게 껑충대며 놀았지요. 그런데 그들은 떠나야 했어요. 오늘 임금님 저녁 시중을 들어야 하거든요."

문지기는 껄껄 웃더니 말했다.

"좋아, 들어와라. 털보 우르간의 아들 녀석아.**** 털보에다가 지저분하게 생긴 꼴이 딱 우르간 아들 짝이로구나."

광대는 얼른 성문을 통과했다. 그러자 시종들이 몽땅 달려 나와 늑대를 쫓듯이 소리치기 시작했다.

"광대 좀 봐라! 우! 우! 우!"

종자들도 가세했다. 군중은 돌멩이나 나무 조각 같은 것을 트리스탄에게 던지며 그를 에워싸고 쫓아왔다. 트리스탄은 자주 몸을 돌리고 날쌔게 피하면서, 막대기로 돌멩이나 나무 조각들을 쳐냈다. 그런 와중에도 어쨌든 대연회장 문 앞까지 갈 수 있었다. 문 앞에 도착하자, 그는 막대기를 다시 목에 걸고 연회장 안에 가득 모여 있는 수많

** 이곳이 노르망디가 아니라 콘월이라는 사실에 비추어 보건대, 펜잔스 가까이 있는 성 미카엘 산인 듯하다.

*** 이 우스꽝스러운 결혼식은 중세기에 우글우글하던 영원한 방랑 신학생들이었던 골리아르들이 조직한 것 같은 분위기를 풍긴다.(골리아르는 12~13세기에 '지적 편력'을 하던 지식인 그룹. 중세기의 엄격한 규율에서 탈출한 성직자들, 예술가들, 시인들과 광대들. 기존 질서, 특히 교회를 공격했다. —역주)

**** 트리스탄이 죽인 괴물의 이름. 토마스의 이야기와 스트라스부르의 고트프리트의 독일어 판본에 나타난다.

콘월의 마크 왕

은 사람들의 눈치를 보지 않고 침착하게 안으로 들어갔다.

마크 왕은 높은 자리에 앉아 있었으므로, 트리스탄의 존재를 곧 알아차렸다.

"하하, 여기 즐거운 친구가 왔군. 한판 놀아보려는지 기분이 좋은 모양이야. 저 광대를 이리 데리고 오너라!"

시종들이 트리스탄에게 달려가 우스꽝스러운 광대처럼 인사한 다음, 왕 앞으로 끌고 왔다. 왕이 광대를 향해 말했다.

"친구여, 내 궁에 잘 왔다. 너는 누구냐? 무얼 하러 왔는고?"

광대는 조금도 겁내는 기색 없이 당당하게 대답했다.

"폐하, 어디서 온 누구인지 아뢰겠습니다. 제안할 것도 있습니다요. 소인의 어머니는 인어처럼 바다를 헤엄쳐 다니는 고래였습지요. 이 몸은 어디에서 태어났는지도 모르옵니다만, 암호랑이가 제게 젖을 먹여 키웠다는 것은 기억하고 있습지요. 암호랑이는 저를 바위 아래에서 찾아냈는데, 바로 그 장소에서 저를 키웠습지요. 아마도 소인이 제 새끼라고 생각했던 것 같습니다요. 소인에게는 아주 예쁜 누이가 하나 있는데, 괜찮으시다면 폐하께서 그토록 사랑하시는 이졸데 왕비님과 바꾸었으면 합니다요."

왕은 그 말을 듣고 큰 소리로 웃음을 터뜨렸다.

"신께서 네놈을 도와주시기 바란다. 내가 네놈에게 왕비를 내어준다고 치고 말해보려무나. 왕비를 어디로 데려갈 생각이냐?"

"폐하, 저는 저 높이 하늘에 있는 큰 방에서 살고 있습니다요. 아름다울 뿐만 아니라, 넓은 방인데 태양이 햇빛을 방 한가운데에 화살처럼 쏘아대지요. 구름 사이에 있는 그 방은 허공에 매달려 있지만, 아무리 바람이 불어도 끄덕도 하지 않는답니다. 그 옆에는 화려하게 꾸며진 수정의 방이 있는데, 내일 태양이 뜨면 찬란한 빛을 발하는 것을 보실 수 있을 겁니다요."*

왕과 왕의 주위에 있는 사람들이 웃음을 터뜨렸다. 사람들은 모두 옆에 있는 사람에게 말했다.

"이런! 재주가 뛰어난 광대로군. 객설을 늘어놓는 솜씨가 보통이 아닌데그래. 듣던 중 최고야!"

얼굴을 우스꽝스럽게 찡그리더니, 광대가 계속해서 말했다.

"폐하, 소인은 이졸데 왕비 마마를 지극히 사모합니다요. 그분을 위해서 제 가슴은 탄식하며 괴로워합니다. 소인의 이름은 탄트리스⚜⚜라고 하옵는데, 왕비 마마께서는 그 이름을 잘 알고 계시고, 살아 계실 동안 그를 사랑하실 것입니다요."

왕비는 그 말을 듣더니 긴 한숨을 내어 쉬었다. 그러고는 미치광이를 향해 분노에 가득 찬 소리로 외쳤다.

"악마 같은 광대야, 누가 너를 이곳에 들어오게 했느냐? 너는 거짓말만 뇌까리는구나!"

광대는 염치불구하고 왕비를 힐끗 바라보았다. 왕비는 지금 제정신이 아닌 것이 분명했다. 얼굴빛이 핼쑥했다.

광대가 왕비의 말을 반박했다.

⚜ 시적인 밀도를 가지고 있는 '광대'의 대답은 이 이야기의 앵글로-노르만 작가(익명)의 창작이 아니다. 아르모리크의 수많은 민담 안에는 '성'의 주제가 나타나는데, 대개 금사슬 네 줄로 '허공에' 매달려 있다. '태양의 방'은 아일랜드의 신화적인 이야기에 자주 등장한다. 『에토인 이야기』에서 오인구스는 이런 방에다가 곤충으로 변한 여주인공을 집어넣는다. 여주인공은 이 방에서 다시 살아난다. 이 일은 시이 나 부르흐('부르흐의 석총石塚')에서 이루어지는데, 이곳은 신들과 요정들이 영웅들과 함께 살아가고 있는 저승의 궁전으로서 젊은 태양신 오인구스의 지배하에 있다. 이 석총은 아일랜드의 보인 계곡에 있는 뉴그레인지의 케른(원추형 돌무덤-역주)이다. 이곳은 많은 신화적 일화의 중심이 되는 장소이다. 매년 하짓날, 첫 번째 아침 햇살이 특별한 입구를 통해 이 케른 안으로 들어와 구불구불한 통로를 문자 그대로 훑고 지나간 뒤, 인간의 뼈와 재가 놓여 있는 아주 넓은 중앙 묘실墓室을 밝게 비춘다. 이 모든 것은 신석기 시대(기원전 3500년경)로부터 기원한 재생 제의와 일치하는 바, 전설은 끊임없이 그 제의에 대한 기억을 유지시켜 왔다.

⚜⚜ 이 애너그램('철자 뒤바꾸기')은 트리스탄이 자기 이름을 가지고 만든 것이다. 트리스탄은 이졸데의 삼촌인 모르홀트의 독 묻은 검으로 부상당했을 때도 이 애너그램을 사용했다. 그는 모르홀트를 죽였기 때문에, 아일랜드에서 정체를 숨겨야만 했다.

"아닙니다, 왕비 마마. 소인은 거짓말을 하는 것이 아닙니다. 저는 탄트리스이며, 여전히 왕비님을 사랑하고 있사옵니다. 소인이 모르홀트와 싸우다가 부상당한 일을 기억하시는지요. 그 이야기를 기억하고 있는 사람이 많사옵니다. 소인은 운 좋게도 모르홀트를 죽일 수 있었지요. 하지만 저도 많이 다쳤습니다. 모르홀트는 독 묻은 검으로 소인의 엉치뼈를 쳤습지요. 맹독이 뼈에 스며들어 시커멓게 변하여 어떤 의사도 고칠 수 없는 병이 되었습지요. 저는 꼼짝없이 죽는 줄 알았습니다. 저는 배를 타고 운명을 물결에 맡겼습니다. 그런데 폭풍이 왕비님이 살고 계신 나라의 바닷가로 배를 끌고 갔지요. 소인은 그곳으로 가서는 안 되는 것이었습니다요. 왜냐하면 모르홀트를 죽였기 때문에 아일랜드 사람들이 전부 저를 죽이고 싶어 했기 때문입지요. 모르홀트는 왕비님의 숙부가 아니었던가요? 그 때문에 소인은 아일랜드가 너무나 무서웠습니다요!"

광대의 말이 계속될수록, 이졸데의 마음은 더욱더 불편해졌다. 그러나 왕과 제후들은 그의 이야기를 아주 재미있게 듣고 있었다.

광대는 계속해서 말했다.

"하지만 소인이 뭘 어쩔 수 있었겠습니까요? 부상당해 꼼짝도 할 수 없는 가련한 신세, 이래도 죽고 저래도 죽을 운명……. 소인은 하프를 타며 마음을 달랬지요. 웬 부상당한 남자 하나가 배 위에 앉아 아름다운 노래를 부르더라는 얘기가 왕비님의 귀에까지 들어갔던 모양입니다요. 왕비님께서는 소인을 찾아오라고 명령하셨지요. 그런데 왕비님께서는 저의 처참한 몰골을 보시고 몸소 저를 치료해 주

미치광이 트리스탄

셨습니다. 소인은 왕비님 덕택에 살았습지요. 왕비님의 은혜를 갚기 위하여 저는 하프 반주로 부르는 아름다운 단시를 가르쳐 드렸습니다. 얼마나 훌륭한 여의원이 저를 고쳐 주었는지 왕비님은 기억하고 계시지요? 그 시절 소인의 이름은 탄트리스였습니다요. 바로 제가 탄트리스입니다. 어찌 생각하시는지요?"

이졸데가 흥분한 목소리로 말했다.

"그럴 리가 없어! 탄트리스는 키가 훤칠한 미남이고, 강하고 아름다워. 너는 못생기고, 허약하고, 괴상하게 생겼어! 그런데 감히 탄트리스를 참칭하다니! 내 귀를 괴롭히지 말고 떠나려무나. 네가 하는 헛소리에 더 이상 관심이 없으니까!"

그 말을 듣더니, 광대는 웃고 있는 사람들을 향해 돌아섰다. 그러고는 왕과 같은 식탁에 앉아 있던 사람들 몇을 막대기로 위협하여 문이 있는 곳까지 몰고 가서 외쳤다.

"멍청한 놈들 같으니, 밖으로 나가! 꺼지라구. 꼴도 보기 싫으니까. 임금님과 내가 하는 일이 마음에 들지 않으면 나가라 그래. 붙잡지 않을 테니까. 게다가, 이건 임금님과 상관없는 일이니까 날 가만 내버려둬. 나는 왕비님과 얘기를 나누고 싶어. 나는 왕비님께 사랑 얘기를 하기 위해 왔으니까."

마크 왕은 나가고 싶은 생각이 전혀 없었다. 그는 광대가 하는 말, 또 그가 방금 자신의 신하들에게 한방 먹인 일이 재미있어 죽겠다는 표정을 짓고 있었다. 그러나 왕비는 빨개진 얼굴로 아무 말도 하지 않고 있었다. 왕은 그것을 알아차리고 광대에게 말했다.

“광대야, 무서워하지 말고 이리 오너라. 솔직하게 답해 보라. 이졸데 왕비가 네 애인이냐?”

“물론입지요. 숨길 생각 없습니다요.”

왕비는 더 이상 참을 수가 없어서 소리쳤다.

“그 미치광이를 밖으로 내쫓으세요! 바보 같은 소리만 지껄이고 있잖아요!”

“아니, 그러지 않을 거요. 이자는 재미있소. 그 얘기를 듣는 즐거움을 마다할 이유가 없소.”

왕이 응원하고 있다는 것을 느낀 광대는 말을 이어갔다.

“왕비 마마, 제가 왕비님 고향에 갔을 때 죽여 버린 용을 기억해 보세요. 저는 놈의 목을 베었고, 혀를 잘라서 바지 속에 숨겨 가지고 왔습지요. 그런데 그만 그놈의 독이 몸속에 퍼져서 길가에 정신을 잃고 쓰러져 있었습니다. 다행히 왕비님과 왕비님의 모후께서 소인을 발견하시고 한 번 더 목숨을 구해주셨지요. 왕비님께 진 빚이 얼마나 큰지 모르옵니다. 하지만 왕비님께서 저를 죽이실 뻔한 적도 있습지요. 제 검의 부러진 조각이 모르홀트의 몸에 박혀 있다는 것을 아시게 되었을 때였습니다요. 왕비님께서는 저를 죽이고 싶어 하셨지요. 그것도 제 검으로 말입니다요! 왕비님의 모습이 아직도 눈에 선합니다요. 소인이 목욕통에 들어 있는데, 화가 나서 새빨개진 얼굴로 소인의 머리 위로 냅다 검을 휘두르셨지요.”

이졸데가 왕에게 애원했다.

“폐하, 제발 이 천박한 자가 입을 닥치게 해 주세요.”

“아니, 나는 그가 계속하기를 바라오.”

광대는 왕비를 똑바로 바라보며 말했다.

"왕비 마마, 감히 제가 하는 말이 거짓이라고 말씀하시지는 않겠습지요?"

"아니, 거짓말이야! 가엾은 광대야, 너는 지금 꿈 얘기를 하고 있는 거야. 어젯밤에 진탕 퍼마시고 잠들었던 모양이지? 술이 아직 덜 깨서 횡설수설하고 있는 거라구."

"맞습니다. 소인은 취해 있습지요. 그런데 금방 깰 것 같지는 않습니다요. 왕비님의 부모님께서 왕비님을 제게 맡기셨던 날이 기억나지 않으십니까요? 그분들은 왕비님을 배까지 모시고 오셨습지요. 저는 왕비님을 장차 낭군이 되실 분께 모시고 가야 했습니다요. 우리는 갑판 위에 함께 있었는데, 날씨가 무척 더웠습니다. 왕비님은 목이 마르셨지요. 우리는 잔에 들어 있는 음료를 나누어 마셨습지요. 그 이후로 저는 늘 취해 있는 상태랍니다. 이 얼마나 괴로운 취기인지!"

그 말을 들은 이졸데는 외투자락에 얼굴을 파묻고 밖으로 나가려고 일어섰다. 왕이 그녀의 옷자락을 붙잡고 주저앉혔다.

"왕비, 이자의 횡설수설을 마저 들어봅시다."

왕은 광대에게 말을 건넸다.

"이제 네가 무엇을 할 줄 아는지 말해보아라."

"폐하, 저는 공작님들과 백작님들을 섬겼습니다."

"개들과 새들에 대해 뭔가 알고 있느냐?"

"물론이지요. 저는 아주 잘생긴 놈들을 가지고 있습지요. 사냥개들을 데리고 숲에서 사냥할 때는 구름 속을 날아가는 두루미들을 잡

트리스탄과 마크 왕

는답니다. 또 백조들도 잡지요. 맹금으로는 흰 기러기나 잿빛 기러기를 잡습지요. 창만 들고 있을 때는 알락해오라기나 쇠물닭(뜸부기과의 조류. 주로 물가의 갈대밭 등지에 서식한다—역주)을 잡고요."

왕과 방에 남아 있던 사람들은 미치광이의 연설이 점점 더 재미있어진다는 표정을 짓고 있었다.

왕이 물었다.

"친구여, 늪에서는 무엇을 잡는고?"

미치광이는 한바탕 웃고 나서 대답했다.

"폐하, 저는 거기 있는 건 무엇이든지 다 잡습니다요. 참매를 가지고 늑대와 곰을 잡지요. 큰 매는 멧돼지를 물어 오고, 높이 나는 작은 매들은 노루와 사슴을 물어 오지요. 새매를 가지고는 꼬리가 우아한 여우를 잡고요."

왕이 말했다.

“요컨대 무엇이든 할 수 있다는 말이로군.”

“물론입죠. 소인을 능가할 사람은 아무도 없습니다요. 소인은 하프를 잘 타고 노래를 잘 부릅니다요. 권세 있는 왕비님을 사랑할 줄 압니다. 이 세상에 소인만큼 재능 있는 연인은 없습지요. 소인은 또한 칼로 대팻밥을 깎아 시냇물에 던질 줄도 압니다요.⁺ 어떻습니까요? 이만 하면 훌륭한 음유시인 아닙니까요? 그러나 오늘은 창을 들고 폐하를 섬기기 위해 왔습니다요.”

그는 막대기를 자기 주위에 있는 사람들을 향해 휘두르며 소리를 빽빽 질러 댔다.

“궁에서 나가라! 왕의 식탁에서 실컷 먹고 마시지 않았느냐? 왜 아직도 여기서 꾸물대고 있는 거야?”

마크 왕은 광대의 익살에 한바탕 큰 소리로 웃고 나서, 종자에게 잠깐 외출할 테니 말을 가져오라고 일렀다. 기사들도 산책하는 왕을 수행하기 위해 준비를 시작했다. 이졸데는 깊은 생각에 잠겨 방으로 돌아갔다. 그녀는 시녀에게 말했다.

“아, 나는 왜 태어난 걸까? 슬퍼서 죽고 싶어.”

이졸데의 뺨 위로 눈물이 흘러내렸다. 브렝웨인이 여주인의 눈물

⁺ 전설의 초기 판본(베룰 판)에 나타나는 일화에 대한 암시. 트리스탄은 이졸데에게 자신의 존재를 알리기 위해서 왕비의 방을 흘러 지나가는 시냇물에 대팻밥을 던졌었다.

을 보고 마음이 아파 물었다.

"무슨 일이 있으신가요? 왜 이렇게 슬퍼하세요?"

"브렝웨인, 어째야 할지 모르겠구나. 머리를 십자가 모양으로 깎은 광대가 한 사람 왔는데, 그자가 나에게 큰 고통을 주었다. 점쟁이거나 마법사인가 봐. 나에 대해 진실한 이야기를 했어. 그런데 그 얘기는 나하고 트리스탄과 너를 빼면 아무도 모르는 이야기야. 누가 그에게 그 얘길 전부 해 주었을까? 진짜 마법사인가? 그가 한 이야기는 틀린 데가 한 군데도 없을 뿐 아니라, 나만 알아들을 수 있는 암시를 군데군데 끼워 넣었거든."

"그러면 그 사람은 트리스탄 그분 자신일 수밖에 없겠네요."

왕비가 비명을 질렀다.

"제정신으로 하는 소리냐? 그럴 리가 없어! 그자는 천박하고, 끔찍하고, 흉측하다. 트리스탄은 아름답고 뛰어난 사람이야. 그이는 이 세상 누구보다도 당당해. 그 광대에게 저주가 내리기를! 바다 속 깊은 곳에 빠져 죽어야 해!"

"이졸데 왕비님, 그렇게 말하지 마세요. 그 사람은 트리스탄 님 자신이 아니면 트리스탄 님이 보내신 밀사일 거예요. 제가 한번 찾아가 볼게요. 그러면 정체가 무엇인지 알게 되겠지요."

브렝웨인은 곧장 대연회장으로 가보았다. 그곳에는 광대 혼자만 남아 긴 의자 위에 앉아 있었다. 다른 사람들은 왕을 따라 갔거나, 자기 집으로 돌아가 버렸다. 브렝웨인은 조금 거리를 두고 멈추어 서서 그의 모습을 지켜보았다. 그러나 광대는 그녀를 당장 알아보는 눈치였다. 그는 막대기를 던져 버리고 다가와 말했다.

"반갑군, 브렝웨인. 하늘의 이름으로 부탁하네. 날 불쌍히 여겨 주게."

"어떻게 내 이름을 아시나요? 그리고 왜 내가 당신을 불쌍히 여겨야 하나요?"

"왜냐하면 나는 슬픔과 고통 속에서 살아가는 사내 트리스탄이기 때문이지. 그래, 나는 트리스탄이야. 이졸데 왕비님에 대한 사랑 때문에 천 번의 죽음으로 고통을 겪고 있네."

브렝웨인은 광대를 자세히 살펴보았다.

"아니오, 당신은 트리스탄 님이 아니에요. 나는 그분을 잘 알아요. 당신은 맹세코 그분을 조금도 닮지 않았어요."

광대는 절룩거리며 브렝웨인을 향해 다가왔다.

"나는 트리스탄일세. 우리가 아일랜드를 떠나면서 왕비님의 부모님께 작별을 고하던 순간을 기억해 보게. 왕비님의 모후께서 자네에게 조그만 병을 하나 주시면서 왕비님과 마크 왕의 첫날밤에 그 안에 들어 있는 액체를 따라 드리라고 하지 않았는가."

브렝웨인이 기겁을 하며 외쳤다.

"대체 무슨 바보 같은 소리를 하고 있는 거예요. 광대인 체하고 별 이상한 소리를 다 하는군요."

"고결한 브렝웨인, 내 말을 마저 들어보게. 그리고 무슨 일이 일어났었는지 기억해 보게. 우리가 바다 한가운데에 왔을 때, 참을 수 없이 더웠지. 이졸데는 마실 것을 달라고 했지. 자네는 서둘러 마실 것을 내왔어. 하지만 왕비님의 모후께서 주신 병 속의 액체를 포도주에 따라 왔지. 자네 생각대로 그리 한 건가? 아니면 이졸데 왕비의 명령에 따른 건가? 난 알지 못했네. 어쨌든, 이졸데 왕비는 잔을 반쯤 비우고, 나머지를 나에게 주었네. 아, 아름다운 브렝웨인, 그 잔을 마신 건 나에게 불행한 일이었다. 그 이후로 내게 휴식이란 건 없었네. 내 영혼이 화상을 입었어. 그것은 나를 괴롭히고, 나를 놓아주지 않았네.✢ 자네는 이 모든 것을 기억하는가?"

"맹세코 기억하지 못해요!"

"그러나 아름다운 브렝웨인, 분명히 해야 할 것이야. 이 비밀을 아는 사람은 이졸데 왕비와 나, 자네뿐일세."

브렝웨인은 아무 대답도 하지 않고 몸을 돌려 이졸데의 방으로 돌아갔다. 트리스탄은 그녀를 따라갔다. 그리곤 방문 앞에 서서, 침대에 앉아 울고 있는 왕비를 바라보았다. 그는 잠시 망설이다가, 방으로 들어가 그녀를 향해 다가

✢ 전설 안에서 가장 중요한 일화를 환기시키고 있다. 트리스탄은 숙부인 마크 왕의 정혼녀 이졸데 공주를 콘월로 호위해 가는 막중한 책임을 맡게 된다. 그런데 배 위에서 두 사람은 이졸데의 어머니가 마크 왕과 이졸데가 첫날밤에 마시도록 준비한 미약을 나누어 마시게 된다. 이 미약의 약효가 지속되는 기간은 판본에 따라 다른데, 이른바 서민 판본으로 알려진 베룰의 판본에 따르면 삼 년, 궁정 판본이라고 불리는 토마스의 판본에 따르면 시한이 없다.
트리스탄과 이졸데 전설의 원형인 아일랜드 신화 『디어미트와 그로냐의 추적』과 비교해 보면, 이 마법의 미약이 사실 드루이드교의 게이스(즉, 무서운 마법의 주문)를 기독교적으로 합리화한 것임을 알 수 있다. 이 아일랜드 이야기에서 젊은 그로냐는 디어미트가 피할 수 없는 게이스 덕택에 디어미트를 납치한다. 트리스탄과 이졸데 전설의 프랑스어 판본들은 시녀 브렝웨인의 실수를 강조한다. 그런데 브렝웨인은 웨일즈의 『마비노기』에 나오는 미와 사랑의 여신 브란웬이다. 그녀가 실수를 저질렀다는 것은 더욱더 이상하다. 전해지고 있는 모든 판본들을 면밀히 검토해 보면, 우리는 이졸데가 트리스탄을 보는 순간 사랑에 빠진 데 반해서, 트리스탄은 무관심하다는 사실을 알게 된다. 모든 것은 마치 이졸데가 트리스탄이 그녀를 사랑하도록 강제하기 위해서 브렝웨인에게 일부러 실수를 저지르도록 부탁한 것처럼 진행된다. 이러한 해석은 아일랜드 원형과 완전히 일치하며, 고대 아일랜드인의 사랑의 제의가 가지고 있는 분위기를 정확하게 복원하고 있다.

가 껴안으려는 몸짓을 했다. 왕비는 펄쩍 뛰어 일어나 방구석으로 도망쳤다. 당혹해하는 기색이 역력했다. 온 몸에 식은땀이 났다. 그녀는 이 못생기고 흉측한 광대가 그녀가 마음을 다해 사랑했던 사람이라고는 상상조차 할 수 없었다.

"가엾은 광대야, 네가 왕 앞에서 지껄여 댄 얘기를 대체 누구한테서 들은 거냐?"

"이졸데 왕비님, 우리 두 사람이 함께 겪은 일인데, 누구에게 듣고 말고 한다는 말입니까? 마크 왕이 우리를 잡으려고 보낸 사람들을 피해 우리 둘이 숲속에서 함께 보낸 시절을 떠올려 보세요. 저는 우리가 어디 있는지 들키지 않으려고 제 사냥개 후스덴트를 짖지 않도록 길들였지요. 그놈 덕택에 사냥감을 넉넉히 확보할 수 있었지요. 또 왕비님께서 말파에서 했던 가짜 서약도 기억해 보세요. 저는 그때 비렁뱅이로 변장하고 있었지요. 제가 변장한 모습을 처음 보시는 것도 아니잖아요."

이졸데는 깊은 한숨을 내어 쉬면서도 그가 하는 말을 주의 깊게 들었다. 눈으로는 세심하게 살폈다. 그러나 어떻게 생각해야 할지 알 수 없었다. 누더기를 걸치고 목쉰 소리로 떠들어 대는 이 못생긴 사내에게는 그녀의 연인을 닮은 구석이라고는 하나도 없었다.

사내가 다시 입을 열었다.

"제가 콘월을 떠나야만 했을 때 저의 개 후스덴트를 왕비님께 드린 일도 기억하실 겁니다. 그 개는 어찌 되었습니까?"

"그 이름을 가진 개를 한 마리 기르고 있다. 보여 주마. 브렝웨인,

그놈을 좀 데려다 주겠니?"

브렝웨인은 말없이 바깥으로 달려 나가 개를 끌고 왔다. 개는 광대를 보자마자 그에게 껑충 뛰어오르더니 반가워서 어쩔 줄 몰라 하며 얼굴을 비벼대는가 하면 기쁨에 겨워 낑낑대며 발로 광대를 마구 긁어 댔다. 이졸데는 후스덴트가 주인과 헤어진 뒤로 가까이 다가가는 사람마다 모두 물어뜯는 것을 보아왔기 때문에, 개의 반응에 더욱더 놀랄 수밖에 없었다. 너무나 사나워져서 왕비와 브렝웨인을 빼면 아무도 놈에게 손을 댈 수 없었다. 광대는 바들바들 떨고 있는 개의 머리와 등을 오랫동안 쓰다듬어 주었다. 그러고 나서 이졸데 왕비에게 말했다.

"이놈이 당신보다 더 저를 잘 기억하네요. 당신은 당신을 그토록 사랑했던 남자를 기억하지 못하는군요. 개들이 여자들보다 더 진실해요."

왕비는 그 말을 듣고 더욱더 마음이 괴로웠다.

"왕비 마마, 이것도 기억해 보세요. 우리가 과수원에 함께 누워 있을 때, 왕이 우리를 발견하셨죠. 왕은 곧장 발길을 돌려 떠났어요. 그는 질투심에 사로 잡혀 우리를 죽이고 싶어 했지요. 그러나 신께서는 우리가 죽기를 원치 않으셨어요. 왕이 공격해 왔지만, 다행히 몸을 피할 시간적 여유가 있었지요. 당신은 저에게 사랑의 징표로 당신의 반지를 빼어 주었어요. 저는 그 반지를 여전히 끼고 있습니다."

이졸데가 격앙된 목소리로 외쳤다.

"나는 내 눈으로 보는 것만 믿는다. 반지를 보여 다오."

광대는 반지를 빼어 이졸데에게 내밀었다. 이졸데는 반지를 들고 살펴보더니 갑자기 울음을 터뜨렸다.

"오! 나는 영원히 연인을 잃었다. 그가 살아 있었다면 그 사람 아닌 그 누구도 이 반지를 지니고 있지 않았을 것이다. 그 사람은 죽었어. 나는 그 슬픔을 영원히 잊지 못할 것이다."

왕비가 슬퍼 우는 모습을 보고 트리스탄은 가엾어서 견딜 수가 없었다. 그는 자신의 본래의 목소리로 다정하게 말했다.

"왕비님, 당신은 아름답고 충성스러운 여인이오. 당신이 조금도 변함없이 날 사랑한다는 걸 알겠소. 이제 나를 숨겨야 할 이유는 사라졌소. 그래요, 내가 트리스탄이오. 당신은 나를 알아보았소. 난 그걸 알아요."

이졸데는 트리스탄의 품에 뛰어들었다. 두 사람은 오랫동안 껴안고 있었다. 브렝웨인이 물을 가져왔다. 트리스탄은 얼굴에 묻은 물감과 먼지와 땀을 씻어냈다.

두 연인은 변함없는 사랑 안에서, 그들이 겪어야 했던 모든 아픔과 고통을 잊었다.

05 검은 돛대

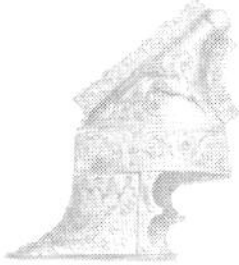

트리스탄은 마크 왕의 제후들 몰래 틴타겔에 숨어 있었다. 그들은 트리스탄이 이졸데 왕비와의 사랑 때문에 쫓겨나기 전에 마크 왕을 섬기고 있었을 때, 트리스탄의 재능을 질투한 나머지 그를 죽이고 싶어 안달했던 자들이었다. 그 사이에 카헤르딘은 그의 기사들을 거느리고 순례 여행을 떠나야 했다. 일 년 중 일정 기간 동안 기도 여행을 하는 것이 관습이었기 때문이다. 그런데 그의 무술 도반인 트리스탄이 어디론가 사라져 버렸기 때문에, 그는 누이인 아름다운 흰 손의 이졸데를 여행에 초대했다. 그녀는 즐거운 마음으로 오라버니의 초대를 받아들였다. 그들은 한 무리의 기사들과 종자들의 호위를 받으며 길을 떠났다.

카헤르딘은 누이의 오른쪽에서 말을 달렸다. 두 사람은 이런저런 이야기를 즐겁게 나누느라고, 말에게 따로 신경을 쓰지 않고 고삐를 풀어준 채 길을 갔다. 그들은 말이 길에서 떨어져 엉뚱한 곳으로 접어들었다는 것도 모르고 있었다. 최근에 내린 비가 아직 고여 있었으므로 길은 진흙탕이었다. 진창에 빠졌다는 것을 알아차린 흰 손의 이졸데가, 빠져나오기 위해 한 손으로 고삐를 힘차게 잡아당기면서 말의 옆구리를 박차로 찼다. 말은 두 발을 동시에 들어 올렸다가 다시 커다란 물웅덩이 속으로 발을 내려놓았다. 그 바람에 흰 손의 이졸데의 넓적다리에 물이 튀었다. 그녀는 깜짝 놀라 비명을 질렀지만, 조금 뒤에 그 비명은 신경질적인 웃음소리로 바뀌었다. 그녀는 도저히 제어할 수 없다는 듯이 계속 깔깔대며 오랫동안 웃었다.

카헤르딘은 누이의 갑작스러운 웃음을 듣고 자기를 놀린다고 생각했다. 누군가로부터 들었던 그에 관한 어떤 나쁜 소문이 갑자기 떠오른 모양이라고 생각했다. 그는 막연히 부끄러운 생각이 들어 누이에게 물었다.

"뭐가 그렇게 우스운 거냐? 나에 관한 거냐, 너에 관한 거냐? 솔직하게 말해다오."

흰 손의 이졸데는 가까스로 평온을 되찾고 대답했다.

"기분 나빠하지 말아요. 내가 웃은 건 나 자신의 어리석음 때문이니까. 내 말이 웅덩이를 짚으면서 내 다리에 물이 튀게 만든 게 우스워서 그래요. 어떤 남자도 하지 못했던 일인데 말예요. 트리스탄조차도 삼가던 일을……. 그래서 웃은 거예요."[+]

카헤르딘이 놀라서 소리쳤다.

"이게 무슨 말이냐? 그럼 트리스탄과 너는 결혼으로 맺어진 부부가 마땅히 해야 할 일을 하지 않았다는 말이냐? 트리스탄은 사제처럼, 또 너는 수녀처럼 행동했다고? 네게 손도 대지 않았다니, 참으로 이상한 일이로구나."

"그 사람은 나와 사랑을 나눈 적이 없어요. 잠들 때 입을 맞추어 준 것이 전부예요. 그것도 이따금씩만요. 나는 부부 생활이 뭔지 모른답니다. 정결하게 생활하는 처녀처럼 말이지요."

카헤르딘은 화가 머리끝까지 났다.

"내 생각엔 그가 다른 여자에게 정신이 팔려 있는 것 같다. 누군가 다른 사람을 위해 한숨을 쉬고 있는 거야. 진작 알았더라면 절대로 너와 결혼시키지 않았을 텐데……."

흰 손의 이졸데가 부드럽게 대답했다.

"그냥 내버려두세요. 그를 비난할 수 있는 사람은 아무도 없어요. 어느 날 그가 솔직한 이유를 말해주길 바랄 뿐이에요. 오라버니가 그를 비난하는 걸 원치 않아요."

카헤르딘의 마음속에는 참을 수 없는 분노가 솟아올랐다. 그는 트리스탄이 그의 누이를 무시함으로써 자신과 가문을 모욕했다고 생각했다. 그러나 일체 내색하지 않았다.

✤ 아일랜드 원형과 일치하는 일화, 다만 아일랜드 원형에서는 게이스에 의해 어쩔 수 없이 납치된 디어미트가 그로냐를 핀 왕의 왕비로 존중해서 그 옆에서 얌전하게 잠만 잔다는 점이 다르다. 그로냐는 디어미트의 조심성을 못마땅해한다. 어느 날, 두 사람은 늪을 건너게 되는데, 그때 그로냐의 넓적다리에 진흙이 튄다. 그로냐가 "당신의 손도 하지 않은 일"이라고 외친다. 그로냐는 그 순간을 새로운 게이스를 걸기 위해 이용한다. 디어미트의 남자다움이 불명예를 겪더라도 그로냐를 만족시켜 주어야 한다는 게이스. 이 장면은 이상한 방식으로 자리가 뒤바뀌어 있지만, 사랑하는 여자가 마법에 의하여 남성의 무관심에 승리를 거둔다는 원래의 도식을 존중하고 있다.

어느 날 트리스탄이 돌아와 해결할 일이 있어서 잠시 떠나 있어야 했다고 핑계를 댔을 때, 카헤르딘은 아주 냉랭한 태도로 친구를 대했다. 냉정하면서도 어딘가 슬픈 듯한 태도였다. 트리스탄은 걱정이 되기 시작했다. 평소에는 아주 명랑한 처남이 왜 그러는 걸까? 트리스탄은 카헤르딘이 가장 좋아하는 무술 도반이었다. 그는 트리스탄에게 특히 다정하게 굴었다. 그런데 왜 갑자기 쌀쌀맞고 퉁명스럽게 대하는 걸까? 저렇게 태도가 돌변한 이유가 뭘까?

어느 날, 트리스탄은 궁금증을 견디지 못하고 친구에게 물었다.

"친구여, 왜 이렇게 쌀쌀맞게 대하는 건가? 내가 무슨 잘못이라도 저질렀나? 어쩐지 나에게 단단히 화가 나 있다는 생각이 드네. 제발 솔직하게 말해주게. 이렇게 지낼 수는 없잖은가?"

카헤르딘은 마음속에 숨겨져 있는 원한을 꾹 참고 아주 정중하게 대답했다.

"트리스탄, 경고하겠네. 자네가 우리에게 속죄한다면 내 가족, 내 친구들, 그리고 나 자신도 결코 자네의 적이 되지는 않을 것이야. 내 누이를 무시함으로써 자네는 나와 우리 가문을 모욕하는 잘못을 저질렀네. 감히 이졸데를 무시할 기사는 없다네. 물론, 남편으로서 누이를 아내로 사랑해 주었다면 자네는 비난받아야 할 이유가 없겠지. 그런데 왜 그렇게 행동한 건가? 우리 가문의 정통 후계자가 되기 싫었던 건가? 만일 자네와 나 사이의 굳건한 우정이 아니었더라면 진작에 내 누이를 모욕한 대가를 비싸게 치렀을 걸세. 어쩌자고 내 누이와 지아비와 아내로 살 생각도 아니었으면서 뻔뻔스럽게 결혼까지 한 건가?"

트리스탄은 카헤르딘의 혹독한 비난을 들으면서 깊이 한숨을 내쉬었다. 처남이 원한을 가지는 것은 당연하다. 그는 처남의 말에 가시가 숨겨져 있다는 것을 잘 알고 있었다. 실질적으로는 위협하고 있는 것이다. 트리스탄은 어떻게 할까 하고 생각에 잠겼다. 그는 카르헤딘을 어떤 친구보다도 사랑했다. 그래서 그가 더 이상 마음을 다치는 것을 원치 않았다. 카헤르딘에게 솔직하게 털어놓을까? 하지만 그에게 비밀을 말하면 곧장 흰 손의 이졸데에게 알릴 것 아닌가? 그렇다고 입을 다물면 귀한 친구를 영원히 잃어버리고, 죽거나, 명예를 잃게 될지도 모른다. 카헤르딘은 무슨 수를 쓰든 그를 은밀하게 치워버릴 것이다.

트리스탄은 결심을 굳히고 입을 열었다.

"카헤르딘, 자네는 내가 가장 신뢰하는 친구일세. 나에게 이 왕국을 알게 해 준 건 자네지. 덕택에 많은 명예를 얻었네. 내가 자네에게 잘못을 저질렀다면, 자네에겐 보상을 요구할 권리가 있네. 나는 우리 사이에 어떤 다툼도 없었으면 하네. 그러나 자네를 안심시키기 위해서 나는 그 누구도 알지 못하는 비밀을 솔직하게 털어놓겠네. 마땅히 그래야만 하고, 또 자네가 원하니 말하겠네. 그러나 내가 지금부터 말하는 내용을 자네의 누이나 또 가까운 지인 누구에게도 말하지 말아 주게. 우정의 이름으로 부탁하네. 진실을 원한다면 알게 될 걸세. 그러나 자네 혼자만 알고 있었으면 하네."

카헤르딘은 트리스탄의 간절함에 감동하여 대답했다.

"신앙을 걸고 맹세하지. 내 누이나 또 그 누구에게도 말하지 않겠네."

트리스탄은 긴 이야기를 털어놓기 시작했다. 자신의 삶, 이졸데 왕비에 대한 사랑, 이졸데 왕비와 마법의 음료를 나누어 마신 뒤 그를 찾아온 고통에

트리스탄과 이졸데

대해서, 그리고 그를 끌고 들어간 미친 사랑의 회오리에 대해서 모두 이야기했다. 카헤르딘은 그 길고 비참한 고백을 귀 기울여 들었다. 트리스탄의 고백이 끝나자 카헤르딘은 친구를 꼭 끌어안고, 언제까지나 그의 친구로 남아 있을 것이며 그가 알게 된 비밀을 결코 누설하지 않겠다고 약속했다.✢

어느 날 사냥을 떠난 두 사람은, 흰 광야에서 동지들의 뒤에 따로

✢ 노르웨이의 『트리스트람 전설』에 따름. 이 이야기는 다행히도 파편만 전하는 영국의 토마스의 이야기를 보충해 주며, 앵글로-노르만 판본에는 보존되어 있지 않은 고대적 요소들을 많이 보존하고 있다.

처지게 되었다. 바다를 굽어보고 있는 고원지대였다. 트리스탄과 카헤르딘은 그들을 향해 급히 달려오는 기사를 만났다. 그는 점박이 회색 준마를 타고 있었고, 훌륭한 무기들을 들고 있었다. 회색 띠로 장식되어 있는 방패는 금색이었고, 창은 길고 탄탄했다. 기사는 두 사람에게 다가와 정중하게 예를 표했다. 트리스탄은 답례하고 난 다음, 어떤 목적으로 어디로 가고 있는지 물었다.

기사가 대답 대신 질문을 던졌다.

"사랑에 빠진 트리스탄의 집이 어딥니까?"

트리스탄과 카헤르딘은 예상치 못한 질문에 말문이 막혔다. 조금 뒤에 트리스탄이 물었다.

"그에게 무슨 볼 일이라도 있으신 게요? 당신은 누구십니까? 만일 트리스탄에게 말을 하고 싶은 거라면 멀리 갈 필요 없소이다. 내가 바로 당신이 찾고 있는 트리스탄이오. 나에게 무얼 원하시오?"

"듣던 중 반가운 소식이군요! 나는 난쟁이 트리스탄이라고 하며, 브리튼 변방에서 왔소. 그곳에 내 성이 있지요. 내게는 내가 목숨처럼 아끼는 연인이 있었소. 그런데 불행히도 잃어버리고 말았다오. 그제 저녁에 '샤스텔-피에르의 악당' 이라고 불리는 에스트라는 자가 강제로 빼앗아갔소. 놈은 내 연인을 자기 소유의 성에 가두어 놓고 있소이다. 내 마음이 너무나 고통스러워 깊은 절망에 빠져 있소. 어찌 해야 할지 모르겠소. 나는 이처럼 끔찍한 고통을 겪어보지 못했다오. 그 때문에 경을 찾아 떠난 것이오. 경은 사람들의 사랑을 받고 있으면서도 두려움의 대상이니 말이오. 그래서 당대의 가장 뛰어난 기사 중 한 사람인 경에게 도움을 청하는 것이오. 나의 부탁을 들어주시오. 대신 경을 경배하고, 경의 충복이 되겠소."

"물론 돕겠소이다. 오늘은 이미 늦었으니 우리 집으로 갑시다. 내일 아침 차비를 갖추어 떠납시다."

그 말을 들은 기사의 얼굴이 분노로 붉게 달아올랐다.

"무슨 말이오? 당신은 사람들의 칭송을 받는 그 기사가 아니오. 당신이 트리스탄이라면, 나와 똑같은 고통을 느꼈을 거라 확신하오. 왜냐하면 내가 찾고 있는 트리스탄은 깊이 사랑하여, 연인들을 괴롭히는 이 고통, 치유할 수 없는 화상을 속속들이 알고 있는 사람이기 때문이오! 트리스탄이라면 내 부탁을 들어줄 것이오. 그라면 나를 고통 속에 버려두지 않고 당장 나와 함께 악당이 잡아간 내 사랑을 되찾아줄 것이오. 아, 이제는 죽으러 가는 길밖에는 없소이다. 이 세상 무엇보다 귀한 내 여인을 잃어버렸으니……."

기사는 인사조차 하지 않고 말을 돌려 세웠다.

트리스탄이 그를 향해 외쳤다.

"잠깐만! 좋소. 당장 같이 떠납시다. 무기를 가져올 시간만 주시구려."

트리스탄과 카헤르딘은 무장을 하고 난쟁이 트리스탄을 따라 나섰다. 세 사람은 숲과 황야를 여러 개 지나, 새벽녘에 샤스텔-피에르의 악당 에스트의 성이 보이는 곳에 도착했다. 일행은 숲이 끝나는 곳에서 멈추어 섰다. 그리고 말에서 내려 앞으로 해야 할 일을 점검해 보았다.

샤스텔-피에르의 악당은 거칠고 잔인한 자로서 여섯 명의 동생이 있었는데, 모두 형만큼 겁이 없고 대담한 기사들이었다. 그중 두 명이 무술 경기에서 돌아오다가, 두 명의 트리스탄이 매복하고 있는 장소 부근을 지나가게 되었다. 두 명의 트리스탄은 두 형제를 공격했다. 예기치 않았던 공격을 받은 형제는 얼마 저항하지도 못하고 죽었다. 그러나 이들이 결투하는 소리가 성까지 들리고 말았다. 악당의 기사들이 달려왔다. 거친 혈투 끝에 악당과 네 명의 형제가 죽임을 당했지만, 난쟁이 트리스탄은 치명상을 입었고, 리오네스의 트리스탄은 독을 바른 창에 옆구리를 찔렸다.

카헤르딘은 바다에서 멀리 떨어져 있지 않은 그의 집✢으로 친구를 겨우 데리고 갔다. 트리스탄의 상태는 위독했다. 카헤르딘은 트리스탄을 구하기 위해 의사들을 불러들였지만, 어떤 의사도 해독제를 찾지 못했다. 그들이 약초를 따다가 고약을 제조하는 동안, 환자의 상태는 더더욱 나빠졌다. 독이 온몸으로 퍼져 몸은 퉁퉁 부어올랐고, 얼굴은 시커멓게 변했다. 온 몸의 힘이 다 빠져 나가고, 살이 빠져서 뼈들이 툭툭 튀어나왔다. 트리스탄은 빨리 치료하지 않으면 죽을 수밖에 없다는 것을 알고 있었다. 그는 또한 이졸데 왕비를 빼면 그를 구할 수 있는 사람이 아무도 없다는 것도 알고 있었다.✢✢ 그러나

✢ 피니스테르 북쪽의 세인트-프레간트에 있는 덴마크에 이 장소를 위치시키기도 하지만, 해안에서 가까이 있지 않다. 추측하기로, 아르모리크 코르누아이유에 있는 팡마르슈 지역이 더 맞는 것 같다.

✢✢ 트리스탄은 전에 두 차례 독으로 인한 부상을 당한 적이 있다. 한 번은 이졸데의 삼촌 모르홀트의 검에, 또 한 번은 아일랜드를 파괴하던 용의 혓바닥 때문에 입은 상처인데, 두 번 모두 이졸데와 그녀의 어머니가 고쳐 준다. 두 여성 모두 상당한 수준의 실력을 갖춘 여마법사들이다. 금발의 이졸데가 의술을 관장하는 고대 여신의 인간화된 이미지라는 것을 잊지 말 것.

이졸데는 먼 곳, 마크 왕의 성에 붙잡혀 있다. 트리스탄의 마음은 상처가 육체에 가하는 것보다 더 혹독한 고통으로 괴로워했다. 이졸데를 보고 싶다는 욕망이 그의 마음을 쥐어뜯었다. 그것은 불가능한 욕망이었다.

트리스탄은 카헤르딘에게 그가 누워 있는 방에 아무도 들이지 말아 달라고 부탁했다. 흰 손의 이졸데는 트리스탄이 왜 자기를 멀리하는지 몰라 더더욱 트리스탄의 태도가 의심스러웠다. 그래서 그녀는 트리스탄의 병실 옆에 딸린 부속실에 몰래 숨어 들어가 벽에 귀를 대고 남편과 오라버니가 하는 말을 엿들었다. 그렇게 엿듣는 동안 전적으로 신뢰하는 시종 한 사람을 시켜 망을 보게 했다.

카헤르딘과 단둘이 있게 되자, 트리스탄은 힘들게 자리에서 일어나 앉아 입을 열었다.

"처남, 이곳에 있는 누구도 내 목숨을 구할 수 없네. 내가 요구하는 도움을 줄 수 없다면 나는 죽어. 나를 구할 수 있는 사람은 단 한 사람, 이졸데 왕비뿐일세. 그녀는 모든 처방을 알고 있어. 그녀에게는 나를 구할 능력도 있고 의지도 있네. 그러나 그녀는 내가 지금 어떤 처지에 있는지 모르겠지. 자네가 아닌 누가 왕비에게 내 처지를 알려줄 수 있겠나. 부탁일세. 배를 한 척 준비해서 여러 가지 물건을 싣고 마크 왕과 이졸데 왕비가 살고 있는 틴타겔로 가 주게. 상인으로 행세하면서 왕비와 단 둘이 말할 수 있는 기회를 만들어 보게. 내가 어떤 고통을 겪고 있는지 이야기하고, 나를 구할 수 있는 건 그녀뿐이니 나를 만나러 와 달라고 말해 주게. 내가 자네의 우정과 사랑을 믿고 지나친 부탁을 하는 건가?"

눈물을 흘리며 애원하는 트리스탄의 모습에 카헤르딘은 마음이 미어지는 것 같았다. 그는 한없이 다정하게 대답했다.

"내 친구 트리스탄, 울지 말게. 자네가 내게 보여 준 진실함의 이름으로 자네의 부탁대로 하겠네. 당장 바다를 건너가 어떤 고통과 어려움을 겪더라도 이졸데 왕비에게 자네의 말을 전하고 이곳으로 모시고 오겠네."

트리스탄이 생기를 되찾은 목소리로 외쳤다.

"자네의 관대함에 축복이 있기를!"

트리스탄은 잠시 생각에 잠겨 있다가 다시 말했다.

"이 반지를 이졸데 왕비에게 전해 주게. 자네가 내가 보낸 사람이라는 걸 믿을 걸세. 그녀가 와서 나를 돌보아 주지 않으면 내가 어찌 될지 솔직하게 얘기하게. 나의 고통과 절망을 자세히 전해 주게. 그 무엇도 우리의 사랑을 부술 수 없으며, 우리를 갈라놓으려고 애쓰면 애쓸수록 우리는 더욱더 가까워질 거라고 말해 주게. 우리의 육체를 갈라놓는 데 성공할 수 있을지 몰라도 우리의 사랑을 빼앗지는 못하네. 이졸데는 나에게 이 반지를 주면서 무슨 일이 있더라도 다른 여자를 사랑하지 말라고 부탁했다네. 난 그 약속을 지켰어. 나는 다른 여자를 사랑한 적이 없네. 자네의 누이마저도 사랑할 수 없었어. 이졸데 왕비를 너무나 사랑했기 때문에 자네의 누이와 사랑을 나눌 수 없었네.

카헤르딘, 서둘러 주게. 그리고 우리의 비밀을 아무도 눈치 채지 못하도록 조심해 주게나. 누이에게도 일체 비밀로 해 주게. 왕비가 이곳으로 오는 데 동의한다면, 누이에게는 나를 고치러 온 유능한 의사라고 소개해 주게나. 마지막으로 한 가지 부탁이 더 있네. 자네가 돌아올 때, 멀리에서 배를 보고 내 운명을 알아볼 수 있도록 해 주게. 이졸데도 함께 오고 있으면 흰 돛을, 그녀가 나를 만나러 오기를 거절했다면 검은 돛을 올려 주게나. 자, 이제 하고 싶은 말은 모두 했네. 전능하신 신의 가호를 비네."

말을 끝낸 트리스탄은 감정이 북받치는지, 탄식하며 눈물을 흘렸다. 카헤르딘은 트리스탄에게 입을 맞추고 작별 인사를 한 다음 방을 나왔다. 그는 서둘러 준비를 마치고 첫 번째 바람이 불어오는 시간에 맞추어 배를 띄웠다. 선원들은 닻을 올리고, 돛을 세웠다. 배는 가볍게 부는 미풍을 타고 거품을 일으키며 파도를 거슬러 깊은 바다로 나아갔다. 배에는 비단, 오색의 옷감, 귀한 그릇과 고급 포도주 등, 카헤르딘을 부자 상인이라고 믿게 만들기 위한 가지가지 상품이 실려 있었다.

흰 손의 이졸데는 옆방에서 모든 것을 다 듣고, 참을 수 없는 고통을 느꼈다. 그녀는 트리스탄의 무관심에 대하여 더 이상 아무런 환상도 가질 수 없다는 것을 알고 깊은 슬픔에 사로잡혔다. 그 슬픔은 이윽고 질투심으로 변했다. 이 모든 일에도 불구하고 그녀가 여전히 세상에서 가장 사랑하는 남자에게 잔인하게 복수하고 싶다는 욕망이 마음속에서 눈을 떴다. 그러나 그녀는 마음속의 원한과 고통을 겉으로 드러내지 않았다. 카헤르딘이 떠나자 그녀는 트리스탄이 누워 있는 방으로 들어가, 마치 위로하기 위해 온 것처럼 다정하게 말을 걸며 입을 맞추고, 품에 꼭 껴안아 주었다. 그녀는 카헤르딘이 의사를 데려올 때까지 시간이 얼마나 걸리느냐고 물어보았다. 그러나 말을 하면 할수록, 트리스탄의 대답을 들으면 들을수록 그녀의 가슴속에는 분노와 복수에 대한 욕망이 더욱더 거세게 생겨나는 것이었다.

카헤르딘은 북쪽으로 계속 항해하여 콘월 해안에 닿았다. 그리고 곧 틴타겔⚜ 항구로 진입하여 닻을 내렸다. 그는 부두에다 비싼 옷감 등속의 귀한 물건들을 펼쳐 놓았다. 마크 왕은 상인들이 도착했다는 소식을 듣고 항구로 내려왔다. 카헤르딘은 얼른 섬세하게 조각되어 있는 검은 에나멜 상감 장식 잔 하나를 왕에게 바친 다음, 청이 있노라고 말했다. 그의 왕국에서 가져온 물건을 팔고 다른 물건들을 사려고 하니, 왕의 보호가 필요하다는 이야기였다. 왕은 그의 청을 수락했다. 그렇게 해서 카헤르딘은 왕궁으로 들어갈 수 있게 되었다. 그는 왕비 앞으로 나아가 그가 자랑스럽게 생각하는 아주 아름다운 브로치를 선물했다. 왕비는 브로치를 받아들고 그 섬세함에 감탄했다.

가짜 상인은 그 틈에 슬쩍 트리스탄이 준 반지를 왕비에게 내밀며 작은 소리로 속삭였다.

"왕비 마마, 이 브로치의 금은 반짝이기는 합니다만, 이 반지의 금과는 비교할 수 없습니다. 이 반지도 좋아하실 듯합니다만……."

이즐데 왕비는 반지를 즉시 알아보았다. 가슴이 철컥 내려앉아 얼굴이 창

⚜ 우리는 여기에서 토마스의 이야기를 따라가고 있는데, 토마스는 마크 왕의 궁전을 런던에 위치시키고 있다. 작가는 이 도시의 부와 장점을 부각시키고자 했던 것이겠지만, 이는 분명히 전설을 왜곡하는 것이다. 마크는 콘월의 왕에 불과하기 때문이다. 이는 토마스가 플랜태저넷 왕가의 헨리 2세의 신하들, 또는 당신의 부르주아나 성직자 엘리트 계급의 의도를 따라 작품을 썼다는 것을 증명하고 있다. 이 계급은 모두 프랑스어를 사용했다.

백하게 변했다. 그녀는 주위에 있는 사람들이 들으라는 듯 큰 소리로 반지의 가격을 물었다. 그러면서 카헤르딘을 한쪽으로 데리고 갔다. 카헤르딘은 왕비와 거래를 하는 척하고 트리스탄의 말을 전했다. 그는 지금 끔찍한 상태에 있으며, 왕비가 즉시 가서 돌보아 주지 않는다면 살아남을 희망이 별로 없다고 이야기했다. 왕비는 고통과 충격으로 찢어지는 가슴을 부여안고 브렝웨인을 찾아가 소식을 전했다. 두 여성은 당장 의기투합했다. 무슨 수를 쓰든 저녁에 틴타겔을 떠나 카헤르딘의 배를 타고 가능한 한 빨리 트리스탄이 있는 곳으로 가야 한다고 결정했다. 이졸데는 카헤르딘에게 돌아가 반지를 돌려주는 체하면서, 밤이 되는 대로 시녀를 데리고 항구로 내려가겠다고 속삭였다. 이졸데와 브렝웨인은 필요한 물건들을 챙긴 다음 어둠을 틈타 몰래 성을 빠져나와 카헤르딘이 기다리고 있는 배 위에 올랐다. 선원들은 돛을 올리고 조심조심 바다를 향해 나아갔다. 배는 바람을 타고 빠른 속도로 해안을 따라 움직여 곧 넓은 바다 한복판에 이르렀다. 강한 바람이 배를 끌고 갔다. 항해는 순조롭게 진행되었다.

리오네스의 트리스탄은 상처 때문에 자리에 누워 있을 수밖에 없었다. 그의 몸은 극도로 쇠약해져 있었다. 아무것도 그의 슬픔을 위안해 주지 못했다. 이졸데가 와서 목숨을 구해줄지도 모른다는 한 가지 희망만을 붙잡고 있었을 뿐이다. 아침이 되면 사람을 하나 바닷가로 보내서 배가 오는지 알아보게 했다. 정오 무렵에는 침대를 바닷가로 옮겨가게 했다. 그곳에서 배를 기다리며 수평선을 바라보았다. 그러다가 갑자기 의심이 엄습하면, 배가 검은 돛을 달고 나타날까 겁이 나서 얼른 다시 자기 방으로 데려다 달라고 부탁하고는 했다. 자기 눈으로 직접 배가 왕비 없이 돌아온다는 걸 확인하느니, 나쁜 소식을 전해 듣는 게 낫겠다고 생각했던 것이다. 가슴이 절망으로 산산조각이 나 버린 것만 같았다. 고통이 너무 커서, 트리스탄은 흰 손의 이졸데가 머리맡을 지키고 있는데도, 이따금 억제하지 못하고 비명을 쏟아냈다.

그 사이에 카헤르딘의 배는 돛을 모두 올리고 빠른 속도로 항해하고 있었다. 아르모리크 브르타뉴의 해안에서도 배의 모습이 가물가물 보일 정도로 가까워졌다. 투명한 공기 덕택에 육지의 모습이 환하게 보였다. 사람들은 뱃전 위에 올라가 이렇게 빠르고 무사하게 항해할 수 있었던 것을 즐거워했다. 그런데 갑자기 거센 남풍이 밀어닥치면서 파도가 산더미처럼 일어났다. 바람은 돛을 후려갈겼다. 배가 방향을 잃고 뒤흔들렸다. 선원들은 돛의 방향을 바꾸어 보려고 갖은 애를 다 썼지만, 바람이 너무 심해서 뒤로 밀려나기만 할 뿐이었다. 바다는 부글부글 끓었다. 하늘은 구름으로 덮이고, 공기는 안개로 가득 찼다. 파도는 점점 더 높아지기만 했다. 게다가 배와 우박이 쏟아지기 시작했다. 폭풍이 점점 더 거세어져서, 돛을 매어 놓은 밧줄이 모두 끊어졌다. 선원들은 난파를 면하기 위해 배를 해안 쪽으로 돌려보려고 무진 애를 썼지만, 배는 파도와 바람에 실려 떠내려갈 뿐이었다. 설상가상으로 다른 파도보다 더 센 파도가 칼날처럼 덮쳐 배에 매달아 두었던 작은 배를 부숴 버리고 말았다. 거센 폭풍우 때문에 바다에서 잔뼈가 굵은 튼튼한 뱃사람들도 갑판 위에 서 있을 수 없는 형편이었다. 모두들 겁에 잔뜩 질려 있었다.

이졸데 왕비가 울음을 터뜨렸다.

"오, 나는 불행한 여자로다. 신께서는 내가 트리스탄을 만날 때까지 살려두지 않으실 모양이다. 신께서 나를 바다에 빠뜨려 죽이려 하시는구나. 트리스탄! 트리스탄! 당신을 만나 이야기할 수만 있다면, 그 후에는 죽어도 좋아요. 당신은 내 죽음을 견딜 수 없겠지. 당신은 큰 고통을 느낄 거예요. 내 마음대로 할 수 있는 일이라면 나는 진작 당신 곁에 가서 돌보아 주고 있을 거예요. 하지만 신께서 그걸 원하지 않으시는군요. 내가 죽는 건 상관없어요. 당신을 빼앗기고 살아가는 삶은 고통일 테니까요. 하지만 내가 죽었다는 것을 알면 당신도 죽을 거예요. 우리 사랑은 너무 깊어서 내가 느끼는 아주 작은 고통마저도 당신은 똑같이 느끼니까요. 나 없이 죽어선 안 돼요. 같은 잔을 나누어 마신 뒤, 우리에게 닥쳐온 운명은 그런 것이에요."

고통은 더욱 커졌다. 이졸데는 다시 중얼대며 말했다.

"아, 트리스탄! 만일 내가 바다에서 죽는다면, 그것은 당신 또는 물에 빠져 죽을 수밖에 없기 때문이에요. 하지만 당신은 단단한 땅에 있으니, 나를 만나러 오기 위해 바다로 나올 것이 틀림없어요. 당신의 죽음이 눈앞에 보여요. 당신 역시 내 죽음의 그림자를 볼 거예요. 당신의 팔에 안겨 죽어, 같은 관에 넣어져 당신과 함께 묻히려 했던 나의 소원은 이루어지지 않으려나 봐요. 나의 운명이 물에 빠져 죽는 것이라면, 당신도 물에 빠져 죽을 거예요. 그러면 물고기가 우리 두 사람을 모두 삼키지 않을까요. 어느 어부가 그 물고기를 잡아 두 사람의 시신을 물고기 배에서 발견하고는 한 무덤에 묻어줄 수도 있을 거예요. 아니야, 아니야! 이 모든 일은 불가능해! 트리스탄, 난 당신이 살아 있기를 원해요. 내가 죽은 뒤에도 상처를 고치고 오래 살아야 해요. 그것이 내가 진실로 원하는 것이에요.

내가 죽고 난 뒤에 상처를 고치면, 당신이 나를 잊고 다른 여자의 품 안에서 위안을 얻을까 봐 그게 무서워요. 아, 그 생각이 나를 괴롭혀요. 난 당신의 아내 흰 손의 이졸데가 무서워요. 그래요. 그녀가 제일 무서워요. 하지만 당신이 먼저 죽는다면, 난 살 수 없어요. 난 그래요……. 그래요, 내 영혼은 흔들려요. 당신을 이 세상 무엇보다 욕망하기 때문이에요. 신께서 우리가 함께 있는 것을 용납해 주시길. 내 손으로 당신을 낫게 하고 당신 옆에서 함께 살게 해 주시길. 아니면 우리 두 사람이 똑같은 고통으로 같이 죽게 해 주시길!"

금발의 이졸데는 폭풍이 부는 동안 내내 그렇게 탄식했다. 셋째 날, 바람이 자고 비가 그쳤다. 구름은 흩어지고, 태양이 다시 환하게 빛났다. 안심한 선원들은 돛을 모두 올리고 해안을 향해 전속력으로 달렸다. 모두들 곤경을 벗어나게 된 기쁨을 만끽했다. 선원들은 멀리에서도 돛의 흰 색깔을 알아볼 수 있도록 큰 돛을 높이 높이 올렸다. 그런데 그들이 즐겁게 항해하는 동안 갑자기 끔찍한 더위가 몰려왔다. 바람이 한순간에 뚝 그쳐 버렸다. 배는 해안 쪽으로도 바다 쪽으로도 움직이지 않고, 거의 움직임이 없는 잔잔한 바다 위에 떠서 가볍게 흔들리고 있을 뿐이었다. 보트마저 부서져 버렸기 때문에, 일행은 방법이 없어 발만 동동 굴렀다. 육지가 멀지 않은 곳에 보이는데도 그곳에 갈 수 없다는 것은 참기 힘든 고통이었다. 사람들은 어떻게든 배를 움직이게 해 보려고 모든 노력을 기울였다. 배는 조금 움직였을 뿐, 별 소용이 없었다. 결국 모두 지쳐 나가 떨어졌다. 고통의 끝에서 희망을 되찾았던 이졸데는 다시 절망의 나락으로 굴러 떨어졌다. 트리스탄이 이 시간에도 고통으로 죽어 가고 있는 육지가 손에 잡힐 듯 가까운 곳에 있는데도 이처럼 꼼짝도 할 수 없다는 것은 그녀에게 고문처럼 느껴졌다. 브렝웨인은 그녀를 달래 보려고 애썼지만, 왕비는 깊은 고통 속으로 빠져 들어갈 뿐이었다.

트리스탄 역시 절망에 빠져 있었다. 그는 점점 더 심해지는 고통을 참지 못해 쉴새없이 신음하고 있었다. 때로는 살게 해 달라고 신께 열렬한 기도를 올리기도 하고, 자신을 죽게 내버려둔다고 신을 원망하기도 했다. 그가 그렇게 절망 속에서 신음하고 있을 때, 흰 손의 이졸데가 환한 웃음을 짓고 그의 앞에 서서 말했다.

"당신이 기뻐할 소식을 가지고 왔어요. 카헤르딘의 배가 보여요. 바람이 없어서 꼼짝 못하고 있나 봐요. 그래도 분명히 보여요. 아, 신의 도우심으로 배가 얼른 해안에 닿으면 좋으련만!"

트리스탄이 몸을 부르르 떨었다.

"카헤르딘의 배가 틀림없소? 제발 말해 주오. 돛이 무슨 색깔이오?"

"오라버니의 배가 틀림없어요. 그런데 돛은 아주 까만색이에요. 바람이 없어서 돛대 꼭대기에 돛을 달았군요."

그 말을 들은 트리스탄은 평생 느껴 본 적이 없는 고통이 자신을 찌르는 것을 느꼈다. 그는 벽 쪽으로 고개를 돌리고 힘없이 중얼거렸다.

"신께서 이졸데와 나, 우리 두 사람을 구해주시기를……. 당신이 나를 만나기를 거절했으니, 나는 당신에 대한 사랑으로 죽어갈 수밖에 없소. 더 이상 생명의 끈을 붙잡을 힘이 없구려.* 아름다운 내 연인, 난 당신을 위해 죽는 거요. 당신은 많이 괴로워할 거요. 난 그걸 알아요. 당신이 내 죽음을 가엾게 여길 거라는 것, 그것이 내게는 큰 위안이 된다오."

그는 "나의 연인 이졸데!"라고 세 번 되풀이해 부른 뒤, 고통의 침대 위에서 숨을 거두었다. 카헤르딘의 집 전체에 곧 기사들의 울음소리가 퍼졌다. 사방에서 병사들과 시종들, 시녀들이 달려왔다. 그들은 살아 있을 때 존경하고 귀하게 여겼던 사람의 주검 위에 줄무늬 비단 천을 덮어 경의를 표했다.

거의 같은 시간에, 바다에서는 바람이 일어났다. 바람은 흰 돛을 이내 팽팽하게 부풀렸다. 그리곤 빠른 속도로 배를 해안으로 밀어 주었다. 배는 곧 해안에 닿았다. 금발의 이졸데는 브렝웨인도 카헤르딘도 기다리지 않고 급히 배에서 뛰어내려 연인이 누워 있는 것으로 짐작되는 집을 향해 달려갔다. 그런데 거리에서는 통곡 소리가 솟아나오고, 교회의 모든 종탑에서 일제히 슬픈 조종이 울리고 있는 것이었다.

⚜ 트리스탄이 독 묻은 창에 찔려 부상을 입었고, 이졸데는 오던 길에 폭풍우를 만났고, 또 배가 움직이지 않아 늦게 도착하는 바람에 그를 치료해 줄 시간이 없었다는 것이, 트리스탄의 죽음에 대한 합리적인 설명이다. 물론 사랑의 절망 때문에 죽었다고 설명할 수도 있을 것이다. 그러나 그의 죽음에는 그보다 훨씬 깊고 미묘한 원인이 있다. 전설의 원시 판본은, 트리스탄은 이졸데와 육체적인 접촉을 하지 못하면 이십팔 일—달의 주기—이상 살 수 없다고 말하고 있다. 그런데 이 전설을 자세히 분석해 보면 금발의 이졸데가 고대 켈트인들의 태양 여신(그녀의 아일랜드 원형인 그로냐도 마찬가지이다. 그로냐라는 이름은 태양을 의미하는 게일어 grian에서 유래했다)의 형상화이다. 태양 여신으로서 그녀는 일종의 달-사람인 트리스탄에게 빛과 열과 생명을 베풀어 준다. 트리스탄은 태양 광선이 그에게 생명을 다시 주지 않으면 이십팔 일 뒤에는 영원히 사라지게 된다. 따라서 우리는 트리스탄과 이졸데가 불가능한 사랑의 아름다운 이야기를 뛰어 넘는 신화라는 것을 알게 된다. 그것은 우주적이며 형이상학적인 드라마를 표현하고 있다. 등장인물들은 그 드라마에 출연하는 상징적 연기자들일 뿐이다.

이졸데는 행인들을 붙잡고 물었다.

"사람들이 왜 울고 있는 거죠? 왜 이렇게 슬퍼하는 건가요?"

지나가던 노인 한 사람이 대답했다.

"아름다운 부인이시여, 하늘이 이 몸을 도와주시기를! 우리는 지금 큰 불행을 겪었답니다. 용감하고 고결한 트리스탄 님께서 방금 돌아가셨습니다. 가난한 사람들에게는 관대하셨고, 고통당하는 사람들을 도와주셨던 그분은 이 나라 모든 백성의 위안이었답니다. 그분은 자신보다 더 불우한 기사를 도와주다가 입은 상처 때문에 돌아가셨답니다. 이보다 더 슬픈 일이 있을까요?"

이졸데는 석상처럼 창백하게 굳어 버렸다. 그녀는 미친 여자처럼 산발한 머리에 흐트러진 옷매무새를 하고 정신없이 골목길을 지나 집으로 달려 올라갔다. 여행에 지치고 절망으로 쓰러질 지경이었지만, 그녀의 아름다움은 곧 사람들 눈에 띄었다. 사람들은 저 아름다운 여자가 어디에서 온 누구냐고 수군거리기 시작했다.

이졸데는 죽은 트리스탄이 누워 있는 방으로 달려 들어갔다. 아무도 감히 그녀를 막을 생각을 하지 못했다. 주검에 가까이 다가간 그녀는 동쪽으로 몸을 돌리고 슬픈 목소리로 나지막하게 속삭였다.

"당신이 죽은 모습을 보니, 더 이상 살고 싶지 않아요. 내가 너무 늦게 도착해서 당신은 죽었어요. 나를 사랑해서 죽은 당신, 당신을 구하지 못했어요. 제때 왔더라면 당신의 고통을 덜어 주고, 당신에게 부드럽게 말을 걸고, 당신의 상처에 입을 대고 당신을 괴롭히는 독을 다 빼내어 주었으련만! 내 입맞춤만으로, 내 눈길만으로도 당신을

고칠 수 있었을 텐데. 이제 내게 위안을 주고 살아갈 의미를 주는 것은 아무것도 없어요. 당신 없이 사는 건 사는 게 아니에요. 나를 가로막았던 태풍아, 저주를 받으렴! 제 시간에 도착했더라면 당신을 살려내어, 우리 사랑에 대해 이야기했을 거예요. 우리가 겪은 모험, 기쁨, 슬픔을 이야기했으련만……. 난 당신이 듣고 싶어 하던 말로 당신을 사로잡고 있던 어두운 생각들을 쫓아 주었을 거예요. 하지만 난 당신을 구하지 못했어요. 난 당신이 죽은 뒤에야 왔어요. 난 당신과 같은 잔을 마실 거예요. 당신은 나 때문에 목숨을 잃었어요. 나도 당신처럼 할 거예요. 나도 당신을 위해 죽을 거예요."

말을 마친 이졸데는 트리스탄을 꽉 껴안고 그의 곁에 누웠다. 그녀는 그의 입과 얼굴에 입을 맞추었다. 그녀는 그렇게 죽었다. 연인의 몸을 껴안고, 연인의 입술에 입술을 댄 채로. 콘월의 왕비 금발의 이졸데는 리오네스의 트리스탄 곁에서 죽었다. 두 연인은 생명과 죽음의 잔을 나누어 마셨기 때문에, 한 사람이 죽은 뒤 다른 사람이 살아남을 수 없었던 것이다. 두 사람은 끊임없이 말하곤 했었다.

"당신 없이는 나도 없고, 나 없이는 당신도 없어요."

카헤르딘과 브렝웨인은 그제야 도착했다. 두 사람은 그들이 지극히 귀하게 여겼던 두 사람의 죽음 앞에서 형언할 수 없는 슬픔을 느꼈다. 트리스탄의 아내 흰 손의 이졸데도 두 사람의 죽음에 대해 알게 되었다. 하지만 그녀는 두 사람을 합장하지 못하게 했다. 두 사람이 죽은 다음에도 같이 있지 못하도록 교회 양 쪽에 따로따로 묻게 했다.

전해 내려오는 이야기에 따르면, 죽은 연인들의 무덤에서 각기 떡갈나무가 하나씩 자라나 키가 큰 다음에 교회 지붕 꼭대기 위로 나뭇가지들이 서로 껴안고 있는 모습이었다고 한다.

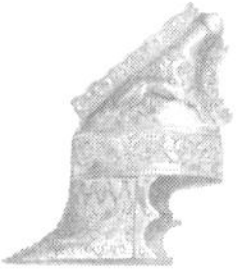

06 귀네비어의 사랑을 위해

아더 왕은 조카 가웨인과 담소를 나누다가 트리스탄이 죽었다는 소식을 들었다. 왕은 크게 슬퍼하며 외쳤다.

"아, 훌륭한 기사들을 너무 많이 잃는구나. 이제 모든 것은 전 같지 않을 것이다. 나는 슬픔과 고독 속에서 늙어가고 있다."

가웨인이 항의하듯 말했다.

"폐하, 폐하는 외롭지 않으십니다. 폐하를 존경하고, 무슨 일이 닥치든 충성을 다해 섬길 많은 기사들에 에워싸여 계시지 않습니까?"

"그 말이 맞다. 그러나 트리스탄의 죽음으로 내가 얼마나 상심했는지 조카는 알지 못할 것이다."

왕은 창 밖에 펼쳐진 우울한 벌판과, 어둡고 흐린 하늘을 바라보았다. 폭풍우가 다가올 모양이다. 왕이 말을 이었다.

"성배 탐색이 끝난 뒤, 희망이 사라져 가고 있다. 원탁의 기사들은 마치 병든 영혼들처럼 늘어져 있다. 그들은 서로 시기하고 헐뜯느라고 바쁘다. 트리스탄은 그들 같지 않았다. 그는 삼촌에게 쫓겨나는 힘든 일을 겪으면서도 용기를 잃지 않았고 한결같이 의연했다."

"기억하고 있습니다. 하마터면 마크 왕의 손에 죽임을 당할 뻔했지요. 우리가 개입하여 두 사람을 화해시키지 않았더라면 그 일은 비극적으로 끝났을지도 모릅니다."

"그렇지. 복수를 단행했더라면 마크 왕은 명예를 잃고 말았을 것이다. 그게 모두 트리스탄의 무공을 시기하여 그를 증오하는 자들의 중상모략에 귀를 기울였기 때문이다. 하마터면 나도 그처럼 잘못된 길에 들어설 뻔했다."

가웨인이 놀라며 물었다.

"그게 무슨 말씀이신지요?"

아더는 대답을 망설였다. 그를 괴롭히고 있는 주제에 어떻게 접근해야 할지 알 수 없었기 때문이다.

"그 이야기를 털어놓아야 할지? 경의 동생 아그라베인 경이 넌지시 던지는 암시가 진실이 아닐까 하는 생각이 자꾸 들어서……."

"암시라니요? 어떤 암시를 말씀하시는지……."

"우리가 카어윈트 무술 경기에 가던 날을 경도 기억할 것이다. 란슬롯 경은 몸이 불편하다는 핑계로 카멜롯에 남겠다고 했지. 그때 아그라베인 경이 내게 와서 비밀스럽게 할 말이 있다고 하더니, 어떻게 란슬롯 경을 곁에 두고 있는지 놀랍다고 말하더군."

"무엇 때문에요?"

"란슬롯 경이 왕비와 함께 내 명예를 훼손하고 있다는 거다. 란슬롯 경은 귀네비어 왕비를 미칠 듯이 사랑하고 있을 뿐만 아니라 왕비와 육체관계까지 맺었다는 거야. 그래서 내가 떠나는 즉시 왕비와 밀회를 하려고 카멜롯에 남았다는 이야기였다."

"끔찍한 중상모략입니다!"

"어쨌든 아그라베인 경은 그 말을 믿게 만들려고 했다. 그는 란슬롯 경을 미워하고 있다. 난 오래전부터 그걸 알고 있었다. 그는 란슬롯 경이 궁에서 내쫓기거나, 치욕스럽게 죽는 걸 보고 싶어 하지. 그런 치욕스러운 얘기에 귀를 기울인다면 나는 명예를 잃게 될 것이다."

"물론입니다! 란슬롯 경이 카멜롯에 남았던 이유는 신분을 감추고 무술 경기에 참여하기 위해서였습니다. 숙부님, 절대로 그 따위 얘기를 전해주는 사람들 말에 귀를 기울이셔서는 안 됩니다. 그가 비록 제 친동생이라 해도 말이지요. 란슬롯 경이 왕비님께 그런 감정을 품고 있지 않다는 것은 제가 장담할 수 있습니다. 게다가 그는 다른 여자를 사랑하고 있어요. 지금은 아주 예쁜 아가씨와 열애중입니다. 그 아가씨도 란슬롯 경을 사랑하고 있지요. 또 펠레스 왕의 따님을 사랑해서 그녀로부터 아들 갈라하드까지 얻지 않았습니까?"

"그랬지. 비록 란슬롯 경이 왕비를 사랑했다는 게 사실이라 해도, 나는 그가 내게 불충의 죄를 저질렀다고 믿을 수가 없구나. 란슬롯 경의 마음처럼 용감하고 바른 마음속에 배반이 자리할 것이라고 생각할 수 없다. 악마가 끼어든다면 혹시 모를까!"

"란슬롯 경을 그 따위로 모함하는 자가 있다면, 그가 비록 제 형제이거나 세상에서 으뜸가는 기사라 할지라도 결투장에서 싸울 것입니다."

"잘 말하였다. 중상모략을 하는 자들과, 질투하는 자들의 말을 믿어서는 안 된다. 지금은 사방에 그런 사람들 천지로구나. 그들이 지껄이고 다니는 그런 천한 얘기가 란슬롯 경의 귀에 들어가지 않기만 바랄 뿐이다."

바로 그날, 서서히 건강을 회복해 가는 란슬롯이 묵고 있는 집에 콘월의 종자 한 사람이 들렀다. 란슬롯은 그에게 어디로 가는 길이냐고 물었다.

종자가 대답했다.

"디나스 엠리스로 가는 길입니다. 사흘 뒤에 큰 무술 경기가 열리거든요."

"어떤 기사들이 참여하는지 아는가?"

"원탁의 기사들과 카어윈트 대회에 참여했던 기사들이 올 것입니다. 그리고 아더 왕께서 귀네비어 왕비를 모시고 온다는군요."

왕비가 디나스 엠리스 무술 경기에 온다는 말을 듣고 란슬롯은 고통스럽기도 했지만 일순 흥분하여 저도 모르게 큰 소리로 외쳤다.

"왕비 마마께서는 그곳에서 당신의 기사를 만나실 수 없습니다. 저는 병들어 이곳에 있습니다. 나에게 상처 입힌 기사여, 언젠가 너를 만나 누군지 알아보리라. 내가 겪은 고통에 대한 배상은 널 죽이는 것뿐이다."

흥분한 탓에 상처가 다시 쑤셔오자, 란슬롯은 몸을 비틀었다. 그 바람에 아물어가던 상처가 다시 벌어지고, 마치 목을 딴 짐승처럼 피가 콸콸 쏟아졌다. 마침 옆에 서 있던 의사가 얼른 란슬롯에게 다가와 옷을 벗기고 침대에 눕힌 뒤에 지혈시켰다.

의사가 종자를 큰 소리로 나무랐다.

"네 말 때문에 이분이 죽게 생겼다!"

란슬롯은 마치 반쯤 죽은 사람처럼 하루 종일 눈을 감고 한마디 말도 하지 않았다. 다음 날에는 아프지 않은 척할 수 있을 정도로 회복되었다.

그가 의사에게 말했다.

"신과 선생 덕에 오늘은 많이 나았소. 이제는 말을 타도 피곤하지 않을 것 같소. 디나스 엠리스 무술 경기에 참여할 수 있을 것 같소이다."

의사가 그 말을 듣고 마구 화를 내며 소리쳤다.

"미쳤소? 세상에서 제일 훌륭한 말을 탄다고 해도 일 리외도 못 가서 떨어져 죽을 거요. 경은 아직 위험한 상태요. 여기서 한발자국이라도 나가면, 당신 생명이 어떻게 될지 모른단 말이오!"

"난 반드시 디나스 엠리스 대회에 가야 하오."

"그러면 지금 당장 경을 포기하겠소. 치료할 필요가 없으니까. 진심으로 말하는데, 일 리외도 못 가서 죽을 거요. 이곳에 보름만 더 계시오. 그러면 건강과 힘을 완전히 회복할 거요. 내가 보증하리다. 그때는 어디든 말을 타고 안전하게 갈 수 있어요."

"알겠소. 그래야 한다니 머물러 있겠소. 하지만 정말 슬프고 마음 아프군요."

그러고는 그 전날 무술 경기에 대해 이야기해 준 종자에게 말했다.

"함께 디나스 엠리스로 가고 싶었는데, 안 되겠구나. 혼자 가야겠다. 가웨인 경과 왕비님께 내 소식을 좀 전해다오. 카어윈트에서 우승한 기사의 이름으로 인사를 올려다오. 하지만 나에 대해 묻거든 아무 말도 하지 마라. 내가 있는 곳도 말해서는 안 된다."

이른 대로 하겠다고 약속한 뒤에 종자는 말을 타고 떠났다. 그는 노르갈 왕을 잘 알았기 때문에 그의 성으로 가서 무술 경기 전날까지 머물렀다. 공교롭게도, 가웨인 역시 하룻밤 묵어가기 위해 그곳에 막 도착한 참이었다. 란슬롯 때문에 귀네비어 왕비와 다투고 길을 떠났던 보호트, 리오넬, 헥토르는 진작부터 그 성에 와 있었다. 그들은 가웨인을 즐겁게 맞이했다.

식사 시간이 되었을 때 종자는 술시중을 들고 있었는데, 가웨인 옆에 왔을 때 갑자기 푸하하 웃음을 터뜨렸다. 끔찍한 부상을 당한 주제에 무술 경기에 나가겠다고 정신 나간 소리를 하던 기사가 갑자기 떠올랐던 것이다.

가웨인은 그의 태도에 놀라서 왜 그렇게 정신없이 웃느냐고 물어보았다.

"어떤 기사 때문입니다. 그렇게 미친 사람은 처음이에요. 심하게 다쳐서 한발자국만 움직여도 목숨이 위태로운 판에 기어이 경기에 가겠다고 우기더라니까요. 아파서 말도 겨우 하는 주제에 말이죠. 그 사람 생각이 나서 웃었습니다."

"그 기사의 이름이 뭐냐?"

"이름은 모릅니다. 하지만 왕비님과 가웨인 경에게 카어윈트 대회 우승자의 이름으로 인사를 전하라고 하더군요."

가웨인은 그 기사가 란슬롯이라는 것을 즉시 알아차렸다.

"그 기사가 지금 어디 있느냐?"

"그걸 말하면 저는 약속을 어기는 놈이 됩니다. 그 기사가 아무에게도 말하지 않겠다고 맹세하게 했거든요."

보호트와 리오넬, 헥토르도 그 대화를 들었다. 그들 역시 그 기사가 란슬롯이라는 것을 알아차렸다. 그들은 그 기사가 어디 있는지 말하라고 계속 종자를 다그쳤지만, 젊은이는 막무가내로 버텼다. 보호트는 좀더 위협적인 어조로 윽박질렀다. 결국 젊은이는 거짓말로 엉뚱한 길을 가르쳐 주었다. 네 사람은 무술 경기가 끝나는 즉시 란슬롯을 찾으러 떠나기로 했다.

다음 날 디나스 엠리스 성 아래에 펼쳐진 풀밭으로 기사들이 모여들었다. 원탁의 기사들 말고도 네 왕국의 기사들이 참가했다. 하루 종일 많은 결투가 벌어졌지만 가웨인과 보호트의 활약이 가장 돋보였다. 아더 왕은 란슬롯이 참여하지 않았다는 것을 알고 적이 실망했다. 디나스 엠리스에 오면 그를 만날 수 있을 거라고 생각했기 때문에 실망이 더욱 컸다. 밤이 되어 대회를 파할 시간이 되었을 때, 왕은 한 달 뒤에 카멜롯에서 다시 무술 경기가 열릴 것이라고 선언했다. 그곳에 모인 기사들은 우렁찬 함성으로 왕의 선언을 환영했다.

기사들의 궁정 무술 시합

가웨인과 세 명의 사촌은 피곤이 풀리자마자 종자가 란슬롯이 있다고 주장한 곳으로 가 보았다. 물론 란슬롯은 없었다. 심한 부상을 당한 기사의 소식을 물어보았지만 도움이 될 만한 얘기는 들을 수 없었다.

가웨인이 보호트에게 말했다.

"에스칼로로 가 봅시다. 그 성에 전에 우연히 들렀던 집이 있는데, 그 집에 가면 란슬롯 경의 소식을 들을 수 있을 겁니다."

"그럼 얼른 떠납시다."

일행은 저녁이 될 때까지 말을 달리다가 숲에서 잠시 눈을 붙인 뒤, 다음날 아침 일찍 길을 떠났다. 늦지 않은 시간에 에스칼로에 도착할 수 있었다. 가웨인은 보호트를 데리고 가신의 집으로 갔다. 방에는 란슬롯의 방패가 여전히 걸려 있었다.

"이 방패를 알아보겠소?"

"물론이오. 틀림없이 란슬롯 경의 방패요. 어떻게 알게 된 거요?"

가웨인이 빙긋이 웃으며 대답했다.

"아주 긴 이야기라오. 방패 이야기보다 더 긴히 할 일이 있소."

가웨인은 가신을 불러 말했다.

"주인장, 우리를 좀 도와주십시오. 이 방패의 주인을 어디에 가면 만날 수 있겠습니까? 주인장은 알고 있을 듯싶군요. 만일 대답을 거절한다면 어려운 일을 겪게 될 겁니다."

가신이 대답했다.

"그분을 위해 물으시는 거라면 답할 수 있지만, 그렇지 않다면 답할 수 없습니다."

"약속할 수 있습니다. 여기 있는 네 사람보다 그 기사를 더 사랑하는 사람은 아무도 없습니다. 이 사람은 그의 형이고, 여기 두 사람은 그의 사촌이지요. 나는 그의 제일 좋은 친구고, 우리는 벌써 여드레 전에 그를 찾아 이곳까지 왔습니다. 오랫동안 보지 못했고, 또 아프다는 소식을 들었기 때문입니다."

"그렇다면 말씀드리지요. 오늘 밤은 이곳에서 주무십시오. 내일 어디에 가면 그분을 만날 수 있는지 말씀드리겠습니다. 원하신다면 길을 안내할 시종을 하나 딸려 보낼 수도 있습니다."

다음 날 아침, 가웨인과 세 명의 사촌은 기쁨에 가득 찬 마음으로 일어났다. 집주인은 이미 단장을 끝내고 그들에게 자신의 아들을 소개했다. 란슬롯이 그 집에 들었을 때 병이 나서 누워 있었던 그 아들이었다.

이제는 완전히 나아서, 시종 대신 자기가 길 안내를 하겠다고 제안했다. 일행은 그 제안을 기꺼이 받아들였고, 조금 뒤에는 말을 타고 함께 길을 떠났다. 그들은 전속력으로 달려, 그날 저녁 란슬롯이 머물고 있는 부인의 집에 도착했다. 란슬롯은 빠르게 회복되어 가고 있었다. 날씨가 좋을 때는 바깥에 나와 조금씩 돌아다닐 수 있을 정도로 건강이 좋아졌다. 가웨인 일행이 말에서 내렸을 때, 마침 란슬롯은 마당에 나와 앉아서 의사와 에스칼로 성의 다른 기사와 함께 진지한 대화를 나누던 중이었다. 란슬롯은 가웨인 일행이 도착한 것을 보고 기뻐서 얼른 일어나 뛰어갔다.

가웨인이 외쳤다.

"친구여, 경을 찾느라고 얼마나 고생을 했는지 모르겠소이다. 여기 있는 걸 알게 되었으니 그 얘기는 그만합시다. 건강이 어떤지 무척 궁금하구려."

"다행히 많이 좋아졌소. 이제 거의 다 나았다오. 하지만 정말 많이 아팠소. 의사 말로는 죽을 뻔했답디다. 카어윈트 무술 경기장에서 결투중에 어떤 기사에게 찔렸다오. 상처가 내가 생각했던 것보다 깊었던 모양이오. 아직까지도 말을 잘 탈 수가 없어요."

"이제 회복되어 가고 있으니 다행이오. 언제나 되어야 다시 입궁할 수 있을 것 같소?"

"가능한 한 빨리 가야지요."

그때 의사가 끼어들었다.

"여드레 정도만 지나면 완전히 회복될 거요. 약속할 수 있소. 그때쯤이면 다시 말을 타고 카어윈트에서처럼 용감하게 무기를 사용할 수 있을 게요."

모두들 그 소식을 듣고 기뻐했다.

식탁에 앉았을 때, 가웨인이 벙글벙글 웃으며 란슬롯에게 말했다.

"경에게 상처를 입힌 그 기사 말인데……. 그 사람이 누군지 아시오?"

"물론 모르지요. 누군지 알게 되면, 결투에서 다시 맞붙을 기회가 올 때 내 검이 얼마나 날카로운지 보여 주겠소. 내가 흘린 것만큼, 아니 그보다 더 많은 피를 흘리게 해 주겠소."

그 말을 듣더니, 가웨인이 손뼉을 치며 큰 소리로 웃어 대다 보호트에게 말했다.

"아이구 이런, 친구여 조심하시오! 지금 경을 위협하고 있는 기사는 그냥 껄렁한 기사가 아니니 말이오. 내가 그런 위협을 받았다면, 일신의 안전을 위해 화해할 거요. 하하하, 그 수밖에 없지, 암…….”

란슬롯이 놀라서 큰 소리로 물었다.

“아니, 그럼 나를 이렇게 다치게 한 사람이 보호트 경이었다는 말이오?”

보호트는 무슨 말을 해야 할지 몰라서 당황한 표정으로 고개를 숙였다. 결국 그가 결심하고 솔직하게 말했다.

“그래, 사촌. 내가 그랬어. 정말 미안하네. 하지만 아무도 날 비난할 수는 없네. 자네가 너무 완벽하게 변장을 하고 있어서 알아보지 못했던 거니까. 무기를 손에 든 지 이십 년이 지난 자네가 신참으로 보였단 말야. 그러니 어떻게 알아보겠나. 그 일로 나를 원망한다면 억울하네.”

그들을 그 후에도 한참 동안 그 사건에 대해 이야기했다. 가웨인은 보호트가 세상 못된 짓을 저지른 사람처럼 풀이 죽어 슬퍼하는 모습이 재미있어서 계속 놀려 댔다. 일행은 함께 일주일간 그 집에 머물렀다. 란슬롯이 눈에 띄게 회복되어 가는 것을 보고 모두 기뻐했다. 왕비와 나눈 대화에 대해서는 란슬롯에게 입도 벙끗하지 않았다. 란슬롯이 고통스러워할 것이 두려웠기 때문이다.

귀네비어 왕비는 절망 속에 빠져 있었다. 란슬롯의 부재는 길어지고, 그가 에스칼로의 아가씨와 사랑에 빠졌다는 가웨인의 이야기도 밑바닥을 알 수 없는 우울의 늪 속으로 왕비를 끌고 들어갔다. 란슬롯이 그렇게 오랫동안 궁에 돌아오지 않자 그녀는 불안해서 견딜 수가 없었다. 아프다는 것은 가신의 딸의 품안에 머물러 있기 위한 핑계에 불과하다고 확신했다. 그녀는 연인이 너무나 원망스러워서 그를 증오하게 되었다. 질투가 그녀의 가슴을 잔인하게 파먹었다. 연인이 무참하게 망신당하는 꼴을 보고 싶었다. 보호트와 동지들이 란슬롯을 찾으러 궁을 떠난 사실이 왕비는 안타까웠다. 어쩐지 영영 잃어버린 것 같은 불길한 예감이 드는 것이었다. 그녀는 그들이 돌아와 주었으면 했다. 그들과 함께 있으면 즐거웠고, 마음의 위안을 받았다. 왕비는 그들을 누구보다도 귀하게 여겼다. 고독한 시간이면 왕비는 보호트만큼 이 큰 왕국을 잘 이끌어갈 사람도 없다고 생각하곤 했다.

그 사이에 란슬롯은 건강과 힘을 회복했다. 이제는 무기를 들 수 있을 정도로 충분히 회복되었다는 생각이 들어 의사에게 말했다.

"이제 마음대로 움직여도 상처가 다시 벌어질 것 같지 않은데, 선생의 생각은 어떻소?"

"그동안 고생하시었소. 앞으로는 고통을 잊고 생활할 수 있겠소이다."

"듣던 중 반가운 소식이오. 곧 원하는 대로 떠날 수 있겠군."

일행은 그날 저녁 즐거운 잔치를 벌였다. 란슬롯은 자신을 극진하게 보살펴 준 부인에게 다음 날 떠나겠다는 것을 알리고 넉넉하게 사례했다. 그를 고쳐 준 의사에게도 후한 보상을 했다. 여생을 편하게 보낼 수 있을 만큼 충분한 액수였다. 가신의 두 아들은 란슬롯 휘하의 기사로 받아들여 달라고 간청했다. 받아들여 준다면 평생 주군으로 모시며, 다른 주군을 찾아가지 않겠다는 각오도 덧붙였다.

두 젊은이는 지혜롭고 용감한 기사들이었으므로, 란슬롯은 기꺼이 그 부탁을 받아들였다.

"자네들을 기꺼이 동료로 받아들이겠네. 그 전에 한 가지 미리 말해둘 게 있어. 나는 자주 혼자서 편력 여행을 떠난다네. 그러면 돌아올 때까지 내 소식을 전혀 들을 수 없다네."

"상관없습니다. 저희를 경의 기사로 받아 주시면, 그것으로 만족합니다."

란슬롯은 그들을 받아들이고, 베노익 왕국이나 곤 왕국에 있는 영지를 나누어 주겠다고 약속했다. 그때 두 젊은이의 누이인 에스칼로의 아가씨가 란슬롯을 찾아왔다.

"경께서는 떠나시는군요. 어떤 전령도 심부름을 보낸 주인의 필요를 주인 자신만큼 잘 전하지 못하므로, 제가 이렇게 제 필요를 말씀드리러 직접 찾아왔습니다. 경께서 저를 구해주시지 않으면 저는 죽게 됩니다."

란슬롯이 깜짝 놀라서 물었다.

"죽게 된다구요? 그게 무슨 뜻입니까? 제 도움으로 아가씨가 사실 수 있다면 당연히 도와드릴 것입니다."

아가씨는 슬프게 흐느껴 울며 대답했다.

"저는 경을 보자마자 첫눈에 사랑에 빠져 버렸어요. 어떤 여자도 그렇게 한 남자를 사랑하지는 못할 겁니다. 그 순간부터 저는 먹고 마시지도 못하고, 잠도 자지 못하고 쉬지도 못했습니다. 제 생각은 고통뿐이며, 밤낮으로 고통에 시달립니다. 경을 이토록 사모하는 건 미친 짓이라는 것을 잘 압니다. 더욱이 당신은 당신의 가슴을 누군가가 점령해 버렸다고 말씀하셨으니, 더더욱 미친 짓이지요. 그런데도 어쩔 수가 없습니다."

"그래요, 그건 어리석은 일입니다. 제가 아가씨를 사랑할 수 없다는 것을 알았으니, 그날 이후로 제 생각을 하지 말았어야 합니다. 저는 아가씨도 또 다른 어떤 여성도 사랑할 수 없습니다. 제 마음이 자유롭지 않기 때문입니다."

"정녕 저를 불행으로부터 구해주실 수 없다는 말인지요?"

란슬롯이 차갑게 대답했다.

"없습니다. 제가 아가씨를 위해 할 수 있는 일은 아무것도 없습니다."

에스칼로의 아가씨가 나지막한 목소리로 말했다.

"그러면 저는 곧 죽을 수밖에 없습니다."

아가씨는 눈물을 철철 흘리면서 떠났다. 란슬롯은 아가씨의 말 때문에 고통스러워, 슬픈 표정으로 아무 말도 하지 않았다. 그의 동지들은 그렇게 우울한 표정을 짓고 있는 그의 모습을 본 적이 없었기 때문에, 이유를 알 수 없어 놀라고 있었다.

란슬롯, 가웨인, 리오넬, 헥토르는 정오 무렵 카멜롯에 도착했다. 귀네비어는 마침 창가에 서서 바깥을 내다보고 있다가, 그들이 도착하는 것을 보았다. 왕비는 란슬롯의 모습을 보자마자 자기 방으로 들어가 숨어 버렸다. 가웨인은 왕이 아직 디나스 엠리스에서 돌아오지 않았다는 것을 알고, 인사하기 위해 왕비를 찾아갔다. 왕비는 침대에 누워 있었는데, 가웨인은 그녀가 화가 난 얼굴을 하고 있는 것을 보고 깜짝 놀랐다. 어쨌든 왕비는 자리에서 일어나 가웨인을 맞이했다.

"왕비 마마, 란슬롯 경을 모시고 왔습니다. 아주 오랫동안 병석에 누워 있었지요. 지금은 아주 건강해졌습니다."

귀네비어는 지금은 피곤해서 아무도 만나고 싶지 않다고 대답했다. 가웨인은 말없이 물러나와 동지들에게 돌아가 왕비와의 이상한 접견에 대해 말했다. 그러나 저녁 무렵에 보호트는 왕비를 만날 수 있었다. 그는 어떻게 지내시느냐고 왕비에게 물었다.

"아픈 덴 없어요. 하지만 란슬롯 경이 궁에 있는 동안은 내 방에서 나가지 않을 거예요. 내 눈은 그를 보기 위해 만들어지지 않았고, 내 가슴은 그에게 말하기 위해 만들어지지 않았으니까요."

보호트는 놀라기도 하고 불안하기도 해서 조심스럽게 말했다.

"왕비 마마, 란슬롯 경을 증오하신다는 말로 들립니다만……."

"그래요. 나는 그를 증오해요. 이 세상 무엇보다 더 증오해요. 옛날에 그에 대해 품었던 사랑보다 지금 느끼는 증오가 더 커요."

"우리와 우리 가문 전체를 위해 정말 유감스러운 일이군요. 일이

이렇게 된 것이 유감스럽습니다. 많은 사람들이 잘못도 없이 많은 것을 잃게 될 것입니다. 란슬롯 경과 왕비님 두 분의 만남은 모두에게 불행한 일이었습니다. 저는 용감하고 지혜로운 제 사촌이 한 가지, 단 한 가지 장애물만 없다면 이 세상 누구와도 싸워 이길 수 있다는 것을 알고 있습니다. 그 장애물은 왕비님의 분노입니다. 그 분노가 그를 행복한 모험으로부터 떼어놓을 테니까요. 방금 왕비님께서 하신 말씀을 알게 되면, 그는 스스로 목숨을 끊을 것입니다. 아무도 막을 수 없습니다. 저조차 막지 못합니다. 가장 뛰어난 기사를 그토록 증오하신다니, 참으로 통탄스러운 일입니다."

"날 가만히 내버려둬요! 난 그가 죽이고 싶도록 미워요! 그럴 만한 행동을 했잖아요!"

왕비가 이성을 잃고 있다는 것을 알면서도 보호트는 왕비를 설득하기 위해 여인들이 과거에 뛰어난 남성들에게 어떤 위험을 겪게 만들었는가를 차분하게 이야기했다. 최근에 있었던 마크 왕의 조카 트리스탄의 예를 드는 것도 잊지 않았다. 트리스탄이 금발의 이졸데를 충성스럽게 사랑하여 그녀에게 어떤 잘못도 저지르지 않았음을 상기시켰다. 그는 란슬롯에 대한 칭송으로 이야기를 맺었다.

"그는 고귀한 가문에서 태어났습니다. 그보다 더 뛰어난 가문은 일찍이 없었습니다. 왕비님께서는 지금 높은 덕의 옷을 입고 있는 사람에게서 그 옷을 벗기려 하고 계십니다. 별들이 떠 있는 하늘에서 태양을 없애버리듯이, 아더 왕의 동지들 가운데에서 기사도의 꽃을 뽑아내시면, 참으로 자랑스러우시겠군요. 왕비님께서는 어떤 여인도 저지르지 않았던 가장 큰 잘못을 저지르고 계신 것입니다. 한 사람의 문제가 아닙니다. 왕국이 걸려 있는 문제지요."

귀네비어 왕비가 차갑게 대꾸했다.

"경의 주장처럼 그런 일이 일어난다면, 나보다 더 많은 것을 잃을 사람은 아무도 없어요. 나는 몸과 영혼을 모두 잃게 될 테니까요. 자, 이젠 가세요. 날 조용히 내버려두세요. 더 이상 할 말이 없습니다."

보호트는 물러나와서 즉시 란슬롯을 찾아가 비밀스럽게 말했다.

"궁을 가능한 한 빨리 떠나는 게 좋을 듯하네. 이곳에서 더 이상 할 일이 없어."

"무엇 때문인가?"

"왕비께서 자네와 나, 자네와 관계가 있는 모든 사람들의 왕비 궁 출입을 금하셨네."

란슬롯이 절망한 어조로 물었다.

"이유가 뭔가?"

"우선 떠나세. 궁에서 멀어지면 그때 이야기함세."

왕이 부재중이었으므로, 네 사람은 가웨인을 찾아가 작별을 고했다. 보호트가 말했다.

"급한 일이 생겨서 떠나야 하오. 폐하를 뵈면 저희를 대신해서 예를 올려 주시오. 가능한 한 빨리 돌아오겠소."

"좋소. 그러나 한 달 뒤에 이곳에서 열리는 무술 경기에는 꼭 참여해야 하오. 왕국의 기사들이 모두 참여할 거요. 경들이 빠진다면 무척 섭섭할 거요."

가웨인은 그들에게 신의 가호를 빌어 준 다음, 왕의 이름으로 고별 인사를 했다. 보호트와 동지들은 카멜롯 성을 떠났다. 가웨인은 보호트들이 왜 궁을 떠나려는 건지 그 이유를 이해할 수 없어서 마음이 혼란스러웠다.

밤이 이슥해진 다음에야 네 사람은 숲속에 있는 조그만 성당에 도착했다. 그들은 그곳에서 쉬어가기로 했다. 그제야 란슬롯은 왕비가 왜 그렇게 화가 났느냐고 물어보았다. 보호트는 란슬롯이 카어윈트에서 투구에 달았던 소매와 에스칼로의 아가씨와의 염문에 대해 이야기하고, 왕비가 두 사람 사이를 진지하게 여기고 있다는 말을 덧붙였다.

"그 때문에 왕비가 자네에게 그렇게 화가 난 거야. 결코 화해하지 않을 거라고 선언하더군."

란슬롯은 절망에 빠져 눈물을 흘리기 시작했다. 그는 그렇게 한참 동안 말없이 울기만 했다. 그러더니 갑자기 분노에 가득 찬 목소리로 외쳤다.

"아! 보호트! 자네는 내가 귀네비어 왕비에 대한 사랑을 배반할 어떤 행동도 저지르지 않았다는 것을 잘 알지 않는가. 에스칼로의 아가씨가 나에게 열렬한 사랑을 고백했던 건 사실이야. 그러나 나는 무자비하게 거절했네. 왕비는 어떻게 그런 얘기를 믿을 수 있단 말인가? 왜 나를 변호해 주지 않았나?"

"그렇게 했지. 하지만 질투와 분노에 사로잡힌 여자의 귀에 무슨 수로 이성적인 이야기를 집어넣는단 말인가?"

란슬롯은 극도의 흥분에 사로잡혀 두 손을 마구 쥐어뜯다가 애원하듯이 말했다.

"보호트, 친애하는 사촌, 어찌 해야 하는가? 내게 조언을 해 주게. 귀네비어 왕비와 화해할 희망이 사라지면 살 수 없을 거야. 생각만 해도 몸이 고통으로 부서지네."

"원한다면 내 생각을 들려주지. 지금은 왕비가 어디에 있든 만나러 가지 말게. 그녀를 만나는 것, 그녀와 말하는 것 전부 포기하게. 그녀에게 일절 아무 소식도 전하지 말고 쥐 죽은 듯이 가만히 있으라구. 그렇게 하면 한 달도 못 가 왕비 쪽에서 자넬 찾을 거야. 자네가 멀리 가면 갈수록 왕비는 자네가 어찌 되었는지 몰라서 애가 탈 테니까. 그 때문에 지금은 궁에서 멀리 떨어져 있는 것이 좋은 거라구. 아무도 우리를 알아볼 수 없는 먼 곳으로 가서 모험을 찾아보게."

란슬롯은 생각에 잠겨 있다가 말했다.

"좋은 생각인 것 같아. 그 생각에 따르겠네. 하지만 현재의 내 상태로는 혼자 있는 게 더 낫겠어. 자네들과 함께 있기 싫어서는 아니니 오해 말기 바라네."

"이해하네. 하지만 자네가 그렇게 떠나는 걸 보는 게 불안하군. 불행한 일이라도 생기면 어쩌나. 우리가 도울 수도 없는데……."

"걱정 말게. 지금까지 그렇게 해 주셨던 것처럼 신께서 보호해 주실 거야. 만일 어려운 일을 겪게 되면 세 사람 모두에게 알리겠네."

그들은 나머지 밤 시간을 성당 벽에 기대어 잤다. 아침에, 란슬롯은 가족과 헤어질 준비를 했다.

보호트가 말했다.

"잊지 말고 카멜롯 대회에 꼭 참가하게. 하지만 내가 알아볼 수 있는 차림을 하라구."

"피치 못할 사정이 없는 한 꼭 가겠네. 무기를 흰색 일습으로 통일하도록 하지. 그렇게 하면 알아볼 수 있을 테니."

란슬롯은 말에 뛰어올라 숲을 향해 달려갔다. 보호트와 리오넬, 그리고 헥토르는 떠나는 그의 뒷모습을 슬픔에 가득 찬 눈빛으로 바라보았다.

그 사이에, 아더 왕이 카멜롯으로 돌아왔다. 그 다음 날 만찬 때, 가웨인은 다른 많은 기사들과 함께 왕비의 식탁에 앉아 있었다. 그때 옆방에 아바를란이라는 기사가 있었는데, 그는 가웨인을 죽도록 미워하는 자였다. 그는 계획적으로 과일에 독을 집어넣었다. 그렇게 해서 왕비에게 보내면, 왕비가 조카에게 제일 먼저 과일을 집어줄 것이라고 예상했던 것이다. 그러면 가웨인은 즉사할 것이고, 자기가 범인이라는 것은 아무도 모를 것이다. 그런데 왕비는 과일을 집어서 가웨인이 아니라 카라헤우의 가헤리스라는 원탁의 기사에게 내밀었다.

그는 기꺼이 과일을 받아들고 베어 먹었다. 조금 뒤에 그는 모든 참석자들이 지켜보는 앞에서 뻣뻣하게 죽어서 쓰러졌다. 사람들은 이 갑작스러운 죽음에 놀라, 공포에 질린 표정으로 일제히 자리에서 일어났다.

왕은 소식을 듣고 즉시 달려와 바닥에 쓰러져 있는 시신을 보았다. 그는 끔찍한 범죄에 분노하면서, 만일 왕비가 일부러 이런 짓을 저질렀다면 벌을 피할 수 없을 것이라고 말했다. 누군가 맞장구를 쳤다.

"물론입니다. 왕비께서 그 과일에 독이 들어 있다는 걸 알고 있었다면 왕비님 역시 죽어야 합니다."

왕비는 생각지도 않았던 비극에 놀라서 무척 당황하고 있었다.

"오, 신이여, 도와주소서! 그 과일에 독이 들어 있다는 걸 알았다면 누구에게든 주었을 리가 없잖아요!"

왕이 말했다.

"왕비, 어찌 되었든 이건 참으로 유감스러운 행동이오. 왕비가 생각보다 더 큰 고통을 겪게 될까 두렵구려."

왕비는 하염없이 탄식하며 울었다. 그 사이에 왕비를 수행하는 부인들이 아름다운 수의를 죽은 자에게 입히고, 용감한 기사가 받아 마땅한 경의를 표하였다. 사람들은 카멜롯 교회 입구에 가헤리스를 묻고 아주 아름다운 묘석을 덮었다. 원탁의 기사들은 죽음의 연유를 담은 기록을 묘석에 새겨 넣기로 결의했다.

> 이곳에 카라헤우의 흰 기사 가헤리스 잠들다. 그는 라 포르트의 마도르의 형제로, 왕비에게 독살 당하였도다.

아더 왕과 모든 기사들은 이 사건으로 깊은 충격을 받았지만 무술경기가 열릴 때까지 사람들은 이 일에 대해서 함구하기로 했다.

란슬롯은 보호트들과 헤어진 뒤 카멜롯을 둘러싸고 있는 숲을 이리저리 헤매고 돌아다녔다. 무더운 날씨였다. 란슬롯은 말에서 내려 재갈을 풀어주고 가까이 있는 떡갈나무에 고삐를 매어 놓았다. 그리곤 시원한 기운을 이용해서 더위를 식히려고 샘물가에 드러누웠다. 무척 피곤했기 때문에 그는 금세 잠이 들어 버렸다. 그때였다. 왕의 몰이꾼들에게 쫓긴 커다란 사슴 한 마리가 어디선가 튀어나왔다. 다른 동료들의 말보다 더 빨리 달리는 말을 탄 덕택에 선두에서 사슴을 뒤쫓던 궁수가 곧이어 나타났다. 그는 사슴 한복판을 꿰뚫을 수 있을 거라 확신하고 당당하게 활시위를 당겼다. 사슴은 껑충 옆으로 몸을 피했다. 목표물을 놓친 화살은 엉뚱하게도 샘물 옆에 누워 있던 란슬롯의 왼쪽 넓적다리를 완전히 관통해 버렸다. 란슬롯은 고통 때문에 펄쩍 뛰어 일어났다. 그리곤 누가 화살을 쏘았는지 알아보고 소리를 버럭 질렀다.

"이 형편없는 악당 놈아! 곤히 자고 있는 사람에게 지금 뭐하는 짓이냐? 후회하게 될 줄 알아라!"

그는 검을 빼어들고 궁수에게 달려들었다. 란슬롯의 얼굴을 익히 알고 있었던 궁수는, 겁에 질린 나머지 변명도 늘어놓지 못하고 냅다 줄행랑을 놓았다. 그 생각지도 못했던 불행한 사고에 대해서는 한마디도 하지 않으리라고 굳게 마음먹은 채.

더 이상 궁수를 쫓아갈 형편이 아니었으므로, 란슬롯은 샘물가에 앉아서 죽을힘을 다해 화살을 뽑아냈다. 상처는 깊었다. 피가 콸콸 쏟아졌다. 란슬롯은 급히 옷을 찢어 상처를 싸맸다. 그러고는 말에게 다가가 다시 재갈을 씌웠다. 은자는 란슬롯의 모습을 보고 놀라서 어찌 된 일이냐고 물었고, 란슬롯은 무슨 일이 일어났는지 설명한 뒤, 덧붙여 말했다.

"제일 곤혹스러운 것은, 카멜롯 대회에 나가지 못하게 되었다는 것입니다. 얼마 전에는 다른 부상 때문에 디나스 엠리스 대회도 놓쳤는데 말이지요. 그게 제일 화가 납니다."

"어쩔 수 없지 않소. 체념하는 수밖에. 괜찮다면 이곳에 머무시구려. 마땅한 다른 해결책이 보이지 않으니, 내가 최선을 다해 돌보아 드리리다."

그렇게 해서 보름 동안 암자에 머물러 있게 되었다. 그동안에는 말을 타고 숲을 돌아다니는 것은 고사하고, 말에 올라 타는 것조차 불가능했다.

카멜롯 무술 경기가 열리는 날, 성 앞 풀밭은 사방에서 밀려든 사람들로 북적댔다. 아더 왕과 귀네비어 왕비도 경기장에 나와 기사들의 무술을 감탄하며 지켜보았다. 그 용기와 투혼에 있어 단연 돋보이는 기사는 곤의 보호트였다. 모두들 이구동성으로 그날의 우승자는 보호트라고 외쳤다.

아더 왕이 보호트를 가까이 불러 말했다.

"보호트 경, 경은 궁에 있어야 할 사람이야. 원하는 만큼 얼마든지 궁에 머물라."

보호트가 대답했다.

"사촌 란슬롯 경이 궁에 없는 한, 그곳에 머무를 수 없습니다."

왕이 놀란 표정으로 물었다.

"왜 우리와 함께 있으면서 란슬롯 경을 기다릴 수 없다는 것인가?"

"그럴 수 없습니다. 지난번에 란슬롯 경을 만났을 때, 카멜롯 대회에 참가하겠다고 약속했습니다. 저 또한 그를 만나기 위해 경기에 참여한 것입니다. 오늘 불참한 것을 보니 무언가 중대한 일이 생긴 것 같습니다. 그런데 제 생각에는, 다시는 궁에 돌아오지 않겠다고 생각했기 때문에 오늘 불참한 것 같습니다."

왕은 보호트가 신랄한 어조로 말하는 것을 듣고 내심 크게 놀랐다.

"보호트 경, 솔직하게 말하라. 란슬롯 경이 돌아오지 않을 무슨 이유라도 있느냐? 우리에게 화가 나 있느냐?"

"폐하, 저도 그 이상은 모릅니다. 정히 아시고자 하신다면 다른 분께 물어 보시지요."

보호트는 왕에게 이만 물러가겠다고 말한 다음, 리오넬과 헥토르와 함께 경기장을 떠났다.

카멜롯에서 꽤 떨어져 있는 곳까지 왔을 때, 보호트는 동생과 사촌에게 말했다.

"란슬롯이 왜 오지 않았을까. 경기에 참가하겠다는 결심을 굳힌 것 같았는데……. 왕비에 대한 원한 때문에 슬픔에 잠겨 있는 건 아닌지 걱정된다. 두 사람의 사랑이 시작된 시간에 저주가 내리기를! 더 나쁜 일이 우리에게 생기지나 않을까 몹시 두렵다."

헥토르가 말을 받았다.

"나도 그래. 우리 가문과 아더 왕의 가문 사이에 끔찍한 전쟁이 벌어질 것 같은 불길한 예감이 드는군. 그런 일이 생겨난다면, 그건 전적으로 란슬롯과 귀네비어의 잘못 때문이지."

세 사람은 그들이 세상에서 가장 사랑하는 사람, 베노익 반 왕의 아들 호수의 기사 란슬롯에 대해 여러 가지 이야기를 나누었다.

무술 경기가 열린 지 사흘째 되는 날, 가헤리스의 동생인 라 포르트의 마도르가 궁에 모습을 드러냈다. 사람들은 감히 그의 형에게 닥친 일을 이야기할 엄두를 내지 못했다. 그가 매우 자존심이 강하고 용감한 사람이었으므로, 형이 겪은 일을 알게 되면 당장 복수를 외치리라는 것을 알고 있었기 때문이다.

다음 날, 마도르는 교회에 갔다가 아주 최근에 만들어진 듯한 무덤을 하나 보게 되있다. 그는 원탁의 기사 중 한 사람이 묻혀 있겠거니, 하고 생각하며 가까이 다가가 보았다. 묘석에는 당시의 상황이 짧게 새겨져 있었나. 기록을 읽고 난 그는 고통에 짓눌러 쓰러질 것처럼 비틀거렸다. 마침 그곳에 있던 스코틀랜드 기사에게 설명을 구하자, 그 기사는 당황해 하면서도 일어났던 일을 자세히 설명해 주었다.

마도르가 말했다.

"어떻게 그런 비극적인 일이 일어날 수 있습니까. 나는 형님을 깊이 사랑했습니다. 그는 강하고 용감한 사람이었습니다."

그는 아더 왕이 있는 대연회장으로 곧장 달려 갔다. 그리곤 왕 앞으로 나아가 모든 사람이 들을 수 있도록 크고 힘찬 목소리로 말했다.

"아더 왕이시여, 폐하께서 정의로운 분이라면, 제 말을 들어주셔야 합니다. 저는 폐하의 기사로서 십오 년간 폐하를 섬겨왔고, 폐하께서는 제게 봉토를 내리셨습니다. 이제 그 땅을 돌려드립니다. 올바른 심판을 내려주시지 않으면 그 땅을 더 이상 지니고 있을 수 없기 때문입니다."

아더 왕은 왕국에 있는 그 누구에게도 올바른 심판을 내리기를 거절한 적은 없다고 대답했다.

마도르가 말을 이었다.

"그렇다면 폐하, 비열하게도 제 형을 죽인 왕비님을 심판해 주십시오. 왕비님은 죄를 부인하고 있으나, 저는 왕비님께서 지명하시는 최고의 기사와 싸워 저의 고발이 옳다는 것을 증명할 준비가 되어 있습니다."

좌중이 웅성대기 시작했다. 왕비가 난처한 처지에 빠진 것을 모두 알아차렸기 때문이다. 왕비의 입장을 지지하여 마도르와 싸울 기사는 아무도 없었다. 가헤리스가 죽는 장면을 모두 지켜보았기 때문이다. 왕 역시 아주 난처한 처지에 빠져 있었다. 마도르가 요구하는 심판을 거절할 명분이 없었기 때문이다. 왕은 마도르의 고발에 답하도록 왕비를 불러오게 했다. 왕비는 눈물에 젖은 얼굴로, 가웨인과, 가웨인을 제외하면 왕가에서 가장 높은 평가를 받는 가헤리에트를 대동하고 나타났다.

아더 왕이 귀네비어에게 말했다.

"왕비, 이 기사가 왕비를 그의 형에 대한 살인죄로 기소했소."

귀네비어 왕비는 고개를 들고 물었다.

"그 기사가 어디에 있습니까?"

마도르가 앞으로 나섰다.

"접니다."

귀네비어가 비명을 질렀다.

"감히 내가 그대의 형을 죽였다고 주장하는 거요? 내가 의지를 가지고 그를 고의로 살해했다고요?"

"그렇습니다. 만일 이곳에 저의 주장을 반박할 만큼 용기 있는 기사가 있다면, 저는 결투를 통해 그를 죽이거나, 그의 비겁함을 쳐부술 용의가 있습니다. 오늘이든 내일이든, 아니면 언제든 상관없습니다. 날짜는 이 궁정에서 정해 주는 대로 따르겠습니다."

왕비는 마도르가 왕국의 가장 뛰어난 기사와 싸워 왕비의 유죄를 증명할 자신감을 보이고 있다는 것을 깨달았다. 누군가 자신의 입장을 옹호해 주기 위해 나서지 않을까 하는 희망을 가지고 주위를 돌아보았다. 그러나 나서는 사람은 아무도 없었다. 모두들 당황한 표정으로 눈을 내리깔고 있었다. 귀네비어는 겁에 질렸다. 그러나 공포와 고뇌를 제어하며 의연하게 대답했다.

"왕이시여, 궁정의 결정에 따라 심판하소서."

"왕비, 궁정의 결정은 다음과 같소. 만일 그대가 기소당했다는 사실을 인정하면, 그대는 파멸이오. 유예기간을 거절할 수는 없소. 사십 일간의 여유를 주겠소. 그 사이에 왕비의 입장을 옹호해 줄 용감한 기사를 찾아보시오."

왕비가 대답했다.

"유예기간을 받아들이겠습니다."

마도르는 사십 일 후에 다시 오겠다고 말한 뒤, 슬픈 얼굴로 방을 나갔다. 왕비는 결백을 입증할 수 없는 운명에 짓눌려 있었다. 저지르지도 않은 죄 때문에 죽게 될지도 모른다는 건, 상상조차 해 보지 못한 일이었다.

그녀는 베노익 반 왕의 가문 사람들이 아니면 자신을 위해 싸워줄 기사가 없다는 것을 알고 있었다. 하지만 그녀는 란슬롯을 쫓아냈고, 결코 그를 용서하지 않겠다는 생각을 그에게 전했던 것이다. 게다가 보호트와 리오넬, 그리고 헥토르에게 상처를 주어 궁을 떠나게 만들었다. 그들이 돌아올 희망은 없었다. 귀네비어는 자신의 융통성 없는 태도를 뼈저리게 후회했다. 그녀는 밤새 울었다.

다음 날 정오 무렵, 이상한 사건이 하나 일어났다. 비단 천을 드리운 배 한 척이 카멜롯의 큰 탑 아래에 도착했던 것이다. 왕은 기사 몇 사람과 함께 식사를 끝낸 다음, 창가에 가서 앉았다. 그는 왕비가 왕의 기사들 가운데에서 그녀를 지지해 줄 기사를 만나지 못할 것이라는 생각으로 마음이 무거웠다. 거의 모든 기사들이 왕비가 몸소 가헤리스에게 독이 든 과일을 건네주는 것을 보았기 때문에, 그녀의 무죄를 확신하기란 쉬운 노릇이 아니었다. 왕은 생각에 잠겨 강 쪽을 바라보았다. 그때 아름답게 치장한 배 한 척이 눈에 들어왔다.

왕이 가웨인에게 배를 가리키며 말했다.

"참으로 아름다운 배로구나. 가까이 가서 살펴보기로 하자."

두 사람은 성에서 나와 강으로 갔다.

가웨인이 말했다.

"내부도 바깥처럼 아름답다면, 놀라운 일이 아닐 수 없겠습니다! 모험이 다시 시작되는 듯합니다."

배에는 커튼 모양의 천이 드리워져 있었다. 가웨인이 커튼을 젖히면서 왕에게 말했다.

"안에 무엇이 있는지 들어가 보는 게 좋겠습니다."

왕이 배에 올랐고, 가웨인이 뒤를 따랐다. 안에 들어가 보니 한가운데에 화려한 치장이 되어 있는 침대가 있고, 그 위에는 아주 아름다운 아가씨가 누워 있었다. 죽은 지 얼마 되지 않은 것처럼 보였다.*

가웨인이 탄식하듯 말했다.

"이처럼 아름다운 피조물을 빼앗아 가다니, 죽음이란 얼마나 잔인한가!"

"그렇군. 참으로 아름다운 처자로다. 이렇게 젊은 나이에 죽다니, 이 무슨 불행한 일인가. 어디에서 온 누구인지 알고 싶구나."

가웨인은 아가씨를 한참 바라보더니, 경악한 표정으로 왕을 바라보았다. 그녀는 언젠가 그가 구애한 적이 있는 에스칼로 성의 가신의 딸이었던 것이다. 란슬롯을 사랑한다고 말했던 바로 그 아가씨였다.

가웨인이 아더 왕에게 말했다.

"폐하, 이 아가씨가 누구인지 압니다."

"참말이냐? 누구인고?"

"언젠가 제가 란슬롯을 사랑한다는 처녀에 대해 말씀드렸던 걸 기억하십니까?"

"기억하고말고. 경이 구애했지만, 란슬롯 경을 깊이 사랑한다면서 경의 사랑을 거절했다고 말했던 걸 기억하지."

"바로 그 처녀입니다."

"참으로 안 되었구나. 왜 죽었는지 그 이유가 궁금하구나. 어쩐지 사랑 때문에 죽었다는 느낌이 드는군."

그렇게 대화를 나누는 사이, 가웨인이 아가씨의 허리띠에 매달린 주머니를 발견했다. 안에 무엇인가 들어 있는 것 같았다. 가웨인은

✤ 아름다운 죽은 여성에 대한 환상은 세계 전역의 신화에서 나타난다. 온몸을 꽃으로 꾸미고 물에 떠내려가는 자살한 오필리어의 모습에서 그 전형적인 성격을 드러내는 '죽은 신부' dead bride의 이미지는, 푸른 수염에 의한 신부 살해에서 가장 병적인 환상을 동반하지만, 남성적 환상의 전형적 이미지이다. 남성을 죽도록 사랑해서 자살한 아름답고 젊은 여성의 이미지는, 실은 자아를 완전히 상실한 채, 남성의 사랑 없이는 존재하지 못하는 비참한 여성상일 뿐이다. 결혼에 실패하자 물거품으로 꺼지는 인어 공주의 이미지는 이 끔찍한 가부장적 환상의 절정이다. —역주

주머니를 열어보았다. 서찰이 한 장 들어 있었다. 그는 서찰을 왕에게 내밀었다. 왕은 서찰을 펴서 큰 소리로 읽었다.

"원탁의 기사 여러분께 에스칼로 성의 아가씨가 인사를 전합니다. 여러분 모두에게 탄원합니다. 이는 여러분이 그 탄원을 들어주실 수 있기 때문이 아니라, 여러분 모두가 사랑받을 만한 용감한 분들이라는 것을 아는 까닭입니다. 저는 여러분께 제가 진심을 다해 사랑했으므로 죽음에 이르게 되었다는 것을 분명히 말씀드립니다. 만일 누구에 대한 사랑으로 제가 죽음의 고통을 겪게 되었느냐고 물으신다면, 저는 가장 용감한 남자인 호수의 기사 란슬롯 때문에 죽었다고 말씀드리렵니다. 그러나 그는 동시에 가장 비열한 남자이기도 합니다. 왜냐하면 그는 저의 애원을 받아들이지 않았고, 저에게 자비를 베풀지 않았기 때문입니다. 제 가슴은 거절당한 것을 견디지 못하였고, 한 여자가 한 남자를 향해 그러하듯 진심을 다해 사랑했기 때문에 죽음에 이르게 된 것입니다."

그것이 서찰의 내용이었다. 아더 왕과 가웨인은 오랫동안 말없이 서 있었다. 왕이 무거운 침묵을 깨고 나지막하게 중얼거렸다.

"처자여, 그대가 목숨을 걸고 사랑한 자가 가장 용감하며 가장 비열한 자라는 말은 맞는 말이로다. 그가 그대에게 행한 비열한 행동은 참으로 괴이하여 누구라도 비난할 만하구나."

가웨인이 끼어들었다.

"그나저나 전날 제가 란슬롯 경이 에스칼로 성의 아가씨와 사랑에 빠졌다고 했던 말은 모략이 되어 버렸군요."

"겉모습만으로는 진실을 알 수 없지. 이제 이 가엾은 처자를 어찌할꼬? 카멜롯 교회 안에 예를 갖추어 매장하고, 이 처자가 죽은 이유를 묘비에 기록해 두는 게 제일 좋은 방법일 듯하구나. 우리가 죽은 뒤에도 이 처자의 기억이 살아남도록 말이다."

가웨인이 왕의 견해에 찬성한다는 뜻을 표했다.

두 사람이 아가씨를 바라보며 슬픈 운명을 한탄하는 동안, 제후들이 성에서 나와 배를 향해 다가오고 있었다. 왕은 그들에게 들어오라고 한 뒤, 그가 받은 충격의 원인을 이야기하고, 아가씨의 시신을 교회로 옮겨가라고 명령했다. 이야기는 입에서 귀로 전해졌다. 나라 전체가 그 소식을 알게 되었다. 이야기를 듣고 놀라지 않는 사람은 아무도 없었다. 결국 그 소문은 왕비의 귀에까지 들어가게 되었다.

가웨인이 왕비에게 말했다.

"글쎄, 그런 사정도 모르고 란슬롯 경이 그 아가씨를 사랑하는 게 틀림없다고 폐하께 큰소리를 쳤으니…… 거짓말을 한 셈이 된 터라,

마음이 안 좋군요. 란슬롯 경이 그 아가씨를 사랑해 주었더라면, 아가씨는 틀림없이 죽지 않았을 텐데…….”

왕비가 조용하게 대꾸했다.

“용감한 사람들조차 무심코 사람을 모함하지요. 안타까운 일이에요. 그 때문에 생각보다 많은 걸 잃게 되니까요.”

가웨인이 떠난 뒤, 혼자 남겨진 왕비는 어느 때보다도 지치고 낙담한 모습이었다. 왕비는 자신이 모든 도움을 빼앗긴 불행한 여자라고 생각했다.

‘불행한 여자 같으니! 어떻게 란슬롯이 다른 여자를 사랑할 정도로 지조 없는 사람이라고 생각하는 실수를 저질렀다는 말이냐? 너는 이제 혼자야. 왕궁의 모든 사람들은 너를 크나큰 위험 속에 내버려두었다. 라 포르트의 마도르에게 대항해 싸워 줄 사람을 구할 수 없으면 너는 죽게 돼. 무엇 때문에 사람들이 너의 입장을 지지해 주겠니? 잘못은 네 쪽에 있고, 올바름은 마도르 쪽에 있는데. 오, 어쩌자고 그런 잘못을 저질렀을까? 내 연인, 충성스러운 사람들 중에서도 충성스러운 사람, 옛날에도 나를 죽음에서 구해주었던 사람, 그가 이곳에 있다면 틀림없이 나를 위험으로부터 건져내련만……. 오, 하느님, 그 사람은 내 가슴이 어떤 절망에 빠져 고통스러워하고 있는지 정녕 모르는 것일까요? 그 사람은 유예기간이 끝나기 전에 이 일을 알지 못할 거야. 그리고 그 사람도 슬퍼서 죽게 되겠지. 난 알아. 어떤 남자도 한 여자를 그렇게 열렬하게 그리고 충성스럽게 사랑할 수 없으니까.”

귀네비어 왕비는 자신의 삶으로부터 란슬롯을 쫓아내게 만든 자신의 어리석은 질투심을 한탄하며 슬피 울었다.

란슬롯은 여전히 궁에서 멀리 떨어진 암자에 머물고 있었다. 몰이꾼의 화살에 맞은 상처는 점점 아물어가는 중이었다. 부상당한 몸을 회복시킬 겸 말을 타고 숲속을 돌아다니던 그는, 두 그루 나무 사이에서 퐁퐁 즐거운 소리를 내고 있는 샘물을 발견했다. 샘물 곁에는 기사 한 사람이 누워 있었다.

잠들어 있던 기사는 인기척을 느끼고 일어나, 란슬롯에게 인사말을 건넸다. 란슬롯이 그에 답했다. 둘은 자연스럽게 상대방에게 누구인지 물었다. 란슬롯은 정체를 밝히고 싶지 않았으므로, 곤의 기사라고 적당히 둘러대었다.

상대방이 대답했다.

"나는 브리튼 왕국의 기사요."

"어디에서 오는 길이시오?"

"카멜롯에서 오는 길이라오. 많은 신하들과 함께 계신 폐하를 뵈었소이다. 하지만 지금 카멜롯에는 기쁜 사람들보다 슬픈 사람들이 더 많다오. 최근에 왕비님께 불행한 일이 생겼거든."

란슬롯은 저도 모르게 큰 소리로 외쳤다.

"제발 부탁이오. 무슨 일인지 말해주시오."

"얼마 전에 왕비님께서 많은 기사들, 귀부인들과 함께 식사를 하시던 중에 일어난 일이오. 나도 그곳에 있었지요. 그때 이상한 일이 일어났소. 시종 하나가 과일 바구니를 들고 왔고, 왕비님께서는 과일 하나를 집어 들고 카라헤우의 가헤리스에게 주셨다오. 그 기사는 과일을 한 입 베어 물더니 쓰러져 죽었소. 독살된 거지요. 왕비님이 죄를 뒤집어쓰게 되었지요. 불쌍한 가헤리스를 땅에 묻고 난 다음엔 아무도 그 일에 대해 더 이상 말하지 않았다오."

란슬롯이 어리둥절한 표정으로 물었다.

"그런데 왜 방금 슬픔 운운 했던 거요?"

"그게 어떻게 된 일인고 하니…… 그 다음 주에 가헤리스의 동생 라 포르트의 마도르가 우연히 카멜롯에 들르게 되었소. 그러곤 카멜롯 교회에 있는 형의 무덤을 발견한 거요. 그는 당연히 자초지종을 캐물었지요. 왕비가 준 과일을 먹고 죽었다는 것을 알게 되자, 그는 왕 앞에 나아가 왕비님을 배반죄로 고발해 버렸소. 왕비님은 자신을 위해 싸워 줄 기사를 찾기 위해 주위를 둘러보셨지만 나서는 사람은 아무도 없었소. 폐하께서는 사십 일간의 말미를 주셨다오. 그 안에 왕비님의 입장을 지지하며 마도르와 싸울 기사를 구하지 못한다면, 왕비님은 치욕스럽게 처형당하실 운명이라오. 그 때문에 궁정 사람들이 슬퍼하는 거랍니다. 왕비를 위해 싸워 줄 용기는 없어도, 모두 왕비님을 무척 좋아했으니까."

란슬롯은 큰 충격을 받았다. 그가 믿기지 않는다는 표정으로 물었다.

"왕비께서 그렇게 고발당했는데 아무도 나서지 않았다는 말이오? 원탁에는 용감한 기사가 아무도 없소?"

"왜요, 많이 있지요. 왕의 조카 다섯 명 외에도, 이베인, 사그레모르, 거플렛, 케이 경 등 손꼽히는 기사들이 많다오."

"그런데 왕비께서 그들의 눈앞에서 치욕을 겪고 있는데 아무 행동도 하지 않고 멀뚱멀뚱 지켜보고 있었다는 말이오?"

"아무도 왕비님 편을 들 생각을 않는 게지요. 가헤리스에게 독이 든 사과를 준 사람이 왕비님이란 걸 다 알고 있으니 말이오. 모두가 그 광경을 지켜보았다오. 지켜서는 안 되는 걸 지키다가 망신당할까 봐 겁을 먹고 있는 거겠지요."

"마도르는 정해진 날 궁으로 올까요?"

"물론이오. 죄를 묻겠다는 욕망이 워낙 강하기 때문에 무슨 수를 쓰든 왕비를 처형대에 세우려고 할 겁니다. 내 생각에 왕비님은 예정된 운명을 피하실 수 없을 것 같소. 옳은 쪽에 대항해서 싸움을 벌일 만큼 경솔한 기사는 없을 테니 말이오."

란슬롯은 안절부절못하며 다시 소리를 질렀다.

"한 사람쯤은 있을 거요!"

"글쎄, 나 같으면 뛰어들지 않을 거요. 그 모험에 뛰어들어 승리를 거두어 봤자, 옳지 않은 편을 들었다는 말이나 듣게 될 테니까요."

란슬롯은 아무 말 없이 듣고만 있었다. 두 사람은 그 일에 관해서는 더 이상 이야기를 나누지 않았다. 그들은 오후 시간이 반쯤 지나갈 때까지 쉬었다. 기사는 해가 저물기 시작하자 일어나서 말을 타고 란슬롯에게 작별 인사를 했다.

기사의 모습이 시야에서 사라지기가 무섭게 다른 기사가 모습을 나타냈다. 그 기사는 투구를 벗고 있었기 때문에, 란슬롯은 멀리서도 그가 누구인지 알아볼 수 있었다. 그의 형인 늪의 기사 헥토르였다. 란슬롯은 반가워서 큰 소리로 외치며 달려갔다.

"헥토르 경, 이게 웬일입니까! 어떻게 이쪽으로 오게 되었죠?"

헥토르가 말에서 내리며 말했다.

"정말 반갑네. 우리 세 사람은 경의 소식을 들을 수 없어서 애를 태웠다네. 왕비를 배반죄로 고발한 마도르와 싸우려고 카멜롯으로 가는 길이었지."

"내가 완전히 나을 때까지 같이 있다가, 결투가 열리는 날 함께 궁으로 가십시다. 만일 아무도 나서는 사람이 없으면, 내가 왕비를 위해 싸울 거요."

두 사람은 암자에서 일주일 동안 함께 머물렀다. 란슬롯이 완전히 나을 때까지 그만큼의 시간이 더 필요했기 때문이다. 그들이 출발하려고 결심한 바로 그날 아침, 그들은 암자 앞을 지나는 보호트와 만날 수 있었다. 그는 며칠 전에 형 리오넬을 디나스 엠리스에 있는 노르갈 왕의 궁에 남겨두고 혼자서 란슬롯을 찾아 떠났던 길이었다.

그들은 머리를 맞대고, 어떻게 하는 것이 좋을지 의논했다. 보호트가 란슬롯에게 말했다.

"내 생각에는 귀네비어 왕비와 사촌이 화해를 하고, 우리 두 사람 중 한 사람이 왕비를 위해 싸워야 할 것 같네."

"내 생각도 그렇다네. 왕비가 계속 나를 미워하고, 그래서 그녀와 화해를 하지 못한다 해도 그녀가 수치를 겪도록 내버려두는 것만큼 고통스럽진 않을 테니까. 어쨌든 나는 왕비를 위해 싸우겠네. 그러나 전처럼 확신을 가지고 싸우긴 어렵겠지. 나는 잘못을 저지른 사람 쪽이고, 정당한 권리는 마도르 쪽에 있으니까."

결투일까지는 아직 나흘간의 여유가 있었다. 란슬롯은 충분히 생각한 끝에 보호트와 헥토르에게 말했다.

"두 사람이 먼저 카멜롯으로 가서 화요일까지 머물도록 하십시오. 그날이 마도르가 심판을 요구하러 나타나는 날이니까. 그 사이에 귀네비어 왕비가 나에 대해 어떤 입장을 가지고 있는지 알아봐 주셨으면 좋겠군요. 나는 마지막 순간까지 여기 있다가 정체를 숨기고 궁에 들어가려고 합니다. 신께서 내게 충분한 힘을 주시어 결투에 승리한다면, 이곳으로 나를 만나러 와 주십시오. 그때 내 일에 대해 두 사람이 알아낸 걸 듣겠습니다."

보호트와 헥토르는 란슬롯의 계획을 모두 받아들였다. 란슬롯이 덧붙여 말했다.

"내가 간다는 건 아무에게도 말하지 마십시오. 왕비에게조차도 말해선 안 됩니다. 내가 도착했을 때 두 사람은 쉽게 알아볼 수 있을 것입니다. 하얀색 무기와, 사선 줄무늬가 있는 방패를 들고 갈 테니까."

세 사람은 신의 가호를 빌며 헤어졌다. 란슬롯은 암자에 남고, 보호트와 헥토르는 카멜롯으로 떠났다. 날이 저물어 갈 무렵에 두 사람은 카멜롯에 도착했다. 말에서 내려 무기들을 넣어 놓기가 무섭게, 왕이 그들을 맞으러 달려 나왔다. 망을 보던 파수꾼들이 왕에게 그들의 도착을 알렸던 것이다. 왕은 반 왕 가문의 기사들을 그렇게 빨리 보게 되리라고 기대하지 않았기 때문에 더더욱 기뻐하며 두 사람을 맞이했다. 가웨인과 이베인도 나와 애정과 존경을 표시했고, 다른 기사들도 크게 환영했다. 귀네비어 왕비도 보호트가 돌아왔다는 것을 알게 되었다. 그녀는 조금 희망을 되찾고, 급히 시녀를 보내어 그를 만나고 싶다는 말을 전했다.

보호트가 왕비의 방으로 들어가자, 왕비는 벌떡 일어나 반갑게 맞으며 환영 인사를 했다. 보호트는 "신께서 왕비님께 기쁨을 주시기를!" 이라고 대답했다. 귀네비어는 어떻게 대화를 시작해야 좋을지 몰라 망설이다가 조심스럽게 입을 열었다.

"경이 이렇게 다시 궁에 와 주셔서 얼마나 기쁜지 모른답니다."

"왕비님의 초대를 받아서 온 건 아닙니다."

툭 내뱉는 퉁명스러운 말투였다. 왕비의 얼굴이 빨개졌다.

"물론 그렇지요. 우리 두 사람 사이에 오해가 있었어요. 인정합니다. 잊으려고 노력하지 않으면 안 돼요. 영원히 도움을 받을 수 없을 거라고 생각했는데 경이 오시니 적이 마음이 놓여요."

보호트는 왕비가 어떤 처지에 놓여 있는지 짐짓 모르는 체하고 빈정거리며 말했다.

"이런, 왕비 마마, 제가 왔다는 사실만으로 어떻게 그런 기적이 만들어질 수 있나요?"

"우리가 만나지 못한 동안 내게 일어났던 일을 모르신다는 말인가요?"

보호트가 시치미를 뚝 떼고 대답했다.

"알 리가 있겠습니까?"

"정말인가요? 나는 지금 난처한 처지에 빠져 있답니다."

왕비는 그동안 있었던 이야기를 자세히 들려주고 나서 현재 궁에 있는 어떤 기사의 도움도 기대할 수 없다고 덧붙였다. 보호트는 깊은 생각에 빠진 체하고 아무 말도 하지 않았다. 그러나 속으로는 왕비를 끝까지 밀어붙여서 란슬롯에 대한 그녀의 생각을 확실히 표현하게 만들 궁리를 하고 있었다.

그가 한참 만에 입을 열었다.

"왕비님, 왕비님을 도울 기사들이 없는 것은 놀라운 일이 아닙니다. 세상에서 가장 뛰어난 기사도 지금 왕비님 곁에 없지 않습니까? 그 용감한 기사를 죽게 만든 왕비님께 불행한 일이 닥친다고 제가 마음 아파할까요? 천만에요. 반대일 겁니다. 그처럼 관대한 가슴을 잃을 때 얼마나 큰 상실을 겪게 되는지 왕비님께서는 배우셔야 합니다! 란슬롯 경이 이곳에 있었다면, 왕비님의 입장이 아무리 옳지 못하다 하여도, 기필코 마도르와 싸우겠지요. 그러나 보아하니 왕비님께서는 지금 지켜줄 사람도 아무도 없고, 또 그 때문에 치욕을 감내해야 하는 딱한 처지이신 듯하군요."

"보호트 경! 다른 이들의 도움을 기대할 수 없다 하더라도, 적어도 경의 도움을 기대할 수 있어요. 난 그걸 알아요."

보호트가 차갑게 대답했다.

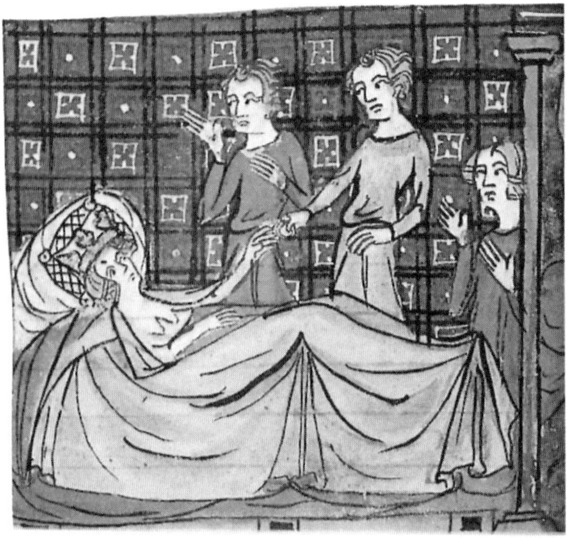

“천만에요! 제가 왕비님을 조금이라도 도와드린다면 신께서 그의 도우심을 제게서 거두어 가실 것입니다. 왕비님은 제가 가장 귀하게 여기는 사람을 제게서 빼앗아 가셨습니다. 그런데 그런 왕비님을 제가 도와드려요? 차라리 제가 할 수 있는 만큼 왕비님께 해를 끼치겠습니다.”

“내가 경의 친구를 빼앗았다구요?”

“그렇습니다. 저는 란슬롯 경이 어찌 되었는지 모릅니다. 그래서 너무나 걱정이 됩니다. 왕비님과 제가 지난번에 만났을 때 나눈 대화를 란슬롯 경에게 들려주었습니다. 그 후로 어디로 갔는지 모릅니다. 살았는지 죽었는지도 모릅니다.”

그 말을 듣더니 귀네비어는 울음을 터뜨렸다. 그러나 보호트는 그녀를 위로해 주기는커녕 퉁명스럽게 작별 인사를 하고 물러나왔다. 지난번에 헤어질 때 왕비가 그를 어떻게 대했는지 잊지 않고 있었던 것이다.

귀네비어가 절망적으로 외쳤다.

“아, 나는 이런 고통 속에서 생을 마치기 위해 태어났더란 말이냐?”

뒤돌아서서 나오는 보호트의 귀에도 왕비의 절규가 똑똑하게 들렸다. 보호트가 멀어지자, 왕비는 침대 옆에 꿇어 앉아 중얼거렸다.

“내 사랑스러운 연인, 이제 알겠어요. 반 왕 가문의 기사들이 나를 좋아했던 건 오로지 당신 때문이었군요. 그들은 나를 버렸어요. 왜냐하면 그들은 당신이 날 버렸다고 생각하기 때문이에요. 아냐, 그럴 수는 없어! 이건 부당해!”

왕비는 끝없는 절망 속으로 빠져 들어갔다.

아더 왕도 귀네비어를 구할 방도가 없어서 애를 태우고 있었다. 고통은 점점 커져만 갔다. 왕비를 구하기 위해, 왕비의 편에 서서 싸워 달라고 기사들을 하나하나 붙잡고 설득해 보았지만 모두 실패하고 말았다. 모두 들 왕비가 잘못을 저지른 쪽이기 때문에, 그녀의 편을 드는 것은 명예롭지 못한 일이라는 핑계를 대면서 거절했다.

왕은 마지막으로 가웨인을 찾아가 말했다.

“사랑하는 조카여, 신에 대한 사랑과 나에 대한 사랑을 위해 마도르와 결투해 다오. 왕비를 고발로부터 보호해야 한다.”

“폐하께서는 폐하의 소망을 제가 명령처럼 여긴다는 것을 아실 것입니다. 하지만 이번만큼은, 유감스럽게도 그 소망을 들어드릴 수가 없습니다. 우리는 왕비님께서 그 죄를 저질렀다는 걸 알고 있습니다. 저는 그 사건의 증인입니다. 다른 많은 이들도 그렇구요. 따라서 저는 왕비님을 위해 싸우는 것을 거절합니다. 그건 제 명예를 해치는 일이 될 것입니다. 제가 명예를 잃으면서까지 싸워 주어야 할 사람은 아직 세상에 태어나지 않았습니다.”

가웨인은 그렇게 단호하게 거절했다. 아더 왕은 무서운 고뇌에 사로잡혔다. 왕은 오랫동안 숙고해 본 뒤에 왕비를 찾아갔다.

“왕비, 나는 너무나 당황하고 있소. 궁정의 용사들이 모두 나 몰라라 하는구려. 당신은 곧 수치스러운 벌을 받아야 할 것 같소. 그런 끔찍한 광경을 보느니 차라리 왕국 전체를 포기하는 것이 낫겠소. 나는 이 세상 누구보다도 당신을 사랑했고 아직도 사랑하기 때문이오.”

왕비는 울음을 터뜨렸다. 왕은 탄식하다가 불쑥 물었다.

“보호트와 헥토르에게 당신을 위해 싸워 달라고 부탁해 보았소?”

왕비는 흐느끼며 대답했다.

"아니오. 그들은 받아들이지 않을 거예요. 그들은 폐하에게서 땅을 하사받은 봉신들이 아니잖아요. 폐하의 동맹자들이긴 하지만, 이방인인걸요."

"그래도 한번 부탁해 보구려. 그 두 사람이 거절한다면 어찌 해야 좋을지 모르겠구려."

왕비는 그들을 설득하기 위해 최선을 다해 보겠노라고 약속했다. 왕이 떠난 뒤에 그녀는 시종을 불러 보호트 경을 모시고 오라고 일렀다. 조금 뒤에 보호트가 모습을 나타냈다. 그가 방으로 들어서자마자 왕비는 그의 발아래 몸을 던지고 울면서 애원했다.

"보호트 경, 용맹과 뛰어난 혈통으로 높은 명성을 누리는 고귀한 기사여, 경이 란슬롯 경을 사랑하신다면, 부디 내게 도움을 베풀어 주세요. 이는 나에 대한 사랑이 아니라, 그분에 대한 사랑을 위해서입니다. 내가 어떤 절망에 빠져 있는지 살펴 주세요. 만일 경이 거절하신다면, 나는 내일 저녁이 되기 전에 치욕을 겪게 됩니다. 이 궁의 모든 기사들이 나를 끔찍한 고통 속에 버려두고 도망쳐 버렸기 때문입니다."

절망에 빠져 몸부림치는 왕비의 모습을 보고, 보호트의 마음에 동정심이 가득 차올랐다. 그는 왕비를 부드럽게 안아 일으키면서 말했다.

"왕비님, 절망하지 마십시오. 만일 내일 제3시까지 제 도움보다 더 나은 도움을 받으실 수 없다면, 제가 왕비님을 위해 싸워 드리겠습니다.

"더 나은 도움? 그게 어디에서 오지요?"

"말씀드릴 수 없습니다. 다만, 제가 약속을 지킬 것이라는 점만 알아 두십시오."

그 말을 듣고 있던 왕비의 가슴이 터질 듯이 뛰었다. 그녀를 보호트보다 더 잘 도울 수 있는 기사는 란슬롯 아닌 다른 사람일 리가 없었기 때문이다. 그러나 그녀는 속마음을 드러내지 않았다. 그녀는 단지 보호트에게 그의 관대함에 감사한다고 말했을 따름이다. 보호트는 헥토르에게 돌아갔다.

다음 날은 아더 왕이 정한 유예기간이 끝나는 날이었다. 해가 뜨자마자, 기사들이 성 마당에 모여 라 포르트의 마도르가 오기를 기다리고 있었다. 사람들의 얼굴에는 슬픔이 가득 차 있었다. 라 포르트의 마도르는 기사의 행렬을 거느리고 일찌감치 모습을 나타냈다. 기사들은 모두 그의 가족이었다. 그는 말에서 내려 갑옷을 입은 채로 대접견실 안으로 들어갔다. 아주 키가 크고 강해 보이는 남자였다. 아더 왕 궁정의 기사들 중에 그처럼 건장한 체격을 가진 사람은 없었다. 그는 아더 왕 앞에 서서, 왕비가 죄를 자인하지 않겠다면, 약속대로 결투를 통해 가리자는 종전의 요구를 되풀이했다.

왕이 대답했다.

"마도르 경, 오늘 안으로 왕비가 자신의 입장을 지지해 줄 기사를 아무도 찾아낼 수 없다면, 궁정이 정하는 바에 따라 왕비의 운명이 결정될 것이다. 그러니 오늘 저녁까지는 기다리라. 만일 그때까지 아무도 나타나지 않는다면, 왕비는 우리 관습에 따라 심판받을 것이다."

마도르는 기다리겠다는 대답을 하고, 가족과 함께 자리에 앉았다. 방 안에는 사람들이 가득 차 있었지만, 죽음 같은 침묵이 흘렀다. 한마디 말소리도 들리지 않았다. 사람들의 숨소리조차 생생하게 들릴 정도로 완벽한 침묵이었다. 사람들은 제3시까지 그렇게 기다리고 있었다. 제 3시에 기사 한 사람이 홀로 모습을 나타냈다. 흰 갑옷을 입고, 흰 무기를 들고, 붉은 사선 무늬로 장식된 방패를 들고 있었다. 마당에 들어선 그는 말에서 내려, 느릅나무에 방패를 매달아 놓은 다음, 투구를 벗지 않고 왕과 제후들 앞으로 나섰다. 보호트와 헥토르를 제외하면 아무도 그가 호수의 기사 란슬롯이라는 사실을 알지 못했다.

그는 왕 앞으로 성큼성큼 걸어가더니 큰 소리로 말했다.

"폐하, 나라 전체에 떠돌아다니는 이상한 소식을 듣고 이렇게 찾아오게 되었습니다. 어떤 사람들이 제게 이르기를 오늘 왕비를 반역죄로 기소한 기사가 폐하 앞에 모습을 나타낼 것이라 하였습니다. 그것이 사실이라면, 그보다 더 참람한 기사에 대한 소문을 저는 일찍이 듣지 못하였습니다. 이 나라의 백성이거나, 또는 이방인들조차 세상 천지에 귀네비어 왕비님처럼 귀한 분은 계시지 않는다는 것을 잘 알고 있기 때문입니다. 저는 왕비님의 덕을 높이 기려 이렇게 무장하고 온 것입니다. 진정으로 왕비님께 죄를 묻는 자가 있다면, 왕비님의 입장을 위해 싸울 결심입니다."

라 포르트의 마도르가 앞으로 나섰다.

"기사여, 나는 왕비가 내 형님이신 카라헤우의 가헤리스를 죽이는 반역과 불충의 죄를 저질렀음을 증명할 준비가 되어 있소."

란슬롯이 받아쳤다.

"반대로 나는 왕비께서 반역죄도 불충의 죄도 저지를 의사가 없었다는 걸 증명할 준비가 되어 있소."

마도르는 더 이상 대꾸하지 않고 왕에게 담보물을 바쳤다. 란슬롯도 그렇게 했다. 그들을 지켜보고 있던 가웨인이 옆자리에 있는 이베인에게 작은 소리로 말했다.

"마도르가 이기기 힘든 싸움이오. 그의 형이 죽기는 했지만, 나는 그가 왕비의 결백을 알고 있다고 생각하오. 성유물함에 걸고 맹세할 수도 있소. 그렇지 않다면 이 모험에 뛰어들었을 리가 없지!"

이베인이 대답했다.

"나도 그렇게 생각하오. 마도르는 왕비에게 악착같이 죄를 물으려 했던 걸 후회하게 될 거라는 느낌이 드는구려."

사람들은 일어서서 바깥으로 나갔다. 결투는 보통 성 앞에 있는 풀밭에서 열리기 때문에 그곳으로 가려는 것이었다. 가웨인은 기사의 창을, 보호트는 방패를 들고, 결투장으로 가는 란슬롯을 양쪽에서 호위했다. 그러는 사이에 왕은 왕비를 불러 말했다.

"왕비, 당신을 지키기 위해 자신을 죽음에 던지려는 기사가 한 사람 나타났구려. 참으로 다행한 일이오. 그러나 그가 패배한다면, 당신에게는 희망이 없소."

"폐하, 신께서 제 손을 들어주실 것입니다. 저는 불충의 죄도 반역의 죄도 저지르지 않았으니까요."

두 명의 맞수는 풀밭에 도착하자마자 전속력으로 말을 몰아 격돌했다. 싸움은 사납고 치열했다. 갑옷과 방패도 그들을 지켜주지 못했다. 두 사람 모두 여기저기 상처를 입었다. 그러나 아무래도 흰 기사 쪽의 무공이 더 뛰어난 것처럼 보였다. 마도르도 큰 체구에서 뿜어 나오는 괴력으로 잘 싸웠지만, 상대방의 무공은 단순히 힘에서 비롯

된 게 아니었다. 한 차원 높은 무언가가 있었다. 사람들은 어디선가 본 듯한 솜씨라고 생각했지만, 딱히 집히지는 않았다. 결국 마도르는 어느 순간부터 계속 밀리더니 말에서 떨어지고 말았다. 란슬롯은 말 위에서 상대방을 제압해 버릴 경우 명예를 잃게 될 것이라 생각했다. 말에서 뛰어내려 즉시 검을 뽑아든 그가 방패로 머리를 가리고 마도르를 공격했다.

마도르는 이미 전세가 기울었다는 것을 직감하고 있었다. 그래도 공격의 의지를 버리지 않고 끈질기게 버텼다.

그러나 마도르의 용맹이 그 주인을 오래 지켜 주지는 못했다. 정오가 되기 전에 란슬롯의 검은 기어이 상대방의 몸에 깊은 상처를 입히고 말았다. 열 군데 이상의 상처에서 피가 흘러 나왔다. 마도르는 기진맥진한 상태였다. 결투를 지켜보던 사람들은 마도르가 졌다는 결론을 내렸다. 만일 미지의 기사가 끝까지 밀어붙일 생각이라면 죽을 수밖에 없는 운명이라는 것도 의심의 여지가 없는 일이었다. 사람들은 이처럼 무공이 뛰어난 기사는 본 적이 없다면서 열광적으로 환호했다. 란슬롯은 마도르를 잘 알고 있었고, 또 그를 죽일 생각도 전혀 없었다.

란슬롯이 마도르에게 말했다.

"마도르 경, 경은 패배했소. 내가 원한다면 경에게 치욕을 안길 수도 있소. 그리고 만일 이 결투를 계속한다면 죽을 수밖에 없다는 것도 인정해야 하오. 그러니 너무 늦기 전에 고발을 거두어들이시오. 왕비님께 경을 용서하라고 부탁드리겠소. 폐하께서도 담보물을 돌려주실 것이오."

자유와 생명을 제안하는 상대방의 음성을 들으면서, 마도르는 그가 호수의 기사 란슬롯이라는 사실을 눈치 챘다. 그는 무릎을 꿇고 앉아 검을 내밀며 말했다.

"내 검을 받아 주시오. 경의 자비에 온전히 나를 맡깁니다. 나는 조금도 부끄럽지 않소. 경처럼 용맹한 사람과 감히 견줄 수 없다고 생각하는 까닭이오."

왕이 두 사람에게 다가왔다. 패배자는 왕에게 말했다.

"아더 왕이시여, 저를 호수의 기사 란슬롯과 겨루게 하시다니요! 너무하셨습니다!"

왕은 미지의 기사가 란슬롯이라는 것을 알고 크게 기뻐했다. 그는 란슬롯을 덥석 껴안았다. 그 광경을 가까이에 서서 지켜보던 가웨인이 달려와 란슬롯의 투구를 벗겼다. 군중은 란슬롯의 모습을 알아보고 다시 한번 열광의 환호성을 질렀다. 왕은 왕비가 마도르의 고발에서 자유로워졌음을 선언했다. 왕비는 속으로 다시는 란슬롯을 부당하게 비난하지 않으리라고 다짐했다. 그녀는 부드러운 눈길로 란슬롯을 바라보았다. 그 눈빛의 의미를 알아차린 사람은 란슬롯뿐이었다. 그는 이제 더 이상 두 사람의 사랑을 방해하는 것은 아무것도 없다는 것을 깨달았다.

07 모르간의 통치

아더 왕은 봉신들의 영지를 방문하기 위해 카멜롯을 떠났다. 왕국의 평화와 안정을 확고하게 하기 위해서 직접 상황을 점검해 보고 싶었던 것이다. 그는 사그레모르, 카라독, 거플렛과 궁정에서 술시중 드는 시종 역할을 하는 루칸 등이 포함된 소규모의 호위대만 데리고 길을 떠났다. 첫날에는 토록이라고 불리는 성까지 가서, 그곳에서 머물렀다. 왕은 그 성에서의 체류가 아주 유쾌했기 때문에, 성주를 불러 체류를 연장하겠다고 말했다. 넷째 날 아침, 그는 충성스러운 동지들을 데리고 성을 떠났다. 일행은 하루 종일 여행했다.

그들이 아주 빽빽한 숲 앞에 이르렀을 때, 어둠이 내리기 시작했다. 조금 피곤하기도 했고, 또 어디쯤 와 있는지 알 수 없어서, 왕은 일행에게 물었다.

"어떻게 할까? 길을 잃은 것 같구나."

동지 중 한 사람이 대답했다.

"날도 어두워졌으니, 여기에서 일단 쉬는 것이 어떨까 합니다. 이 숲속에는 집도 없고, 마땅히 몸을 숨길 만한 곳도 없으니 공연히 사서 고생할 필요 없을 것 같습니다. 먹을 것도 충분하니, 이 숲속의 빈터에 장막을 치도록 합시다. 오늘 밤은 이곳에서 쉬고, 내일 아침에 일어나면 어디쯤 와 있는지 알 수 있을 것입니다."

왕은 그 제안을 따르기로 했다. 그런데 그들이 장막을 펼치기도 전에 뿔나팔 소리가 두 번 들려왔다. 아주 가까운 곳에서 나는 소리였다. 왕이 말했다.

"이런, 가까운 곳에 사람들이 있는 모양이다. 가서 누군지 알아오라."

사그레모르가 얼른 말을 집어타고 나팔 소리가 들려오는 곳으로 달려갔다. 곧 높은 벽에 둘러싸여 있는 큰 탑이 보였다. 그는 말에서 내려 성문으로 다가가 큰 소리로 세 번 불렀다. 부르는 소리를 들은 문지기가 빠끔히 열려 있는 탑의 창문 밖으로 머리를 내밀고, 누구인지 또 무엇을 원하는지 물어보았다.

"나는 기사 사그레모르라고 한다. 아더 왕께서 멀지 않은 곳에 와 계신데, 오늘 밤 묵어갈 수 있는지 알아보고자 왔다."

문지기가 소리쳤다.

"이보시오, 나으리! 조금만 기다리시우. 마님께 말씀드려 볼 테니까. 저 위에 있는 방에 계신다오. 조금만 기다리시면 답을 가지고 돌아오리다."

"뭐라? 이곳에는 남자 주인이 안 계신단 말이냐?"

"그렇습니다요. 이 성은 어떤 귀부인의 소유입지요."

"그럼 얼른 가거라. 오래 기다리고 싶지 않으니까."

문지기는 계단을 달려 올라가 여성주에게 아더 왕께서 유숙을 청하신다고 말했다. 부인은 아주 기뻐하며 문지기에게 대답했다.

"얼른 돌아가서, 폐하를 맞이하게 되어 영광이라고 전하여라. 정성을 다해 모실 것이므로, 폐하께서도 편히 지내실 수 있을 것이다."

문지기는 사그레모르에게 달려가 마님의 초대를 전하였다. 사그레모르는 지체 없이 왕과 동지들이 기다리고 있는 곳으로 달려갔다.

"폐하, 다행입니다. 오늘 밤 편히 쉬실 수 있을 듯합니다."

"잘되었구나. 말에 오르라. 사그레모르가 길을 안내할 것이다."

일행은 사그레모르를 따라 탑이 있는 곳으로 갔다.

문은 열려 있었다. 문을 넘어서자, 아름다운 장소가 눈앞에 펼쳐졌다. 이렇게 신비하고 매력적인 곳이 다 있었던가 하는 생각이 드는 곳이었다. 춤추듯 하늘거리는 천 개의 촛불이 마당을 밝히고 있었고, 벽에는 가지각색의 아름다운 비단 천이 드리워져 있었다.

왕이 사그레모르에게 감탄에 가득 찬 음성으로 물었다.

"이렇게 아름다운 곳을 본 일이 있는가?"

"아닙니다. 앞으로도 쉽게 볼 수 있을 것 같지 않습니다."

왕이 성호를 그었다.

"이것이 악마의 장난이 아니었으면 좋겠다. 성안도 이처럼 아름다울까. 바깥이 이토록 아름다우니, 안도 그럴 것 같구나."

왕이 말에서 내리자 동지들도 모두 말에서 내렸다. 모두들 승마대에 말을 매어놓고 그 옆에 무기를 내려놓은 다음, 성안으로 들어갔다. 윤기가 자르르 흐르는 까만 머리카락을 가진 여자가 아름다운 붉은색 비단옷을 입고 너나할 것 없이 아름다운 여자들에게 에워싸여 있는 모습이 보였다. 여자는 낭랑한 목소리로 또렷하게 환영 인사를 했다.

"이곳에 잘 오셨습니다. 폐하와 폐하의 동지들을 직접 모실 수 있게 되었으니 이보다 더 큰 광영이 없습니다."

아더 왕은 정중한 말로 답례하고 나서, 부인에게 예를 표하기 위하여 가까이 다가갔다. 여자의 얼굴을 알아볼 만한 거리에 이르렀을 때, 왕은 깜짝 놀라 외쳤다.

"아니, 모르간 누이! 이런 세상에! 이곳이 누이의 성이었다는 말이오?"

"폐하, 이곳에서 뵙게 되어 참으로 기쁩니다. 이곳에 머무시는 동안 편히 지내셨으면 합니다."

모르간은 손님들을 다른 방으로 안내했다. 조금 전에 들어갔던 방보다도 더 아름다웠다. 벽에는 화려한 태피스트리들이 걸려 있고, 천장은 아름다운 그림으로 장식되어 있었다. 왕이 자리를 잡고 앉아 손을 씻자, 식탁이 차려졌다. 시녀들은 왕을 수행해 온 기사들이 자리에 앉도록 돌보아 주었다. 젊은 여자들이 가지가지 음식을 내왔다. 마치 왕이 방문할 것을 미리 알고 한 달 전부터 준비한 것처럼 보이는 성찬이었다. 아더 왕은 평생 그런 진수성찬은 처음이었다. 원탁에 성배가 나타났을 때에도 그 정도의 진수성찬이 차려졌던 것 같지 않았다. 카멜롯에서 대연회를 벌일 때에도 이처럼 풍성한 식탁을 마련한 적은 없었다. 또한 시녀들이 시중을 드는 솜씨도 참으로 극진하고 세련된 것이었다. 왕은 모르간이 기이한 힘의 소유자라는 것을 알고 있었지만, 누이의 환상적인 접대에 감탄하지 않을 수 없었다. 식사 중간에 옆방에서 음악 소리가 은은하게 들려왔다. 여러 가지 악기들이 어울려 부드럽고 조화로운 멜로디를 만들어내고 있었다. 게다가 그 방에서는 아주 환한 빛이 쏟아져 나와, 식탁 전체를 밝게 비추고 있었다.

왕이 식사를 끝냈을 때, 환한 빛을 쏟아내는 커다란 촛대를 든 두 명의 젊은 여자가 그 방에서 나왔다. 여자들은 아더 왕에게 다가가 말했다.

"폐하, 이제 밤이 깊었습니다. 침소에 드실 시간입니다. 하루 종일 말을 타셨으니 심히 곤하실 것입니다."

"아닌게아니라 무척 피곤하구나."

"침소로 안내해 드리라는 명을 받았습니다."

"그러면 앞장서거라. 뒤따라 갈 터이니."

왕은 일어서서 시녀들을 따라갔다. 화려한 침대가 마련되어 있었다. 여자들은 왕이 자리에 눕도록 시중을 든 다음, 왕이 잠들자 살며시 방을 빠져나와 여주인에게로 갔다. 모르간은 생각에 잠긴 표정으로 앉아 있다가, 왕이 접대에 만족하시더냐고 물었다. 시녀들은, 아주 만족하신 것 같았으며 밤새 편히 주무실 것 같더라고 대답했다. 모르간은 시녀들에게 물러가라고 이른 뒤, 오랫동안 남동생에 대해 생각하며 앉아 있었다.

그녀는 란슬롯과 귀네비어 왕비 사이의 사랑 얘기를 왕에게 알려주고 싶다는 강렬한 욕망을 느꼈다. 그보다 쉬운 일은 없었다. 란슬롯이 모르간의 성에 억류되어 있을 때, 그는 지루함을 달래기 위해 갇혀 있던 방의 벽 위에다가 자신의 사랑 이야기를 벽화로 그려 놓았었다. 그 방으로 아더 왕을 데리고 가기만 하면 되는 것이다. 한편으로는 두렵기도 했다. 만일 란슬롯이 그 사실을 알게 되면 자신을 가만히 두지 않을지도 모른다. 어떻게 할까? 비밀을 폭로하면 큰 위험을 겪게 된다. 입을 다물면, 왕국을 뒤흔들 수 있는 절호의 찬스를 놓치게 된다. 그 진실은 폭로되는 순간 끔찍한 추문이 될 것이다. 그러나 언젠가는 폭로될 수밖에 없는 것 아닐까? 멀린도 이미 말했었다. 왕국은 란슬롯과 귀네비어 왕비의 사랑 때문에 위험에 처할 것이라고. 누가 그의 입을 빌어 말하는가? 운명 그 자신이 아니라면?

모르간은 커다란 망토를 걸쳐 입고 방을 나왔다. 그녀는 잠시 복도를 서성이다가 마당으로 나왔다. 짙은 어둠이 마당을 뒤덮고 있었다. 그녀는 마당을 지나 과수원을 향해 갔다. 그러고는 과수원 안에 있는 샘물가에 멈추어 서서, 손에 끼고 있는 반지를 손바닥 안쪽으로 돌리며 작은 소리로 속삭였다.

"멀린, 멀린, 대답해 줘요. 부탁이에요!"

모르간은 귀를 기울였다. 나뭇가지 사이를 지나며 속삭이는 바람 소리 외에는 아무것도 들리지 않았다. 그녀는 계속 주문을 외웠다. 이번에도 멀린은 대답하지 않았다. 그녀는 간절하게 애원하며 멀린을 불렀다. 드디어, 무성한 나뭇잎 사이로 꺼질 듯 작은 목소리가 아득하게 들려왔다.

"모르간, 듣고 있소. 그대의 말소리뿐 아니라 모습도 보고 있다오. 불안하고 초조해 보이는구려. 태풍을 만난 배를 타고 있는 사람 같구려."

모르간은 멀린의 목소리를 듣고, 몸을 파르르 떨었다. 가슴이 쿵쾅쿵쾅 뛰었다. 멀린이 나를 버리지 않았구나. 멀린은 비비안이 영원히 가두어 놓은 신비한 공기의 탑에서 말을 하고 있는 것이다.

멀린의 목소리가 계속 말을 이었다.

"어떤 일이 일어났는지 설명할 필요는 없소. 내가 이루려고 애썼던 모든 것을 뒤엎어 버릴 수 있는 힘을 그대가 가지고 있다는 것을 잘 알고 있으니까. 나는 어린아이였을 때, 보티건 왕에게 설명했던 적이 있소. 어째서 그가 매일 세우는 탑이 매번 무너지는지. 그것은 두 마리 용이 토대 아래에서 싸우고 있었기 때문이오. 나는 두 마리 용을 밖으로 끌어내어 싸우게 만들었소. 그 결과 한 놈이 다른 놈을 이겼지. 그 패배는 표면적인 것이었을 뿐이오. 놈은 단지 깊이 잠들어 있었던 거요. 놈이 잠들어 있는 동안 나는 원탁을 설립할 수 있었다오. 그때 이래로 많은 변화가 있었소. 지금 용은 원탁 아래에 잠들어 있소. 여전히 잠들어 있지만 주위에 죽음과 파괴의 씨앗을 뿌리면서 복수를 준비하고 있소. 그를 깨우기만 하면 되오. 그렇게 할 수 있는 힘을 가진 자는 모르간, 그대뿐이오."

모르간은 귀를 기울였다. 새들이 그녀의 머리 주위를 빙빙 돌았다. 마치 그녀의 머리카락 속에 몸을 숨기고 싶어 하는 것 같았다. 모르간이 멀린의 목소리를 향해 말했다.

"멀린, 용이 깨어나면 어떤 일이 생기나요?"

밤바람이 더욱 거세어졌다. 밤 그 자체에서 솟아나는 듯한 멀린의 목소리도 더욱 또렷해졌다. 더욱더 냉소적인 어조였다.

"노란 사과나무가 그 주위에 경작된 땅이 없이 언덕 위로 솟아나고 있소. 다른 곳에서 온 민족으로부터 브리튼 왕국을 지키기 위한 전쟁이 일어날 거요. 깊은 바다에서 칠백 명의 남자들을 태운 일곱 척의 배가 솟아오를 것이오. 그들이 이 왕국을 끊임없이 칠 것이오. 그 칠백 명 중에서 일곱 명만이 살아 빈손으로 돌아가겠지만, 왕국은 고아들의 왕국이 될 것이오. 그래요, 내가 있는 언덕 위에 달콤한 사과나무 한 그루가 자라나고 있소. 나는 한 여성을 즐겁게 해 주기 위해 그 나뭇가지 아래에서 종종 음악을 연주한다오. 나무를 에워싸고 있는 숲속에서 나는 아주 오랫동안 잠을 잤다오. 이제는 어느 쪽에서 해가 뜨는지도 모르겠소. 하지만 쇠물닭이나 황야의 수탉이 우는 소리를 듣는 게 더 낫소. 내가 말할 수 있는 것은, 이방의 우두머리들이 바다를 건너 어느 월요일에 당도하리라는 거요. 그들은 그들의 말을 알아듣지 못하는 이 왕국의 남자들과 싸울 것이오. 학살을 피할 수 있는 자는 복된 자이나, 그 수가 극히 적을 것이오."

"그걸 어떻게 아나요?"

멀린은 작은 소리로 웃고 나서, 시로 대답했다.

"내 이름은 모어브린의 아들 멀린,
잔인한 전쟁 우두머리들과 함께
빛나는 잔으로 포도주를 마셨네.
나는 사나운 전쟁 우두머리들과 함께
아름다운 잔으로 포도주를 마셨네.
멀린은 영광스러운 나의 이름
내가 그대에게 장차 세상이 어떠할지 말하리라.
전쟁이 일어난 뒤, 남자들은 젊어서 죽고,
비둘기들은 오월 달에 얼어 죽으리라.
이는 아버 카라우에서
산에 사는 요정들이 한 말이니라."

모르간은 잠시 침묵을 지키다가, 한숨을 내어 쉬며 물었다.

"어떻게 산에 사는 요정들의 말을 알아들을 수 있지요? 당신은 정말 악마의 아들인가요?"

"그건 사람들이 하는 이야기라오. 내가 정말 누구인지 말해 주리다. 내 고향은 여름별의 고장이오. 나는 루시퍼가 지옥의 구덩이로 떨어질 때 나의 왕과 함께 높은 지위를 차지하고 있었소. 나는 알렉산더 왕 앞에서 군기를 운반했소. 나는 북쪽과 동쪽의 별 이름을 안다오. 나는 은하수 안에서, 베푸시는 자의 옥좌 가까운 곳에 앉아 있었소. 나는 헤브론 골짜기까지 신의 정신을 모시고 갔소. 나는 엘리야와 에녹의 스승이었소. 나는 말하기 전에 말했소. 나는 압살롬이 죽었을 때 가나안에 있었소. 나는 오딘 신이 태어나기 훨씬 전에 덴마크인의 궁전에 가 보았소. 나는 자비로우신 신의 아들이 십자가에 달린 장소에 가 보았소. 나는 넴로드 탑을 건설할 때 대장 감독관이었다오. 나는 소돔과 고모라가 파괴되는 모습을 지켜보았소. 나는 로마가 건축되기 전에 아프리카를 보았소. 나는 모세가 요단강을 건널 때 그를 도왔소. 나는 막달레나 마리아와 함께 창공으로 올라갔소. 나는 우주 전체의 스승이며 땅위에서 최후의 심판까지 그리할 것이오. 내가 드러내지 못할 비밀은 세상에 없소."

모르간이 절망이 가득 찬 목소리로 외쳤다.

"멀린! 멀린! 더 이상 어찌 해야 좋을지 모르겠어요."

그녀는 멀린이 얼굴을 드러내기를 바라면서 반지의 보석을 뚫어져라 바라보았다. 뿌연 안개만이 보일 뿐이었다.

"멀린, 제발 나에게 조언을 해 주세요."

멀린의 목소리는 바람결 사이로 여전히 아득하게 들려오고 있었다.

"모르간, 그대는 오래전부터 동생 아더를 질투해 왔소. 그가 권력과 명예를 독차지하고 있었기 때문이오. 그런데 그대는 손윗누이이면서도 수많은 여자들 중 한 여자의 자리를 차지하고 있을 뿐이오. 그대는 왕국을 빼앗아 마음대로 다스리고 싶어 하기까지 했소. 그러나 그대는 아더에게 아무 해도 끼칠 수 없었지. 불충의 대가로 그대는 그대 자신과 충돌했을 뿐이오. 그러나 모르간, 어쩌면 그대는 동생보다 더 큰 권력의 소유자인지도 모르오. 그대가 대부분의 사람들이 알지 못하는 일들을 알고 있다는 사실을 잊지 마시오. 그대의 왕국은 싸움과 증오와 정념으로 찢어지는 이 땅이 아닌 다른 곳에 있다는 것 또한 잊지 마시오."

말소리는 끊어졌다. 모르간의 귀에는 오랫동안 윙윙대는 바람 소리만이 들려왔다. 그러나 멀린의 목소리는 다시 이어졌다. 더욱더 가까운 곳에서 더욱더 크게 들려왔다.

"나는 빠른 걸음으로 신비의 세계에 갔었소. 나는 오래전부터 그 나라를 알고 있었지만, 그러나 갈 때마다 놀라게 되오. 나는 언덕이 있는 곳까지 갔소. 그곳에서 긴 머리의 여인을 보았소. 그녀는 친구들에게 둘러싸여 언덕 위에 앉아 있었는데, 그 친구들의 머리카락은 눈부신 금빛으로 황금사과를 이고 있었다오. 그녀는 다섯 개의 주름이 잡힌 내 자주색 망토를 보고 나를 알아보곤 자기 집으로 따라오라고 초대했다오. 그토록 아름답고 완벽한 집은 보지 못했소. 방 오른쪽에는 오십 명의 왕자들이 누워 잘 수 있는 오십 개의 침대가 있고, 왼쪽에는 오십 명의 공주들이 누워 잘 수 있는 오십 개의 침대가 있었소. 침대 다리는 피처럼 붉은 색이고, 금칠한 아름다운 기둥이 세워져 있었다오. 빛을 뿜어내는 보석이 그 침대들을 밝히고 있었소. 해가 질 때면 서쪽 문에서 두 떼의 말들이 뛰어노는데, 한 떼는 얼룩덜룩한 갈기를 가진 회색 말들이고 다른 한 떼는 밝은 자주색 말들로, 새들이 그 위에 앉아 왕궁에 있는 사람들을 위해 감미로운 노래를 오랫동안 부른다오.

이 집 문 앞에는 은 나무 한 그루가 심겨져 있는데, 정오에 태양이 나무 위로 빛을 비추면, 나무는 마치 순금처럼 번쩍인다오. 좀더 멀리 떨어진 곳에는 예순 그루 정도의 나무들이 있는데, 그 꼭대기는 서로 닿기도 하고 서로 닿지 않기도 한다오. 나무는 일 년 내내 수없이 많은 열매를 맺기 때문에, 나무 한 그루로 삼백 명을 먹여 살릴 수 있소. 이 고귀한 집에는 밀주蜜酒가 가득 차 있는 큰 통이 있는데, 그곳에 있는 사람들은 누구나 다 그 술로 목을 축일 수 있다오. 그 통은 아무리 사람들이 술을 퍼내어 마셔도 언제나 가득 차 있소. 그것이 정해진 관습이라오. 그곳에는 다른 여인들보다 더 뛰어난 여인이 한 사람 있소. 나는 그녀의 검은 머리카락이 바람결에 날리는 걸 보고 있다오."

목소리가 다시 침묵했다. 모르간은 꿈꾸는 듯한 표정을 짓고 있었다. 조금 뒤에, 그녀가 다시 물었다.

"그건 내가 모두 알고 있는 거예요. 난 어떻게 해야 하는 거죠?"

"그대는 언덕 꼭대기에서 바람결에 머리카락을 나부끼는 그 여인이오. 모르간, 그대의 힘을 수납해요. 그곳에 그대의 왕국이 있소. 그곳을 다스리는 것은 그대의 책임이오. 그대는 오랫동안 땅 위에서 헤매며, 무슨 수를 쓰든 그곳에서 통치하기 위해 애써 왔소. 이제 그대가 다스릴 시간이 되었소. 용을 깨우시오. 내가 해 줄 수 있는 말은 그것뿐이오."

목소리는 사라졌다. 모르간이 그 목소리를 깨워보려고 몇 번씩 시도해 보았지만, 목소리는 돌아오지 않았다. 그녀는 멀린이 더 이상 말하지 않으리라는 것을 알고, 과수원을 떠나 탑 안으로 돌아갔다. 침대에 누워 잠을 청했지만, 잠은 저만치 달아나 버렸다. 어지럽고 혼란스러운 생각들이 뒤죽박죽으로 떠올랐다.

아침이 되었을 때, 그녀는 일찍 일어나 아더 왕이 있는 방으로 찾아갔다. 아더가 물었다.

"누이, 무슨 일이오?"

"제가 폐하께 베풀어 드릴 수 있는 모든 은혜를 한 가지 베풀어 주셨으면 합니다."

아더 왕이 웃음을 터뜨렸다.

"이런! 예전에는 나에게 봉사하기는커녕 무슨 수를 쓰든 나를 해칠 궁리만 하지 않았었소? 어쨌든, 과거의 일은 과거의 일이고……. 내가 베풀어야 할 은혜가 나와 왕국의 명예를 해치지만 않는다면 기꺼이 베풀어 주리다."

"바로 폐하의 명예를 위해 청하는 것이랍니다. 이곳에 내일까지 머무시겠다고 약속하셨지요? 그동안 폐하 자신의 궁에 계시는 것보다도 더 편하게 모시겠습니다. 무엇을 요구하시든지 즉각 대령해 올릴 것입니다."

왕은 약속했으니 내일까지 머물겠다고 대답했다.

"지금 폐하께서는 폐하를 가장 원하는 집에 계시는 거랍니다. 이 세상에 저만큼 폐하를 사랑하는 여인은 없어요."

왕이 빙그레 웃으며 말했다.

"이상한 일이구려. 전에는 다르지 않았소? 한때는 어지간히 나를 괴롭히더니만……."

"오누이간의 사랑이 그 무엇보다 강하다는 것을 깨닫고, 예전에 저지른 잘못을 깨달았답니다. 저는 우터 펜드라곤 폐하의 딸은 아니지만, 우리는 같은 어머니에게서 태어나지 않았습니까. 그걸 잊으셔서는 안 됩니다."

"잊을 리가 있겠소. 나도 한 가지 부탁이 있소. 궁으로 돌아와 주시오. 원탁의 동지들은 지금 조금 맥이 빠져 있소. 모험이 생겨나질 않아요. 누이가 와 준다면, 모두 기뻐할 거요. 그러면 나날이 더 나를 짓누르고 있는 내 주변의 우울한 분위기 안에 활기와 기쁨이 다시 생겨날 거요."

모르간이 아더 왕을 뚫어져라 바라보았다.

"폐하, 우울한 분위기가 문제가 아닙니다. 왕국 안에서 무엇인가가 썩어가고 있어요. 왕국은 안으로부터 갉아 먹히고 있어요. 폐하의 궁정에는 이제 음모, 간계, 비열함밖에는 없어요. 폐하의 기사들은 제가 무서운지 피하기만 할 뿐이에요."

"누이가 예전부터 그들이 무서워할 만한 일들을 했던 것은 사실이잖소. 모두들 누이를 존경하고 사랑한다오. 왕비도 누이와 함께 있으면 기뻐할 거요."

모르간이 웃음을 터뜨렸다.

"이런! 왕비가 저를 증오한다는 걸 모르시나요? 왕비는 저를 싫어

하면서도 오랫동안 참고 지냈지요. 앞으로도 저에 대한 감정이 바뀔 것 같지는 않아요. 저는 궁으로 돌아가지 않을 거예요. 이곳을 떠나면, 곧장 아발론 섬으로 갈 거예요. 예술과 마법에 통달한 여성들이 살고 있지요. 이제는 저 역시 통치할 때가 되었어요."

아더 왕은 아무 대답도 하지 않고 일어나 옷을 입은 뒤 침대에 앉았다. 그는 누이에게 옆에 와서 앉으라고 일렀다. 왕은 모르간의 현재 상태, 그리고 계획 등에 대해 물었다. 그녀는 일부만 가르쳐 주고, 일부는 조심스럽게 감추었다. 두 사람은 그렇게 오랫동안 대화를 나누었다. 아침 시간이 반쯤 지나갔을 때, 모르간은 산책하러 나가자고 말하며 아더 왕을 밖으로 데리고 나왔다. 모르간은 일부러 란슬롯이 오래 갇혀 있었던 방을 지나갔다. 아주 아름다운 날씨였다. 부서질 것처럼 빛나는 태양이 방 전체를 환하게 밝히고 있었다.

왕의 눈이 자연스럽게 그 방을 꾸미고 있는 벽화 위로 옮아갔다. 각각의 그림들은 란슬롯이 아주 젊은 시절에 세운 무훈을 나타내고 있었다. 아더 왕은 그림 앞으로 가까이 다가갔다. 란슬롯이 한 가지씩 무훈을 세울 때마다 그것에 관한 소식이 아더 왕의 궁으로 들려오곤 했었다. 게일호트와의 만남을 다룬 그림 앞에 섰을 때, 그는 깜짝 놀란 표정을 지었다. 막연한 불안이 왕의 가슴속에서 흔들리고 있었다. 그림에 그려진 왕비와 란슬롯은 정신적인 연인 사이처럼 보이지 않았다. 게다가 그림에는 사랑에 빠진 사내가 연인에게 보내는 글귀들이 기록되어 있었다. 누가 이 그림을 그린 걸까? 아더 왕은 속으로 생각했다.

'이 기록들이 진실한 것이라면, 란슬롯이 왕비와 함께 나를 모욕해 왔다는 말을 믿을 수밖에 없다. 그것이 사실이라면, 이 고통을 어찌 해야 한단 말인

가. 나는 그를 전적으로 신뢰하였다. 그런데 왕비와 육체적인 사랑을 나누었다면, 이보다 더 큰 모욕이 어디에 있겠는가!'

왕은 뒤를 돌아보며 물었다.

"누이, 우리 어머니에 대한 기억으로 부탁하겠소. 이제부터 내가 던지는 질문에 숨김없이 대답해야 하오."

모르간은 자신이 알고 있는 문제라면 모든 진실을 밝히겠다고 말했다. 아더 왕이 다시 말했다.

"맹세해요."

모르간이 맹세했다. 아더가 무서운 목소리로 물었다.

"누가 이 그림을 그린 거요? 진실을 안다면 말해 주시오. 행여 내가 고통스러워할까 봐 거짓을 고하지는 마시오."

"아, 폐하, 지금 무얼 물으셨나요? 만일 제가 진실을 말했다는 것을 이 그림을 그린 화가가 알게 된다면, 그 사람은 저를 죽일 거예요. 신이 아니라면 그걸 막을 수 있는 사람은 아무도 없어요!"

"전능하신 신에 걸고, 누이는 내게 진실을 말해야 하오. 왕의 자격으로 맹세하겠소. 그 때문에 누이에게 해가 되는 일은 없을 거요."

"폐하, 부탁입니다. 말씀드릴 수 없어요. 이 곤혹스러운 일을 면해 주소서."

"아니 되오! 진실을 말하겠다고 하지 않았소!"

"좋습니다. 거짓 없이 아뢰지요. 미리 말씀드리지만 그 진실은 폐하에게나 저에게나 좋은 결과를 가져다주지 않을 거예요. 진실은, 폐하께서는 아직 모르시고 계시지만, 란슬롯 경과 귀네비어 왕비가 서로 사랑하는 사이라는 거예요. 그 사랑은 란슬롯 경이 기사 서임을 받던 그날로 시작된 것이랍니다. 두 사람은 만나자마자 운명처럼 서로에게 빠져 들었으니까요. 그 이래로 란슬롯 경이 세운 모든 무훈은 귀네비어 왕비의 사랑을 위한 것이었답니다."

아더 왕은 망치로 얻어맞은 듯 멍한 표정으로 고개를 흔들었다. 그러고는 슬프고 힘없는 목소리로 중얼거렸다.

"믿을 수 없소. 어떻게 그런 일이……."

"오래전에 알아차리셔야 했어요. 예를 들면, 폐하께서 처음으로 고통스러운 감시의 성에 가셨을 때, 폐하는 성에 들어가실 수 없었지요. 기억나시나요? 그때 폐하께서는 폐하의 이름으로 기사를 한 사람 보내셨지요. 케이 경이었다고 기억됩니다만……. 만일 그 기사가 들어갔다면, 아마도 케이 경이 귀네비어 왕비와 란슬롯 경을 전적으로 신뢰하기 때문이었을 겁니다. 폐하께서는 주의를 기울이지 않으셨지만, 다른 사람들은 모두 눈치 챘지요."

"사실이오. 나는 아무것도 몰랐소. 그러나 그건 증거가 될 수 없소."

"폐하, 순진하시군요! 얼마든지 다른 증거도 댈 수 있습니다."

"부탁이오, 모르간, 숨김없이 말해 주시오."

"란슬롯은 왕비를 보자마자 정신없이 사랑에 빠졌어요. 이 세상 어떤 남자가 한 여자를 그렇게 사랑할 수 있을까요. 처음에는 왕비에게 고백하지 못하고 속으로만 간직하고 있었어요. 다만, 왕비를 위해 여기에 그려져 있는 대로 여러 가지 무훈을 세웠을 뿐이지요. 어쩌면, 그렇게 하면서 왕비가 먼저 다가와 주기를 바랐는지도 몰라요. 그때 거녀의 아들인 머나먼 섬들의 주인 게일호트 경이 개입하게 된 것입니다. 그날 란슬롯 경이 검은 갑옷을 입고 싸워 이김으로써 폐하와 게일호트 사이의 분쟁을 해결했던 걸 기억하시는지요? 그 후에 폐하와 게일호트 경 사이에는 평화가 맺어졌고, 영광은 모두 폐하에게 돌아갔지요. 그런데 게일호트 경은 란슬롯 경이 왕비를 사랑하고 있다는 것을 알게 되었어요. 그러고는 사랑의 고통으로 먹지도 마시지도 못하고 매일 여위어가는 걸 바라보았지요. 그는 란슬롯 경을 부드럽게 밀어붙여서 모든 것을 고백하게 만들었어요. 그리곤 절망하지 말고, 용기를 내어 왕비가 그의 욕망에 답하게 만들라고 말했지요. 실제로 그렇게 되었구요."

"이제 그만! 충분히 들었소. 나는 이 벽화에서 나의 치욕과 란슬롯 경의 배반을 분명히 읽을 수 있소. 그런데 누가 이런 장면들을 그린 거요?"

"란슬롯 경 자신이 그린 거랍니다. 카멜롯에서 열렸던 두 차례의 무술 경기를 기억하시나요? 그때 원탁의 기사들이 란슬롯 경의 진영과 싸우기를 거절했지요. 란슬롯 경이 언제나 승리를 거두고 마니까요."

"기억하고말고. 란슬롯 경이 화가 나서 상대편 진영을 몰아붙여 성으로 도망치게 만들었소. 그 모습이 아직도 눈에 선하구려. 그 경기에서 란슬롯 경의 활약은 얼마나 눈부셨는지 모른다오. 그처럼 기억에 남는 경기는 본 적이 없소. 그런데 왜 그 이야기를 하는 거요?"

"왜냐하면 그때 펠레스 왕의 따님이 궁에 머물고 있었기 때문이지요. 펠레스 왕의 딸이 란슬롯 경의 아들을 낳았다는 것을 알고, 왕비는 질투에 사로잡혀 란슬롯 경을 내쫓았지요. 그 때문에 란슬롯 경은 일 년 반 동안이나 궁을 떠나 있었어요. 그가 어디에 있는지 아무도 몰랐지요. 폐하 자신도 그가 어찌 되었는지 무척 걱정하셨구요. 그 기간 동안 내내 제가 그를 이곳에 붙잡아 두었답니다. 두 번의 겨울과 한 번의 여름이 지나가는 동안, 그는 저의 포로였어요. 그동안에 이 그림을 그린 거예요. 만일 그가 사람이 했다고 믿기 힘든 악마의 술수를 발휘하여 이곳에서 도망치지 않았더라면, 지금까지 그를 이곳에 가두어 두었을 거예요."

"악마의 술수?"

"그래요. 이 창문의 쇠창살을 손으로 부수고 도망쳤답니다."

왕은 모르간이 수선해 놓은 거대한 쇠창살을 바라보았다. 아닌게아니라 그것을 부수려면 인간이 아니라 악마여야 할 것 같다는 생각이 들었다. 왕은 벽화를 자세히 살펴보기 시작했다. 그림 하나하나마다 멈추어 서서 아무 말 없이 생각에 잠겨 바라보다가 나지막한 소리로 뇌까렸다.

"언젠가 조카 아그라베인 경이 나를 찾아와서 란슬롯 경이 왕비와 함께 나를 배반했다고 말했을 때, 나는 그 말을 믿으려 들지 않았소. 그가 천박한 질투심에 사로잡혀 거짓말을 한다고 생각했지. 그러나 이 그림들을 보니 그가 옳았다는 것을 알겠소. 이제 어찌 하면 좋을지 모르겠소. 이 그림들이 증언하고 있듯이 만일 란슬롯 경과 귀네비어 왕비가 나를 모욕한 것이 사실이라면, 두 사람은 현장에서 잡아야 하오. 두 사람에게 마땅한 벌을 내릴 수 없다면 나는 왕관을 벗어 버리겠소."

"당연하지요. 말씀하신 대로 하지 않으신다면, 모든 사람들이 폐하를 경멸할 거예요. 왕이 아니라, 평범한 백성이라도 그런 치욕을 당하고 가만히 참고 있을 사람은 없으니까요."

두 사람은 그 문제에 대해 오랫동안 이야기를 나누었다. 모르간은 가능한 한 빨리 왕이 당한 치욕을 복수해야 한다고 왕을 부추겼다. 왕은 죄인들을 현장에서 붙잡기만 하면 반드시 벌하겠다고 다짐했다.

모르간이 말했다.

"곧 그렇게 할 수 있을 거예요! 눈치 채지 못하게 계속 감시하기만 하면 돼요. 은밀하게 해야 한다는 걸 잊지 마세요. 왕비는 아주 조심하는데다가 란슬롯은 어지간한 공격으로 무너뜨릴 수 있는 사람이 아니니까요."

"걱정하지 마시오. 그렇게 하리다. 누이의 말대로 두 사람이 서로 미칠 듯이 사랑하고 있는 게 사실이라면, 여섯 달이 채 가기 전에 그들을 붙잡을 수 있을 거요. 그러면 그들을 심판대에 세우겠소. 그리 된다면 아무도 나를 비겁한 왕이라고 비난할 수 없을 것이오."

왕은 그 다음 주까지 모르간의 성에 머물렀다. 모르간은 왕과 함께 있을 때마다 왕에게 복수심을 불어 넣는 것을 잊지 않았다. 모르간은 귀네비어 왕비를 싫어했다. 그녀가 고통당할 것을 생각하니 벌써부터 기분이 좋아졌다. 란슬롯은 그녀가 누구보다 사랑했던 남자였지만, 그녀의 열렬한 사랑을 경멸함으로써 그녀의 자존심을 짓밟았다. 그녀는 란슬롯이 얼마나 왕비를 사랑하는지 잘 알고 있었다. 어쩌면 그녀가 질투한 것은 귀네비어 왕비가 아니라, 란슬롯의 지극한 사랑 그 자체였는지도 모른다. 모르간은 어떤 여자에게도 뒤지지 않는 뛰어난 미모와 지성의 소유자였다. 그런데도 란슬롯의 마음은 요지부동이었다. 왕비와 란슬롯의 사랑은 분명히 불륜이었지만 그들의 사랑은 질투가 나도록 순결했다. 모르간은 두 사람을 함정에 빠뜨렸다는 생각 때문에 때로 괴롭기도 했다. 그러나 모든 것은 운명이 정해놓은 것이다. 나는 어떤 역할을 내 것으로 받아들인 것뿐이다. 게다가 멀린도 이미 말하지 않았던가? 원탁 아래 잠들어 있는 용을 깨울 때가 되었다고.

아더 왕은 모르간의 성에 머무는 동안 사냥을 하며 시간을 보냈다. 성 주위의 자연은 아름다웠고, 숲에는 사냥감들이 많았다. 그는 동지들이 란슬롯의 벽화가 있는 방으로 들어가지 못하도록 주의를 기울였다. 누군가 진실을 알게 되면 소문은 걷잡을 수 없이 커질 것이고, 그것은 그로서는 난감한 일이었기 때문이다. 다행히 모르간의 성을 떠날 때까지 그 방에 들어간 왕의 동지들은 아무도 없었다.

동생이 떠나자, 모르간은 곧 그녀가 가지고 있는 말 중에서 가장 잘 달리는 놈을 골라 아름답게 치장하라고 일렀다. 이제, 바야흐로 저곳, 바다 한가운데에 있는, 사람들이 아발론이라고 부르는 곳에서 그녀의 통치가 시작되려 하고 있다는 것을 그녀는 알고 있었다.

08 깨어난 용

어느 날, 귀네비어 왕비와 호수의 기사 란슬롯은 평소처럼 사람들의 눈길이 닿지 않는 곳에서 만나 단 둘이 이야기꽃을 피우고 있었다. 한참 이야기를 나누다가 왕비가 불쑥 화제를 돌렸다.

"란슬롯, 당신 때문에 후회가 돼서 괴로워요."

"무엇 때문에요?"

"에스칼로 성의 아가씨에 관해서 당신을 의심했었잖아요. 내가 어리석었어요. 누군가 내게 당신이 그 아가씨를 깊이 사랑한다고 말해주었거든요. 질투에 사로잡혀서 내가 그 말을 믿었답니다. 바보같이……. 만일 당신이 정말로 그녀를 사랑했다면 그녀가 고통으로 죽는 일은 없었겠지요."

란슬롯이 화들짝 놀라서 물었다.

"죽었다구요? 언제? 어떻게요?"

"모르셨어요? 그럴 수가……. 죽었어요. 가엾게도 당신을 희망 없이 사랑했기 때문에 고통스러워서 죽었어요. 지금 카멜롯 교회에 누워 있답니다."

란슬롯은 그 소식을 듣고 너무나 슬퍼했다. 그는 그 얘기를 까맣게 모르고 있었던 것이다.

"불행한 일이군요. 무척 아름답고 또 재능이 뛰어난 아가씨였는데……."

그들은 여전히 열정적으로 사랑하고 있었다. 수많은 세월이 지나갔건만, 두 사람 사이의 사랑은 빛이 바래기는커녕 더욱 강렬해졌다. 이제 두 사람은 상대방 없이는 살 수 없었다. 그런데 세월이 지나가면서 경계심이 느슨해졌기 때문인지 두 사람은 사람들 앞에서 전처럼 조심하지 않고 서로의 감정을 드러내는 일이 잦아졌다. 원탁의 기사들, 그중에서도 가웨인과 그의 형제들은 두 사람이 어떤 관계인지 분명히 알게 되었다. 그런 광경을 제일 못 견뎌 한 사람은 오래전부터 란슬롯을 증오해 왔던 아그라베인이었다.

어느 날인가 가웨인과 아그라베인, 가헤리에트, 가레스, 거기에 형들을 자주 찾아오지 않던 모드레드까지 다섯 형제가 모두 대접견실에 모여 앉아 이야기를 나누고 있었다. 그들은 귀네비어 왕비와 란슬롯의 관계에 대해 신나게 험담을 늘어놓았다. 아그라베인이 특히 신이 나 있었다. 그는 침을 튀기며 란슬롯을 씹어 댔다. 그들이 그렇게 떠들고 있을 때 왕이 왕비의 처소를 나와 대접견실 앞을 지나가고 있는 것이 보였다. 가웨인이 얼른 입에 손가락을 가져다 대며 동생들에게 말했다.

"쉬이……, 입 다물어. 왕 앞에서는 아무 말도 해서는 안 된다!"

그러자 아그라베인은 입을 다물어야 할 이유를 모르겠다고 오만하게 대답했다. 왕이 지나가다가 그 이야기를 듣고 아그라베인에게 질문을 던졌다.

"조카여, 어떤 문제에 대해 입을 다물겠다는 말이냐?"

아주 난처해진 가웨인이 얼른 끼어들었다.

"숙부님, 그냥 내버려두시지요. 아그라베인은 언제나 쓸데없는 이야기에 열을 올리곤 하지 않습니까. 그러니 그가 뭐라 하던 아실 필요 없습니다. 폐하에게도 그 누구에게도 좋을 것이 없습니다."

왕은 계속 다그쳤다.

"무슨 일인지 알아야겠다."

이번에는 가헤리에트가 나섰다.

"아그라베인은 황당한 거짓말밖에 할 줄 모릅니다. 제발 제 말을 들어주십시오. 우리의 주군으로서 더 이상은 묻지 말아 주십시오."

"그럴 생각 없다. 너희가 나에게 했던 맹세에 걸고 명령한다. 어떤 문제에 대해 얘기중이었는지 당장 말하라."

가웨인이 대답했다.

"폐하께서 진노하시어 저를 이 땅에서 내쫓으신다 해도 말씀드릴 수 없습니다. 순전히 꾸며낸 이야기일 뿐인데, 폐하께서 그 이야기를 믿으시기라도 하는 날엔 정말 끔찍한 불행이 생겨날 것입니다."

나머지 세 형제는 입을 꽉 다물고 있고, 가헤리에트와 가웨인이 이렇게 막고 나서는 것을 보고 왕은 더 궁금해졌다. 왕은 화가 나서 뻘겋게 달아오른 얼굴로, 말하지 않으면 모두 혼내 주겠다고 큰 소리로 꾸중했다.

가웨인이 차분한 목소리로 대답했다.

"어쨌든 저는 말씀드리지 않을 것입니다. 결국엔 폐하의 미움만 살 테니까요. 또 제가 아니라하더라도 그것을 말씀드린 사람은 후회하게 될 것입니다."

가웨인은 몸을 휙 돌려 방을 나가 버렸다. 가헤리에트가 그 뒤를 따라 나갔다. 아더 왕은 몇 번씩이나 그들을 불러 세웠지만 그들은 마치 들리지 않는다는 듯이 그대로 가 버렸다. 그들은 그 문제를 화제로 삼았던 것을 후회했다. 만일 왕이 진실을 알게 되면 란슬롯을 가만두지 않을 것이고, 원탁의 기사들도 무사할 수 없을 것이기 때문이다. 아더 왕의 왕국은 불명예를 겪게 되는 것은 물론이고, 충성스럽고 귀한 동맹자들을 잃을지도 모른다.

왕은 세 명의 조카들과 함께 방 안에 남겨지자 정원 가까운 곳에 있는 작은 방으로 그들을 데리고 갔다. 그러고는 문을 단단히 잠그고 대답하라고 다그쳤다. 왕은 처음에는 아그라베인에게 요구했다. 아그라베인은 자기가 너무 멀리까지 갔다는 것을 알고, 자신은 말하지 않을 테니 동생들에게 물어보라고 대답했다. 가레스와 모드레드는 신중하게 침묵을 지키고 있었다.

왕이 진노한 음성으로 소리쳤다.

"정 말하지 않겠다면, 좋다. 둘 중 하나다. 너희가 나를 죽이든지 내가 너희를 죽이든지!"

그렇게 말하면서 왕은 침대 위에 놓여 있는 검을 뽑아 들고 아그라베인 앞으로 똑바로 걸어갔다. 그는 정말로 죽일 의사가 있다는 것을 확인시키려는 듯 무기를 아그라베인의 머리 위로 휘둘렀다. 아그라베인은 왕이 정말로 제정신이 아니라는 것을 알아차리고 모든 것을 사실대로 말하겠다고 허겁지겁 외쳤다.

"저는 가웨인 경과 가헤리에트 경, 그리고 여기 있는 다른 두 형제에게 란슬롯 경이 폐하에게 가한 모욕 때문에 오랫동안 고통스러웠다고 말했습니다. 그자는 불충과 반역의 죄를 저질렀습니다."

왕은 계속 다그쳤다.

"란슬롯 경이 나를 어떻게 모욕했다는 것이냐? 경은 지금 충분히 말하지 않고 있다. 란슬롯 경이 어떤 반역을 저질렀느냐? 경은 지금 엄청난 고발을 하고 있는 것이야. 내가 란슬롯 경을 지극히 아끼는 만큼, 이 고발이 무척 고통스럽다. 나는 그를 충신 중의 충신으로 여겨왔다. 그가 나를 배반할 리가 없다."

"믿기 힘드시겠지만 그는 폐하를 배반했습니다. 왕비와 함께 폐하를 조롱했습니다. 기회가 있을 때마다 왕비와 육체적인 사랑을 나누었으니까요."

그 말을 듣고 있는 왕의 얼굴이 창백해졌다. 이로써 그가 모르간의 성에서 보았던 영상이 현실의 분명한 반영이 되어버린 것이다. 왕의 얼굴은 점점 더 참혹하게 일그러졌다.

모드레드는 왕을 동정하는 체하며, 짐짓 꾸며낸 목소리로 말했다.

"폐하의 슬픔과 실망을 이해합니다. 저희는 가능한 한 오랫동안 폐하께 진실을 숨겨왔습니다. 폐하께서 고통스러워하실 것이 두려웠습니다. 이제 진실을 아셔야 합니다. 저희는 오랫동안 입을 다물고 있었습니다. 폐하에 대한 맹세를 어기는 불충의 죄를 저질렀습니다. 이제 폐하께 진실을 고함으로써 저희의 의무를 수행하였습니다. 그러므로 장차 어떻게 모욕을 씻을 것인지 생각하소서."

아더 왕은 어떤 결정을 내려야 할지 알 수 없어서 오랫동안 침묵을 지키고 있었다. 그러나 그는 행동하지 않으면 안 된다는 것을 알고 있었다. 이제 그가 당한 모욕은 공적인 일이 되어 버렸다.

왕은 무겁게 입을 열었다.

"경들이 나를 조금이라도 사랑한다면, 죄인들을 현장에서 잡을 수 있는 조치를 강구하라. 이 반역자들에게 그들이 받아 마땅한 벌을 내릴 수 없다면, 나는 왕관을 던져 버리겠다."

가레스가 조심스럽게 끼어들었다.

"폐하, 신중하게 살피소서. 란슬롯 경처럼 뛰어난 용사를 죽이는 것은 쉬운 일이 아닙니다. 그는 그의 가문이 모두 그렇듯이 강하고 담대합니다. 만일 그가 정의의 이름으로 죽게 된다면, 그의 형과 사촌들은 반드시 참혹한 전쟁을 일으킬 것입니다. 그렇게 되면 폐하의 제후들은 제 아무리 용감한 자라고 해도 큰 위험을 겪게 될 것입니다. 신의 도우심이 없다면 폐하마저도 죽음의 위협을 겪게 되실지 모릅니다. 반 왕의 혈족은 란슬롯 경을 구하기 위해서라

아더 왕에게 란슬롯과 귀네비어 왕비의 관계를 고하는 모드레드 경

면 목숨을 아끼지 않을 사람들입니다. 자신의 목숨을 보존하는 것보다 란슬롯 경의 기억이 더 중요하다고 여길 테니까요."

"내 걱정은 하지 말고, 란슬롯 경과 귀네비어 왕비를 현장에서 붙잡도록 하라. 경들은 원탁의 동지가 될 때 나에게 복종하겠노라고 맹세했다. 이제 경들이 그 맹세를 존중한다는 것을 증명할 시간이 된 것이다."

그날 저녁, 아더 왕은 내내 침통한 표정을 짓고 있었다. 가웨인과 가헤리에트는 왕의 표정만 보고도, 동생들이 모든 것을 폭로했다는 것을 알아차렸다. 두 사람은 일부러 숙부를 피하면서 창가에 머물러 있었다. 왕의 태도 때문에 분위기는 견딜 수 없도록 무거웠다. 모두 입을 열 엄두를 내지 못했다. 무덤 같은 침묵이 사람들의 가슴을 짓눌렀다.

침묵을 깨고, 어디선가 저벅저벅 걷는 발소리가 들려왔다. 어떤 기사 한 사람이 갑옷을 입은 채로 방으로 들어오더니 왕 앞으로 나아갔다.

"아더 왕이시여, 소신은 카라헤트에서 열린 무술 경기 결과를 말씀드리러 왔습니다. 소렐로이스 왕국과 황폐한 땅의 기사들이 패하였습니다."

"우리 기사들은 참여하지 않았느냐?"

"란슬롯 경이 참여했습니다. 두 진영의 모든 기사들을 압도했습니다."

왕은 처음에는 고통스러운 표정으로 머리를 숙였다. 그러나 곧 자리에서 일어나 좌중이 모두 들을 수 있도록 큰 소리로 말했다.

"애재라, 그처럼 용맹스러운 사람의 가슴에 배반이 또아리를 틀고 있다니, 이 얼마나 슬픈 일인가."

왕은 자신의 처소로 돌아가 침대에 드러누웠다. 그는 만일 란슬롯을 현장에서 잡게 된다면, 왕국에 큰 위험이 닥치리라는 것을 알고 있었다. 그러나 모욕을 당하고도 가만히 있을 수는 없는 일이었다. 그는 세 명의 형제를 데려오라고 시종들에게 명령했다. 그들이 대령하자, 왕이 말했다.

"란슬롯 경이 곧 카라헤트에서 돌아올 것이다. 그가 왕비와 함께 있을 때 붙잡을 방법을 생각해 두었느냐?"

매사에 신중한 가레스가 제일 먼저 입을 열었다.

"모르겠습니다. 저는 정말 모르겠습니다."

아그라베인이 가레스의 말이 끝나기 전에 도전적으로 말했다.

"제게 묘책이 있습니다. 내일 숲으로 사냥을 가겠다고 말씀하십시오. 란슬롯 경만 빼놓고 모든 기사들을 사냥에 데리고 갈 수 있게 조치하십시오. 란슬롯 경은 옳다구나 하고 남아서 왕비를 만나러 갈 것입니다. 저희 세 사람은 궁에 남아서 망을 보다가 폐하께 상황을 알려드리겠습니다. 폐하께서 돌아오실 때까지 왕비의 방을 떠나지 못하도록 일을 꾸미겠습니다."

왕이 대답했다.

"좋은 계획인 듯하다. 그대로 시행하라. 그러나 아무도 눈치 채지 못하도록 조심하라."

그때 갑자기 가웨인이 들어왔다. 그는 그의 세 동생이 란슬롯을 옭아매기 위한 음모를 꾸몄고, 왕이 그것을 윤허했다는 것을 즉시 알아차렸다.

가웨인이 왕에게 말했다.

"폐하의 결정이 폐하에게 득이 되도록 신께서 도와주셨으면 좋겠습니다. 그러나 어쩐지 득보다는 해가 될 거라는 생각이 드는 것은 어쩔 수가 없군요."

그리고 이번에는 아그라베인에게 말했다.

"아우야, 너는 그 증오와 질투 때문에 파멸하고 말 것이다. 란슬롯은 너보다 뛰어난 기사이기 때문이다. 틀림없이 너의 행동을 후회하게 될 것이다."

왕이 큰 소리로 가웨인의 말을 막고 나섰다.

"가웨인 경! 이제 물러가라! 다시는 경을 신뢰하지 않겠다. 경은 나의 수치를 알면서도 나에게 알리지 않고 숨겨 왔다."

"그렇습니다. 그러나 그것은 폐하를 존경하기 때문입니다."

그는 더 이상 왕의 모습을 마주할 수 없어 물러나왔다. 불안이 마음을 갉아먹고 있었다. 무서운 먹구름이 밀려오고 있다. 무슨 수를 쓰든 막아야 한다. 그는 가헤리에트를 찾아갔다.

"아우야, 아그라베인이 왕에게 모든 것을 말해 버렸구나. 란슬롯 경과 왕비를 붙잡을 계획까지 꾸민 것 같다. 나는 란슬롯 경을 모함하고 고발하지 않을 것이다. 란슬롯 경이 당하면, 그 여파를 감당할 수 없다. 무슨 수를 쓰든 막아야 한다."

"저도 그렇게 생각합니다, 형님."

"지금으로선 아그라베인이 꾸민 계획을 밀고 나가도록 내버려두는 수밖에 없다. 이미 활은 활시위를 떠난 듯하다. 성공한다면 그에게는 잘된 일이겠지. 그러나 우리 도움을 받을 수는 없을 것이다. 실패한다면, 그건 온전히 그의 책임이다."

그들은 함께 가헤리에트의 집으로 가다가 란슬롯을 만났다. 그들은 서로 다정하게 인사를 주고받았다. 가헤리에트가 불쑥 란슬롯에게 말했다.

"란슬롯 경, 경에게 청할 일이 한 가지 있습니다."

"내가 할 수 있는 일이라면 기꺼이 들어드리겠소."

"감사합니다. 경의 동지들과 함께 제 집에 오셔서 머물다 가시면 어떻겠습니까? 경을 위해서 드리는 청입니다."

가헤리에트는 란슬롯을 자기 집에 붙잡아 둠으로써 왕비를 만나러 가지 못하게 하려는 것이었다. 그렇게 하면 아그라베인이 놓은 덫을 피할 수 있을 테니까. 란슬롯은 가헤리에트의 제안을 흔쾌히 받아들였다. 저녁이 되어 그들은 함께 궁으로 갔다.

란슬롯은 왕의 냉랭한 태도에 깜짝 놀랐다. 평소에 그토록 따뜻하게 맞아주던 왕이 고개를 돌리고 쳐다보지도 않았던 것이다. 그는 동지들 옆에 앉아 마음을 가라앉혀 보려고 했다. 마음이 계속 불안했다. 그는 왕의 갑작스런 변화에 크게 당황하고 있었다.

만찬을 끝내고 난 뒤, 아더 왕은 기사들에게 다음 날 아침 숲으로 사냥을 갈 터이니, 모두 함께 가자고 초대했다.

란슬롯이 말했다.

"폐하, 저도 함께 가겠습니다."

"아니다, 란슬롯 경. 함께할 기사들이 많다. 경은 무술 경기에서 돌아온 지 얼마 되지 않아 피곤할 것이다. 궁에서 푹 쉬도록 하라."

란슬롯은 왕이 그에게 잔뜩 화가 나 있다는 것을 분명하게 알아차렸다. 무엇 때문에 왕이 그토록 화가 났는지 그 이유는 알 수 없었다. 잠자러 갈 시간이 되었을 때 그는 보호트를 데리고 가헤리에트의 처소로 갔다.

란슬롯이 보호트에게 물었다.

"왕이 나를 대하는 태도가 갑자기 차가워졌다는 걸 느꼈나? 나에게 화가 나신 것 같더군. 이유를 모르겠네."

"순진한 건가, 아니면 멍청한 건가? 왕이 자네와 왕비의 관계를 눈치 챈 것이 틀림없네. 그러니 행동을 극도로 조심하시게. 잘못되면 끝나지 않는 갈등에 휘말리게 될 게야."

"누가 그 얘길 떠들어 댄 거지?"

"남자가 한 짓이라면 틀림없이 아그라베인이겠지. 그자는 자네가 생각하는 것 이상으로 자네를 증오하고 질투하고 있네. 또 여자라면 모르간일 걸세. 자네한테 오랫동안 당해 온 경멸을 복수하려고 오래전부터 이를 갈아 왔으니까. 란슬롯, 행동을 조심하게나. 나 말고는 아무도 믿어서는 안 되네. 어쩐지 감시당하고 있다는 느낌이 들어."

다음 날 아침 일찍 가웨인이 란슬롯에게 말했다.

"가헤리에트와 나는 왕과 함께 숲으로 갈 것이오. 경도 우리와 함께 가시려오?"

"폐하께서 원치 않으실 것 같소. 보호트와 헥토르와 함께 이곳에 있겠소이다."

가웨인과 가헤리에트는 사냥 준비를 하고 있는 왕에게로 갔다. 왕이 떠나기가 무섭게 귀네비어 왕비는 아직도 잠자리에 들어 있는 란슬롯에게 사람을 보내어 얼른 만나러 오라는 전갈을 보냈다. 왕비의 전갈을 받자, 두 사람 사이를 왕이 눈치 챘다는 짐작으로 움츠러들었던 마음은 천리만큼 달아났다. 란슬롯은 다시 첫사랑에 눈뜬 청년처럼 마음이 불타오르는 것을 느꼈다. 그러나 사람들이 감시하고 있을지 모르니 조심해야 한다는 보호트의 말이 머릿속에 떠올랐다. 그는 사촌에게 어떻게 하는 것이 좋을지 조언을 구했다.

"가지 말게. 너무 위험해."

"내가 나 자신을 잘 지킬 수 있다는 걸 알잖나. 왕비에 대한 내 마음은 위험 따위는 상관 않는다네. 왕비가 부르시네. 가야 해. 안 가면 또 먼젓번처럼 오해하실지도 몰라."

"좋아, 그럼 서두르게. 하지만 느낌이 좋지 않아. 난 자넬 한번도 걱정한 적이 없어. 그런데 이번엔 걱정이 되네. 내 말을 기어이 안 듣겠다면 이 정원을 통해 가게. 왕비의 방 창문 아래로 곧장 이어져 있고, 또 사람들이 아무도 다니지 않으니까 제일 안전할 거야. 그러나 내가 걱정으로 죽는 꼴을 보고 싶지 않다면, 제발 부탁이니 검을 가지고 가게."

란슬롯은 보호트의 조언에 따라 조심스럽게 왕의 처소로 이르는 좁은 길로 들어섰다. 그러나 아그라베인은 사방에 보초를 세워두었기 때문에 란슬롯이 등장했다는 사실을 곧 보고 받았다. 창가로 가서 정원을 내려다보니 나무들 아래로 몸을 숨기고 탑으로 접근하는 란슬롯의 모습이 보였다.

그는 병사들을 불러 모아 말했다.

"그자가 저기 있다. 도망치지 않도록 잘 감시해야 한다."

병사들은 실실 웃으면서, 왕비와 함께 있을 때 덮쳐서 잡을 테니 걱정 붙들어 매시라고 이야기했다. 아그라베인은 란슬롯에게 품어 왔던 증오심이 채워지는 순간을 눈앞에 그리며 만족스러운 미소를 지었다.

란슬롯은 왕의 처소로 몰래 숨어들어가 조심스럽게 문을 잠갔다. 그러고는 귀네비어 왕비의 침실로 가서 살며시 연인 곁으로 미끄러져 들어갔다. 욕망으로 달아오른 그는 미칠 듯이 사랑을 나누었다. 그때 란슬롯을 공격하라는 임무를 부여받은 아그라베인의 병사들이 문 앞에 나타났다. 그들은 문이 잠겨 있는 것을 보고 아그라베인에게 어떻게 해야 하느냐고 물었다. 아그라베인은 문을 부수라고 명령했다.

귀네비어는 바깥에서 나는 소란스러운 소리에 놀라, 란슬롯의 품에서 빠져 나오며 소리쳤다.

"누군가 우리를 배반했나 봐요!"

란슬롯 역시 누군가 문을 열려고 하고 있다는 것을 알아차렸다. 왕비가 겁에 질린 소리로 속삭였다.

"아, 파멸이군요! 아그라베인일 거예요. 그가 우릴 공격하는 거예요!"

"걱정하지 마십시오. 그는 자기가 원하는 걸 얻게 될 것입니다. 우리를 잡으려는 자들은 다 내 손에 죽게 될 테니까! 아그라베인이 제일 먼저 죽게 될 겁니다."

두 사람은 침대 아래로 몸을 숨겼다. 란슬롯이 왕비에게 물었다.

"혹시 갑옷이나 투구 가진 것 없습니까?"

"아니오, 없어요. 오, 우리 두 사람 모두 죽게 생겼군요. 나보다도 당신이 죽게 되는 게 안타까워요. 왕국으로서는 그것이 더 큰 손실이니까요. 하지만, 혹시라도 신의 도우심으로 당신이 살아남을 수 있다면, 나 역시 살 거예요. 죽고 싶지 않아요."

왕비의 말을 들으니, 란슬롯은 힘이 솟는 듯한 느낌이 들었다. 그는 대담하게 문 앞에 서서 문을 부수려는 사람들을 향해 외쳤다.

"이 더러운 개들아! 비겁한 놈들! 내가 문을 열어 주마! 어느 놈이 제일 먼저 얼굴을 들이미는지 한번 보자꾸나."

그는 검을 빼어든 다음, 문을 열어젖혔다. 그러고는 문간에 서서 적들을 향해 소리쳤다.

"자! 누가 제일 먼저 나설 테냐?"

타나구인이라는 기사가 대담하게 앞으로 나섰다. 평소에 란슬롯을 끔찍하게 증오하던 자였다. 란슬롯은 단칼에 끝내 버렸다. 투구와 갑옷도 아무 소용이 없었다. 란슬롯의 검은 상대의 머리에서 어깨까지 갈라 버렸다. 그 모습을 보고 다른 기사들은 겁에 질려 뒤로 물러섰다. 그 사이에 란슬롯은 땅바닥에 넘어져 있는 시체에서 칼을 뽑아 냈다.

란슬롯이 왕비를 향해 말했다.

"싸움은 끝났습니다. 어떤 놈이든 가만 두지 않을 겁니다."

왕비는 무슨 일이 있더라도 란슬롯이 무사하기만 바란다고 말했다. 란슬롯은 쓰러져 있는 기사의 갑옷을 입고 왕비에게 말했다.

"자, 이제 갑옷을 입었으니 무사히 빠져나갈 수 있을 겁니다."

"얼른 떠나세요. 안전한 곳에 몸을 숨기세요."

란슬롯은 검을 움켜쥐고, 밖으로 달려 나갔다. 기사들이 무더기로 덤벼들었지만, 애초에 란슬롯과는 상대가 되지 않는 자들이었다. 그들은 하나씩 둘씩 란슬롯이 지나가는 길 위에 쓰러졌다.

란슬롯은 나무 사이로 꼬불꼬불 나 있는 오솔길을 지나 곧 가헤리에트의 숙소로 가서 보호트를 만났다. 보호트는 왕의 무사들이 잠복해 있다가 란슬롯을 쳤을지 모른다는 생각으로 불안해하던 참이었다. 그는 갑옷을 입지 않고 나갔던 란슬롯이 갑옷을 입고 돌아온 것을 보고, 그가 공격당했다는 것을 알아차렸다.

란슬롯이 말했다.

"놈들은 어렵지 않게 나를 잡을 수도 있었어. 갑옷도 입지 않은 상태였으니까. 하지만 제일 먼저 나선 놈을 해치웠더니, 모두 겁에 질리더군. 하느님이 보우하사 빠져나오는 데 성공했네."

"란슬롯, 이제 상황은 전보다 더 고약해졌네. 우리가 그렇게 숨기려고 애썼던 것을 들켜 버렸으니 말일세. 이제 언제 끝날지 모르는 전쟁이 시작되겠군. 아더 왕은 지금까지 자네를 그 누구보다 사랑해 왔지만, 그런 자네에게 조롱을 당했으니 그만큼 더 증오할 걸세! 이제 왕은 우리의 철천지원수가 된 거지. 그러니 어떻게 행동해야 할지 빨리 결정해야 하네. 게다가, 자네의 잘못 때문에 왕비는 죽게 생겼네. 그게 제일 마음이 아파. 그러니 왕비를 구하기 위한 방도를 궁리해 보세."

그들이 그렇게 대화를 나누고 있을 때, 헥토르가 뛰어 들어왔다. 부하들에게서 상황을 보고 받고 놀라서 헐레벌떡 달려왔던 것이다.

"지금 최선의 방법은 이곳을 당장 떠나는 걸세. 숲으로 피신해서 숨어 있자구. 왕이 귀네비어 왕비를 사형시키고 싶어 한다면, 틀림없이 숲이 시작되는 곳에 있는 초원의 끝자락으로 끌고 나올 거야. 그때 왕비를 구해내면 되네. 그런 다음에는 이 나라에 남아 있어야 할 이유가 없으니, 베노익이나 곤 왕국으로 떠나세. 그곳에서라면 아더 왕이나 왕을 따르는 무리를 무서워해야 할 이유가 없으니까 말이야."

란슬롯과 보호트는 헥토르의 계획에 찬성했다. 그들은 즉시 자신들 휘하의 기사들과 종자들, 그리고 시종들에게 출발 준비를 명령했다. 일행은 즉시 말을 타고 숲속 깊은 곳으로 달려갔다.

숲속으로 들어간 일행은 조심스럽게 몸을 숨겼다. 그러나 대초원이 끝나는 부분에 보초를 세워 망을 보게 하는 것도 잊지 않았다.

란슬롯이 종자 한 사람을 불러 지시했다.

"잘 들어라. 즉시 카멜롯 성으로 가서 다른 종자들 사이에 끼어들어가 왕비께서 어찌 되었는지 소식을 알아오너라. 혹시 처형이 결정되었다는 소식이 들리거든 즉시 돌아와 알려다오. 어떤 희생을 치르더라도 반드시 왕비를 구출하고 말겠다."

종자는 즉시 말을 타고 카멜롯으로 달려가 군중 사이로 끼어들어갔다.

한편, 란슬롯이 추적자들을 따돌리고 도망치자, 아그라베인은 왕비를 잡으러 갔다. 그는 왕비에게 온갖 모욕의 말을 쏟아내면서, 그렇게 현장에서 붙잡혔으니 죽음을 면하지 못할 것이라고 몇 번씩 되풀이해서 말했다. 왕비는 고통스럽게 흐느꼈다. 그러나 아그라베인은 왕비를 조금도 동정하지 않았다. 왕비는 란슬롯이 무사히 몸을 피했다면 왕이 처형하라는 명령을 내리더라도 혹시 구하러 달려와 주지 않을까 하는 실낱같은 희망을 품었다.

날이 저물 무렵, 아더 왕이 사냥에서 돌아왔다. 말에서 내린 왕은 아그라베인의 매복이 목적을 달성했다는 소식을 들었다. 자신의 명예가 땅에 떨어졌다는 사실에 놀라워하지는 않았다. 그러나 많이 고통스러워했다. 왕이 란슬롯을 체포했느냐고 물었다.

아그라베인이 대답했다.

"잡지 못하였습니다. 어찌나 힘차게 방어하는지 잡을 수가 없었습니다."

"쉽게 잡을 수 있는 상대는 아니지. 그의 처소로 가라. 군사들을 많이 데리고 가서 그를 잡아 내 앞으로 끌고 오라. 그와 왕비를 동시에 심판하겠노라."

사십 명의 병사들이 무장을 하고 란슬롯의 처소를 향해 갔다. 마음이 내키지는 않았지만, 왕의 명령이니 따를 수밖에 없었다. 그들은 란슬롯이 이미 처소를 비운 것을 보고 안도의 한숨을 내쉬었다. 란슬롯과 마주섰다간 무슨 험한 꼴을 당할지 알 수 없었기 때문이다. 그들은 왕에게 돌아와 란슬롯이 식솔을 모두 거느리고 도망쳤다고 보고했다. 왕이 크게 진노하며 큰 소리로 말했다.

"좋다! 란슬롯에게 당장 죄를 물을 수 없다면, 왕비에게 먼저 죄를 물을 수밖에 없구나. 본을 보여 왕의 권위를 보이리라."

그때 사려 깊은 섬들의 왕 욘이 앞으로 나서며 말했다.

"폐하, 어찌 하실 생각이신지요?"

"왕비가 저지른 추악한 범죄를 심판할 것이다. 그러므로 경들은 내 앞에서 했던 맹세를 지키라. 모여서 왕비를 어떤 방법으로 처형할 것인지 의논하라. 죽음 이외의 형벌은 있을 수 없다. 경들이 왕비의 편을 들어 변호한다 하여도, 왕비는 죽음을 면할 수 없다."

욘 왕이 왕의 말에 이의를 제기했다.

"폐하, 해가 진 이후에 처형을 언도할 수는 없습니다. 법도에 어긋납니다. 따라서 내일 아침에 형을 집행하소서. 폐하의 뜻이 그러하시다면 저희는 폐하의 뜻을 따를 수밖에 없습니다."

왕은 몸짓으로 그렇게 하라는 명령을 내렸다. 왕은 내내 입을 다물고 있었다. 분노와 슬픔으로 가득 찬 왕은 밤새 먹지도 마시지도 못했다.

다음 날 아침 일찍, 신하들이 카멜롯 궁의 대접견실로 모여들었다. 아더 왕이 입을 열어 말했다.

"경들은 왕비가 어떤 죄를 지었는지 알고 있다. 경들에게 왕비가 어떤 벌을 받아 마땅한지 묻겠노라."

신하들은 회의를 열어 아그라베인과 그의 두 동생 가레스와 모드레드의 의견을 물었다. 세 사람은 이구동성으로 왕비는 치욕스럽게 죽어야만 한다고 대답했다. 왕이 아닌 다른 남자를 사랑했으니 다른 해결책이 없다는 것이었다. 신하들은 아그라베인의 의지가 확고하다는 것을 확인했다. 그들은 오랫동안 처형 방식에 대해 의논하다가 마침내 결론을 내리고 왕에게 회의 결과를 알렸다.

"왕비를 화형에 처함이 마땅한 줄 아뢰오."

가웨인은 왕비의 처형 결정에 큰 소리로 항의했다. 그렇게 뛰어난 자질을 소유하고 있으며 그에게 많은 영광을 베풀어 준 왕비가 처형되는 것을 견딜 수 없었다.

그는 왕 앞에 나아가 말했다.

“폐하께서는 저의 숙부님이시며, 저의 왕이십니다. 그러나 저는 모든 군신들이 지켜보는 가운데 폐하로부터 얻은 모든 것을 돌려드립니다. 폐하께서 이처럼 부당한 일을 행하시므로, 이제 폐하를 섬길 수 없는 까닭입니다.”

아더 왕은 아무 대답도 하지 않았다. 가웨인은 휭 하니 대접견실을 떠나 자신의 처소로 돌아가 처박혔다. 세상이 망해 버리기라도 한 듯, 마음이 슬프고 막막했다. 왕은 성벽 아래에 있는 초원에다가 귀네비어를 화형시키기 위한 거대한 장작더미를 쌓아올리라고 지시했다. 영광스럽게 왕비가 되었으나, 불명예를 저질렀으니 수치스럽게 불에 타 죽는 것이 마땅하다고 생각했다.

왕비의 처형 소식이 전해지자, 도성 전체에서 비명과 통곡 소리가 솟아올랐다. 백성들은 왕비를 어머니라고 여기며 지극히 사랑했다. 시종들이 높이 쌓아올린 장작더미는 멀리에서도 아주 잘 보였다.

왕이 왕비를 끌고 오라고 명령했다. 왕비는 붉은 비단 드레스 위에 수놓은 망토를 걸친 모습으로 끌려나왔다. 이미 중년을 넘긴 나이였지만 왕비는 여전히 아름답고 우아했다. 세상천지를 다녀보아도 그만큼 매력적이고 아름다운 여인은 찾기 어려울 터였다. 울면서 끌려나온 그녀의 모습을 보고, 왕은 너무나 마음이 아파서 차마 마주보지 못하고 외면해 버렸다. 왕은 즉시 화형을 집행하라고 명령했다. 병사들은 왕비를 궁에서 끌어내어 길로 데리고 나왔다.

백성들은 끌려가는 그녀의 모습을 보고 통곡하며 울었다.

"오, 고귀하신 왕비님, 이 나라의 어느 귀부인보다도 친절하신 분이여! 이제 가난한 사람들은 누구에게 자비를 구해야 하나요? 아더 왕이시여, 분노 때문에 왕비님을 죽이시는군요. 신께서 참회할 시간을 주시기 바랍니다. 왕비님을 파멸시키려고 음모를 꾸민 자들에게 무서운 저주가 내리기를!"

카멜롯의 백성들은 모두 슬퍼하며 통곡했다. 그러나 왕은 그들의 통곡에 귀를 기울이지 않았다. 그는 아그라베인에게 란슬롯이 왕비를 구하려고 공격해 올지도 모르니 기사 사십 명을 데리고 가서 화형장을 지키라고 명령했다.

아그라베인은 그런 위험은 예상에 넣지 않았으므로 조심스럽게 물었다.

"제가 꼭 가야 할까요?"

"그렇다. 경이 가장 중요한 고발자이며 증인이기 때문에 나의 명령에 따라야 한다."

"알겠습니다. 가헤리에트 형님과 함께 가게 해 주십시오."

가헤리에트가 한사코 가지 않겠다고 버텼기 때문에, 왕은 명령에 따르게 하기 위해 그를 협박하는 수밖에 없었다. 가헤리에트는 잔뜩 못마땅한 표정으로 아그라베인에게 말했다.

"란슬롯 경이 왕비를 구하려고 할 때 내가 그와 싸울 거라는 기대는 하지 말아라. 왕비를 죽이는 걸 돕느니, 차라리 란슬롯 경과 평생 함께 있는 걸 보고 싶다."

그 순간, 란슬롯과 헥토르와 보호트는 숲이 시작되는 입구에 매복하고 있었다. 카멜롯에서 종자가 돌아오자, 질문이 한꺼번에 쏟아졌다.

"소식을 가져왔느냐? 어찌 되었느냐?"

"나쁜 소식입니다. 짐작하신 대로 왕비님의 처형이 결정되었습니다. 저기 보이는 저 장작더미가 왕비님을 처형할 화형대입니다."

란슬롯이 절규하듯이 외쳤다.

"모두 말 위에 오르라! 왕비를 죽이려 했던 자들이 왕비보다 먼저 죽게 되리라. 신께서 죄인의 기도를 들어주신다면 나의 소원을 이루어 주실 것이다. 이 싸움을 시작한 아그라베인을 제일 먼저 만나게 해 주소서."

모두 말 위에 뛰어올랐다. 그리고 창과 방패를 들고 전투 자세로 달려 나갔다. 숲을 빠져 나오자, 왕비를 화형대로 끌고 가는 한 무리의 기사들이 보였다. 란슬롯이 공격 명령을 내리자, 그의 기사들이 초원을 향해 달려가기 시작했다. 란슬롯이 선두에 서서 달려오는 모습을 보고, 아그라베인의 병사들은 잔뜩 겁을 집어먹었다.

"란슬롯이다! 도망치자!"

그러나 미처 몸을 피할 틈도 없었다. 란슬롯은 아그라베인을 향해 말을 달리며 천둥 같은 소리로 외쳤다.

"비겁한 놈! 배반자! 목숨을 보전하지 못하리라!"

란슬롯은 날쌘 솜씨로 아그라베인을 창으로 쳤다. 창은 방패를 뚫고 아그라베인의 가슴에 박혔다. 아그라베인은 땅에 떨어져 그대로 뻗어 버렸다. 보호트는 번개처럼 가레스에게 덤벼들었다. 가레스 역시 풀밭에 떨어져 숨이 끊어졌다. 나머지 사람들도 뒤엉켜 싸우기 시작했다. 두 동생이 죽은 모습을 본 가헤리에트는 고통을 견딜 수가 없었다. 그는 란슬롯의 부관인 검은 벨리아두스에게 덤벼들었다. 창으로 세게 치자, 벨리아두스는 장작더미 한가운데 떨어졌다. 그는 검을 뽑아 들고 다른 기사를 쳐서 란슬롯의 발치에 굴러 떨어지게 만들었다. 그때 헥토르가 가헤리에트를 알아보고 속으로 생각했다.

'이자를 살려 두면 우리에게 불리할 것이다. 워낙 무공이 뛰어난 자니까. 우리 편에게 더 많은 손해를 끼치기 전에 죽이는 것이 낫겠다.'

그는 가헤리에트를 향해 달려가 검으로 투구를 벗겨냈다. 가헤리에트는 투구가 벗겨지자, 순간 당황해서 꼼짝도 하지 못하고 서 있었다. 그때, 무사들 사이를 종횡무진 누비고 다니던 란슬롯이 그를 알아보지 못하고, 머리통을 무섭게 내리쳐 뽀개 버렸다. 아더 왕의 기사들은 가헤리에트가 죽어서 땅에 떨어지는 모습을 보고 완전히 사기를 잃어버렸다. 사십 명의 기사들 중에서 모드레드와 다른 원탁의 기사 두 사람만 살아남았다. 세 사람은 대세가 기운 것을 깨닫고 도망쳐 버렸다.

장작더미에 둘러싸인 귀네비어 왕비

란슬롯이 급히 왕비에게 달려갔다.

"왕비님, 괜찮습니까?"

왕비는 목숨을 건지게 된 것을 행복해하며 대답했다.

"왕이 나에게 힘을 행사할 수 없는 곳으로 데려다 줘요."

"알겠습니다. 말을 타고 우리와 함께 숲으로 가십시다. 그곳에서 이제 어찌 해야 할지 의논해 봅시다."

란슬롯 일행은 왕비를 에워싸고 숲속으로 들어가 빈터에 멈추어 섰다. 그들은 그제야 일행 중 세 사람의 모습이 보이지 않는다는 것을 깨달았다.

헥토르가 말했다.

"가헤리에트가 우리 중 한 사람을 넘어뜨리는 걸 보았네."

란슬롯이 놀라며 물었다.

"아니, 가헤리에트가 전투에 참여했었단 말입니까?"

보호트가 대답했다.

"그걸 몰랐다니, 놀랄 일이군. 자네가 그의 머리를 가르지 않았나?"

헥토르가 덧붙였다.

"내가 죽이려는 참이었는데 자네가 먼저 죽였잖나."

"맹세코 그가 누군지 몰랐습니다. 정말입니다. 이런 변이 있나. 왕은 절대로 이 죽음을 용서하지 않겠군요. 동생을 무척 사랑했던 가웨인도 그럴 테지요. 아, 이제 긴 전쟁이 시작되겠구나!"

가헤리에트는 란슬롯이 제일 좋아하던 기사 중 한 사람이었다. 란슬롯은 가헤리에트의 죽음이 슬퍼서 울음을 터뜨리고 말았다.

"오, 하느님! 그가 누구인지 알았더라면 죽이지 않았을 겁니다. 가웨인을 빼면 나에게 가장 친절했던 왕의 조카였는데……."

보호트가 끼어들었다.

"슬퍼하고 있을 시간이 없네. 왕비님을 안전한 곳으로 모시고 가야 해."

"마땅한 곳이 있어. 내가 옛날에 정복했던 성인데, 그곳에 가면 안전할 거야. 또 일단 그곳에 가면 내가 여러 번 도와주었던 기사들을 불러 모을 수 있을 걸세. 내가 도움을 청하면 거절하지 않을 거야."

보호트가 물었다.

"어디에 있는 곳인가? 성의 이름은 뭐지?"

"지금은 즐거운 호위의 성이라고 불리지. 예전에는 고통스러운 감시의 성이라고 불렸다네."

옆에서 듣고 있던 귀네비어가 거들었다.

"언제 그곳으로 가지요? 그곳이라면 정말 안전할 거예요."

란슬롯이 대답했다.

"가능한 한 빨리 도착할 겁니다. 걱정하지 마십시오."✢

그들은 만약의 경우에 있을지도 모를 아더 왕의 공격에 대비하며 만반의

✢ 이 성이 어디에 있는 성인지 명시하고 있는 판본은 하나도 없다. 브리튼 섬에 있을 수도 있고 브르타뉴에 있을 수도 있다(『아발론 연대기』 3권 참고). 그러나 아르모리크 전설 중에 즐거운 호위의 성을 엘로른 강 어귀의 라 포레스트-랑 데르노(피니스테르)에 있는 중세기 성의 잔해와 동일시하고 있는 전설이 하나 있다는 것을 기억해 두자.

준비를 갖추고 길을 떠났다. 다행히 숲 한가운데에 자리 잡고 있는 칼렉 성이라는 곳에 도착할 때까지는 아무 일도 일어나지 않았다. 그 성의 성주는 용감하고 강한 백작으로서 란슬롯을 무척 좋아했다. 예전에 이웃의 공격으로 고통을 겪고 있을 때, 란슬롯이 그의 영토를 지켜주었던 적이 있었다. 성주는 란슬롯의 방문을 크게 기뻐하며 반갑게 맞이했다. 그는 어떤 적을 맞아 싸우게 되든 란슬롯을 도와주겠다고 약속했다. 아더 왕도 예외가 될 수 없다고 말하며 덧붙였다.

"원하신다면, 이 성을 내어 드릴 수도 있습니다. 받아 주십시오. 아주 방어가 잘 되어 있는 곳이기 때문에 왕의 군대도 걱정할 필요가 없답니다."

란슬롯은, 말씀은 고마우나 카멜롯 근방에서 지체할 여유가 없다고 대답했다. 식사를 하고 잠깐 휴식을 취한 일행은 다시 말 위에 올라 즐거운 호위의 성을 향해 떠났다.

아더 왕은 카멜롯 성벽 위에 서서 란슬롯과 아그라베인의 군사들이 뒤엉켜 싸우는 모습을 지켜보고 있었다. 그런데 아그라베인 진영의 군사들이 맥없이 무너지는 게 아닌가. 게다가 모드레드와 두 명의 기사들이 도망치는 모습까지 보였다.

왕은 숨을 헐떡이며 방금 성으로 달려 들어온 시종에게 물었다.

"뭐가 어찌 된 것이냐?"

"폐하, 나쁜 소식뿐입니다. 왕비님을 화형대로 끌고 가던 사람들 중에서 단 세 명만이 살아남았다고 합니다."

아더 왕은 두 손으로 머리를 감싸며 신음 소리를 내뱉었다.

"오, 저주받은 날이로다. 그 악마 같은 란슬롯은 어찌 되었느냐?"

"왕비님을 구출하여 숲으로 데리고 갔습니다."

왕은 마음이 혼란스러워 입을 다물어 버렸다. 한편으로는 귀네비어가 그의 기사 중에서 가장 뛰어난 자와 함께 자신을 모욕하는 죄를 저질렀으므로, 그녀가 받아 마땅한 벌을 모면했다는 사실에 화가 치밀었다. 그러나 다른 한편으로는, 그의 아내가 자신이 왕의 자격으로 내린 수치스러운 형벌을 모면하고 살아 있다는 생각에 마음이 놓이기도 했다.

그때 모드레드가 달려 들어오며 외쳤다.

"폐하! 일이 잘못되어 가고 있사옵니다. 란슬롯이 왕비를 빼앗아 달아났습니다."

그 말을 듣자, 왕의 분노가 다시 불타올랐다.

"그렇게 쉽게 도망치게 내버려둘 수는 없다. 그들을 반드시 붙잡아 죄를 물으리라!"

왕은 기사와 시종들에게 준비하라는 명령을 내린 다음, 몸소 말 위에 올랐다. 왕의 일행은 완전히 철갑을 두른 모습으로 성을 떠났다. 아무리 숲을 이리저리 헤매고 다녀도 란슬롯들은 보이지 않았다. 그들이 어느 길로 갔는지 얘기해 줄 사람도 만나지 못했다. 왕은 기사들에게 흩어져서 찾아보면 어떻겠냐고 제의했다. 그렇게 하면 도망자들을 만날 가능성이 더 커지지 않겠느냐는 생각이었다.

돈의 아들 거플렛이 강하게 반대하고 나섰다.

"절대로 안 됩니다! 제 생각은 다릅니다. 란슬롯이 폐하의 기사들을 따로 따로 만난다고 가정해 보십시오. 게다가 그의 옆에는 힘 좋고 용감한 기사들까지 같이 있는 상황입니다. 여럿이 함께 있어도 란슬롯은 상대하기 힘든 인물입니다. 그런데 따로 만난다면, 그는 이미 죽은 목숨이라고 봐야겠지요."

"그렇다면 경의 생각에는 어찌 하는 것이 좋겠는가?"

"왕국의 모든 항구에 전령을 보내시어 란슬롯이 배를 타는 데 도움을 주지 말라는 명령을 내리십시오. 그렇게 조치해 놓으면, 일단 왕국 안에 묶어 놓을 수 있습니다. 그 다음에는 숨어 있는 곳을 찾는 것이 쉬워질 것입니다. 은신처를 찾아낸 다음 군대를 대규모로 풀어 공격하면 그자를 잡는 건 일도 아니지요."

왕은 좋은 작전이라 생각하고 전령들을 불러 항구란 항구에는 모두 란슬롯이 떠나지 못하게 하라는 어명을 전하라고 일렀다.

일단 왕은 카멜롯으로 돌아갔다. 그는 기사들이 죽어 있는 초원을 우울한 표정으로 바라보았다. 우연히 눈을 돌려보니, 오른쪽에 누워 있는 시신은 아그라베인이었다. 왕은 고통스러워 말 위에서 비틀거리다가 정신을 잃고 조카의 시신 위에 쓰러졌다.

정신이 돌아온 뒤 왕은 눈물을 흘리며 말했다.

"아, 아름다운 조카여, 얼마나 너를 증오했기에 이렇게 죽였다는 말이냐. 나의 가문에서 이렇게 훌륭한 기사를 빼앗아가다니, 내 가슴이 깊은 고통으로 찢어지는구나."

왕은 조카의 시신을 성으로 옮기라고 명령했다.

왕은 눈물을 흘리면서 전장을 돌아다니다가 보호트에게 죽임을 당한 가레스의 시신을 발견했다. 왕의 슬픔은 더욱더 깊어졌다. 왕은 통곡하며 울부짖었다.

"아, 내가 너무 오래 살았구나. 깊이 사랑하는 자들의 죽음을 참고 견디어야 한다면 살아남는 것이 대체 무슨 의미가 있다는 말이냐?"

왕의 명령에 따라 기사들은 가레스의 시신을 방패에 실어 카멜롯 성으로 운구해 갔다. 슬픔에 짓눌린 멍한 표정으로 왕은 다시 발걸음을 떼어 놓았다. 거기에는, 얼굴이 다 뭉그러져서 알아볼 수조차 없는 처참한 모습의 가헤리에트가 있었다. 왕이 가웨인 다음으로 사랑하는 조카였다. 왕은 시신 위에 엎어져서 두 팔로 시신을 꼭 끌어안았다. 그러곤 그대로 혼절해 버렸다. 왕을 지켜보고 있던 신하들은 왕이 세상을 떠나는 게 아닌가 하는 생각에 겁이 더럭 났다. 왕의 슬픔을 지켜보고 있는 그들도 슬픔과 고통으로 가슴이 터져버릴 것만 같았다.

그 시각에 가웨인은 왕비에게 닥친 슬픈 운명 때문에 넋이 나간 상태로 멍하니 성안에 앉아 있었다. 그런데 어느 순간엔가 바깥에서 통곡과 비명 소리가 들려오기 시작했다. 그는 왕비가 죽어서 사람들이 슬퍼하는 모양이라고 생각하며 거리로 나와 보았다. 그런데 그의 모습을 보자마자 행인들이 달려와 말하는 것이었다.

"오, 가웨인 경이여, 왕의 가문에 이런 불행한 일이 닥치다니! 경의 슬픔은 끝이 없구려! 끔찍한 광경이 경을 기다리고 있답니다. 경의 가족이 몰살당했어요!"

가웨인은 놀라서 멍하니 서 있다가, 거리를 따라 내려갔다. 그는 사람들이 그의 형제들의 죽음을 슬퍼하는 건 아닐 거라고 애써 부인하고 있었다. 지나가는 길에 마주치는 사람들 모두 눈물을 흘리며 슬피 울고 있었다. 왕궁으로 들어서자, 침통한 얼굴로 앉아 있는 사람들의 모습이 보였다.

가웨인의 모습을 발견한 아더 왕이 통곡하며 그를 맞이했다.

"아! 가웨인 경! 경의 불행과 나의 불행을 보라. 우리 가문에서 가장 용맹한 자, 가헤리에트 경은 이제 이 세상 사람이 아니다! 이리 와서 보라!"

왕은 눈물을 흘리며 가웨인에게 온통 피투성이가 된 가헤리에트의 얼굴을 보여 주었다.

가웨인은 그 광경을 보고 말문이 막혀 아무 대답도 하지 못했다. 서 있을 힘조차 없었다. 그는 비틀거리다가 정신을 잃고 쓰러졌다. 옆에 서 있던 기사들이 얼른 달려가 그를 부축했다. 기사들도 깊이 상심했다. 다시는 기쁜 일 같은 건 생겨나지 않을 것 같았다. 가웨인은 정신이 돌아오자, 동생의 시신 위에 몸을 던져 가슴에 꼭 끌어안고 흐느끼다가, 슬픔에 겨워 다시 혼절했다.

그 광경을 지켜보던 사람들은 가슴이 미어지도록 탄식을 뱉어냈다.

"신이여! 이처럼 큰 불행은 일찍이 겪지 못하였습니다!"

가웨인은 가까스로 다시 정신을 차렸다. 그러고는 동생을 껴안고 앉아 알아볼 수 없도록 일그러진 얼굴을 들여다보며 울었다.

"사랑하는 내 아우야! 너를 친 팔에 저주가 있으라! 얼마나 너를 증오하였기에 이 꼴로 만들어 놓았다는 말이냐. 네게 모든 덕성을 부여해 주었던 운명이 어떻게 너를 이렇게 죽게 만들 수 있단 말이냐. 너를 잃은 슬픔은 무엇으로도 보상받을 수 없다. 너를 이렇게 죽인 악당에게 복수하지 못한다면 나는 살고 싶지 않다!"

가웨인은 목이 메어 더 이상 말을 잇지 못했다. 그는 한참 동안 입을 다물고 있다가 비로소 오른쪽으로 시선을 던졌다. 그제야 방패 위에 눕혀져 있는 가레스와 아그라베인의 시신을 발견했다. 가웨인이 짐승처럼 울부짖었다.

"신이여! 제가 너무 오래 살았습니다! 혈육이 모두 죽는 것을 지켜보아야 하다니……. 이렇게 모진 인생도 있습니까!"

그는 몇 번씩이나 실신하여 동생들의 시신 위에 쓰러졌다. 그를 지켜보고 있던 사람들은 저러다 죽을지도 모르겠다는 걱정이 앞섰다. 왕은 조카를 위해 어떤 일을 하면 좋겠느냐고 신하들에게 물었다.

"이곳에 너무 오래 머물러 있으면, 가웨인 경이 슬픔에 지쳐 죽을지도 모른다. 그게 두렵구나."

"폐하, 조용한 방으로 모셔가는 것이 좋겠습니다. 경의 형제들을 장사지낼 때까지 그곳에서 돌봐드리는 것이 최선일 듯합니다."

"옳도다. 그렇게 하라."

사람들은 쓰러진 가웨인을 조용한 방에 데려다 눕혔다. 가웨인은 아무 말도 하지 못하고, 눈을 크게 뜬 채 누워 있었다.

카멜롯 성 안에서는 밤새 통곡 소리가 그치지 않았다. 사람들의 얼굴은 모두 눈물에 젖어 있었다. 그들은 죽은 자들의 몸에서 갑옷을 벗겨 내고 수의를 입혔다. 아름다운 관을 준비하여 시신을 입관한 다음 대성당에 나란히 매장했다. 양 옆으로 가레스와 아그라베인을 묻고, 가운데에는 두 개의 무덤보다 더 아름다운 무덤을 만들어 가헤리에트를 안장하고 다음과 같은 기록을 새겼다.

여기 호수의 기사 란슬롯에게 죽임을 당한 오카니 왕국의 로트 왕의 아들이며, 아더 왕의 조카인 가헤리에트 잠들다.

두 개의 다른 무덤에도, 죽은 자와 그들을 죽인 자의 이름을 새겼다. 장례미사가 끝나자 왕은 왕궁으로 돌아왔다. 그는 왕국의 절반을 잃은 듯 침통한 표정으로 대접견실에 정좌했다. 제후들이 그를 둘러싸고 앉았다. 바다 속처럼 깊은 침묵이 내려앉아 있었다. 숨소리조차 들리지 않았다. 왕이 이윽고 무겁게 입을 열었다. 침착해지려고 애쓰는 모습이 역력했지만, 왕의 목소리는 간간이 슬픔과 분노로 가늘게 떨렸다.

"경들이여, 신께서는 오랫동안 나에게 많은 영광을 베풀어 주셨다. 이제 참혹한 불행을 내리시는구나. 나는 말할 수 없이 크나큰 손실을 입었다. 전쟁이나 반역으로 인하여 영토를 잃었다면 언젠가 그것을 되찾을 수 있다는 희망을 품을 수 있다. 그러나 사랑하는 혈육을 잃는다는 것은 돌이킬 수 없는 손실이다. 이 피해는 신의 심판이 아니라 란슬롯의 방자함으로 인하여 발생한 것이다. 그는 친자식처럼 왕궁 안에 받아들여져 성장했으나, 오늘날 이러한 수치와 손해를 끼치는구나. 경들은 나에게 충성을 맹세했고, 나는 경들에게 영토를 나누어주었다. 경들이 내 앞에서 했던 맹세의 이름으로 부탁하노니, 내가 겪은 모욕과 불명예를 복수할 방도를 말하라."

왕은 제후들의 대답을 기다리며 입을 다물었다. 제후들은 서로 얼굴만 보았다. 모두 상대방에게 답변을 미루며 눈치만 보고 있었다.

한참 만에 욘 왕이 자리에서 일어났다.

"소신은 폐하의 사람입니다. 따라서 폐하의 명예와 저희의 명예를 지킬 수 있는 방도를 내놓아야 할 의무가 있습니다. 폐하께서는 마땅히 수치를 씻으셔야 합니다. 그러나 왕국의 이익을 생각한다면, 반 왕 일족과 반드시 전쟁을 해야 할까 하는 의문이 듭니다. 저희는 신께서 이 가문을 다른 어떤 가문보다 높이셨다는 사실을 잘 알고 있습니다. 폐하를 제외하면 이 가문과 겨루어 승리를 쟁취할 수 있는 기사는 아무도 없습니다. 그러므로 저들과의 전쟁은 피하실 것을 신의 이름으로 간청합니다. 저들과 싸워 이기기 힘든 까닭입니다."

그 말을 들은 좌중이 벌써 벌집을 쑤셔 놓은 듯 시끄럽게 떠들기 시작했다. 제후들은 욘 왕을 강렬하게 비난하며, 겁쟁이라고 손가락질했다. 욘 왕이 다시 말을 이었다.

"나는 여기 계신 다른 분들보다 더 겁이 많아서 이런 얘기를 하는 것이 아니오. 다만, 일단 전쟁이 시작되고 나면 이기기 어렵다는 걸 알기 때문에 말하는 것뿐이오. 게다가, 그들이 무사히 자기 나라로 돌아가는 데 성공한다면, 우리의 공격은 별 위력을 발휘하지 못할 것이외다."

사람들은 더욱더 시끄럽게 웅성댔다. 웅성거림을 뚫고 모드레드의 목소리가 크게 솟아올랐다.

"욘 왕! 용감하신 분이 그런 되먹지 못한 조언을 하다니요! 나는 이런 경우는 들어 보지 못했소이다. 폐하께서는 전쟁에 나가실 것이오. 그리고 경이 원하든 원하지 않든, 경도 데리고 가실 것이오."

"이런! 모드레드 경! 전쟁이 벌어진다면 뒤로 물러날 생각은 없소. 경이 참견할 필요 없소이다. 폐하께서는 원하실 때 전쟁을 시작하실 것이오."

라 포르트의 마도르가 두 사람 사이에 끼어들어 침착하게 말했다.

"두 분이 왜 다투시는지 이해가 되지 않는군요. 전쟁을 하고 싶으신 거라면 멀리 가실 필요가 없습니다. 란슬롯은 기사 초기 시절에 정복한 성을 한 채 소유하고 있습니다. 즐거운 호위의 성이라는 곳인데, 란슬롯은 틀림없이 그곳에 몸을 숨길 것입니다. 성벽이 탄탄한 성입니다. 예전에 그곳에 포로로 갇혀 있었을 때 란슬롯이 와서 동료들과 함께 풀려난 적이 있습니다."

아더 왕이 반색을 하며 말했다.

"그 성이라면 나도 알고 있다. 란슬롯이 그곳으로 왕비를 데려갔을 것이라 생각하는가?"

"틀림없사옵니다. 어쩌면 이미 도착했는지도 모르겠습니다. 그러나 그곳을 공격하시라는 조언을 드리고 싶지는 않습니다. 완벽하게 방어되어 있는 난공불락의 성으로서, 그곳에 살고 있는 사람들은 공

격을 두려워하지 않습니다. 게다가 모두 용감합니다. 적당한 기회가 주어지면 우리를 골탕 먹일 것입니다. 공격하면 후회하게 될 것입니다."

"마도르 경, 그 성의 방어가 완벽하다는 것은 맞는 말이다. 그곳에 있는 사람들이 용감하고 영리하다는 것도 사실이다. 그러나 경이나, 또 이곳에 있는 모든 사람들이 알다시피, 나는 전쟁에 패해 본 적이 없다. 따라서 내 사랑하는 가족을 빼앗아간 자들과의 전쟁을 포기하지 않을 것이다. 이곳에 있는 여러분 모두, 그리고 나에게서 땅을 얻은 자들은 모두 이 전쟁에 참여하라. 즉시 카멜롯 성에 모일 것을 명령한다. 보름 뒤에는 원정을 떠날 것이다. 한 사람도 빠져서는 안 될 것이다. 치욕을 씻고 명예를 회복할 때까지 싸울 것을 성유물함에 손을 얹고 맹세하도록 하라."

아더 왕은 성유물함을 가져오라고 일렀다. 대접견실에 모여 있는 사람들은 모두 맹세를 했다. 열렬한 목소리로 말하는 사람이 있는가 하면, 마지못해 기어들어가는 목소리로 말하는 사람도 있었다.

제후들의 맹세가 끝난 뒤, 왕은 왕국 전역으로 전령들을 보내어 카멜롯으로 모이라는 어명을 전하게 했다. 왕은 베노익 왕국 반 왕의 아들인 호수의 기사 란슬롯이 브리튼 왕국에 가한 모욕을 설욕하기 위해 군대를 총동원해서 즐거운 호위의 성을 공격할 생각이었다.

09 아더 왕과 란슬롯의 전쟁

아더 왕이 집결을 명한 날, 카멜롯에는 엄청나게 많은 사람들이 모여들었다. 말을 타고 온 사람도 있었고, 걸어온 사람도 있었다. 그렇게 많은 기사들이 모인 것은 처음 있는 일이었다. 왕은 세 명의 조카가 겪은 운명 때문에 여전히 깊은 슬픔에 빠져 있었지만, 모여드는 엄청난 숫자의 기사들을 보면서 마음이 흐뭇해지는 것을 느꼈다. 오랫동안 실의에 빠져 있었던 가웨인도 다시 건강을 되찾고 원정을 준비했다. 출발할 날짜가 가까워오자, 그는 왕을 찾아가 말했다.

"폐하, 길을 떠나시기 전에 왕비 때문에 벌어졌던 전투에서 목숨을 잃은 기사들을 대신할 용맹한 자들을 제후들 가운데에서 선택하십시오. 원탁의 기사들을 많이 잃었다는 것을 인정하셔야 합니다. 그래야 우리가 다시 온전해집니다."

왕은 오랫동안 생각에 잠겼다. 다시 입을 여는 왕의 얼굴에 회한의 표정이 스치고 지나갔다.

"멀린이 우리와 함께 있지 않다는 것이 안타깝구나. 그가 있었더라면 어떤 인물이 가장 적합할지 내게 알려 주었으련만! 그러나 경의 조언에 따르겠다. 원탁에 빈자리가 있어서는 안 되지."

왕은 즉시 제후들을 불러 모아 가장 뛰어난 기사들을 추천하되, 가난하다는 이유로 배제해서는 안 된다고 말했다. 원탁을 채우기 위한 용사들을 선택하는 기준은 용기와 충성뿐이므로, 그 외의 기준은 염두에 두지 말 것을 당부했다. 제후와 봉신들은 왕의 제안을 박수를 치며 환영했다. 그들은 토의를 위해 따로 모였다.

결정하는 데 많은 시간이 걸리지는 않았다. 각각의 영주들은 평소에 눈여겨봐 두었던 기사들이 있었기 때문이다. 물론, 위험한 자리는 다시 비어 있게 되었다.⚜ 란슬롯의 자리는 엘리안이라는 아일랜드 기사가, 보호트의 자리에는 이상한 섬들의 왕의 아들 발리노르가, 헥토르의 자리는 스코틀랜드 출신의 어떤 기사가, 가헤리에트의 자리는 많은 무기와 동지들을 확보하고 있는 웨일즈의 강력한 기사가 채우게 되었다.

선발이 끝난 뒤에, 가웨인의 지시에 따라 각자 원탁에 자리를 잡고 앉았다. 그중 일곱 명은 아더 왕에게서 봉토를 하사받은 소왕국의 왕들이었다. 기사들은 그날 밤이 되기 전에 모두 원정을 떠날 준비를 끝마쳤다. 아침이 되자

⚜ 원탁이 처음 설립될 당시에, 선한 기사의 자리로 정해진 이 자리는 비어 있었다. 선한 기사, 또는 갈라하드는 성배 탐색을 완성하게 된다. 이 자리는 유다의 배반에 의하여 비게 된 최후의 만찬의 자리를 기념하는 것이다. 흠결이 없는 순결한 기사만이 이 자리에 앉을 수 있다. 『아발론 연대기』 1권 『미법시 멀린』과 7권 『길라하드와 어부왕』을 참조할 것.

원정대는 카멜롯 대성당에서 미사를 드리고 즉시 성을 떠났다. 모두 호수의 기사 란슬롯이 왕국에 가한 모욕을 설욕하기 위해 끝까지 싸우겠다는 의지로 충만해 있었다.

긴 여행 끝에, 원정대는 즐거운 호위의 성이라고 불리는 성에서 반 리외 정도 떨어져 있는 곳에 도착했다. 성은 매우 튼튼하게 방어되어 있어서, 아무리 많은 숫자의 군대로 공격한다 해도 끄떡없을 것 같았다. 그래서 원정대는 성에서 상당한 거리를 두고 떨어져 있는 강가에 진을 치기로 결정했다. 그들은 진지를 구축하는 일로 한나절을 다 보냈다. 그러나 만에 하나 성에서 공격해 올 경우를 대비하여 무장한 군사들을 일렬로 세워 두었다.

란슬롯은 란슬롯대로 부지런히 움직이고 있었다. 늪의 기사 헥토르는 왕의 계획을 염탐하기 위해 시종 하나를 카멜롯에 남겨 두었었다. 아더 왕이 진지를 구축하자, 시종은 말을 타고 번개처럼 달려와 주인에게 상황을 자세히 보고했다. 란슬롯은 심복 한 사람을 베노익과 곤으로 보내, 그가 혹시라도 브리튼 왕국을 떠나게 되면 아더 왕의 공격을 받게 될지 모르므로 봉신들에게 만반의 준비를 갖추게 했다. 그러고 나서 그는 소렐로이스와 이방의 땅⚜의 모든 기사들에게 아더 왕에 맞서 자신과 함께 싸울 것을 명했다.

⚜ 아더 왕의 지배 하에 있지 않은 모든 영토는 란슬롯 가문에 속한 것으로 되어 있다. 이방의 땅은 어부왕 펠레스의 영토이다(『아발론 연대기』 6, 7권 참조).

란슬롯은 아더 왕의 병사들이 강가에 자리 잡은 것을 확인하고, 휘하의 병사 중 한 무리를 가까운 숲으로 보냈다. 기회가 닿으면 적을 치게 하기 위해서였다. 전선을 둘로 나누어 놓으면 좀더 효과적으로 적의 힘을 분산시킬 수 있다는 계산도 작용했다.

란슬롯 진영은 첫날 밤에는 적을 가만히 내버려두기로 했다. 다음 날 날이 밝으면, 가장 전세에 유리한 시간을 택해 공격할 심산이었다. 숲에 숨어 있는 마흔 명가량의 기사들은 보호트와 헥토르의 지휘를 받고 있었다. 큰 탑 위에 붉은 깃발이 올라가면, 그것을 신호로 공격을 개시하기로 되어 있었다. 란슬롯은 성안에 있는 기사들을 거느리고 동시에 치고 나갈 계획이었다.

다음 날, 숲속에 숨어 있는 기사들은 군기가 올라오는 것을 기다리며 계속 탑 꼭대기를 바라보았다. 그러나 깃발은 올라오지 않았다. 란슬롯은 적을 안심시키는 전략을 사용하려 했던 것이다.

아닌게아니라 아더 왕은 란슬롯이 어려운 상황에 처해 있는 모양이라고 생각했다.

'란슬롯은 소극적으로 방어만 한다든가, 싸움을 포기할 인물이 아니다. 선제공격을 하지 않는 걸 보면 군사의 숫자가 충분치 않은 모양이야.'

란슬롯이 이 싸움을 내켜하지 않았던 것은 사실이다. 아주 오랫동안 동지였던 자들, 그중에서도 지금은 철천지원수가 되어 버렸지만 한때는 세상에서 가장 귀하게 여겼던 아더 왕과 싸워야 한다는 것은 정말이지 끔찍하게 싫었다. 화해할 길만 있다면 화해하고 싶었다.

그는 성안에 있는 아가씨 한 사람을 불렀다. 공부를 많이 해서 여러 가지 학문에 조예가 깊은 똑똑한 여성이었다.

"아더 폐하를 찾아가, 내가 이 전쟁에 대해 무척 곤혹스러워하고 있다고 전해주시오. 나는 폐하에게 이런 고통을 안겨 드리고 싶지 않기 때문이오. 내가 왕비와 함께 왕을 모욕했기 때문이라고 말씀하시거든, 그 고발이 근거가 없다는 사실을 증명하기 위해 궁정의 어떤 기사와도 일대일로 싸울 수 있다고 말해 주시오.✤ 또한 폐하에 대한 사랑을 위하여, 그리고 내가 억울하게 잃어버린 성은을 되찾기 위해서 궁정의 심판에 따르겠다는 말도 전해 주시오.

만일 조카들의 죽음 때문에 나와 싸우려 하시는 것이라면, 그 죽음은 나를 미워하실 이유가 되지 못한다고 아뢰어 주시오. 그들은 나를 중상모략했으므로, 받아 마땅한 벌을 받았을 뿐이오. 만일 폐하께서 이 두 가지 사실에 동의하지 않으신다면, 나는 어쩔 수 없이 전쟁에 응할 수밖에 없으나, 마음이 터질 듯 괴로워할 거라고 아뢰시오. 만일 끝까지 싸울 수밖에 없다 하더라도, 폐하께서는 나를 조금도 두려워하실 필요가 없다는 것과, 왕을 해하려는 자가 있다면 있는 힘을 다해 지켜드리겠노라는 것, 이것이 내가 왕에게 드리고 싶은 말이외다."

여자는 기꺼이 왕에게 가서 말을 전하겠노라고 하고 비밀 문을 통해 성 밖으로 나갔다.

✤ 귀네비어 왕비에 대한 사랑의 정념의 숙명적 성격에 관한 한, 란슬롯은 트리스탄과 똑같은 태도를 취하고 있다. 두 사람은 자신들의 순결성을 확신한 나머지, 책임에 대한 개념조차 배제시켜 버린다. 그 때문에 사법적 결투를 구성하고 있는 신권 재판을 기꺼이 받아들이는 것이다.

위병이 여자를 왕 앞으로 데리고 왔을 때, 왕은 막사 앞에 앉아서 점심 식사를 하던 중이었다. 그녀는 막사들을 여러 개 지나쳤지만 제지를 받지 않았다. 모두들 그녀가 란슬롯의 전언을 가지고 왔으리라는 것을 짐작했기 때문이다. 그녀는 제후들에 둘러싸여 있는 아더 왕의 모습을 쉽게 알아보았다. 그녀는 왕 앞으로 나아가 란슬롯의 말을 전했다.

아더 왕 옆에 서 있던 가웨인도 그녀가 전하는 말을 주의 깊게 들었다. 그리고 누가 말하기 전에 제일 먼저 입을 열었다. 그의 목소리는 분노로 가득 차 있었다.

"폐하! 란슬롯이 폐하와 폐하의 동지들에게 가한 모욕을 복수하려 하신다면, 이 여인이 하는 말을 들으셔서는 안 됩니다. 카멜롯을 떠나기 전에 반 왕 일족을 멸하겠다고 맹세하셨던 사실을 기억하십시오. 우리가 겪어야 했던 모욕을 씻어낼 때가 되었으므로 그 맹세를 환기시켜 드리는 것입니다. 란슬롯과 화해한다면 폐하의 가문은 치욕을 면할 수 없습니다!"

아더 왕이 대답했다.

"가웨인, 란슬롯이 무슨 말을 하든, 어떤 행동을 하든 그와 화해하는 일은 없을 것이다. 그는 내 용서를 받을 자격이 있는 자이기는 하다. 나를 위하여 그 누구보다도 더 찬란한 업적을 세운 것이 사실이니까. 결국 나는 그 업적의 대가를 혹독하게 치르고 말았구나. 내가 깊이 사랑하는 가족을 빼앗아 갔으니……. 그러므로 나는 그와 결단코 화해할 수 없다. 왕의 명예를 걸고 단언하거니와, 그런 일은 앞으로도 없을 것이다."

왕은 아가씨를 향해 덧붙여 말했다.

"가서 그대의 주인에게 전하라. 그의 말을 들을 생각은 추호도 없으며, 죽을 때까지 싸우는 것 외에 다른 방법은 없다고!"

아가씨는 왕을 똑바로 바라보며 말했다.

"폐하께서는 지금 공연한 고집을 부리시는 겁니다. 이 전쟁은 폐하에게 아무런 득이 되지 않습니다. 언젠가 꾸셨던 꿈을 기억해 보십시오. 멀린에게 해몽을 부탁하셨지요? 용 한 마리가 나라 전체를 태우고 폐하를 공격하여 폐하는 숨을 거두셨지요."

왕은 예상 외의 말을 듣고 화들짝 놀라 물었다.

"그대가 어찌 그 일을 아는가?"

"어찌 알게 되었든 그것이 뭐가 중요하겠습니까? 어쨌든 저는 그 일을 알고 있습니다. 아주 옛날에 꾸셨던 꿈이지요. 그렇지 않습니까? 마법사 멀린이 폐하의 조언자였던 시절의 일이지요. 폐하는 그분의 조언을 귀 기울여 들으셨습니다. 그런데 수수께끼를 풀어줄 멀린은 사라지고, 폐하는 마음속의 분노와 증오의 소리에만 귀를 기울이시는군요."

왕은 여자의 말을 들으며 마음이 혼란스러워서 가만히 침묵만 지키고 있었다. 여자는 이번에는 가웨인을 향해 말했다.

"가웨인 경, 경은 옛날에는 그 누구보다도 신중하고 사려 깊은 사람이었습니다. 그런데 지금은 완전히 분별력을 잃어버렸군요. 미친 사람처럼 파멸을 향해 달려가고 있어요. 경은 눈 뜬 장님이에요. 경은 오매불망 찾아 헤매던 피 흘리는 창과 에메랄드 잔을 어부왕의 모험 궁에서 발견하셨지요. 그런데 어찌 되었던가요? 경은 잠들어 버렸지요. 잠에서 깨어나 보니, 찾고 있던 것이 전부 사라져 버렸어요.

경의 무심함 때문에 재난을 겪게 된 것입니다."

가웨인은 여자의 말에 잠깐 마음이 흔들렸지만, 이내 다시 마음을 다잡고 분노를 폭발시켰다.

"여자만 아니었다면, 진작 베어 버렸을 것이오. 설교는 집어치우시오. 그대를 이곳에 보낸 자에게 돌아가시오!"

여자는 말없이 가만히 서 있었다.

왕이 물었다.

"더 할 말이 남아 있느냐?"

여자는 한 바퀴 빙 진지를 둘러보더니 나지막하게 한숨을 내쉬며 말했다.

"그렇다면, 왕이시여, 전쟁 외에는 방법이 없다는 뜻으로 알아듣겠습니다. 주인님께 폐하의 결심을 전하겠습니다."

"그렇다. 이제 이곳을 떠나도록 하라."

여자는 왕의 진지를 떠나, 란슬롯이 초조하게 기다리고 있는 성으로 돌아갔다. 아더 왕이 화해할 의지가 전혀 없다는 말을 전해 듣고, 그는 슬픈 표정을 지었다. 두려웠기 때문은 아니다. 왕을 공경하고 사랑하는 마음을 버릴 수 없었기 때문이다. 그는 구석방에 처박혀 고통스러워했다. 깊은 한숨이 계속 새어나오고, 눈물이 뺨을 타고 흘러내렸다.

귀네비어 왕비가 그를 만나러 갔다. 왕비는 말없이 오랫동안 그의 앞에 서 있었다. 그러나 그는 깊은 고통 속에 잠겨 있었기 때문에 왕비가 찾아왔다는 것조차 눈치 채지 못했다. 왕비가 왜 그렇게 슬퍼하느냐고 조심스럽게 물었다. 그는 왕과 화해할 희망이 사라져서 너무나 고통스럽다고 솔직하게 털어놓았다.

"우리의 운명이 두려워서 이런 말을 하는 게 아닙니다. 아더 왕께서 저에게 많은 은혜와 명예를 베풀어 주셨다는 사실을 잊을 수 없어서 그러는 겁니다. 그분에게 불행한 일이 생기면 견딜 수 없을 것 같습니다."

"왕께서 이 전쟁을 강요하신 거라고 생각해야 해요. 당신은 그분을 해치려 하지 않았어요. 왕의 조카들이 죽은 건 그들이 당신을 해치려 했기 때문에 어쩔 수 없이 생겨난 결과 아닌가요? 자, 이제 눈물을 거두세요. 이젠 어쩌실 생각인가요?"

"내일부터 나가 싸워야지요. 어쩔 수 없습니다. 이 성을 포위하고 있는 군대를 무슨 수를 쓰든 물리치겠습니다. 화해할 방법이 없으니, 누구든 살려 둘 수 없습니다. 그러나 왕과 일대일로 마주서게 되더라도 왕을 해치지는 않겠습니다."

그는 말을 끝내고 기사들이 모여 있는 큰 방으로 갔다. 그는 우울한 속마음을 숨긴 채, 아더 왕의 궁전에서처럼 훌륭한 식사를 준비하라는 지시를 내렸다. 식사가 끝나자, 기사들이 그의 계획에 대해 물었다.

"내일 제3시 이전에 공격을 개시할 거요."

"그래야지요. 잘 결심하셨습니다. 계속 이렇게 성안에 처박혀 있으면, 비겁한 자들로 여겨지게 될 것입니다."

"걱정하지 마시오. 우리가 지금까지 움직이지 않았기 때문에, 저들은 마음을 놓고 있을 겁니다. 적당한 순간이 되면 치고 나갈 수 있도록 만반의 준비를 갖추도록 하시오."

기사들은 천하의 용장으로 명성이 하늘을 찌르는 란슬롯과 보호트의 지휘하에서 싸우게 된 사실이 자랑스러워 열심히 무기를 챙기고 빠진 것이 없도록 꼼꼼하게 점검했다. 그들은 아주 조용하게 움직였기 때문에, 바깥에서는 그들의 움직임을 눈치 챌 수 없었다. 아더 왕 진영의 병사들은 란슬롯 진영이 어떤 가시적인 움직임도 보이지 않는 것을 의아하게 여기고 왕에게 말했다.

"폐하, 정말 군사가 얼마 되지 않는 모양입니다. 성을 쉽게 함락시킬 수 있을 것 같습니다."

그러나 아더 왕은 그렇게 군사가 없을 리 만무하다고 말했다. 라 포르트의 마도르가 왕의 말을 받았다.

"그렇습니다. 성안에는 엄청난 숫자의 기사들과 용감한 병사들이 있습니다."

가웨인이 물었다.

"그걸 어찌 아시오?"

"저는 란슬롯을 압니다. 아마 크게 한방 먹이려고 준비하고 있을 겁니다. 내일 저녁까지 그가 공격을 개시하지 않는다면, 제 목을 치십시오."

잠 잘 시간이 되었을 때, 왕은 야음을 탄 기습 공격에 대비하기 위해, 사방에 보초를 세워 두라고 지시했다.

다음 날 아침 이른 시각에, 란슬롯 진영은 여섯 개의 편대를 구성하고 탑 꼭대기에 붉은 깃발을 올렸다. 진격을 알리는 신호였다. 숲속에 매복하고 있던 군사들은 즉시 그 사실을 보호트에게 보고했다.

보호트가 기사들에게 말했다.

"란슬롯 경과 그의 군대가 공격 준비를 마쳤으니, 한 사람도 빠짐없이 말에 오르도록 하라. 곧 성안에 있는 군대가 성을 달려 나올 것이다. 우리도 진격한다. 한 놈도 봐주지 마라! 남김없이 베어라!"

보호트의 연설에 사기가 충천한 기사들은 말 등에 나르듯이 올라탔다. 그들은 매복하고 있던 숲을 빠져나와 벌판을 향해 질풍처럼 달려 나갔다. 그들을 본 아더 왕의 병사들이 "전투다!" 하고 외쳤다. 그들의 함성 소리가 성안에서도 들렸다. 란슬롯은 그 소리를 듣고 보호트가 행동을 개시했다는 것을 알아차렸다. 이제 다른 쪽에서 치고 들어갈 시간이 된 것이다. 란슬롯은 즉시 성문을 열고, 줄을 맞추어 질서정연하게 성문을 빠져나가라고 명령했다. 모두들 적과 한바탕 붙으려고 벼르던 참이었으므로, 즉시 란슬롯의 명령을 따랐다.

보호트는 적의 주력부대를 향해 말을 달리다가, 커다란 군마 위에 버티고 앉아 있는 욘 왕의 아들과 마주쳤다. 두 사람은 즉시 상대방을 알아보고 맞붙었다. 보호트의 일격에 욘의 아들이 들고 있던 창이 부서졌다. 보호트는 있는 힘을 다해 창을 휘둘러 방패와 갑옷을 뚫고 상대의 몸에 박아 버렸다. 욘의 아들은 죽어서 풀밭 위에 고꾸라졌다. 그 사이에, 그의 병사들은 막사를 무너뜨리면서 왕의 진지를 헤집고 돌아다녔다. 저항하는 자들은 모두 베었다. 아더 왕과 가웨인이 즉시 말 위에 오른 다음, 공격당하고 있는 병사들을 돕기 위해 달려갔다.

그런데 아더 왕이 말에 오르기가 무섭게, 왕의 막사가 무너졌다. 막사 위에 달려 있던 용이 그려진 깃발도 무너졌다. 왕은 그 모양을 지켜보았다. 이어 다른 막사들도 모두 무너졌다.

가웨인이 소리쳤다.

"보십시오, 숙부님! 헥토르와 보호트가 우리에게 하고 있는 짓을!"

그는 앞에서 달려오고 있는 기사가 헥토르라는 것을 알아보고 그를 향해 달려갔다. 가웨인은 헥토르의 투구를 세게 내리쳤다. 헥토르는 정신을 차릴 수가 없었다. 떨어지지 않으려고 말 목덜미를 꽉 붙잡았다. 가웨인이 분노에 가득 찬 두 번째 공격을 가했다. 결국 헥토르의 윗몸이 말안장 앞쪽으로 푹 꺾였다. 마침 보호트가 그 모습을 보고 검을 하늘 높이 치켜들고 나는 듯이 달려왔다. 보호트는 가웨인에게 달려들어 그의 머리를 검으로 힘껏 내리쳤다. 투구는 한 뼘 길이만큼 움푹 찌그러졌다. 가웨인은 그렇게 머리를 얻어맞자 얼이 빠져버렸다. 말에 박차를 가하자, 말은 그를 태우고 멋대로 달아났다.

아더 왕의 막사 앞에서도 혈투가 벌어졌다. 란슬롯과 그의 군대가 달려와 구해내지 않았더라면 보호트의 병사들은 틀림없이 목숨을 잃고 말았을 것이다. 밤이 내리자 피로에 지친 왕의 기사들은 모두 진지로 돌아갔다. 상대편 기사들도 성으로 물러났다. 성안으로 안전하게 몸을 피한 뒤에 그들은 아군의 손해를 살펴보았다. 많은 숫자의 기사와 종자, 그리고 시종들이 목숨을 잃었다. 그러나 열 명 정도의 포로를 잡아오는 전과도 올렸다.

그들은 무기를 내려놓은 다음, 모두 큰 방에 모여 저녁 식사를 했다. 식사가 끝난 뒤에 기사들은 그날의 전투에 대한 평가를 내리기 시작했다. 그들은 이구동성으로 란슬롯과 보호트를 제외하면 가웨인처럼 씩씩하게 싸운 사람은 아무도 없다고 말했다.

란슬롯이 말했다.

"왕의 기사들이 얼마나 검을 능숙하게 다루는지 여러분 모두 잘 보았으리라 생각하오. 우리 편도 잘 싸웠지만, 저쪽도 대단했소. 그러나 저들의 숫자가 우리보다 월등하다는 사실을 염두에 두면, 저들이 승리했다고 희희낙락할 처지는 못 되는 것 같소. 우리 편은 그만하면 아주 잘 싸운 겁니다. 수적으로 열세인데도 적의 공격을 잘 묶어 두었소. 이제는 내일 어찌 할 건지, 또 앞으로 어떻게 행동할 것인지 의논해 보도록 합시다. 의견들을 내보시오."

모두들 내일 아침 일찍, 공격을 재개했으면 좋겠다는 견해를 내놓았다.

란슬롯이 다시 입을 열었다.

"모두 싸우기를 원하니, 그럼 선봉에 설 사람을 선택해 주시오."

보호트가 자기가 맨 앞에 서서 내일 새벽에 왕의 군대를 공격하겠다고 선언했다. 헥토르는 다른 분대를 이끌고 그 뒤를 따르겠다고 말했다. 용감하고 담대한 기사, 펠레스 왕의 아들 엘레에제는 이방의 땅의 군사들을 이끌고 세 번째 분대의 선봉에 서겠다고 약속했다. 그리고 소렐로이스의 용감무쌍한 기사 한 사람이 네 번째 분대를 이끌겠다고 나섰다. 각각 백 명씩으로 이루어진 여덟 개 분대의 선봉에 설 사람들이 정해졌다.

란슬롯의 군대는 내일의 전투를 위한 진용을 짜고, 각각의 분대에 훌륭한 우두머리를 배치했다. 그리고 그날 밤으로 부상자들을 모두 치료했다. 모두들 기진맥진해져 있었으므로 자리에 눕자마자 나무토막처럼 곯아 떨어졌다.

왕의 진영에서도 용감한 기사를 여럿 잃은 것을 슬퍼하고 있었다. 전투가 힘들었기 때문에, 모두들 몸도 마음도 지쳐 있었다. 그들 역시 저녁 식사를 끝낸 뒤 그날의 전투를 평가해 보았다.

성의 기사들은 생각보다 숫자도 많았을 뿐 아니라, 매우 무공이 뛰어난 용사들이 있더라는 것이 모든 사람들의 평가였다. 그중 역시 가웨인과 란슬롯이 단연 돋보였다는 평가에 이의를 다는 사람은 아무도 없었다. 회의를 끝낸 그들은 덜 지쳐 있는 사람들을 골라 보초를 세우고 잠자리에 들었다.

다음 날, 아침 첫 햇살이 지평선을 스치기 무섭게 란슬롯의 기사들은 무기고로 달려갔다. 그러고는 대오를 이루어 질서정연하게 성을 빠져나왔다. 왕의 기사들도 즉시 무장하고 말 위에 뛰어올랐다.

왕의 군대 선두에는 가웨인이 서 있었다. 그는 보호트가 맞은편의 선봉이라는 것을 알고도 별로 당황하지 않았다. 오히려 어제 그에게 당한 일로 밤새 속을 부글부글 끓였기 때문에, 그를 만나자 증오심이 더욱 커지는 느낌이었다. 이들은 서로 가까운 거리에 접근하게 되자, 전속력으로 말을 몰아 부딪쳤다. 피차 서로의 실력을 잘 알고 있는 터였다. 십여 차례 창이 부딪치는 소리가 전장을 휘감아 돌아가더니, 결국 두 사람 모두 상대의 무기에 찔려 땅바닥에 떨어져버리고 말았다. 둘은 끝내 일어나지 못했다.

양 진영 선두의 결투가 끝나자, 이내 첫 번째 분대끼리의 접전이 벌어졌다. 사방에서 함성이 솟아올랐다. 양 진영의 군사들은 서로 증오에 가득 찬 공격을 주고받았다. 싸움이 진행될수록 말에서 떨어져 다시 일어나지 못하는 사람들의 숫자도 늘어났다. 처음에는 백중세로 진행되던 전투는 점점 더 아더 왕 진영의 열세로 돌아섰다. 란슬롯 진영의 첫 번째 분대에 이방의 땅 출신의 기사가 한 사람 있었는데, 무공이 매우 뛰어났다. 이 기사 때문에 아더 왕 진영의 기사들은 분루憤淚를 삼킨 채 퇴각해야만 했다.

전장이 비자, 성의 기사들이 재빨리 가웨인과 보호트가 부상을 당해 움직이지 못하고 누워 있는 곳으로 달려갔다. 그들은 가웨인까지 데려가고자 했지만, 왕의 기사들이 득달같이 달려오는 바람에 뜻을 이루지 못했다. 그들은 간신히 보호트만 빼내어 방패에 올려놓고 벽 뒤쪽으로 실어갔다.

아침에 시작된 전투는 하루 종일 계속되었다. 왕 역시 전투에 참가하여, 나이가 믿기지 않을 만큼✢ 잘 싸웠다. 그의 진영에, 나이와 상관없이 그와 맞먹을 만한 기사는 아무도 없다고 주장하는 사람들도 있었다. 어쨌든 왕의 용맹은 기사들의 사기를 북돋아 주었다.

성의 진영 역시 란슬롯이 없었다면 패배하고 말았을 것이다. 왕은 란슬롯 혼자 파죽지세로 그의 편을 쓸어버리는 것을 보고 속으로 생각했다.

'이자가 계속 살아 있다면, 우리 편은 희망이 없다.'

왕은 칼을 휘두르며 란슬롯을 향해 달려들었다. 그러나 왕을 깊이

✢ 이 중세기 이야기를 문자 그대로 믿는다면, 아더 왕은 90세가 넘었다. 영웅들이 늙지 않는 것은 서사시의 특징이기도 하다. 란슬롯과 보호트와 가웨인은 50대지만 여전히 용맹하고, 귀네비어 역시 같은 연배인데 젊은 시절처럼 아름답고 사랑스럽다. 아더 왕의 누이인 모르간의 경우는 특별히 언급할 만하다. 그녀는 물경 95세쯤 된 것이다! 그녀는 마법의 힘과 요정의 능력으로 오랫동안 매력을 유지하고 있는 것이지만, 우리는 그녀가 위대한 여왕(그녀의 게일어 이름인 모리간의 뜻)의 현신이라는 사실을 잊어서는 안 된다. 다른 용어로 말하면 영원히 젊고 아름다운 '태초의 여신' 이다.

존경하는 란슬롯은 왕의 공격을 방어하기만 할 뿐이었다.

왕은 봐줄 생각이 전혀 없었다. 그는 칼을 비껴들고 폭풍 같은 기세로 란슬롯을 몰아붙였다. 계속되는 거친 공격에 란슬롯의 칼놀림도 바빠졌다. 어느 순간, 왕의 검이 란슬롯의 발등을 내리찍었고, 놀란 말이 앞발을 번쩍 들고 일어서는 바람에 란슬롯은 그만 땅에 떨어지고 말았다. 마침 가까운 곳에 있던 헥토르가 그 모습을 보고, 왕에게 달려들어 투구를 검으로 후려쳤다. 왕은 머리를 얻어맞고 밤인지 낮인지 구분하지 못할 정도로 정신이 혼미해졌다. 헥토르는 상대가 왕이라는 것을 알아보았지만, 상관하지 않고 두 번째 공격을 감행했다. 결국 왕은 말에서 떨어졌다.

헥토르가 동생을 향해 외쳤다.

"머리를 베어 버려! 그의 목숨이 네 손에 달려 있다! 그럼 이제 전쟁은 끝나는 거야!"

란슬롯은 단호한 목소리로 대답했다.

"그럴 수 없습니다. 폐하를 죽이느니 내가 죽는 편을 택하겠습니다!"

헥토르는 란슬롯의 태도가 단호해서 끼어들 용기를 낼 수 없었다. 그런데 란슬롯이 왕을 일으켜 세우더니 말에다 태우는 것이었다. 그러곤 그 자신도 다시 말을 타고, 형이 타고 있는 말고삐를 잡아끌고 전장을 떠나 버렸다. 왕이 놀란 표정으로 그 뒷모습을 지켜보았다. 왕은 곧 자신의 기사들 곁으로 돌아왔다.

그가 큰 소리로 말했다.

"방금 란슬롯이 어찌 했는지 보았는가? 그는 나를 죽일 수 있었다. 그러나 그렇게 하지 않았다. 그는 그가 섬기는 왕의 몸에 손을 대는 것을 거절했다.

참으로 놀랍도다! 그는 내가 일찍이 보았던 어떤 기사보다도 고결하며 겸손하다. 이 전쟁은 시작되지 말았어야 했다. 그는 그의 관대함으로 큰 승리를 거두었다. 이는 무력으로 얻은 승리보다 더 위대하다."

가웨인은 왕이 하는 말을 들었다. 밖으로는 한마디도 소리 내어 말하지 않았지만, 안으로는 분노가 치밀어 미칠 지경이었다. 이 미친 전쟁을 치르는 동안, 그의 가슴속에서 란슬롯에 대한 증오가 견딜 수 없이 커져만 갔기 때문이다.

아더 왕은 두 달 이상 즐거운 호위 성의 포위를 풀지 않았다. 성의 기사들은 여러 차례 왕의 진영을 공격했고, 그때마다 많은 수가 죽었다. 성의 진영은 수적으로 점점 더 열세가 되어가고 있었다. 그러나 그 사이에 건강을 회복한 보호트는 끝까지 가고야 말겠다는 고집을 꺾지 않았다. 그는 아더 왕과 왕의 측근이 란슬롯에게 보인 증오로 인하여 반 왕 가문 전체가 모욕당했다고 생각하고 있었다.

노르갈 왕의 성에 오래 머물러 있었던 리오넬도 란슬롯 진영에 합류했다. 성안에 있는 네 명의 기사가 당대 최고의 맹장들이라는 사실은 적군이나 아군이나 모두 알고 있었다. 그래서 그들은 왕이 자신의 시도가 소용없다는 것을 깨닫고 성의 호위를 풀고 카멜롯으로 돌아갔으면 하는 희망을 품고 있었다.

그 사이에 로마 교황이, 아더 왕이 아내를 버렸으며 아내를 죽이려 한다는 것을 알게 되었다. 소문에 따르면, 왕비가 죄를 저질렀다고는 하지만 확증이 있는 것은 아니라 하였다. 교황은 분개하여, 만일 아더 왕이 다시 아내를 맞아들이고 왕이 왕비에게 베풀어 마땅한 명예로써 대하지 않는다면 그를 파문하겠다는 칙서를 왕국의 주교들에게 보냈다.✤

그리하여 주교들은 란다프 주교를 왕에게 보내어 이 문제를 상의하도록 하였다. 란다프 주교는 왕과 대화를 나눈 다음, 즐거운 호위의 성으로 가서 왕비와의 면담을 요구했다.

왕비가 모습을 드러내자 주교가 말했다.

"왕비의 합법적인 부군이신 왕에게 돌아가야 하오. 이것이 거룩한 아버지이신 교황님의 지엄한 명령입니다. 아더 왕께서는 모든 신하들이 지켜보는 가운데, 차후로는 군왕이 왕비를 대할 때 갖추어 마땅한 예로써 그대를 대할 것을 약속해야 하오. 또한 왕뿐만 아니라 모든 궁정 인사들은 그대와 호수의 기사 사이의 이야기를 입에 올리지 않을 것을 약속해야 합니다."

"주교님, 저를 보호하고 있는 분들과 상의해 보도록 하겠습니다. 이틀 뒤에 다시 와 주십시오. 어떤 대답이든 답을 드리겠습니다."

귀네비어는 란슬롯과 보호트, 리오넬, 헥토르를 자기 방으로 오게 하여 이야기를 꺼냈다.

✤ 이 중세기 이야기는 이 대목에서 영토를 가지지 못한 영국 왕 장이나, 프랑스 왕 필립 오귀스트가 버림받거나 이혼당한 왕비 문제를 가지고 교황청과 벌였던 분쟁에 대한 기억을 끼워 넣고 있다. 이런 일에 교회를 개입시킨 것은 (트리스탄과 이졸데의 경우처럼) 귀네비어와 란슬롯의 행동을 '표백하기' 위한 분명한 의지를 드러낸 것이다. 두 사람의 행동은 기독교 도덕에 따르면 비난받을 행동이지만, 기독교 이전의 켈트 원형과 완전히 일치한다. 트리스탄과 이졸데의 경우처럼 두 연인의 숙명적 정념은 모든 책임을 면제받는다.

"나는 이 세상에서 네 분을 가장 신뢰합니다. 그러므로 나의 명예에 합당한 조언을 해 주십시오. 즐거운 소식이 하나 있습니다. 폐하께서 돌아와 주기를 기다리십니다. 옛날처럼 나를 사랑해 주겠다고 하십니다. 폐하께서는 예를 갖추어 그것을 청하셨고, 내가 그분에게 저질렀던 잘못도 잊겠다고 하십니다. 여러분 또한 잃을 것이 없습니다. 내가 이곳을 떠나기로 결심하면 폐하께서는 복수하려는 계획을 취소하시거나, 아니면 이 나라를 떠나도록 허락하실 것입니다. 이 땅에 있는 동안 어떤 두려움도 가지실 필요가 없습니다. 이제 어찌 하면 좋을지 조언을 들려주세요. 이곳에 남으라 하면 남을 것이고, 떠나라 하면 떠나겠습니다."

란슬롯은 오랫동안 말없이 고개를 숙이고 있었다. 온갖 생각이 교차하는 듯 얼굴빛이 몇 번씩 변했다. 누구도 침묵을 깰 엄두를 내지 못했다. 한참 만에 란슬롯이 결심이 섰다는 듯 고개를 들고 무겁게 입을 열었다.

"제 욕심대로만 하자면 왕비님을 붙잡고 싶습니다. 그러나 제 욕심보다는 왕비님의 명예가 더 소중합니다. 또 언제까지 이렇게 왕과 싸울 수도 없는 노릇입니다. 폐하에게 돌아가십시오. 폐하의 관대한 제안을 거절하면 세상천지가 당신을 배반할 겁니다. 그러니 폐하께서 원하실 때 돌아가겠다고 말씀하십시오. 왕비님이 떠나실 때 이 세상 어떤 귀부인보다도 성대하게 호위하겠습니다. 저는 어떤 기사가 자신이 섬기는 귀부인을 사랑하는 것보다도 더 왕비님을 사랑합니다. 그러나 당신의 명예를 위해서는 이렇게 말할 수밖에 없군요."

란슬롯은 애써 무심한 채 말하고 있었지만, 그의 눈이 눈물로 흐려지는 것을 감추지는 못했다. 왕비는 참았던 울음을 터뜨리고 말았다.

그때까지 한마디 말도 없이 듣고만 있던 보호트가 강한 어조로 반대 의견을 개진했다.

"란슬롯, 경솔한 행동일세! 신께서는 자네에게 유리한 결말을 내려 주시려 하는데, 자네는 후회할 결정을 내리고 있어. 왕비를 이곳에 남겨두고 우리 나라로 돌아가자마자 후회하게 될 거야. 나는 자네가 왕비에게 품고 있는 감정과 사랑이 어떤 것인지 아네. 채 한 달도 되지 않아서 그 결정을 바꿀 수만 있다면 세상을 다 주려고 할 거라구. 란슬롯, 약한 마음 때문에 후회하게 될 거야."

보호트가 그렇게 솔직하게 털어놓자, 헥토르와 리오넬도 보호트를 편들고 나섰다. 심지어 비아냥대기까지 했다.

"왕에게 왕비를 돌려보내겠다니, 왕이 무서운 건가?"

란슬롯은 슬픔으로 마음이 미어지는 것만 같았다. 그는 보호트와 리오넬과 헥토르의 말이 맞다는 것을 알고 있었지만 무슨 일이 생기더라도, 설사 자기가 슬픔으로 죽게 된다고 하더라도 왕비를 돌려보낼 수밖에 없다고 대답했다.

란다프 주교가 대답을 듣기 위해 왕비를 찾아왔다.

귀네비어가 말했다.

"주교님, 폐하를 찾아가 저의 관계에 대해 아무것도 달라진 것이 없고, 또 그 불행한 일에 대해 사람들이 더 이상 아무 말도 하지 않는다면 궁으로 돌아가겠다는 말을 전해 주십시오. 란슬롯 경이 그의 사람들과 함께 무사히 이 나라를 떠나게 해 주겠다고 약속해 주지 않으시면 떠나지 않겠다는 말도 함께 전해 주소서."

주교는 그 말을 듣고, 이제 전쟁이 끝나게 되었으니 얼마나 다행한 일인지 모르겠다고 말하며 신께 감사했다. 주교는 왕비와 즐거운 호위의 성에 있는 모든 사람들에게 신의 가호를 빌어준 다음 성을 떠나 아더 왕의 막사로 가서 왕비의 말을 전했다.

소식을 들은 왕은 모든 사람들 앞에서 큰 소리로 말했다.

"만일 란슬롯 경이 사람들이 말하듯이 왕비에게 관심이 있었다면, 왕비와 헤어지느니 몇 달이고 이 전쟁을 계속하려 했을 것이다. 란슬롯 경이 나의 부탁을 관대하게 받아들여 주었으므로, 왕비의 요구를 모두 가납嘉納할 생각이다. 란슬롯 경이 그의 사람들과 함께 이 나라를 떠나는 것을 허하노라."

왕은 란다프 주교에게 성으로 돌아가 모든 일이 즉시 해결될 수 있도록 조치를 취해 달라고 당부했다. 주교는 서둘러서 성으로 돌아갔다. 왕비는 그 다음 날 왕에게 돌아가고, 란슬롯은 그의 사람들과 함께 브리튼 섬을 떠나 곤과 베노익 국으로 돌아간다는 합의가 이루어졌다.

그날 밤, 왕의 군대는 종전終戰을 기쁘게 축하했다. 많은 기사들은 사실 이 전쟁이 영원히 계속되어 비참한 결말에 이르게 되지나 않을까 두려워했던 것이 사실이었다. 왕의 진영이 기쁨으로 떠들썩한 것과는 반대로, 성은 슬픔에 잠겨 있었다. 란슬롯 일행은 모두 세상의 종말이 다가오기라도 한 듯 어두운 얼굴이었다.

다음 날 아침에 란슬롯은 귀네비어를 찾아갔다.

“오늘 우리는 헤어져야 합니다. 저는 이 나라를 떠납니다. 우리가 다시 만날 날이 있을지는 모르겠군요. 당신은 제가 사랑한 유일한 여인으로 영원히 마음속에 남아 있을 겁니다.”

왕비가 눈물을 흘리며 대답했다.

“그래요, 알고 있어요. 나는 폐하 곁으로 돌아가야 하지요. 이 전쟁이 너무 많은 피를 흘리게 했으니까요. 숨이 끊어지는 마지막 순간까지 당신을 잊을 수 없을 거예요.”

“귀네비어, 여기 당신이 주었던 반지가 있습니다. 우리가 만났을 때 당신이 주었지요. 저는 오늘까지 당신에 대한 사랑을 위해 이 반지를 간직해 왔습니다. 이 반지를 저에 대한 사랑으로 당신이 지녀 주십시오. 저는 당신이 끼고 있는 반지를 지니고 있겠습니다.”

두 사람은 눈물을 흘리면서 반지를 교환했다.

란슬롯은 즐거운 호위 성의 모든 사람들에게 왕비의 지위에 걸맞은 훌륭한 행렬을 준비하라고 미리 지시를 내려두었다. 그도 가장 좋은 옷을 꺼내 입었다. 보호트와 리오넬, 헥토르도 화려하게 치장했다. 그들을 백 명의 기사들이 에워쌌다. 기사들은 몸 전체를 마구로 치장한 군마들 위에 올라타고 있었다. 기사들은 평화의 표시로 손에 나뭇가지를 들었다.

화려한 비단옷으로 아름답게 치장한 왕비가 스무 명 정도의 아름다운 젊은 여자들을 거느리고 나타났다. 시간이 되었을 때, 란슬롯이 성문을 열라고 지시했다. 모든 사람들은 열을 맞추어 질서정연하게 성을 나와 왕이 있는 곳으로 향했다.

아더 왕이 많은 기사들을 거느리고 몸소 마중 나왔다. 왕이 다가오는 것을 보자, 란슬롯은 말에서 내려, 왕비가 타고 있는 말고삐를 잡고 큰 소리로 말했다.

"폐하, 여기 왕비님이 계십니다. 폐하의 몇몇 기사들의 모함으로 인하여 죽음으로 내몰리셨으나, 제가 죽음을 무릅쓰고 구해낸 분입니다. 제가 그렇게 행동했던 것은 왕비님께서 베풀어 주실 은혜를 기대했기 때문이 아니라, 왕비께서 이 세상 어떤 여인보다도 귀하고 존경할 만한 분이라는 것을 아는 까닭이었습니다. 무례한 중상모략자들 때문에 왕비께서 돌아가시도록 방치했다면, 저는 일생 동안 후회의 눈물을 흘려야 했을 것입니다. 그자들이 죽은 것은 마땅한 일입니다. 그들은 배반과 질투의 감정으로 왕비의 죽음을 도모한 죄인들이기 때문입니다."

아더 왕은 슬픈 표정으로 다가왔다. 란슬롯의 말이 조카들의 죽음을 떠올리게 했기 때문이다. 그는 왕비에게 다가가 손을 잡았다. 란슬롯이 말을 이었다.

"아더 왕이시여, 만일 제가 왕비님께 올바르지 않은 사랑을 품었다면, 이렇게 쉽게 돌려드리지 않았을 것입니다. 폐하께서 무력으로 왕비님을 빼앗아가지 못하시도록 몇 달이고 폐하의 군대와 맞서 싸웠을 것입니다."

아더 왕은 혼란스러운 마음을 누르고 대답했다.

"란슬롯 경이여, 왕비를 구해 내어 오늘날 나에게 돌려주니 고맙도다. 경의 관대함이 보상받을 날이 있으리라."

그때 분노로 얼굴이 붉게 달아오른 가웨인이 앞으로 나서며 란슬롯을 향해 큰 소리로 외쳤다.

"왕께서는 경이 그분을 위해 한 모든 행동을 감사히 여기고 계시오. 그러나 왕께서는 경에게 한 가지 요구를 하십니다."

"가웨인 경, 그것이 무엇인지요? 내가 할 수 있는 일이라면 즉시 따르겠소이다."

"왕께서는 경이 이 땅을 즉시 떠날 것을 요구하십니다. 다시는 이 땅에서 경의 얼굴을 보지 않게 되기를 바라시는 거요."

란슬롯은 가웨인의 말 한 마디 한 마디마다 분노가 가득 차 있다는 것을 느끼며 몸을 떨었다. 그는 아더 왕을 향해 아주 침착한 음성으로 물었다.

"폐하, 그것이 정녕 폐하의 뜻입니까?"

아더 왕은 곤혹스러운 표정으로 대답했다.

"그러하다. 가웨인 경이 말한 대로 내 땅을 떠나 바다 건너에 있는 아름답고 풍족한 경의 땅으로 돌아가라."

"하오나 제가 고향 땅으로 돌아가 편히 살게 해 주실 것인지요? 제가 무엇을 기다려야 하는지요? 평화입니까, 아니면 전쟁입니까?"

왕 대신 가웨인이 나서서 대답했다.

"경은 전쟁을 피할 수 없소. 지금까지 경이 겪은 어떤 전쟁보다도 더 힘들고 잔혹한 전쟁이 될 것이오. 그 전쟁은 경이 비열하게 죽인 내 동생 가헤리에트의 죽음을 경 자신의 목숨으로 씻어내기 전에는 끝나지 않을 것이오. 나는 동생의 목을 경의 목과 바꿀 수 없다면, 온 세상을 다 준다고 해도 거절할 것이오."

란슬롯의 마음에 고통이 밀려왔다. 그는 슬픈 목소리로 반박했다.

"아니오, 가웨인 경. 그렇지 않소. 결코 가헤리에트 경을 죽일 마음은 없었소. 내가 그를 죽인 것은 큰 불행이오. 혼전의 와중에 알아보지 못했던 것뿐이오. 나는 가헤리에트 경을 가족보다도 더 사랑했소. 그 역시 나를 친구로서 사랑하고 귀하게 여겼다오. 그의 죽음은 두고두고 내게 고통이 될 것이오."

가웨인이 버럭 소리를 질렀다.

"그럼 가레스는? 또 아그라베인은? 경은 내 가족을 몰살시켰소. 모드레드도 경 앞에 있었더라면 목숨을 잃었을 거요!"

모드레드의 이름을 들으며 란슬롯은 몸이 떨리는 것을 느꼈다.

"모드레드 경은 나를 피해 달아났소. 그건 잘한 짓이오. 아마 눈앞에 보였다면 무사하지 못했을지도 모르오. 아그라베인과 가레스는 어쩔 수 없었소. 그들은 나에 대한 질투심과 왕비님에 대한 증오 때문에 음모를 꾸몄으니 말이오."

"내 동생들은 경을 질투하지 않았소! 다만, 경의 잘못으로 인하여 폐하의 명예가 짓밟혔다고 판단했던 것뿐이오. 경은 내 동생들을 증오했던 거요. 지금도 모드레드에 대한 협박을 내 앞에서 늘어놓고 있지 않소!"

"모드레드 경은 그냥 내버려두시오. 어떤 집안에나 옴 오른 암양은 하나씩 있게 마련이니까."

"모욕은 그만두고 떠나시오. 떠날 때까지는 폐하께서 경의 안전을 보장하실 것이오."

그때 보호트가 앞으로 나서며 말했다.

"가웨인 경, 경의 분노는 지나치오. 란슬롯 경은 경을 두려워하지 않소. 곤 왕국이나 베노익 왕국의 땅을 밟게 된다면, 그곳에 경의 머리를 놓고 와야 할 거요. 경은 란슬롯 경이 가헤리에트를 비열하게 주살했다고 주장했소. 좋소. 그 주장을 반박하기 위해 경과 결투할 용의가 있소. 만일 내가 진다면, 란슬롯 경은 가헤리에트의 죽음으로 수치를 겪게 될 거요. 그러나 반대로 경이 진다면 경은 거짓말쟁이가 되는 거요. 어쨌든 이 일은 다른 사람들과는 상관이 없으니, 경과 나 사이에서 끝내도록 합시다."

가웨인은 즉시 결투 보증금을 왕에게 내며 말했다.

"숙부님, 보호트 경이 결투를 요구하므로, 그 제안을 받아들여야 한다고 생각합니다. 저는 보호트 경과 싸워서 란슬롯 경이 제 동생 가헤리에트를 죽인 것은 비열한 행동이었다는 것을 증명하겠습니다."

보호트 역시 왕 앞으로 나아가 보증금을 내놓았다. 그는 왕이 허락한다면 지금 당장 결투하고 싶다고 말했다.

아더 왕은 두 사람의 보증금을 모두 물리쳤다. 그리고 란슬롯에게 브리튼 섬을 떠나는 즉시, 무서운 전쟁을 치를 각오를 해야 할 것이라고 말했다.

란슬롯이 간곡한 음성으로 말했다.

"아더 왕이시여, 제가 폐하를 구해드렸던 일을 잊으셨습니까? 그때 폐하를 구해드리지 않았다면 폐하께서는 지금도 그렇거니와, 앞으로도 전쟁을 하실 수 있는 위치에 계실 수 없었을 것입니다. 머나먼 섬의 주인인 게일호트 경이 침공해 왔을 때도 제가 폐하를 구했습니다. 그 결과 게일호트 경은 폐하의 충복이 되었지요. 그는 폐하의 영토와 명예를 앗아갈 능력을 가지고 있었습니다. 폐하께서는 왕관과 영토를 빼앗기는 수모를 겪을 위험에 처해 계셨습니다. 그 일을 폐하께 환기시켜 드리는 것은 폐하를 두려워해서가 아닙니다. 폐하께서 저를 우정으로 대해 주시기를 바라는 까닭입니다. 훌륭한 군왕은 자신을 섬긴 자의 봉사를 인정합니다. 그러나 기억력이 희미해지셔서 옛 일이 잘 기억나지 않으신다면, 저로서도 어쩔 수 없이 방어하는 수밖에 없겠지요.

고향으로 돌아가면 벗들의 도움을 받아 군대를 모아 성을 지키겠습니다. 폐하께서 우리를 공격하겠다는 계획을 포기하지 않으신다면, 폐하께 고통을 드릴 수밖에 없습니다. 폐하께서는 이익도 명예도 얻지 못하실 것입니다. 쓰라린 회한만이 폐하의 전리품이 될 것입니다."

란슬롯은 이번에는 가웨인을 향해 말했다.

"경은 폐하를 잘못 보좌하고 있소. 폐하의 가슴에 원한의 독을 부어넣으려 애쓰다니, 그것은 올바른 행동이 아니오. 경도 기억력이 나빠진 거요? 경이 죽음의 위험을 겪고 있을 때 내가 경을 고통의 탑에서 구해냈던 일을 까맣게 잊었소?"

가웨인이 격한 음성으로 란슬롯의 말을 받았다.

"그럼 경은? 리고머 성에서 부엌데기 노릇을 할 때 경은 내 도움으로 그곳을 빠져나왔소. 그러니, 우린 서로 비긴 거요. 우리는 서로서로 목숨을 구해주었소. 그건 부정할 수 없는 사실이오. 그러나 경은 이른바 우정이라고 주장하는 것의 값을 너무 비싸게 받아갔소. 그로 인하여 나의 가문은 씻을 수 없는 불명예를 겪었소. 그런즉, 경과 나 사이의 화해란 없소. 내 목숨이 붙어 있는 한 그런 일은 없을 거요."

말을 마친 가웨인은 훌쩍 말을 돌려 사람들을 떠나버렸다.

란슬롯이 왕에게 말했다.

"내일 폐하의 땅을 떠나겠습니다. 폐하께서 몸소 저를 기사로 서임하신 후에 제가 폐하를 위해 했던 봉사의 대가는 아무것도 가지고 가지 않겠습니다."

그는 왕비를 향해 몸을 돌리고 말했다.

"저는 이제 왕비님과 이 고귀한 왕국을 떠나야 합니다. 그러므로 저를 위해 기도해 주십시오. 왕비님을 헐뜯는 사람이 있거든 제게 말해 주십시오. 왕비님이 핍박을 당하시면, 그 핍박이 어떠한 것이든 달려와 구해드리겠습니다."

말을 마친 란슬롯은 묵묵히 말 위에 올라 자신의 사람들을 거느리고 떠났다. 그의 가슴은 고통과 회한으로 터질 것만 같았다. 그러나 그의 얼굴은 냉담했다.

10 반역

란슬롯은 동지들의 호위를 받으며 즐거운 호위의 성으로 돌아왔다. 그는 사람들에게 내일 당장 길을 떠날 수 있도록 준비하라는 명령을 내리고, 기사들을 불러 모은 뒤에 말했다.

"나는 이 왕국을 떠나야 하오. 떠나야 할 순간이 다가오니 많이 고통스럽소. 나는 이 나라를 위해 평생 동안 싸웠소. 이제는 내가 죽고 난 뒤에 이 나라에서 수치스럽게 쫓겨났다는 이야기를 듣게 될까 두렵소. 그러나 왕비께서 치욕을 겪게 할 수는 없었소. 그래서 차라리 내가 추방자가 되는 편을 택하려는 거요."

란슬롯의 말을 들으면서 기사들은 감동하지 않을 수 없었다. 보호트와 리오넬, 헥토르는 조용히 입을 다물고 있었다. 다른 기사들은 모두 란슬롯을 따라가겠다고 앞다투어 말했다.

"경께서 이 나라에 머무시겠다고 결정하셨다면, 저희는 곁에 남아 함께 싸웠을 것입니다. 그러나 아르모리크 브르타뉴로 떠나시겠다니 우리가 이곳에 남아야 할 이유도 사라졌습니다. 아더 왕의 궁에서 우리를 환영할 이유가 없으니까요. 이 나라에서 경에게 가장 큰 고통을 안겨드렸을 때 이미 경과 함께 있기로 결정했으니, 다른 나라로 떠나실 때도 함께 따라가겠습니다. 그 때문에 목숨을 잃더라도 경과 운명을 같이 하겠습니다. 경께서 어떤 상황에 처하게 되더라도 경을 따라가는 것이 명예로운 길입니다."

란슬롯이 감동한 목소리로 대답했다.

"소중한 벗들이여, 고맙소. 있는 힘을 다해 그 고마움에 답하리다. 태어날 때 물려받은 재산을 여러분과 나누겠소. 내 영토를 아낌없이 여러분에게 골고루 분배하겠소. 나 또한 각자에게 돌아갈 지분만을 내 것으로 남겨 두겠소. 나는 많은 재산이 필요 없소. 그리고 이러한 결정이 더욱더 많은 영광을 가져다주리라는 것을 아는 까닭이오. 신의 도우심으로 내 땅에서 나는 소산으로 여러분은 편히 살아갈 수 있을 것이오."

기사들은 그 선언에 환호성을 지르며 기뻐했다.

"경을 떠나고자 하는 자들에게 수치가 있기를! 이제 이 왕국에는 평화가 없을 것입니다. 원탁의 고결한 동지들이 흩어졌으니 왕국은 무자비한 투쟁의 회오리에 휘말릴 것입니다. 아더 왕의 왕좌를 지켜 주었던 것은 원탁이었습니다. 원탁이 뛰어났기 때문에 왕과 왕국 전체가 평온을 누렸습니다. 그리고 란슬롯 경 자신이 왕국의 강성함을 이루는 데 큰 역할을 하셨습니다."

"소중한 벗들이여, 여러분의 칭송은 고마우나 왕국의 평온과 번성은 나 혼자 이룩한 것이 아니오. 나는 다른 원탁의 동지들처럼 최선을 다했을 뿐이오. 오늘날 나를 극도로 증오하는 자들도 모두 함께 애썼던 거요. 물론 이러한 어려움, 노골적인 악의를 처음 당하는 건 아니오. 우리는 앞으로 또 이러한 어려움을 겪게 될 것이오. 내가 두려워하는 사람은 가웨인 경이 아니오. 지금은 나를 끔찍하게 증오하고 있으나, 그는 나의 가장 좋은 친구였소.

정작 내가 무서워하는 사람은 모드레드 경이오. 나는 그와 관련된 몇 가지 비밀을 알고 있소. 때문에 그는 결코 나를 가만히 내버려두지 않으려 할 것이오. 내가 실수로 가헤리에트 경을 칠 때, 그 자리에 모드레드 경이 있었다면 얼마나 좋았을까! 그랬더라면 브리튼 왕국에게는 다행한 일이었을 거요."

다음 날 란슬롯은 왕의 윤허를 받아 즐거운 호위의 성을 콘월의 카도르에게 양도했다. 그가 평생 모은 재산도 전부 넘겨주었다. 그는 형과 두 명의 사촌과 많은 기사들을 데리고 떠났다. 종자들과 시종들을 셈에 넣지 않고도 기사들만 사백 명이 넘었다. 그들은 무사히 바다에 이르러 배 위에 올랐다. 란슬롯은 몸을 돌려 그에게 숱한 영광과 많은 은혜를 베풀어 주었던 나라를 바라보았다. 왕을 떠난 뒤, 내내 무표정했던 그의 얼굴에 비로소 슬픈 표정이 떠올랐다. 눈물이 두 뺨을 타고 쉴새없이 흘러 내렸다. 그는 그렇게 오랫동안 슬픈 표정으로 깊은 생각에 빠져 오랫동안 서 있었다. 이윽고 그는 작은 소리로 중얼거렸다. 곁에 서 있던 보호트만이 그 나지막한 탄식 소리를 들었을 뿐이다.

"이 땅과 백성에게 축복이 있기를! 비록 내 몸은 쫓겨 가나, 나는 이곳에서 많은 행복을 누렸다. 이 세상 어느 곳에서 그런 행복을 누렸겠는가."

배는 점점 더 멀어져갔다. 브리튼 섬은 아득히 수평선 저 너머로 사라지고 있었다. 란슬롯은 브리튼 섬의 해안이 시야에서 완전히 사라질 때까지 그렇게 망연히 그곳을 바라보며 서 있었다. 섬이 시야에서 사라지자, 그는 그제야 갑판을 떠났다. 그의 아름다운 얼굴은 며칠 동안의 슬픔에 지쳐 움푹 파여 있었다. 지켜보는 사람들 모두 안쓰러워 마음이 아팠다.

육지에 도착한 일행은 다시 말 위에 올라 아르모리크 브르타뉴를 하루 종일 횡단했다. 저녁이 되었을 때 그들은 숲 가장자리에 도착했다. 란슬롯은 그곳에 밤을 지낼 장막을 치라고 지시했다. 사람들은 곧 장막을 치기 시작했고, 일행은 그곳에서 밤을 보냈다. 다음 날 다시 길을 떠나, 란슬롯의 선조의 땅에 도착했다. 란슬롯이 도착했다는 소식을 듣고 백성들이 모두 마중 나왔다. 그들은 그들의 주인을 큰 기쁨으로 맞이하였다.

란슬롯은 베노익 왕국⚜에 도착한 다음 날, 감사 미사를 올렸다. 미사가 끝나자 보호트와 리오넬을 불러 말했다.

⚜ 이곳이 어느 곳인지 정확한 위치를 파악하기는 어렵다. 란슬롯 전설이 아르모리크 브르타뉴 기원을 가지고 있는 것은 분명한 사실이기 때문에 반 왕의 영토—따라서 란슬롯의 영토—는 브르타뉴 반도에 있다고 보아야 한다. 엄밀한 의미의 『란슬롯』 전설에 나타난 지수들과, 울리히 폰 차트치크호벤의 『란첼렛』에 나타나 있는 요소들을 살펴보면, 반 왕 가문의 영토는 오늘날의 팽퐁(브로셀리앙드) 숲과, 북으로는 라누에 숲, 남쪽으로는 랑보 황야 사이에 자리 잡고 있었던 것 같다. 이러한 조건 안에서, 베노익 성은 '물레' Rouets 또는 '왕들' Rois의 성이라고 불리는 왕궁터에 상응하는 듯한데, 유적으로 살펴보면 6세기나 7세기경에 지어진 것 같다. 이 시기는 매우 브르타뉴적인 시기였다. 이 유적은 모옹(모르비앙) 지방의 팽퐁 숲과 라누에 숲 사이에 있는 포르오에(즉 '숲을 지나서' 라는 뜻. 중세기 문서에 따르면 파구스 트란스 실밤 Pagus trans silvam) 사이에 자리 잡고 있다. 이 지역은 『아발론 연대기』가 막연히 드러내고 있는 지리학적 지수와 일치하고 있다.

"한 가지 청이 있네. 들어주었으면 하네."

"우리에게 부탁하다니, 당치 않네. 명령만 내리게. 목숨을 잃는 한이 있더라도 당장 시행할 터이니."

란슬롯은 두 명의 사촌 형제를 따스한 시선으로 바라보았다. 두 사람은 귀네비어 왕비, 헥토르와 함께 그가 가장 사랑하는 사람이었다. 두 사람 모두 호수 부인 비비안의 궁에서 성장했다. 이 세상 어떤 여인보다도 섬세한 호수 부인은 그들을 친어머니보다 더 다정하게 키워, 넓은 세상으로 내보내 공을 세우게 했던 것이다.

란슬롯이 사촌에게 말했다.

"보호트, 나는 베노익 왕국을 포기할 생각이네. 자네가 베노익을 맡아 다스려 주게. 리오넬, 자네는 곤 왕국✤을 맡아 주게. 곤은 내 숙부이시며 자네의 선친인 보호트 왕의 소유였지."

두 형제는 란슬롯의 제안에 감동하여 눈물을 흘렸다. 그들은 란슬롯의 의지를 존중하여 그 제안을 받아들였다. 그들은 무릎을 꿇고 앉아 란슬롯으로부터 군주의 권한을 물려받았다. 만성절까지는 두 달이틀간의 시간밖에 남아 있지 않았다. 두 사람의 대관식은 만성절 날

✤ 이곳 역시 위치가 어느 곳인지 분명치 않지만, 베노익 왕국에서 가까운 곳에 위치하고 있을 수밖에 없다. 그곳은 여러 차례 그런 암시가 있었던 바와 같이, 모옹과 포르오에에서 멀리 떨어져 있지 않은 콘(코트-다르모르)인 것 같다. 디낭 근방에 있는 코르쉥에서 시작되는 로마 도로가 콘과 모옹을 직접 연결시킨 다음, 유명한 '아헤스 도로' (카스테넥[비외지-레-조]를 거쳐 렌과 카르에를 이어 주는 또 다른 로마 도로)를 거쳐 반에까지 이어 준다는 사실에 주목할 것.

열릴 예정이었다. 그 소식을 들은 두 사람의 백성들은, 기사든 장인이든 농부든 할 것 없이 모두 기뻐서 껑충껑충 뛰었다. 란슬롯은 자신이 원해서 그런 결정을 내리기는 했지만, 그들이 기뻐하는 모습을 지켜보며 못내 슬픔을 느꼈다. 겉으로는 즐거운 듯이 웃고 있었지만, 그의 가슴에는 귀네비어 왕비를 잃은 슬픔과, 아더 왕의 적대감으로 인해 생겨난 깊은 상처가 파여 있었다. 그는 그것이 영영 치유할 수 없는 상처라는 것을 알고 있었다.

만성절이 되었을 때, 보호트와 리오넬의 대관식에 참여하기 위하여 나라 전체에서 지체 높은 제후들이 모두 모여들었다. 예전에 원탁의 기사였던 사람들도 경의를 표하기 위해 찾아왔는데, 아름다운 귀니에의 남편인 반의 카라독, 카라헤스 백작의 아들이며 트리스탄의 좋은 친구였던 카라헤스도 그들 중 한 사람이었다.

어빈의 아들인 에렉도 왔는데, 그는 란슬롯에 대한 우정 때문에 보호트와 리오넬 편에 가담했다. 또한 란발과 옛날에 모르간의 보호를 받았던 기주메르도 방문했다. 모두 기뻐하며 축제를 즐겼다. 잔치의 흥이 한참 무르익어 갈 즈음, 아더 왕의 전령이 찾아왔다. 그는, 겨울이 지나가는 즉시 란슬롯과 그의 일문을 칠 것이라는 아더 왕의 전언을 전했다.

란슬롯은 전령에게 대답했다.

"폐하께서 오시는 것은 환영한다. 신의 뜻이라면, 우리는 폐하를 예를 갖추어 맞이할 것이다. 우리의 성들은 훌륭한 성벽으로 방어되어 있고, 우리의 영토는 먹을 것이 풍부하며 무사도 많으니 왕께서는 편히 지내실 수 있을 것이다. 내가 어디엘 가든, 내가 폐하를 알아볼 수 있는 한, 폐하께서는 어떤 위험도 겪지 않을 것이다. 반면에 우리에 대한 적의를 불태우며 호시탐탐 우리를 해치려고 하는 폐하의 조카 가웨인 경은 이곳에 왔다간 무사하지 못할 줄 알라. 분노와 무분별함으로 이 불의한 전쟁을 일으켰으니, 그것을 후회할 천 가지 이유와 기회를 만들어 주리라. 가서 이대로 전하라."

전령은 그 전언을 가지고 브리튼 섬으로 떠났다.

겨우내 왕은 이 성에서 저 성으로, 또 이 마을에서 저 마을로 돌아다니며 왕국을 시찰했다. 가웨인은 한시도 왕을 떠나지 않고 어디엘 가나 수행했다. 그는 틈만 나면 란슬롯을 상대로 전쟁을 일으키자고 왕을 들볶았다. 결국 왕은 부활절 축제가 끝나는 대로 군대를 모아 반 왕 일문을 치겠다는 약속을 하고 말았다. 왕은 죽기를 각오하고 베노익 성과 곤 성을 쳐서 폐허와 죽은 자들만을 남겨 놓겠다고 약속했다.

부활절이 지나고 날이 따뜻해지자 왕은 아르모리크 브르타뉴로 가는 배를 준비시키는 한편 제후들을 카얼리온 아르 위스그로 소환했다. 출발할 때가 다가오자 가웨인은, 누군가 남아 왕비를 보호해야 하지 않겠느냐고 물었다. 왕이 뭐라 답하기도 전에, 모드레드가 앞으로 나섰다.

"폐하, 윤허하신다면 제가 남아 왕비님을 지키겠습니다. 그 누가 지켜 드리는 것보다도 더 안전하실 것입니다."

왕은, 자기를 대하듯이 왕비를 정성으로 모시라고 이르며 윤허했다. 모드레드가 큰 소리로 대답했다.

"정성을 다해 돌보아 드릴 것을 맹세합니다!"

아더 왕은 귀네비어 왕비의 손을 잡고 모드레드에게 맡기며 신하가 주군의 아내를 섬길 때 마땅히 지켜야 할 법도에 따라 충성스럽게 돌보라고 한 번 더 당부했다.

왕비는 모드레드를 전혀 신뢰하지 않았기 때문에, 왕의 결정이 불안하고 걱정스러웠다. 그녀는 모드레드가 음흉하고 잔인하고 신의가 없는 사람이라고 생각하고 있었다. 하지만 왕의 결정에 항의할 엄두를 내지 못했다. 가뜩이나 조카들을 세 명씩이나 잃어 상심하고 있는 왕 앞에서, 차마 막내 조카를 비난할 수는 없었기 때문이다.

왕은 보물 창고의 열쇠를 모드레드에게 맡겼다. 혹시 원정을 떠난 뒤에 재물이 필요할 경우가 발생하면 전령들을 통해 조달받기 위해서였다. 그는 또한 궁에 남아 있는 사람들에게도 모드레드의 뜻을 잘 따르라고 지시했다. 왕은 성유물함 위에 손을 얹고 모드레드의 명령을 절대 어기지 않겠다고 맹세하게 했다. 왕비는 사람들이 맹세하는 광경을 걱정스럽게 바라보았다.

아더 왕은 왕국 전역에서 온 용감한 기사들을 거느리고 카얼리온 아르 위스그를 떠났다. 카어디드✝ 항에서 승선할 계획이었다. 왕비는 그곳까지 왕을 배웅했다. 헤어지는 순간 왕비는 슬퍼하며 왕에게 말했다.

"주께서 폐하를 가는 곳까지 이끌어 주시고, 무사히 돌아오게 해 주시기를. 하지만 예감이 좋지 않아요. 이 전쟁은 옳지 않아요. 란슬롯 경은 폐하를

✝ 웨일즈 지방의 카디프 항. 카얼리온 아르 위스그가 로마 점령 하에서 브리튼 실루즈인들의 옛 수도였다는 사실을 상기할 것. 요새를 갖추고 있는 이 성채(많은 유적이 남아 있다)는 이스카 실루룸이라는 이름으로 알려져 있었다.

거스르는 죄를 저지르지 않았어요. 가웨인 경은 그에게 너무나 화가 나서 자신이 지금 무슨 행동을 하고 있는지도 모르는 것 같아요. 마음이 아프군요. 제 가슴이 우리 두 사람이 다시는 못 만날 거라고 속삭이네요."

왕비가 흐느껴 울기 시작했다. 아더 왕은 곧 돌아올 터이니 두려워할 것 없다고 안심시킨 뒤 배에 올랐다. 배는 물살을 가르며 바다를 향해 힘차게 나아갔다. 귀네비어는 바닷가에 서서 계속 울고 있었다. 그녀는, 운명이 아더 왕도 그의 용감한 기사들도 다시는 만날 수 없도록 하리라는 걸 알고 있었다.

아더 왕은 아르모리크 브르타뉴 해안에 도착했다. 그는 항해에 지친 몸을 쉬기 위해서 절벽 위에 장막을 치라고 명령했다. 그날 밤, 군대는 그곳에서 밤을 보냈다. 다음 날 아침 왕은 진군하기 전에 병사의 수를 점검해 보라고 일렀다. 병사의 수는 사만을 헤아렸다. 군대는 골짜기와 숲을 지나 앞으로 나아갔다. 그들은 곧 베노익 왕국에 도착했다. 도착해 보니 낡고 퇴락한 성은 하나도 없었다. 란슬롯과 보호트, 리오넬이 모두 깨끗하게 손보아 개축했던 것이다.

왕은 동지들에게 어느 쪽으로 가는 것이 좋겠느냐고 물었다. 가웨인이 거침없이 대답했다.

"베노익 성으로 곧장 진격해야 합니다. 란슬롯, 보호트, 리오넬, 그리고 헥토르가 정예부대와 함께 그곳에 있으니까요. 놈들만 잡으면 전쟁은 쉽게 끝납니다."

이베인이 강하게 반대 의견을 개진했다.

"란슬롯의 군사가 집결되어 있는 곳을 곧바로 치는 건 미친 짓입니다. 주변의 성들과 마을부터 칩시다. 그러면서 때를 보아 우두머리들이 있는 성을 포위해야 합니다."

복수의 욕망에 사로 잡혀 눈이 멀어버린 가웨인이 다시 큰 소리로 반대하고 나섰다.

"우두머리들부터 쳐서 무력화시켜야 합니다. 란슬롯과 보호트와 리오넬이 죽거나 포로가 된 것을 보면, 이 나라의 백성은 당연히 투항합니다."

듣고 있던 왕이 결론을 내렸다.

"좋다. 베노익 성을 포위한다."

아더 왕의 군대는 베노익 성을 향해 행군하기 시작했다. 성에 거의 다 왔을 무렵, 그들은 화려하게 옷을 입고 얼굴에 베일을 드리운 채, 눈부신 흰 말을 타고 있는 아주 늙은 여자를 만나게 되었다.

왕과 눈이 마주치자마자 그녀는 왕에게 다가와 말했다.

"아더 왕이시여, 폐하께서 치러 오신 성을 보소서. 어리석은 자의 말에 귀가 솔깃하여 실수를 저질렀다는 것을 아시게 될 것입니다. 이 성을 함락하기는커녕, 숱한 실패를 겪으신 후에 포위를 푸시게 될 겁니다. 아집과 복수에 대한 욕망으로부터 폐하께서 얻게 되실 영광은 그것이 전부입니다.

가웨인, 너는 한때 기사도의 아름다운 꽃이더니, 대체 폐하께 무슨 어리석은 조언을 한 것이뇨? 세나가, 이 전쟁의 원인이 되었으니, 너는 이 전쟁에서 파멸하리라! 다시는 브리튼 섬을 밟지 못하리라. 그 이유를 아느뇨? 너는 교만으로 인하여 어리석은 자, 그 때문에 주위를 돌아보지 못하느니라. 네가 어부왕의 궁전에 갔던 날을 떠올려 보라. 너는 피 흘리는 창과 에메랄드 잔을 분명히 보았으되, 어부왕을 낫게 해 줄 질문을 던지는 대신 잠들어 버렸느니라. 아침이 되어 눈을 떠 보니, 주위는 텅 비어 있었다. 너는 부끄러워 도망쳤었다."

여자의 말을 들은 가웨인은 기분이 나빠졌다. 그가 노파를 향해 버럭 소리를 질렀다.

"여자여, 대저 누구이기에 그 따위 말을 함부로 지껄이느냐?"

"내가 누구인지 그것은 중요한 일이 아니니다. 네 운명을 스스로 결정해야 할 때가 되었다는 것을 아는 것이 중요하다."

여자는 그렇게 말하고는 뒤도 돌아보지 않고 바람처럼 떠났다. 왕과 가웨인은 혼란스러운 표정으로 여자의 뒷모습을 바라보았다. 여자는 속도를 줄이지 않고, 군대의 전위를 지나 성문 앞에 가서 섰다. 문이 열리고, 여자는 성안으로 들어갔다. 그녀는 급히 란슬롯과 두 명의 왕, 그리고 많은 기사들이 앉아 있는 큰 방으로 들어갔다. 그녀는 그들에게 다가가 아더 왕이 성 앞 반 리외 정도 되는 거리에 도착했으며, 공격을 준비하고 있는 자들이 아무리 못 잡아도 만 명은 되어 보이더라고 말했다.

란슬롯은 왕의 군대가 아무리 강성하다 한들 전혀 두렵지 않기 때문에, 군대의 숫자 따위는 중요하지 않다고 대답했다.

여자가 말을 이었다.

"란슬롯아, 네가 원탁의 동지였던 시대와 많이 달라졌구나. 아더 왕을 도와 그의 적을 물리치기 위해 그토록 애를 쓰더니……. 그러나 세상은 바뀌었어도 나는 네가 한결같다는 것을 안다. 너는 자신에 대한 확신을 가지고 어떤 위험이든 헤쳐 나간다. 난관을 헤치고 승리를 거두리라는 믿음이 어느 때보다 더 크지. 베노익 반 왕의 아들, 호수의 기사 란슬롯아, 너는 어린 시절에서 조금도 변하지 않았구나."

란슬롯은 여자를 자세히 살펴보았다. 갑자기 여자가 다르게 보였다. 그렇게 늙어 보이지 않았던 것이다.

"여인이여, 당신은 누구십니까?"

여자가 얼굴을 가리고 있던 베일은 벗으면서 나지막하게 속삭였다.

"왕의 아들아, 내가 누구인지 정녕 모르느냐?"

란슬롯이 탄성을 질렀다.

"사라이드! 이게 얼마 만인가요? 호수 부인은 안녕하신가요?"

"그분이 나를 이곳에 보내셨단다. 부인께서는 아더와 너 사이에 일어난 일을 슬퍼하시고 계신다. 그러나 신의 큰 책에 쓰여 있는 걸 바꾸실 능력은 없으시니……. 왕의 아들아, 끝까지 네 운명을 따르렴. 내가 말할 수 있는 건 그게 전부란다."

란슬롯은 그녀를 붙잡고 그의 운명에 대해 좀더 물어보고 싶었지만, 그녀는 어느새 살그머니 기사들 사이로 미끄러져 들어가더니, 방을 빠져나가 다시 말을 타고 바람처럼 사라져 버렸다. 란슬롯은 그녀의 갑작스러운 등장에 감동하여 생각에 잠긴 표정으로 앉아 있었다. 호수 부인의 전령은 무슨 말을 하고 싶었던 것일까? 운명의 끝까지 가라고? 란슬롯은 닥치는 시련으로부터 도망치지 않겠다고 다짐하고 기사들을 향해 말했다.

"적들이 전열을 견고하게 가다듬기 전에 쳐야 하오. 내일 아침 제1시부터 공격을 개시하겠소."

기사들은 그 결정에 모두 찬성했다. 각자 전투 준비를 위해 흩어졌다. 그날 밤, 베노익 성은 아무런 움직임도 보이지 않은 채, 쥐죽은 듯 고요했다. 때문에 아더 왕 진영은 내심 안심하고 있었다. 그러나 다음 날 아침 동이 트기가 무섭게 란슬롯의 병사들은 무기고로 달려갔다.

그들은 모두 투지에 불타고 있었다. 성안의 큰 뜰에 모인 병사들을, 란슬롯은 몇 개의 분대로 나누고 각기 무공이 뛰어난 대장의 지휘에 맡겼다. 아더 왕 진영 역시 전투 준비를 마쳤다. 도합 스무 개의 분대로 편성했다. 제1분대를 란슬롯과 보호트가 직접 이끌 것이라는 정보를 입수하고, 아더 왕은 가웨인과 이베인을 선봉에 세웠다.

드디어 네 명의 선봉장이 맞붙었다. 가웨인은 란슬롯과, 이베인은 보호트와 격돌했다. 검과 창이 부딪치며 불꽃이 일고, 말들이 차올리는 흙먼지가 그들을 휘감았다. 이미 이백여 합이 넘어가고 있었다. 네 명의 맹장은, 때로 일대일로, 때로 서로 엉키어 접전을 벌였다. 결국, 거칠게 콧김을 내뿜던 말들이 먼저 지치고 말았다. 순식간에 네 사람의 맹장 모두 말에서 떨어졌다.

양쪽 진영의 군사들이 와, 하는 함성과 함께 적을 향해 쳐들어 갔다. 란슬롯은 날렵하게 말 위에 올라, 검을 뽑아들고 사방으로 휘둘러 댔다. 왕의 병사들이 가웨인에게 달려가 그를 말 위에 태웠다. 가웨인 역시 점점 더 격렬해지는 투혼을 불살랐다. 리오넬도 전투에 가세하여 아더 왕의 군사들을 베어 넘기고 있었다. 란슬롯의 군대가 하도 기세 좋게 밀고 들어오는 바람에, 한때 아더 왕 진영이 열세에 몰리는 듯했다. 그러나 몸소 전투에 참여한 아더 왕이 그 용맹으로 군사들의 사기를 북돋워 주었다. 아더 왕의 검에 맞아 리오넬이 머리를 다쳤던 것이다. 사촌이 다친 것을 보고, 란슬롯은 후퇴 명령을 내렸다. 란슬롯의 군대는 일제히 베노익 성으로 퇴각했다.

그 주에 양쪽 군대는 네 번 맞붙었다. 양쪽 모두 많은 사상자를 냈다. 아더 왕 진영의 손실이 란슬롯 진영의 손실보다 더 컸다. 란슬롯과 보호트, 헥토르 등이 예기치 않은 상황에 대처하는 솜씨가 상대편 장수들보다 더 뛰어났기 때문에, 매일매일 더 많은 손실을 적에게 끼치고 있었다. 부상이 낫기를 기다리고 있는 리오넬도 다시 전투에 참가하고 싶어서 몸이 달아 있었다. 베노익 성의 병사들이 장수들을 전적으로 신뢰하며 사기가 하늘을 찌르는 듯한 데 반해, 아더 왕의 병사들은 란슬롯의 무서운 군대와 대적하기에 그들의 숫자가 충분한가 하고 고통스럽게 자문해 보고 있었다.

베노익에서 전투가 벌어지고 있는 동안, 브리튼 섬에서는 이상한 일들이 벌어지고 있었다. 아더 왕이 모드레드에게 왕국을 맡기고 아르모리크 브르타뉴로 떠나자, 숙부의 재산을 혼자 움켜쥔 모드레드는 전쟁에 참여하지 않은 제후들 가운데 지위가 높은 자들을 불러 모아, 그들의 환심을 사기 위해 값비싼 선물들을 마구 나누어 주었던 것이다. 그래서 제후들은 왕이 내리는 명령에 따르듯 그의 명령을 충실히 따르게 되었다.

모드레드는 하루 종일 귀네비어 왕비와 함께 지내다 보니, 그녀의 매력에 흠씬 빠져들게 되었다. 그런데 그녀의 사랑을 얻을 방법이 없자, 그 때문에 숙을 것처럼 괴로워하게 되었다. 자신의 속마음을 감히 털어놓을 용기가 없었으므로, 그는 음모를 꾸며 욕망을 충족시킬 계획을 세웠다.✢ 그는 가짜 편지를 써서 아더 왕의 봉인을 위조하여 봉인한 다음, 아일랜드 주교 한 사람을 시켜 모든 제후들이 지켜보는 가운데 왕비에게 가져다주게 했다.✢✢

편지에는 이렇게 씌어 있었다.

"우터 펜드라곤의 아들이며 브리튼 왕인 나 아더가 인사를 전하노라. 나는 호수의 기사 란슬롯의 창에 찔려 죽게 되었다. 나는 여러분의 마음속에 있는 큰 충성심을 아는고로, 나의 충성스러운 제후 여러분이 걱정스럽다. 평화의 이름으로 여러분에게 부탁하노니, 나의 조카 모드레드를 브리튼 섬의 왕으로 삼으라. 나는 란슬롯에게

✢ 아더 왕 신화 안에서, 왕의 라이벌에 의한 왕비 납치는 중요한 역할을 수행하고 있다. 크레티앵 드 트르와는 『수레의 기사』에서 그것을 묘사한다. 1100년경에 제작된 모데나 성당의 홍예 창틀이 나타내고 있는 것도 이 주제이다. 『브리튼 섬의 삼제시』는 아더와 메드라우트(모드레드 또는 모르드레라는 콘월 이름의 웨일즈 형태)의 라이벌 관계를 여러 차례에 걸쳐 언급한다. 이 남성적 라이벌 관계에 '전쟁 우두머리'로서의 관계가 덧붙여져 있다. 그런데 실존인물 아더는 브리튼 왕들을 위해 봉사했던 전쟁 우두머리 중 한 사람이었을 따름이다.
원래의 전승에서 모드레드는 아더 왕의 조카도 아니며, 근친상간으로 태어난 아더 왕의 아들은 더욱 아니다. 두 사람은 단지 라이벌 관계였을 뿐이다. 이러한 혈연관계를 만들어낸 사람들은 분명히 아더 왕 이야기의 저자들, 그중에서도 『아더 왕의 죽음』(고티에 맙)의 저자이다. 이 혈연관계는 우주의 전쟁이 아버지와 아들의 투쟁으로 표현되는 신화의 도식과 일치한다.

✢✢ 이것은 역사적 사건의 기억이다. 중세기 초기 내내, 아일랜드의 게일족은 영국 해안에서 약탈하기 위한 원정에 몰두했다. 모드레드가 아일랜드인, 색슨인, 스코틀랜드의 픽트인들과 맺은 협정은 역사적 사실에 부합하는 것이다. 콘월이나 웨일즈 지방에 그 흔적이 아직도 많이 남아 있다.

찔려 죽게 되었으므로 다시는 여러분을 만날 수 없다. 란슬롯은 나의 정통 후계자인 오카니 로트 왕의 아들 가웨인 경도 죽였도다. 또한 나는 여러분이 내 앞에서 했던 맹세에 의하여 귀네비어 왕비를 모드레드에게 아내로 줄 것을 부탁한다.

그렇게 하지 않으면 큰 위험이 닥칠 것인즉, 만일 란슬롯이 왕비가 결혼하지 않은 홀몸이라는 것을 알게 되면 여러분을 공격하여 왕비를 빼앗아 아내로 삼을 것이다. 이는 우리 모두의 불행이며, 그리되면 내 영혼은 편히 잠들 수 없으리라."

편지가 낭독되는 것을 들은 모드레드는 슬퍼서 견딜 수 없는 체하며, 제후들이 지켜보는 가운데 실신하여 땅바닥에 쓰러졌다. 왕비는 그 소식이 사실이라고 생각하여 오열했다. 그 모습이 가엾어서 지켜보는 사람들도 동정심을 느꼈다.

소식이 퍼지자, 카얼리온 성채 전체가 탄식과 통곡으로 가득 차 윙윙 떨며 울렸다. 신께서 몸소 천둥번개를 내린다 하여도 들리지 않을 정도로 천지를 진동하는 소리였다. 부유한 사람이건 가난한 사람이건 슬퍼하며 통곡하지 않는 이는 아무도 없었다. 아더 왕은 백성을 따뜻하고 선하게 다스려 이 세상에서 가장 사랑받는 왕이었다. 사람들은 여드레 동안 상喪을 지냈다. 그 대열에 참여하지 않은 사람은 아무도 없었다.

상 기간이 지난 후, 모드레드는 가장 영향력 있는 제후들을 모아 놓고 왕이 요구한 것에 대해 어떻게 생각하느냐고 물었다. 그들은 함께 의논해 보겠다고 대답했다. 그들은 물러 나와서 몇 시간 동안이나 격론을 벌인 끝에, 모드레드에게 가서, 그를 왕으로 추대하고 귀네비어를 왕비로 삼겠다고 말했다. 그리고 자신들은 모드레드의 충복이 되기로 결정했음을 알렸다. 그들의 결정은 두 가지 사실에 근거를 둔 것이었다. 첫째, 그것이 고인이 되신 왕의 뜻이며, 둘째, 모드레드가 살아남은 유일한 왕의 조카이므로 왕으로 추대할 수 있는 단 하나의 대안이라는 것.

제후들은 귀네비어 왕비에게도 찾아가 상황을 알렸다. 제후들이 왕비를 모드레드에게 아내로 주는 데 합의했다는 말을 듣고, 왕비는 공포와 혐오감으로 몸이 떨렸지만, 마음을 다잡고 속마음을 드러내지 않았다. 그녀는 모드레드의 미친 야망을 제어할 수 있는 계획을 이미 세워놓은 뒤였다.

그녀는 제후들에게 침착하게 말했다.

"물론 나는 모드레드 경이 현명하고 용감한 기사라는 사실을 부인하지 않습니다. 그리고 여러분의 제안이 실현되지 못하도록 방해하는 것은 아무것도 없습니다. 아더 폐하께서 승하하셨으니, 나는 자유로운 몸이 된 것이지요. 그러나 나는 아직도 폐하가 이 세상에 계시지 않다는 사실을 받아들이기 힘듭니다. 또 이런 결정은 심사숙고해서 내려야만 합니다. 그러니 며칠만 여유를 주십시오. 그때까지 답을 드리겠습니다."

제후들은 모드레드를 찾아가 왕비의 말을 전했다.

모드레드가 대답했다.

"왕비로서는 주저할 수밖에 없겠지. 그것이 올바른 태도이다. 가서 여드레 동안 기꺼이 기다리겠다 말하고 안심시켜 드리라."

제후들이 왕비에게 돌아가 그 대답을 전하자, 왕비는 기뻐하며 고맙다고 대답했다.

제후들이 돌아가자 왕비는 시녀 하나를 시켜 기사 라보르를 찾아오라고 일렀다. 라보르는 왕비의 사촌이었다. 왕비는 그를 매우 신뢰하고 있었다. 그는 여러 차례에 걸쳐 왕비를 도와주었던 적이 있었다.

라보르는 왕비가 찾는다는 말을 듣고 급히 달려왔다. 귀네비어는 그가 방으로 들어오자 울면서 마음속의 고통을 드러냈다.

"친애하는 사촌, 내가 어찌 하면 좋을지 가르쳐 주세요."

라보르는 왕비의 슬픈 마음을 달래 주고 나서 말했다.

"왕비님, 마음을 진정시키세요. 왜 이렇게 고통스러워하시는지요? 이유를 말씀해 주시면 왕비님을 도울 수 있는 방법을 찾아보겠습니다. 충성심을 걸고 약속드립니다."

왕비는 울면서 대답했다.

"너무나 무섭고 고통스러워요. 나라의 권세가들이 나를 모드레드와 결혼시키려고 해요. 그자는 흉측한 배반자예요. 사람들은 그가 아더 왕의 조카인 줄로 알고 있지만, 나는 란슬롯 경을 통해서 그가 실은 폐하의 아들인 걸 알고 있어요.

설사 그가 왕의 아들이 아니라고 해도 나는 그처럼 비열하고 사악한 인간의 아내가 되고 싶지 않아요. 그의 아내가 되느니, 차라리 산 채로 화형당하는 편을 택하겠어요.[+] 계획을 한 가지 세웠는데, 어떻게 생각하는지 말해주세요. 나는 카멜롯의 큰 탑에 가서 숨을 거예요.[++] 생필품을 많이 가지고 가야겠지요. 그리고 무사들을 시켜 지키게 할 거예요. 사촌이 그 일을 할 사람들을 좀 찾아다 주세요. 무엇을 위해 보초를 서고 있는지 절대로 발설하지 않겠다는 서약을, 한 사람 한 사람씩 모두에게 받아야 합니다. 그런 방법이 아니면 저 파렴치한 모드레드의 흑심을 피할 방법이 없어요."

"왕비님을 보호하기 위해서라면 제가 무슨 일인들 못하겠습니까. 탑을 지킬 수 있는 무사들을 구해서 탑에 생필품을 가져다 놓겠습니다. 동시에 란슬롯 경에게 사람을 보내어 도움을 청하십시오. 왕비님께서 어떤 처지에 빠져 있는지 알면, 군사들을 이끌고 달려와 구해드릴 것입니다. 또 혹시라도 폐하께서 살아 계신다면, 왕비님의 전령을 만나실 수 있지 않겠습니까? 저는 폐하께서 돌아가셨다는 말을 믿을 수가 없습니다. 폐하께서 이 소식을 아신다면 당장 회군하실 것입니다. 그러니, 두 분 중 누구라도 모드레드 경으로부터 왕비님을 구해주실 것입니다."

라보르의 조언은 왕비의 마음을 밝게 해 주었다. 벌써 함정에서 도망친 듯한 기분이 들었다. 라보르는 조심스럽게 전적으로 신뢰할 수 있는 기사들을 모으기 시작했다. 여드레가 채 지나기 전에 이백 명

✢ 전설의 원시 판본에서 아더 왕의 아내는 납치범들의 공범자였던 것처럼 보인다. 그러나 란슬롯이라는 인물이 다른 연인들(케이, 이더, 심지어 가웨인까지)을 대체하고 난 뒤에는, 귀네비어의 부정不貞을 강조하는 것이 불가능해졌다(그 부정이 아무리 켈트 도식과 부합하는 것이라고 해도). 귀네비어가 부정한 여인이 되면 반 왕의 아들에 대한 미칠 듯한 이상적인 사랑이 훼손되어 버리기 때문이다(란슬롯의 귀네비어에 대한 사랑도 마찬가지).

✢✢ 『아더 왕의 죽음』(고티에 맙)에는 런던탑이라고 되어 있는데, 이는 플랜태저넷 왕가의 수도에 영광을 돌리기 위한 작가의 의도를 반영한 것이다.

가량 되는 기사들과 병사들을 모을 수 있었다. 그들은 모두 성유물함에 걸고 카멜롯 탑으로 가서 모드레드로부터 왕비를 지키겠다는 맹세를 했다. 일은 관계된 사람 외에는 아무도 모르게 일사천리로 진행되었다. 모드레드가 허락해 준 유예기간이 지나기 전에 왕비의 피난처는 여주인을 맞아들일 만반의 준비를 끝냈다.

귀네비어가 높은 지위의 제후들 앞에서 자신의 결정을 밝혀야 하는 날이 되었다. 그러나 이미 왕비가 모든 것을 챙겨 가지고 카멜롯 성 안으로 피신한 뒤였다. 도개교도 이미 올려져 있었다. 뒤늦게 사태를 파악한 모드레드가 뒤쫓아 달려왔지만, 왕비는 모드레드의 손이 미치지 못하는 곳에 가 있었다. 닭 쫓던 개 지붕 쳐다보듯이 붉으락푸르락하며 성 아래에 서 있는 모드레드를 내려다보던 왕비가 성벽 꼭대기에서 외쳤다.

"모드레드! 나를 아내로 맞이하겠다는 생각을 했다니 천벌을 받을 줄 알아라. 내 말을 잘 들어라. 계속 고집을 부린다면 목숨을 잃을 각오를 해야 한다. 너 같은 악당 놈에게 나를 맡길 일은 절대 없을 테니까 말이다!"

그녀는 방으로 돌아가 동지들에게 이제 어떻게 해야 하느냐고 물었다.

"왕비님, 심려치 마소서. 저희는 모드레드에게 대항해서 이 탑을 지킬 각오가 되어 있습니다. 모드레드건 그의 하수인이건, 우리가 살아 있는 한 이곳에 한 발자국도 들여놓을 수 없을 겁니다."

왕비는 그 말을 듣고 마음이 놓였다.

모드레드는 왕비에게 속은 것이 분해 성 밖에서 씩씩대고 있었다. 그는 제후들을 돌아보며 말했다.

"나는 지금 난처한 처지에 빠져 있다. 이 탑은 단단하고, 생필품을 갖추고 있고, 훌륭하게 방어되어 있다. 이곳을 지키는 자들은 용감하고 투지만만해 보인다. 우리가 공격을 감행하면 가만히 있지 않을 것 같구나. 어찌 하면 좋겠는가?"

"사방에서 동시에 치되, 공격을 여러 번 되풀이하는 겁니다. 탑은 그 정도로 튼튼하지는 않습니다. 게다가 안에 있는 자들은 밖에서 오는 어떤 원조도 기대할 수 없는 형편입니다. 결국은 생필품이 모자랄 수밖에 없습니다."

"경들이 확신에 차 있는 모습을 보니 마음이 놓인다. 자, 일을 계속 질질 끌 생각은 아니겠지?"

제후들은 자신들이 어떻게 해야 할지 알고 있으며 승리를 확신한다고 말했다. 모드레드가 만족한 표정으로 대답했다.

"좋아! 그렇다면 경들은 나에게 충성을 맹세해야 한다. 성유물함에 걸고 모든 적을 맞아 싸울 때 나를 돕겠다고 맹세하라. 그 적에는 아더 왕도 포함되어 있다. 혹시 편지의 주장과 달리 아더 왕이 살아 있다면, 그는 우리를 칠지도 모른다."

제후들은 생각지도 않았던 모드레드의 말에 잠시 흠칫했지만, 내친걸음이라 생각했다. 게다가 모드레드에게 그 사이 받아먹은 황금 때문에 이미 물욕으로 눈이 어두워져 있는 상태였다.

"기꺼이 충성을 맹세하겠습니다."

그들은 모드레드 앞에 무릎을 꿇고 앉아 충성을 서약한 뒤, 성유물함에 손을 얹고 어떤 적이든 그의 편에 서서 맞아 싸우겠다고 맹세했다. 모드레드는 그들을 칭찬하고, 그들이 소유하고 있는 모든 성들의 백성이 자신에게 영광을 돌리게 하라고 당부했다.

서약식이 끝난 뒤, 모드레드는 사방에서 탑을 공격하라는 명령을 내렸다. 군사들은 즉시 전투태세를 갖추고 성벽을 기어 올라갈 도구들을 준비하기 시작했다. 그들은 성벽에 사다리를 세웠다. 성안에 있는 기사들은 무기를 들고 방어에 들어갔다. 그들은 기어오르는 적의 병사들을 향해 화살을 날렸다. 사다리를 기어오르던 모드레드의 군사들은 비명을 지르며 해자에 떨어져 죽었다. 모드레드는 상대편 군사들의 무술이 한 수 위라는 것을 인정할 수밖에 없었다. 그는 분을 삭이며 퇴각 명령을 내렸다. 자신의 권위를 조롱하는 자들의 목을 모두 베어 반드시 이날의 모욕을 복수하리라며 이를 갈았다.

첫 번째 공격은 무사히 방어했지만, 왕비는 불안감을 떨칠 수 없었다. 그녀는 사촌 라보르를 불러 말했다.

"또 한 가지 부탁이 있어요. 아르모리크 브르타뉴로 가서 폐하의 소식을 알아다 주세요. 나는 폐하의 죽음을 믿을 수 없어요. 살아 계시거든 모드레드가 얼마나 흉측한 역모를 저질렀는지, 또 그 때문에 내가 어떤 상황에 빠져 있는지 말씀드리세요. 폐하께서 오시지 않으면 나는 수치를 겪을 수밖에 없습니다. 탑은 모드레드 군사의 공격에 언제까지나 버티지는 못할 거예요. 만일 폐하께서 정말로 돌아가셨다면 즉시 곤이나 베노익으로 가서 란슬롯 경이나 그의 사촌 보호트 경, 리오넬 경을 찾으세요. 그들에게 내가 필시 죽거나 수치를 겪을 수밖에 없게 되었다 전하고 나를 구하러 와 달라고 부탁하세요."

"분부대로 곤이나 베노익까지 달려가겠습니다. 그러나 적이 사방을 물샐틈없이 에워싸고 있어서 과연 이 탑을 빠져나갈 수 있을지……."

"반드시 그렇게 해야만 합니다. 알아보지 못하도록 변장을 하고 가세요. 사촌이 실패하면 나는 죽게 됩니다."

날이 저물어 사방이 어둑어둑해졌을 때 라보르는 하녀의 옷을 입고 쪽문을 통해 나갔다. 병사들은 모두 졸고 있었기 때문에 여자의 그림자 하나가 어둠 속에서 움직이는 것을 눈치 채지 못했다. 라보르는 무사히 빠져나와 정신없이 달렸다. 카멜롯에서 어지간히 먼 곳까지 왔을 때, 그는 말을 구해 타고 바다를 향해 달려갔다. 다행스럽게도 마침 아르모리크 브르타뉴로 가는 배가 한 척 있었으므로, 그는 즉시 승선했다. 배에서 내리자, 그는 아더 왕이 돌아가시기는커녕 베노익 성을 포위 공격중이라는 사실을 알게 되었다.

아더 왕은 전세가 계속 불리해지고, 승전의 가망성이 점점 희박해져 가고 있다는 사실을 인정하지 않을 수 없었다. 란슬롯 군은 매우 효과적인 전술을 사용하여 잘 버티고 있었다. 아군의 손실은 날이 갈수록 늘어났다.

왕은 가웨인을 불러 말했다.

"경은 결코 명예를 얻을 수 없는 전쟁 속으로 나를 떠밀어 넣었다. 저들은 참으로 무기를 잘 다루는구나. 뛰어난 정예군이다. 우리는 이 전쟁에서 아무것도 얻지 못한 채 모든 것을 잃게 생겼다. 우리의 적은 봉신들과 동맹자들을 거느리고 자신들의 영토에 있다. 그리고 많은 기사들을 확보하고 있다. 그들은 란슬롯의 명성에 이끌려 사방에서 온 자들이다. 저들은 우리가 저들에 대해 품고 있는 증오 못지않은 증오를 품고 있다. 이 전쟁은 이미 진 전쟁이다. 이제 결론을 내려야 한다. 경의 생각은 어떠한가?"

가웨인은 생각할 시간을 달라고 말했다. 그는 하루 종일 고통스러운 표정으로 생각에 잠겨 있었다. 그는 아더 왕의 생각이 옳다고 판단했다. 전쟁을 계속 끌어보아야 그 자신은 물론 다른 사람들 역시 어떠한 명예나 이익을 얻지 못하리라는 것을 잘 알고 있었다. 그는 오랫동안 생각한 뒤에 종자 하나를 불렀다.

"베노익 성으로 가서 란슬롯에게 말하라. 가헤리에트를 죽인 것이 비열한 행동이 아니었다는 것을 입증할 용기가 있다면 나와 일대일로 맞서야 할 것이다. 나는 그의 행동이 비열했다는 것을 증명하겠다. 만일 그가 나와 싸워 이긴다면 폐하를 설득하여 군대를 모두 이끌고 돌아갈 것이며, 앞으로는 결코 곤과 베노익 사람들을 상대로 전쟁을 벌이지 않을 것을 약속하겠다. 반대로 내가 이긴다면, 내 요구는 간단하다. 전쟁을 끝내고, 보호트와 리오넬은 아더 왕에게 충성을 맹세한다. 내 제안을 거절한다면 그들은 치욕을 겪을 것이며, 나는 죽을 때까지 이곳을 떠나지 않을 것이다."

종자는 새벽에 성으로 갔다. 그리고 란슬롯과 두 명의 왕들이 자리에서 일어나 미사를 드리고 대접견실로 올 때까지 기다렸다. 란슬롯과 왕들이 정좌하자, 종자는 앞으로 나아가 말했다.

"가웨인 경께서 저를 이곳으로 보내셨습니다. 경께서는 양쪽 군사들이 이렇게 계속해서 싸우다가는 양쪽 모두 큰 손실을 입는 비참한 결과가 올 거라고 말씀하셨습니다. 경께서는 그러한 결과를 피하고 싶어 하십니다."

종자는 가웨인의 제안을 정확하게 전달했다. 그 말을 들으면서 란슬롯의 얼굴이 침통해졌다.

"나는 결코 가웨인 경과 싸우고 싶지 않았다. 내가 기사가 된 이후로 그는 언제나 나의 좋은 동지였다. 그러나 그가 비열한 행동을 했다고 나를 비난하므로, 피하면 명예를 잃을 수밖에 없지 않느냐. 경에게 가서 내 말을 전하라.

우리 두 사람의 결투가 끝난 뒤 전쟁을 끝내겠다는 왕의 약속을 받아낼 수 있다면 정해진 날 결투장으로 나가겠다. 또한 나는 그를 두려워하지 않으며, 그와 일대일로 싸우기를 꺼려 왔던 것은 내가 그를 깊이 사랑했기 때문이라는 말도 전하라."

보호트가 란슬롯에게 말했다.

"경은 정당한 결투를 통해 가헤리에트 경을 죽였던 걸세. 증인들이 있어. 그런데도 그런 억지 주장을 하다니……. 현명한 사람이라면 그런 주장을 하지 않네. 가웨인 경도 현명한 사람인데, 왜 그러는지 모르겠군."

리오넬이 그 말을 받았다.

"그가 왜 그렇게 행동하는지 아는가? 동생들을 잃은 슬픔 때문에 차라리 죽고 싶어 하는 거야."

란슬롯이 침통하게 말했다.

"이 결투를 피할 방법은 없네. 나는 그게 두려워. 어떤 결과가 생겨날지 나는 모르네. 그러나 한 가지는 분명하게 말할 수 있어. 만일 내가 이긴다면 나는 절대로 가웨인 경을 죽이지 않을 거야. 그는 내가 왕의 동지들 중에서 가장 사랑했던 사람일세. 이런 시련 앞에서 내가 얼마나 고통스러워하는지 신만이 알고 계시네."

종자는 절을 하고 물러나와 아더 왕의 진영으로 돌아가 가웨인에게 란슬롯의 말을 전했다.

가웨인은 즉시 왕을 찾아가 무릎을 꿇고 말했다.

"청이 한 가지 있습니다. 꼭 들어주소서."

왕은 조카가 무엇을 청하는지도 모르면서 그의 손을 잡고 일으켜 세우며 무슨 청이든 다 들어주겠다고 대답했다.

가웨인이 말을 이었다.

"감사합니다. 제 청은, 란슬롯과 일대일로 겨루어 만일 그가 이긴다면 포위를 풀고 다시는 그와 전쟁하지 않겠다는 약속을 하고 브리튼 섬으로 회군해 주십사 하는 것입니다."

왕의 얼굴이 걱정으로 일그러졌다.

"방금 란슬롯과 싸우겠다 하였느냐? 진정 그와 싸우겠다는 결심을 굳힌 것이냐?"

"그렇습니다. 두 사람 중 하나는 죽어 불명예를 겪게 되겠지요."

"나는 경의 결정이 걱정스럽다. 다른 기사를 상대하겠다면 모르겠거니와 란슬롯이라니……. 우리 모두 알다시피, 그는 가장 높은 평판을 누리는 최고의 기사가 아니냐. 그는 완벽한 기사이다. 경의 목숨이 위험하다. 차라리 내 성들 중에서 제일 좋은 성을 잃는 것이 낫지……. 아, 그런데 나는 내 말의 포로가 되었구나. 내가 허락한 것이니 약속을 지키는 수밖에 없구나. 경의 생각대로 하라."

가웨인은 물러 나와서 종자를 불렀다.

"성으로 돌아가 란슬롯과 그의 동지들에게 왕의 진지와 성 가운데에서 만나자고 전하라. 우리 쪽에서는 폐하와 내가 나가겠다. 무기 없이 나오라고 하라. 우리도 그리 할 것이다."

젊은이는 서둘러 성으로 돌아갔다. 란슬롯과 보호트와 헥토르는 창가에 서서 아직도 가웨인의 제안을 가지고 얘기를 나누고 있었다. 란슬롯은 이 세상 누구보다도 귀하게 여기는 사람과 결투를 해야 하다니, 곤혹스럽기 짝이 없다고 되풀이해 말했다.

종자가 란슬롯에게 말했다.

"폐하와 가웨인 경께서 전하시는 말씀입니다. 란슬롯 경과 그분의 동지들은 무기 없이 성 밖으로 나와 회담에 응하시라 하십니다. 두 분께서도 무기 없이 오시겠다고 하셨습니다. 양측에서 서약을 통하여 아무도 어길 수 없는 약속을 할 것을 청하십니다."

"알겠다. 곧 나가도록 하겠다."

란슬롯의 대답을 전해들은 왕은 말 위에 올랐다. 가웨인과 거플렛이 왕을 수행했다. 그들은 성문에서 멀지 않은 곳에 멈추어 섰다. 보호트와 란슬롯, 헥토르가 성문을 빠져나오는 게 보였다. 란슬롯은 왕을 향해 다가가면서 두 사람의 동행에게 말했다.

"말에서 내려 왕을 만나러 가세."

두 사람은 불구대천의 원수 앞에서 절대로 말에서 내릴 수 없다고 대답했다. 란슬롯은 그들이 뭐라고 하든 자신은 말에서 내릴 것이라고 말했다. 아무리 원수가 되었다한들, 왕에 대한 공경의 표시로 그렇게 하겠다는 것이었다. 란슬롯이 정말로 말에서 내렸기 때문에, 두 사람도 어쩔 수 없이 란슬롯을 따라 하는 수밖에 없었다.

란슬롯은 왕 앞으로 나아가 공손하게 절했다. 왕은 가웨인이 못마땅해 할 것이 두려워서 답례를 하지 않았지만, 그렇게 예의바른 태도를 무시하는 것이 마음 아팠다. 그는 란슬롯이 왕을 극진히 예우하기 위해 말에서 내렸다는 것을 알고 있었다.

란슬롯이 왕에게 말했다.

"아더 왕이시여, 회담을 위해 만나자 청하셨습니다. 말씀하소서. 듣겠습니다."

왕이 입을 열기 전에 가웨인이 먼저 입을 열었다.

"란슬롯 경, 폐하께서는 경이 내게 보낸 답변을 엄숙하게 약속하기 위해 오신 것이오. 나는 경이 내 아우를 비열하게 주살했다는 것을 증명하기 위해 경과 싸울 것이오. 그러나 내가 진다면, 폐하께서는 살아 계신 동안 절대로 경이나 경의 사람들을 괴롭게 하지 않을 것을 약속하실 거요. 우리는 포위를 풀고 우리 나라로 돌아갈 것이오."

란슬롯이 물었다.

"폐하께서는 어찌 생각하시는지요?"

왕은 "약속하겠다" 라고 짤막하게 답하고 입을 다물었다.

란슬롯은 다시 가웨인을 향해 말했다.

"경이 무엇보다 먼저 알아야 할 것이 있소. 경만 찬성한다면 나는 이 전쟁을 기꺼이 포기할 것이오. 그 때문에 수치를 겪고 비겁하다고 손가락질당해도 좋소. 아, 가웨인 경! 경은 나에게 많은 은혜를 베풀었소. 경을 상대로 무기를 들어야 하다니 내 마음이 고통으로 찢어지는 듯하오. 나는 두려움 때문이 아니라, 우정과 존경 때문에 이런 말을 하는 것이오. 이는 결코 빈 말이 아니외다. 우리 사이에 다시 평화가 찾아온다면 얼마나 좋겠소. 그 평화를 얻기 위해서라면 무슨 일이든 하겠소."

보호트와 헥토르는 고개를 숙이고 란슬롯의 말을 듣고 있었다. 란슬롯은 그들을 바라보고 나서 말을 이었다.

"나의 제안은 이렇소. 나는 경의 충복이 되겠소. 헥토르를 포함한 내 가문 전체가 경을 섬길 것이오. 그러나 보호트와 리오넬은 예외로 해야 하오. 나는 두 사람이 다른 사람을 섬기는 것은 보고 싶지 않소. 맹세하라고 하면 지금이라도 성유물함에 걸고 맹세하리다. 또한 내일 새벽에 당장 맨발에 거친 옷을 입고 베노익 성을 떠나 십 년간 방랑할 것을 약속하오. 십 년이 되기 전에 죽는다 해도 경을 원망하지는 않을 것이오. 만일 십 년이 지나서도 살아 있다면, 그때까지 폐하와 경이 살아 있다면, 과거처럼 두 분 곁에서 살아가고 싶소. 역시 성유물함에 걸고 맹세하건데, 나는 경의 아우 가헤리에트 경을 모르고 죽였소. 그의 죽음 때문에 나도 너무나 슬프오. 나는 이 모든 것을 실행할 준비가 되어 있소. 거듭 말하거니와 두려움 때문이 아니오. 우리 두 사람 중 한 사람이 상대를 죽이게 되는 무서운 불행을 피하기 위해서요."

란슬롯의 말에 왕의 가슴은 감동으로 떨려 왔다. 그는 눈물이 가득 고인 눈으로 가웨인을 향해 몸을 숙이고 말했다.

"친애하는 조카여, 신에 대한 사랑을 위하여 받아들이라. 란슬롯 경은 가족의 죽음 때문에 한 사람의 기사가 제공할 수 있는 모든 것을 제안하였다. 나는 이처럼 관대하고 진실한 말을 들어 본 적이 없다."

가웨인은 란슬롯의 제안을 받아들이는 대신, 끼고 있던 장갑을 벗어 아더 왕에게 내밀며 말했다.

"이것이 제 담보물입니다. 저는 란슬롯 경이 제 아우를 비열하게 주살했다는 것을 증명할 준비가 되어 있습니다. 결투는 그가 정하는 날 이루어질 것입니다."

란슬롯도 슬픈 표정으로 앞으로 나서며 장갑을 내밀었다.

"그렇다며 어쩔 수 없군요. 이것이 제 담보물입니다. 가웨인 경이 괜찮다면 결투는 내일 아침에 열릴 것입니다."

왕은 담보물을 받아들이는 수밖에 없었다. 왕은 부서지는 가슴으로 담보물을 받아들고, 란슬롯과 그의 동지들에게 인사한 뒤 말을 돌렸다. 막 헤어지려는 순간에 헥토르가 가웨인을 향해 말했다.

"경은 방금 지위가 높은 제후의 입에서 한번도 발설된 적이 없는 매우 아름답고 관대한 참회의 제안을 거절했소. 나는 경이 그 오만한 거절로 인하여 불행해지길 바라오. 그리고 그렇게 될 거라 생각하오."

란슬롯이 입 다물라고 헥토르에게 명령했다. 세 사람은 성으로 돌아갔다.

우리엔의 아들 이베인은 어떤 일이 벌어졌는지 듣고 가웨인을 찾아와 격렬하게 비난했다.

"가웨인 경, 왜 그렇게 행동하셨소? 세상에서 으뜸가는 기사와 싸우겠다고 나서다니, 이제 그만 살겠다는 거요? 란슬롯과 대결했던 기사들이 몽땅 패배하고 치욕을 겪었다는 걸 모르시오? 란슬롯은 가헤리에트를 비열하게 죽인 게 아니외다. 경이 잘못 생각하고 있는 거요. 무엇 때문에 결투를 고집하는 겁니까?"

"그건 경의 생각일 뿐이오. 내가 옳고 그가 틀렸소. 그가 지금보다 두 배나 더 훌륭한 무인이라 해도 상관없소. 난 싸울 거요."

"미쳤군! 경은 증오 때문에 눈이 멀었소. 증오 때문에 이성을 잃어버린 거요. 제발 경의 고집 때문에 우리 전부 불행해지지 않았으면 좋겠소이다. 이렇게 두려웠던 적이 없었소. 란슬롯이 옳고 우리가 틀렸기 때문이오."

이베인은 어두운 얼굴로 가웨인의 막사를 나가 자기 막사로 돌아갔다.

란슬롯은 다음 날 아침 일찍 일어나 옷을 입었다. 가슴이 고통으로 찢어져 나가는 것 같았다. 기사들이 둘러서서 기다리는 것을 보고 그는 즉각 갑옷을 가져오라고 일렀다. 그는 꼼꼼하게 갑옷을 차려 입고 무기를 든 다음 마당으로 내려가 군마 위에 올랐다. 튼튼하고 날렵한 놈으로, 온 몸에 철갑을 두르고 있었다. 다른 사람들도 그를 호위하기 위해 말 위에 올라탔다. 란슬롯이 기사들의 선두에 서서 성문을 나섰다. 기사들은 필요하다면 란슬롯을 위해 목숨을 내놓겠다는 각오를 하고 있었다. 일행은 결투가 열릴 풀밭을 향해 갔다. 란슬롯을 제외하면 갑옷을 입고 있는 사람은 아무도 없었다. 란슬롯 혼자 풀밭에 들어가게 될 것이다. 일행은 일단 성 앞에 멈추어 섰다.

란슬롯 일행이 성에서 나오는 것을 보고, 아더 왕의 병사들은 가웨인에게 군마를 끌고 갔다. 왕이 화려한 갑옷을 갖추어 입은 가웨인을 풀밭까지 데려다 주었다. 아더 왕은 세상이 끝나기라도 한 것처럼 뜨거운 눈물을 줄줄 흘렸다.

보호트는 란슬롯의 오른손을 잡고 말했다.

"신께서 이 결투의 명예를 자네에게 베풀어 주시기를 비네."

란슬롯은 성호를 그으며 자신을 신의 가호에 맡겼다.

맑고 아름다운 날씨였다. 태양이 떠올라 두 사람의 갑옷 위에서 미끄러지며 빛났다. 란슬롯이 하늘을 한번 쳐다보더니 자세를 잡았다. 가웨인은 란슬롯의 정면을 조용히 응시하고 있었다. 서로의 눈빛이 교차하는가 싶더니, 두 사람은 이내 확신에 가득 찬 태도로 창을 내리고 상대를 향해 돌진했다. 상반신을 말등에 잔뜩 붙인 채로 란슬롯이 가웨인의 오른쪽을 치고 지나갔다. 가웨인은 상체를 왼쪽으로 굽혀 피하곤 다시 말머리를 돌려 박차를 가했다. 이번에는 방패가 부딪치며 불꽃을 내뿜었다.

두 사람 다 주춤하더니 말에서 떨어졌다. 떨어지면서 받은 충격 때문에 두 사람 모두 정신을 차릴 수 없을 정도로 머리가 띵했다. 그들은 그 자세로 누워 있었다. 멀리서 보면 죽은 것처럼 보이기도 했다. 주인의 무게에서 해방된 두 마리 말은 각기 제멋대로 도망쳐 버렸다. 그러나 놈들을 잡으려고 달려가는 사람은 아무도 없었다. 결투에 개입해서는 안 된다고 생각했기 때문이다.

조금 뒤에 란슬롯이 먼저 일어나 검에 손을 댔다. 가웨인도 벌떡 일어나, 목에서 벗겨진 방패 쪽으로 달려갔다. 그 역시 검을 빼어 들고 란슬롯의 투구를 세게 내리쳤다. 란슬롯은 하마터면 넘어질 뻔하였지만, 날쌘 동작으로 반격을 가했다. 가웨인이 휘청하며 흔들리자, 란슬롯의 검이 어김없이 그의 옆구리를 향해 날았다. 사슬 갑옷은 검에 베어져 찢어지고, 방패에는 주먹이 들락거릴 수 있을 정도로 큰 구멍이 뻥뻥 뚫어졌다. 단단한 끈도 별 소용이 없었다. 검에 맞아 찌그러진 투구 절반은 어깨 쪽으로 늘어져 덜렁덜렁 매달려 있는 형편이었다.

두 명의 투사들이 비범한 힘의 소유자가 아니었다면 두 사람 모두 지쳐서 죽었을지도 모른다. 이 뛰어난 무사들도 지칠 대로 지쳐서, 검을 내리치는 동작이 신통치 않았고, 아래로 내려뜨려진 칼끝은 심하게 흔들리고 있었다. 두 사람 모두 많은 상처에도 불구하고 제3시까지 쉬지 않고 싸웠지만, 더 이상은 무리였다. 가웨인이 먼저 물러나 방패에 기대어 헐떡헐떡 숨을 몰아쉬었다. 란슬롯도 거친 숨을 헐떡였다.

그들은 잠시 동안 그런 자세로 있었다. 가웨인은 곧 태양이 점점 높이 솟아오르고 있다는 사실을 알아차렸다. 정오가 가까워지고 있었던 것이다. 그러자 그는 마치 한번도 공격을 받지 않은 사람처럼 완전히 기운을 되찾고, 큰 소리로 란슬롯의 이름을 부르더니 믿기지 않는 괴력으로 공격해 들어왔다.

란슬롯은 놀라서 속으로 중얼거렸다.

'이게 어떻게 된 일이야? 아까 쉬도록 내버려두었을 때는 패색이 짙었는데, 지금은 마치 싸움을 처음 시작했을 때처럼 힘찬 모습이 아닌가.'

란슬롯은 가웨인에게 특별한 능력이 있다는 사실을 모르고 있었다. 가웨인은 제3시가 되어 태양이 떠오르기 시작해서 정오가 될 때까지 힘이 세 배로 커진다. 그 능력 덕택에 일생 동안 그렇게 많은 승리를 거둘 수 있었던 것이다. 아주 힘이 센 기사를 만나면, 정오가 될 때까지 바짝 밀어붙인다. 상대방은 도저히 당할 수가 없어서 쉴 생각만 하게 된다. 그러나 힘과 활력의 정점에 있는 가웨인은 더욱 빠른 속도로 밀어붙여서 재빨리 승리를 쟁취한다. 그 때문에 많은 기사들이 태양이 지평선 너머로 지기 전에는 그와 대결하기를 두려워하는 것이다.⚜

가웨인은 란슬롯을 정신없이 몰아붙이기 시작했다. 란슬롯은 열군데 이상 부상을 입고 피를 철철 흘렸다. 가웨인은 열두 시 경에 란슬롯에게 항복을 받아내기 위해 그렇게 몰아붙였던 것이다. 그 시각이 지나면 상황이 힘들어진다는 것을 알고 있었다. 그는 숨 쉴 틈을 주지 않고 란슬롯에게 소나기 같은 공격을 퍼부어 댔다. 란슬롯은 정신이 하나도 없었다. 그는 마치 날카로운 검 아래에서 계속 두들겨 맞는 모루처럼 무기력하고 처참했다.

오후 시간이 반쯤 지나갔을 때 보호트는 사촌이 계속 열세를 면하지 못하는 것을 보고 란슬롯의 귀에 들리도록 큰 소리로 외쳤다.

"아, 하느님! 이게 어쩐 일입니까? 어이, 란슬롯! 기사 한 사람을 상대로 쩔쩔 매다니 마법에라도 걸린 거야? 세상에서 제일가는 기사 여러 명이 한꺼번에 공격해도 단숨에 해치우던 자네가 아닌가? 그런데 달랑 한 사람에게 지고 말 거야?"

그 말을 들은 란슬롯은 다시 용기가 솟아나는 것을 느꼈다. 그는 놀랍도록 날렵하게 상대방에게 달려들어 투구에 무서운 일격을 가했다. 두 사람은 거

⚜ 태양신, 달리 말하면 여성-태양으로부터 힘을 받는 달의 영웅의 주제를 이 대목에서 읽어낼 수 있다. 『아발론 연대기』 5권 저자 후기 참조.

친 숨을 쉬며 잠깐 동안 붙어 서 있었다. 란슬롯이 힘껏 밀어내자 가웨인의 몸이 크게 흔들렸다. 란슬롯은 그 틈을 놓치지 않고 계속해서 공격을 퍼부으며 재빨리 싸움의 주도권을 움켜쥐었다. 가웨인은 겨우 방어나 하는 처지로 전락해 버렸다. 방어도 쉽지만은 않았다. 코와 입에서 계속 피가 흘러 나왔기 때문이다. 두 사람의 싸움은 그런 식으로 제9시까지 이어졌다. 둘 다 처참한 상태였기 때문에 저러다가 모두 죽을 것 같다는 생각마저 들었다. 그러나 그들은 뛰어난 용기의 소유자였다. 그때까지 아무 일도 없었다는 듯 계속 버티고 있었다.

란슬롯이 헐떡이면서 말했다.

"가웨인, 이만하면 나에게 죄가 없다는 것을 인정할 때도 되지 않았소? 살려 드리리다. 자신을 가엾게 여기시오."

"말도 안 되는 소리!"

가웨인은 야생 동물처럼 으르렁대며 란슬롯에게 다시 한번 덤벼들었다. 두 사람은 어둠이 내릴 때까지 계속 싸웠다.

해가 서산에 넘어가는 순간, 가웨인은 풀밭에 쿵 하고 길게 쓰러졌다. 풀밭이 그의 피로 붉게 물들었다. 란슬롯은 승리가 눈앞에 다가왔다는 것을 알았다. 이제 가웨인에게 달려가 목을 날려 버리기만 하면 되는 것이다. 그러나 그는 그렇게 하는 대신 가웨인을 향해 소리쳤다.

"가웨인 경, 항복하시오! 그리고 경의 고발이 잘못이었음을 인정하시오!"

반쯤 정신을 잃은 가웨인은 대답하지 않았다. 란슬롯은 왕이 있는 곳으로 걸어가 말했다.

"아더 왕이시여, 제 행동을 비겁하다고 여기지 않으신다면, 가웨인 경을 이곳에 남겨 두고 떠날까 합니다."

"가거라. 란슬롯 경, 비록 가웨인 경은 인정하지 않았으나 그대가 승자임을 선언하노라. 결투 시간이 지났다. 관습에 따르면, 해가 지면 전투도 끝내야 한다. 가웨인이 경을 상대로 제기한 고발을 면하노라. 신의 가호가 있기를! 나는 내일 포위를 풀고 내 나라로 돌아가겠다."

"물러감을 허락하시니 물러가겠습니다. 가웨인 경에게 자비를 베풀까 합니다. 저는 처음부터 가웨인 경을 해칠 생각이 없었습니다. 영원한 작별을 고해야겠군요. 나의 왕이시여, 편히 돌아가소서. 제가 원치 않았던 이 전쟁으로 인하여 마음이 많이 아픕니다."

란슬롯은 간신히 발걸음을 떼어놓으며 풀밭을 걸어 나왔다. 베노익 성의 기사들이 그를 마중하기 위해 달려왔다. 보호트가 란슬롯을 붙잡아 말에 태우고 성안으로 달려 들어갔다.

큰 마당에 도착하자, 사람들은 란슬롯을 말에서 내려 조심스레 갑옷을 벗겼다. 의사들이 달려와 상처를 살펴보았다. 온몸이 심한 상처로 뒤덮여 있었고, 피를 많이 흘린 것을 알 수 있었다. 다른 사람 같으면 생명을 잃었을 것이다. 헥토르가 란슬롯의 상처를 살펴보더니 생명에 지장이 없겠느냐고 의사들에게 물었다.

의사 한 사람이 대답했다.

"걱정 마십시오. 그러나 건강을 회복할 때까지는 오랜 시간이 걸릴 겁니다. 말을 다시 탈 수 있으려면 더 많은 시간이 필요하고요."

보호트는 마음이 놓여 시종들에게 란슬롯이 건강을 회복할 때까지 쉴 수 있도록 조용한 방으로 옮겨 놓고 밤낮으로 간호하라고 지시했다.

왕의 병사들도 가웨인에게 달려갔다. 그가 제 발로 일어설 수 없는 것을 보고 방패에 실어 아더 왕에게 데려다 놓고 갑옷을 벗겼다. 부상이 심해서 가웨인은 병사들의 팔에 안겨 실신해 버렸다. 의사들이 달려와 상처를 살펴보더니, 고칠 수 있겠다고 말했다. 머리에 난 깊은 상처에 대해서는 아무 말도 하지 않았다.

왕이 눈물을 흘리며 탄식했다.

"아, 사랑하는 조카여, 절제하지 못하고 고집을 피우더니 기어이 그 때문에 너를 잃게 생겼구나. 너를 잃는다면 그보다 더 큰 불행이 어디에 있겠느냐. 우리 가문에서 너보다 더 훌륭한 기사가 다시 나오기는 힘든 것을!"

가웨인은 대답할 힘조차 없었다. 그곳에 모여 있던 사람들 눈에는 전부 눈물이 그렁그렁했다. 그들은 왕국의 어느 기사보다도 왕의 조카를 사랑했기 때문이다. 그들은 혹시라도 가웨인이 죽을까 봐 마음을 졸이며 밤새 그의 머리맡을 지켰다.

다음 날 새벽에 아더 왕의 캠프에 기사 라보르가 도착했다. 귀네비어 왕비의 전령은 즉시 왕 앞에 나아가 아뢰었다.

"폐하, 왕비님께서 당신의 상황을 전해드리라고 저를 이곳으로 보내셨습니다. 왕비님께서는 지금 절망적인 상황에 처해 계시며, 폐하께서 달려와 구해주지 않으신다면 수치를 겪으실 수밖에 없습니다."

"무슨 일이 있었느냐?"

왕은 새로운 고통이 가슴을 조이는 것을 느끼며 다급한 음성으로 물었다. 전령은 왕이 왕국을 비운 사이에 일어난 일을 낱낱이 고하였다. 모드레드가 거짓 편지로 왕이 죽었다고 믿게 만든 다음 스스로 왕 위에 올랐고, 제후들을 매수하여 그들에게서 충성 서약을 받아냈다는 것, 귀네비어 왕비와 결혼하기 위해 수작을 꾸몄으나 왕비가 카멜롯 탑에 몸을 숨기고 저항하고 있다는 것 등을 상세히 이야기했다. 그는, 왕비가 조금 더 버틸 수는 있겠지만 언제까지 버틸 수 있을지 알 수 없다고 말했다.

아더 왕의 얼굴이 분노와 놀라움으로 파랗게 질렸다. 그는 한마디도 하지 않고 가웨인이 누워 있는 침대 옆에 절망한 표정으로 한참 동안 앉아 있었다. 그리곤 눈물을 흘리며 입을 열었다.

"나는 정녕 저주받은 것이란 말이냐? 어째서 운명은 나와, 신께서 나에게 맡겨 주신 이 왕국을 악착같이 쫓아다니며 괴롭히는가? 나는 성배 탐색 때에 많은 기사들을 잃었다. 호수의 기사 란슬롯과 그의 가문을 모두 잃었다. 그들 덕택에 왕국은 영광과 힘을 유지했건만……. 내 기쁨이며 의지였던 조카들도 잃었다. 지금은 내 후계자로 임명한 가웨인마저 잃을까 봐 두려움에 떨고 있다. 그런데 오늘 내 혼란과 고통을 정점에 올려놓으려는 듯 끔찍한 소식을 접하게 되는구나. 아, 모드레드! 난 네가 누구인지 알고 있다! 네가 역모를 저지른 것을 보니 알겠구나. 어느 날 꿈속에서 나를 공격하여 죽이는 용을 보았는데, 네가 그 용이로구나. 그때 무엇 때문에 멀린의 충고를 들었을꼬? 어쩌자고 나도 모르게 안나의 몸을 빌려 잉태시킨 아들의 목숨을 살려 주라는 멀린의 말을 따랐던가? 그때 나는 내 근원이 무엇인지도 몰랐다. 나는 내가 착한 안토르의 아들인 줄만 알았다. 나는 나와 내 왕국을 파괴하려는 그 아이를 죽이려고 했다. 멀린이 말렸지만, 너를 찾아내어 죽이려고 사방으로 찾아다녔다. 그러나 찾아내지 못했었다.

네가 그 애였구나. 이제 진실이 터져 나온다. 그것이 잔인하고 무자비한 모습으로 내 앞에 일어서는 모습이 보인다. 맹세하노니, 일찍이 어떤 아비도 자식에게 하지 않은 일을 모드레드 너에게 하리라. 그렇다, 모드레드, 나는 무자비하게, 회한의 감정도 없이, 내 손으로 너를 죽일 것이다. 나는 세상 사람 모두가 내가 저지른 죄악에 대한 참회로서 그 일을 알게 되기를 바란다!"

신음인지 비명인지 알 수 없는 소리가 왕의 입에서 계속 새어 나왔다. 눈물과 저주가 뒤범벅이 된 왕의 목소리는 짐승의 울음처럼 처참하고 숲의 바람처럼 공허했다. 많은 제후들이 왕의 절규를 들었다. 그들은 모드레드가 왕의 아들이라는 사실을 몰랐으므로 놀라움으로 가슴을 떨었다. 그러나 그들은 왕에게 한 마디 말도 묻지 못했다. 처참한 고통으로 슬퍼하는 왕의 모습은 오히려 그들에게 알 수 없는 위엄으로 다가왔고, 깊은 존경심을 불러 일으켰던 것이다.

11 죽음의 전투

왕은 마음이 조금 가라앉고 나자, 최대한 빨리 브리튼 섬으로 돌아갈 준비를 하라는 명령을 내렸다. 왕의 명령이 떨어지기가 무섭게 병사들은 장막을 걷고 말들을 준비시켰다. 왕은 가웨인을 싣고 갈 들것을 만들라는 명령도 내렸다. 왕은 가웨인과 함께 있고 싶었다. 조카가 죽는다면, 마지막 순간을 지켜주고 싶었다. 또 만일 살 수 있다면 기쁨을 누릴 수 있을 터였다.

군대는 베노익 성을 떠나 해안 쪽으로 방향을 잡았다. 군대가 행군하는 사이에 가웨인이 마비 상태에서 깨어났다. 그는 주위에 있는 사람들에게 물어보았다.

"여기가 어디요?"

"바다로 가는 중이랍니다."

"어디로 가는 거요?"

"다시 배를 타고 브리튼 섬으로 돌아갑니다."

가웨인이 인도의 한숨을 내쉬더니 말했다.

"하느님, 감사합니다. 그토록 보고 싶어 했던 고향 땅에서 죽을 수 있겠군요."

"죽다니요? 왜 그런 생각을 하십니까?"

"얼마 살지 못할 거라는 걸 압니다. 죽기 전에 란슬롯 경을 만나보지 못하는 것이 가장 슬프군요. 그는 세상에서 가장 정중하고 관대한 최고의 기사입니다. 그에게 심술궂게 행동했던 데 대해 용서를 빌 수 있다면, 그럴 수 있다면 내 영혼이 몸을 편하게 떠날 수 있으련만……."

마침 왕이 옆을 지나가다가 가웨인의 말을 들었다.

"경의 어리석은 고집 때문에 나는 큰 상처를 입었다. 그 때문에 내가 가장 사랑하는 경을 빼앗기게 되지 않았느냐. 또 경 다음으로 사랑하는 란슬롯도 잃었다. 그토록 사람들을 떨게 만드는 위엄 있는 기사를……. 란슬롯 경이 옛날처럼 나와 좋은 관계였다면 모드레드가 흉측한 역모를 저지르지 못했을 것이다. 그런데 이제 내게는 언제라도 달려와 도와줄 충성스러운 기사들이 없다. 반역자 모드레드는 내가 죽었다는 소문을 퍼뜨리고 스스로 왕이 되었다고 한다. 이런 짓거리를 벌하지 않고 내버려둘 수는 없다. 오, 전능하신 하느님! 만일 내 곁에 옛날처럼 용감한 기사들이 있었다면, 세상 전체가 나를 대적하여 반기를 든다 하여도 두렵지 않았을 것이다."

가웨인은 왕의 탄식을 듣고 마음이 미어지는 것 같았다. 그는 있는 힘을 다 짜내어 힘들게 입을 열었다.

"숙부님, 저의 어리석음으로 인하여 란슬롯 경을 잃으셨습니다만,

지혜로써 다시 그를 얻으십시오. 폐하께서 원하시기만 하면 그는 달려올 것입니다. 그는 세상에서 가장 뛰어난 남자이며, 폐하의 일이라며 언제나 도울 준비가 되어 있습니다. 부탁만 하시면 당장 달려와 다시 충성스럽게 섬길 것입니다. 지금 폐하께서는 그의 도움이 필요합니다. 이렇게 죽어가고 있으니, 저는 폐하를 위해 이제 아무것도 할 수 없습니다. 그라면 폐하와 왕국을 구할 수 있을 것입니다."

"경의 말이 맞는지도 모른다. 하지만 그에게 너무 많은 잘못을 저질렀다. 아무리 애원해도 소용없을 것 같구나. 나는 그에게 아무것도 요구하지 않을 생각이다."

그때 뱃사람들이 왕을 찾아와 말했다.

"원하실 때 배를 띄울 수 있습니다. 필요한 준비는 모두 마쳤습니다. 마침 바람도 좋으니 곧 브리튼 섬에 당도할 수 있을 것입니다. 더 이상 지체하는 것은 어리석은 일입니다."

"좋다. 승선 명령을 내리겠다."

왕은 가웨인을 배로 옮기라고 명령했다. 병사들은 조심조심 그를 배 위로 옮기고 가능한 한 편한 자세로 눕혔다. 그 다음에는 기사들이 갑옷을 입고 말을 탄 채 배 위에 올랐다. 여러 척의 배 위에 모두 승선을 마친 다음, 함대는 닻을 들어올렸다. 아르모리크 브르타뉴를 떠나는 왕의 마음은 고통으로 짓눌려 있었다. 왕은 모드레드의 빈 역보다도 조카의 상태 때문에 더욱더 마음이 아팠다. 가웨인의 건강은 시시각각 나빠져, 그의 생명은 종말을 향해 치닫고 있었다. 왕은 걱정이 되어 밤낮으로 쉬지 않고 조카의 머리맡을 지켰다. 그는 마음의 고통 때문에 항해가 계속되는 동안 내내 먹지도 마시지도 못했다.

왕이 그렇게 고통스러워하고 있는 동안, 모드레드는 귀네비어 왕비가 피신해 있는 카멜롯 탑을 여전히 포위하고 있었다. 그는 여러 차례 공격을 시도했지만, 그때마다 탑을 지키는 기사들의 반격에 나가떨어져야 했다. 왕비를 지키는 기사들은 아주 잘 싸웠다. 모드레드의 군사는 공격을 시도할 때마다 심각한 타격을 입었다. 불안해진 모드레드는 그에게서 영토를 얻어간 아일랜드, 스코틀랜드 등의 다른 나라 제후들에게 계속 도움을 청했다. 그들이 화답을 보내오면, 온갖 화려한 선물을 내놓아 혹하지 않을 수 없게 만들었다.

모드레드는 사람들의 마음을 다루는 데 특별한 능력을 지니고 있었다. 그는 사람들 마음속 깊은 곳에 숨어 있는 가장 어두운 그림자를 쑤석여 내어 잘 다루었다. 그 그림자를 끌어내는 궁극적인 방법은 재물이었다. 대부분의 사람들은 재물 앞에만 서면 영혼의 눈이 흐려졌다. 고결함, 충성심, 신의 따위는 재물에 비하면 아무것도 아니었다. 모드레드는 그것을 아주 잘 알았으므로, 제후들을 움켜쥐고 능란하게 다루었다. 그 결과, 제후들은 언제 아더 왕을 섬겼느냐는 듯이 모드레드에게 절대적으로 헌신하기에 이르렀다. 그들은 모드레드를 위해서라면 어떤 적이라도 맞아 싸우겠다고 공언하며 돌아다녔다. 만일 떠돌아다니는 소문처럼 아더 왕이 죽지 않았다고 해도, 아더 왕 역시 그들의 적이라고 떠들어 댔다. 모드레드는 이처럼 아더 왕으로부터 봉토를 하사받은 제후들 중에서 가장 강성한 자들을 자기 진영으로 끌어들였다. 아더 왕이 원정을 떠나기 전에 그에게 전 재산을 맡겼기 때문에, 그 일은 식은 죽 먹기보다 더 쉬운 일이었다. 재산이 많고 권세 있는 제후들일수록 더더욱 재물에 약했다. 모드레드는 그러한 행동을 하면서도 아무런 거리낌이 없었다. 그는 자신이 큰 영광을 위해 위대한 일을 하도록 태어난 자라는 확신을 가지고 있었던 것이다. 사악한 자가 야심을 신념으로 포장할 때, 지옥의 재난이 시작되는 법이다.

어느 날, 다시 탑을 공격하라는 명령을 내려놓고 이를 독려하고 있을 때, 모드레드가 사방에 풀어놓았던 첩자 하나가 헐레벌떡 달려와 그를 은밀히 보기를 청하였다.

모드레드가 주위를 물리치자, 첩자가 다급한 목소리로 말했다.

"놀라운 소식을 가지고 왔습니다. 아더 왕이 돌아왔다고 합니다. 그리고 모드레드 전하를 치기 위해 준비하고 있다 합니다. 아더가 많은 군대의 선봉에 서서 공격할 거랍니다. 아마 사나흘 뒤에는 이곳에 도착할 것 같습니다. 듣자 하니 아더가 몸소 전하를 죽이기 위해 돌아왔다고 공언한다더군요. 어떻게 하실지 결정하셔야 합니다. 즉시 행동하지 않으시면 허망하게 목숨을 잃을지 모릅니다."

그 소식을 듣고 모드레드는 경악했다. 아더가 그렇게 빨리 공격해 오리라고 예상하지 못했기 때문이다. 란슬롯과 반 왕 일문과의 전투로 인해 약화되기는 했지만, 숙부는 여전히 막강한 군사력을 장악하고 있다. 모드레드는 즉시 그에게 충성하는 참모들을 불러 상황을 설명하고 조언을 구했다.

"전하, 저희가 드릴 수 있는 조언은 딱 한 가지뿐입니다. 군사를 모으셔서 아더를 상대로 용감하게 싸우십시오. 이제 아더는 이 땅의 주인이 아니므로 이 땅에서 쫓아내야 합니다. 그가 이곳을 떠나고 싶어 하지 않는다 하여도, 전하 편에 선 사람들이 더 많으니 두려워하지 말고 치십시오. 그의 군대는 오랜 전쟁에 지쳐 있고, 약해져 있습니다. 반면 우리 군대는 오랫동안 전쟁을 치르지 않았기 때문에, 활력이 넘칩니다. 군사를 모으시고, 제일 충성스러운 제후들을 선봉에 세우소서."

모드레드는 그들의 조언을 받아들여 급히 전국의 봉신들에게 동원령을 내렸다. 전령들은 즉시 스톤헨지 근방에 있는 솔즈베리 평원으로 모이라는 명령을 전하기 위해 전국 각지로 흩어졌다. 모드레드는 아더 왕이 그곳에 진을 치기를 기대했다. 그러면 여러 개의 전선을 만들어 동시에 치고 들어갈 생각이었다. 모드레드는 카멜롯 탑의 포위를 풀고, 최후의 격전지가 될 것이라고 예상되는 장소로 군사들을 진군시켰다.

왕비는, 탑을 공격하는 대형으로 탑 아래 포진해 있던 모드레드의 군사들이 갑자기 한군데에 모이더니 방향을 돌려 카멜롯 성을 떠나는 것을 지켜보았다. 처음에는 자신의 눈을 믿을 수 없었다. 그러나

성을 나서는 모드레드 경과
그의 군대

곧 시녀가 달려 들어와 아더 왕이 살아서 돌아왔으며 모드레드와의 전쟁을 준비한다는 소문이 파다하게 퍼져 있다는 얘기를 들려주었다. 왕비는 기쁘면서도 동시에 불안했다. 풀려나게 되어 기뻤지만, 왕이 전투 도중에 목숨을 잃을까 두렵기도 했다. 그녀가 그렇게 상반되는 감정으로 안절부절못하고 있을 때 기사 라보르가 모습을 나타냈다. 그는 왕비에게 달려가 왕비가 맡겼던 임무의 결과를 보고했다. 왕비는 눈물을 흘리며 탄식을 쏟아냈다.

라보르는 왕비를 진정시켜 보려고 애썼다.

"왕비님, 기뻐하십시오. 이제 폐하께서 왕비님을 모드레드의 협박으로부터 구해주실 것입니다."

"사촌은 지금 내가 얼마나 힘겨운 상황에 지쳐 있는지 몰라요. 나는 왕이 끔찍한 전쟁에 뛰어들었다는 것을 알아요. 모드레드가 이기면 나에게 끔찍한 복수를 할까 봐 무서워요. 그러나 만일 왕이 이긴다면, 혹시라도 모드레드가 나를 범했다고 의심하지는 않을까요?✢ 그렇게 생각한다면 틀림없이 날

✢『아더 왕의 죽음』(고티에 맙)에서 귀네비어가 보이는 불안은 매우 뜬금없다. 이 이야기 안에서 귀네비어와 모드레드 사이의 관계는 (귀네비어가 원했든, 아니면 강요당한 것이든) 암시조차 되어 있지 않으며, 왕비는 모드레드에게 노골적인 적대감을 드러낸다. 따라서 매우 기독교화되어 있는 이 판본의 저자가 이 대목에서 귀네비어가 납치범의 공범 역할을 하는 원시 모델을 따라가고 있다는 것을 인정하지 않을 수 없다. 원시 문헌, 그중에서도 웨일즈 서관이었던 몬머스의 제프리가 쓴『브리튼 열왕기』(1135)에 전형적인 방식으로 드러나 있는 문학 모델이 부각시키고 있는 것은 이러한 원시 모델의 특징이다.『브리튼 열왕기』에는 다음과 같은 대목이 나온다.
"아더 왕은 조카 모드레드에게 브리튼 왕국의 섭정을 맡겼는데, 이 반역자 폭군은 자신의 머리에 스스로 왕관을 썼을 뿐만 아니라, 귀네비어 왕비와 불륜의 관계를 가졌다."

죽일 거예요. 그러니 누가 이기든 나는 죽음을 면할 수 없어요. 그 때문에 이렇게 슬퍼하는 거랍니다."

라보르는 아더 왕이 그녀를 신뢰하고 있으며, 구해낼 생각 외에 다른 생각은 가지고 있지 않다고 말하며 달랬다. 그러나 그녀는 그의 말도 귀에 들어오지 않는지, 깊은 슬픔 속에 잠겨 있었다.

그날 밤, 왕비는 이런저런 걱정으로 고통스러워하며 잠을 이루지 못했다. 그러나 새벽이 되자, 밤새 무슨 결심을 했는지 그녀의 얼굴에 어떤 단호한 표정이 떠올라 있었다. 그녀는 가장 신뢰하는 시녀 두 명을 깨워 얼른 옷을 입고 떠날 준비를 하라고 일렀다. 그리곤 그녀들을 데리고 몰래 카멜롯을 떠났다. 그 외에 두 명의 종자와, 금과 은을 실은 노새 두 마리만이 왕비를 따랐다. 아무도 그녀의 탈주를 눈치 채지 못할 만큼 소박한 차림이었다.

골짜기와 숲을 지나 오래 말을 달린 왕비 일행은 어떤 암자에 도착했다. 언젠가 그녀가 작은 성당을 지어 준 적이 있는 곳으로, 잘 알고 있는 곳이었다. 은자들은 왕비를 알아보고 기쁘게 맞아 주었다. 그녀는 은자들에게 자신의 처지를 자세히 설명했다. 모드레드도 아더 왕도 모두 자기를 죽일 것 같아 두렵다고 솔직하게 털어놓았다. 은자들은 그녀가 그곳에 숨어 있다는 것을 아무에게도 알리지 않을 터이니 안심하라고 말했다. 그렇게 해서 귀네비어는 자신이 원하는 동안에는 얼마든지 그곳에서 안전하게 지낼 수 있게 되었다.

왕비는 가지고 온 보물을 은자들에게 맡기고, 그녀가 숨어 있는 장소를 아무에게도 말하지 않겠다는 맹세를 받은 다음 하인들에게 작별 인사를 했다. 시녀들은 눈물이 그렁그렁한 눈으로 카멜롯 성을 향해 떠났다. 종자들은 아더 왕의 군대에 합류하여 왕국의 영광을 위해 싸우고 싶다고 말했다. 왕비는 이제 숲속 깊은 곳에 있는 암자에 은신처를 마련하게 되었다.

그 사이에 아더 왕은 상륙하여 무기와 말들을 모두 배에서 내렸다. 그는 자신이 돌아왔으며, 감히 정의를 짓밟고 스스로 왕이 된 반역자와의 투쟁에 백성의 도움을 필요로 한다는 사실을 방방곡곡에 알리라고 일렀다. 백성은 죽었다고 생각했던 왕이 살아 돌아왔기 때문에 기뻐하며 왕을 맞이했다.

왕은 사람들 앞에 서서 말했다.

"내가 죽었다는 소리는 역적인 모드레드가 꾸며낸 거짓말이었다. 할 수 있으면 신과, 그의 합법적인 주군 앞에서 했던 맹세를 저버린 그 역적을 내 손으로 직접 처단할 것이다."

왕의 말을 들으며 사람들은 왕을 도와 반역자를 쫓아내겠노라고, 한순간도 그가 편하게 지내지 못하도록 몰아내겠노라고 약속했다.

그날, 날이 저물 무렵에 가웨인이 주변에 있는 사람들을 불렀다.

"가서 숙부님을 모셔다 주시오."

기사 한 사람이 왕에게 달려가 알렸다. 왕은 황급히 환자가 누워 있는 방으로 달려왔다. 가웨인은 너무 기운이 없어서 눈을 감고 누워 한마디도 하지 못했다. 아더 왕이 그 모습을 보고 고통스럽게 울었다. 왕의 울음소리를 듣고, 가웨인이 눈을 떴다.

그는 힘들게 겨우 속삭였다.

"폐하, 이 몸은 이제 죽습니다. 혹시 신의 도우심으로 모드레드와의 전투를 피할 수 있다면 제 조언을 따르소서. 만일 폐하께서 사람의 손에 죽임을 당하신다면, 그 살인자는 모드레드일 수밖에 없습니다. 제 동생이긴 하지만 저는 그를 믿지 않습니다. 그는 음흉하고 야심만만합니다. 숙부님, 저를 대신해서 귀네비어 왕비님께 인사를 전해 주십시오. 그분은 이 시대의 가장 뛰어난 여인이십니다. 폐하의 사람 누구라도 란슬롯 경을 만나게 되거든, 제가 이 세상에서 만났던 그 누구보다도 그를 귀하게 여긴다는 말을 전하게 해 주소서. 제가 그의 용서를 빌며, 신께 그의 가호를 빌었다는 말도 전해 주소서. 제가 죽었다는 것을 알게 되면 저를 가엾이 여겨 꼭 제 무덤을 찾아달라고 해 주소서."

숨이 차는 듯 가쁘게 숨을 몰아쉬던 그는 다시 말을 이었다.

"폐하, 저를 아우들이 묻혀 있는 카멜롯에 묻어 주십시오. 가헤리에트가 묻힌 무덤에 합장해 주십시오. 그는 제가 가장 사랑하는 동생이었습니다. 비석에는 '여기 오카니 로트 왕의 두 아들 가헤리에트와 가웨인 잠들다. 가웨인은 무절제와 교만의 죄를 저질러 란슬롯에게 죽임을 당하였다' 라고 새겨 주소서. 저는 제 비석에 새겨진 그 글귀가 사람들에게 저의 연약함을 상기시켜 주게 되기를 바랍니다."

그렇게 말하고 나서 가웨인은 입을 다물었다. 한참 뒤에 그는 작은 소리로 속삭였다.

"나의 구세주 예수 그리스도여, 제가 지은 죄로 인하여 저를 심판하지 마옵소서."

가웨인은 그렇게 말한 다음, 가슴에 두 손을 모다 쥐고 숨을 거두었다. 왕은 눈물을 흘리며, 고통과 슬픔으로 울부짖었다. 그는 몇 차례씩이나 가웨인의 몸 위에 쓰러져 실신했다.

정신이 돌아오자, 왕은 고통스럽게 말했다.

"오, 운명이여. 변덕스럽고, 기만적인 폭군이여! 결국은 이런 비싼 대가를 요구할 거면서 무엇 때문에 내게 그 많은 은혜를 베풀었던 것이냐? 그대는 예전에 나의 어머니였더니, 이제는 계모가 되었구나. 나를 고통으로 죽이기 위해서 죽음에 도움을 청하여 내가 가장 사랑하는 자들을 빼앗아갔구나! 아, 저주받을 죽음이여! 하필 용맹함으로 세상 모든 사람을 뛰어넘은 가웨인을 잡아간단 말이냐!"

성은 밤새 천지를 진동시키는 통곡과 신음 소리로 가득 찼다. 신께서 천둥 벼락을 내리신다 하여도 그 소리에 파묻혀 들리지도 않았으리라. 사람들은 자신의 친사촌이 죽은 것처럼 목놓아 울었다. 가웨인은 그 나라의 백성에게 특별한 사랑을 받은 기사였다. 사람들은 그에게 극진한 경의를 표현하기 위하여 금과 보석으로 치장한 비단 천으로 그의 시신을 덮었다.

밤에는 수많은 횃불을 밝혔다. 마치 성 전체가 화염에 휩싸인 것처럼 장관을 이루며 환하게 빛났다. 다음 날 동이 트자마자, 왕은 한 무리의 기사를 불러 갑옷을 입으라고 지시했다. 그동안 시종들은 가웨인의 시신이 실려 있는 들것을 말에 매달았다.

왕이 기사들에게 말했다.

"나를 위하여 내 조카를 카멜롯으로 데리고 가서, 그의 유언대로 가헤리에트의 무덤에 합장해 주어라."

왕은 그 말을 하면서, 군왕의 위엄도 잊은 채 흐느껴 울었다. 모여 있던 사람들은 왕의 모습을 지켜보며 비통한 마음을 금할 수 없었다. 가웨인의 죽음만큼이나 슬퍼하는 왕의 모습이 그들을 가슴 아프게 했다.

기사들이 말 위에 올랐다. 수많은 백성이 생전에 모든 이들을 정중하고 관대하게 대했던 한 용감한 기사의 죽음을 애도하며 행렬을 따라갔다. 왕도 꽤 먼 거리까지 행렬을 배웅했다. 그리고 어느 지점에 이르렀을 때 말을 세우고 카멜롯으로 가는 기사들에게 말했다.

"더 이상은 시간을 버릴 수 없구나. 여러분은 계속 앞으로 가라. 내가 지시한 대로 행하라."

왕은 말을 돌려 떠났다. 얼굴은 고통으로 일그러져 초췌했고, 가슴은 고통으로 찢어져 있었다.

가웨인의 시신을 운구하는 기사들은 저녁때까지 말을 달려 벨로에라고 불리는 성에 도착했다. 그 성의 성주는 가웨인을 싫어하는 사람이었다. 가웨인을 시기하여 여러 차례 고약한 방법으로 배신했던 전력이 있었다. 행렬이 도착했을 때, 성 마당에 서 있던 성주의 아내는 누구의 시신을 호송하는 거냐고 물었다. 죽은 사람이 아더 왕의 조카 가웨인이라는 얘기를 들은 그녀는 정신없이 시신을 향해 달려오더니 정신을 잃고 쓰러졌다.

깨어난 뒤에 그녀가 흐느껴 울며 말했다.

"오, 가웨인 경! 경이 돌아가시다니 이게 무슨 불행입니까? 특히 귀부인들과 아가씨들에게 불행한 일이에요. 나는 누구보다도 불행합니다. 경과 함께 세상에서 내가 제일 사랑하는 남자를 잃었으니까요. 난 당신 아닌 그 누구도 사랑했던 적이 없어요. 앞으로도 살아 있는 동안 내내 당신만 사랑할 거예요!"

그 말을 성주가 방 안에서 모두 들었다. 그는 아내가 가웨인의 죽음에 고통스러워하는 것을 보고 화가 나서 옆방으로 달려가더니, 검을 집어 들고 나와서 시신 위에 몸을 수그리고 있는 아내의 어깨를 푹 찔러 버렸다.

성주의 아내가 비명을 질렀다.

"아, 가웨인 경! 나는 당신을 위해 죽어요. 여기 계신 여러 기사님들이시여, 그분의 몸을 싣고 가는 곳으로 내 몸도 데려다 주세요. 우리의 무덤을 찾아오는 사람들이 내가 그분을 위해 죽었다는 것을 알게 해 주세요."

기사들은 이 생각지도 않은 죽음에 당황했다. 그들은 성주에게 달려들어 검을 빼앗았다. 기사 중 한 사람이 그에게 화를 내며 소리쳤다.

"이유도 없이 부인을 죽이다니, 이게 뭐하는 짓이오! 다시는 여자를 이런 식으로 죽이지 못하게 해 주겠소!"

기사는 검을 휘둘러 성주를 크게 다치게 했다. 성주가 고통과 두려움으로 도망쳤다. 그러나 다른 기사가 그를 좇아가 두 번째로 찔렀다. 성주는 죽어서 방 한가운데에 쓰러졌다. 그 모습을 보고 성의 병사들이 무기를 집어 들었다. 그러나 운구하는 기사들이 싸우지 말자고 설득하여 간신히 사태를 수습했다.

가웨인의 동료들은 그날 밤 성에 머물렀다. 그리고 다음 날 아침, 벨로에 부인의 시신을 옮기기 위한 들것을 만들어서, 그녀의 시신도 싣고 카멜롯으로 떠났다. 그들이 카멜롯에 도착했을 때, 사람들은 그들이 싣고 온 것이 가웨인의 시신이라는 것을 알고 통곡하기 시작했다. 성 전체가 즉시 곡소리로 가득 찼다. 기사들은 가웨인의 시신을 대성당 한가운데에 가져다 놓았다. 제3시에 사제들이 종부 성사를 올린 다음, 가웨인의 시신은 가헤리에트의 무덤

안에 안치되었다. 그들은 석수를 불러 가웨인의 유언에 따라 기록을 새겼다. 벨로에 성주의 부인은, 같은 교회 안에 있는 가웨인의 무덤에서 멀지 않은 곳에 묻혔다. 그녀의 묘비에는 가웨인에 대한 사랑을 위해 죽었다는 묘비명이 새겨졌다.

그 사이에 아더 왕은 가능한 한 많은 군사를 모았다. 그리고 다음 날에는 모드레드와 전투하기 위해 군대 전체를 거느리고 떠났다. 저녁이 되었을 때 숲 가장자리에 장막을 치고 그곳에서 밤을 보냈다.

잠든 왕의 눈앞에 가웨인이 나타났다. 살아 있을 때보다 더 아름답고 고귀한 모습이었다. 가웨인의 뒤쪽에 가난한 사람들이 가득 서 있었다. 그들이 왕을 향해 말했다.

"아더 왕이시여, 우리는 폐하의 조카 가웨인을 위하여 하느님의 집을 정복했답니다. 이는 그가 우리를 위해 베풀어준 선행의 대가이지요. 가웨인처럼 행하소서. 그리하면 현자 중의 현자가 되실 것입니다."

꿈속에서 왕은 그리하겠다고 대답한 뒤, 조카를 향해 달려가 껴안았다.

가웨인이 울면서 왕에게 말했다.

"사랑하는 숙부님, 모드레드와 맞서지 마소서. 그가 숙부님에게 끔찍한 상처를 입힐지도 모릅니다."

왕이 대답했다.

"설사 그 때문에 내가 죽을지라도 그와 싸워야 한다. 역적에 대항하여 내 땅을 지키지 못한다면 그것은 비겁하고 부끄러운 일이다."

가웨인은 멀어져 가며 들릴락말락한 작은 소리로 속삭였다.

"아, 폐하! 얼마나 큰 불행이 폐하의 종말을 재촉하는지!"

그는 어느새 갑자기 아더 왕에게 가까이 다가와 있었다.

가웨인은 큰 소리로 또렷하게 말했다.

"숙부님, 란슬롯을 불러오세요. 란슬롯과 함께 있으면 모드레드는 저항하지 못할 거예요. 그의 도움을 받지 못하면 죽음을 면하실 수 없습니다."

왕은 란슬롯에게 도움을 청하지 않을 거라고, 그에게 너무나 많은 잘못을 저질렀기 때문에 도움을 청해도 응하지 않을 거라고 대답했다. 가웨인은 울면서 다시 멀어져 갔다.

"사랑하는 폐하, 그러면 이 왕국의 모든 지혜로운 사람들에게 큰 불행이 닥칠 것입니다."

왕은 잠에서 깨어났다. 마음이 무척 어지러웠다. 그는 자리에서 일어나 군사들을 든든하게 먹이라고 지시했다. 언제 모드레드와 충돌하게 될지 알 수 없었기 때문이다. 식사가 끝난 뒤 왕은 출발 명령을 내렸다. 군대는 하루 종일 말을 달렸다. 그러나 전투가 시작되기 전에 말들이 지치지 않게 하기 위해 서두르지 않고 천천히 행군했다. 저녁 무렵에 그들은 넓은 평원에 도착했다. 옛날 색슨족의 침입에 저항하여 싸우다 죽어간 브리튼 장수들을 기념하기 위해 멀린이 세워 놓은 바위들이 있는 곳에서 가까운 장소였다.*

아더 왕은 그곳에 천막을 치고, 모드레드가 나타나기를 기다렸다.

그런데 그날 밤 아더는 또 다시 이상한 꿈을 꾸었다. 그때까지 만나 보았던 어떤 여자보다도 아름다운 여자가 나타나, 그를 땅에서 들어 올리더니 아주 높은 산 위에 올려놓았다. 산 위에는 바퀴가 하나 놓여 있었는데, 바퀴에는 여러 개의 의자가 달려 있어서 어떤 것은 올라가고 어떤 것은 내려갔다. 왕이 그가 앉아 있는 자리를 바라보니, 그 자리가 다른 모든 자리들을 굽어보고 있음을 알 수 있었다.

여자가 물었다.

✤ 월트셔에 있는 스톤헨지의 거석 문화 유적을 나타낸다. 『아발론 연대기』 1권을 참조할 것. 『아더 왕의 죽음』(고티에 맙)만이 이후에 벌어지는 전쟁의 전장을 '솔즈베리' 평원으로 기술하고 있다. 이 평원은 거석들이 있는 장소에서 가까운 곳에 있는데, 이 돌들에서 스톤헨지의 '3석탑石塔' 을 읽어내는 것은 어려운 일이 아니다. 말로리의 『아더 왕의 죽음』은 솔즈베리를 암시하는 수준에 머물러 있다. 그러나 고대 웨일즈 전승들은 한결같이 이 전쟁을 캄란에 위치시킨다. 캄란의 위치는 영국 이곳저곳에 있는 것으로 되어 있는데, 특히 스코틀랜드와 콘월 지방의 경계에 위치하고 있는 것으로 알려져 있다.
우선, 캄란Camlann이라는 말이 '곡선을 이루는 강' 을 의미하는 camboglanna라는 고대어에서 파생되었으며, 영국의 많은 강들이 카멜이라는 이름을 가지고 있다는 사실에 주목해야 한다. 카멜camel은 '곡선' 을 의미하는 cambo에서 파생된 말이다. 또한 콘월의 전승이 카멜포드에 있는 카멜 강가를 정확하게 지목하고 있다는 사실도 눈여겨보아야 한다. 콘월 전승에는 슬로터 브리지Slaughter Bridge, 즉 '살해의 다리' 가 나타나는데, 그 위에서 아더와 모드레드의 전투가 벌어진 것 같다. 아더 왕 전설의 콘월 기원을 염두에 둔다면, 실제의 전투는 카멜포드에서 벌어진 것으로 보는 것이 맞다.
『아더 왕의 죽음』(고티에 맙)은 글래스턴베리와 윈체스터 사이, 즉 거석 문화 유적이 많은 거대한 솔즈베리 평원에서 진행되고 있다. 그 지역의 전승은 멀린이 스톤헨지를 '마법적' 으로 건설했다고 주장하는 것으로 만족할 수 없어서, 아더 왕의 카멜롯 성을 그곳에서 멀리 떨어져 있지 않은 캐드베리 힐에 위치시킨다. 아더와 귀네비어의 무덤이라고 추정되는 무덤은 글래스턴베리에서 발견된다. 이러한 사실은 아더와 멀린에 관한 고대의 신화 전승이 월트셔와 서머셋(이 두 장소는 콘월 반도의 진정한 경첩 같은 곳이다), 데번과 웨일즈 지방 전체를 포괄한다는 추정을 하게 만든다. 이 장소들은 원탁의 기사들의 모험이 특히 자주 이루어지는 곳들이다.

"아더야, 너는 어디에 있느냐?"

"높은 바퀴 위에 앉아 있는데, 이 바퀴가 무엇을 의미하는지는 모르겠습니다."

"그것은 운명의 바퀴이니라."

아더는 의자가 불안정하게 흔들린다고 느꼈다.

여자가 다시 물었다.

"무엇이 보이느냐?"

"세상 전체가 보이는 것 같습니다."

"옳도다. 세상 전체가 네 눈 아래 있다. 아더 왕이여, 너는 오늘날까지 모든 사물의 주인이었다. 너는 가장 강한 왕이었다. 그러나 그렇게 높은 곳에 있는 사람은 언젠가 땅에 떨어져 세상을 소유하기를 포기해야만 한다."

말을 끝냄과 동시에 여자는 왕의 두 어깨를 붙잡아 땅바닥에 세게 패대기쳤다. 어찌나 잔인하게 집어던졌는지, 왕의 몸은 모두 부서져 꼼짝도 할 수 없었다. 왕은 놀라서 잠에서 깨어났다. 온 몸이 땀에 흠뻑 젖어 있었다. 가슴에는 알 수 없는 고뇌가 가득 차 있었다.

그가 자리에서 일어났을 때, 막 해가 떠오르고 있었다. 왕은 그곳에 있는 대주교를 찾아갔다. 그는 자신이 지은 죄를 모두 고백하고 용서를 빌었다. 아더는 지난 이틀간 꾸었던 꿈 이야기를 대주교에게 털어놓았다.

아더 왕의 이야기를 들은 대주교가 말했다.

"아, 아더 폐하시여. 폐하의 영혼, 폐하 자신과 왕국을 구하고 싶으시다면 군대 전체를 이끌고 바닷가로 돌아가 란슬롯 경에게 도움을 청하십시오. 그는 용감하고 너그러운 사람이니, 폐하의 청을 거절하지 않을 것입니다. 만일 혼자 힘으로 모드레드와 대적하시면 죽거나 치명상을 입으시게 됩니다. 우리는 그로 인하여 세상이 끝나는 날까지 고통을 겪게 될 것입니다. 아더 왕이시여, 기어이 모드레드와 맞서실 요량이라면 그런 비극을 겪게 됩니다."

왕은 퉁명스럽게 내뱉었다.

"다른 방법이 없소이다."

대주교는 용기만 가지고는 모드레드와 맞설 수 없다고 아더 왕을 설득해 보려고 애썼다. 아더는 고집을 꺾지 않았다. 그는 선왕이신 우터 펜드라곤의 영혼을 걸고 절대로 뒤로 돌아가지 않을 것이며, 기어이 모드레드와 싸우고 말겠노라 말했다. 대화를 나누며 거닐다가 두 사람은 평원에 서 있는 거대한 바위들 앞에서 발걸음을 멈추었다. 그중 하나를 올려다보니, 기록이 씌어 있었다.

왕이 대주교에게 말했다.

"신비한 일이군요. 바위 위에 기록이 씌어 있군요!"

대주교가 글자를 살펴보더니, 해독한 내용을 읽어 주었다.

"이 평원에서 죽음의 전투가 벌어질 터인즉, 그로 인하여 브리튼 왕국은 고아가 되리라."

대주교가 설명을 덧붙였다.

"폐하, 이 기록이 의미하는 바는, 만일 폐하께서 모드레드와 싸우시면 왕국이 고아가 될 것이라는 뜻입니다. 폐하께서는 돌아가시거나 치명상을 입으실 테니까요. 다른 결과는 없습니다. 이 기록이 진실을 나타낸다는 것을 믿으셔야 합니다. 이 기록은 틀림없이 멀린 자신이 남긴 것입니다. 폐하께서는 멀린이 진실만을 말했다는 것을 알고 계십니다. 그는 미래를 분명하게 알고 있으니까요."

"제가 이곳까지 오지 않았다면, 제 의지가 어떤 것이든 상관없이, 제가 본 것은 저를 뒤로 돌아가게 만들기에 충분하겠지요. 지금은 너무 늦었습니다. 주께서 우리를 도와주시기 바랍니다. 만일 저에게 불행한 일이 닥친다면 그것은 제가 과거에 저지른 잘못 때문일 것입니다. 어쩌면 저의 오만 때문인지도 모르지요. 왜냐하면 모드레드보다 제 곁에 용감한 기사들이 더 많다고 생각하니까요."✢

대주교는 운명 앞에 우뚝 서서 고통을 감당하려고 하는 왕의 모습에 감동하지 않을 수 없었다. 그는 할 말을 잃고 왕을 조용히 바라보기만 했다. 왕은 대주교에게 공손하게 인사하고 막사로 돌아갔다. 왕이 막사에 들어가기가 무섭게 종자 한 사람이 다가와 말했다.

"아더 왕이시여, 저는 폐하에게 예를 표하지 않습니다. 왜냐하면 저는 폐하의 원수인 브리튼 왕국의 왕 모드레드 폐하의 사람이기 때문입니다. 모드레드 왕께서는 자신의 땅을 침범하다니, 어리석은 짓을 저질렀다고 알려 드리라 하셨습니다. 그러나 내일 군대를 이끌고 떠나온 곳으로 돌아가신다면 아무런 해도 끼치지 않을 것을 약속한다고 하셨습니다. 만일 이 제안을 받아들일 수 없다면, 내일 전투가 벌어질 것입니다. 폐하께서 모드레드 폐하의 땅

✢ 아더 왕은 여기에서 분명히 실수를 저지르고 있다. 웨일즈의 『삼제시』는 모두 아더 진영의 열세를 강조하고 있다. "아더 왕의 군대가 이처럼 약화된 것을 알고, 메두라우트는 반란을 일으켰다. (……) 살아남은 병사들을 이끌고 아더는 브리튼 섬에 상륙하는 데 성공했다."

을 떠나는 데 동의하신다면 고통을 겪지 않으실 것입니다. 폐하의 결정을 알려 주소서."

전령의 말을 들으며 아더 왕은 천둥 같은 분노가 마음속에서 치밀어 오르는 것을 느꼈다. 그는 종자에게 대답했다.

"가서 네 주인에게 전하라. 나는 내가 합법적으로 승계하여 소유하고 있는 이 땅을 결코 떠나지 않을 것이다. 나는 이곳에 머물며 이 땅을 지키고, 역모를 도모한 배반자를 추방할 것이다. 네 주인은 내 손에 죽게 될 것임을 명심해야 할 것이다. 가증스러운 범죄를 저지른 죄인을 벌할 시간이 다가왔음이라."⚜

종자는 그 말을 듣자, 아더 왕에게 작별 인사도 하지 않고 휭 하니 막사를 나가 모드레드 진영으로 돌아갔다.

혼자 남은 아더 왕은 슬픈 표정으로 깊은 생각에 잠겨 막사 안을

⚜ 토마스 말로리의 『아더 왕의 죽음』은 전혀 다른 일들을 보여 준다. 계속 나타나는 불길한 징조에 놀란 왕은 모드레드와의 타협을 시도한다. 그는 베디비어와 루칸을 사신으로 보낸다. "어떤 방법을 쓰든 상관없다. 모드레드와의 조약을 성사시켜라 (……) 많은 땅과 적절한 재산을 제안하라." 모드레드는 '십만 대군' 을 소유하고 있다. 결국 조약이 맺어진다. 모드레드는 아더 왕이 살아 있는 동안 콘월과 켄트를 소유하고, 아더 왕이 죽은 뒤에는 영국 전체를 물려받는다. 아더와 모드레드 사이에 평화 회담이 열리게 된다. 이 회담은 예기치 않은 사건으로 깨지고 만다. 살모사에 물린 아더의 기사 한 사람이 검을 뽑아 들었는데, 그 때문에 혼란이 생겨나고 전쟁이 벌어진다. 토마스 말로리는 그의 저작을 1450년경에 썼는데, 그 시기는 장미전쟁(1455~1485. 흰 장미가 문장인 요크 가문과 붉은 장미가 문장인 랭카스터 가문 사이에 벌어진 영국 내전—역주)이 벌어지기 직전으로써, 토마스 말로리는 당시 요크와 랭카스터 사이에 있었던 화해의 시도에 영향을 받은 것으로 보인다.

이리저리 거닐었다. 그러다가 혼잣말로 불쑥 내뱉었다.

"아, 멀린이 이곳에 있다면 얼마나 좋을까!"

그때, 어디선가 목소리가 들려왔다.

"여기 있잖습니까, 아더 폐하!"

왕은 휙 몸을 돌렸다. 그런데 막사 한쪽 구석에 놓인 의자 위에 멀린이 앉아 있는 것이 아닌가. 왕에게 작별을 고하고 브로셀리앙드 숲으로 비비안을 만나러 갔던 그날의 모습 그대로였다. 아더 왕은 멀린의 모습을 발견하고 기쁨으로 가슴이 쾅쾅 뛰는 것을 느꼈다. 그는 환희에 가득 차 큰 소리로 외쳤다.

"멀린, 나의 벗이여, 살아 있었구려!"

멀린이 껄껄 웃었다.

" '살아 있다' ? 무슨 의미로 그 말을 쓰신 겁니까? 저는 유령에 불과할지도 모르지 않습니까? 어쩌면 옛날에도 유령이었는지 모르지요. 폐하께서 어떤 모습으로 보셨든 말입니다. 저의 진짜 얼굴을 아십니까?"

아더 왕은 감동으로 마음이 벅차서 아무 대답도 하지 못했다. 잠시 동안 마음을 진정시킨 뒤 그가 작은 소리로 말했다.

"멀린, 멀린, 어째서 모드레드가 어린아이였을 때 죽이지 못하게 했던 거요? 그때 없애 버렸다면 오늘 같은 일은 없지 않았겠소?"

"확신하십니까? 그러면 누군가 다른 사람이 배반했겠지요. 어떻게 정의롭고 훌륭한 왕이 죄 없는 어린아이를 죽이는 걸 내버려둘 수 있겠습니까?"

아더 왕은 어떻게 대답해야 할지 알 수 없었다. 멀린이 조용한 목소리로 말을 이었다.

"아더 왕이시여, 저는 폐하께서 위대한 왕이었으며, 위대한 왕은 결코 자신의 명예와 영광을 저버려서는 안 된다는 이야기를 하러 왔습니다. 폐하는 모드레드와 싸우겠다고 스스로의 의지로 결정하셨습니다. 저로서는 그 결정을 받아들이는 수밖에 없습니다."

"하지만, 이 전쟁의 결과는 어찌 되는 거요?"

"그건 말할 수 없습니다. 폐하가 그런 결정을 내리지 않았다면, 제가 경멸했을 거라는 사실만 말씀드리지요. 저는 폐하께서 위엄 있고 너그러운 왕이 되기를 원했습니다. 제가 할 수 있는 한도 안에서 도와드리려고 애썼습니다. 그래서 폐하 주위에 당대 최고의 기사들이 모여들게 했던 것이지요. 저는 그들을 성배 탐색에 보냈고, 때로는 그들이 편력하고 있을 때 도움을 주기도 했습니다."

왕이 멀린의 말을 끊고 물었다.

"그런데 어째서 귀네비어 왕비는 란슬롯과 함께 나를 배반한 거요? 그 잘못 때문에 이 왕국이 무너지는 것 아니오?"

"아닙니다. 폐하 자신이 예전에 저지르신 잘못 때문에 멸망하는 것이지요. 폐하 자신이 그 사실을 잘 아시지 않습니까."

아더가 자리에서 일어났다. 두 눈에 눈물이 가득 차 있었다.

"이제 모든 것이 사라지겠군!"

멀린이 다시 웃었다.

"말이란 아무 의미도 없는 거랍니다. 모든 것이 사라졌을 때, 사라진 것은 아무것도 없습니다. 삶과 죽음이란 똑같은 현실의 두 가지 면모에 불과한 것입니다."

"물론 그렇지. 그런데 내게 어떤 조언을 해 주시려오?"

멀린이 차갑게 대답했다.

"아무 조언도 하지 않을 겁니다. 그저 사람들 사이에 전해 내려오는 이야기를 하나 들려드리지요. 아주 오래된 옛날이야기랍니다. 어느 날 축복받은 브란 왕이 군대를 거느리고 원정을 떠났지요. 그런데 건너갈 수 없는 강 앞에 도달하게 되었답니다. 어떻게 해야 이 강을 건널 수 있을까 하고 사람들이 고민하고 있는데, 브란 왕이 단호한 목소리로 말했습니다. '우두머리인 자는 다리인 법이다.' 그는 강물 위로 제 몸을 길게 뉘였습니다. 군대는 그의 몸을 밟고 지나갔답니다. 아름다운 이야기지요. 그렇지 않습니까? 이 이야기가 폐하께 도움이 되면 좋겠습니다."

멀린은 자리에서 일어나 막사에 드리워져 있는 커튼으로 다가갔다.

"아더 왕이시여, 이제 영원한 작별을 해야겠군요. 폐하께 이 이야기를 들려드리고 싶었습니다. 또한 제가 폐하를 신뢰한다는 말씀도 드리고 싶었습니다. 잊지 마십시오. 폐하는 위대한 왕이었습니다. 위대한 왕은 결코 죽음 앞에서 뒷걸음질치지 않습니다. 죽음은 긴 생명의 중간 기착지에 불과하니까요."

말을 마친 멀린은 홀연히 어디론가 사라졌다. 아더 왕은 사방을 두리번거리며 그를 찾았지만, 오랫동안 왕에게 영감을 제공했던 좋은 조언자 멀린은 흔적도 보이지 않았다. 그러나 왕은 힘이 솟는 것을 느꼈다. 멀린이 말하지 않았던가. 위대한 왕은 결코 절망에 빠지지 않는다고.

다음 날, 아더 왕은 날이 밝기가 무섭게 자리에서 일어나서 미사를 드렸다. 그리고 갑옷을 차려 입었다. 기사들과 병사들에게도 무장을 지시했다. 그는 군사를 열 개 대대[+]로 편성했다. 우리엔의 아들 이베인이 1대대, 욘 왕이 2대대, 아더 왕의 충성스러운 친구 베디비어가 3대대, 아더 왕의 젖형제 케이가 4대대, 콘월의 카도르가 5대대, 돈의 아들 거플렛이 6대대, 술시중 기사인 루칸이 7대대, 사그레모르가 8대대, 누드의 아들 이더가 9대대, 그리고 아더 왕 자신이 10대대의 지휘를 맡았다. 아더 왕 군대의 정예들이 모두 모여 있었다. 왕은 이들에게 희망을 걸었다. 인해전술로 밀고 들어온다면 모를까, 그렇지 않다면 이 쟁쟁한 용장들을 침몰시키는 것은 쉽지 않을 것이다.

모드레드도 아더 왕처럼 군대를 대대로 조직했다. 그의 대대 숫자는 스물을 헤아렸다. 그의 군사가 더 많았기 때문이다. 모드레드는 각 대대의 선봉에 뛰어난 무사들을 세웠다. 마지막 대대는 특별히 신임하는 정예들로 구성하여 아더 왕을 대적하게 했다. 앞쪽 대대에는 색슨인들을, 그 다음에는 스코틀랜드인들을, 또 그 뒤에는 웨일즈인들과 아일랜드인들, 그리고 열 개 왕국의 무사들을 배치했다. 이들은 대오를 갖추어 광대한 평원으로 들어섰다. 평원에는 바람에 펄럭이는 깃발 아래 아더 왕의 군대가 말을 타고 도열해 있었다.

이들은 상대방 진영이 공격할 만한 거리에 올 때까지 기다렸다가, 거리가 충분히 가까워지자 창을 앞으로 내리고 공격해 왔다.

[+] 몬머스의 제프리에 따르면 아홉 개 분대(『브리튼 열왕기』). 모드레드는 세 개 분대를 편성한다. 그러나 이것이 수적 열세를 나타내는 것은 아니다.

순식간에 혼전이 벌어졌다. 창들은 곧 부서지고, 전사들은 검을 움켜쥐고 크게 휘두르는가 하면, 투구를 빠개고 뇌수까지 검을 박아 넣기도 했다. 이베인 대대의 활약에 색슨인 대대는 제대로 저항하지 못하고 우왕좌왕 무너졌다. 그들이 아일랜드인 대대에 도움을 청했다. 아일랜드인들이 힘차게 달려들어와 치고 베기 시작했다. 이베인도 혼전의 와중에 말에서 떨어졌다. 욘 왕이 달려와서 도와주지 않았다면 죽었을지도 모른다. 욘 왕은 이베인을 공격하는 병사들을 흩어 버렸다. 이베인은 그 덕택에 다시 말에 올라타고 싸울 수 있었다. 그러나 그 순간, 아일랜드인 기사 한 사람이 두 사람을 공격했다. 그가 휘두르는 무서운 일격에 그만 욘 왕이 당하고 말았다. 검은, 갑옷을 뚫고 몸 깊숙이 박혔다.

이베인이 울부짖었다.

"오! 하느님! 이 무슨 불행이란 말인가! 아, 원탁이여! 오늘 너의 위대함이 무너지는구나!"

그는 분기탱천하여 욘 왕을 찌른 기사에게 날아가 머리통을 빠개 버렸다. 그는 가까이 다가오는 적을 모두 박살내어 버렸다. 그때 베디비어가 자신의 군대를 이끌고 전장으로 들어왔다. 아일랜드인들은 역부족이라 생각하고 도망쳐 버렸다. 베디비어의 대대는 집요하게 쫓아가 공격했다. 그러자 스코틀랜드인들이 전장에 투입되었다. 그들의 장수가 베디비어 앞을 막아섰다. 베디비어는 세상에서 으뜸가는 기사라 할지라도 두려울 것이 없었으므로 맞서 싸우기 시작했다. 두 사람은 서로 엄청난 힘으로 무서운 공격을 주고받았다. 방패는 이내 부서져 버리고, 두 사람 모두 상대의 검에 찔려 치명상을 입고 땅에 떨어졌다. 그들을 도우려고 양쪽 진영에서 병사들이 동시에 달려왔다.

병사들이 베디비어를 전장 밖으로 데리고 나와 갑옷을 벗겨 주자, 그가 죽어가는 목소리로 속삭였다.

"소용없소. 종말이 다가오고 있다는 걸 알아요. 내 죽음을 복수해 주시오. 내 부탁은 그것뿐이오. 전장으로 돌아가시오. 전쟁이 끝나고, 여러분 중의 누군가 살아남는다면 내 몸을 카멜롯 성당에 누워 있는 가웨인 경 옆에 묻어주시오."

그들은 베디비어에게 그렇게 하겠다고 약속하고 다시 전장으로 뛰어들었다.

전투는 하루 종일 계속되었다. 공격에 공격이 이어졌고, 전사들은 풀밭을 피로 붉게 물들이며 쓰러져 죽어 갔다. 콘월의 카도르, 사그레모르, 누드 왕의 아들 이더도 용감하게 싸우다가 죽었다. 혼전의 와중에 케이는 모드레드의 모습을 발견하고 검을 휘두르며 그에게 달려갔다. 머리를 날려버릴 생각이었다.

그러나 모드레드는 날렵하게 몸을 피한 뒤, 무섭게 반격을 가하여 케이의 가슴을 찔러버렸다. 아더 왕은 그 광경을 지켜보았다. 그는 고통의 분노로 미친 듯이 모드레드를 향해 달려갔다. 그런데 도중에 스코틀랜드의 기사 한 사람이 왕의 옆구리를 찔렀다. 왕의 갑옷이 단단하지 않았더라면 심하게 다쳤을 것이다. 그러나 왕의 갑옷은 단단해서 쇠사슬 하나도 끊어지지 않았다. 왕은 말의 옆구리를 따라 미끄러져 땅에 떨어졌을 뿐이다. 그곳에서 멀지 않은 곳에 있던 이베인이 그 광경을 보고 소리쳤다.

"오, 하느님! 폐하께서 당하신 것인가?"

그는 번개처럼 달려가 왕을 공격한 무사를 후려쳐서 전장 밖으로 도망치게 만들었다. 모드레드는 이베인의 도움으로 왕이 다시 말을 타는 것을 보고 화가 치밀었다. 그는 이베인에게 달려가, 검을 두 손으로 움켜쥐고 있는 힘을 다해 머리를 내리찍었다. 검은 투구를 가르고, 이베인의 머리를 박살내 버렸다. 이베인은 죽어서 풀밭에 쓰러졌다.

아더 왕이 절규했다.

"오, 전능하신 하느님! 어째서 사악한 반역자가 나의 충성스러운 벗들을 쳐서 죽이는 것을 보게 하십니까?"

아더 왕은 창을 집어 들고 말을 몰아 모드레드를 향해 달려갔다. 그는 모드레드와 함께 세상을 등질 각오가 되어 있었다. 모드레드는 왕이 자신을 죽일 생각이라는 것을 알고 그를 향해 말을 달렸다. 아더는 있는 힘을 다해 모드레드의 몸에 창을 찔렀다.

창은 사슬 갑옷을 뚫고 모드레드의 몸에 깊이 박혔다. 전해오는 말에 따르면, 아더 왕이 모드레드의 몸에서 창을 빼낼 때, 찬란한 햇빛 한 줄기가 모드레드의 뻥 뚫린 상처를 뚫고 지나갔다고 한다. 거플렛은 그 광경을 분명히 보았다. 그는 나중에 사람들에게 그 사실을 증언했다. 착한 백성들은 그것은 신께서 모드레드의 반역 행위에 분노하셨다는 분명한 증거라고 말했다.

모드레드는 모든 것이 끝났다는 것을 알고, 마지막 힘을 다해 검으로 왕의 투구를 내리쳤다. 검은 정수리까지 박혔다. 심지어 뼛조각까지 잘라져 나왔다. 왕은 정신을 잃고, 원수 모드레드와 동시에 말에서 떨어졌다. 두 사람 모두 몸을 일으키지 못했다. 아버지와 아들은 그렇게 밤이 내릴 때까지 땅바닥에 나란히 쓰러져 있었다.⚜

⚜ 토마스 말로리는 이 전쟁을 훨씬 더 간결하게 다루고 있다. 몬머스의 제프리는 다음과 같이 캄란 전투를 묘사하고 있다.

"양쪽 진영 모두가 저지른 학살을 묘사하는 것은 고통스러운 일이다. 죽어 가는 자들은 고통스러운 비명을 질러 댔으며, 전사들은 너나할 것 없이 광기에 사로잡혀 있었다. 부상당하지 않은 자는 아무도 없었으며, 부상자들은 죽어 가면서도 적을 죽였다. 하루가 거의 끝나갈 무렵, 6666명으로 이루어진 아더 왕의 군대는 모드레드의 군대와 격돌했다. 두 사람은 검으로 적들을 베어 넘기며 앞으로 나아갔다. 아더 왕이 지나가는 곳에서는 무서운 살육이 이루어졌다. 아더 왕은 계속 앞으로 나아갔다. 그는 저주받은 자를 죽여야 한다고 생각했다. (……) 우리의 유명한 왕 아더도 치명상을 입었다. 그는 상처를 치료받기 위해서 아발론 섬으로 옮겨졌다. 그는 브리튼 왕국에 대한 권리를 콘월의 카도르의 아들인 조카 키스테닌(콘스탄틴)에게 넘겨주었다. 예수께서 태어나신 지 542년째 되던 해의 일이다."

『브리튼 섬의 삼제시』에 따르면, 캄란 전투에서 세 사람만이 살아남았다. 테기드와 케리드웬의 아들인 모르브란(『아발론 연대기』 1권)은 하도 못생겨서 악마라고 생각해 병사들이 모두 피했기 때문에, 산들은 너무나 잘생겨서 아무도 칠 엄두를 못 냈고, 아더 왕의 문지기인 완력의 글레울위트(『아발론 연대기』 2권)는 너무나 덩치가 크고 힘이 세서 그 앞에서 모두 도망쳤기 때문에(『삼제시』 96) 살아남을 수 있었다고 한다.

다른 문헌은 "알란 퍼간의 가족이 살아남았는데, 이들은 캄란으로 행군하는 도중에 몰래 주군을 버리고 도망쳤다"(『삼제시 49』)고 쓰고 있다. 알란 퍼간 또는 퍼간트는 1차 십자군 전쟁에 참여했던 아르모리크 브르타뉴의 공작(1084~1112)의 이름이다. 아마도 이 전쟁에 관습롯 일문이 불참한 사실을 암시하고 있는 듯하다.

12 아발론 섬 어딘가에

평원 위에 짙은 안개가 드리웠다. 안개는 모든 빛을 가리고 모든 소리들을 삼켜 버렸다. 안개에 가려 죽어 가는 자들의 단말마의 비명 소리도, 숨을 헐떡이고 있는 먹이에 달려들 순간을 기다리며 날개를 퍼덕이는 굶주린 새들의 소리도 들리지 않았다.

두 남자가 안개 속을 천천히 거닐고 있었다. 그들은 피를 흘리며 풀밭에 쓰러져 있는 시체들을 확인하기 위해서 이따금 몸을 숙였다.

한 사람이 나지막한 소리로 단조로운 노래를 읊조리기 시작했다.

"엘리의 독수리가 큰 소리로 울부짖네. 놈의 날개는 사람들의 피로 젖어 있어. 용감한 전사의 심장에서 흘러나온 피라네. 놈은 평원에 강처럼 흘러 모인 창백한 남자들의 핏속을 헤엄치누나.

오, 참혹한 고통이여! 엘리의 독수리를 오늘 밤 고결한 여인 메지르의 골짜기와 브로흐마엘의 땅을 초토로 만들었다. 엘리의 독수리는 바다를 장악하고 있네. 물고기는 이제 수면 가까이 올라오지 않네. 놈은 사람들의 피를 보고 울부짖는다. 엘리의 독수리는 평원을 헤맨다네. 놈은 새벽부터 음모의 희생자들을 실컷 쪼아 먹었다네."

다른 남자의 목소리도 안개 속에서 솟아올랐다.

"잿빛 부리를 가진 펭원의 독수리는, 내가 사랑했던 사람의 살이 탐나서 날카로운 소리로 울고 있네. 잿빛 부리를 가진 펭원의 독수리는 서로 사랑하는 사람들의 살이 탐나서 날카로운 소리로 신음하네. 펭원의 독수리는 내가 사랑하는 자들의 살을 뜯어먹고 싶어 찢어지는 소리를 내지르네. 오늘 밤 먼 곳에서 펭원의 독수리가 울고 있네. 사람들의 핏속을 돌아다니는 놈이 보이네. 그곳은 살해의 벌판이라 이름 붙여진 곳이라네."

두 남자는 계속해서 안개 속을 이리저리 헤매고 다녔다. 이따금 혹시 살아 있는지 살펴보려고 몸을 수그렸다. 그러나 사방에는 시체뿐이었다.

"나는 군대를 호령하던 장수의 머리를 옆구리에 끼고 가네. 킨 바흐✢의 고결한 후손이며, 너그러운 장수 이베인의 머리. 그의 창백한 가슴 위에 까마귀 한 마리 내려앉았네. 당당한 독수리였던 자의 머리를 손에 들고 가네. 그의 관대한 가슴을 사나운 새가 쪼아 먹었네. 나는 넓적다리 위에 왕국의 보호자의 머리를 얹어놓네. 검을 높이 들고 전쟁터에서 싸우시던 이. 나는 방패 위에 머리 하나를 싣고 가네. 그이가 하신 일은 측량할 수 없고, 그 이름은 멀리까지 드날렸다네."

다른 남자도 슬프게 노래를 불렀다.

✢ 우리엔 레그헤드와 그의 아들 오웨인(이베인)의 조상.

"희고 아름다운 그의 몸이 오늘 흙과 떡갈나무에 덮여 있구나. 내 가족이 죽었으니, 이 고통을 어이 할꼬. 희고 아름다운 그의 몸이 오늘 흙과 이끼 낀 돌들로 덮이겠구나.

킨 바흐의 후손이 죽었다. 희고 아름다운 그의 몸이 오늘 흙과 푸르른 풀로 덮이겠구나. 나의 주인이 죽었으니, 이 고통을 어이 할꼬. 희고 아름다운 그의 몸이 오늘 흙과 모래에 덮이겠구나. 고통과 슬픈 운명이 내 몸 위에 떨어지는구나. 희고 아름다운 그의 몸이 오늘 흙과 푸른 돌로 덮이겠구나. 고통과 슬픈 종말이 내 몸 위로 떨어지는구나."

두 사람은 어느 순간 평원 한가운데에 서 있는 거대한 바위 곁에 멈추어 섰다. 두 사람 중 한 사람은 아더 왕의 궁정에서 술시중을 들던 루칸이었고, 다른 한 사람은 돈의 아들 거플렛이었다. 두 사람은 대살육에서 살아남은 유일한 생존자였다. 그들은 피와 먼지에 뒤덮인 모습으로 평원을 돌아다니며 아더 왕을 찾고 있었다. 그들은 살아생전 동지였던 기사의 시신을 만날 때마다 고통스럽게 울었다. 날이 저물어갈수록 그들의 슬픔은 점점 더 커져갔다.

그들은 어떤 돌무덤* 곁으로 다가갔다. 그리고 그곳에 쓰러져 있는 두 사람을 발견했다. 허리를 굽혀 들여다보니 한 사람은 얼굴이 온통 으깨어져 버린 모드레드였다. 이 끔찍한 재난을 불러일으킨 반역자는 이미 숨을 거둔 뒤였다. 옆에서 신음 소리가 들려와서 두 사람은 얼른 두 번째 사람에게 다가갔다. 두 사람은 갑자기 비명을 지르며 무릎을 꿇고 주저앉았다. 아더 왕이었다.

거플렛이 소리쳤다.

"폐하! 살아 계셨군요!"

왕은 몸을 일으키려고 애써 보았으나 꼼짝도 하지 못했다. 그는 작은 목소리로 떠듬떠듬 말했다.

"나를 도와달라. 말을 타고 이곳을 떠나야 한다. 죽음이 다가오고 있다는 것을 알기 때문이다. 원수들 사이에서 죽고 싶지 않다."

루칸은 말 세 마리를 찾기 시작했다. 그러고는 말을 찾아 가지고 왕에게 돌아왔다. 거플렛은 왕을 말에 태우느라고 무진 애를 먹었다. 세 사람은 바닷가를 향해 말을 몰았다. 그들은 '검은 성당' 이라고 불리는 작은 성당 앞에서 말을 멈추었다. 그 옆에 있는 암자에서 살아가고 있는 은자가 매일 아침 그곳으로 와서 미사를 드렸다.

왕은 그 사이에 조금 기운을 차리고, 혼자 힘으로 말에서 내려 성당 안으로 들어갔다. 그는 밤새 꼼짝도 하지 않고 성당에 앉아 있었다. 그는 기도하는 내내 통곡을 멈추지 못했다. 루칸과 거플렛은 그러는 왕의 모습을 처연한

⚜ 스톤헨지의 거석 문화 유적이 서 있는 솔즈베리 평원에는 청동기시대와 철기시대에 속하는 신석기 돌무덤들이 많이 남아 있다. 그것은 이 장소가 죽은 자들을 묻고 조상들에게 제사를 지내던 신성한 장소였다는 것을 증명한다. 그러나 캄란 전투가 벌어졌던 장소를 솔즈베리 평원으로 설정하는 것은 콘월 지방의 전설과 상충한다. 콘월은 아더 왕에 대한 모든 전설이 유래한 지방이다. 카멜포드와 유명한 슬로터 브리지에서 가까운 곳에서 라틴어로 씌어진 기록(부식이 심해서 중간중간 해독이 불가능하다)이 발견되었는데, "LATINUS HIC IACIT FILIUS MERLINI ARTURUS" ('이곳에 멀린의 아들인 로마인 아더 잠들다') 정도로 추정되고 있다. 역사 속의 실제 아더가 로마화된 브리튼 기사였다는 사실을 염두에 두면, 이 기록(란시엔 근방에 있는 트리스탄과 관련된 기록과 마찬가지로)은 무시해 버릴 만한 것은 아니다.

심정으로 지켜보았다. 아침이 되었을 때, 왕의 뒤에 누워 있던 루칸은 왕이 움직이지 않는다는 것을 알아차리고 겁이 더럭 나서 울며 소리쳤다.

"폐하! 어찌 된 일입니까! 이대로 가시면 안 됩니다!"

왕은 그 소리를 듣고 고통스럽게 몸을 일으켜 보려고 했다. 갑옷을 입고 있었기 때문에 여의치 않자, 그는 두 팔로 루칸을 꽉 껴안았다. 그러나 루칸은 갑옷을 벗은 상태였기 때문에, 갑옷의 무게에 눌려 가슴이 터져 버렸다.

그는 한마디 말도 못하고 자신의 영혼이 몸을 떠나는 모습을 지켜보았다. 왕은 한참 후에야 포옹을 풀었다. 그는 루칸이 죽었다는 사실도 알지 못했다. 거플렛은 루칸이 꼼짝도 하지 않는다는 사실을 발견했다. 가까이 다가와 살펴보고 나서, 거플렛은 왕이 루칸을 질식시켰다는 사실을 알게 되었다.

그가 신음 소리를 내뱉었다.

"오, 왕이시여! 이게 무슨 일입니까? 폐하께서는 자신도 모르는 사이에 루칸의 목숨을 빼앗으셨습니다."

아더는 몸을 떨었다. 정신을 차리고 보니, 루칸이 바닥에 쓰러져 있는 모습이 눈에 들어왔다. 그는 땅을 치며 통곡했다.

"운명은 내게 자애로운 어머니 같더니, 이제는 흉악한 계모가 되었다. 운명은 내가 마지막 순간마저 슬픔과 아픔 속에서 보내기를 바라는구나."

왕은 거플렛에게 말에 안장을 올려놓으라고 일렀다. 두 사람은 말을 타고 바다를 향해 떠났다. 정오 무렵에는 바닷가에 도착했다. 아더 왕은 말에서 내려 허리띠에서 검을 떼어내더니 검집에서 뽑아들고 오랫동안 바라보았다. 햇빛을 받아 칼날이 찬란하게 빛났다. 빛줄기가 거플렛의 얼굴 위에 어른거렸다.

왕은 검을 들여다보며 말했다.

"엑스칼리버, 소중하고 훌륭한 나의 검. 이상한 줄의 검✣ 이래로 너는 최고의 명검이었다. 이제 너는 주인을 잃게 되었구나. 란슬롯의 손에 들어간다면 모르거니와, 나 외에 이 검을 제대로 사용할 수 있는 사람은 아무도 없다. 아, 란슬롯. 관대하고 용감하며 위엄 있는 기사여! 그대가 브리튼 왕국의 영광을 위하여 이 검을 쓸 수 있다면 얼마나 좋겠는가! 이 검이 그대의 손에 들어갈 수만 있다면 내 영혼은 편히 쉴 수 있을 것을……."

왕은 거플렛에게 말했다.

"이 검을 가지고 저 뒤에 보이는 산꼭대기로 올라가라. 그곳에 가면 호수가 보일 것이다. 그곳에 내 검을 던져 넣어라. 나는 이 검이 이 왕국에 남아 있기를 원치 않는다. 악한 후계자들이 이 검을 차지할까 무섭구나."

"분부대로 하겠습니다. 하지만 제게 이 검을 맡겨 주실 수는 없는지요."

아더 왕이 차갑게 대답했다.

"안 된다. 경은 이 검을 소유할 수 없다. 경은 그 검을 제대로 쓸 수 있는 사람이 아니다. 시키는 대로 호수에 던져 넣으라."

✣ 성배의 마지막 모험을 끝내기 위해 갈라하드를 위해 예비된 검.

거플렛은 산꼭대기로 올라갔다. 왕이 말한 대로 호수✢가 보였다. 그는 검을 검집에서 빼어 바라보았다. 이렇게 아름다운 보검을 호수에 던져 버리는 건 미친 짓이라는 생각이 들었다.

"차라리 내 검을 던지겠어. 그리고 명령대로 했다고 하면 누가 알겠어?"

그는 검을 풀어 내어 호수에 던졌다. 그러곤 엑스칼리버를 덤불 속에 조심스럽게 감추어 놓고 왕에게 돌아갔다. 왕은 지쳐서 땅바닥에 드러누워 있었다.

"폐하, 분부대로 검을 호수에 던졌습니다."

"무엇이 보이더냐?"

"특별한 건 아무것도 없었습니다. 검은 물속에 잠겼습니다. 그뿐입니다."

"거플렛 경, 나를 속이려 하는군. 돌아가서 내 검을 호수에 던지라. 경이 내 명령대로 하지 않은 것을 나는 알고 있다."

거플렛은 다시 언덕으로 올라가 호숫가의 덤불 속에 숨겨 두었던 엑스칼리버를 꺼냈다. 그러나 보기만 해도 아깝다는 생각을 버릴 수가 없었다. 자기든 또 다른 누구에게든 귀하게 쓰일 수 있을 터인데

✢ 콘월의 민간 전승은 이 호수를 두 개의 호수와 동일시하고 있다. 하나는 보드민 언덕에 있는 도즈메어리풀 호수인데, 전설에 의하면 밑바닥이 없다고 한다. 다른 하나는 헬스톤에서 남서쪽으로 일 마일 거리에 있는 연안 호수인 로우풀로서, 콘월 반도 최대의 민물 호수이다.

그런 보검을 없애버린다고 생각하니 너무나 마음이 아팠다. 그래서 검집만 던지기로 결심했다. 그는 검집만 던져 버리고 엑스칼리버는 다시 덤불 속에 숨겨놓았다. 그는 왕에게 돌아가 분부대로 했노라고 말했다.

왕이 물었다.

"무엇이 보이더냐?"

거플렛은 당황해서 어쩔 줄 모르며 대답했다.

"폐하……, 물거품밖에는 보지 못했습니다."

그러자 왕의 얼굴 표정이 어두워졌다. 그는 엄한 목소리로 꾸짖듯이 말했다.

"거짓말을 하고 있구나. 마지막으로 명령한다. 호수에 내 검을 던지라. 진실로 던졌다면 신비한 일을 목격했을 터이다."

거플렛은 포기하는 수밖에 없다 생각하고 다시 엑스칼리버를 숨겨 두었던 장소로 돌아갔다. 그는 검을 들고 슬픈 표정으로 바라보며 말했다.

"아름다운 명검이여, 네가 너를 소유할 만한 사람의 손에 가지 못하는 것이 못내 슬프구나."

슬픈 마음으로 그는 검을 멀리 던졌다. 검이 물의 표면에 떨어지는 바로 그 순간, 어떤 팔 하나가 팔꿈치 부분까지 물 위로 쑥 솟아오르

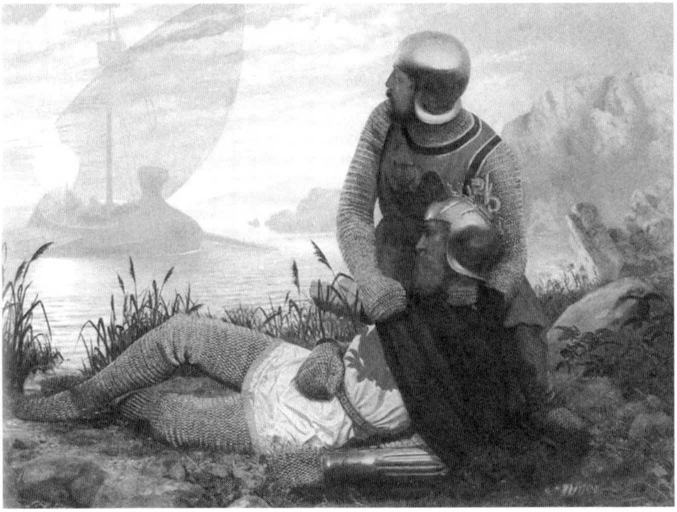

더니 검의 손잡이를 잡고 세 번 휘두른 다음 깊은 물속으로 사라져 버리는 것이었다.

그 신비한 광경을 보고 놀란 거플렛은 오랫동안 그곳에 우뚝 서서 기다렸다. 혹시나 그 손이 다시 나타나지 않을까 하는 기대감 때문이었다. 그러나 아무리 기다려도 손은 나타나지 않았다. 그는 호수를 떠나 아더 왕이 기다리고 있는 곳으로 돌아갔다. 그는 검을 호수에 던졌다고 말하고, 그가 보았던 신비한 현상을 아뢰었다.

왕이 조용한 음성으로 말했다.

"그래, 나는 내 종말이 가까이 다가왔음을 알고 있었다."

왕은 다시 슬픔에 잠겼다. 두 줄기 눈물이 뺨 위로 길게 흘러내렸다.

왕은 거플렛을 바라보며 말했다.

"이제 경은 나를 이곳에 놓아두고 떠나라."

"그럴 수 없습니다. 이런 상태의 폐하를 두고 떠날 수 없습니다."

"아니, 떠나야 한다. 다시 말하거니와, 나 혼자 있게 해 달라. 다시는 나를 보지 못할 것이다."

"폐하! 다시는 보지 못하실 거라고 말씀하시는데, 제가 어찌 폐하를 떠날 수 있다는 말입니까?"

"나는 경의 왕이니라. 신하는 왕의 명령을 따라야 한다. 떠나라. 우리를 언제나 이어주었던 우정의 이름으로 부탁하노라."

거플렛은 왕의 마음을 돌이킬 수 없다는 사실을 깨달았다. 그는 고통에 짓눌린 목소리로 겨우 입을 열어 말했다.

"폐하, 명하시는 대로 하겠습니다. 그러나 제 마음은 슬픔으로 미어집니다. 한 말씀만 하소서. 언젠가 폐하를 뵈올 날이 있을 거라고."

"아니, 결코 만나지 못할 것이다. 거짓을 말할 수는 없지 않느냐."

"하오면, 어디로 가십니까?"

"그 또한 말할 수 없구나. 용서하라."

왕은 말을 마치고 고개를 돌려 버렸다. 마치 이제 더 이상 아무 말도 하지 않을 터이니 이해하라는 몸짓 같았다.

거플렛은 고통으로 부서지는 가슴을 부여안고 허리를 깊이 숙여 왕에게 마지막 인사를 올렸다. 그러고는 왕을 떠나 말 위에 올랐다.

강철 활을 쏘아 닿을 정도의 거리만큼이나 왔을까. 갑자기 억수 같은 비가 쏟아지기 시작했다. 거플렛은 바다가 내려다보이는 언덕 위에 서 있는 나무 아래로 몸을 피했다.

비가 지나가기를 기다리며 바닷가를 내려다보고 있자니, 먼 바다에서 배 한 척이 다가오는 것이 보였다. 여자들이 갑판 위에 가득 서 있었다. 여자들의 긴 옷자락이 바람결에 나부끼고 있었다. 바로 그 순간, 말을 탄 남자 하나가 바닷가에 나타났다. 그는 말에서 껑충 뛰어내리더니 아더 왕에게 다가가 그를 일으켜 세웠다. 그 사이에 배를 타고 온 여자들이 하나하나 땅에 내려 왕에게 다가갔다. 여자들을 보더니, 왕이 우뚝 몸을 일으켰다. 거플렛은 왕이 "모르간!"이라고 외치는 소리를 똑똑히 들었다.

거플렛은 그 소리를 듣고 놀라서 좀더 자세히 바라보았다. 가장 아름답게 차려입고 맨 앞에 서서 걷고 있는 여자는 분명히 요정 모르간이었다. 아더 왕의 궁전에서 자주 보았기 때문에 그는 그녀의 얼굴을 알고 있었다. 틀림없이 모르간이었다.*

아더 왕에게 다가간 모르간이 아더 왕의 한쪽 손을 잡았다. 미지의 기사는 다른 쪽 손을 잡았다. 그 뒤를 여자들이 따라갔다. 여자들이 모두 배를 타자마자 바람이 불기 시작했다. 돛이 팽팽하게 부풀어 오르는가 싶더니, 배는 피어오르는 안개 속으로 사라져 버렸다.

거플렛은 이제 영원히 왕을 잃어버렸다는 것을 알았다. 그는 바닷가로 내려가 슬픔에 잠겨 하루 종일 마시지도 못하고 멍하니 모래 위에 앉아 있었다. 밤이 되자, 그냥 앉은 자리에서 쓰러져 잠들었다. 그는 밤새 악몽에 시달렸다.

♣ 이 주제에 관해서 우리는 캄브리의 지로(지랄두스 캄브렌시스. 때로는 베리의 지로라고도 불리며, 영어로는 웨일즈의 제랄드라고 불린다)의 연대기에서 흥미로운 요소들을 많이 발견할 수 있다. 그는 1146년에 태어나 1223년에 죽었는데, 플랜태저넷 왕가에게 헌신적인 인물이었으며, 중요한 아더 왕 로망을 쓴 작가들과 동시대인이다.

그의 『스테쿨롬 에클레시아에Speculum Ecclesiae』 2권 9장에서 그는 글래스턴베리 수도원에서 아더 왕과 귀네비어 왕비의 시신으로 추정되는 유해가 발견되었다고 쓰면서, 그 귀네비어 왕비는 두 번째 귀네비어 왕비라고 주장한다. 아더 왕은 두 번 결혼했다는 것이다. 그는 덧붙여 말한다.

"캄란 전투에서 치명상을 당한 아더 왕의 육신은 (……) 왕의 사촌 누이인 모르간에 의하여 아발론 섬으로 옮겨졌다. 아발론은 오늘날에는 글래스턴베리라고 알려져 있다. 모르간의 주재 하에, 아더 왕의 육신은 묘지에 묻혔다. 그런데 이러한 사실로부터 출발하여 순진한 브리튼 백성들과 시인들이 모르간이라고 불리는 여마법사가 왕을 고치기 위해 아발론 섬으로 데리고 갔다는 전설을 꾸며냈던 것이다. 그들은 왕이 건강과 힘을 되찾고 나면 돌아와서 다시 브리튼 왕국을 다스릴 것이라고 믿고 있다. 이 모든 것의 결과로서, 브리튼인들은 정말로 아더 왕의 귀환을 기다리게 된 것이다."

1400년경에 제작된 것으로 보이는 어떤 문헌(애버리스트위드 도서관에 소장되어 있는 란스테판 필사본 4번)은 지랄두스의 언급을 다시 택하면서 한층 더 강경해진 역사적 관점으로 신화를 비판하고 있다.

"브리튼 섬의 시인들과 이야기꾼들은 모르간이라고 하는 환상 속의 여신이 왕의 상처를 고치기 위해서 아더 왕을 숨겨놓았다고 상상했다. 그들은 상처가 나으면 왕이 돌아와 브리튼인을 치유할 것이라고 말한다. 그것이 그의 의무라는 것이다. 그러나 왕이 돌아오지 않아 실망했는지, 그 귀환에 대해 그들은 아무 말도 하지 않는다. 물론 그들은 유태인들이 메시아를 기다리듯이 그가 곧 돌아올 것이라고 아직도 기대하고 있다."

이 모든 것은 두 가지 사실을 증명하고 있다. (1) 아더 왕은 죽지 않았으며, 언젠가 돌아와 브리튼 왕국을 통일할 것이라는 믿음이 중세기 내내 영국 민간 전승에 널리 퍼져 있었다는 것. (2) 플랜태저넷 왕가가 연대기 작가들과 몇몇 작가들을 동원하여, 아발론과 동일시되는 글래스턴베리에 아더 왕의 시신이 매장되었다는 것을 공식적으로 인정하게 만들어 이 전설을 파괴하려고 애썼다는 것. 글래스턴베리의 승려들이 『페를르보』에서 바로 그것을 시도했던 것이다. 글래스턴베리 수도원은 플랜태저넷가의 헨리 2세로부터 많은 물질적인 도움을 받았다.

다음 날 아침, 그는 새들이 노래하는 소리에 잠에서 깨어났다. 거플렛은 어두운 마음으로 다시 말을 타고 그곳을 떠났다. 그는 거의 하루 종일 말을 달리다가 작은 언덕 중턱에 있는 암자에 들러 하룻밤 묵어가기를 청했다. 전부터 알고 지내던 은자가 살고 있는 곳이었다. 그는 그곳에 이틀간 머물렀다.

아직도 그는 두 눈으로 보았던 모든 참혹함을 믿을 수 없었다. 첫날에는 마음이 다 으깨어져서 사라진 사람처럼 멍하니 먼 산만 바라보고 앉아 있었다. 은자는 참을성 있게 그를 돌보아 주었다. 이튿날이 되자, 거플렛은 떠듬떠듬 대평원에서 보았던 것을 은자에게 이야기하기 시작했다. 그리고 은자로부터 새로운 소식도 듣게 되었다. 모드레드가 카어윈트에 아들 둘을 남겨 놓고 왔는데, 그들은 모드레드와 아더 왕, 그리고 참전했던 전사들이 전부 몰살당했다는 소식을 듣고, 카어윈트 성의 병사들을 이끌고 주변의 땅을 차지해 버렸다는 것이다. 그 이야기를 듣자, 거플렛은 퍼뜩 정신이 돌아왔다. 그는 무슨 수를 쓰든 아르모리크 브르타뉴로 가서 란슬롯에게 이 사건을 알려야겠다고 결심했다.

그는 암자를 떠나 배를 탈 수 있는 항구 쪽으로 말을 달렸다. 며칠 뒤에 그는 베노익 성에 모습을 나타냈다. 란슬롯은 그 사이에 몸이 회복되어 보호트와 리오넬과 함께 지내고 있었다.

란슬롯과 두 사람의 왕은 옛 동료를 즐겁게 맞아들였다. 그러나 참혹한 전투에서 원탁의 동지들을 모두 잃었을 뿐만 아니라, 아더 왕은 치명상을 입고 어디론가 가 버렸고, 모드레드의 두 아들이 왕국을 차지해 버렸다는 이야기를 듣고, 란슬롯은 크게 슬퍼했다. 그곳에 모여 있던 곤과 베노익 사람들도 모두 깊은 애도를 표했다.

란슬롯은 거플렛과 두 사람의 왕을 모아 놓고 이 배반자들을 어떻게 처단하는 것이 좋겠느냐고 물었다. 그는 오래전부터 모드레드가 아더 왕의 아들이라는 것을 알고 있었고, 그가 잔인한 짓을 저지르는 것을 직접 보았기 때문에 그의 성품을 짐작했노라고 말했다. 이제 그의 복수심은 모드레드의 두 아들에게로 향했다.

보호트가 말했다.

"우리가 해야 할 일은 하나요. 먼 곳에서건 가까운 곳에서건 군사를 모아 브리튼 섬으로 가는 거요. 우리가 진격하는데도 모드레드의 아들들이 도망치지 않는다면 그들은 죽은 목숨이오. 아더 왕에게 역모를 일으킨 이 사건을 두고 볼 수만은 없소. 반드시 응징해야 하오."

란슬롯과 리오넬, 헥토르와 거플렛도 보호트의 생각에 찬성했다. 그들은 곤과 베노익에서 군사를 모으기 시작했다. 보름 뒤에는 보병과 기병을 합쳐서 이만 명 이상의 병력이 확보되었다. 예전에 원탁의 동지였던 기사들도 란슬롯의 부름에 답했고, 란슬롯 편에 서서 아더 왕과 싸웠던 반의 카라독, 카라헤스의 카헤르딘, 어빈의 아들 에렉 같은 기사들도 모두 달려왔다. 곤 성이 바다에서 더 가까웠기 때문에 군대는 그곳에 집결했다.

보호트 왕과 리오넬 왕, 란슬롯, 헥토르, 거플렛은 그들의 모든 동지들과 함께 정해진 날 길을 떠났다. 그들은 해안을 따라 행군한 뒤, 항구에서 승선했다. 마침 바람이 알맞게 불었기 때문에 함대는 곧 브리튼 섬에 상륙했다. 군대는 해안에서 가까운 곳에 병영을 세우고 배반자들을 응징하기 위한 전쟁을 시작하기 전에 적의 진영에서 들어

오는 소식을 기다렸다.

란슬롯이 대군을 끌고 상륙했다는 소식이 모드레드의 두 아들에게 전해졌다. 그들은 반 왕의 아들을 누구보다 무서워했기 때문에 두려움에 떨었다. 그러나 모여서 의논을 해보고 난 뒤, 왕국을 란슬롯에게 내어주고 도망치느니 한번 죽기살기로 싸워보자는 결론을 내렸다.

그들은 즉시 계획을 실천에 옮기기 시작했다. 군대가 카어윈트에 집결했다. 재물의 유혹에 넘어간 제후들이 군대의 선두에 섰다. 그들은 어느 화요일 아침에 군대를 움직일 계획을 세워 두었다. 출발 직전에 전령이 소식을 가지고 왔다. 란슬롯 군대가 카어윈트로 행군해 오고 있는데, 지금 카어윈트에서 약 오 리외 정도 되는 지역까지 왔기 때문에 제3시 이전에는 전투가 시작될 것 같다는 소식이었다. 그들은 움직이지 않고 그곳에서 기다렸다가 란슬롯 군을 맞기로 결정했다. 모드레드의 두 아들은 공연히 눈에 띌 필요는 없다고 생각했기 때문에 말에서 내려섰다. 란슬롯은 계속해서 카어윈트로 행군했다.

그의 군대가 모습을 드러내자, 즉시 전투가 시작되었다. 대규모의 군대였기 때문에, 전투는 제9시까지 계속되었다. 제9시경에 모드레드의 맏아들 멜레한이 리오넬 왕을 향해 쏜살같이 달려가 그의 몸에 창을 박아 넣었다. 날카롭게 벼린 창날이 달려 있는 짧고 굵은 창이었다. 잠시 방심한 틈에 허를 찔렸던 것이다. 리오넬은 비명을 지르며 말에서 떨어졌다.

보호트 왕이 그 광경을 보았다. 그는 형이 당한 것을 보고 미친 듯이 화가 나서 멜레한에게 달려들어 적의와 원한의 감정을 실어 힘껏 검으로 투구를 내리찍었다. 멜레한의 머리가 둘로 쪽 갈라졌다.

보호트가 외쳤다.

"비열한 역적 놈아! 너는 죽음으로써 네가 저지른 범죄의 일부분만을 갚은 것이다. 너는 내 가슴에 씻을 수 없는 고통을 안겨 주었으니까!"

보호트는 가장 치열한 혼전이 벌어지고 있는 곳으로 달려가 지나가면서 걸리는 적마다 전부 베어 넘겼다. 보호트의 기세에 눌린 적이 하나둘 도망치기 시작했다. 리오넬이 말에서 떨어졌을 때, 곤의 기사들이 달려가 그를 부축하여 데리고 나와 전장에서 떨어져 있는 느릅나무 아래에 눕혀 놓았다. 심한 부상이었지만, 그는 신음 소리조차 내지 않았다. 신하들의 사기가 떨어질까 두려웠던 것이다. 기사들은 주군의 원수를 갚기 위해 다시 전장으로 달려 들어갔다.

란슬롯은 모드레드의 둘째 아들과 맞닥뜨렸다. 아버지와 똑같은 갑옷을 입고 있었기 때문에 쉽게 알아볼 수 있었다. 란슬롯의 마음속에 견딜 수 없는 분노가 차올랐다. 그는 검을 빼어들고 그를 향해 달려갔다. 모드레드의 아들은 겁에 질려서 도망칠 엄두조차 내지 못하고 방패로 몸을 가린 채 덜덜 떨고 있었다. 란슬롯은 방패를 한 대 세게 내리찍었다. 상대의 손목이 잘려져 나갔다. 부상자는 얼른 말을 돌려 도망치기 시작했다. 란슬롯은 상대에게 방어할 틈조차 주지 않고 뒤쫓아가 머리를 날려 버렸다. 투구와 머리가 저만치 나가 떨어졌다.

장수 두 사람이 모두 죽어 버리자, 카어윈트의 군사들은 투지를 상실하고 뿔뿔이 달아나기 시작했다. 그런 와중에 란슬롯은 고르 백작과 맞닥뜨리게 되었다. 이름 높은 제후들을 상대로 못된 짓을 밥 먹듯이 해서 악명이 높은 인물이었다.

란슬롯은 그를 보자마자 외쳤다.

"배반자여! 죽음을 각오하라! 결코 빠져나가지 못하리라."

고르 백작은 란슬롯이 검을 빼들고 쫓아오는 것을 보자, 도망치지 않으면 목숨을 보전할 길이 없으리라 생각하고 숲을 향해 죽어라 말을 몰았다. 그는 빠른 말을 타고 있었다. 그러나 란슬롯의 말 역시 빨랐다. 게다가 고르의 말이 한순간 발을 헛디뎌 비틀거리는 바람에, 그는 땅바닥에 처박히고 말았다. 란슬롯은 즉시 말에서 뛰어내려 고르 백작에게 다가가 머리통을 빠개버렸다. 그리곤 뒤도 돌아보지 않고 다시 말 위에 올라탔다.

란슬롯은 자신의 군대가 있는 곳으로 돌아가지 않고, 그들에게서 멀어졌다. 그는 자신이 무슨 행동을 하고 있는지 알아차리지 못하는 것 같았다.✢

날이 저물 무렵, 그는 넓은 황야 한가운데에 있었다. 카어윈트 방향으로부터 걸어오고 있는 종자 한 사람이 나타났다. 란슬롯은 이름이 무엇인지, 누구를 주인으로 섬기는지 물어보았다. 종자는 란슬롯을 카어윈트 군에서 도망쳐 나온 도망자라고 생각하고 대답했다.

"전투에서 돌아가는 길인데, 우리 편이 박살났어요. 아마 살아남은 사람은

✢ 신화기술자는 고대적인 피의 복수와 기독교적 용서라는 주제 사이에서 해결책을 찾아내지 못한다. 이 모순은 중세기 내내 유지된다. 종교의 이름으로 수행되는 모든 전쟁의 야만적 양상은 아무리 기독교의 십자군 프로파간다에 함몰된 중세기 사람이라 할지라도 마음속 깊은 곳에서 자기모순의 균열을 겪게 만들었을 것이다. 란슬롯은 갑자기, 아무 이유도 없이 전쟁터를 떠나 버린다. 그리고 느닷없이 은자의 생활로 들어간다. 기독교적 용서와 기독교의 이름으로 수행되는 전쟁 사이의 뻥 뚫린 심연을 도저히 뛰어넘을 수 없다는 듯이. —역주

하나도 없을걸요. 하지만 저쪽 편도 리오넬 왕이 죽어서 마음이 많이 아플 거예요."

란슬롯이 경악한 목소리로 외쳤다.

"뭐라? 리오넬이 죽었다고?"

"예. 제 눈으로 봤어요."

"이런 불행한 일이! 이 일을 어쩌면 좋단 말인가!"

그의 두 눈에서 눈물이 철철 쏟아졌다. 얼굴이 비에 맞은 듯 흠뻑 젖었다.

종자가 다시 물었다.

"나으리, 날이 어두워졌고, 또 가까운 데 인가 하나 없어요. 오늘 밤 어디에서 주무실 건가요?"

"모르겠다. 또 아무려면 어떠냐."

란슬롯은 종자와 헤어졌다. 슬픔에 지쳐서 방향을 정하고 말을 달릴 마음의 여유가 없었다. 그는 숲속으로 들어가 말이 가는 대로 가만히 내버려두었다. 그렇게 우연에 맡겨 두었는데도 어떤 성 앞에 이르게 되었다. 몸이 피곤했으므로, 란슬롯은 하룻밤 유숙을 청해보기로 했다.

문지기가 대답했다.

"성주님께서는 기꺼이 기사님을 맞이하실 겁니다. 하지만 한 가지 아셔야 할 것이 있습니다. 이곳을 지나가는 사람들은 누구나 다 지켜야 할 한 가지 관습이 있습니다."

"어떤 관습인가?"

"이 성은 그리폰의 성이라고 불리는 곳인데, 이곳에서 묵어가기를 원하는 기사는 우선 기둥에 박혀 있는 창을 뽑아야만 합니다. 실패하면 목을 내놓아야 합니다. 성공하면 아름다운 성주님의 따님과 결혼해야 합니다. 아직까지 창을 뽑는 데 성공한 기사는 아무도 없습니다."

"좋다! 한번 해 보겠다. 문을 열어다오."

문 안에 들어서자, 유숙을 청하는 기사가 성문 앞에 도착했다는 전갈을 미리 받은 성주가 마중 나왔다. 그는 정중하게 절하며 말했다.

"이 성의 관습을 귀띔 받으셨겠지요? 시험에 도전할 생각이 없다면, 지금이라도 돌아가실 수 있소. 그러면 등 뒤에서 문이 닫힐 것이오. 선택하시오."

란슬롯은 짤막하게 대답했다.

"저를 그 기둥으로 안내해 주십시오."

란슬롯은 횃불이 환하게 밝혀져 있는 큰 방으로 안내되었다. 한가운데에 거대한 회색 돌기둥이 있고, 거대한 물푸레나무로 만든 큰 창이 박혀 있었는데, 창날은 기둥 반대편으로 나와 있었다. 란슬롯은 묵묵히 기둥으로 다가가 있는 힘을 다해 잡아 뺐다. 창은 마치 버터 덩어리 위에 꽂아놓은 칼처럼 아무 저항 없이 쑥 빠져나왔다. 둘러 서 있던 사람들이 놀라워하며 탄성을 질렀다.

성주가 란슬롯에게 말했다.

"기사여, 이 시험에 통과한 사람은 경이 처음이오. 실패했다면, 목이 잘렸을 겁니다. 이제는 내 딸과 결혼할 수 있소. 그런데 어디에서 온 누구시오?"

"호수의 기사 란슬롯이라고 합니다. 카어윈트 전투에서 오는 길입니다.

"어허, 이런! 내 집에 경처럼 유명한 기사님을 모시게 될 줄은 몰랐소이다. 편히 쉬어가시오."

성주는 손님의 갑옷을 벗겨드리고 편한 옷을 가져다 드리라고 시종들에게 명령했다.

란슬롯은 이윽고 식사 준비가 되어 있는 방으로 안내되었다. 그곳에서 그는 드디어 성주의 딸을 만나게 되었다. 탐스러운 머리카락을 찰랑찰랑 늘어뜨린 아주 아름다운 아가씨였다. 그녀가 란슬롯에게 정중하게 절했다. 시험을 통과한 기사에게 하는 절인 만큼 더욱더 진심에서 우러나오는 정중함이 배어 있었다.

란슬롯이 성주와 딸 사이에 자리 잡고 앉자, 시종들이 손 씻을 물을 가지고 왔다. 손을 씻고 난 다음, 더할 나위 없이 우아한 식사가 시작되었다. 란슬롯은 즐거운 표정을 지으려고 노력했지만, 리오넬의 죽음 때문에 즐거운 마음을 가질 수가 없었다. 군대를 승리로 이끌고 아더 왕과 왕국 전체를 위해 복수했다는 사실도 별로 기쁘게 느껴지지 않았다.

포도주를 마시고 잠자리에 들 시간이 되었을 때, 전령이 들어오더니 성주를 따로 뵙기를 청하였다. 전령의 말을 들은 성주의 표정이 창백하게 변했다. 그는 잠시 아무 말도 하지 않고 생각에 잠겨 있다가 란슬롯을 찾아와 말했다.

"기사여, 방금 당신이 내 동생 고르 백작을 죽였다는 말을 들었다. 절대로 용서할 수 없다. 기둥에서 창을 뽑아내지 못했더라면 목이 잘렸을 것이다. 그러나 내 동생을 죽였으니, 그 사실과 상관없이 목을 치겠다."

성주는 부하들에게 란슬롯을 밖으로 끌고나가 목을 치라고 말했다. 그때 아가씨가 아버지의 발밑에 몸을 던지며 애원했다.

"아버님, 손님으로 오신 기사님을 이렇게 대접하시는 것은 옳지 않습니다. 고귀한 영주는 결코 그렇게 행동하지 않습니다!"

그리폰 성의 성주가 딸의 말을 인정했다.

"오늘 밤에는 살려두겠다. 내 손님이니 보호할 의무가 있지. 그러나 내일 아침 해가 뜨면 그는 내 동생을 죽인 대가를 치러야 한다."

그는 란슬롯을 방으로 데리고 간 다음, 탈출하지 못하도록 문 앞에 보초를 세워두었다.

란슬롯은 옷을 모두 입은 채 잠자리에 들었다. 그는 자신에게 어떤 운명이 마련되어 있는지 걱정하지 않았다. 자신이 해야 할 일을 전부 완수했으므로 내일 아침 죽는다 해도 상관없다고 생각했다. 아더 왕과 많은 기사들이 죽었는데, 산다는 것이 무엇이 중요한가.

귀네비어 왕비를 다시 만날 수 있는 희망도 없었다. 자신과 연관되어 있는 이 모든 사건들이 그에게 가져다 준 유일한 만족은, 귀네비어 왕비와의 허용되지 않은 사랑으로 인한 죄책감을 빼면, 의무와 충성심을 저버린 일이 없다는 사실뿐이었다. 게다가 란슬롯은 피곤했다. 그는 밀려오는 잠에 자신을 맡겼다.

한밤중에 방 안에서 무슨 소린가 들려왔다. 란슬롯은 소스라치게 놀라 잠에서 깼다. 눈을 떠보니, 그를 향해 움직이고 있는 불빛이 보였다. 란슬롯은 그 불빛이 성주의 딸이 들고 있는 횃불에서 나오는 것임을 알아차렸다.

여자가 숨죽인 소리로 속삭였다.

"두려워하지 마세요. 구해드리려고 온 거예요. 아버님은 사방에 파수꾼을 세워 성을 지키게 하시지만, 저는 탈출할 수 있는 방법을 알아요. 이 방의 벽 안에는 마당으로 내려갈 수 있는 비밀 계단이 있어요. 마당에는 빗물받이 웅덩이가 하나 있는데, 그 아래에 과수원으로 통하는 지하 통로가 있답니다. 과수원에서 당신의 말을 데리고 기다리고 있을게요. 그러면 들키지 않고 빠져나가실 수 있습니다."✤

"왜 저를 도와주시는 건가요?"

아가씨가 얼굴을 살짝 붉히면서 대답했다.

"제 가슴은 온통 당신 생각으로 가득 차 있답니다."

란슬롯은 아가씨의 고백에 적잖이 당황했다. 그러나 자신을 살려주고 싶어 하는 착한 마음을 다치게 하고 싶지 않아서 아무 내색도 하지 않았다.

"여기 갑옷과 무기를 가지고 왔어요. 지하에는 사나운 사자 한 마리가 있어서 지나가는 사람에게 덤벼든답니다. 당신은 용감하시니까 틀림없이 사자를 처치할 수 있을 거예요. 조금 더 가면 끔찍하게 생긴 작은 그리폰 두 마리가 있어요. 아주 잔인해서 어떤 창이나 검

✤ 아버지의 부당한 법 집행에 반란을 일으키는 젊은 여성들은 성배 신화와 그 원형인 아일랜드 신화 안에 무수하게 나타난다. 그 반란은 대체로 순전히 개인적인 욕망의 실현 안에 멈추어 있다. 신화가 기술되던 시대에 여성이 자신의 반란을 사회적 의미로까지 확장시키는 것은 불가능한 일이었을 것이다. 그러나 당대의 강고한 가부장 시스템을 염두에 두면, 자신의 욕망에 충실한 여주인공들의 반란에 우리는 다른 의미를 부여해야 할지도 모른다. 17세기에 이르면 이 주제는 라신의 비극 안에서 보다 분명한 자의식을 갖춘 여성 주인공들을 등장시킨다. —역주

으로도 대적할 수 없답니다. 여기 작은 개⚜ 한 마리가 있어요. 어떤 마법사의 개인데, 이놈을 보기만 하면 그리폰들은 도망쳐 버린답니다. 그러면 빠져나오실 수 있지요. 자, 이제 모든 걸 다 말씀드렸어요. 밤이 끝날 무렵까지 기다리세요. 그때쯤이면 보초들이 전부 곯아 떨어져 있을 테니까요."

말을 끝낸 아가씨는 비밀 계단을 통해 방을 빠져나갔다.

란슬롯은 먼동이 터올 무렵에 자리에서 일어나 갑옷을 입고, 투구를 쓴 후에, 끈을 단단히 조여 맸다. 그런 다음 방패를 목에 걸고 검을 손에 들고, 비밀 계단을 통해 밖으로 나왔다. 빗물받이 통을 찾아내는 건 어렵지 않은 일이었다. 아래로 내려가니 어두운 통로가 나타났다.

통로 끝에 횃불이 밝혀진 큰 방이 있고, 그곳에 사자 한 마리가 버티고 있었다. 란슬롯을 보자마자 사자는 으르렁대며 덤벼들었다. 란슬롯은 놈을 힘들게 방구석으로 몰아붙인 다음, 가슴 한복판에 검을 깊이 박아 넣었다. 란슬롯은 다시 지하 통로를 따라갔다. 놈들은 란슬롯의 모습을 본 순간, 끔찍한 소리를 꽥꽥 질러 대며 공격을 준비했다. 그러나 란슬롯이 아가씨에게 얻은

⚜ 성배 전설군 안에서 여성들은 아주 종종 개와 함께 있는 모습으로 등장한다. 개는 세계 전역의 신화에서 저승의 존재로 나타난다(대표적인 경우는 이집트 신화의 아누비스와 그리스 신화의 케르베로스). 그러나 성배 전설군 안에서 개는 물어뜯는 무시무시한 개가 아니라, 대부분 길들여진 사냥개이거나 애완견이나. 그럼에도 여전히 저승의 존재로서의 특성을 간직하고 있다. 대체로 요정 같은 여성들이 영웅의 탐색을 돕는 보조물로 선물하는 이 개들은 이미 인간화가 훌쩍 진행된 문명사회와 비인간적인 저승을 잇는 상징적 경첩의 역할을 한다. 길들여진 고대적 여성성의 상징적 동반자. 갈라하드의 도래를 결정적으로 증언하는 개가 왕비 귀네비어에게 맡겨져 있었던 것을 상기할 것(『아발론 연대기』 7권 참고). —역주

개를 보여 주자, 즉시 얌전하게 땅바닥에 납작 엎드렸다. 비굴해 보이기까지 했다. 란슬롯은 무사히 방을 지나 다른 통로로 접어들었다. 통로는 아름다운 과수원으로 이어져 있었다. 새벽공기가 향기로웠다. 태양이 떠오르기 시작했다. 란슬롯은 장밋빛 새벽 햇살 속에 성주의 딸이 서 있는 모습을 보았다. 란슬롯이 검에 묻은 사자의 피를 새벽이슬을 머금고 있는 풀에 슥슥 문질러 닦고 있는 동안 아가씨가 다가와 물었다.

"어디 다치신 데는 없는지요?"

"다행히 아무 데도 다치지 않았습니다."

아가씨는 란슬롯의 얼굴을 가만히 들여다보더니 말했다.

"어쩐지 무척 슬픈 얼굴을 하고 계시네요."

"예……. 가장 사랑하던 사람 중의 하나를 잃었거든요."

"저를 얻으셨잖아요. 저는 왕국에서 제일 예쁜 여자랍니다. 저를 원하지 않으시나요? 당신의 사랑을 얻으려는 유일한 소망으로 당신을 구해낸 거예요. 아버님께서 당신을 어떻게 생각하든 상관없어요. 저는 당신을 마음껏 사랑할 거예요."

란슬롯은 다시 한번 크게 당황했다.

"아가씨, 저를 살려 주신 데 대해서는 진심으로 감사를 드립니다. 아가씨의 사랑과 은혜를 제가 귀하게 여긴다는 것을 알아 주십시오. 그러나 만일 그 덕성과 우아함으로 늘 제 가슴을 지배해 왔던 한 여인에 대한 사랑을 그렇게 쉽게 저버린다면, 아가씨도 또 그 누구도 저에 대한 신뢰를 거두실 것입니다. 다시는 제가 그 여인을 사랑했던 것처럼 다른 여인을 사랑할 수 없을 것입니다. 다른 여인들을 신께서 지켜 주시라고 기원할 수 있을 뿐입니다. 아가씨의 명예와 생명을 위해 제 도움이 필요하시다면 언제라도 불러 주십시오. 이제는 떠나감을 허락해 주소서."

란슬롯의 말을 듣고 있는 동안, 실망과 분노가 뒤범벅이 된 표정을 짓고 있던 아가씨의 얼굴이 갑자기 표독스럽게 바뀌었다.

"세상에서 가장 뛰어난 기사를 잃게 되다니, 절망입니다. 오, 란슬롯! 당신은 나를 얻었어요. 어떤 기사도 누리지 못한 권리를 얻으신 거예요. 그런데 당신의 목숨을 구해준 나에게서 도망치다니! 당신이 다른 여자 곁에 살아 있는 걸 보느니 차라리 죽는 걸 보는 게 나아요. 목이 잘리도록 그냥 내버려둘 걸 그랬어요. 그랬더라면 다른 사람들 목 곁에 놓아두고 실컷 바라보았을 텐데!"

아가씨는 엉엉 울었다. 란슬롯은 점점 더 난감해졌다. 그러나 언제까지 철없는 아가씨의 투정을 받아 주기만 할 수는 없는 노릇이었다. 그는 아가씨에게 다시 고맙다고 이야기한 뒤 열려 있는 문을 통해 과수원을 빠져 나갔다. 그러고는 곧장 숲으로 달려갔다.

날이 밝은 뒤에 그리폰 성의 성주는 란슬롯을 마당으로 끌고 나오라고 기사들에게 명령을 내렸다. 기사들이 방으로 달려 올라가 보았지만, 방은 텅 비어 있었다. 그들은 성을 구석구석 뒤져 보았다. 란슬롯은 어디로 사라졌는지 흔적조차 찾을 수 없었다.

란슬롯이 사라졌다는 보고를 받은 성주는 화를 내며 말했다.

"물받이 통을 통해 지하 통로로 도망치려고 했을지도 모른다. 그러다가 그리폰에게 잡혀 먹혔을지도 모르지."

성주는 제일 용감한 기사 두 사람을 지하 통로로 내려 보냈다. 그러나 란슬롯이 작은 개를 성주의 딸에게 돌려주었기 때문에, 두 마리 그리폰은 기사들에게 덤벼들어 한 입에 삼켜버리고 말았다.

성주는 화가 나서 길길이 날뛰었다. 게다가 사자까지 죽어 나자빠져 버린 것을 확인하고는, 란슬롯이 도망쳐 버렸다는 것을 인정하는 수밖에 없었다. 성주는 당장 쫓아가서 잡아오라고 명령을 내렸다. 하지만 기사들은 움직일 생각을 하지 않았다. 란슬롯의 명성을 익히 알고 있었기 때문에 겁을 잔뜩 집어먹었던 것이다.

란슬롯은 성에서 있었던 일은 이미 다 잊어버렸다. 그는 여전히 슬픔에 잠겨 말이 가는 대로 몸을 맡긴 채 길을 가고 있었다. 그는 아무 일에도 관심이 없었다. 사자가 박살을 내버려서 덜그럭대는 투구만이 이따금씩 신경이 쓰였을 뿐이다.

란슬롯은 한나절 내내 말을 타고 갔다. 날이 저물 무렵에 아주 좁은 오솔길에 도착했다. 길이 너무 좁아서 말에서 내려 고삐를 잡아끌고 가야 했다.

오솔길이 끝나자, 숲속의 빈터가 나타났다. 맑은 시냇물이 졸졸 흐르고, 시냇물 한가운데에 최근에 지어진 듯한 아주 화려한 성당이 서 있었다. 전체가 납으로 덮여 있는 성당은 꼭대기에 금처럼 빛나는 십자가를 달고 있었다. 가까운 곳에 세 채의 작은 집이 있고, 조금 떨어진 곳에 담으로 둘러싸인 작은 묘지가 있었다. 귀를 기울여 보니 저녁 미사를 드리는 소리가 들렸다. 란슬롯은 미사에 참여하고 싶어 현관으로 다가갔다.

세 명의 은자들은 찬송을 부르다 중단하고 밖으로 나와 란슬롯을 맞이했다. 그들은 그에게 환영 인사를 하며, 원한다면 그곳에 오래 머물러도 좋다고 말했다. 란슬롯은 고맙다고 답례한 후, 갑옷을 벗고 성당 안으로 들어갔다. 놀라울 정도로 아름다운 성당이었다. 제단이 세 개 있었는데, 모두 비단으로 덮여 있었고, 벽감壁龕(벽을 움푹하게 파서 장식물들을 세워 놓은 곳—역주)은 온통 아름다운 그림들로 가득 차 있었다.

성당 한가운데에는 아름답게 장식한 무덤이 있었다. 무덤 앞에는 찬란한 촛대에 꽂힌 촛불 네 개가 불타고 있었다.

란슬롯이 은자들에게 물었다.

"이 무덤은 어느 분의 무덤인지요?"

은자 중 한 사람이 대답했다

"귀네비어 왕비의 무덤입니다."

란슬롯은 그 말에 숨이 막혀 얼굴이 창백해졌다. 한참 뒤에 절규하듯이 입을 열어 외쳤다.

"귀네비어 왕비님은 돌아가시지 않았습니다!"

"슬픈 일이지만 사실입니다. 이곳에서 사흘 전에 돌아가셨습니다. 왕비님께서는 모드레드의 복수와 아더 왕의 진노를 피하기 위해 이곳에 피신해 계셨습니다. 왕비님께서 이 성당을 이토록 아름답게 복원시켜 놓으셨답니다."

왕비가 무덤 안에 잠들어 있다고 생각하니, 란슬롯의 가슴은 터져 버릴 것만 같았다. 한마디 말조차 할 수 없었다. 속마음을 들킬까 봐 마음 놓고 슬픔을 드러낼 수도 없었다. 다행히 무덤 앞에 성모 마리아 상이 서 있었다. 란슬롯은 성모 마리아에게 경건한 기도를 바치는 체하고 그 입상에서 아주 가까운 자리에 무릎을 꿇고 앉았다. 그러고는 눈과 입술과 얼굴을 마리아 상에 대

고, 아주 조그만 소리로 탄식하며 속삭였다.✤

"귀네비어, 비난당하는 것이 두렵지만 않다면 평생 당신의 영혼을 위해 기도하면서 이곳에 머물고 싶군요. 한없이 아름답던 당신의 몸이 쉬고 있는 무덤을 지켜보며 지낼 수 있다면 제 마음은 크나큰 위안을 얻을 수 있을 겁니다. 오, 하느님! 차라리 죽게 해 주십시오. 제가 평생 동안 매순간 사랑했던 여인을 천국에서 만나게 해 주소서."✤✤

저녁이 되었다. 교회지기가 은자들을 찾아가 신과 성모님께 저렇게 열심히 기도를 드리는 사람은 처음 본다고 말했다. 은자들은 세속

✤ 란슬롯은 성모 마리아를 핑계로 귀네비어 무덤 앞에서 밤샘하지만, 사실 이것은 핑계만은 아니다. 귀네비어는 진실로 란슬롯의 성모 마리아이기 때문이다. 귀네비어는 중세기에 씌어진 신화 텍스트 안에서는 이루어질 수 없는 사랑에 몰두하는 여성으로 나오지만, 실은 전형적인 켈트 여신의 반영이다. 고대 여신 숭배는 민간 신앙 안에서 매우 집요하게 유지되는데, 성모 마리아 신앙은 가톨릭이 교리 안에 통합해 넣을 수밖에 없었던 여신 숭배의 강고한 생존을 기독교적으로 포장한 것에 불과하다.

성모 숭배로 유명한 유럽 대륙(특히 프랑스)의 중세기 성당들은 아주 흔히 켈트 여신의 사당이 있던 자리에 지어진다. 마리아의 어머니인 성녀 안나는 켈트 여신의 대명사(다나, 다누, An, Ana, Anna 등이 포함되어 있는 이름들. 이 이름은 켈트를 넘어 인도 유럽 기원을 가지고 있다. 히말라야의 유명한 안나 푸르나Anna Purnna는 '음식을 베풀어 주시는 어머니신' 이라는 뜻이다. 로마로 오면 안나 파레나Anna Parenna가 된다. 이런 관점에서 이해하면 『빨간 머리 앤』의 앤도 여신의 반영일 수 있다. 그녀가 자신의 이름을 규정적이며 남성적인 자음으로 끝나는 Ann이 아니라, 비규정적인 여성적 비현시성을 강조하는 모음 e로 끝나는 Anne으로 고집스레 표기하는 것도 우연한 일이 아니다)인데, 유럽 대륙 전반에 걸쳐 성녀 안나는 대단히 인기 있는 성녀였다. 그녀가 성서 안에서 거의 존재감이 없는 여성이라는 것을 염두에 두면, 민중적 상상력이 고대 여신을 마음 놓고 섬기기 위해 마리아의 어머니의 외피를 고대 여신에게 둘러씌웠다는 해석은 전혀 무리한 해석이 아니다. —역주

의 기사들 중에는 이따금 신앙심이 깊은 사람도 있다고 대답했다. 그들은 란슬롯을 찾아가 식사가 준비되었으니, 잠자러 가기 전에 와서 함께 들자고 말했다. 그러나 란슬롯은 성모 마리아 상 앞에서 밤샘하고 싶은 생각이 간절해서 식사를 하고 싶지 않다고 대답했다.

"날이 밝을 때까지 성모상 앞에 있고 싶습니다. 생각 같아선 이 밤이 영원했으면 좋겠습니다."

은자들은 란슬롯의 신앙심에 감동하여 더 이상 식사를 권하지 않았다. 그리하여 란슬롯은 다음 날 아침이 밝을 때까지 밤새도록 귀네비어의 무덤을 껴안고 혼자 지낼 수 있었다.

모드레드 아들들의 군사들이 죽거나 도망쳐 버렸기 때문에 카어윈트 전투는 끝났다. 보호트 왕은 군사들을 거느리고 입성했다. 그리고 죽은 리오넬을 아름다운 성당 안에 장사지냈다. 그는 리오넬을 잃은 슬픔으로 비탄에 잠겨

✤✤ 우리는 여기에서 『페를르보』를 따라가고 있는데, 이 문헌은 아발론을 정식으로 암자, 즉 글래스턴베리와 동일시하고 있다. 이에 상응하는 장면이 『아더 왕의 죽음』(고티에 맙)에 나오는데, 그 장면에서 란슬롯은 카어윈트(윈체스터) 전투에 참가하기 전에 귀네비어의 죽음을 알게 된다. 그러나 왕비의 무덤이 있는 장소에 대한 언급은 없다. 반면에 토마스 말로리의 『아더 왕의 죽음』에서 란슬롯은 귀네비어가 수녀로 생활하고 있었던 암스베리에서 귀네비어의 시신을 글래스턴베리로 운구하여 아더 왕 곁에 묻어 준다. 영국인 작가들은 전설과, 플랜태저넷 왕가의 역사화시키려는 의지 사이에 존재하는 모순을 무척 당혹스럽게 여겼음이 틀림없다. 앞에서 언급한 캄브리의 지랄두스의 책에서, 글래스턴베리에서 발견된 유해가 아더 왕과 귀네비어라는 것을 밝히기 위해 애쓰면서 다음과 같은 일화를 덧붙인다. 여자의 유해를 파냈을 때, "벼 사이에서 금발 머리카락 한 뭉치가 발견되었다. 수도사 하나가 집어 들자, 그것은 재가 되어 날아갔다. 지켜보던 모든 사람이 그 광경에 깊은 인상을 받았다."

있었지만, 자취를 감추어 버린 란슬롯을 잊지는 않았다. 이리저리 수소문해 보아도 소식을 들을 수 없었기 때문에 그는 헥토르를 불러 말했다.

"사촌, 우리는 아더 왕의 원수를 갚았네. 이 왕국의 제후들은 용감한 콘월의 아들 키스테닌을 왕으로 옹립하기로 결정했다더군. 그러니 이제 우리가 할 일은 다 끝난 걸세. 란슬롯 경을 찾아보았으나 찾을 수 없으니 이제 그만 우리 나라로 돌아갈까 하네. 나와 함께 돌아가세. 가서 두 왕국 중에서 하나를 맡아 주게. 어느 왕국을 택하든 사촌이 원하는 대로 하게."

헥토르는 믿음을 보여 주어 한없이 고마우나 브리튼 섬을 떠날 생각이 없다고 대답했다. 적어도 지금은 떠날 생각이 없다는 것이었다.

"이 나라를 떠나게 되면 그때 사촌을 만나러 가겠네. 자네는 내가 가장 사랑하는 사람일세. 자네는 사랑받을 자격이 있는 사람이지."

보호트는 헥토르의 마음을 헤아렸다. 유일한 혈육인 란슬롯이 자취를 감추었으니, 이곳에 남아 그를 찾아보려는 것이리라. 보호트는 군사들을 거느리고 바다를 건너 자신의 왕국으로 돌아갔다. 헥토르는 이리저리 란슬롯을 찾아다니다가 어느 날 우연히 란슬롯이 머물고 있는 암자에 들르게 되었다. 란슬롯은 은자들과 함께 검소하게 살고 있었다. 진심을 다해 신을 섬기고, 빵과 숲에서 캐온 나무뿌리만을 먹으며 엄격한 금욕생활을 했다. 형제는 서로의 모습을 알아보고, 서로 다정하게 껴안고 오래 울었다. 헥토르가 입을 열었다.

"신에게 온전히 바쳐진 아름다운 생활을 하고 있구나. 그토록 세속의 어지러운 일로 고통을 겪더니, 지금은 한없이 편안해 보인다. 나도 너처럼 살고 싶다. 너와 함께 이곳에서 신을 섬기고 싶구나."

은자들은 헥토르의 소망을 전해 듣고 그를 기쁘게 받아들였다. 형제는 귀네비어 왕비가 묻혀 있는 그곳에서 함께 신을 섬기며 머물게 되었다. 란슬롯은 그곳에서 금식과 기도를 하며 사 년 동안 살았다.⚜

암자에서 머문 지 네 해째 되는 해, 5월이 되기 보름 전에 란슬롯은 병에 걸렸다. 그는 마지막이 다가온 것을 알고 헥토르와 은자 블리오베리스를 불러 유언을 남겼다. 죽거든 즐거운 호위의 성에 있는 머나먼 섬들의 주인인 게일호트와 같은 무덤에 묻어 달라는 것이었다.⚜⚜ 두 사람은 그의 희망대로 해주겠다고 약속했다. 란슬롯은 나흘 뒤에 죽었다. 헥토르와 블리오베리스는

⚜ 은자 란슬롯에 관해서는 마예와 바놀-드-로른 사이(오늘날에도 '호수의 기사 란슬롯의 고장' 이라고 불린다)에 감동적인 가설이 존재한다. 란슬롯의 말년은 프랑보 또는 프랑부르라는 이름을 가지고 있었던 은자의 생애로부터 영감을 받은 것으로 보이는데, 그는 10세기에 살았던 사람으로서, 무사로 이름을 날리다가, 말년에는 숲속에 있는 고독한 장소에서 은둔 생활을 한 뒤 성자처럼 생을 마감했던 것으로 보인다. 이 지역의 여러 마을에 성 프랑보라는 이름이 붙여져 있고, 상리스에 있는 어떤 수도회의 수호성인이기도 하다. 로른과 마예 사이에 있는 고장에는 아더 왕 전설이 많이 전해져 내려오고 있고, 브르타뉴 전역에서도 이 전설이 발견된다는 점을 염두에 두어야 한다. 노르만 작가들이 아더 왕 로망을 많이 썼는데, 로망 속에서 사건이 벌어지는 장소를 자신들에게 익숙한 곳으로 설정했기 때문인 것 같다.

⚜⚜ 란슬롯은 이렇게 해서 그의 이교적 근원으로 회귀한다. 게일호트가 섬들의 주인이라고 불리는 것, 그리고 거녀巨女의 아들(거녀는 브리튼의 전설적 기원에서 악마적 면모를 가지고 있다)이라는 점을 염두에 둘 것. 게일호트의 무덤을 이루고 있는 '알 수 없는 재료' 는 이슬람교 메카의 카바 숭배에서 절정을 이루는 돌 숭배와 연관이 있다. 성배 신화가 카발라, 연금술 등의 교회가 악마시했던 신비주의 사상에 깊이 침윤되어 있다는 사실을 환기시킨다. 연금술은 특히 동방적인 근원을 가지고 있다. —역주

그를 관에 넣고 즐거운 호위의 성까지 운구했다. 성의 백성들은 란슬롯이 죽어서 돌아왔다는 것을 알고 관 주위에 모여들어 눈물을 흘렸다. 그들은 오랫동안 그들의 주인이었던 자를 진실로 사랑했다.

장례 행렬이 교회로 가려고 막 성문을 지나고 있을 때, 기사 한 사람과 종자 하나만을 거느린 보호트가 성에 모습을 나타냈다. 그는 통곡하고 있는 행렬의 모습을 보고 의아해했다. 사람들이 란슬롯의 죽음을 애도하고 있다는 것을 알고는 관으로 달려가 뚜껑을 열라고 지시했다. 란슬롯의 시신을 본 그는 고통을 이기지 못하고 실신했다. 정신이 돌아온 뒤에도 몸부림을 치며 울었다. 가슴이 다 녹아서 입 밖으로 나오는 듯한 처연한 울음이었다. 그러나 그는 자신을 다스리며 일어서서 란슬롯을 위해 추도의 노래를 불렀다.

"란슬롯, 반 왕의 아들, 그대는 모든 기독교인 기사들 중에서 가장 뛰어난 자였도다. 그런데 지금은 여기 이렇게 누워 있구나. 감히 말하거니와, 그대에 필적할 만한 기사는 앞으로 나오지 않으리라. 더욱이 그대 란슬롯은 방패를 든 자들 중에 가장 정중한 자였다. 결코 말을 타본 적이 없는 여인의 충성스러운 연인이었으니, 죄인들 중에 그대보다 더 여인을 사랑한 자는 없었도다. 그대보다 검을 더 잘 다룬 자는 아무도 없으니, 그대가 전사의 무리에 있을 때 누가 그대보다 더 아름답고 빛났으리오. 귀부인들과 아가씨들과 함께 만찬을 들 때, 그대의 우아함과 다정함을 당할 자는 아무도 없었다. 그러나 원수를 만나 창을 겨누고 달려갈 때 누가 그대보다 더 용맹했으리."*

행렬은 다시 걷기 시작했다. 란슬롯의 관이 성당 안에 놓여졌다.

보호트가 슬프게 탄식했다.

"살아 있는 동안 얼마나 큰 고통을 견디어 내야 할까? 퍼시발 경이 성배와 갈라하드 경의 유해를 싣고 신비의 왕국으로 떠날 때 왜 그와 함께 가지 않았던가? 무엇 때문에 사라스 왕국에서 돌아왔던고? 돌아와 다시 만난 것은 이 세상의 불안뿐이로구나. 동지들은 모두 내 곁을 떠났건만, 어찌 하여 나 혼자 아직도 살아 있는가?"

그날, 즐거운 호위의 성 전체가 슬픔에 잠겼다. 그날 밤, 사람들은 교회 옆 과수원에 있는 게일호트의 무덤을 열었다. 그 옛날 란슬롯이 묘석을 들어 올렸던 바로 그 무덤이었다. 그 모험에 성공함으로써 란슬롯은 옛날에는 고통스러운 감시의 성이라고 불렸던 즐거운 호위의 성을 마법으로부터 구해냈던 것이다. 바로 그 무덤에다 란슬롯은 그를 걱정하다가 죽은 사랑하는 친구 게일호트를 묻었다.✣✣ 위대한 왕들에게 어울릴 만한 매우 화려한 무덤으로서, 알 수 없는 물질로 만들어져 있었다. 어느 곳에서 왔는지 알 수 없는 아주 단단한 돌 같은 물질이었다.✣✣✣ 그 무덤은 금이나 은이 아니라 아주 귀한 보석✣✣✣✣으로 장식되어 있었는데, 그 조화가 참으로 아름답고 기기묘묘하여 사람의 손

✣ 말로리의 『아더 왕의 죽음』에서 발췌한 조사. 이 조사는 웨일즈의 마르우나드(죽은 영웅을 칭송하기 위하여 궁정시인이 부르는 비가)와 똑같은 어조로 씌어 있다. 토마스 말로리가 이 대목에서 중세기에는 흔히 만날 수 있었던 이런 노래 중의 하나를 베꼈을 가능성이 있다.

✣✣ 고티에 맙이 이 우정을 특히 칭송하고 있는데, 합장의 일화가 보여 주는 바와 같이 이 우정은 동성애적 성격이 강하다.

✣✣✣ '하늘에서 떨어진 돌', 유성일지도 모른다. 란슬롯이 켈트신 루가 영웅화한 모습이라는 것을 기억할 것. 이 신화적 모델의 많은 레미니상스가 이 영웅의 문학적 묘사를 뒷받침한다.

으로 만들어진 물건처럼 보이지 않았다. 다음 날, 많은 기사들과 백성이 교회에 모여 란슬롯의 장례식을 치렀다.

장례식이 끝난 다음, 란슬롯의 시신은 무덤 안에 안장되었다. 무덤에는 다음과 같은 기록이 새겨졌다.

> 여기 머나먼 섬들의 주인 게일호트 잠들다. 그와 함께 반 왕의 아들 호수의 기사 란슬롯이 잠들어 있으니, 그는 아들 갈라하드를 제외하면 브리튼 왕국에서 가장 뛰어난 기사였도다.

그제야 헥토르는 어떤 기적 같은 우연에 의해 란슬롯의 시신을 운구하고 있는 바로 그 순간에 즐거운 호위의 성에 오게 되었느냐고 보호트에게 물었다.

"아닌게아니라, 참으로 신비하고 불가사의한 일일세. 곤 왕국의 황야에 살고 있는 은자 한 분이 이곳에 오면 살아 있든 죽었든 어쨌든 란슬롯을 만날 것이라고 말해 주었다네. 그 말을 듣는 즉시 달려왔지. 내가 소식을 듣지 못한 세월 동안 란슬롯이 어떻게 지냈는지

✣✣✣✣ 다시 한번 연금술적 근원을 강화하는 장치이다. 연금술 안에서 보석과 돌의 상징주의는 대단히 중요하다. 특히 만병통치약을 나타내는 엘릭시르elixir 제조, '철학자의 돌' 이라고 불리는 화금석火金石의 제조 안에서 보석은 중요한 역할을 수행한다. 연금술사들은 치료학에서 약초의 효능보다 보석의 효능이 더 크다고 생각했다. —역주

얘기해 주게."

헥토르는 카어윈트 전투가 끝난 뒤, 란슬롯이 어떻게 숲속을 헤매다가 우연히 귀네비어 왕비가 죽어서 묻혀 있는 암자에 도착하게 되었는지 들려주었다. 또한 란슬롯이 일생 동안 저지른 잘못을 참회하기 위해서 여생을 암자에서 지내기로 결정했다는 이야기, 자신이 그를 만나게 된 사실도 이야기했다. 두 사람이 고독과 명상 안에서 신을 섬기며 보냈던 힘든 생활에 대한 이야기도 빼놓지 않았다. 보호트는 헥토르의 이야기를 듣고 큰 충격을 받았다. 그는 한마디 대꾸도 하지 않고 하루 종일 고통스러운 생각에 잠겨 있었다.

저녁이 되었을 때, 보호트는 헥토르도 블리오베리스도 또 함께 온 기사와 종자도 만나지 않고 아무도 모르게 혼자 즐거운 호위의 성을 떠났다. 그는 숲으로 들어가, 길이 나타나는 대로 정처 없이 헤매고 돌아다녔다. 그러다가 피곤에 지쳐 몸을 가눌 수 없게 되자, 나무 아래 쓰러져서 잠이 들었다. 그는 며칠 동안 그렇게 들판과 골짜기와 숲을 헤매고 다녔다. 그는 자기가 어디에 있는지도 알지 못했다. 마음은 슬픔과 고통으로 짓눌려 있었다. 그는 아무도 만나지 않았다. 그는 야생 과일을 따 먹고 샘물로 목을 축였다. 너무나 고통스러워서 죽고 싶다는 생각마저 들었다.

어느 날 강가를 따라가다가 이상한 짐승을 한 마리 만났다. 크기는 황소만한데, 모가지는 용처럼 길고, 대가리는 자그마한 것이 사슴 대가리를 닮았고, 눈보다 더 흰 두 뿔에는 순금을 두르고 있었다. 털 색깔은 피보다 더 붉은 색이었다. 그 짐승이 마치 생각할 줄 아는 것처럼 그의 앞에 와서 머리를 숙여 지극한 공경을 표했다. 그러더니 좁은 오솔길로 사라져 버렸다.

보호트는 그 짐승의 정체가 무엇인지 궁금하기 짝이 없었다. 그는 놈을 따라갔다. 짐승의 빛깔은 점점 더 붉어져서 마치 불타는 것처럼 보였다. 곧 밤이 되었고, 달이 떠올랐다. 그러나 짐승의 뿔이 달빛을 받아 찬란한 빛을 내뿜었기 때문에 보호트는 어려움 없이 놈을 따라갈 수 있었다.

보호트는 자정이 넘는 시각까지 짐승을 따라갔다. 어느덧 아주 아름다운 초원에 들어서게 되었는데, 짐승은 그 한가운데에 있는 나무 아래에서 편안히 잠드는 시늉을 해 보였다. 마치 쉬어가자고 말하는 것 같았다. 보호트는 말을 나무줄기에 매어 놓고 풀밭에 누웠다. 그리곤 저도 모르게 스르르 잠이 들어 새벽까지 잤다. 그는 새들이 노래하는 소리를 들으며 잠에서 깨어났다.

눈을 떠 보니 어느새 짐승이 눈앞에 서서 다시 길을 떠나자는 몸짓을 했다. 보호트는 안장을 올려놓고 말 위에 올랐다. 짐승은 그를 아주 아름다운 곳으로 안내해 갔다. 천국에 와 있는 듯, 공기가 향기로웠다. 짐승과 보호트는 하루 종일 숲을 지나갔다. 숲속의 빈터에 이르자 폐허가 된 성이 멀지 않은 곳에 보였다. 짐승은 숲속의 빈터를 향해 곧장 다가갔다. 놈이 그곳에서 쉬어 가자는 몸짓을 했다. 그곳에는 잎이 무성하고 꽃이 만발한 아름다운 나무들이 있었다. 꽃은 이루 말할 수 없이 신묘한 향기를 내뿜고 있었다. 보호트는 그중 한 그루 아래에서 말을 내렸다. 하얀 갑옷을 입은 아주 잘생긴 기사 한 사람이 나타났다. 보호트는 그에게 다가가 인사하고 이름을 물었다. 그 기사는 아주 정중하게 대답했다.

"보호트 왕이시여, 두려워하지도 말고, 눈에 보이는 모든 것에 놀라지도 마십시오. 저는 왕을 도우러 왔습니다. 왕께서는 지금 마음이 무거우십니다. 그리고 이 땅을 떠나기 전에 어떤 비밀을 알고자 하십니다. 왕께서는 보통 사람들이 볼 수 없는 많은 일들을 보셨습니다. 그러나 무엇 때문에 자신이 그 끝없는 모험의 증인이 되셨는지 이해할 수 없어서 불안해하고 계십니다."

보호트는 상대의 속마음을 꿰뚫어보는 상대가 두려워서 기어들어가는 목소리로 물었다.

"당신은 누구요?"

"예전에는 쌍검의 기사 발린이라고 불렸었지요. 보호트 왕이시여, 저는 아주 오래전에 현자 멀린의 충고를 무시하고 고통의 일격을 휘두르는 죄를 짓고 죽었습니다. 그 때문에 이방의 땅이 불모지로 변하였습니다. 저는 참으로 혹독한 참회를 치뤄냈습니다. 다른 기사들도 저와 함께 속죄했지요. 왜냐하면 제가 저지른 죄는 저 한 사람에게만 관여되는 것이 아니었기 때문입니다."

"당신은 살아 있는 사람이요, 귀신이오!"

"그건 아무 의미도 없는 질문입니다. 존재한다, 존재하지 않는다, 하는 건 사람들이 생각하는 것처럼 그렇게 쉽게 대답할 수 있는 문제가 아닙니다. 저는 존재하기도 하고 존재하지 않기도 합니다. 아무려면 어떻습니까. 저는 왕을 도우러 왔습니다."

"당신이 존재하건 존재하지 않건, 어디에 살고 있는지나 말해 주시오."

"저는 아주 아름다운 곳에 살고 있지요. 멀린의 예언이 성취될 때까지는 그곳에 있을 겁니다. 그 뒤에는 죄를 짓고 고통을 겪었으나, 신을 성심껏 섬졌던 자들이 상을 받게 될 때 그보다 훨씬 더 아름답고 행복으로 가득 찬 나라로 갈 겁니다."

보호트는 그 기사가 하는 말을 어떻게 생각해야 할지 알 수 없었다. 스스로 발린이라고 주장하는 자가 다시 말을 이었다.

"제 말을 잘 들으십시오. 저는 오래 머물 수 없어 떠나야 합니다. 지금 서 있는 나무 아래에서 밤을 보내십시오. 저기 보이는 꽃 한 송이를 따서 가슴에 다십시오. 그러면 어떤 일이 일어나더라도 안전할 것입니다. 오늘 밤 이상한 일들을 보게 될 터인데, 누군가 이름을 부르며 함께하자고 해도 대답해서는 안 됩니다. 목숨을 부지하고 싶거든 따라가서는 안 됩니다. 따라가면 얻어맞아서 무서운 상처를 입게 될 텐데, 슬쩍 긁히기만 해도 고칠 수 없어요. 나무 아래 그냥 앉아 계세요. 나무 그림자와 꽃향기가 보호해 줄 것입니다. 아침이 되면 무엇을 해야 할지 알게 될 것입니다. 그럼, 신의 가호가 있기를."

말을 마친 기사는 무너진 성벽 뒤로 사라져 버렸다. 보호트는 다시 혼자가 되었다.

보호트는 그곳에서 눈을 붙이기 위해, 나무에 말을 매었다. 그는 꽃 한 송이를 따서 향기를 맡아보았다. 천국에 와 있다는 느낌이 들 정도로 향기로운 냄새가 났다. 게다가 어찌 된 일인지, 그 냄새를 맡으니 배도 고프지 않고 목도 마르지 않았다. 보호트는 나무 아래 드러누워서 꽃을 가슴 위에 올려놓았다.

사방이 완전히 캄캄해졌을 때, 어디선가 젊은 시종들이 나타나 초원 위에 장막과 비단 차양을 치기 시작했다. 그런 다음, 엄청나게 많은 횃불과 촛불에 에워싸여 귀부인들과 아가씨들이 말을 타고 나타났다. 오현금 등 많은 악기들을 연주하는 악사들도 따라왔다. 화려한 갑옷으로 무장한 기사들과 영주들이 그 뒤를 따랐다. 아더 왕의 궁정에서도 보지 못했던 화려한 차림이었다. 모두 장막 앞에서 말을 내리고 잠깐 휴식을 취하자, 무술 경기가 시작되었다. 어느 정도 시간이 흐른 다음, 그들은 큰 소리로 외치기 시작했다.

"보호트 왕은 어디 갔지? 왜 이 경기에 참가하지 않은 거지?"

경기에서 지고 있는 기사들이 보호트가 누워 있는 나무 아래로 와서 소리치기 시작했다. 고함 소리는 점점 더 커졌다.

"보호트 왕이여! 고결한 주인이여! 우리를 불쌍히 여기소서. 우리가 왕 앞에서 패배하게 생겼으니, 우리가 이토록 간절히 구하는데도 도와주지 않으시면, 생전에는 물론이고 돌아가신 뒤에도 두고두고 비난당할 것입니다!"

그들이 하도 애절하게 도움을 청하는 바람에, 보호트는 발린이라는 기사의 충고를 잊어버렸다. 그는 자리에서 일어나 그들을 도우러 가려고 말 위에 안장을 올려놓았다. 그 순간, 멀지 않은 곳에서 종소리가 댕댕 울리기 시작했다. 첫 번째 종소리가 울려 퍼지기 무섭게, 무술 경기를 벌이던 사람들이 마치 연기처럼 사라져 버렸다. 귀부인들도 기사들도, 또 화려한 장막들도 모두 사라져 버렸다. 눈 깜짝할 사이에 생겨난 일이었다. 보호트만이 혼자서 폐허가 된 성벽 아래 서 있을 뿐이었다. 어느 새 먼동이 밝아오고 있었다.

보호트의 머리에 그제야 기사가 들려주었던 충고가 떠올랐다. 보호트는 말을 타고, 종소리가 울려오는 곳으로 달려갔다. 간밤에 보았던 것이 무엇이었을까 생각하며 한참 달리다가, 꼭대기에 십자가가 세워져 있는 아름다운 돌층계에 다다르게 되었다. 가까이 다가가 보니 다음과 같은 기록이 쓰여 있었다.

이 기록을 읽는 자여, 이 세상에 세 가지 불행이 있음을 기억하라. 첫째는 어떤 선함도 알지 못하며 그것을 배우려 하지도 않는 것이며, 둘째는 선함은 알고 있으되 자신을 위해서나 남을 위해서나 그것을 실천할 생각이 없는 것이며, 셋째는 선함을 알고 있으면서 스스로 악함을 저지르며 남도 선함을 실천하지 못하게 하는 것이다. 네 질문에 대한 답을 원하거든 말을 타고 오른쪽 길로 가라. 오늘은 더 이상 이곳에 머물지 말라.⚜

보호트는 즉시 오른쪽으로 달려갔다. 곧 숲을 벗어나 넓은 초원으로 들어가게 되었다. 그때 어디선가 무수한 까마귀 떼가 날아와 머리 위에서 빙빙 맴돌기 시작했다. 그를 공격할 생각은 없는 것처럼 보였다. 무슨 이야기를 하고 싶다는 듯이 주위를 빙빙 도는 것이었다. 새들이 하는 양을 가만히 지켜보았더니, 화살표 같은 글자를 그리며 한 방향으로 모여들었다. 화살표는 초원 저쪽에 있는 언덕을 가리키고

⚜ 14세기 말의 프랑스 이야기 『파프고의 기사』에 나오는 두 개의 일화에 따름. 시기적으로 다른 문헌에 비해 후대의 것인 이 이야기는 군데군데 패러디가 등장하며, 아더 전설의 매우 고대적인 일화들을 고쳐 쓴 것으로 보인다.

있었다. 보호트는 그쪽으로 말을 달렸다. 사나운 급류가 흘러내려가고 있는 협곡이 눈앞에 나타났다. 새들은 강물을 거슬러 올라갔다. 보호트는 계속 그들을 따라갔다. 조금 더 앞으로 나아가자, 탄탄하게 지어진 회색 돌 집 세 채가 나타났다. 우물 옆에는 여자가 앉아 있었다. 가까이 다가가 보니, 반짝이는 백발을 늘어뜨린 노파였다.

보호트는 말에서 내려 여자에게 정중하게 인사했다. 여자는 꼼짝도 하지 않았다. 보호트가 그곳에 있다는 것도 알아차리지 못한 것 같았다. 보호트는 이곳이 어디냐고 물어보았다. 그런데 귀머거리인지, 아예 듣지 못하는 것처럼 아무 반응도 보이지 않았다. 여자는 보호트를 쳐다보지도 않고 무슨 생각엔가 깊이 빠져 있었다.

보호트는 계속 여자를 붙잡고 실랑이해 봐야 소용없겠다고 생각하고 회색 집 쪽으로 고개를 돌려 보았다. 세 채의 집 중 하나의 문간에 남자 두 사람이 나와 앉아서 이야기를 나누고 있는 것이 보였다. 보호트는 말고삐를 잡고 그들에게 다가갔다. 두 사람 중 한 사람이 벌떡 일어나더니, 소리치며 보호트를 향해 달려왔다.

"보호트 경 아니시오! 세상에, 이런 곳에서 경을 만나다니!"

보호트는 사내를 가만히 바라보았다. 알듯말듯한 모습이었다. 긴 잿빛 두루마기 차림에, 얼굴을 알아볼 수 없게 만드는 덥수룩한 수염에도 불구하고 낯이 익었다.

이번에는 보호트가 소리쳤다.

"거플렛 경, 나의 벗이여! 생각지도 않은 곳에서 경을 만나다니 정말 기쁘오!"

두 사람은 뜻밖의 해후에 기뻐하며 와락 얼싸안았다.

보호트가 말했다.

“카어윈트 전투 이후에 경을 보지 못하였소. 그 사이 무슨 일이 있었던 게요?”

거플렛은 잠시 침묵하고 있다가 조용히 입을 열었다.

“설명하자면 긴 얘기요. 전쟁이 끝난 후 미친 사람처럼 숲으로 들어갔소. 모든 걸 견딜 수가 없었소. 이 세상일일랑 다 잊고 싶었소. 그래서 이곳으로 오게 된 것이오. 그때부터 이곳에서 살았다오.”

“그런데 여기가 어디요?”

“켈리돈 숲이라오. 여기 보이는 집들은 멀린이 이성을 잃고 광기에 사로잡혀 야생 동물과 새들을 데리고 숲속을 헤맬 때 그를 위해 지은 집이라오. 멀린의 누이 그웬디드가 오라버니를 겨울의 혹한으로부터 지키기 위해 짓게 했지요. 멀린은 한시도 곁을 떠나지 않는 잿빛 늑대를 데리고 이곳에 자주 오곤 했소. 은자 블레이즈와 대화를 나누기도 하고 아더 왕 치세 이전에 있었던 얘기를 받아쓰게 하기도 했다오. 지상에서 영원히 사라지기 전에 멀린은 예언의 능력을 누이에게 물려주었지요. 우물가에 있던 여인이 바로 그웬디드요. 또 브리튼 영웅들의 높은 공덕을 수없이 노래했던 시인 탈리에신에게도 예언의 능력을 물려주었다오.”

그때 문간에 앉아 있던 남자가 일어나서 보호트를 향해 다가와 인사했다.

“반갑습니다. 어서 오십시오, 보호트 경. 성배 탐색의 증인 중 한

분으로, 에메랄드 잔이 세상을 떠났음을 증언하신 분이시지요?"

보호트가 탈리에신에게 답례한 뒤에 물었다.

"그런데 멀린의 누이께서는 어째서 질문을 던져도 대답을 않으시는지요?"

탈리에신이 대답했다.

"하루 종일 저런 자세로 앉아 계신답니다. 신의 영이 임하지 않으면 입을 열지 않습니다. 멀린이 우리를 떠난 이후로 예언을 하고, 우리 민족이 옛날에 섬기던 신들을 잊어버린 이 세상의 추악한 행동을 비판하는 일은 그웬디드의 책임이 되었습니다."✤

보호트가 탈리에신의 말에 충격을 받은 듯 깜짝 놀라며 반문했다.

"우리는 기독교도가 아닙니까?"

"물론입니다. 그렇다고 해서 과거에 우리를 이끌어 주었던 신들에게 감사를 바칠 수 없는 것은 아니지요. 멀린이 우리와 함께 있을 때 그가 가르쳐 준 것은 그것이었지요. 그러나 그의 가르침을 이해한 사람은 많지 않아요."✤✤

✤ 탐색의 끝에 이렇게 해서 여성은 그 권위를 되찾는다. 그웬디드의 예언자로서의 존재는 신화적 텍스트들이 기록되던 시대에 여성 성직자란 상상할 수도 없는 것이었다는 현실을 감안하면 매우 혁명적인 발상이다. 성배의 신화 전체가 이런 방식으로 가부장적 기독교적 권위에 짓눌려 있던 대중의 심리적 억압을 풀어내는 일종의 카니발 밴드 역할을 수행했다는 느낌이 든다. ―역주

✤✤ 성배 신화의 인류학적 가치를 단적으로 정리하는 진술. 성배는 그 분명한 기독교적 외양에도 불구하고 실은 당대의 유럽인들의 무의식 깊은 곳에 숨어 있는 고대의 켈트 신들에게 자리를 마련해 주려는 대중적 열망을 반영하고 있다. 영화 〈아발론의 안개The Mists of Avalon〉(국내 출시명은 〈아발론의 여인들〉)은 이런 관점에서 아더 왕 전설의 재해석을 시도한다. 영화적으로 크게 성공했다는 생각은 들지 않지만, 그 시도만큼은 정확한 상징적 착점을 지향하고 있다. ―역주

보호트는 잠시 생각에 잠긴 듯 입을 다물었다가, 거플렛에게 말을 걸었다.

"다정한 벗이여, 혹시 아더 왕이 어찌 되었는지 모르시오? 경은 전에 모드레드와의 결투가 끝난 뒤 모르간이 배에 태워 어디론가 모시고 갔다고 얘기했었소. 그 후론 아무도 폐하를 뵙지 못했다고. 그런데 듣자하니, 늪 한가운데에 있는 수도원에서 폐하의 무덤을 발견했다고 주장하는 사람들이 있다면서요? 또 돌아와서 브리튼 왕국을 통일할 시간을 기다리시며 동굴 안에서 잠들어 계신다고 주장하는 사람들 얘기도 들었소이다.✤ 어느 것이 맞는 말이오?"

거플렛이 짤막하게 대답했다.

"탈리에신이 알고 있소."

탈리에신이 말을 받았다.

"예, 제가 알고 있지요. 모르간이 해변으로 아더 왕을 찾으러 갔을 때, 나는 그녀와 함께 있었소. 우리는 폐하를 배에 모시고 아발론 섬으로 갔지요. 아발론 섬은 이따금 사과나무 섬이라고도 불리고, 행운

✤ 1190년, 글래스턴베리의 수도사들은 왕과 왕비의 유해를 발견하게 되었는데, 이 유해를 서둘러서 아더와 귀네비어의 유해로 만들어 버린다. 그들은 플랜태저넷 왕가의 헨리 왕으로부터 여러 차례 압력을 받았던 것이다. 수도사들은 수도원의 대성당으로 유해를 옮기고 새 묘석으로 단장한다. 앙주 출신의 왕 헨리는 자신의 왕권을 정당화하기 위해서 아더 왕의 신화를 역사화하고, 국지화하는—즉 진부하게 만들고—데 관심이 많았다. 그에게, 아더 왕은 죽은 것이 아니라 복위를 기다리며 잠들어 있을 뿐이라고 주장하는 콘월 지방의 전승은 대단히 껄끄러운 것이었으므로 그 희망을 '단념시킬' 필요가 있었던 것이다.

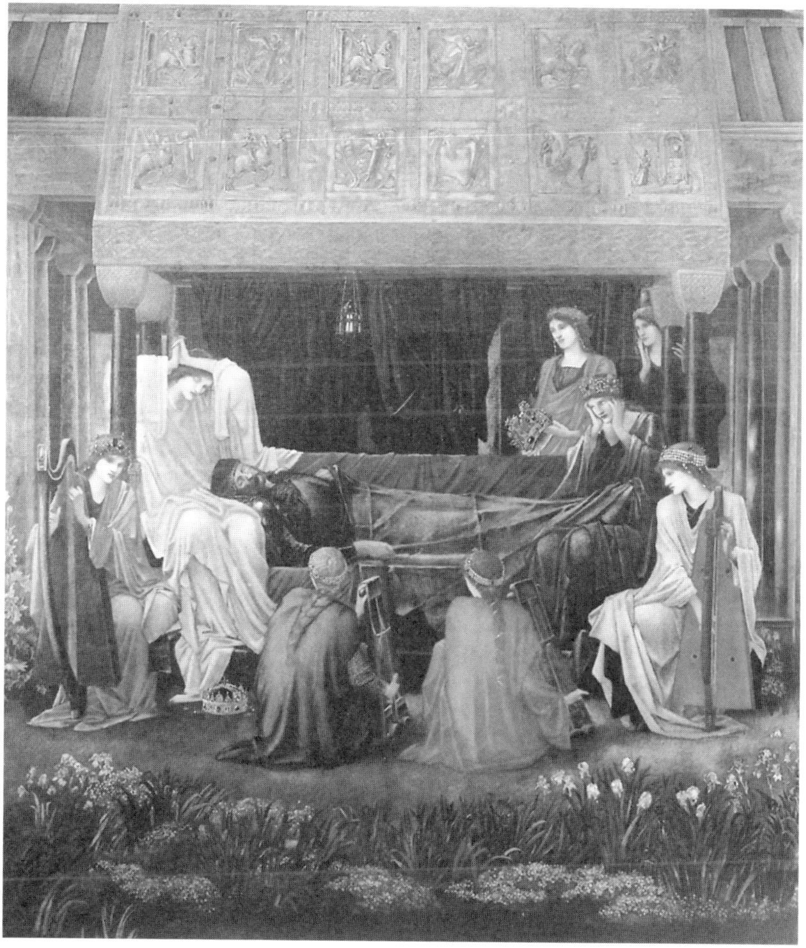

의 섬이라고도 불리지요. 아일랜드인들은 에미인 아블라흐라고 부릅니다. 이 섬에서는 과일나무를 기를 필요 없이 일 년 내내 풍성한 과일이 열리기 때문에 붙여진 이름이지요. 농부는 땅에 쟁기질을 할 필요도 없고, 쇠스랑으로 흙을 골라 줄 필요도 없어요. 그렇게 하지 않아도 다른 곳에서보다 더 많은 수확을 하니까요. 또 숲에는 사과와 포도가 지천이라오. 그곳에서는 온갖 식량이 다른 곳에서 풀이 자라듯 자란다오. 그곳 사람들은 최소한 백 년을 사는데, 병에 걸리지도 않고 늙지도 않지요. 슬픔도 모르고 죽음의 공포도 느끼지 않아요. 신들이 정해 놓으신 부드러운 법에 따라 여성들이 그 섬을 다스립니다. 때때로 조언을 구하는 사람들에게 비밀을 알려 주기도 하는데, 지혜롭고 선한 사람들에게만 가르쳐 준다오.

이곳에는 아름다움과 능력에 있어서 다른 여성들을 능가하는 아주 뛰어난 여성이 한 명 있지요. 보호트 경께서도 아시는 분입니다. 바로 모르간 여왕이지요. 그분은 약초를 어떻게 사용해야 하는지, 병과 상처를 어떻게 치유해야 하는지 교육하십니다. 그분은 모습을 바꾸는 변신술을 알고 계시고, 새처럼 하늘을 날아다닐 수도 있습니다.

바로 그런 곳으로 파도와 별들의 안내를 받아 아더 왕을 모시고 갔던 것입니다. 아발론 섬에 도착하자, 모르간 여왕께서는 수정과 보석으로 이루어진 아름다운 궁전 한가운데 있는 방으로 폐하를 모시고 갔습니다. 그리고 금이 덮여 있는 침대 위에 눕혀 드렸지요. 여왕께서는 아우의 상처를 잘 살펴보시고 오랫동안 보살피셨습니다. 그 섬에 머물면서 여왕님의 치료를 받으시면 건강을 회복할 것이라고 말씀하셨지요. 나는 폐하를 모르간 여왕에게 맡겨 놓고 다시 이 왕국으로 돌아왔습니다. 그러나 분명히 말씀드릴 수 있는 것은, 아더 왕은 돌아가시지 않았으며, 모르간 여왕께서 폐하의 상처를 고치시면 언젠가 신들께서 허락하시는 날에 다시 이 나라의 해안으로 돌아오실 거라는 사실입니다. 그러면 그때, 사람들은 폐하의 보검 엑스칼리버가 찬란한 빛을 발하는 것을 다시 보게 될 것입니다."

보호트는 가슴이 벅차오르는 것을 느꼈다. 눈을 들어보니 언제 날아왔는지 커다란 검은 새가 머리 위에서 빙빙 맴돌고 있는 모습이 보였다. 그는 그 새를 유심히 바라보았다. 새가 날개를 퍼드득댔다. 마치 보호트가 찾고 있던 것을 찾았다고 말해 주는 것 같았다. 새는 힘차게 몸을 솟구쳐 하늘로 솟아올랐다. 새의 깃털이 햇빛을 받아 온갖 영롱한 빛깔로 반짝였다.

새는 햇빛 속으로 서서히 사라져 갔다.

출전

1. 카라독의 이상한 이야기

『페를르보』, 「카라독의 서書」(보쉬에가 썼다고 알려져 있는 프랑스어 문헌 『페르스발 제1속편』(12세기)에 들어 있다).

2. 황금 가슴을 가진 여인

『페르스발 제1속편』, 마법의 뿔잔에 관한 일화는 앵글로-노르만 작가인 로베르 비케의 『뿔잔의 단시』 에도 나온다(12세기).

3. 에스칼로의 아가씨

고티에 맙이 썼다고 잘못 알려져 있는 『아더 왕의 죽음』(13세기).

4. 영원한 화상

영국 토마스의 『트리스탄의 로망스』(12세기), 수사 로버트가 썼다고 하는 노르웨이 판본 『트리스트람과 이죄 이야기』(13세기), 옥스퍼드 판본 『미친 트리스탄』.

5. 검은 돛대

노르웨이 판본 『트리스트람과 이죄 이야기』, 영국 토마스의 『트리스탄의 로망스』.

6. 귀네비어의 사랑을 위해

7. 모르간의 통치

8. 깨어난 용

고티에 맙이 썼다고 잘못 알려져 있는 『아더 왕의 죽음』(13세기).

9. 아더 왕과 란슬롯의 전쟁

토마스 말로리의 영어 판본 『아더 왕의 죽음』(15세기).

10. 반역

고티에 맙이 썼다고 잘못 알려져 있는 『아더 왕의 죽음』, 토마스 말로리의 영어 판본 『아더 왕의 죽음』.

11. 죽음의 전투

『아더 왕의 죽음』(고티에 맙), 몬머스의 제프리의 『브리튼 열왕기』.

12. 아발론 섬 어딘가에

『아더 왕의 죽음』(고티에 맙), 『페를르보』, 『파프고의 기사』(프랑스어 이야기, 14세기), 몬머스의 제프리의 라틴어 문헌 『멀린의 생애』(12세기).

⚜ 도판 목록

278쪽 공성전, 프랑스, 14세기

352쪽 성을 나서는 모드레드와 그의 군대, 프랑스, 14세기

373쪽 아더의 최후, 아서 래컴, 1917.

383쪽 호수로 돌아가는 엑스칼리버

384쪽 아더 왕의 죽음

387쪽 아더 왕을 싣고 아발론으로 향하는 배

421쪽 아발론의 아더

검과 왕국

: 저자의 말

— 장 마르칼

본질적으로 서사시는 시작도 없고 끝도 없다. 그것은 그 수사적 형태와 구조화된 이야기의 면모 안에서 끊임없이 자기 자신을 찾는 인류의 실제의, 또는 상상적인 한 순간을 나타낼 뿐이다. 이야기는 그 이야기를 이해 가능하고 전달 가능한 것으로 만들어 주는 사회문화적인 맥락 안에 통합된다. 그 맥락은 하나의 정해진 시대의 문명의 어떤 형태를 증언하는 기준들을 지니고 있다. 그 때문에 본질적으로 비시간적인 서사시가 정해진 시간의 색채를 지니고 우리에게 전해질 수밖에 없다는 역설이 생겨난다.

그러나 서사시를 떠받치고 있는 구조는 변하지 않는다. 그 구조는 인류가 자신을 극복하고 보다 나은 단계에 이르려고 애쓰는 영원한 노력을 보여 준다. 인류의 노력은 영웅들의 인물 안에 결정화되어 있다. 그러나 유명한 시쉬포스의 신화에서처럼, 인류가 고통스럽게 산

꼭대기로 밀어올린 바위는 끊임없이 최초의 심연으로 굴러 떨어진다. 그 때문에 모든 것을 다시 시작해야 한다. 그리고 그 때문에 서사시는 결코 완전히 끝날 수 없는 것이다.

아더 왕의 서사시가 그런 경우인데, 이 서사시는 두 가지 유형의 문명이 대치하는—그리고 상호 침투하는—전환기의 신비한 왕을 둘러싸고 발달한 일련의 전설군과 연관되어 있기 때문이다. 우리에게 전해지는 이야기들이 카페 왕조와 플랜태저넷 왕가의 중세 궁정 사회 안에서, 그리고 그 사회를 위해 쓰였다는 사실을 상기할 필요가 있다. 이 사회는 기독교에 침윤되어 있고, 당대에 벌어졌던 신학 논쟁의 반향이 아직 남아 있는 세련된 사회이다. 그러나 서사시 안에서 전개되고 있는 주제들은 아주 오래된 것으로서 대부분 원시 켈트 전통에서 발췌된 것이다. 이 켈트 전통은 공식적으로 소멸했거나 억압되어 있기 때문에 그것을 궁정 문화와 기독교 문화에 맞게 변형시킬 수밖에 없었다. 그것은 매우 높고 강력한 파도였다.

그것은 지나가면서 모든 것을 황폐하게 만들고, 그 뒤에는 유럽 전역에 걸쳐 거품을 남겼다. 아더는 시쉬포스처럼 심연에서 솟아올라와 산꼭대기로 바위를 밀어 올린다. 일단 산꼭대기에 올라간 다음에는 멈추어 서서 호흡을 가다듬는다. 그러면 바위는 다시 언덕을 굴러 내려가 심연에 처박힌다. 성배 탐색이 끝난 시기는 아더 왕 치세의 절정기를 이루고 있다. 그가 자신의 능력을 통해서, 특히 눈에 보이지는 않지만 편재하는 멀린의 재능 덕택에 설립해 놓은 사회는 꼭대기에 가만히 머물러 있을 수 없다. 본성의 움직임 때문이다. 그것은 무너질 수밖에 없다. 그것도 빨리 무너질 수밖에 없다. 결국 모든 것은 다시 시작된다.

이러한 순환적 시간 개념은 영웅들의 모험으로 구체화되는 형이상학적 가설들과 분명히 연결되어 있다. 영웅들은 세계 전역의 신화에 속해 있다. 모든 것은 사라져 버렸으므로 마땅히 복구시켜야 할 '황금기' 에 대한 최초의 기억의 레미니상스와 연관되어 있다. 그 기억은 막연하지만, 또한 강요되는 기억이기도 하다. 옛 신들의 육화인 영웅들이 등장하는 모든 서사시는 이 황금시대를 겨냥한다. 사람들은 이런저런 이유 때문에, 적어도 공식적으로는 이 신들의 경배를 포기했다. 그러나 무의식의 심층 안에 여전히 잘 살고 있는 신들은 그들을 물리치려고 노력하는 사회 한복판에서 예기치 않은 모습으로 출현한다. 어떤 경우는 우스꽝스럽다.

예를 들면 기독교의 〈성聖〉 푸탱은 프리아포스 신(거대한 남근을 가진 그리스 신—역주)이 기독교화한 경우이다(그 암시가 분명하고 직접적이다). 그런데 브르타뉴 사람이라고 하는 〈성〉 고브리앵에게서 켈트의 대장장이 신 고이브니우의 특징을 누가 알아보겠는가? 성 고브리앵은 못을 수선해 준다고 한다. 또는 '고귀하고' '힘센' 시와 예술과 기술의 여신인 브리기트 여신의 모습을 보다 순화된 '성녀' 킬다르의 브리기트에게서 알아볼 수 있겠는가? 그리고 갈리아-로마 시대의 예배당 안에 무수히 나타나고 있는 초기 켈트 시대의 풍요의 신인 '뿔 달린 신' 케르누노스가 매우 전원적인 〈성〉 코르넬리의 이미지 안에 투영되어 있다는 것을 어느 누가 알아볼 수 있겠는가? 성 코르넬리는 황소를 거느리고 나타나며, 뿔 달린 동물들의 보호자로 여겨진다.

이 고대의 신들은 시골 교회 제단에서만 모습을 보이고 있지 않다. 이 신들은 아더 서사시 안에서 무수히 나타나고 있다. 아더 서사시 안에서 이들은 매우 인간화되어 있지만, 그 원형의 본질적 성격을 그대로 간직하고 있다.

원탁의 기사 전원을 기독교 시대 이전의 아일랜드로 그대로 옮겨놓는다면, 사람들은 그들의 특징에서 어렵지 않게 투아하 데 다난('다나 여신의 민족')으로 여겨지는 여러 신들을 찾아낼 수 있을 것이다. 이들은 여러 가지 서사적 이야기에 등장하는 영웅들에 불과하지 않다. 이들은 드루이드들이 섬기는 신들의 구체적인 이미지였다. 드루이드들은 이 신들이 지니고 있는 에너지의 여러 가지 상징적인 속성들을 공경했다. 이 신적인 에너지는 절대적이기 때문에 명명할 수도 없고, 없애 버릴 수도 없으며 공유할 수도 없다.

게일적인—또한 범 켈트적인—루 신에 정확하게 상응하는 호수의 기사 란슬롯이 가장 충격적인 경우이다. 루 신은 여러 가지 문명적 기능을 관장하는 빛의 신으로서 그의 개입이 없으면 어둠의 세력인 포보르족과의 싸움에서 아무것도 할 수 없다. 포보르족은 여러 가지 모습으로 성배 전설군 안에서 우글거리고 있는 사악하고 부정적인 거인족이다.

켈트 서사시 또는 켈트 기원을 가지고 있는 서사시 안에서 변함없이 나타나고 있는 요소가 한 가지 있는데, 그것은 남성 영웅들이 여성적 요소의 개입이 없이는 행동할 능력이 없다는 것이다. 이 여성적 요소는 사랑하는 여성, 또는 공동체의 결정화인 왕비의 모습으로 나타난다. 영웅의 무훈은 이 공동체의 이름으로 이루어진다. 호수의 기사 란슬롯은 그가 귀네비어에게 품고 있는 사랑 없이는 아무것도 아니다. 그는 그 사실을 모험의 와중에 여러 차례 털어놓는다. 그는 자신이 호수의 부인 요정 비비안에 의하여 양육되고 교육

받았으며, 모르간이 끊임없이 그의 모험 여정 중간에 나타나 자신을 초월하지 않으면 안 되게 만든다는 사실을 잊고 있다.

이러한 요소는 모든 켈트어에서 태양이 여성 명사라는 사실과 관련되어 있다. 귀네비어 왕비(그리고 란슬롯에게 나타나는 모든 여성 주인공들)는 문자 그대로 태양이다. 그녀는 자신의 열과 힘을 란슬롯에게 나눠 주는 것이다. 트리스탄의 경우도 마찬가지인데, 트리스탄 전설의 어떤 판본에 따르면 그는 이졸데와 육체적으로 접촉하지 못하면 한 달 이상 살아남을 수 없다고 한다. 즉, 여기에서 서사시는 달이 태양 광선으로부터 그 힘을 얻어 내는 우주의 현실과 합쳐진다. 트리스탄은 태양-여성의 존재가 없으면 행동할 수 없는—더 나아가 살 수 없는—달-남성이다. 초인간적인 무훈을 세우는 다른 모든 기사들도 마찬가지이다. 이들은 끊임없이 죽음을 무릅쓰며 왕국들을 정복하고 원정에 뛰어들지만, 왕녀(그녀가 어떤 왕녀이든)가 그들에게, 아일랜드 이야기꾼들이 사용하는 괴상하지만 정확한 표현인 '넓적다리의 우정'을 베풀어 주지 않으면 성공의 희망은 없다.

테트라르카 풍의 시를 쓰는 16세기의 시인들은 이러한 사실을 솔직하게 고백한다. 그들은 스스로를 아침 이슬에 젖은 꽃이라고 표현하면서, **사랑하는 여인의 눈빛을 받아 다시 창조된다**고 쓴다. 아더 서사시 안에서 여성주인공들이 지니고 있는 중요성은 충분히 이야기되었다. 그러나 여성을 사탄의 화신이라고 의심했던 12~13세기 성직자들의 여성에 대한 불신(또는 적대감) 때문에 그 사실은 자주 숨겨진다.

병적이며 신경증적이라고 볼 수밖에 없는 이러한 공포는 완전히 무의미한 것이 아니다. 적어도 아더 왕의 기사들의 모험, 그것도 성배의 번쩍이는 태양 이미지가 모든 것을 지배하는 거대한 그림 안에서 진행되는 모험들을 살펴보면 그러하다. 아더 왕 전설은 모든 가부장 사회의 고유한 특성인 반여성주의의 함정 안으로 떨어지지 않으면서 다음과 같은 사실을 전달한다. 여성은 남성을 움직이게 하는 동기를 부여하기도 하지만, 남성을 파멸시키는 원인이 되기도 한다는 것. 인도의 검은 여신 칼리는 생명을 주기도 하고 죽음을 주기도 한다.

모르간은 분명히 그러한 사실을 재현하는 서구적인 이미지이다. 그러나 이미지이기는 하지만, 상징적 차원에서는 매우 현실성을 가지는 인물이다.

여러 사회를 지배하고 있는 원칙—특히 서구의 기독교 사회—은 각각의 사물은 자신의 반명제 또는 부정을 내포하고 있다는 사실이다. 신약 성서의 메시지는 사랑이다. 그것은 형제애적인 공동체의 접착제 같은 것이다. 이 사랑이 보편적인 단계에서 개인적인 관계로 이동하면 그것은 파괴적이고 위험한 것으로 변모한다. 왜냐하면 그때 사랑은 두 사람만 있음으로써 충분한 두 사람을 집단으로부터 떼어놓아 그만큼 집단을 약화시키기 때문이다.

즉각적인 욕망의 만족을 미래로 미루는 것은 집단의 경제 활동에 유익하다. 반면에 즉각적인 욕망의 만족은 사회의 발전에 해를 끼친다. 허버트 마르쿠제는 현대문명의 모순을 분석하면서 이러한 사실을 잘 증명해 보였다. 그러나 12~13세기의 궁정 사회에서도 이미 그러한 문제가 제기되었다. 트리스탄과 이졸데는 충분히 사랑했지만, 그 사랑은 사회의 기능을 혼란시켰다. 그들에게 아무리 완화된 상황이 주어진다 하더라도, 그들은 그 때문에 추방될 수밖에 없었고, 결국은 죽음으로 제거되는 것이다. 그들의 이야기에 있어서 사회적인 맥락은 두 연인이 체험하는 심리적인 드라마가 아니라, 그들도 모르게 작동하고 있는 우주적인 드라마에 완전히 일치한다. 그들의 잘못은 불륜을 저질렀다는 것이 아니라(작가들은 한결같이 신이 이 연인들을 용서하고 보호해 준다는 점을 강조하고 있다), 사회의 평형을 깨뜨렸다는 것이다.

이 점에 있어서 란슬롯과 귀네비어의 사랑은 훨씬 더 멀리 나아갔으며, 매우 커다란 중요성을 가지게 된다. 왜냐하면 그 사랑은 아더 왕이 필수적인 축 역할을 하고 있는 건물의 불안한 균형을 깨뜨렸기 때문이다. 물론, 이 금지된 사랑은 아더 왕의 왕국이라는 건물을 짓는 데 매우 긍정적인 역할을 한 요소이다. 란슬롯은 귀네비어에 대한 사랑 덕택에 무훈을 완성하며, 그 무훈은 왕비와 그 자신에게만 이로운 결과를 가져다준 것이 아니라 왕국을 통일하고 견고하게 만든다. 사실 아더 왕의 왕국은 란슬롯의 활동에 힘입어 전성기를 구가할 수 있었다.

란슬롯은 귀네비어 왕비와 아더 왕뿐만 아니라 공동체 전체의 수호자이다. 왕 자신도 그러한 사실을 알고 있다. 란슬롯이 궁에 처음 나타났을 때, 그는 귀네비어 왕비에게 무슨 수를 써서라도 왕의 이익을 위해 란슬롯을 궁에 붙잡아 두라고 분명하게 요구한다. 따라서 왕은 자신의 '불운'을 대번에 받아들인 것이다. 왜냐하면 켈트 유형의 왕의 직분이 그러한 것이기 때문이다. 공동체를 상징적으로 재현하는 왕비는 역동성을 지니고 있는데, 그 역동성의 일부분을 실무 대리인에게 위탁해야 한다. 이 경우에는 왕비의 연인이 그 대리인이다. 귀네비어가 란슬롯을 대하는 완강한 태도, 질투심, 냉혹함 등의 상당 부분은 이러한 사실을 통해 설명된다. 그녀가 란슬롯에게 가하는 시련도 마찬가지이다.

아더 왕은 그 사실을 잘 알고 있다. 캄란의 혈투에서 부상당한 뒤, 그는 불행히도 전투에 참가하지 못한 란슬롯의 손에 엑스칼리버를 맡기고 싶어 한다. 엑스칼리버는 왕권을 나타내는 검으로서 아무 손에나 쥐어 주어서는 안 되는 것이다. 사실, 왕은 란슬롯과 귀네비어의 사랑이 **그 관계가 비밀로 남아 있는 한**, 별로 곤혹스러워하지 않는다. 모든 것이 **섬세한 사랑**의 정확한 규칙에 부합한다. 이 사랑은 궁정식 사랑이라는 말로 더 잘 알려져 있는 사랑의 섬세한 변증법으로서, 12~13세기 멘탈리티의 뚜렷한 특징을 이루고 있다. 이 불륜의 관계는 아무도 괴롭히지 않는다. 그러나 드러나는 순간 사회를 붕괴시킨다.

란슬롯이 귀네비어에게 품고 있는 사랑의 긍정적인 결과는 사회적 차원에서만 작동한다. 그것은 지상의 기사도를 승리로 이끌어 주지만, 성배 탐색 과정에서 분명해지는 천상의 기사도에는 아무 영향력도 행사하지 못한다. 란슬롯은 세상에서 가장 뛰어난 기사이지만, 탐색에 실패한다. 많은 작가들은 한결같이 그가 지은 **죄** 때문에 성배의 지극히 높은 신비에 참여하지 못했다는 설명을 덧붙인다. 그런데 이 전설 안에서 기독교 도덕에 일치하는 것은 아무것도 없다. 그렇다면 란슬롯이 실패한 진정한 원인은 그것이 아니다. 사실 원탁의 로망을 쓴 많은 작가들은 그들의 이야기의 근간을 이루고 있는 신화적 강요에 곤혹스러움을 느낀 나머지, 란슬롯의 죄를 그들의 입맛에 맞게 강조한다. 트리스탄과 이졸데의 사랑은 신에 의하여 완전히 정당화된다. 왜냐하면 두 사람의 사랑은 실수로 마신 마법의 미약 때문에 시작되었기 때문이다.✢

미래의 아더 왕은 추악한 불륜을 통해 잉태된다. 그것은 신의 결정으로 멀린이 중재자로 나선 탓이다. 성배를 발견한 순결한 갈라하드도 원치 않는 음모에 의해 잉태된다. 따라서 란슬롯이 천상의 모색 안에서 실패한 이유는, 그 자신이 은자에게 고백했던 것처럼 그의 성배는 다름 아닌 귀네비어 왕비였기 때문이다. 이러한 조건 하에서 어떻게 그가 성스러운 사물을 발견할 수 있겠는가? 그는 성배를 찾을 능력이 없었다. 그뿐이다.

그것이 그를 다른 세 명의 승리자들과 구분짓는 차이점이다. 성배 전설 주제의 이교적 성격을 지워 버리기 위해 시토 수도회가 뒤늦게 창조한 인물인 갈라하드를 제외하면, 퍼시발이나 보호트가 동정童貞이었다든가 성적으로 정숙하다는 주장은 할 수 없다. 두 사람 모두 육체적인 사랑에 '굴복' 한다. 그들이 하는 모험의 상징성을 잘 이해하는 사람들은 그들이 바로 그 사랑의 경험을 통하여 신의 사랑에 도달했다는 사실을 이해한다. 그것은 일종의 입문 의식이다. 그러나 이

✢ 사실, 이 실수는 트리스탄이 자기를 사랑하게 만들기 위해 이졸데가 일부러 촉발시킨 것이다. 기독교 판본들 안에서 나타나는 마법의 미약이 드루이드적인 게이스를 대체하고 있다는 사실을 잊지 말 것. 이졸데의 아일랜드 원형인 그로냐는 그녀가 선택한 남자에게 게이스를 부과한다.

두 사람이 단 한 사람의 여성에게 매혹되어 있지 않다는 사실은 그들로 하여금 자유롭게 성배가 발하는—그 성배는 놀랍도록 아름다운 여성의 손에 들려 있다—초자연적인 다른 힘을 찾아 떠날 수 있게 해 준다. 더욱이 그들은 사랑의 경험—성적인 경험이라고 말하는 것이 더 정확할 것이다—에 자발적으로 뛰어든다. 그것은 결코 종교 재판관들이 '모르고 지은 죄' 라고 부르는 것과 같은 성격의 실수가 아니다. 그러나 란슬롯의 경우는 전혀 다르다.

퍼시발은 만나는 여자마다 "이 세상의 어떤 여자보다도 사랑" 한다고 말하지만, 란슬롯은 그에게 노골적으로 접근해 오는 수많은 '처녀들' 에게 한결같이 거부 의사를 밝힌다. 그는 자신의 귀부인에게 품고 있는 절대적인 사랑 뒤로 숨어 버린다. 그러면서 그녀의 이름을 절대로 밝히지 않으며, 그녀를 공경과 신비한 비밀로 둘러싸 놓는다. 결국 우리는 유쾌한 바람둥이 퍼시발은 기존 질서를 전혀 어지럽히지 않는다는 것을 확인할 수 있다. 왜냐하면 그는 결코 지속적이며 혼란스러운 관계를 드러내지 않고, 수많은 사랑을 스쳐지나가는 것으로 만족하기 때문이다.

진정한 바람둥이라고 할 수 있는 가웨인의 경우도 마찬가지이다. 그는 모든 여성들이 차지하기 쉬운 사랑의 대상이라고 생각한다. 이것은 요정들의 섬에 대한 켈트 개념에 침윤되어 있었던 사회에서는 자연스러운 일이다. 그런 사회에서는 남성이나 여성의 정조 관념이 희박했다. 요정들의 섬은 일종의 천국과 같은 섬으로 여성들은 섬에 새로 도착하는 남성 누구에게나 사랑을 베풀어 준다. 모르간이 파 놓은 불귀의 계곡의 함정에 모든 기사들이 빠진다. 란슬롯을 빼고는 모두들 연인에 대한 '정신 나간' 충성을 귀찮게 여겼던 것이다.

트리스탄의 경우와는 달리, 란슬롯의 잘못은 용서받을 수 없다. 그가 귀네비어에게 빠져 있는 것은 미약 때문이 아니다. 게다가 트리스탄은 이졸데와의 육체적인 사랑을 결코 포기하지 않는다. 그는 그 사랑을 얻기 위해서 믿기 어려운 음모를 꾸미고, 교묘한 위선적 태도를 취하는 것도 마다하지 않는다. 그는 마크 왕의 아내에 대한 자신의 사랑을 결코 참회하지 않는다. 그는 그의 '죄' 를 고백한 적이 한번도 없다. 그는 이졸데를 포기하겠다고 한번도 엄숙한 선서를 한 적이 없다.

그러나 란슬롯은 성배 탐색 도중에 귀네비어의 영상 때문에 성배의 빛을 볼 수 없다는 사실에 절망하며 귀네비어를 포기하겠다는 맹세를 한다. 탐색이 끝나고, 그의 개인적인 모색이 실패로 끝나자마자 그는 자신의 맹세를 어긴다.

종교 재판관의 입장에서 보면 그는 죄인이다. 자신의 잘못을 인정하고 회개한 다음, 다시 그 잘못에 빠져들었기 때문이다. 그는 그러한 명목으로 '다시 죄에 빠진 자' 로 고발된다면 화형을 면할 수 없다. 그 뒤에 일어나는 사건의 의미는 그러한 것이다. 란슬롯 개인 대신에, 그가 나타내고 있는 사회 전체가 유죄 판결을 받고 멸망하게 된다. 개인의 책임과 공동체의 책임 사이에 존재하는 관계가 이보다 더 강력하게 드러난 예는 없다.

어쨌든, 트리스탄과 이졸데의 사랑이나 란슬롯과 귀네비어의 사랑은 절대적인 사랑이 매우 드물다는 것을 보여 준다. 그것이 이상적인 상황이라는 결론을 내려서는 안 된다. 오히려 그러한 절대적인 사랑을 체험하는 연인들은 지독한 소용돌이에 휘말린다. 우선 그것은 불법적인 테두리 안에서 드러나는 사랑에 관한 문제이다. 물론, 12~13세기의 궁정사랑의 규칙은 이러한 비합법성을 필수불가결한 요소로 설정하고 있다. 이 점은 모든 문헌들이 증언하고 있는 바이다.

진정한 사랑은 결혼 바깥에서만 존재하며, 더군다나, 불륜이다. 결혼은 감정이나 정념과는 아무 상관도 없는 사회적이고 경제적인 관습에 불과하기 때문이다. 드니 드 루즈몽은 『사랑과 서구』라는 뛰어난 책에서 만일 이졸데가 '미시즈' Mrs. 트리스탄이었다면 아무도 그 이야기를 쓸 생각을 하지 않았으리라는 사실을 명확하게 보여 준 바 있다. 그랬더라면 그것은 부르주아 부부의 시시한 얘기가 되었을 것이라는 것이다. 폴 클로델은 회심✤한 지 얼마 되지 않았을 때 다음과 같은 편지를 보낸 적이 있다. 과거의 충동을 깨끗하게 잊어버린 것으로 보이는 그는 무거운 어조로 말한다.

"순전히 육체적인 사랑이 피우는 낭만적인 안개와 저 트리스탄이라는 덩치 큰 멍청이가 내지르는 징징대는 울음소리는 내게 아주 우습게 느껴지네. 인간의 사랑은 만족과 함께 가지 못할 때에만 아름답네. 어떤 작가도 만족한 관능을 묘사하지는 않지. 왜냐하면 그런 건 존재하지 않으니까."

요컨대 그의 이중 부정은 드니 드 루즈몽의 생각이 옳다는 것을 인정하고 있는 셈이다.

✤ 카미유 클로델의 남동생인 폴 클로델의 회심은 파스칼의 회심과 더불어 프랑스 문학사 안에서 가장 유명한 종교적 일화 중의 하나이다. —역주

"트리스탄과 이졸데는 서로 사랑하는 것이 아니다. (……) 그들이 사랑한 것은 사랑이었다. 그들은 사랑한다는 사실 자체를 사랑했던 것이다."

이 논쟁은 결론을 내리기 힘들다.

불법적인 상황에서 별리, 금지, 억압, 죄의식 등이 생겨난다. 그 상황이 만들어 내는 불만족 때문에 그 상황 자체가 흥분과 영속성의 모티프가 될 수 있다. 다시 드니 드 루즈몽을 인용하면, "화상은 잊히지 않고 남는다. 연인들이 영원히 연장하고 되풀이하고 싶어 하는 것은 바로 그 상처이다." 그것은 영원히 아물지 않는 상처이다. 아물기 위한 충분한 시간을 가질 수 없기 때문이다. 절대적인 사랑이 무엇보다 먼저 고통스러운 사랑이라는 것은 충분히 되풀이되었던 이야기이다.

이점에 관해서도 잘못 생각해서는 안 된다. 연인들은 자기 스스로를 괴롭힌다. 트리스탄은 이졸데가 완전한 합법성 안에서, 아무런 제재도 받지 않고 마크 왕과 사랑을 나누며, 더욱이 그 사랑에서 분명히 쾌락을 느끼고 있을 것이라는 사실을 견디지 못한다. 그 때문에 트리스탄은 자신도 결혼해야겠다는 결심을 하게 된다. 그러나 신혼 첫날밤에 그는 당장 자신의 행동을 뉘우치게 된다. 이졸데에 대한 절대적인 사랑 때문에 그가 흰 손의 이졸데에게서 느낄 수 있을 거라고 생각했던 육체적인 욕망이 완전히 무력해져 버렸던 것이다. 이졸데는 이졸데대로 연인의 결혼 때문에 고통을 겪는다. 그녀는 배신당했다고 느끼며 불행해한다. 그녀는 트리스탄을 빼앗겼다는 사실을 견디지 못한다.

란슬롯과 귀네비어의 상황 역시 이보다 낫지 않다. 란슬롯은 귀네비어가 아더 왕과 사랑을 나눈다는 사실에 대해 트리스탄만큼 괴로워하지 않는다. 그는 자신의 연인에 대한 충성 서약과 주군에 대한 봉건적 서약을 종종 혼동한다. 란슬롯은 사랑하는 여인의 이미지를 트리스탄보다 더 높은 곳에 올려놓고 공경해야 마땅한 진정한 여신으로 여기며 끝까지 인내patience(라틴어 patientia['고통당하다']에서 유래—역주)하지만, 그가 처해 있는 헤어짐과 불만족의 상황에 대해 트리스탄처럼 괴로워하지는 않는다.

어쨌든 란슬롯은 아더 왕에 대해 느끼는 극심한 죄의식에서 자유롭지 못한 것이다. 그 감정 때문에 그는 힘들어하며 '잘못 살고 있다'고 느낀다. 그는 트리스탄보다 훨씬 더 조심스럽다. 그는 자신이 빛의 신을 상징적으로 재현하고 있으며, 그 빛은 어떤 경우에도 더러움을 용인해서는 안 된다는 것을 잊지 않고 있다. 그가 성배 탐색을 하는 동안 절망을 느꼈던 것은 그 때문이다. 성배 탐색은 그에게 정신적이고 육체적인 고통과 치욕스러운 대접, 그리고 영적인 실패를 가져다주었을 뿐이다. 이 인물은 그러한 점 때문에 흥미롭다. 신의 세계, 아니면 적어도 요정의 세계에 속하는 근원에도 불구하고 그는 매우 인간적인 존재로 남아 있다. 그는 동정과 감탄을 불러일으킨다.

귀네비어 역시 평온을 누리지 못한다. 그녀는 란슬롯이 멀리 원정 여행을 떠날 때마다 두려움에 떤다. 연인이 으뜸가는 기사라는 것을 알고 있는데도 그녀는 그가 목숨을 잃을까 봐 끊임없이 두려워한다. 이졸데처럼 그녀도 사랑하는 사람의 부재 때문에 고통을 겪는다. 게다가 그녀는 사납고 의심에 가득 찬 질투심을 느낀다. 그녀는 자신의 연인이 여성들에게 저항하기 힘든 매력을 발휘한다는 것을 알고 있으며, 그가 자신을 배반할지도 모른다는 생각으로 속을 끓인다. 그녀는 란슬롯이 자신의 의지와 아무 상관없이 어부왕의 딸과 저지른 배반을 잘 견디지 못한다. 그녀는 란슬롯을 원망하며 쫓아 버린다. 그리고 곧 자신의 행동을 뉘우치며 절망에 빠진다. 그녀는 겉모습만 보고, 그가 아름다운 에스칼로 성의 아가씨와 관계를 맺었다고 오해했을 때에도 똑같은 반응을 보인다.

전설의 원시 판본에서 귀네비어는 일종의 신성한 창녀의 모습으로 나타난다. 그녀는 이더, 케이, 가웨인 등 왕국을 위해 일할 수 있는 모든 기사들에게 육체적인 사랑을 베풀어 준다. 그러나 '고전' 판본에서 그녀는 란슬롯만을 사랑하는 것으로 묘사된다. 란슬롯은 그녀에게 아더 왕의 사회가 유지되기 위해서 필요로 하는 가치 전체를 나타내기 때문이다. 그렇게 함으로써 그녀는 비극적인 인간의 차원을 획득한다. 그리고 그녀가 견뎌야 하는 고통은 실제의 것이 된다. 행복한 사랑이란 없는 것이다.

이러한 사실은 불륜의 커플에게만 적용되지 않는다. 당당하게 사람들 앞에서 자유롭게 사랑할 수 있는 카라독과 아름다운 귀니에의 모험은 이 점에 있어서 많은 암시를 던져 준다. 주인공은 부모의 잔인한 복수—사회적 근원을 가지는 저주에 대한 상징적 참조 현상—의 희생자이다. 왜냐하면 카라독의 부모는 비합법적이며 저주받은 커플이기 때문이다. 그 때문에 그들은 아들의 행복을 견딜 수 없다. 저주가 사라질 때까지 귀니에는 많이 참고 특히 많이 사랑해야 했다. 그러나 저주는 귀니에의 몸에 잘려진 젖꼭지라는 형태로 흔적을 남긴다. 젖꼭지는 나중에 마법의 금으로 대체된다. 그러나 어떤 환상도 허락되지 않는다. 이 커플의 사랑의 완성은 궁정 전체의 질투를 유발시키게 된다. 사회는 몇몇 사회구성원들이 그 억압을 벗어나는 것을 용서하지 않는다. 시샘은 억압의 강력한 동인들 중의 하나이다.

이 모티프는 아더 왕의 대서사시의 마지막 이야기 전체 위에 맴돌고 있다. 그것은 원탁이라는 이상 사회를 폭발시키는 원인, 또는 위기의 기폭제 역할을 한다. 이 사회는 외부의 공격이 아니라 내적인 붕괴로 몰락한다. 붕괴는 사회를 좀먹는 자살 충동이 점점 더 커짐에 따라 가속도가 붙는다. 모든 비극의 논리적 결론인 제의적 희생은 란슬롯과 귀네비어를 둘러싸고 구성된다. 우리는 이와 관련하여 오크어로 시를 지었던 트루바두르들의 작품에 나타나는 상징적 인물인 겔로스('질투하는 사람')와 로젠지에('모함자들')들을 만나게 된다. 이들은 연인들을 염탐하며 증거를 모아두었다가 기어이 고발함으로써 분열과 재난을 촉발시킨다. 란슬롯과 귀네비어는 기사 아그라베인과 요정 모르간에 의해 고발당한 뒤, 현행범으로 붙잡힌다. 그리하여 아더 왕의 브리튼 일문과 란슬롯의 아르모리크 브르타뉴 일문이 분열하게 되고, 이는 원탁이 몰락하는 비극적인 서곡이 된다.

아더 왕 궁정의 구성원들이 왕비와 란슬롯의 관계를 왜 그렇게 오랫동안 몰랐느냐는 질문이 제기될 수 있다. 그들은 모든 것을 알면서도 모르는 체했던 것처럼 보인다. 그렇다면 왜 그렇게 갑작스럽게 증오가 생겨나고, 고발이 터져 나왔을까? 이유는 간단하다. 왕국은 평화롭게 안정되어 있고, 질서와 평온은 엄격하게 자리 잡았다. 성배 탐색마저 끝났다. 원탁의 기사들은 서로 감시하고, 의심하고, 염탐하고, 질투하는 일 외에는 다른 할 일이 없었다. 아더 왕의 사회는 더 이상 명확한 목표를 지니지 못하고, 우울증에 빠져 빙빙 맴도는 처지로 몰락해 버렸다. 그들은 그때까지 이루어야 할 위대한 임무 때문에 억압되었던 모든 부정적인 충동들을 개발하기 시작한다. 그 충동들은 오랫동안 억압되어 있었기 때문에 더더욱 격렬하게 표면으로 솟아올라 온다.⚜ 그러나 그 긴장을 가라앉혀 줄 멀린은 이제 왕국에 존재하지 않는다.

우리는 이 사회가 막혀 있는 사회라고 말할 수 있다. 이 마비 상태와 우울함 안에서 아더 왕은 그 어느 때보다 고립되어 있다. 그는 여러 가지 모순적인 에너지들이 혼합되어 섞인 사회의 필수 불가결한 축이다. 그의 역할은 이상하게도 상징적인 역할에 한정되어 있다. 그의 역할을 이해하기 위해서는 아일랜드의 서사적 이야기 안에 나타나 있는 켈트 유형의 왕권에 대한 고대의 개념을 살펴보아야 한다.

켈트인의 왕은 그 주위에 여러 가지 힘들이 포진하는 신비한 인물에 불과하다. 그 힘들은 서로 모순되거나, 그렇지 않다 하더라도 강제적인 힘이었다. 켈트인들의 왕은 분명히 신적인 존재이지만, **신적인 권리는 가지고 있지 않다**. 그는 그의 왕국인 대지와 상징적으로 결혼한다. 그것은 일종의 이상한 신성혼의 형태로 이루어지는데, 어

⚜ 무겁고, 불안하고, 위협으로 가득 찬 이 분위기를 로베르 브레쏭 감독은 영화 〈호수의 기사 란슬롯〉에서 탁월하게 묘사한다. 갑자기 이상을 빼앗긴 사회의 부패에 대한 느릿느릿한 환상.

떤 기독교 전통에도 그런 종류의 제의는 나타나지 않는다. 왕국과 그는 신성한 제의에 의해 한 몸이 된다. 왕국의 넓이는 왕의 시선이 미치는 곳까지로 정해진다. 왕은 근시가 되지 않도록 주의해야 한다. 그렇지 않으면 그는 그의 왕국과 같은 운명을 겪게 된다. 왕은 완전히 쪼그라들어 버릴 수도 있고 우주를 향해 무한히 커질 수도 있는 소용돌이의 임시 중심일 따름이다.

아더는 바위에 박혀 있는 엑스칼리버를 뽑아냄으로써 대지와 그의 공동운명을 공식화해 주는 통과제의의 시련을 성공적으로 통과한 것이다. 이 시련은 옛날에 아일랜드의 나라에서 이루어졌던 제의에 상응한다. 신이 왕으로 선택한 자가 팔Fál의 바위 위에 앉으면 그 바위는 비명을 지른다. 그는 선택받은 자이다. 그러나 그 선택받음에는 반대급부가 따른다.

켈트의 왕권은 신들과 맺은 계약으로서, 왕은 그 계약의 조항들을 준수한다는 조건으로서만 왕이 된다.

그 계약 조항들 가운데에는 법적 효력을 가지는 일련의 마법적 금기들이 있다. 『다 데르가 여관의 파괴』라는 게일어로 된 이상한 이야기 안에서 코나이레 대왕은 우리가 보기에는 우스꽝스러워 보이는 의무에 종속되어 있다. 이러한 의무들은 사회의 균형을 유지하려는 커다란 근심을 상징을 통해 보여 주는 것이다. 이 균형은 왕과 왕국 사이에 존재한다고 생각되었던 우주의 균형과 동등한 것으로 존재한다. 신들과 밀접한 관계를 맺고 있는 신성한 인물인 왕에게 힘을 주는 힘들은 긍정적이고 일관성 있는 힘들이다. 그 힘은 땅위에 조화를 주며, 풍요와 풍성함, 이어지는 밤과 낮, 계절을 허용한다. 순환주기는 시간의 질서 안에서 그 자체로 완결된다. 평화로운 우주 안에서 세계는 순환한다. 그러나 그 균형은 절대적으로 왕에게 달려 있다. 왕과 체스놀이의 비교가 한 번 더 강요된다. 킹은 아무것도 하지 않는다. 그러나 그의 존재는 필수 불가결하다. 그는 왕국 안에서 이루어지는 모든 일의 절대적인 보증자이기 때문이다. 그가 '외통수'에 몰리면, 게임은 진 것이다. 왕국은 몰락한다.

이러한 조건 하에서, 켈트 유형의 왕이 그의 개인적인 태도뿐만 아니라 왕의 특권을 가지고 행하는 모든 행동과 연관되어 있는 수많은 금기로 에워싸이는 것은 당연한 것이다. 코나이레 왕은 태어날 때부터 "새를 죽이거나" "모든 아홉 번째 밤에 외출하거나" "해가 지고 난 뒤에는 여자건 남자건 집에 아무도 들여놓아서는" 안 된다는 금기를 부여받는다(태어날 때부터 금기를 부여받았다는 것은 그가 왕으로 미리 예정된 자라는 것을 암시한다). 개인적인 금기는 집단적 금기로 옮겨간다. "네가 왕위에 있는 동안 어떤 도둑질도 저질러져서는 안 된다. 또한 너는 네 하인 두 명 사이에서 일어나는 싸움을 말려서는 안 된다." 이것은 물론 모든 불의를 제거하는 것이 왕의 직분이라는 뜻이다.

다른 아일랜드 이야기 『술취한 울스터인들』에 따르면, 전쟁에 승리하기 위해서는 왕이 반드시 전장에 있어야 한다. 그러나 왕은 전투에 참여하지 않는다. 그래서 왕의 육체적인 존재는 무사들에게 아주 거추장스럽게 느껴진다. 우리는 이제 아더 왕에게 바쳐진 모든 서사시 안에서 아더 왕의 역할이 지워져 있는 이유를 이해할 수 있다. 왕이 직접 전쟁에 참여하는 경우는 드물며, 그는 그의 기사들을 보내어 그의 이름과 왕비의 이름으로 싸우게 할 뿐이다. 아더 왕은 카페 왕조나 플랜태저넷 왕조의 특징으로 그려져 있지만, 그는 여전히 여러 가지 켈트적 의무와 금기에 싸여 있다. 그중에서도 유명한 '강제적인 선물'의 금기를 어겨서는 안 된다. 청원자가 나타나 그에게 선물을 요청하면, 그는 그것이 무엇인지도 모르면서 베풀어 주어야 한다. 그 약속 때문에 곤란한 상황이 생겨날 수도 있다. 그는 또한 어떤 축제일에는 대연회를 열어야 하는데, '모험' 이 생겨나기 전에는 잔치를 시작할 수 없다. '그것이 관습이기 때문' 이다. 그의 후계자가 누이의 맏아들(아더 왕의 왕국의 경우에는 가웨인)이어야 한다는 것도 특기할 만한 사실인데, 이 또한 고대 켈트 사회의 모계 혈통을 환기시키는 요소이다. 그는 또한 중요한 근친상간의 금기를 지켜야 한다. 그러나 그는 자기도 모르게 그 금기를 어겼다. 오카니의 로트 왕의 아내는 그의 누이였기 때문이다. 아더는 그 대가를 혹독하게 치르게 된다. 그리고 그와 한 몸인 왕국도 그 값을 치른다.

물론, 실존인물인 아더에 관해 남아 있는 매우 신빙성 있는 요소들에 따르면, 아더와 모드레드 사이의 전투는 『캄브리 연대기』에 의하면 537년에, 『티거나흐 연대기』에 의하면 541년에 벌어졌다고 하는데, 이 실제의 전쟁은 두 명의 '전쟁 우두머리' 가 각자의 영향권에 놓여 있는 영역을 가지고 벌인 경쟁의 귀결일 뿐이다. 또는 전설 전체에 걸쳐 귀네비어 왕비를 '납치' 한 얘기가 많이 나오는 것을 보면 여자를 사이에 두고 싸웠던 것 같기도 하다. 그러나 집단적인 상상 안에서 신화적 영웅이, 더 나아가 신이 되어 버린 아더에게는 어쩔 수 없이 전통적인 바탕에 속하는 상징적 요소들이 덧붙여질 수밖에 없다. 아더와 모드레드의 전투는 우연히 발생한 사건이 아니라, 우주적인 차원을 가질 수밖에 없게 되어 빛과 어둠, 선과 악, 질서와 무질서의 싸움이 될 수밖에 없었던 것이다. 그런데 아더 자신이 근친상간의 금기를 어겼기 때문에 무질서에 대한 책임을 져야 한다.

게다가, 우리는 아일랜드의 모든 이야기에서 왕이나 영웅이 한 가지 금기를 위반하면, 어쩔 수 없이 다른 금기들을 줄줄이 어기게 되고(시간 간격이 짧거나 긴 차이는 있지만), 결국은 비극적인 결말로 이어지는 것을 보게 된다.

아더 왕은 자신의 궁에서 저질러지고 있는 무질서, 즉 란슬롯과 귀네비어 왕비의 불륜관계를 용인한다. 그러나 이 불륜을 고발한 사람은 그의 조카 아그라베인이었다. 아그라베인은 질투 때문에 그렇게 행동한다. 왕은 질서를 회복하고 그를 섬기는 신하 두 사람 사이의 싸움을 말려보려고 한다. 그것은 해서는 안 되는 행동이었다. 그의 운명은 종결되고, 왕국은 사방에서 삐걱거리기 시작한다. 아더 왕은 그를 가장 충성스럽게 보필해 왔던 기사들을 잃고, 그의 후계자들은 차례차례 죽어간다. 유일하게 남아 있는 후계자는 모드레드뿐이다. 그런데 그는 존재해서는 안 되는 자이다. 아더 왕은 함정에 빠진다.

코나이레 대왕, 유명한 쿠홀린, 피아나의 왕 핀 같은 켈트의 다른 영웅들도 똑같은 운명을 겪었다. 그들의 죽음은 모두 설욕된다. 아더 왕의 경우도 마찬가지이다. 란슬롯과 아르모리크 일문은 바다를 건너가 신성 모독에 대한 속죄로 모드레드의 아들들을 죽인다. 그러나 란슬롯도 또 그의 가족도 브리튼 섬에 대한 권리를 주장하지 않는다. 그들은 전장을 떠나 일체의 활동을 중단한 채 명상하며 생을 마친다. 아더 왕 이야기의 작가들은 브리튼 왕국의 멸망을 보여 주고 싶어 했던 것 같다. 그 이후로 왕권이 자리 잡는 곳은 새로운 브리튼인 아르모리크이다.

이것을 12세기에 플랜태저넷 왕가가 아르모리크를 장악했다가 13세기에 추방당했던 역사적 사실의 암시로 이해할 수도 있다. 그러나 사실은 그 이후로 왕권이 유럽 대륙에 머물게 되었다. 그러나 그것은 어둠과 침묵 속에 잠겨버렸다. 검의 수호자가 분명한 호수 부인이 아더 왕의 검을 회수해 갔다. 그러나 검은 물속에, 즉 무의식 속에 잠겼다. 누가 그 검을 찾을 용기를 낼 수 있을까? 호수 부인으로부터 그 검을 받을 만한 충분한 자격을 가진 자는 누구일까?

아더 왕의 죽음이 보여 주는 것은 진정한 '신들의 황혼' 이다. 게르만-스칸디나비아 신화의 로키처럼 모드레드는 라그나로크를 불러일으킨다. 불이 세계를 불태운다. 이 고통이 지나간 뒤, 땅은 다시 푸르러지고, 아들의 치세가 시작될 것이다. 아직은 누구인지 알 수 없는 그는 자신의 시대를 기다리고 있다. 분명히 천년 왕국설의 경향이며, '위대한 왕국' 의 그림자가 지평선에 어른거리고 있다. 그러나 이러한 해석에는 대단히 위험한 구석이 있다.

차라리 언젠가 숨어서 매복하고 있는 어둠의 신비한 괴물들인 포보르족과 끊임없이 전쟁하고 있는 이교 시대 아일랜드의 신들 투아하 데 다난의 주제로 돌아가는 것이 낫다. 최후의 전쟁이 벌어지기 전에 모든 신들은 그들의 왕 누아다를 에워싼다. 누아다는 그 전에 있었던 전쟁에서 팔 한 짝을 잃어버렸기 때문에 왕위에서 물러나야 했다. 그러나 의술의 신이 그에게 은팔을 달아주었기 때문에 그는 다시 왕이 될 수 있었다. 그러나 그는 이방인인 다재다능한 대장장이 루 없이는 아무것도 할 수 없다. 루가 없다면 어떤 전쟁에서도 이길 수 없다. 호수의 기사 란슬롯이 이방인인 아르모리크인이라는 점, 또 그가 참여하지 않으면 어떤 전쟁에서도 이길 수 없다는 점을 기억해 보면, 루와 란슬롯의 상관성이 너무나 분명하다. 아더 왕은 은 팔의 누아다 신의 영웅화한 화신은 아닐까?

그렇게 보면, 엑스칼리버는 누아다의 은 팔과 완전히 같은 상징적 가치를 가진다(또한 전통적인 왕홀과도 같은 가치). 아더 왕은 왕권의 검을 뽑아낸 다음에야 왕이 되었다. 그 결정적인 순간 이전에 그는 아무도 아니었다. 그런데, 자신의 아들에게 찔려 치명상을 입은 아더 왕은 그에게 왕국의 통치를 맡겼던 초자연적인 힘들에게 검을 되돌려준다.

그는 이제 더 이상 아무것도 아니다. 그는 고통에 시달리는 범부凡夫에 불과할 뿐이다. 왕국은 그가 아니라 '격렬한 번개' 라는 이름을 가지고 있는 신적이거나 마법적인 사물인 그의 검이었다. 그것이 아더 왕 서사시의 의미이다. 왕권은 신화이며, 모든 신화처럼 그것은 그것이 한 인간 존재에 의해 화현化現되었을 때라야 리얼리티를 얻는다. 그러나 이 인간 존재가 왕으로 있기 위해서는 '격렬한 번개'(왕권의 놀라운 엠블렘)를 휘두를 수 있는 힘을 소유해야 한다.

『아발론 연대기』 전체에 걸쳐 마치 유령처럼 어슬렁대고 있는 신비한 멀린이 없었다면 아더는 그에게 예비된 운명을 결코 알아차리지 못했을 것이다. 생물학적 계보는 그 자체로서 아무것도 아니다. 입문 의식의 계보만이 중요하다. 어쩌면 상그레알, '왕의 피' 가 우리에게 주는 가르침은 그것이 아닐까? 성배는 잠들어 있는 기억의 물

깊은 곳에 파묻혀 있는 엑스칼리버를 다시 찾아낼 용기를 가진 자에게 깨달음을 준다.

폴 베탕, 1996.

첫 책을 내며

편집자의 말

첫 책으로 여덟 권이나 되는 『아발론 연대기』를 한꺼번에 출간시켜 버리자고 작정한 데는 그럴 듯한 몇 가지 동기가 있다. 그러나 그 어느 것도 완전한 정답이 될 수 없다는 것은 누구보다 나 자신이 잘 알고 있다. 결국은 어쩌다 보니 일이 이렇게 되었다, 라고 설명할 수밖에 없을 듯하다.

다니던 회사가 잠정 휴업 상태에 들어가는 바람에 이직을 고려해야 했다는 것도, 우연한 기회에 투자자와 역자와 편집자가 몽땅 의기투합해 버렸다는 것도, 주위 사람들에게 나를 다시 보게끔 하고 싶었다는 것도, 혹은 그 모두가 뒤얽혀 있었다는 것도 부정할 수 없는 사실이지만 그건 일부에 불과하다.

무엇보다 텍스트 자체에 대한 믿음이야말로 가장 근사치에 가까운 정답이 될 거라고, 나는 생각한다. 문제는, 언제나 그렇듯, '무엇을' 이 아니라 '어떻게' 였다. 우리끼리 만들어서 우리끼리 돌려보는 텍스트가 아닌 것이다. 지난번보다 더 잘, 더 세심한 주의를 기울여 만들지 않으면 상당히 곤란하다.

"첫 책인데, 여덟 권짜리라니…… 가능하겠어?" 우리의 이야기를 들은 대부분의 사람들이 그랬다, 위험하다고. 한두 권짜리로 경험을 쌓고 시작해도 늦지 않다고. 출판 경력이라고 해 봐야 고작 이 년. 게다가 회사 경영과 영업 경험이 전무한 편집자 출신. 나도, 그리고 나와 뜻을 같이하자고 작정했던 동료도 알고 있다, 무리라는 거. 하지만, 꼭 하고 싶었다.

이상했다. 우려와 걱정이 뒤섞인 시선으로 바라보던 분들이, 잘될 거야, 어떻게 되겠지 뭐, 하고 격려해 주던 분들보다, 더 적극적으로 움직이기 시작했다. 그들은, 그들이 기억하는 거의 모든 경험을 되살려 우리에게 충고해 주었고, 그들이 알고 있는, 우리가 모르는 사람들을 소개시켜 주기 위한 수고를 아끼지 않았다.

덕분에 처음 걱정과 달리 일은 매끄럽게 진행됐다. 이 글을 독자들이 읽고 있을 때쯤에는 사정이 어떨지 모르겠지만, 적어도 이 글을 쓰고 있는 오늘까진 그렇다. 이 책은, 그분들의 도움 없이도 분명 출간되었을 것이다. 허나 그분들의 도움이 없었다면, 이 정도로 근사하게 만들지는 못했을 거라고, 나는 굳게 믿고 있다.

허튼소리를 하려는 게 아니라 정말 그렇다. 책을 만드는 내내, 어떤 식으로든 그 마음을 표현하고 싶었다. 고작 한두 페이지를 털어 표현하자니, 조금

송구하고, 약간 불안하기도 하다. 제대로 전달될지, 혹 누가 보고 오해나 하지 않을지. 하지만, 꼭 기록으로 남기고 싶다, 정말이지 감사하다고. 여러 분들의 믿음을 가슴에 담아, 이제 우리는 우리가 앞으로 만들 책들이 세상을 어떻게 변화시킬 수 있을지 고민해 보도록 하겠다.

2005년 겨울, 광흥창에서
김홍민

도와주신 분들

출판 실무 자문

김기태(세명대 교수), 김인호(바다출판사 대표), 박영률(박영률 출판사 대표), 임형욱(행복한 책읽기 대표), 유재건(그린비 대표), 유종오(중원 세무회계사무소 대표), 이재욱(새로운 사람들 대표), 정종호(청어람 미디어 대표)

제작 자문

김남수(청아문화사 대표), 김성배(CIR 커뮤니케이션 대표), 박찬수(한림출판사 차장)

영업 자문

고용석(도서출판 다우 대표), 김대현(청어람미디어 마케팅 팀장), 김용일(박영률 출판사 영업 팀장)

교정

강경희(프리랜서 편집자), 김기출(초등학교 교사), 김영주(방송작가), 김은권(만화/삽화가), 김태영, 민경훈(상동중학교 교사), 박성혜(삼성출판사 편집연구원), 박원국(드라마몹 에디터), 엄지용(학생), 이경민(학생), 최원택(미디어몹 기자), 황지은(학생), 흑묘(학생)

그리고

김현진(프리콤 디자인 실장), 윤형두(범우사 대표), 퍼슨웹

아발론 연대기 8
아더 왕의 죽음

초판 2쇄 발행 2006년 2월 13일

지은이 장 마르칼
옮긴이 김정란

발행 편집인 김홍민 최내현
편집장 임지호
표지 디자인 이혜경디자인
본문 디자인 이혜경디자인 차동환
용지 청운지류
출력 경운출력
인쇄 청아문화사
제본 정민제책

펴낸곳 도서출판 북스피어
출판등록 2005년 6월 18일 제105-90-91700호
주소 121-130 서울특별시 구수동 21-1 범우사 3층
전화 02) 701-0427
팩스 02) 701-0428
홈페이지 www.booksfear.com
전자우편 editor@booksfear.com

ISBN 89-91931-09-X (04860)
ISBN 89-91931-01-4 (전8권)

≫값은 뒤표지에 있습니다.